KB111673

법정에서 만나요,
스윗하트!

법정에서 만나요,
스윗하트!

초판 1쇄 인쇄일 2016년 01월 22일
초판 1쇄 발행일 2016년 01월 27일

지은이 | 피오렌티
펴낸이 | 김기선
편집장 | 김은지

펴낸곳 | 와이엠북스(YMBOOKS)
출판등록 | 2012년 7월 17일 (제382-2012-000021호)
주소 | 서울시 도봉구 노해로 379, 1005호(창동, 대성빌딩)
전화 | 02)906-7768 / **팩스** | 02)906-7769
E-mail | ymbooks@nate.com

ISBN 979-11-322-3634-4 03810

값 9,800원

법정에서 만나요, 스윗하트!

피오렌티 장편소설

YMBOOKS ROMANCE STORY

YM
BOOKS

차 례

Prologue　　　　　　　　…7

1화.　　　　　　　　　…16

2화.　　　　　　　　　…46

3화.　　　　　　　　　…81

4화.　　　　　　　　　…125

5화.　　　　　　　　　…155

6화.　　　　　　　　　…194

7화.　　　　　　　　　…223

8화.   …255

9화.   …286

10화.   …318

11화.   …340

12화.   …382

13화.   …413

Epilogue 01. Happily Ever After   …469

Epilogue 02. Sweetheart Junior   …493

작가 후기   …510

Prologue

강남역 언덕 위, 고성 같은 분위기 나는 스튜디오와 화려한 유럽풍 카페를 배경으로 마지막 촬영을 마친 일행은 미리 예약해둔 음식점의 단체석 룸으로 향했다. 지나는 대학 때부터 피팅모델 일을 해오고 있었고 올해 졸업 뒤에는 여러 패션업체에서 본격적으로 왕성한 활동을 해오고 있었다. 오늘 촬영은 그들 중 패션프루츠(fashion fruits)라 불리는 온라인 쇼핑몰 업체와 함께 하는 것이었다.

고깃집에서 1차, 노래방에서 2차까지 마치고 밤 11시가 가까워올 시각이었다. 금요일 밤이라 그런지 강남역 주변은 여전히 인파로 들썩이고 있었다. 일반 회사원들 회식은 아니었기에 일행은 곧 인사 뒤 제각기 집을 향해 뿔뿔이 흩어져 갔다. 지나 역시 가장 마지막에 남은 이 대표를 향해 꾸벅 고개 숙여 보였다.

"대표님, 그럼 저도 이만 가볼게요. 너무 잘 먹었습니다."

"아, 잠깐만······."

멋스러운 여름용 재킷을 걸친 이진상은 어느새 저만치 멀어져 가려던 지나를 황급히 붙잡았다. 아무래도 그는 그녀와 조금 더 시간을 보내고 싶은 모양이었다. 어쩌면 단둘만의 3차를 보내려 했을지도 모를 일이다.

"지나 씨 집 바로 이 근처죠? 예전에 촬영 늦게 끝나서 내가 차로 데려다줬던 기억으로는 저쪽 언덕 위 주택이었던 것 같은데······. 어때요? 집도 지척이고 하니 근처 카페에서 커피 한 잔만 더 안 할래요? 하고 싶은 말도 있고."

지나는 잠시 망설였다. 이 대표가 이렇게 단둘이서만 얘기하자고 한 것은 처음이었다. 하지만 그가 덧붙인 '하고 싶은 말도 있고' 부분에서 마음이 급히 동했다. 어쩌면 보너스나 수당 인상, 혹은 뭔가 더 좋은 계약조건을 제시할지도 모른다는 생각이 들었던 것이다. 게다가 이진상 대표는 비록 심심하고 무미건조할지언정 항상 젠틀하게 선을 지켜왔었다. 어쩌다 한 번씩 입이 걸고 음담패설을 즐겨하는 코디 언니와 카메라맨이 농담 만담을 주고받을 때도, 이 대표는 그런 분위기를 별로 좋아하지 않았다. 지나는 주저 없이 답했다.

"네, 좋아요! 그럼 저기 언덕 위에 자정까지 여는 카페 있으니까 거기로 가시겠어요?"

10분 뒤, 그들은 언덕 위 가장 꼭대기 지점에 있는 화사한 카페 안에 들어섰다. 그 뒤로는 간간이 조명등만 희미하게 켜졌을 뿐, 조용하고 어두운 주택가 골목만 쭉 이어져 있었다. 두 사람이 구석진 곳에 앉자마자, 이 대표는 지나가 기대한 대로 페이 인상에 대해 다소 파격적인 제안을 해왔다. 이 대표의 업체인 '패션프루츠' 종합쇼핑몰 전속 모델이 되는 게 어떻겠냐는 것이었다.

"일단 제안은 정말 감사드리고 저도 받아들이는 쪽으로 조금 더 고민해볼게요."

"고민? 달리 고민할 게 있을 것 같진 않은데……. 뭔가 변경하고 픈 조건이라도 있어?"

"그건 아니에요. 대표님도 아시겠지만, 저는 이쪽 업계에서 오래 일할 생각이 없어요. 패션 자체에 큰 관심도 없고 페이가 아주 좋다는 데 만족하고 있지만, 솔직히 가끔은…… 기계처럼 포즈만 취하는 데 회의가 느껴질 때도 있어요. 저는 뭔가 더 보람과 성취 감이 느껴지는 일을 하고 싶거든요"

"지나 씨."

갑자기 이 대표의 눈빛이 기묘하게 변했다. 지금까지보다 훨씬 더 적극적이고 야심찬 그 눈빛이 마치 다른 사람처럼 지극히 낯설 었다.

"내가 오늘 밤 사실 정말 하고 싶었던 말은 따로 있습니다, 지나 씨. 저랑 진지하게 만나볼 생각 없어요? 진심이에요."

이 대표는 호기롭게 말하며 씨익 웃었다. 이진상은 수십 년 전, 양재동 논밭의 땅값이 천문학적 액수로 상승해 벼락부자가 된 졸 부의 아들이었다. 돈을 물 쓰듯 하는 부모 덕으로 최근 인수받은 패션종합쇼핑몰이 그나마 꽤 잘 운영된 지 1년 가까이 되어 있었 다. 매출은 꽤 성공적이었고 피팅모델인 지나 역시 그 상승세의 일 등공신임은 부정할 수 없었다. 그다지 모델 일을 좋아하지 않는다 는 그녀의 말과는 정반대로, 웃음기 없는 시크하고 냉담한 그녀의 표정과 분위기는 오히려 플러스적 요소로 작용하고 있었다. 그 도도한 매력이 언뜻 언밸런스한 것 같으면서도, 남녀노소 타인의 마음을 미치게 만드는 뭔가를 자아내고 있었던 것이다.

단언컨대, 그녀는 본인이 원한다면 연예인을 해도 손색없을 카리스마와 매력이 있었다. 이진상은 눈앞의 여자를 탐욕스런 눈으로 바라보았다. 한때 널리 유행했던 단어, 베이글녀의 가장 좋은 예가 바로 그의 눈앞에 있었다. 이진상은 속으로 입맛을 다시며 그의 물음을 한 번 더 반복했다.

"저랑 한번 진지하게 만나봅시다. 지금 특별히 만나는 사람도 없잖아요. 전 사실…… 지나 씨를 예전부터 계속 마음에 담아오고 있었어요."

"대표님, 죄송하지만…… 저는 전혀 그럴 생각이 없습니다."

그의 갑작스런 고백에, 지나는 그저 황당할 따름이었다. 아니, 이게 잘 자다가 웬 귀신 씨나락 두드리는 소리에 봉창 까먹는 소린가 생각될 뿐이었다.

지나는 뭔가 매우 좋지 않은 상황이 닥칠 것 같은 예감을 느끼고, 자리에서 벌떡 몸을 일으켰다.

"죄송합니다……. 전속모델 제안도 만약 원하시면, 없던 일로 하겠습니다. 이만 가볼게요."

지나는 당황해하는 남자에게 정중히 고개 숙여 보인 뒤 재빨리 카페를 빠져나왔다. 침침한 조명등 아래 어두운 거리로 들어서는 순간, 그녀는 이 대표가 등 뒤에서 자신의 이름을 부르는 소리를 들었다. 그는 어딘가 잔뜩 화난 기색으로 그녀에게 다가와 지나의 한쪽 손목을 난폭하게 움켜쥐었다. 그는 자존심이 상한 분노로 얼굴이 잔뜩 벌겋게 상기되어 있었다.

"어이가 없네- 야, 너 같은 계집애가 감히 어디서 까불어? 내가 만나주겠다는데 감사히 알아야지! 튕기는 것도 작작 해!"

"뭐? 이게 갑자기 미쳤나……."

"보나 마나 닳고 닳게 실컷 놀았을 텐데 어디서 튕겨, 튕기길? 순순히 쉽게 안 보이려고 잔머리 굴리나?"

"뭐라고? 그동안 점잖은 척하더니 이 자식이, 이게 아주 입이 걸레구나-"

지나는 기가 막혀 눈을 크게 굴렸다. 난데없이 안하무인격으로 태도를 바꾼 이 대표의 모습에 기가 막히고 코가 막힐 지경이었다.

"너야말로 이거 알고 보니 닳고 닳은 개차반 자식이잖아! 당장 이 더러운 손 안 치워?"

지나가 지지 않고 잡힌 손목을 마구 뿌리치려 했으나 아무래도 성인 남자의 힘을 당해내긴 어려웠다.

이 대표는 어둑어둑한 골목 담벼락에 그녀를 밀어붙이고 한 손으로 지나의 입을 꽉 틀어막았다. 그러고는 다른 한 손으로 그녀의 블라우스 위 봉긋하게 솟은 가슴과 미니스커트 아래 드러난 허벅지를 번갈아 더듬느라 마구 손을 놀리기 시작했다.

지나의 머리꼭대기까지 치솟는 무시무시한 분노의 열기는 두려움이나 수치심도 일제히 억누를 지경이었다. 그녀는 한 손을 마구 휘저어 마침 가방 안에 넣어뒀던 생수병을 꺼냈다. 아직 뚜껑도 따지 않은 생수병은 그 무게가 좀 있었다. 지나는 앞뒤 생각하지 않고 본능적으로 손을 날렸다. 묵직한 생수병이 남자의 복부, 그리고 바지 지퍼 부분을 힘껏 찍었다. 바지 속 불룩한 양질감의 뭔가가 물병과 세차게 부딪히는 마찰음이 울렸다.

이 대표가 외마디 비명을 지르며 천박한 욕설을 소리소리 날릴 때였다. 지나는 재빨리 통굽 샌들 한쪽을 벗어서 바지 앞섶을 한 번 더 세게 찍어 눌렀다. 그리고 그의 안면, 정확히는 이마 쪽에 샌들 굽을 찍고 재빨리 뒤로 물러섰다. 고조된 분노와 흥분으로, 지나는 거칠게 숨을 몰아쉬고 있었다.

"이년이……! 어디 까불었겠다!"

이마 한가운데가 터져서 피를 줄줄 흘리는 이진상의 얼굴이 잔뜩 일그러져 있었다. 한 손이 볼썽사납게 바지 앞섶을 감싸 안고 있는 모습이 가관이었다. 아무리 지나가 신속히 급소를 잘 명중했어도 아무 호신술도 익히지 않은 그녀가 그녀보다 체격이 큰 남자를 당해낼 수는 없었다. 이진상이 그녀를 당장이라도 한 대 후려갈길 기세로 덤벼드는 순간, 지나는 눈을 질끈 감았다. 몇 대 때리면 맞아주고 더 큰 응징을 되돌려줄 심산이었다. 구타당한 타박상의 흔적이 있으면 오히려 경찰서에서 진술할 때 그녀에게 더 유리하기도 했다.

지나는 아랫입술을 질끈 깨물고 곧 다가올 구타를 각오했다. 그 순간에도, 그녀의 머릿속에서는 여러 가지 계산과 분석이 빠르게 스쳐갔다. 성추행 방면에서 끗발 날리는 변호사를 고용해 최대한 큰 액수의 정신적 위자료를 받아내야 할 것, 그리고 얼굴 쪽에 타박상이 있으면 더 유리한 고지를 선점하게 될까 등등을 생각하는 중이었다.

최홍석 경위는 어두운 골목 어귀에서 실랑이를 벌이는 젊은 남녀를 저만치서 바라보았다. 꽤 잘 빠지고 예쁜 미니스커트 차림의 핫한 여대생과 좀 나이 든 회사원 애인이 무슨 일로 꽤 격렬하게 다툼을 벌이는 것 같았다. 그는 곁에 선, 그보다 키는 10센티미터 정도 컸지만 나이는 서너 살 더 어려 보이는 동행에게 고갯짓해 보였다. 두 남자의 한 손에는 제각기 담배가 들려 있었다. 한창 달아오른 술자리에서 잠시 빠져나와 담배를 즐기고 있는, 흔하디흔한 금요일 밤 유흥가의 한 장면이었다.

"저거 봐라. 웬 실랑이를 저렇게 격하게 벌이는지-"

"......"

더 젊은 쪽 남자는 선배가 가리킨 쪽을 흘긋 바라보았다. 너무 어두워서 자세히는 보이지 않았다. 하지만 남자 쪽에서 뭔가 거친 욕설을 뱉으며 여자를 함부로 다루려 한다는 느낌이었다.

"말려야 하는 것 아냐, 후배?"

"글쎄요. 치정싸움엔 연관되고 싶지 않아서……. 우리가 그쪽 전문도 아니고 말입니다."

"냉정한 놈……."

최홍석은 키득키득 웃더니 담배꽁초를 땅으로 떨어뜨린 뒤 구두코로 질근질근 밟았다. 두 사람이 다시 회식 장소인 일식집으로 들어가려던 찰나, 여자의 새된 음성이 존대를 하던 쪽 남자의 귓가에 박혔다.

"당장 이 더러운 손 안 치워?"

그 목소리를 듣는 순간, 키 큰 남자는 뒤돌아서서 저만치 떨어져 있는 커플을 향해 빠른 보폭으로 걸었다. 그들에게 다가가는 동안, 여자가 생수병으로 열심히 공격 겸 방어하는 구경거리도 놓치

지 않았다. 하지만 공격당한 회색 재킷 차림의 남자가 잔뜩 독이
올랐는지 여자에게 금방이라도 손을 날릴 것 같았다. 그는 재빨리
다가가 재킷 남자의 한쪽 팔을 붙잡고 등 뒤로 살짝 꺾었다. 여자
에게 더 위해를 가하지 못하도록 적당히 고통을 줄 정도의 제어였
다. 하지만 이진상은 회색 재킷의 남자의 손에서 벗어나려 거칠게
몸부림을 쳐댔다.

"뭐야, 넌! 이 개새끼야, 이거 안 놔! 남의 일에 끼어들지 말고 당
장 가던 길 가!"

최홍석 경위는 후배를 뒤따라오다가 상황을 목도하고, 이진상을
향해 가차 없이 주먹을 날렸다. 서울 시내에서 가장 큰 경찰서이자
가장 거친 외사과 안에서도, 거칠기로 소문이 자자한 최홍석의 주먹
은 여자를 상대로 성추행 및 폭력을 가하려 한 쓰레기 자식의 안면
을 시원하게 후려갈겨 버렸다. 상황은 거기서 깔끔하게 종료되었다.

"이봐요, 아가씨! 괜찮아요?"

최홍석 경위가 그제야 지나를 향해 주의를 기울였다. 그녀는 담
벼락에 기대서서 온몸이 얼어붙은 듯 휘둥그레 눈을 뜨고 있었다.
최홍석은 그녀가 충격으로 그런 거라 넘겨짚었다.

"저 남자는 애인입니까?"

"아뇨, 전혀요! 제가 프리랜서로 일하는 업체 대표인데 갑자기
사귀자고 해서 제가 거절했더니 쫓아와서 절 추행하려 했어요."

"그렇군요. 그럼 저놈은 권선징악의 쓴맛을 좀 봐야겠군요. 많
이 놀라셨겠지만 저희랑 경찰서로 가서 잠시만 협조해주실 수 있
겠습니까. 경위서 작성 및 진술에 협조해주시면 30분 안에 안전히
경찰차로 귀가조치 시켜드리겠습니다."

"네, 네네…… . 그래야죠."

지나는 여전히 눈을 휘둥그레 뜬 채 대답을 하면서도 시선은 내내 키 큰 남자에게만 고정시키고 있었다. 30대 중반으로 보이는 최홍석 경사보다 서너 살 어려 보이는 다른 남자, 최 경사보다 한 발 먼저 와 그녀를 이진상과 떨어뜨려 놓은 남자가 팔짱을 낀 채 그녀를 조용히 바라보고 있었다. 지나는 마치 뭔가에 홀린 듯, 희미한 도심의 달빛 아래 남자를 뚫어져라 주시했다.

오 마이 갓! 분명 그 인간이야! 내 트라우마의 근원! 내 다이어트의 원인.

"장난감, 댁이 왜 여기에?"

나무의 옛말 '남간'이 정확한 이름이었지만 주변인들은 항상 그를 성씨와 맞춰서 장난감이라 부르곤 했었다. 190에 가까운 키, 어느 모로 보나 지나보다 더 원숙한 피팅모델처럼 보이는 체격을 갖춘 잘생긴 남자도 천천히 입을 열어 그에 화답했다. 붓으로 그린 듯 우아하게 선을 그리는 남자의 입술 끝에는 삐뚜름한 미소가 걸려 있었다. 하늘에 걸린 달처럼 차갑고 냉랭한 기운을 풍기는 눈매는 7년 전이나 지금이나 변함없이 아름다웠다. 남자에게 아름답다는 말을 쓰다니 간지럽다 못해 오글거릴 지경이라 생각했지만, 아름답다는 말 외에는 다른 표현이 좀처럼 떠오르지 않았다. 남자의 음성은 외모만큼이나 무게 있고 기품이 넘쳐흐르고 있었다.

"엇, 뭐야! 설마 둘이 아는 사이야?"

최 경위가 왠지 가십 좋아하는 아줌마스러운 기색을 떠올리며 호기심을 드러냈다. 하지만 두 사람 중 누구도 그 질문에 대한 대답을 시원스레 하지는 않았다.

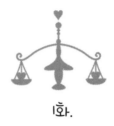

1화.

7년 전, 장현의를 처음 만났을 때 열일곱의 지나는 머리 뒤를 둔탁한 뭔가로 얻어맞는 느낌이었다. 그는 그녀가 평소 즐겨 보던 일본 순정만화책에서 그대로 튀어나온 것 같았다. 스물다섯의 남자는 사법고시 및 연수원 성적이 우수해 곧바로 서울지검에 발령받아 검사로 일하고 있었다. 군대를 다녀온 2년을 제외하고도, 대학 재학 중 3년 동안 고시에 합격했다는 소리였다. 게다가 요즘은 로스쿨생들이 많아져 좀 더 남다른 스펙을 보유하기 위해 S대 로스쿨이라도 들어갈까, 아니면 미국변호사 자격증을 따러 도미할까 고민 중이라 들은 바 있었다.

"우리 장남간, 집수리할 동안 앞으로 석 달간 여기서 상문이랑 같이 지내기로 했다. 다락방을 내주기로 했으니 지한이는 그동안 상문이 방으로 옮겨라."

"네? 하지만 할아버지! 왜 제가 상문이 삼촌이랑 같이 한방에서……"

"그럼 손님에게 독방을 내드려야지! 남간이는 상문이 7년 만에 겨우 고시합격하는 데 여러모로 많이 가르쳐주고 도와준 일등공신이야. 그 정도는 해줘야지! 삼촌이 법조인이 되면 다 너희에게도 큰 득인 걸 몰라서 그러누?"

막 전문대학 새내기인 지한은 아들이란 명목으로 혼자 다락방을 쓰며 야동을 실컷 즐기고 별의별 짓을 다 하는 특혜를 이제 석 달간 누릴 수 없다는 데 절망한 눈치였다. 하지만 할아버지의 엄명을 거역할 수는 없었다. 지나의 엄마에게 있어서 아들 지한이 가장 소중하듯, 외할아버지, 외할머니에게 있어서는 늘그막에 얻은 막내아들 석상문이 세상의 보배나 진배없었다.

장남간보다 몇 살 위인 석상문과 그는 S대 선후배 사이였고 은근히 죽이 잘 맞아서 대학 때부터 친하게 지내오고 있었다. 석상문은 평발이라 군대도 면제받아 남들보다 고시 준비할 시간이 더 많았음에도 불구하고, 유독 시험 운이 없었던 모양인지 6년간 내리 낙방하다 올해 드디어 고시에 붙게 되었던 것이다. 그리고 막내아들 때문에 전국에 용하다는 점쟁이는 다 찾아다닌 조부모님은 그 덕을 장남간에게 돌렸다. 작년 지리산 도사라 일컬어지는 무당을 찾아갔을 때 노파는 이렇게 말했다고 한다.

'먼저 고시에 붙은 사람. 꼭 남자여야 해! 그 사람이 쓰던 필기도구며 노트 등 가능한 한 많은 소지품들을 다 물려받아서 그걸로 공부를 시켜! 그럼 내년은 꼭 붙게 되어 있어! 그리고 그 사람이랑 아들내미 운세에 서로 합이 들어 있는지 알아봐! 태어난 연월일,

시만 알면 되니께.'

당시 지리산까지 함께 갔던 큰삼촌이 부리나케 휴대폰으로 전화해 상문이 주변의 고시합격자들에 대해 꼬치꼬치 캐물었다. 그는 통화를 종료한 뒤 장남간의 생년월일, 태어난 시를 포함해 다른 두 명의 출생정보를 무당에게 넘겼다. 그러자 무당은 다른 두 명에 대해서는 시큰둥한 반응을 보이더니 장남간의 운세를 보고 화색이 되어 바로 이 청년이라고 무릎을 탁 쳤다고 한다. 조부모는 당연히 장남간의 소지품을 최대한 많이 공수해 막내아들에게 떠넘기길 서슴지 않았다.

정말 그래서인지, 이번에는 운이 풀려서인지 어쨌든 석상문은 고시에 합격해서 집안은 매일매일이 잔치 분위기나 다름없었다. 그러던 중, 석상문이 사법연수원으로 들어가기 며칠 전의 일이었다.

'남간이 구기동 집이 재건축에 들어간다고 하네요. 완전 허물고 새로 짓는 건 아니고 낡은 부분 집중적으로 전체를 손볼 건가 봐요. 두세 달 정도는 걸린다길래 그동안 부모님은 미국 큰아들 집에 가 계신대요. 남간이는 검사 일 때문에 그럴 수는 없고, 당분간 지낼 오피스텔이나 월셋집 찾나 봐요.'

그 말을 필두로, 할아버지, 할머니는 그들 마음속에 은인이나 다름없는 장남간을 당장 집으로 불러들여 거둘 것을 명했다. 장남간은 처음에는 정중히 거절하다가 조부모의 고집이 워낙 완강해 적정선의 하숙비를 내는 조건으로 그 제안을 수락하게 되었다.

장남간이 집으로 들어오기 전날까지도 지나는 그 사실이 못마땅해 죽을 지경이었다. 할아버지 엄명이라 뭐라 드러내놓고 불만을 표할 수는 없었다. 하지만 안 그래도 가뜩이나 좁은 집에 객식구가 한 명 더 늘게 되다니 반가울 리가 없었다. 화장실만 해도 열 식구에 달랑 두 개였으니 아침마다 서로 화장실을 쓰려고 전쟁을 치르는 것만도 충분히 힘들었다. 게다가 여자도 아니고 남자라니 편하게 옷도 못 입고 방 안에만 갇혀 있어야 하는 건 아닌가 싶어 여러모로 짜증이 앞섰다.

하지만 그다음 날, 막상 그녀 앞에 선 장남간을 마주하는 순간 지나는 신선한 충격을 느꼈다. 이름도 장남간이라니 장난감도 아니고, 이름처럼 어딘가 고풍스러운 외모일 게 분명하다 지레짐작했던 것이다. 하필 식구들이 죄다 목욕탕에 가는 바람에 집에는 달랑 지나밖에 없었다.

"장남간이야. 한 시간 일찍 도착하게 돼버렸는데 집에 누가 있어서 다행이네. 앞으로 신세지게 됐는데 잘 부탁해."

손발이 오글오글 직화구이 오징어가 되어버릴 멘트였지만, 그가 말하니 너무도 자연스럽고 적절한 표현처럼 느껴졌다.

"아, 안녕하세요. 전 지나예요. 장난감 아저씨 방은 이쪽……. 아, 죄송해요! 발음이 그게 아닌데-"

하지만 장남간은 이미 익숙한 듯 아무렇지도 않게 캐리어를 집어들며 담담히 대꾸했다.

"뭐, 워낙 특이한 이름이니까. 남간은 나무의 옛 말인데 할머님이 미신을 신봉하시는 바람에 그렇게 지어졌어. 나중에 상황 봐서 개명할 거야."

장남간은 덤덤히 말을 이으며 3층 다락방으로 두다다 올라가는 지나를 금세 따라잡았다. 바닥에 놓여 있을 때는 꽤 묵직해 보이던 캐리어가 그의 손에 들리자 손가방처럼 가볍게 보였다. 그 말을 들는 순간, 계단을 오르던 지나의 뇌리에 언젠가의 기억이 바람처럼 스쳐갔다.

'지나, 너는 초년 운은 좋지 않아. 겉으로는 강하고 단단해 보여도 의외로 감성이 여린 아이라, 초반에는 마음고생 많이 할 거야. 하지만 잘 견뎌야 해. 언젠가 커다란 나무가 네 위에 그늘을 드리워 평생 네 보호막이 되고 행복하게 지켜줄 거니까.'

초등학생 5학년 여름방학 무렵, 아버지가 돌아가시는 바람에 사업체도 망해버려 지금의 역삼동 외갓집으로 들어왔을 때였다. 주택가 언덕 위에는 절이 하나 있었고 그 옆에 점쟁이 여럿이 모여 점집을 이루고 있었다. 동물을 좋아하는 지나는 절 근처에서 길고양이에게 밥을 주던 점쟁이 할머니와 가끔씩 마주치곤 했었다.

어느 날 지나는 속상해서 집을 뛰쳐나와 절 구석 정자에 숨어 서럽게 울고 있었다. 얼마 안 되는 용돈을 아껴 서랍 안에 저축해 둔 3만 원을 오빠가 슬쩍해버렸건만, 엄마는 오히려 오빠 편을 들며 역성을 들어주었던 것이다. 할아버지 할머니 역시, 계집애가 왜 이렇게 시끄럽냐며 버르장머리 없다고 무작정 그녀만 나무랐다. 같이 방을 쓰는 사촌언니 아은은 분명히 오빠 지한이 서랍에서 돈을 가져가는 걸 봤을 텐데도 나 몰라라 고소한 표정만 지었다. 숙모는 들릴락 말락 한 목소리로, 오갈 데 없는 군식구를 들이니 하루도 조용할 날 없다고 얄밉게 투덜거릴 뿐이었다.

지나는 정자 한구석에 앉아 하염없이 울고 또 울었다. 세상에 자기편이 하나도 없는 것 같았다. 이 하늘 아래, 그녀가 기댈 수 있는 따스한 존재란 아무도 없는 것 같았다. 아직 어린 열두 살 소녀가 감당하기엔 너무 큰 외로움과 상실감이었다. 그래도 생전에 아빠가 유일하게 그녀를 귀여워해주었는데 이제는 이 세상에 없는 존재인지라, 행복했던 부녀간의 추억을 떠올려봤자 아픈 그리움만 더할 뿐이었다.

그때 길고양이들을 돌보던 점쟁이 할머니가 다가와 그녀에게 과자를 손에 들려주었다. 오빠가 가져간 돈이 얼마냐고 묻더니 선뜻 지갑에서 3만 원을 꺼내어 그녀의 손에 쥐여주었다. 지나가 손사래를 쳤지만 할머니는 부드럽게 웃으며 지폐를 아예 그녀의 바지 호주머니에 넣어주었다. 할머니는 큰 수술을 하게 되어 내일부터 병원에서 지내게 될 거라고 일렀다.

'어쩌면 오늘이 너랑 만나는 마지막 날이 될지도 몰라. 냥이들 부디 잘 부탁한다.'

그리고 노파는 지나의 얼굴을 자세히 들여다보고 태어난 시 등을 묻더니 그녀에게 조곤조곤 말해주었다. 어른이 되기 전에는 상처 많이 받고 마음고생이 잦겠지만 잘 버텨내면 언젠가 커다란 나무가 다가와 네게 영원히 그늘을 만들어줄 것이라고.

그로부터 일주일 뒤, 장남간은 그다지 친화력 같은 게 엿보이지 않는데도 불구하고 마치 오래전부터 가족들과 지내온 것처럼 지나의 집안과 잘 동화되어 있었다. 하지만 그럼에도 그의 존재는 이세계 사람이 잠시 머물러 온 것 같은 묘한 위화감을 불러일으켰다. 적어도 지나에겐 그랬다. 그녀가 암암리에 관찰한 바로, 그는 엉큼한 속셈을 품고 쉴 새 없이 접근해오는 세 여자 틈바구니에서 중심을 잃지 않고 있었다.

첫째 삼촌과 숙모의 외동딸 소현은 당시 중학생이라 그냥 잘생긴 삼촌 친구가 몇 달 같이 살러 온 거라고만 여겼다. 문제는 혜자 이모와 맏숙모, 이모의 딸 아은이었는데 세 여자는 정말이지 끈질 기고 집요했고 눈치가 없었다. 번번이 정중히 거리를 더 넓게 벌리 는 장남간의 태도에도 굴하지 않고, 셋이 모이면 그의 애기로 꽃을 피우고 객식구의 사생활을 좀처럼 보장해주려 하지 않았다.

"아니, 하숙비를 넉넉하게 내는데도 거의 저녁을 집에서 안 먹 으니 아까는 내가 밤참을 좀 챙겨주려고 올라갔거든. 그랬더니 법 학 관련 책인지를 산더미처럼 쌓아두고 노트북으로 뭐 하고 있더 라고. 집에서는 내려와서 우리랑 TV도 보고 좀 쉬라고 했더니 할 일이 워낙 많대. 세상에, 술 담배도 안 하고 게임이나 당구도 안 하 고 어떻게 저렇게 뼛속까지 범생이야! 성격도 얼마나 점잖아! 이래 서 집안 혈통은 무시 못하나 봐…… 대대로 판검사, 교수, 총장 집 안에다 큰형도 미국에서 변호사고 누나는 신경외과의라며! 그 뭐 냐, 존스호치키스 대학? 거기서 교수도 하면서."

"고모, 존스호치키스가 아니라 존스홉킨스 대학이요. 호치키스 는 종이 찍는 거고."

"아유, 저런 사윗감 두면 정말 평생 밥 안 먹어도 배부를 텐 데…… 외모에 집안에 스펙에 인품에 어디 하나 빠지는 게 없잖 아! 우리 아은이랑 좀 어떻게 되어볼 수도 있을 것 같은데!"

"형님, 검사 사위 볼 혼수자금 있으세요? 아무리 시대가 변했다 지만 열쇠 두 개는 아직도 기본인데 말예요."

"어머, 그러는 새언니는 있으세요? 그리고 있다 해도 설마 소현 이랑 뭐 어떻게 해보실 욕심인 건 아니시죠? 세상에, 나이 차가 얼 마야"

"어머, 남자 능력이랑 여자 나이는 반비례하는 거 몰라요? 어린 여자 싫다는 남자가 세상 천지에 어딨답디까?"

"근데 아직 애인 없는 건 확실하지? 그게 참 다행이긴 한데 아니 저 외모에, 저 조건에 왜 아무도 안 만난대? 일에 치여서 여자에 관심이 없나?"

"엄마, 엄마. 상문이 삼촌에게 물어봐봐, 어떤 스타일 좋아하는지. 삼촌이 중간에서 좀 은근슬쩍 도와주면 좋은데 하필 연수원에 들어가 있어가지고……."

지나는 천박하기 그지없는 그녀들의 대화에 귀를 막고 일찌감치 책 한 권을 집어들고 예전에 장독대로 쓰이던 마당 구석, 빈 베란다 같은 공간으로 올라갔다. 가끔 삼촌이 거기서 맨손체조를 하거나 담배를 피울 뿐, 아무도 거기엔 올라오지 않았다. 지나는 야외용 플라스틱 의자 위에 올라가 달빛과 가로등 불빛을 조명 삼아 책을 읽었다. 책 속의 세상과 만날 때 지나는 가장 행복했다. 책 속의 다채로운 세상에 빠져들어 잠시나마 현실을 잊을 수 있어서 좋았다.

"……."

장남간은 잠시 바깥공기를 쐬려고 창문을 살짝 열다가 어딘가에 시선을 고정시켰다. 낯익은 여자아이가 마당 한구석 장독대 공간에 앉아 독서에 몰두하고 있었다. 책 표지가 어제 밥상 아래 있던 것과 동일한 것을 보니 토마스 하디의 영문 고전 『테스(Tess of the d'Urbervilles)』인 것 같았다. 공부를 꽤 잘한다더니 독서광이기도 한 모양이었다.

여자아이는 키가 170 정도로 꽤 큰 편이라 밖에 나가면 대학생이라 해도 믿을 터였다. 하지만 그것도 뒷모습만 봤을 때 얘기고, 얼굴은 영락없이 중학생이라 믿어도 될 정도로 뽀얗고 젖살 가득한 아기 얼굴이었다.

오늘도 저녁을 굶었었지, 아마?

하지만 그녀는 나름 뚱뚱한 몸매로 스트레스를 많이 받는지 저녁은 일부러 스킵한다고 들었다. 분명 한 10킬로그램만 빼면 정말 예쁠 것 같았다. 지금도 얼굴만은 갸름하고 입체적이라 매우 예뻤다. 하지만 뭣보다 살을 빼서, 지금처럼 위축되고 어딘가 우울해 보이는 기색을 없애고 자신감이 급상승할 수 있다면 그편이 소녀에게도 좋을 것 같았다. 장남간이 호기심 어린 관찰을 거두고 창문을 닫으려 할 때였다.

"염병……. 이런 어리석은 것."

남간은 자기가 잘못 들었나 싶어 다시 창밖 아래를 내려다보았다. 지나의 입에서 찰진 욕설이 마구 튀어나오고 있었다. 사나운 눈매가 여전히 책에 고정되어 있는 걸 보니 책 내용의 뭔가에 분노하고 있는 것 같았다. 남간은 곧 그녀가 책의 여주인공 테스에게 화를 내고 있다는 걸 알아챘다.

"아니, 아무리 시대가 그랬다지만- 어떻게 이렇게 줏대 없이 농락만 당하다 신세 망칠 수 있지? 이런 답답한 병맛녀를 봤나……. 내가 이 정도 미모였으면 남자들 발아래 굴리면서 실컷 잘 먹고 잘 살았겠다!"

"……."

남간은 그만 웃음이 터져 나올 것 같아 재빨리 창문을 소리 없이 닫고 책상 앞에 앉았다.

"후…… 하하하! 으하하하~"

창문도 닫은 데다 다락방의 높이도 있으니 아무리 크게 웃어도 괜찮을 터였다. 남간은 이를 바득바득 갈며 테스 더버빌에게 몰입해 쌍욕을 해대던 지나의 표정에 데굴데굴 굴렀다. 그는 평소, 병맛녀니 뭐니 항간에 유행하는 비속어가 귀에 와 박히는 걸 매우 싫어했었다.

말은 그 사람의 품위인 법이다. 속으로야 무슨 욕을 하든 말을 하든 제 맘이겠지만, 적어도 공공장소에서 천박하게 비속어를 남발하는 풍토를 지극히 혐오하는 그였다. 하지만 지나만은 이상하게 예외였다. 통통한 다리를 나름 꼰다고 꼬고 앉아 눈알이 튀어나올 듯 한껏 부릅뜨고 쌍욕을 주절거리는 그 모습이 왜인지 너무 재미있었다. 그리고 귀여웠다.

툭하면 그를 스토커처럼 눈으로 좇는 아은인가 아양인가, 지나보다 두 살 많고 요란하게 치장을 떨어댄 대학생 여자보다 지나가 훨씬 더 귀엽다고 생각하는 그였다. 형과 누나만 있는 그로서는 저런 여동생 하나 있는 것도 참 좋았을 텐데, 생각마저 들었다.

"아, 개짜증 나! 짜증 나서 더 못 읽겠다. 휴……."

지나는 자신이 오랫동안 관찰되고 있었다는 사실은 꿈에도 모른 채, 책장을 확 덮고 자리에서 일어섰다. 계단을 내려오는 그녀의 통통한 다리는 며칠째 저녁을 굶어서인지 후들후들 가늘게 떨고 있었다.

일주일이 흘렀다. 해가 저물어가는 토요일 저녁, 남간은 장독대로 쓰이던 계단 위 공간 위를 슬쩍 올려다보았다. 역시 예상했던 인물이 거기 있었다. 그는 트레이닝팬츠 주머니에 양손을 찔러 넣은 채 가볍게 두 칸씩 계단을 올라갔다. 갑작스런 그의 등장에, 지나는 움찔 놀라더니 자리에서 벌떡 일어섰다. 그러다 갑자기 현기증이 일었는지 자리에 엉거주춤 주저앉았다.

"가자."

"네? 어디를요?"

"잠깐만. 요 앞에."

남간이 가볍게 바깥을 향해 고갯짓을 해 보이자 지나는 얼떨떨한 표정을 지었다. 하지만 그의 차분하고도 냉담한 시선을 마주하자 어쩐지 긴장되어 저도 모르게 플라스틱 의자에서 일어났다. 그의 뒤를 따라 낯익은 집 아래 번화가를 내려가기를 한참, 남간이 인파를 뚫고 어딘가로 들어섰다. 지나도 가끔 친구들과 가곤 했던 분식집이었다.

"여, 여긴 왜요?"

"저녁 먹어야 되는데 갑자기 라면이 먹고 싶어서. 여긴 항상 자리가 없으니까 혼자 먹기 좀 그렇잖아. 너도 아직 저녁 전이니까."

"라면? 라면 정도는 말만 하면 끓여다 바칠 여자들이 적어도 지금 네 명은 집에 있는데요?"

"분식집표 라면만이 가진 맛이 있거든. 더 자극적이고 감칠 맛 나고 다량의 나트륨이 함유된 맛."

남간은 웃지도 않고 대구하더니 메뉴판을 펼쳐 들고 주방 쪽 아주머니에게 다가가 이거, 저거, 이거, 또 저거, 하고 술술 주문했다. 지나는 보름 전부터 한창 열을 올리던 다이어트가 실패할까 싶어 자리에서 슬슬 일어섰다. 벌써부터 온갖 맛있는 냄새가 위장을 마구 자극해와 도저히 자제할 수 있을 것 같지 않았다.

"장난감, 아니 장남간 아저씨. 저 먹으면 안 돼요. 정말 죄송한데 전 이만 가볼게요. 그리고 여기 학원가라서 은근 혼자 먹는 사람 많아요. 저- 기 봐봐요. 혼자 먹는 사람 두 명이나 있잖아요."

"앉아."

"안⋯⋯."

"아까 쓰러질 뻔했잖아. 내가 내 재산, 아니 우리 부모님 재산까지 다 걸고 장담하는데 그렇게 무턱대고 굶으면 절대 살 안 빠져. 잠시 빠져도 도로 되돌아올 거고. 결국 요요와 실패의 반복일 뿐이야."

"⋯⋯."

"일단 오늘은 먹어. 계속 그런 식으로 하다간 키 안 커. ⋯⋯매달 나올 것도 안 나오고."

허를 찌르는 그의 민망한 충고에, 지나는 얼굴을 확 붉히며 도로 자리에 앉았다. 혹시나 누가 들었을까 싶어 그녀가 주위를 쭈뼛쭈뼛 살피자, 남간은 뭔가 한마디 더 덧붙이려다 그냥 입을 다물었다.

도대체 네 어머니는 한창 여러 가지로 손이 많이 갈 고2 딸에게 왜 그렇게 무심한지 묻고 싶었던 그였다. 지나의 모친은 딸의 영양 상태를 신경 쓰지도 않았고 뚱뚱한 몸을 진심으로 걱정하는 것 같지도 않았다. 다른 가족들이 지나의 몸에 대해 이따금씩 가시 돋친 말을 할 때마다 지나의 어머니는 신경도 쓰지 않는 기색이었다. 아무리 아들이 더 우선이라 한들, 딸에 대한 태도와 지나치게 간격이 컸다.

남간은 괜스레 솟구치는 짜증에 입을 한일자로 다물고 물 한 모금을 들이켰다. 아주머니는 몇 분 지나지 않아서 모듬김밥에 피자치즈라볶이, 고구마돈까스, 짬뽕라면을 그들 앞에 푸짐하게 가져다 날랐다. 남간은 짬뽕라면을 자기 쪽으로 당기고 다른 음식들은 그와 지나 사이에 놓았다.

"천천히 먹고 적당히 남기고 식후 산책이든 뭐든 운동을 가볍게 해. 내가 볼 때 네 가장 큰 문제적 습관은 두 가지야. 일단, 먹는 속도가 빨라. 뇌에 포만감 신호를 일찍 주려면 맛을 음미하면서 최대한 천천히 먹어. 후다닥 먹어치우려 하지 말고 씹는 그 과정을 즐기라고. 그리고 음식에 대한 집착이 너무 강해. 남기지 않고 끝까지 다 먹어치우려는 아주 나쁜 습관이 있어. 미련을 버리고 그냥 남겨. 음식이 아까운 것보다 네 위가 더 아깝다는 생각을 하라고."

"꼭 엄마 잔소리 같아요. 엄마는 그렇게 조곤조곤 논리적으로 말한 적 한 번도 없지만. 아니, 사실 별로 신경 쓴 적도 없지만요."

지나의 모친은 그녀가 아들 지한이 먹을 몫만 축내지 않으면 밥을 먹든 굶든 별반 신경을 쓰지 않았다. 부재중인 지한 몫이 줄어들까 봐, 오빠 거 남겨놔야 되니까 그만 좀 처먹으라고 가끔 소리칠 때는 있었다.

지나는 본능을 이기지 못하고 알록달록 야채와 참치, 고기 등이 버무려진 김밥과 노릇노릇 튀겨진 돈까스, 피자치즈가 쭉쭉 늘어나는 라볶이 그라탕을 번갈아 먹었다. 하지만 남간이 조언한 대로, 최대한 천천히 맛을 음미하고 포만감이 일찍 뇌에 이르도록 먹으려고 노력했다. 장시간 공복이었다가 뭔가 갑자기 받아들인 탓인지, 그가 조언한 대로 포만감이 빨리 생긴 것인지 그녀는 금세 배가 불러옴을 느꼈다. 하지만 음식이 남을 것 같지는 않았다. 남간은 천천히 먹는 것 같으면서도 은근 식탐이 강한지 이것저것 흡입하고 있었다.

동네 마실 나온 것처럼 편안한 트레이닝복 차림이었는데도, 그는 스포츠웨어 광고를 찍다 나온 것처럼 흠잡을 데 없이 완벽했다. 단지 라면을 먹고 있을 뿐인데도 그의 몸짓에는 파스타를 먹고 있는 듯한 기품과 우아함이 흘러넘쳤다. 그는 돈까스 마지막 한 점을 집어 새빨간 라면국물에 담가 면발과 건져 올려 입으로 가져가고 있었다. 그 모습마저 품위 있었으니 말 다 했지 싶었다.

지나는 문득 주변의 따가운 눈총을 느꼈다. 어쩐지 주위에서, 특히 여자들이 그 둘을 흘깃흘깃 보고 있는 시선이 있었다. 저렇게 잘생긴 남자와 뚱땡이 여고생이 나란히 앉아 밥을 먹고 있으니 모두들 호기심 가득한 눈을 하고 볼 법도 했다. 저 멀리 앉은 한 여자의 속삭임이, 지나의 예리한 귀에 와 박혔다.

"오빠랑 동생이겠지?"

"당연히 그렇겠지. 그럼 설마 사귀는 사이겠냐? 그래도, 여자애는 몸은 저래도 얼굴은 좀 예쁘장하네. 하나도 안 닮긴 했지만."

여자들의 테이블로 음식이 도착하자 그들은 곧 눈앞의 음식에만 집중하는 눈치였다. 눈앞의 남간은 그녀가 남긴 김밥 마지막 하나를 집어 라볶이 국물에 찍어서 최후의 일격을 가하고 있었다. 지나는 그에게만 간신히 들릴 만큼 작은 목소리로 물었다.

"안 창피해요?"

"창피? 뭐가?"

"……."

지나는 암만 그래도 자존심 상하게 스스로 말하고 싶지는 않았다. 하지만 그래도 그의 대답이 어떨지 궁금해서 결국 질문을 토해내고 말았다.

"저랑 같이 앉아 있어서 창피하지 않냐고요."

"어째서? 우리가 뭐 불륜관계로 보일까 봐?"

남간이 냅킨으로 입을 닦으며 평소답지 않게 너스레를 떨었다. 지나는 잠시 더 머뭇거리다 말을 이었다.

"다행이네요. 하긴 창피할 것 같았으면 아예 같이 밥 먹을 생각도 안 했겠죠. ……집에서는 외식할 때도 저한테 최대한 구석에 앉아 있으라고 하거든요. 식당까지 갈 때도 일행이 아닌 척 좀 떨어져서 오라고 한 적도 있고요."

"……누가?"

"네?"

갑자기 서슬 퍼렇게 변한 남간의 어조에, 지나는 좀 당황한 기색이었다.

"정확히 누가 너한테 그러라고 했냐고."

"아은 언니……. 반은 농담이지만 가끔 지한 오빠. 이모랑 숙모도 가끔씩 그래요. 뭐 하도 들어서 이젠 적응됐지만."

"……."

남간은 원래 습관인지, 다 먹고 난 나무젓가락을 확 분질러 부러뜨렸다. 별 의미 없는 동작이었겠지만 어쩐지 오싹, 등골을 서늘하게 만드는 뭔가가 있었다. 하지만 그는 다시 표정을 바꿔서 그녀에게 그만 가자 눈짓했다. 그는 당연한 듯이 밥값을 계산하고 바로 옆 프랜차이즈 커피점에서 가장 비싼 프라푸치노까지 사서 그녀에게 안겨주었다.

지나는 시원하고 달콤한 음료를 스트로로 힘껏 빨아들이며 옆에 나란히 선 남간을 바라보았다. 그는 뭘 생각하는지 무감한 표정에, 아이스 아메리카노를 들고 언덕 위를 향해 걷고 있었다. 지나는 결코 시험하는 건 아니었지만 일부러 그와 조금 떨어져 뒤처져서 걸어보았다. 남간은 고개를 돌리더니 미간을 좁혔다.

"뭐 해, 빨리 안 오고."

지나는 그의 옆에 총총 걸어와 뭔가 생각난 듯 말했다.

"근데 조금 의외였어요. 분식집에서 라면이라니…… 한 끼를 먹어도 스시집, 카페나 비스트로에서 먹을 거 같았는데."

"라면, 대중음식 아냐? 분식집은 대중음식점이고. 대중이란 건 대통령이든 고학생이든 모두 일컫는 거고. 내 부모님 재력이 좀 탄탄하다고 해서 내가 그 대중의 범주에 안 들 리가 없잖아?"

"그렇긴 하죠. 아무리 부자라도 라면은 가끔 먹겠죠."

"100억이 있든 천만 원이 있든 삼시세끼 먹는 건 결국 똑같아. 100억 가진 사람이라고 매끼 랍스터에 송로버섯 먹지는 않잖아."

"그래도 100억 가진 사람이 랍스터 열 번 먹을 때 천만 원 가진 사람은 한 번도 못 먹겠죠. 전에 어느 책에서 봤는데요, 재력에 따라 돈에 대한 개념 자체가 다르다고 들었어요. 1조를 가진 사람에게는 천만 원이, 1억 가진 사람에게 있어서 500원의 가치로 다가온대요. 재벌에겐 천만 원이 곧 500원 정도 가치밖에 없는 거죠. 상상도 안 되긴 하지만…… 진짜 좋겠다!"

"그래 봤자 그 1조 원이 행복과 영생을 보장해주지는 않아. 전

세계에서 가장 행복지수가 높은 나라가 어디인지 알아? 히말라야 동쪽에 위치한 조그만 산악 국가 부탄(Butane)이란 곳이야. 국민소득 2천 달러도 안 되지만 전 세계에서 가장 행복하게 사는 나라 사람들이라고-"

"처음부터 부탄에 태어나 살았으면 누구나 그렇겠죠. 다 환경의 영향이니까."

"환경의 영향이라……. 맞는 말이야. 요즘 테스 더버빌 읽고 있지? 테스도 시대상을 반영하는 가엾은 하나의 아이콘일 뿐이야. 작가 토마스 하디도 테스의 불행은 그녀의 개인적인 성격보다는 시대의 희생양적 결과였다고 말하고 있어."

"전 그렇게 생각 안 해요. 우선, 작가가 아무리 작품세계나 저변에 깔린 의도를 열심히 설명한다고 해도 일단 작품은 작가의 손을 떠나면 독자가 해석하기 나름이에요. 최근 대두되는 영미문학 비평론에서도 작가의 개입을 더 멀리하는 추세고요. 테스는 본인의 우유부단하고 현명하지 못했던 성격 때문에 스스로 불행을 초래한 거예요. 시대의 탓으로 돌리기엔, 시대상을 극복하고 제자리를 찾은 여성상도 문학 속에서는 너무나 많거든요."

두 사람은 언덕 위를 올라가는 내내 투닥투닥 가벼운 논쟁을 벌였다. 가족들과는 단 한 번도 나눠본 적 없고, 나눌 수도 없는 대화였다. 지나는 발걸음도 가볍게 집을 향해 걸었다. 어쩐지 눈에 보이지 않는 날개가 달려 훨훨 날아갈 수 있을 것 같았다.

지나는 행복했다. 왜인지 이유는 알 수 없었지만, 충만한 행복감이 항상 텅 비어 있던 그녀의 가슴속을 꽉 채워주는 느낌이었다. 남간은 다락방으로 통하는 바깥쪽 계단을 오르며 지나에게 나중에 다시 보자는 손짓을 해 보였다.

그 뒤로도, 남간은 이모와 숙모, 아은이 없을 때만 지나에게 다가와 허물없이 말을 걸고 이런저런 이야기를 나누었다. 지나 역시 그의 의중을 알 것 같았다. 어떻게든 남간의 틈을 비집고 들어가 아은을 엮으려고 하는 여자들 앞에서 지나와의 친밀함을 드러낼 수는 없었다. 그들은 기회는 이때다 하고 남간에게 아은을 밀어붙이고 그와 개인적인 친분을 더 쌓으며 서울지검 가장 유망한 검사의 후광을 누리려 이런저런 잔머리를 굴릴 게 뻔했다.

남간은 표정에는 싫은 티 하나 없이, 지극히 정중하고 선을 확실히 긋는 태도만 견지하고 있었다. 그는 지나 외, 다른 가족들에게는 꼭 필요한 경우 외에는 먼저 말을 거는 법이 없었고 누군가 말을 걸면 적정선에서 싹싹하게 응대했다. 그 결과, 남간은 '좋은 사람이지만 매우 과묵하고 진중해 좀처럼 가까워질 수 없는 사람'이란 이미지를 스스로 심었다. 지나는 이유는 몰랐지만, 그가 그녀에게만은 허물없이 솔직히 대한다는 사실에 환희 비슷한 기쁨마저 느꼈다. 마치 비밀스런 소중한 친구가 한 명 생긴 것 같았다.

이모와 숙모가 장남간의 또 다른 면모를 접한 것은 그로부터 한 달가량 지난 뒤였다. 지나가 기말고사에서 전체 학년 5등을 한 성적표를 자랑스레 집에 가지고 왔을 때였다. 이대로라면 지나 본인이 희망하는 Y대나 K대에 충분히 진학할 수 있을 것이란 통지서도 같이 들어 있었다. 그녀의 모친은 혹시나 전문대학 다니는 아들이 자괴감 느낄까 싶어 작은 목소리로, 그래 잘했네, 단 한마디 던졌을 뿐이었다.

그리고 거실 한옆에서 과일을 깎던 이모와 숙모는 만면 가득 시샘을 드러내며 제각기 한마디씩 던졌다. 지나의 오빠 지한처럼, 이모 딸 아은도 성적이 바닥을 기다가 간신히 전문대학에 들어갔고 아직 중학생인 숙모 딸 소현도 성적이 단 한 번도 중위권 이상인 적이 없었던 것이다.

"아유~ 여자가 공부 잘하면 뭐해, 예쁜 게 우선이지. 아무리 강산이 바뀌고 시대가 변해도 절대 변하지 않는 것들은 있어. 여자 팔자 뒤웅박 팔자란 거, 여자는 무조건 예뻐야 사람취급 받는다는 것도 그 하나야."

"고모 말이 맞네요. 예뻐야 좋은 혼처에 잘 팔리는 건 예나 지금이나 천지불변 진리지."

"그러게- 공부머리 좀 있고 뚱하니 애교도 없는 뚱땡이 못난이랑, 대학은 좀 덜 좋은 데 나왔어도 이쁘고 날씬하고 애교 철철 넘치는 여자랑, 남자들이 어느 쪽을 좋아하겠어? 뻔하잖아."

"……."

그때 뒤에서 계단을 오르고 있던 장남간은 거실로 다시 돌아와 이모와 숙모 앞에 정중히 섰다.

"말씀이 좀 심하신 것 같습니다. 그럼 여자들은 초등학교까지만 보내고 죄다 어려서부터 외모 가꾸는 데만 신경 써야겠군요. 사람취급 받고 보다 좋은 데 잘 팔려가기 위해서."

"응? 아, 아니 내 말은 그게 아니고……."

"그런 위험한 발언은 조심하셔야 할 시대입니다. 아무리 강산이 바뀌고 시대가 변해도 사람들이 법에 힘입어 시시비비 가리는 건

변하지 않을 겁니다. 특히 요즘은 여성인권이 바닥인 한국에서도 인권모독이니 명예훼손으로 고소장 날리는 일이 많아졌습니다. 최근 가족 간 분쟁으로 시끄러운 K기업을 보면 아시겠지만 식구끼리도 예외는 없더군요."

그의 표정에는 한 점의 장난기도 없었다. 차갑기 이를 데 없는 그 눈빛에 압도된 숙모와 이모는 갑자기 꿀 먹은 벙어리가 되어 얼어붙어 있었다.

"죄송합니다. 제가 너무 오버했습니다. 저희 어머니가 전 여성부장관이셔서 그런지 워낙 그런 영향을 많이 받아 자란 탓입니다. 방금 제가 범한 결례는 부디 잊어주시길 바랍니다."

"아, 아니…… 아니에요. 오호호, 우리가 말조심을 좀 해야지. 암만……. 너무 아무렇게나 떠들어댔지 뭐야–"

장남간은 얼빠진 표정으로 사과하는 숙모와 이모에게 다시 한번 정중히 묵례해 보이고 다락방을 향해 계단을 올랐다. 그가 완전히 사라질 때까지 묵묵히 있던 이모가 그제야 숙모의 어깨를 찰싹 때리며 나무라듯 말했다.

"아휴! 장난감이 뒤에 있는 거 전혀 몰랐네! 저 청년은 워낙 바르게 자라서 옆에 있을 때는 말조심해야 한다고! 그나저나 모친이 전 여성부장관도 하셨었어? 난 그냥 그 여자대학교 총장만 한 줄 알았는데……. 오마나, 세상에– 어쩜 까도 까도 양파 같은 집안이야!"

"그, 그러게요! 아, 아무리 생각해도 우리 아은이랑 잘됐으면 좋겠는데……. 아무래도 사귀는 여자가 있는 것 같아요. 도저히 틈을 주지 않으니……. 애인이 없으면 왜 우리 아은이처럼 매력 넘치는 애를 마다하겠어요!"

한동안 또 무의미한 썰을 풀어대는 이모와 숙모였다. 그들의 눈에, 마침 부엌에서 싱크대를 행주로 훔치고 있던 지나의 모습은 전혀 보이지 않았다. 애당초 지나가 듣든 말든 아랑곳없이 자기들이 하고 싶은 말을 했을 여자들이었다.

지나는 방금 남간이 여자들에게 조용히, 하지만 확실히 으름장을 놓다시피 충고했던 말을 단 한마디도 놓치지 않고 듣고 있었다. 너무도 통쾌하고 시원해, 그녀들이 뚱땡이 못난이네 뭐네 떠들어 댔던 말도 그녀의 멘탈에 아무런 위해도 가하지 못하고 있었다. 그녀는 아무도 없는 부엌 안쪽에서 투명 펀치백을 향해 신나게 두 주먹을 날리며 그 자리에서 펄쩍펄쩍 뛰었다. 꽉 막힌 체증이 단번에 뻥 뚫리는 느낌이었다.

그 아름답고 소중한 석 달간이, 지나에게 있어서 평생 떠올리고 싶지 않은 지옥의 시간 이 되어버린 것은 장남간이 마침내 수리가 완료된 집으로 다시 돌아가기 딱 일주일 전의 해프닝 때문이었다.

민태조는 남간만큼은 아니었지만 꽤 허우대 좋고 스타일 화려한 청년이었다. 민태조 역시, 석상문 삼촌의 S대 후배로 장남간의 친구였다. 석상문은 가장 아끼던 두 후배를 데리고 근처에서 술 한 잔 한 뒤, 역삼동 집에 데려와 남간의 다락방에서 간단히 2차를 하고 있었다.

지나 역시, 삼촌이 가끔 후배와 동기들을 데려왔을 때 민태조를 본 적이 있었다. 그는 항상 얼굴에서 웃음을 잃는 법 없는 전형적인 젠틀맨에, 큰 키에 외모 역시 준수한 편이라 어딜 가나 여자들이 따를 타입이었다. 그는 막 군대에서 제대해 이제 본격적으로 사법고시 준비에 들어가려 한다고 들었다. 이변이 없는 한, 그도 몇 번째든 사시에 합격할 것이고 그러면 장남간이나 상문이 삼촌처럼 누구나 선망하는 탄탄대로를 걷게 될 터였다. 하지만 열일곱의 지나는 이미 남간밖에 눈에 담기지 않는 상태가 되어 있어서 민태조를 봐도 별 느낌이 없었다. 스스로는 의식하지 못하고 있었지만, 그녀는 이미 남간을 남자로 인식하게 된 지 오래였다.

지나는 부엌에서 엄마를 도와 과일을 깎고 있다 삼촌의 부름에 계단참을 바라보았다. 석상문은 잠시 중요한 전화가 왔는지 휴대폰을 들고 한 손엔 담뱃갑을 쥔 채 마당으로 나가고 있었다.

"지나- 손님들에게 커피랑 과일이나 뭐 먹을 것 좀. 부탁한다?"

지나는 엄마가 준비한 접시를 두 손에 조심스레 받쳐 들고 계단참을 올랐다. 예의 바르게 노크하고 남간의 다락방에 들어간 그녀는 방에 접시를 들여놓았다.

"지나, 오랜만이다! 키가 그새 더 큰 것 같은데? Y대나 K대 목표하고 있다며? 우리 상문 선배 조카 알고 보니 아주 엄친딸이네, 엄친딸이야!"

"아니에요, 엄친딸은요."

지나는 민태조의 너스레에 조금 맞춰 준 뒤 꾸벅 고개 숙이고 다시 방을 나왔다. 계단참을 내려가려던 그녀는 발걸음을 멈췄다. 혹시 라면이나 국수 생각 있는지 삼촌 후배들에게 물어보라고 했던 엄마의 말이 뒤늦게 생각났다. 지나가 다시 방 앞으로 다가가 노크를 하려고 할 때였다. 갑자기 문 너머에서 들려오는 그녀의 이름에, 지나는 반사적으로 허공에 들어 올린 손을 멈췄다. 민태조의 쾌활한 음성이었다.

"야, 그나저나 너 말야- 전에 지나랑, 요 아래 중국집에서 둘이 짬짜면 먹었지? 나 여친이랑 지나가다 멀리서 봤어. 처음엔 긴가민가했는데 아무리 봐도 역시 너희 둘 맞더라고. 하긴 너무 다정한 오누이처럼 보여서 누가 봐도 오해할 일은 없겠더라."

그다음 민태조의 말은 잘 들리지 않았다. 뭐라고 작게 중얼거리는 것 같았다. 하지만 "-좋아하냐?"라는 어떤 부분은 확실히 들렸다. 혹시나 그녀를 좋아하냐고 물었을 리 없다고 생각하면서도, 지나의 가슴은 미친 듯이 뛰었다. 설마 그렇게 물었을 리가 없을 거라 자조하면서도 그녀는 숨죽여 남간의 대답을 기다렸다.

그리고 다음 순간, 민태조의 물음에 답하는 남간의 목소리에 지나는 그녀의 귀를 의심했다. 잘못 들었으려니 생각하려 해도, 너무도 또렷하고 명확한 발음과 음성이었다,

"미쳤어? 저런 건 여자도 아니고, 사람도 아니고, 그냥 숨 쉬는 고깃덩어리일 뿐이야."

장현의가 이진상과 골목에서 난투극을 벌이고 정확히 30분 후, 지나는 경찰서에서 최소한의 필요한 진술을 마치고 고소의 의향까지 확실히 밝혔다. 병원에 실려간 이진상은 다음 주 월요일에 내용증명서부터 받아보게 될 것이다. 지나는 이진상이 진심으로 사과하고 정신적 위자료 및 계약해지 위약금만 지불한다면 굳이 고소까지 강행할 생각은 없었다. 물론 알고 보니 질 낮은 개차반이었던 만큼, 유치장 신세를 좀 지게 만드는 것도 꽤 좋은 가르침이 될 것이다. 하지만 지나는 다혈질 성깔이면서도 꽤 실리적인 성격이었다. 분을 풀기보다는 더 큰 돈을 쥐어짜는 쪽을 택하기로 했다.

자정이 훌쩍 넘은 시각, 지나는 경찰차가 아닌 장현의의 BMW
에 앉아 인상을 잔뜩 구기고 있었다. 경찰차로 귀가하겠다고 주장
했지만 장현의는 어차피 집도 가까우니 부득이 직접 데려다주겠
다는 고집을 꺾지 않았다. 이진상 대표에게서 얻어맞지 않게 제때
에 등장한 데다, 경찰서에서도 목격자 진술을 해주고 몸소 안전히
귀가까지 책임져주겠다고 하는 그였다. 그런데도 지나의 입에서
는 고맙다는 한마디가 도저히 나올 수가 없었다.

그녀는 시큰둥한 표정으로 창밖만 바라볼 뿐, 바로 옆 운전석
에 자리한 남자의 존재를 무시하려 애썼다. 하지만 남자 쪽은 침
묵을 지킬 생각이 없어 보였다. 그는 지나의 얼어붙은 태도를, 조
금 전 이진상에게서 당할 뻔했던 일의 여파라고 간주하는 듯했
다.

"괜찮아?"

"……"

"난 그동안 미국에 있었어. 두 달 전 귀국했지."

"……"

누가 물어봤냐? 장난감 네까짓 게 미국에 있었든 남극에 있었
든 내 알 바 아니잖아?

"이진상이란 그놈, 레스토랑 경영했을 때 직원들 폭행으로 전과
도 있고- 상당히 질이 안 좋은 인간이야. 생각보다 순순히 합의에
굽히지 않을 수도 있어. 원한다면 내가 변호사 자격으로 중간에서
도와줄 수 있으니 참고해. 물론 수임료 걱정은 안 해도 되고."

"……"

얼씨구, 그렇게 말하는 장난감 넌 그렇게 질 좋은 인간인 줄 아

니? 이진상처럼 폭한은 아닐지 몰라도 외모를 기준으로 여자에게 고깃덩어리니 뭐니 뒤에서 씹어대던 너도 절대 떳떳한 인격자는 아니야!

지나의 묵묵부답에, 그는 한쪽 눈썹을 치켜올리며 담담한 한마디를 던졌다. 결코 화가 난 어투는 아니었지만 지금까지와는 달리, 냉소가 묻어나 있었다.

"트라우마로 입까지 붙어버린 건 아닐 텐데……. 위기상황에서 잘 대응한 것도 그렇고, 아까 경찰서에서 똑 부러지게 술술 잘 말한 것도 그렇고. 생색내려는 건 아니지만 나름 신경 써주고 있는데 대답 정도는 할 수 있잖아?"

"네, 대단히 감~ 사합니다."

지나는 눈길은 여전히 창밖에 고정시킨 채 마지못해 감사의 말을 내뱉었다. 세 살짜리 어린애가 듣기에도, 잔뜩 꼬이고 빈정대는 어투가 역력했다.

"……."

장현의는 기가 막힌지 헛웃음을 지으며 입을 다물었다. 그녀의 태도가 도통 이해되지 않는다는 분위기였다. 물론 그는 꿈에도 모를 것이다. 7년 전, 지나가 그와 친구와의 대화를 문밖에서 듣고 있을 줄은 전혀 몰랐을 테니까. 고깃덩어리니, 여자도 아니고 심지어 사람도 아니라느니 뭐니 등 뒤에서 그녀의 심장을 잔인하게 갈기갈기 찢고 있을 때, 도마 위에 올려놨던 그 당사자가 두 귀로 똑똑히 그 말을 듣고 있었다는 사실을 장현의는 전혀 모르고 있었다.

지나는 상대도 하기 싫은 듯 창가에 머리를 살짝 기대고 눈을 감았다. 멀리서, 각종 조명등과 현란한 불빛으로 가득한 익숙한 사거리가 눈에 들어온 직후였다. 이제 5분 정도 후에는 아까 그 난리가 있었던 카페 근처, 그녀의 집이 위치한 주택가에 도착할 것이다. 이미 새벽 한 시에 가까운 시간이었지만 별로 개의치 않았다. 어차피 집안 식구들은 그녀가 밤을 새든 외박하든 전혀 신경 쓰지 않았다.

"집에는 아까 연락해놨어. 공연히 걱정하실까 봐 경찰서에는 단순히 시비에 조금 휘말린 것뿐이라 말씀드렸고."

"네? 우리 집 전화번호는 어떻게 알고요? 몇 년 전에 한 번 바뀌었는데-"

"상문이 형과는 가끔씩 연락을 하고 있으니까. 3년 만에 귀국했으니 이제 어르신들께도 조만간 인사드리러 가야지."

그가 말을 마치기 무섭게, BMW는 지나의 집 대문 바로 앞에 당도해 있었다. 강남역 카페들이 즐비한 언덕 뒤, 역삼동 주택가에는 고급스런 빌라와 단독주택들이 여기저기 자리해 있었다. 하지만 지나의 집은 다락방이 하나 있는 2층짜리 평범하고 오래된 단독주택이었다. 실내 평수는 지하까지 포함해 열 식구가 간신히 버틸 정도였고, 정원이라고 하기엔 황량한 앞뜰도 꽤 큰 편이었다. 하지만 어느 모로 보나, 부유하다는 표현과는 거리가 먼 집이었다.

"감사합니다, 그럼……. 어!"

지나가 간결한 형식적 인사만 남기고 재빨리 차에서 내리려 할 때였다. 희미한 조명등 아래 대문 앞에 카디건을 걸치고 옹송그레 서 있는 세 여자의 모습이 어둠 속에 어른거렸다. 엄마와 작은 이모, 숙모였다. 그녀가 갑작스레 잡힌 지방 촬영으로 무단 외박을 해도 생전 전화 한 번 없던 그들이었다.

"엄마? 이 오밤중에 이모들은 또 왜 다 나와 계세요?"

뭔가 직감적인 것이 지나의 뇌리를 싹 스치고 지나갔다. 역시, 아니나 다를까 그들의 시선은 온통 값비싼 차량과 지나 뒤에 선 키 큰 남자에게 못 박혀 있었다. 먼저 입을 연 것은 역시나 가장 호들갑스럽고 부산스러운 혜자 이모였다.

"어머나, 어머나! 세상에⋯⋯. 너 남간이 이게 몇 년 만이야! 미국 가서 국제변호사 자격증도 땄다는 말은 들었는데 이렇게 반가울 데가!"

"원래도 대한민국 최고 미남이었는데 지금은 신수가 훤해져서 그런지 더 근사하다!"

"오랜만에 뵙습니다, 이모님. 국제변호사가 아니라 미국변호사 자격입니다. 국제변호사란 것 자체가 사실은 없습니다."

"아니, 이제 함부로 이름을 부르고 그러면 안 되지! 이제 나이도 서른 줄에 접어들었는데 제대로 장 변호사님이라고 불러드려야지. 그건 그렇고 우리 지나랑 우연히 만나서 또 큰 도움을 받다니. 지금 시간만 아니라면 들어와서 뭐라도 대접할 텐데. 내일 토요일이니 저녁에 와서 식사하는 게 어때, 남간, 아니 장 변호사님?"

"그러게 말이에요- 남간, 아니 장 변님이 좋아하던 음식 다 기억하니까 꼭 와서 들어요! 듣자 하니 사무실도 법원 근처고 오피스텔도 바로 길 건너라며? 앞으로 자주자주 왕래했으면 좋겠다!"

지나는 머리가 벌써부터 시끄러워 엄마와 이모, 숙모를 뒤로하고 냉큼 대문으로 도망치듯이 들어가버렸다. 그녀가 대강 세수만

하고 욕실에서 나오자 그때까지 장현의를 붙들어둔 듯, 그제야 세 여자들은 조용히 현관을 닫고 속살거리고 있었다. 보나 마나 질문 공세가 쏟아질 것이 두려운 나머지, 지나는 재빨리 방문을 열어 자는 척 불을 꺼버렸다. 맞은편 벽에 놓은 또 다른 침대 위에서는 혜자 이모 딸이자 그녀보다 두 살 많은 이아은이 대자로 누워 코를 골고 있었다. 열 식구인 대가족이라, 지나는 아은과 함께 방을 쓰고 있었다. 하루빨리 아은이 시집을 가버려 방을 하나 쓰길 바라지는 않았다. 그 전에, 내년 안에는 그녀가 먼저 어디로든 독립해 나가버릴 생각이었다.

대강 옷을 훌훌 벗어 던진 지나는 침대에 누워 어둑어둑한 천장을 한참 동안 바라보았다. 가장 먼저 머리에 떠오른 생각은 겁대가리 없이 그녀에게 달려든 이진상 대표를 어떻게 족쳐줄까 하는 것이었다.

두고 봐라, 이 이름처럼 진상덩어리였던 이진상 개자식!

전속계약 따위는 이제 집어치우고 다른 쇼핑몰 쪽 일에만 전념해야 할 것 같았다. 그나마 이진상의 패션프루츠 쪽에서 가장 높은 페이를 지급해왔지만 이제 그것도 깡그리 잊고 다른 업체를 하나 더 소개받아야 할 것 같았다. 어딘가 에이전시 소속으로 들어가면 스케줄 관리 및 스스로 영업할 수고도 없겠지만, 지나는 단독으로 행동해 모든 수입을 혼자서 관리하고 싶었다. 내년에 어디 괜찮은 원룸이라도 구할라치면 적어도 보증금 2, 3천은 있어야 할 텐데 아직 통장은 천만 원 정도밖에 없었다. 올해 겨울 대학을 졸업하기 전까지는, 자신의 용돈 및 생활경비를 모두 그녀가 스스로 조달해야 했기에 돈을 모으기가 쉽지 않았다.

엄마는 그나마 등록금 내주는 것만도 허리가 휠 지경이라 죽는 소리를 해대면서도, 오빠 지한에 대해서는 온갖 지원을 아끼지 않았다. 그 등록금도 사실은 막내삼촌 석상문에게서 나온 것임은 지나도 똑똑히 잘 알고 있었다. 두 살 많은 지한의 전문대학 등록금은 물론이고 매번 바뀌는 여자친구 호구 노릇 하느라 웬만한 샐러리맨 생활비 맞먹는 용돈에, 현재 백수로 있는 지금까지도 호의호식하며 지내게 하느라 늘 애쓰는 엄마였다. 오빠가 형편에 안 맞는 비싼 개인과외와 재수를 했는데도 결국 전문대학으로 안착했을 때조차, 엄마는 지금이 어떤 시대인데 남자가 명문대 나와야만 성공할 수 있냐, 우리 아들은 꼭 크게 될 인물이라고 동네방네 당당히 외쳐댔었다.

2년 뒤 지나가 과외는커녕 학원 한 번 안 다니고도 서울 시내 톱3 대학에 들어갔을 때도, 엄마는 그리 기뻐하지 않았다. 물론 슬퍼했을 리는 없었지만, 엄마는 오빠 지한이가 혹시 자격지심이라도 느낄까 싶어서 지나를 은근히 단속하기 바빴다.

'S대도 아닌데 그깟 Y대학이 뭐 대단하다고⋯⋯. 쯧. 혹시라도 오빠 앞에서는 절대 대학 이야기 하지 마. 알겠니? 대학생활이 어쩌고저쩌고 말도 하지 말고!'

대단치도 않다고 잔뜩 깔아뭉개면서도 오빠에겐 절대 자괴감 느끼지 않게 주의하라는 그 모순적인 신신당부에 지나는 그저 기가 막힐 따름이었다. 혹시 친딸이 아니지 않나 싶어 드라마에서 유행처럼 나오는 소위 유전자검사라도 해보고 싶었지만 그럴 수는 없었다. 지나는 젊은 시절 엄마의 모습과 판박이였다. 사진도 그렇고 주위에서는 완전 붕어빵이라고 어찌나 떠들고 다니는지 귀에

못이 박힐 지경이었던 것이다. 신체적인 유전자는 그렇다 쳐도 어쨌든 내면적인 DNA는 완전히 따로 노는 모양이었다.

　지나는 그날 밤 있었던 일 때문인지 더 오래 생각을 할 수도 없이, 깊은 잠에 빠져들었다. 설마 엄마랑 이모, 숙모가 강권했듯이 정말로 장난감 그 인간이 내일 밤 저녁 먹으러 오는 건 아니겠지!

2화.

　다음 날, 지나는 거의 뜬눈으로 밤을 새우다시피 한 명한 얼굴로 아침을 맞았다. 역삼동 주택은 해가 뜨기도 전에, 습관처럼 이른 아침부터 아침밥을 준비하는 엄마와 이모, 숙모들이 내는 소음으로 시끌벅적했다. 늘 그렇듯이 토요일은 아침 9시쯤 느긋하게 시작되었다. 지나와 엄마, 혜자 이모와 사촌언니 아은, 숙모, 숙모 딸이자 또 다른 사촌동생 소현은 모두 거실 앞 커다란 상 앞에 앉아 아침을 들었다. 외할아버지, 외할머니, 삼촌과 지한, 남자들의 밥상은 여자들 상 옆에 따로 차려져 있었다. 오빠 지한의 모습은 보이지 않았다. 어제 또 홍대나 어디 클럽에서 놀고 새벽녘에 들어와 아직까지 한밤중일 게 뻔했다. 지나보다 더 늦게 들어온 모양이었다.

　백화점 판매직원으로 토요일도 근무하는 아은은 아침을 대강 먹고 재빨리 집을 나섰고 소현은 밥상 아래 휴대폰에서 손을 떼지 못하느라 수저를 드는 둥 마는 둥 하고 있었다. 아침상을 물리고 제각기 다들 노인정, 등산 겸 약수터, 회사, 어학원 등 갈 길을 간 뒤 엄마는 지나를 살짝 불러 그녀의 방 침대에 잡아 앉혔다. 아은이 출근하고 없으니 비밀이야기를 하기에 딱 좋은 때였다.

"지나야! 이번 달 활동료 들어왔지? 오빠 핸드폰 새 모델로 바꾸고 싶단다, 좀 도와주렴. 난 이번 달 가계부 완전 적자야……."

"아직 입금도 안 됐어. 오빠 본인이 알바라도 해서 스스로 사라고 해. 어차피 그 적자인 가계부도 오빠 용돈 때문이잖아?"

"저 매정한 것 같으니……. 그럼 전에 부탁한 건 어떻게 됐어?"

"전에 얘기한 거 뭐? 하도 많이 부탁하니 뭔지 알 수가 있어야지."

"얘는! 네가 제일 많이 나오는 그, 패션프루츠인가 과일인가 하는 데 말이야! 거기 대표가 다른 사업체들도 많고 아주 재력이 빵빵하고 너에게도 참 젠틀하게 잘해주고 그런다면서! 오빠 거기 취직자리 알아봐줄 수 없냐고-"

"……."

지나는 가늘게 한숨을 쉬었다. 엄마에게, 간밤에 있었던 일을 말하면 과연 뭐라고 말할까? 그 젠틀 코스프레하고 있던 개차반 폭한이 그 더러운 본성을 드러내서 딸에게 달려들고 폭력까지 가할 뻔했다는 말을 하면 반응이 어떨지 궁금했다. 당장은 걱정하는 척하면서도, 속으로는 아들의 좋은 취직 가능성을 놓친 데 대한 아쉬움이 더 클 것이다. 엄마는 그런 사람이었다. 어릴 때부터 항상 그랬다.

"거기 문제가 생겨서 그만두기로 했어. 설령 계속 일한다 해도 그런 청탁은 죽어도 못 해."

"세상에, 저렇게 정 없고 모진 싹바가지 없는 년……. 내가 저런 걸 딸이라고 낳아서!"

매몰차게 방문을 밀치고 나가는 지나의 등 뒤로, 엄마의 신랄한 비난이 마구 날아와 꽂혔다. 그녀는 어쩐지 눈물이 왈칵 터질 것만 같아서 욕실 문을 쾅 닫고 들어가 샤워기를 냅다 틀었다. 뜨거운 물줄기 아래 서 있자니 뺨을 타고 흐르는 게 눈물인지, 물인지 알 수가 없었다.

지나는 집에 있기 싫어서 집에서 5분 거리인 국기원 옆 도서관에 가 일찌감치 책을 펼쳐 들었다. 다른 쇼핑몰의 친한 코디 언니가 빌려준 로맨스소설이었다. 소유욕에 집착하는 남주가 취향인 언니가 이런 미친 남주는 처음 본다고 혀를 내두르며 빌려줬던 신간이었다. 한참을 읽던 지나는 혀를 차며 2권의 작가 후기를 들춰 보았다. 도대체 작가의 의도가 무엇인지 궁금하기 짝이 없어 대체 후기엔 뭐라고 씨부려놨나 궁금했던 것이다.

뭐? 제목 『ALX, ALX』가 Alexis, Alexander(알렉시스, 알렉산더)의 줄임말이자, 매우 달라 보였던 두 주인공이 결국은 서로의 과거와 현재, 다가올 미래 모두 하나로 감싸 안고 진정한 부부의 길을 간다는 의미라고? 별, 뱀파이어 피 빨다가 토마토 주스 들이켜는 헛소리하고 앉아 있네……. 이런 정신과 상담이 절실한 남자의 과거랑 현재, 미래를 어떻게 감싸 안아? 과거는 이미 되돌릴 수 없으니 그렇다 쳐도 현재도 그렇고 미래도 그렇고, 아니 이 여주란 것은 이렇게 365일 24시간 감시하는 의처증환자랑 어떻게 평생을 같이 산다는 거야? 정신 차려라, 이것아. 아무리 겁나 잘생기고 돈이 곧 휴지인 돈지랄 갑부라도 이건 아니야.

지나는 욕에 욕을 하면서도 결국은 1권을 순식간에 다 끝내고 2권을 펼쳐 들었다. 너무 기가 막히고 코에 오장육부가 다 막혀서 도대체 이런 답 없는 정신병자 남주가 어떻게 변한다는 것인지 두 눈으로 확인해보고 싶어서 견딜 수가 없었다. 이 피오렌티인지 패랭이꽃인지 이탈리아 축구팀인지 옷 상표를 연상케 하는 작가도 참 제정신이 아닌 것 같았다.

그때 휴대폰 진동 소리가 들려서 발신자를 확인하니 엄마였다. 그녀는 계속해서 울리는 진동음을 무시했다. 그러나 카톡에 문자에 난리도 아니었다. 당장 전화를 받지 않으면 방 안에 있는 옷들을 죄다 사촌동생 소현이에게 줘버리겠다는 협박도 포함되어 있었다. 지나는 마지못해 엄마의 휴대폰으로 전화를 걸었다. 딸의 성깔을 알면 실제로 그런 협박을 실행할 리 없었지만, 어쨌든 대체 한반도 3차 대전도 아니고 왜 이렇게 법석인지 궁금증은 일었다.

"왜요?"

-지금 어디야? 너 오늘은 일 없다고 했잖아. 저녁엔 들어올 거지? 6시 전에는 꼭 들어와라!

"글쎄, 왜요?"

-장난감, 아니 장 변 있잖아! 오늘 저녁 먹으러 올 거거든! 아까 이모가 먼저 전화 받았는데 넌 외출 중이고 밤에도 집에 들어올지 모르겠다 했더니, 그럼 식구들 다 있을 때 다음에 다시 오겠다는 거야! 너만 오면 되니까 꼭 6시 전엔 들어오라고, 이것아! 알겠지? 안 오면 정말 가만 안 둬! 아니, 아예 지금 당장 들어와서 음식 준비하는 것 좀 도와줘, 알았지?

엄마는 본인이 하고픈 말만 소나기처럼 퍼붓고 전화를 확 끊어 버렸다. 지나는 울컥 솟구치는 짜증에 소리라도 냅다 지르고 싶었지만, 도서관 안이라 차마 그럴 수는 없었다. 그냥 예의상 흘려듣지 아니 장난감 그 인간은 대체 왜 꾸역꾸역 온다는 건지 알 수 없었다.

엄마의 속셈은 불을 보듯 뻔했다. 미국변호사 자격도 가지고 있는, 잘나가는 업계 최고 변호사에게 빌붙어 오빠 지한의 취직자리를 청탁해볼 계산이리라. 그리고 이모와 숙모로 말할 것 같으면 그들의 속내도 엄마만큼 뻔히 드러나 보이는 것이었다. 너무 투명해서 그 세 여자는 한마디로 해파리 같은 유형이었다. 혜자 이모의 딸 아은, 삼촌과 숙모의 딸 소현은 둘 다 외모가 꽤 출중한 편이었다. 이웃들은 지나와 아은, 소현까지 그 집 세 딸들이 하나같이 축복받은 미모라고 칭찬들을 아끼지 않았다.

하지만 아직 대학생인 소현은 그렇다 치고, 직장인인 스물여섯 살 아은에겐 그리 좋은 선자리가 들어오진 않았다. 대단한 재력이나 명문가도 아닌 데다 무엇보다 아은의 소위 스펙이 맞선시장에선 그리 좋은 편이 못 되었다. 외모와 학력, 내세울 만한 전문직 커리어까지 두루두루 갖춘 여자들이 맞선 회사 골드회원으로 넘치는 판국에, 전문대학 출신에 백화점 매장 직원으로 일하는 예쁜 아가씨 정도는 잉여 수준이나 다름없었다.

하지만 혜자 이모는 하나뿐인 딸에게 거는 기대가 엄청났다. 지금이 6, 70년대 시대도 아니건만 어떻게든 아은이를 최고 신랑감과 엮는 것이 이모의 가장 큰 삶의 목표였다. 숙모 역시, 아직은 대학생인 소현에게 거는 기대가 만만치 않았다. 두 여자가 오늘 밤 장난감의 방문에 목매달고 금의환향하는 아들 맞이하듯 부산을 떠는 이유는 바로 그런 것에 있었다.

지나는 책들을 신경질적으로 가방에 넣고 일찌감치 자리에서 일어났다. 이것저것 찬거리를 사오라고 줄줄이 문자를 보내는 엄마의 등쌀에, 도저히 마음 편히 앉아 있을 수가 없었다. 어떻게든 장난감과 다시 대면하는 일을 피하고 싶었지만 달리 선택의 여지가 없었다. 저녁상 앞에 잠깐만 앉아 있다가 몰래 빠져나가 동네 친구를 만나거나 혼자 여기저기 쏘다닐 심산이었다.

그날 저녁, 정말로 장난감이 그녀의 집 앞에 도착해 있었다. 백화점에서 산 게 분명한 고급스러운 과일 바구니와 그 외에도 생선과 고기로 보이는 각종 상자들이 삼촌과 지한의 손에 들려들려 집 안으로 옮겨졌다. 여자들은 세상에, 뭐 이런 걸 다 사오냐고 좋아 죽으면서도 빈말로 공치사를 하기에 바빴다. 눈동자가 하트 모양으로 변한 걸 넘어서서 아예 눈 밖으로 튀어나와 바닥에 떼구르르 구를 지경이었다.

외할아버지, 외할머니는 예전부터 막내아들 석상문의 가장 가까운 후배였던 장난감을 역시 아들처럼 반갑게 맞아주었다. 최근 결혼해 분가한 석상문 역시, 그가 온다기에 오랜만에 본가에 와 있었다. 그전에도 틈틈이 연락을 주고받았던 듯, 두 사람은 담담히 몇 마디 나누며 상 앞에 자리를 잡았다. 이모와 숙모, 아은과 소현은 눈에 총기를 가득 머금고 장난감 앞에서 어쩔 줄을 몰랐다.

게다가 복병까지 있었다. 짐작컨대, 이모와 숙모는 절대 못 오게 하고 싶었겠지만 둘째 숙모와 딸 지영까지 와 있었다. 둘째 삼촌은 분가해서 한 시간 거리에 살고 있었고 슬하에 아들 하나 딸 하나를 두고 있었다. 아은과 지영은 동갑으로 그리 사이좋은 사촌자매라고 할 수는 없었다. 여자들 특유의 신경전과 라이벌 의식이 항상 둘 사이에는 은근히 깔려 있었고 자연히 엄마들 역시 마찬가지였다. 지영의 외모 역시, 최첨단 성형기술의 특혜를 받아서 꽤 잘 정돈되어 있었다. 지영도 연예인을 눈앞에 둔 태도로 눈빛을 초롱초롱 형형하게 빛내느라 여념이 없었다. 아은, 지영, 소현 모두 하나같이 어디 파티에라도 가는 양, 집 안인데도 가장 좋은 소녀풍 원피스를 입고 있었다. 지나가 보기에는 아주 가관이었다.

옘병, 아예 싹 다 비키니를 입혀서 품평회를 하지그래?

이제 어엿한 장현의 법률사무소의 오너이자 대표변호사가 된 장난감은 눈부신 흰 와이셔츠에 세련된 넥타이핀, 어디 유럽정장 화보에나 나옴 직한 커프스까지 디테일마저 고급스럽고 완벽하게 잘 매치된 차림으로 그들 앞에 당당히 서 있었다. 평소 진지한 상황에서는 지극히 냉정하고 차갑게 보일 것 같은 그의 조각 같은 얼굴에는 안온한 미소가 살짝 부드럽게 자리해 있었다. 쌍꺼풀이 없는데도 크고 시원스런 윤곽을 그린 눈매는 웬만한 여자보다 더 아름다웠다.

지나는 추리닝 차림에 긴 머리를 뒤로 질끈 매고서 화장기 하나 없는 고등학생 같은 모습으로 구석에 찌그러져 앉아 있었다. 그녀는 점심도 제대로 못 먹어서 상 앞에 차려진 각종 잔치음식 앞에만 오감을 집중하고 있었다. 세상에, 제사나 명절 때도 이런 진수성찬을 차리진 않았던 것 같았다.

장현의는 몸에 밴 예의를 갖추며 다른 식구들과 7년 만에 인사를 나누고서 구석에 존재감 없이 찌그러져 있는 지나 쪽을 바라보았다. 그녀는 그의 존재가 안중에도 없는 것처럼 젓가락을 들어서 잡채를 후루룩 입속으로 빨아들이고 있었다. 현의는 누군가의 앞에서 이렇게 그 자신이 유령처럼 느껴지는 경험은 처음이었다. 다른 열세 명이 그를 스포트라이트 중심에 놓고 경애하는 눈으로 우러러보고 있다는 사실도 그에게는 별반 위안이 되지 못하는 것 같았다. 현의는 조부모 바로 옆자리를 마다하고 일부러 지나 건너편으로 걸어가 그녀 앞, 구석자리에 조용히 앉았다. 다들 여기 한가운데 앉으라고 난리였지만 그는 정중히 거부했다.

"저는 원래 구석이 편합니다. 괜찮으니 신경 쓰지 않으셔도 됩니다."

"아니, 그래도 손님인데- 그럼 지나 네가 여기 가운데로 옮기렴! 우리 아은이랑 제가."

"아유, 형님은 상석에 앉으셔야죠! 저랑 지영이가 구석으로 갈……."

"어머, 찬물도 위아래가 있는데 우리 제일 어린 소현이가 구석에 앉아야죠!"

지나는 유치한 어른들의 설전에 코웃음을 치면서 마지막 잡채한 가락을 진공청소기처럼 쓰윽 빨아들인 뒤 다른 자리로 이동하기 위해 벌떡 일어났다. 하지만 지나가 한가운데 다시 자리를 잡고 앉자마자, 뒤이어 현의도 일어났다. 그는 지나 건너편에 앉아 있는 상문과 지한 사이를 매끄럽게 비집고 들어가 앉았다.

"역시, 그래도 명색이 손님인데 제가 가운데 앉는 게 예의인 것 같습니다."

장현의는 부드럽게 웃으며 좌중을 둘러보다 수저를 집어들었다.

"그럼 저도 시작해보겠습니다. 이런 진수성찬은 생전 처음이라 도저히 보고만 있지 못하겠네요."

그러자 자리싸움을 벌이던 여자들은 이번엔 하나같이 이 갈비 찜은 누가 재웠고, 이 갈치는 어디서 특별히 공수해왔고 간장게장 은 또 어떤 비법을 전수받은 누가 만들었고 등등 조리과정에 대해 열심히 설명을 늘어놓기 바빴다.

한편 그와 정면으로 마주한 지나는 시선을 밥상 위에 내리깐 채 월남쌈의 야채만 깨작깨작 씹고 있었다. 안 그래도 불편한데 이렇 게 똑바로 마주하며 앉아 있어야 한다니 밥이 넘어갈 턱이 없었다. 장현의는 엄마의 강권에, 불고기 한 점을 집어들어 우아하게 입안 으로 가져가고 있었다. 지나는 그 모습을 경멸스럽게 지켜보았다. 그리고 상상의 나래를 펼쳤다. 상상 속에서 그녀는 모락모락 김이 오르는 불고기 접시를 통째로 들고 그의 완벽하게 다듬어진 머리 위에 내리쏟고 있었다.

'어때? 맛있냐? 네가 입안에 처넣어 오물오물 처 씹고 있는 그 게 바로 고깃덩어리야! 좀 뚱뚱하고 뒤룩뒤룩 살이 쪘어도, 사람에 게 고깃덩어리라고 하는 건 정말 인간 이하의 망언이라고! 그렇게 함부로 말하는 네 뇌세포가 바로 고깃덩어리야, 장난감! 나중에 죽 으면 고도 비만 악마들의 손에나 떨어져 영원히 장난감 신세로 전 락해버려라'

하지만 어디까지나 상상일 뿐, 그런 짓을 실제로 옮길 만큼 지 나는 무모하지 못했다. 그녀는 이제 슬슬 자리를 피해야겠다 싶었 다. 모두들 장난감에게만 온 촉각을 곤두세우고 있어서 지나가 없어져도 신경도 안 쓸 분위기였다. 하지만 그녀가 막 자리에서 일어나려 할 때였다. 장현의가 불쑥 물었다.

"어디 가? 화장실은 아까 다녀왔잖아."

"……속이 안 좋아서 이제 그만 먹으려고요."

"그래도 자리는 지키고 있어야지. 손님에 대한 예의가 아니잖아?"

장현의는 그녀의 속 정도는 훤히 보인다는 듯 설핏 웃었다. 그 말에, 눈치 없는 상문 삼촌도 한마디 거들었다.

"그래, 간지나. 너 옛날에 남간이가 여기서 우리랑 살 때 너한테 얼마나 잘해줬냐? 너 공부도 가르쳐주고 너만 데리고 나가서 맛있는 것도 사주고 그랬었잖아! 그런데 왜 이렇게 퉁해?"

"……삼촌은 모르면 가만 있어……. 아냐, 됐다. 네, 알았어요. 손님에 대한 예의 지킬게요! 아무렴 지키고말고요!"

지나는 부글부글 속에서 치밀어 오르는 화를 억누르려 애쓰며 도로 자리에 앉았다. 그러면서, 아무것도 모르면서 끼어드는 석상문을 한껏 노려보는 것도 잊지 않았다.

모르면 가만히나 있지! 나도 처음엔 그렇게 잘해주는 거에 속아 넘어갔었지! 결국 놀리는 것인지도 모르고……. 사실은 날 여자도 사람도 아닌 고깃덩어리라고 생각하고 있었다고! 알기나 해?

그때 둘째 숙모가 어떻게든 장현의의 관심을 그녀의 딸 지영에게 돌려보려고 어설픈 공작을 펼쳐 보였다.

"아유~ 정말 볼수록 요즘 애들 말로 존잘이신 것 같아요! 우리 지영이도 대기업에서 일하니 가끔 변호사분들과도 업무를 하는데 아마 이렇게 잘생긴 분은 못 봤을 것 같아요. 그렇지, 지영아?"

지나는 조용히 코웃음을 흘렸다. 엄밀히 말하면 대기업으로 파견된 임시 계약직이고, 변호사분들과 업무를 하는 게 아니라 그분들에게 커피 잔 날라다주는 일을 한다는 게 정확한 표현일 터였다. 항상 만사를 그렇게 자기 유리한 쪽으로 허풍 치는 화법이 영락없이 둘째 숙모다웠다.

지나는 그동안 무겁게 닫고 있던 입을 열었다. 아무리 끼어들지 않으려 해도, 숙모의 어른스럽지 못한 단어 선택은 좀 지적해야 할 것 같았다. 어떻게든 한 살이라도 더 어려 보이려 애쓰는 숙모는 내면 또한 더 어려져서 애들과 같은 급이 되려고 애쓰는 듯했다.

"숙모, 존잘이란 표현…… 요즘 애들이 흔히 쓰긴 해도 손님에게 쓰기에는 좀 경우가 아닌 것 같아요. 존나 잘생겼다, 그걸 줄인 말이잖아요."

"어머, 그게 뭐 어때서? 우리 장 변과 충분히 그런 말 할 수 있는 사이 아니야? 방송에도 가끔 나오던데 나이 들어서 유행어 쓰면 안 된다는 법이라도 있니? 응?"

"유행어 이전에 비속어잖아요. 아무리 줄임말이라지만 존나, 라는 말을 그렇게 쉽게 쓰면 안 되죠. 애들이 쓰는 것도 경우가 아니지만 지들만의 문화가 있으니까 지들끼리 쓰는 건 어쩔 수 없다 해도요."

"야, 간지나- 너 우리 엄마한테 무슨 말버릇이야? 네가 지금 어른을 가르쳐? 응?"

"어머어머? 지금 손님 와 계신데 애들이 이게 무슨- 지나, 너 네가 먼저 시작했으니까 작은 숙모에게 사과하는 게 좋지 않겠니? 7년 만에 우리 장 변과 함께 하는 식사자리인데 이런 분위기 되면 안 되잖아~"

어쩐지 즐거워 보이는 투로, 첫째 숙모가 여우처럼 살랑살랑 끼어들었다. 둘째 숙모의 딸 지영이가 버럭 화를 내며 사나운 성미를 드러내는 바람에, 점수가 확 깎여버려 고소한 심정이 된 것 같았다.

"……"

지나가 집 밖으로 나가버릴 심산으로 자리에서 발딱 일어서기 직전이었다. 장현의가 조용히, 그러나 또렷한 음성으로 입을 열어 자신의 의견을 피력해 보였다.

"저희 할아버님, 고 장선의께서는 법률가인 동시에 국어학자기도 하셨습니다. 지금은 큰아버지께서 그 뜻을 이어받아 모 대학 국어국문학과에 교편을 잡고 계시기도 합니다. 그런 집안 분위기의 영향을 받아서인지, 저는 지나친 줄임말 표현이나 비속어 등 아름다운 한글이 나날이 그렇게 훼손되는 요즘 세태가 경악스럽기까지 합니다. 제 이기심의 발로일 수는 있겠습니다만, 부디 제 주변의 가까운 지인분들만이라도 저와 같은 경각심을 가져주셨으면 하는 바람이 있습니다."

"……"

그의 침착한 의견에 좌중의 모두는 일제히 감탄 반, 민망함 반이 섞인 표정이 되어 사뭇 꿀 먹은 벙어리 상태로 놓여 있었다. 역시 변호사답게, 조용한 어조 속에서도 강한 카리스마와 설득력이 있는 그 말에 다들 압도되어버린 것 같았다. 먼저 운을 튼 것은 역시 여우같은 혜자 이모였다.

"어머나! 맞아요, 저도 항상 그런 생각을 하고 있었답니다! 요즘 정말 언어순화가 너무도 절박한 시대예요! 말이 나와서 말이지, 우리 아은이는 요즘 애들 같지 않게 그런 말을 전혀 쓰지도 않고 잘 알지도 못한답니다~"

그 뒤로도 엉뚱하게 흘러간 석혜자의 딸 아은에 대한 칭찬이 더 이어졌지만, 그 자리의 누구도 그녀의 말을 귀담아듣지 않았다. 지나는 이모의 가증스런 이중발언에 남몰래 다시 비웃음을 흘렸다. 집안에서 리얼리티 쇼를 제일 열광하며 애청하고, 그런 비속어를 자주 쓰는 사람들은 다름없는 두 모녀였다.

하지만 장현의를 내내 매섭게만 보던 지나의 눈길에는 어느새 힘이 조금 풀려 있었다. 가슴 어딘가가 간질거리는 느낌이 들어 당황스러웠다. 나비 몇 마리가 배 속에 들어가 파닥파닥 날개를 치는 것 같은 감각이었다.

한 시간 뒤 마침내 장현의가 모두의 극진한 배웅 속에서 집을 나설 때, 지나는 이제 이로써 장난감과 더 볼 일이 없으려니 생각했다. 하지만 그것은 간지나의 기우에 불과했다.

그로부터 단 하루 뒤, 새로 한 주가 시작되는 월요일 오후에 지나는 장난감을 다시 볼 운명에 처해 있었다. 그녀는 장난감의 번호인 줄도 모르고, 집요하게 울리는 전화를 시큰둥하게 받다가 날벼락을 맞은 상태가 되어 있었다.

"뭐라고요? 아니 그 개…… 가 제정신이래요!"

"그러니까 지금 사무실로 와. 30분 안에는 올 수 있겠지?"

"……바로 갈게요."

아니, 그 개호로 병신 찌질이가 오히려 날 맞고소한다고 했다고? 참 내, 대체 무슨 근거로? 콩밥만은 안 먹이려고 했는데 이 새끼가 이거 안 되겠네!

지나는 허겁지겁 옷을 챙겨 입고 언덕 길 아래를 두다다 달려서 지하철역으로 향했다. 10분 뒤 교대역에 도착한 그녀는 법률사무소 간판을 찾아서 두리번두리번거렸다. 사무실은 전혀 어렵지 않게 찾을 수 있었다. 출구에서 50미터도 떨어져 있지 않은 거리에, 사무실은 법률사무소라기엔 너무 호화롭고 세련된 빌딩 꼭대기 15층에 위치해 있었다. 예상대로, 사무실 내부도 무슨 부티크 호텔처럼 근사하기 이를 데 없었다. 하지만 지금 지나의 머릿속에는 인테리어를 감상할 여유 따윈 없었다.

"장난…… 아니 장 변호사님, 저 왔어요. 다시 자세히 말씀해주세요!"

지나는 미모의 데스크 여직원이 안내하는 대로 로비 가장 안쪽에 위치한 방에 들어와 장현의를 향해 외쳤다. 그는 매우 비싸 보이는 큰 원목 데스크 앞, 역시 엄청나게 고급스러워 보이는 검은 가죽소파에 몸을 깊이 파묻고 앉아 있었다. 단정하게 빗어 넘긴 그의 머리 너머로, 인근 도심이 한눈에 훤히 내려다보이는 유리 통창이 한쪽 벽을 온통 덮고 있었다.

"아까 말한 대로야. 그쪽 변호사가 널 명예훼손으로 맞고소하고 다시는 이 업계에서 발붙일 수 없게 하겠다는 의향을 전해왔어. 난 네 담당변호사는 아니지만 경찰서에서 최초 진술을 도와준 명목으로 나에게 대신 알려온 모양이고."

장현의는 별반 동요 없이 차분하게 말했다. 그가 말을 이어감에 따라, 한 손에 돌리고 있던 펜이 더 빠른 속도로 돌았다. 그의 잘생긴 얼굴에는 한 점의 감정도 드러나 있지 않았다.

"뭐라고요? 대체 무슨 근거로? 아니, 내가 암만 변호사가 아니라도 그게 기각될 거란 건 뻔히 알겠는데- 싹싹 빌어도 봐줄까 말까 한 판에, 하하하…… 그 새끼…… 아니 그 인간도 안 될 거란 건 뻔히 알면서 그냥 최후의 발악 하는 거겠죠?"

"나도 그렇게 생각했었는데 말이지."

장현의는 가죽의자에 앉은 채 그녀에게 가까이 다가와 책상 앞에 앉으라는 손짓을 해 보였다. 명령이라기엔 부드럽고, 정중하다기에는 어딘가 거만함이 깃든 몸짓이었다. 지나는 대뜸 다가가 그 앞의 클라이언트용 의자에 털썩 주저앉았다. 장현의는 팩스로 온 어떤 자료를 그녀에게 보여주었다.

"예전에 이진상과 단둘이 섬에 여행 갔던 기록 중 일부를 보내왔던데- 사실이야?"

"헐! 아니에요! 그때 현장까지 갔더니 촬영이 태풍으로 취소되고 차편도 끊겨서 울며 겨자 먹기로 그 섬에서 그 개자식과 1박을 한 거라고요! 섬이니까 호텔도 하나뿐이었고 이진상 그 인간이, 무슨 세금관련서류상 이렇게 해야 한다고 방 하나 값만 카드로 긁고 다른 방은 현금으로 결제한 거라고요! 당연히 각각 다른 방에서 묵었죠! 속속들이 알아보면 다 드러날 일인데 이게 내가 뭐 꽃뱀 짓에 응했다 뭐 그런 건덕지나 되나요!"

"그 외에도 둘이서만 기묘한 포즈로 찍힌 사진들도 있고 해서 말이야……"

"그거야 촬영상 연출이죠! 이진상 그 인간도 운동을 하니까 뒷모습 정도는 직접 모델로 해도 괜찮겠다고 자진해서- 물론 나중에 편집되었지만. 세상에, 이 개호로 자식 같으니라고⋯⋯."

"게다가 금요일 밤 강남역 카페 앞에서 있었던 일도, 사실 네가 먼저 시작했고 이 대표가 교제를 거절하니 네가 보복심에 생수병으로 폭행했다 주장하고 있어."

"⋯⋯."

지나는 더 들을 필요도 없다는 듯 고개를 설레설레 저었다. 계약 중도 위약금과 정신적 위자료만 사죄의 뜻으로 잘 챙겨주면 조용히 접으려고 했건만, 이진상은 생각보다 훨씬 더 진상 짓을 해댈 심산인 것 같았다.

"사실이 아니에요!"

"사실이 아닌 건 나도 알아. 처음부터 본 건 아니지만, 그게 반대상황이란 건 충분히 알 정도로 지켜봤으니까."

장현의는 무감한 눈으로 지나의 말에 동조했다. 그날 강남역 앞에서 봤을 때, 그저께 밤 그녀의 집 안에서 마주 보고 있을 때, 그리고 지금 다시 그의 사무실 안에서 대면하고 있는 지금, 고작 세 번 만났을 뿐인데도 왠지 느낌이 달랐다. 오늘은 특히 위화감이 더했다. 그의 영역이자 홈그라운드인 사무실 안에서 보니 왠지 사무적인 느낌이 들었다.

"어떻게 할 거야?"

"어떻게 하긴요. 철저히 밟고 부서뜨려줘야죠."

"그러니까 어떻게? 건담을 출동시킬 수도 없잖아."

장현의는 눈으로 엷게 웃었다. 지나는 그의 눈웃음에 살짝 심장이 흔들리는 느낌을 맛보았다. 7년 전, 여자라기엔 너무 어린 소녀였을 때도 지금처럼 심장이 두근거리게 만들었던 그 눈빛이었다.

건담은 그녀가 좋아했던 일본 애니메이션 중 하나였다.

"남의 일이라고 재밌다는 듯 너무 여유작작 말하시네요."

"천만에. 그런 개호로 인간망종은 나 역시 짓밟고 깨부수는 게 맞다고 생각하니까. 그럼 변호사를 고용해서 소송하는 방법뿐이겠네. 아무래도 상문이 형에게 도움을 요청하는 게 낫겠지?"

"아뇨! 가족들에겐 절대, 절대 알리고 싶지 않아요. 그냥 조용히 제 선에서 처리했으면 좋겠어요."

"그럼 따로 변호사를 고용할 여유는 있어? 만만찮은 비용이 들 텐데. 이기면야 나중에 몇 배로 위자료를 받겠지만."

"……."

지나는 머릿속으로 통장과 적금잔고 액수들을 더해보았다. 턱도 없었다. 아무리 나중에 몇 배의 보상금을 받게 된다 해도, 천만 원 정도의 전 재산을 이 소송에 선금으로 다 쏟아부을 수는 없었다.

젠장, 육시할 이진상 이 개자식……. 사죄해도 모자랄 판에 이런 개짓거리를 벌여!

"……."

장현의, 옛 장남간은 즐거운 눈빛으로 눈앞에 앉아 있는 간지나를 물끄러미 바라보았다. 아까지만 해도, 이진상 인간이하 쓰레기의 수작질에 화가 치밀어 올라 있었건만 지금은 지나의 귀여운 분노를 지켜보는 즐거움이 더 컸다.

그녀는 그의 시선은 의식도 못하는지 아랫입술을 잘근잘근 씹고 이를 악물며 뭔가 욕설 비스무리한 것을 쉴 새 없이 랩하듯 꿍

시렁꿍시렁 중얼거리고 있었다. 반금발로 염색한 긴 머리칼을 아무렇게나 뒤로 묶고 피트니스 센터에 운동하러 가는 듯한 추리닝 차림이, 영락없이 조금 성숙한 고등학생이나 대학 새내기처럼 보였다. 화장기 하나 없이 깨끗하고 발그레한 얼굴은 피팅모델보다는 화장품 광고에 더 어울려 보였다.

7년 전에는 그래도 어딘가 순한 면도 엿보였건만, 지금은 독이 잔뜩 올라 매사에 공격적이고 방어에만 급급해진 모습이라 조금 의아한 마음도 들었다. 역시 아들만 위하던 그녀의 어머니 석두순 여사, 딸들끼리 은근히 경쟁시키던 이모, 숙모 때문에 자기방어 본능이 세월과 비례한 건가 싶었다.

그래, 나 미친개야! 어디 와서 건드려만 봐, 피 볼 때까지 확 물고 늘어질 거니까!

사흘 전부터 그녀의 눈은 온 세상을 향해 그런 무언의 메시지를 부르짖는 것 같았다. 예전에는 사슴같이 예쁘게만 보였던 그녀의 눈에는 지금 도전과 투쟁의식이 가득 떠올라 있었다. 장현의는 문득 다시 궁금해졌다. 어쩌다 보니 다소 악에 받친 성향이 더 발전했다고는 해도, 그에게 유독 더 가시를 세우는 느낌은 아무래도 이상했다. 7년 만의 재회니 그쪽에서 뭔가 실수한 게 있을 리는 없다.

지나가 문득 입을 열어 장현의의 상념을 중단해왔다.

"장 변님, 좀 싸게…… 저렴하게 해줄 변호사 아는 분 안 계세요? 부탁 좀 할게요. 그리고 금요일 밤 현장에서의 일은 장 변님이 보신 대로 증언해주세요. 부탁드려요."

"그 호칭 맘에 안 드는데. '변'을 높여 부르는 것도 아니고."

"네, 죄송합니다. 장.현.의.변.호.사.님."

부탁할 때는 아주 조금 공손한 어조가 되어 있나 싶더니 지나의 말투는 다시 평소처럼 꼬여 있었다. 현의는 지나가 귀엽게 파르르 떠는 모습을 잠시 더 감상하다가 고개를 설레설레 저었다. 일부러 더 과장된 연기를 하듯 그는 천천히 고개를 모로 저었다.

"내가 아는 이쪽 업계에 저렴한 사람은 아무도 없어. 네가 국선 변호사를 신청할 정도의 저소득계층도 아니고."

"······."

지나의 눈에 다시 어린 독기를 보고 그는 속으로 웃음을 삼켰다. 그가 먼저 제안할 수도 있었지만, 장현의는 일부러 기다리고 있었다. 그를 향한 지나의 적의와 싸늘함에 대해서는 그 이유를 알 수 없었다. 하지만 적어도, 그녀가 먼저 도움을 요청하는 것이 순서지 그가 먼저 도움을 제안할 생각은 없었다. 만약 지나가 7년 전처럼 그에게 호의적이고 살가운 태도였다면 당연히 현의 쪽에서 먼저 제안했을 것이다. 이 정도 케이스는 애당초 그에게 껌딱지만 한 노력도 들일 필요가 없는 소송이었다.

자, 간지나. 어서 정중히 부탁해봐. 그리고······.

현의는 이유가 뭐가 됐든 간에, 지나가 그에 대한 적의와 경계심을 풀고 자연스럽게 그를 대해줬으면 싶었다. 보다 정확히 말하자면, 예전처럼 친근함을 가지고 허물없이 대해주길 바라는 마음이었다.

예전처럼 좀 상냥하게 굴어봐.

"어쩌지. 도움이 못 되어줘서."

"요즘······ 장 변······ 아니 장현의 변호사님 많이 바쁘신가요?"

"바쁘다면 바쁘고 한가하다면 또 한가해. 사실 다 시간 조율하기 나름이잖아. 그런데 그건 왜?"

"……."

지나는 드디어 결심한 듯 크게 숨을 들이켜고 단숨에 말했다.

"저 좀 변론해주시면 안 돼요? 제 담당변호사가 되어주시면 안 되냐고요- 하지만 전 돈이 없으니까 최대한 저렴하게- 안 되면 할부로 해서라도요."

그녀가 말을 끝내자 현의의 가슴엔 짜릿한 승리감마저 일었다.

"난 무조건 선금으로 계약금 몇 퍼센트 먼저 받고 시간당 청구하는 스타일이야. 할부는 절대 안 돼."

"계약금은 얼마고 시간당 얼만데요?"

다음 순간 그의 입에서 무심히 나온 액수에, 지나는 그만 입을 다물고 말았다. 옘병, 쌍욕이 튀어나오려는 걸 가까스로 자제하는 눈치였다.

"하지만."

현의는 그녀의 경악하는 얼굴에 대고 덧붙였다. 그녀 쪽에서 먼저 요청했으니 이제 이쪽에서 봐줘야 할 것 같았다.

"예외도 있지. 넌 상문이 형 조카고 하니까 특별 중 특별대우로 계약금 없이 승소 후 보상금의 50% 어때?"

"50%? 반이나요? 그건 너무 많아요!"

"……그럼 다른 데 알아봐. 상문이 형에게 부탁하든가."

"알았어요, 절반 뚝 떼어 드리면 되잖아요! 쳇! 그런데 만에 하나…… 승소 못하면 수임료는 어떡해요?"

"난 법정전문이고 지금까지 무패전승이니 그런 걱정은 붙들어 매도 돼."

"지금까지 맡은 수임은 몇 건인데요?"

"지난 3년간 미국에서 74건, 국내는 8월말부터 해서 5건."

"지, 지난 2주간 벌써 5건이나 맡아서 다 승소했다고요?"

장현의는 별로 대단치도 않다는 듯 어깨만 으쓱했다.

"제대로 붙기 전에 합의로 이끈 게 4건이니까. 법정에서 피 튀기며 싸우는 게 확실히 재미있긴 하지만, 클라이언트 입장에서는 아무래도 합의를 선호하는 편이지."

"……."

지나는 크게 한숨을 내쉬고 그에게 다시 한 번 다짐을 받았다.

"정말 감사합니다! 이 은혜 잊지 않을게요. 영혼 없이 들리겠지만…… 정말 그래요. 그리고 저희 식구들에게는 절대 비밀 지켜주시리라 믿겠습니다."

"그러지. 내 짐작에 이건 소송감도 안 되니 합의로 끝날 거야. 자세한 건 다시 연락해주지. 하지만."

현의는 표정을 다시 달리하며 그녀를 냉철하게 주시했다.

"조건이 있어."

"조건?"

갑작스런 그의 말에, 지나는 흠칫 놀라 장현의를 빤히 바라보았다.

"조건이라니 뭔 조건요?"

이제 와서 다시 수임료를 올리겠다는 건 아닐 테고, 도대체 장난감이 무슨 조건을 내세울 것인지 지나는 긴장되었다. 그는 자기 일과 관련해 허튼소리를 할 인물도 아니었다.

"보아하니 모델 일에 그렇게 큰 열정을 가진 것 같진 않은데…… 혹시 내 말이 틀렸다면 정중하게 사과할게."

"사과할 필요 없어요. 말씀하신 것처럼 피팅모델 일은 순전히 높은 수입 때문에 한시적으로 하는 거니까. 요즘 같은 청년 불황 시기에 입에 맞는 취업도 어렵고 학원강사랑 개인과외도 좀 했었지만 역시 시간대비 이 피팅모델이 제일 수입 짭짤해요."

"그럼 앞으로 계획은 어때? 이진상 그 인간 때문에 이쪽 업계엔 더 질렸을 것 같은데. 학교도 Y대학 본 캠퍼스 정도는 사실 짐작했던 거고, 전공이 뭔지 물어봐도 될까?"

"비웃으실 텐데요."

"안 비웃겠다고 약속해."

"정말 몰라서 물으시는 거예요?"

"아는데 군이 뭐하러 물어봐?"

"법대로 들어갔다가 중간에 심리학과로 전공 바꿨어요. 1학년 때 기초법학개론 듣는 순간 아, 난 이거 아니다 확 깨달음이 왔거든요. 법정드라마도 엄청 좋아하고 관심도 많지만, 피터지게 공부해서 법적 지식을 일부러 머릿속에 우겨넣어 시험 치는 건 정말 내 스타일 아니란 걸 뒤늦게 각성한 거죠. 심리학은 관심이 있었지만 알바에만 매달리느라 학점은 별로예요. 그나마 미드 늘상 봐서 그런지 영어는 좀 해요. 오픽 1급도 있고."

"……."

"약속했잖아요!"

지나는 그것 보라는 듯이 현의의 기묘하게 일그러진 얼굴에 손가락질을 해 보였다. 아니나 다를까 웃음을 꾹 눌러 참느라 그의 잘생긴 입은 우스꽝스럽게 뒤틀려 있었다. 장현의는 뒤돌아서서 잠시 심호흡을 크게 한 번 하더니 다시 근엄한 얼굴로 돌아와 지나에게 돌아섰다.

"비웃지 않았어, 절대로."

그러더니 그는 부드러운 미소를 띠고 지나에게 더 바짝 다가앉았다.

"오히려 더 잘됐다 싶은데. 학점이 바닥이라도 심리학에 대해 주워들은 것들은 좀 있을 테니까 어쩌면 브레인스토밍 때 손톱 정도의 도움은 될지 모르겠어. 영어 성적도 좋으니까 외국어 능력도 요즘 같은 글로벌 추세에 당연히 쓸모가 많지. 피팅모델 일은 그만두고 이 사무실에서 함께 일해보자. 그게 내 조건이야."

"뭐요? 이 사무실에서? 장난감, 아니 장 변호사님이 대표로 있는 이 사무실에 취직을 하라고요? 제가요?"

지나는 아연실색한 얼굴이 되었다가, 혹시라도 자신을 놀리는 게 아닌가 싶어서 다시 표정을 굳혔다. 하지만 장현의 역시 그녀 못잖게 진지한 기색이었다. 그냥 찔러보는 건 아닌 것 같았다. 그는 더할 나위 없이 진지하게 그녀를 리크루팅하고 있었다!

"하지만 제가 여기서 무슨 일을 할 수 있겠어요? 이미 직원들은 충분한 것 같던데-"

"수임이 나날이 늘어나고 있어서 직원을 두세 명 더 충원하려 생각하고 있었어. 그리고 네가 할 일이 왜 없겠어. 여기 일하는 사람들도 다 영어는 기본이고 3개 국어 가능자도 있지만 어쨌든 영어 가능자에 심리학과 출신인 것만 해도 깨알만큼은 도움이 될 거라고 했잖아. 요즘은 외국인 클라이언트 수요도 꽤 많거든."

"……생각할 시간을 좀 주세요."

"내일까지 확답 줘. 만약 거절하면 이진상 건도 없던 걸로."

"엇! 뭐요? 그건 안 돼요! 승소 시 보상금 절반 후불 조건으로 해 준다고 하셨잖아요오!"

지나의 숨넘어가는 애원 앞에, 장현의는 냉담하게 말을 이었다. 역시 찔러도 피 한 방울 안 나올 냉정한 변호사의 모습 그 자체였다.

"여기서 일하는 걸 조건으로, 그 후불제로 사건을 맡아준다고 한 거였어."

"아, 정말……. 그럼 내일까지 시간을 주나 마나 애당초 저에겐 선택의 여지가 없었던 거잖아욧!"

"그래도 선택의 여지는 있었지. 가족들에게 상황을 죄다 알리고 상문이 형에게 의뢰하는 방법도 있었으니까. 정식 출근은 다음 주 월요일부터 하고, 사건 의논 겸 미리 사무실 사람들과 인사할 수 있게 수요일부터 매일 나와."

"잠깐만요! 그럼 급여는요? 그건 적어도 미리 딜할 권리가 제게도 있……."

"딜 같은 건 없어. 일반 회사 신입사원 연봉은 될 테니까 걱정 마."

장현의는 뭐가 그리 재미있는지 입가에 가볍게 미소를 띠고 자리에서 일어났다. 그럼 이만 이진상을 엿 먹일 방안을 고안할 수 있는 작업에 착수할 테니 지나도 그만 집에 돌아가서 뭔가 관련 정황증거가 나올 수 있을지 생각해보라고 일렀다. 그는 조금이라도 이진상에게 불리할 수 있는 것이라면 뭐든 알려달라 덧붙였다.

지나가 마지못해 동의하고 사무실을 나서는 뒷모습이 사라질 때까지, 장현의는 그녀에게서 한시도 눈을 떼지 않았다.

정말 예상한 대로였다. 7년 전, 그녀는 아직 활짝 꽃을 피우지 못한 봉오리 단계에 있었다. 당시 고등학생이던 지나는 확실히 뚱뚱한 편이었다. 빈말로라도, 귀엽게 통통하다 말해줄 정도의 단계를 넘겨 있었다. 하지만 그런데도 열일곱의 지나에겐 그녀만의 특별한 매력이 있었다. 몸은 부했지만 얼굴은 갸름한 달걀형에 눈과 코는 서양인처럼 시원시원 입체적인 반면, 입술은 도톰하고 탐스러운 게 전형적인 동양인 같았다.

살만 좀 빠지면 정말 기가 막히게 예쁠 거야. 물론 지금도 예쁘지만 본인이 워낙 콤플렉스에 갇혀 있으니까.

7년 전, 석 달간 그녀와 한 지붕 아래 살면서 그는 항상 그렇게 생각했었다. 대학에 입학하고 점점 성숙한 여자가 되어가며 지나는 비로소 자신이 원했던 모습에 이른 것 같았다. 원래 키는 고등학생 때도 170 정도였으니 살이 꽤 많이 빠진 상태인 만큼, 과연 피팅모델이 되기에 손색이 없었다. 신의 축복인지, 인위적인 노력인지 지나는 글래머러스한 굴곡을 함께 갖춘 동시에 팔다리는 길고 우아하게 마른 몸매를 가지고 있었다. 동양여자들 모두가 선망하는, 서양인 혹은 마네킹 몸매라고 불리는 유형이었다.

다음 날 화요일, 장현의는 이진상과 그의 담당 변호사를 그의 사무실 회의실에서 마주하고 있었다. 소송이 걸리면 양쪽의 변호사들 사이에서는 자연스레 일종의 신경전이 생기게 마련이었다. 하지만 이진상을 담당한 김인여 변호사는 처음부터 장현의에게 상당히 주눅 들어 비굴한 저자세를 보이고 있었다. 이렇게 제3의 장소가 아니라 장현의가 제안한 대로, 그의 홈그라운드 사무실에 와 있는 것 자체가 그 사실을 증명하고 있었다. 장현의의 명성과 배경을 익히 알고 있기 때문일 터였다.

하지만 이진상의 태도는 자신의 변호사와는 사뭇 달랐다. 처음에는 현의의 조용하지만 강렬한 카리스마에 잔뜩 눌린 기세였었다. 하지만 현의가 자신을 시종일관 정중히 대하자 본인이 갑이라는 착각에 빠져 잔뜩 위세가 당당해져 있었다.

"그 미친 개 같은 년이 날 먼저 유혹했다고요! 그년에게 줄 돈은 10원 한 푼도 없고요, 앞으로는 이쪽 바닥에 절대 발도 못 붙이게 확실히 매장시켜버리고 말 겁니다! 설사 내가 패소하는 한이 있더라도, 그년이 대한민국 땅에서 얼굴 못 들고 다니게 만들어줄 거예요!"

"……."

의기양양한 이진상의 태도에, 현의는 조용히 자리에서 일어나 재킷 앞섶을 가지런히 당겼다.

"그럼 합의는 없는 것으로 하겠습니다. 차후 법원에서 뵙죠."

"바라는 바입니다! 흠!"

당황해하는 상대측 변호사의 표정은 아랑곳없이, 이진상도 자리에서 벌떡 일어나 헛기침을 크게 하며 회의실 문을 향해 다가갔다. 그가 문에 손을 가져가는 순간, 현의는 최후의 통첩이나 되는 양 서류를 몇 장 집어들어 이진상의 등 뒤에 대고 말했다.

"가시기 전에 보여드릴 리스트와 자료가 있습니다. 한번 훑어보시죠."

"뭡니까, 이건?"

"……."

직접 보면 알지 않겠냐는 장현의의 눈빛에, 이진상은 서류를 받아들어 거기 나열된 글과 리스트를 죽 훑어 내렸다. 그의 얼굴은 순식간에 사색이 되다 못해 흙빛으로 물들었다.

"이, 이게 대체……!"

"예전 사업체에서 당신이 저질러온 직원 폭행 및 협박죄 상세기록과 직원들의 증언 확보입니다. 음성파일로도 가지고 있습니다. 그중에는 역시나 성추행을 시도했던 여직원도 있더군요."

"다 새빨간 거짓말입니다, 다 거짓말!"

"그건 법정에서 증명해 보이시고……."

장현의는 고래고래 소리를 질러대며 폭주하려는 이진상을 향해 한마디 첨언했다.

"아버님이 건물 임대업으로 세금 탈세 중이고 룸살롱 접대부 출신인 첩을 거느리고 있다는 사실도 공개할 겁니다. 후자에 대해서는 어머님이 그 사실을 모르고 계시죠?"

"……."

"그냥 조용히 합의해주고 보상금을 지급하는 게 나을 겁니다. 이건 백 퍼센트 이진상 씨가 지는 싸움입니다."

이진상은 고급 정장바지가 더러워지는 것도 개의치 않고 바닥에 스르륵 무릎을 꿇고 말았다. 아까까지 그 미친개가 어쩌고, 먼저 유혹했고, 헛소리할 때와는 완전히 딴판인 모습이었다. 그의 변론인인 김인여 변호사는 엉거주춤 안경만 추켜올리며 어째야 할지 모르는 얼굴이었다. 역시 이름에서 연상되듯 존재감 하나 없이 잉여스러운 모습 그대로였다.

장현의는 그 둘을 더 쳐다보지도 않고 조용히 회의실로 걸어 나갔다. 잠시간의 패닉 뒤에는 자신들이 보기 좋게 물먹은 현실을 수용하고 패배에 대한 대가를 치르는 데 동의할 것이다.

지나가 미친개면 난 미친 하이에나야. 감히 내 영역 안을 건드리다니. 이 숨만 쉬는 가축 같은 자식…….

그날 저녁 지나가 다음 주부터 정식으로 장현의의 사무실에 직원으로 출근하게 되었다는 말을 하는 순간, 역삼동 집 안은 뜨거운 도가니처럼 화륵화륵 타오르기 시작했다.

항상 그녀를 깎아내리려 하는 이모와 숙모는 물론, 항상 여우같이 굴던 얄미운 아은 언니와 소현까지 갑자기 지나를 보는 눈빛이 180도 달라져 있었다. 언제나 아들 아들 노래만 불러대는 엄마 역시 별반 다르지 않았다. 그녀의 반짝반짝 빛나는 눈동자에 담긴 기대감은 불 보듯 뻔했다. 아이고, 잘됐다! 지나를 다리 삼아 우리 지한이 취직도 어떻게 안 되려나? 아니면 어디 다른 곳이라도 장현의가 알선해줄 수 있을 텐데- 워낙 발이 고급스럽게 넓을 테니 말이야! 들으나 마나 뻔한 속셈이었다.

지나는 속으로 그들의 속물근성을 경멸하고 비웃었지만, 어깨만 한 번 으쓱하고 여자들의 질문 공세를 피해 방에 들어가버렸다.

다음 날 수요일, 지나는 나름 정장 차림으로 정확히 8시 45분에 그의 사무실에 도착해 있었다. 9시 정각보다 일부러 10분 일찍 올 수 있게 집에서 나온 그녀였다. 지나의 상식에서는 시간 약속은 사회생활의 기본 중의 기본이었다. 돈처럼 시간도 낭비해선 안 될 무형자산이라 믿었다.

그녀는 고깃덩어리든 갈비 덩어리든, 7년 전 자신을 상처 줬던 그 일에 대해서는 잠시 젖혀두기로 독하게 마음을 먹었다. 하지만 막상 고용 계약서에 꼼꼼히 사인하고 원본을 현의에게 넘기는 순간, 지나는 그의 말에 깜짝 놀라 책상을 뒤엎을 뻔하고 말았다.

"이진상 건은 이미 해결됐어. 내일 네가 제시한 정신적 위자료 및 계약중도파기 합의금의 두 배를 주는 조건으로 쌍방 고소 취하하기로 됐지. 내일 중으로 오천만 원 입금될 거야."

"뭐, 뭐, 뭐라고요? 그렇게 빨리? 가만, 두 배? 두 배? 우와- 그럼 장난, 아니 장 변호사님에게 50% 주고도 저에겐 이천오백만 원이 떨어진다는 말이에요! 아니, 가만 있어봐- 제가 정식출근하기 전에 합의가 이루어진 거니 제가 여기서 일 안 해도 되지 않아요?"

"지금 와서 무슨 딴소리야. 그 조건으로 수임을 받아들이고 합의를 이끌어낸 건데……. 내일까지 오천 입금시킨다고 했으니 확인되면 법인 계좌에 이천오백 보내."

"헐……."

지나는 여러 가지 만감이 교차해 잠시 그 자리에 멍하니 앉아 있었다. 그렇게 단시간에 합의금을 두 배로 해서 시원하게 일을 해결하는 그의 능력에, 아무리 지나라도 감탄하지 않을 수 없었다.

"도대체 무슨 수, 아니 전략을 쓰신 거예요?"

"자세한 건 더 알 필요 없잖아. 내가 알아서 다 마무리 처리했으면 된 거지. 그보다 네 이력서 봤는데 학점이 대체 이게 뭐야? 아무리 바닥을 기어도 3.0 이상은 되어야지 어떻게 총 2.3으로 졸업

할 수 있어? 이러니 대기업엔 명함도 못 내밀었겠지."

"말했잖아요. 알바하면서 돈 모으느라 공부는 어느새 뒷전이 되어버렸다고……. 그래도 프로이드랑 융 이론은 빠삭해요. 프로이드의 꿈 이론 알아요?"

"그 정도는 비전공자들도 빠삭하게 다 아는 일반 상식이야. 어쨌든, 가기 전에 직원들과 인사해. 지금 다른 파트너 변호사 및 신입들은 회의 중이니까 다음 주에 정식으로 보면 되고. 그리고 미리 부탁하는데…… 사무실에서는 그 성깔 좀 눌러. 말도 가려서 하고."

"무슨 성깔요? 참 내……."

잠시 후 지나는 박명우 사무장과 정주하 실장 겸 총무, 안자현 대리, 그 외 여러 사무업무를 보는 직원들과 정식으로 인사했다. 다들 장현의에게서 대충 사전설명을 들었는지 서글서글하고 호감 가는 눈길로 그녀를 맞이해주었다.

"많이 부족할 테니 부디 아낌없이 가르쳐주세요! 앞으로 잘 부탁드립니다."

"혹시 차로 출퇴근 예정인가요? 그럼 주차는 건물 지하에 자리 하나 만들어드릴게요."

"아뇨, 저 BMW라서 주차장 이용할 일은 없어요."

"BMW?"

장현의는 지나가 그의 차종인 BMW를 들먹이자 반문했다. 그가 알기로 그녀는 차도 없었고 비싼 수입차를 소유할 상황도 아니었다.

"버스, 지하철, 걷기 BMW입니다. Bus, Metro, Walking."

참 요즘 말 모르시네, 한마디 덧붙이려다 지나는 현명하게도 입을 닫았다. 둘만 있을 때는 만만하게 굴어댔지만 아무리 그래도 지금은 직장이었다. 아무리 낙하산으로 들어왔다지만 언행을 깍듯이 제대로 하지 않으면 금세 말이 나올 것이다.

"아, 그래서 BMW? 푸핫!"

안자현 대리는 푸핫 하고 박장대소를 터뜨렸다. 애 둘 딸린 기혼이었지만 꽤 젊은 마인드라 생각했는데 역시 꼰대가 다 된 모양이라고 장난스레 투덜거리기도 했다. 다들 그녀의 농담에 익숙한지 입을 모아 웃었다. 지나는 일단 사무실 분위기가 화기애애한 것에 조금은 안심했다. 하지만 직장생활이란 게 어디 녹록한 곳이 있던가! 앞으로 정신 똑바로 차리고 열심히 돈을 모아 독립할 자금을 마련하는 데 힘써야 할 터였다.

그러고 보니 그 인간망종 이진상에게서 받아낼 이천오백만 원! 통장의 천만 원과 합하면 삼천오백만 원이었다. 생활비 명목으로 오빠와 엄마에게 틈틈이 뜯긴 돈까지 합치면 이미 2, 3천만 원 정도는 모았을 것이다. 하지만 어쩐지 하늘에서 굴러떨어진 것 같은 삼천오백만 원에다가, 지금부터라도 더 열심히 허리띠를 졸라매면 몇 달 뒤에는 원룸 보증금을 마련할 수 있을 것 같았다. 아니면 내친 김에 조금 더 넉넉히 모아서 내년에 원룸 전세를 알아볼까 싶었다.

게다가 아까 계약서에 적혀 있던 급여 역시, 지나의 가슴속 희망을 더 크게 부풀게 만들고 있었다. 월 급여 세후 200만 원 정도인 연봉이라면 꽤 괜찮은 조건이었다. 물론 전체적으로 따지면 피팅모델 할 때보다는 시간대비 적은 수입이었다. 하지만 야근수당,

출장수당도 따로 나오니, 갓 대학 졸업한 대기업 신입사원 못잖은 급여라 생각되었다.

금요일 밤 겪었던 충격의 잔재도 어느새 손가락 틈 모래알처럼 스르르 빠져나가고, 앞으로는 어쩐지 좋은 일들만 생길 것 같은 예감이었다. 아직 '고깃덩어리'의 트라우마에서는 벗어나지 못했다. 게다가 그녀에게 그런 트라우마를 안겨준 남자를 앞으로 1년간 상사로 모시며 일해야 한다는 부담감이 깊은 것도 사실이었다. 하지만 지나는 지금 이 순간만은, 마치 이제야 그녀의 막혀 있던 운이 점점 좋은 쪽으로 술술 풀려간다는 설렘을 마음껏 만끽하고 싶었다.

그녀는 문득, 심각한 얼굴로 누군가와 통화하고 있는 장현의를 바라보았다. 평소 그녀는 넥타이맨에 대해 한 번도 멋있다고 생각해본 적이 없었다. 다들 한결같이 나 샐러리맨이야, 하고 말하는 듯 비슷비슷한 정장재킷에 드레스 셔츠가 그다지 매력적으로 보이지 않았다. 하지만 같은 정장 차림임에도, 장현의는 분명 어딘가 달랐다. 아니, 상당히 달랐다.

팔꿈치 바로 위까지 걷어 올린 드레스 셔츠 소매, 노트북 모니터를 들여다보느라 뒤로 살짝 당겨진 흰 드레스 셔츠 위로 탄탄한 가슴과 팔 근육이 드러나 보이고 있었다. 그뿐인가. 자리에서 일어서면 190센티미터에 가까운 큰 키에, 쭉 뻗은 긴 다리도 서양인 못잖게 그의 풍모를 더해주고 있었다. 하지만 역시, 그의 조각 같은 얼굴과 서늘한 눈이 압권이었다. 차가운 동시에 강렬한 그 눈빛에는 그 누구도 압도되지 않고 배길 수가 없을 터였다. 그는 존재 자체가 카리스마와 페로몬 덩어리였다.

아, 안 돼! 간지나! 엉뚱한 생각 하지 마! 저 인간은 7년 전, 널 사람도 아니고 여자도 아니고 그저 숨 쉬는 고깃덩어리라고 말했던 놈이야. 절대, 절대 그때처럼 혹해선 안 돼.

지나는 이제 더 이상 자신이 7년 전의 철없던 여고생이 아니라고 마음을 다잡았다. 이번에도 또 그에게 마음을 빼앗겨버린다면, 간지나 그녀는 정말 자존감이라곤 생쥐 주근깨만큼도 없는 계집애일 게 분명했다.

멍청하게 살지 마, 간지나! 남자는 다 똑같아- 지금 저 인간이 내게 여기 취업을 제안한 것도, 분명히 내가 지금은 달라진 모습이기 때문이야.

어쩌면 외국인 내담자의 수요가 많아지니 외국어 구사자가 필요하다는 건 순 핑계고, 방문하는 클라이언트들에게 내세울 장식용 역할로만 쓰려는 속셈일지도 몰랐다. 지나는 절대로 그를 믿어서는 안 된다고 스스로에게 몇 번이나 강한 세뇌를 주입시켰다.

며칠 새 지나는 특유의 강한 생존본능을 발휘해 장현의 법률사무소의 일원으로 금세 자리를 잡게 되었다. 그녀는 적어도 직장 내에서는 욱하는 다혈질 성격을 잘 조절해, 스스로가 생각하기에도 조직생활에 꽤 잘 적응해나가고 있었다. 대가족 틈새에서 구박덩어리로 지내다 보니 자연히 눈치와 요령이 늘 수밖에 없었다. 그런 집안환경이 그래도 이렇게 플러스적 요소가 될 수도 있다니 참 다행이구나 싶었다.

그리고 장현의에 대해서 말할 것 같으면 그는 샤크(shark), 즉 상어라는 별명답게 찔러도 피 한 방울 안 나올 냉혈한으로 업계에 널리 알려져 있었다. 풍문으로 듣자 하니, 미국에서 3년간 활동할 때에도 웬만한 현지인 베테랑 변호사들보다 더 피도 눈물도 없이 지독했다고도 들었다. 하지만 실제로는 로펌 내 변호사들에게 장현의 본인이 의뢰받은 사건들을 많이 넘겨주어, 그들이 최대한의 수입을 보장받을 수 있도록 배려를 아끼지 않았다. 아무리 냉혈한 이라도 자기 아랫사람들은 잘 챙기는 스타일인 것 같았다.

"아, 간지나 씨. 수임료 잘 받았습니다. 그동안 출장이어서 이제야 인사하네요."

사흘 만에 보는 장현의는 지나 옆을 스쳐가다 문득 생각난 듯 그녀에게 말했다. 두 사람은 단둘이 있지 않을 때는, 직장 내 철저히 공적인 관계가 되기로 상호합의한 바 있었다. 따라서 다른 직원들 대하듯, 그는 대외적으로는 지나에게도 꼬박꼬박 경어를 썼다.

"네, 저야말로 감사합니다."

"수임료 수령확인서에 서명해야 하니 잠시 내 방으로 오세요."

지나는 구석 자리에서 일어나 그의 방으로 총총 걸었다. 장난감은 그녀가 문을 닫자마자 입술에 특유의 삐뚜름한 미소를 지었다.

"일은 잘 배우고 있어? 안 대리 말로는, 눈치도 빠르고 꽤 요령이 좋다던데."

"그럭저럭요. 전반적인 업무 다 익히고 나면 구체적으로 어떤 일을 하게 되나요? 데이터 기록이나 서류 정리나 뭐 잔심부름? 커피나 차는 아메리칸 스타일로 각자 알아서 마시니까 커피 심부름은 없겠지만."

"일단은 여러 가지 두루두루 해봐야지. 나중에 안 대리처럼 회의에도 정식으로 참여해 조사관 일도 배우게 될 거야."

"조사관? 아, 미드 굿와이프에서 칼린다가 하는 일 같은 거요?"

"당연히 아니지. 칼린다 정도의 능력이 있다고 착각하지 않는 이상……."

쳇, 하고 수임료 수령확인서에 서명하던 지나는 돌연 진지하게 표정을 바꿨다.

"아, 그리고 물어볼 거 있는데요, 장 변호사님. 예전에 일하던 업체에서 주말만이라도 일해줄 수 없냐고 계속 요청하는데…… 아무래도 안 되겠죠?"

"당연히 안 되지. 넌 이제 엄연히 우리 로펌 직원인데 피팅모델로 온라인상 얼굴이 다 알려지면 너 자신이 제일 곤란하지 않겠어?"

"역시 그렇겠죠. 알겠습니다. 깨끗이 단칼에 거절할게요. 페이가 꽤 높아서 좀 혹했지만 역시 경우가 아닌 건 아닌 거죠."

그녀가 명쾌히 말하며 자신의 보관용 복사본을 챙기는 동안, 장현의는 팔짱을 끼고 그녀를 묘한 시선으로 바라보았다. 지나가 그럼 이만 나가보겠다고 자리에서 일어서자, 그는 억양 없는 음성으로 물었다.

"왜 그렇게 돈에 목매는 거야? 전에 하루라도 빨리 독립하고 싶다 언뜻 들은 것 같은데……. 역시 사생활이 절실해서?"

"……."

지나는 뒤돌아서서 잠시 머뭇거리다 양어깨를 위로 치켜올렸다.

"장 변호사님도 잘 알고 있잖아요. 우리 집 분위기가 어떤지. 변호사님이 우리 집에 머물렀던 7년 전, 그 뒤로도…… 별반 나아진 게 없거든요."

3화.

　퇴근 시간, 오랜만에 어디로 회식을 갈지 다들 한마디씩 제안하는 동안, 지나는 흠칫 놀라 다시 현실로 돌아왔다. 누군가 '고기! 고기!' 외쳐대는 바람에 '고깃덩어리'라는 줄 알고 지레 놀랐던 것이다.

　지나는 또다시 당시의 '고깃덩어리'를 떠올리게 하는 고깃덩어리를 봐야 하나 생각에 그리 유쾌하진 않았다. 하지만 겉으로는 그런 기색 없이 일행을 뒤따라 나섰다. 이제 장현의 변호사 사무실의 막내사원으로 일하게 된 지도 벌써 한 달 반이 넘어가고 있었다. 그동안 장난감은 지방이나 심지어 해외까지 불철주야 출장을 다니느라, 실제로 지나가 그와 접한 시간은 얼마 되지 않았다.

　고깃집 안은 이미 넥타이 부대로 인산인해였다. 지글지글 살이 구워지는 소리와 연기에, 지나는 아까 내키지 않았던 때와는 달리 식욕이 동하기 시작했다. 그녀는 단체석 방문 앞에 앉으며, 배가 조금 부를까 말까 싶을 때 적당히 젓가락을 내려놓아야 한다고 다짐했다.

"어, 지나 씨! 왜 거기 문 쪽에 앉아요- 여기 안으로 들어오지."

"아, 아뇨! 제가 이따 중요한 통화 할 일이 있어서 전화 오면 바로 나가서 받으려고요. 괜찮아요!"

안 대리의 배려에, 그녀는 웃으며 손사래를 쳤다. 사실 일부러 문가에 앉는 이유는 다이어트를 하면서 알게 된 심리학적 사실들 중 하나 때문이었다. 사람들과 좌식 방 안에서 밥을 먹을 때 안쪽에 들어가서 먹게 되면, 심리적으로 더 안정되고 편안하기 때문에 음식을 좀 더 많이 먹게 된다고 어디선가 본 적이 있었다. 사실인지 아닌지는 과학적으로 입증된 바 없지만, 어쩐지 그 말에 일리가 있다고 생각되었다. 막내사원인 지나는 눈치 빠르게 고기를 자르며, 어느새 바닥을 보이는 상사들 앞 밑반찬을 더 주문하는 등 이것저것 챙겼다.

"간지나 씨, 우리 사무실은 대표님의 뜻에 따라 아메리칸 스타일이니까 회식자리엔 다른 사람 먹거나 말거나 신경 쓰지 말고 자기 입만 챙기면 돼요- 어서 들어요."

"맞아요, 지나 씨. 여기 갈매기살도 좀 덜어가요."

기혼 여변호사 박효선과 안자현 대리가 지나를 살뜰히 챙겨주었다. 아무리 대한민국 직장 내에서 여자의 적은 여자라고 하지만, 그와는 동떨어진 직장환경에 놓이게 되어 정말 다행이었다.

비록 여자라곤 지나까지 포함해 달랑 세 명이었지만 그들 사이에는 여자들 특유의 질시나 시샘, 뒤틀린 신경전 같은 게 전혀 없었다. 서로에 대한 사생활에도 필요 이상의 관심을 일절 갖지 않았다. 업무에서 시작해 업무로 끝나는, 질척거림 없이 지극히 깔끔한 성격들이라 지나는 정말로 마음이 편했다. 공연히 잘해준답시고 제대로 선을 지키지 못하고 감정소모를 야기하는, 한국 특유의 직장 내 여사원들 관계는 딱 질색이었다. 지나가 고기를 한 점 입에 넣어 살살 녹는 육즙을 혀로 확인할 때였다.

"어! 너네도 여기서 회식하냐? 야, 반갑다~"

지나는 어딘지 낯익은 음성에 저도 모르게 고개를 휙 돌렸다. 톤 높고 쾌활한 그 목소리는 분명 예전에 들어본 적이 있는 사람의 것이었다. 지나가 그의 얼굴을 알아보는 동시에, 좌중에 앉아 있던 신 변호사 역시 반갑다는 듯 소리쳤다.

"오! 민태조! 너네 로펌도 회식 왔냐? 하긴 이 동네에서 얼굴 보기란 하늘 쳐다보기보다 쉽지."

7년 만에 보는 민태조는 아저씨티가 조금 나 보였다. 장난감이 7년 전이나 지금이나 별반 달라진 게 없는 반면, 그는 살이 조금 올라 있어서 예전에 물 찬 제비 같던 모습과 동일하진 않았다. 하지만 역시 원판이 있기에 그럭저럭 변호사에 걸맞은 스타일 좋은 차림새였다. 결혼해서 안정되니 아저씨가 다 됐나 싶었지만, 다른 변호사들과 나누는 얘기를 옆에서 들으니 아직 미혼인 모양이었다. 이미 로펌 직원들과는 안면이 있는지 친근하게 담화를 나누던 그의 시선이 지나 쪽으로 쏠렸다.

"오, 그런데 이 미인은 누구신지? 직원 충원한다 하더니 뉴페이스? 이야~ 이렇게 미인을 뽑으면 난 참 질투나지 말이야! 가뜩이나 안 대리님, 박 변님 모두 미인인데 또 이렇게 아름다운 여성분을 모시다니!"

"안녕하세요, 민태조 아저…… 아니 민태조 변호사님. 7년 만에 뵙네요."

지나는 그녀를 전혀 알아보지 못하는 그에게 먼저 알은체를 했다. 비록 그 고깃덩어리에 얽힌 트라우마 상황 속에 끼어 있던 인물이긴 했지만, 지나는 민태조에 대해서는 아무 악감정이 없었다. 문제의 고깃덩어리 발언을 한 것은 어디까지나 장난감이지 그는 단지 그 자리에 있었을 뿐이었다.

"어? 우리…… 만난 적이 있었던가요? 7년 만에?"

두꺼운 안경테 너머 민태조의 눈은 지나를 물끄러미 바라보았다. 예전보다 좀 더 세상에 닳고 닳아 보이는 두 눈이, 탐스럽게 찰랑이는 염색 머리칼과 검은색 정장 원피스를 찬찬히 살폈다. 아무리 7년 전 기억을 되돌려봐도 이렇게 여자아이돌 같은 외모의 소유자를 만나본 적은 없는 것 같았다.

"상문이 형 조카잖아. 간지나."

왠지 가시 박힌 어투로 장현의가 한마디 툭 뱉었다. 그제야 민태조는 화들짝 놀라며, 역시 성숙한 여자가 되니 이렇게 본래 미모가 빛을 발하네 뭐네 한참 너스레를 떨어댔다. 현의는 그쪽 일행에게 실례가 될 테니 이쪽 고기 이제 그만 축내라고 핀잔을 주었다. 그 타박에, 민태조는 몇 마디 찬사의 말들을 지나에게 더 투하한 뒤 마지못해 그의 일행이 앉은 자리로 돌아갔다. 일행이 2차는 생략하고 제각기 집으로 흩어졌을 때, 갑자기 민태조가 지나 쪽으로 다가왔다.

"지나, 아니 이제 지나 씨라고 해야죠? 대리기사 부를 거니까 가는 길에 지나 씨 바래다줄게요. 아직 역삼동 그 집, 그대로죠?"

"네? 아뇨. 그냥 지하철 타면 30분도 안 걸리는데 괜찮아요. 신경 써주셔서 감사합니다."

"아냐, 이렇게 7년 만에 만난 것도 인연인데 집까지 바래다줄게요!"

민태조의 끈질긴 제안에, 지나가 좀 난감해하고 있을 때였다.

"대리기사 부를 건데 번거롭게 그럴 필요 없어. 난 술 한 방울도 입에 안 댔고 집도 가까우니까 내가 바래다주면 돼."

갑자기 장현의가 그들 사이에 불쑥 끼어들더니 지나의 한 팔을 잡아끌었다. 아플 정도로 억세지는 않았지만, 쉽게 뿌리칠 수 없이 강한 힘이었다. 그는 민태조가 뭐라 대꾸할 틈도 주지 않고 날렵한 동작으로 지나를 그의 차로 이끌어 태웠다. 그리고 뒤도 돌아보지 않고 곧바로 그녀의 집 쪽으로 차를 몰았다. 지나는 너무 순식간에 일어난 일이라 그저 어벙벙하게 '뭐여, 이건?' 하는 황당한 시선만 운전석의 그에게 보내고 있었다. 아래위로 꽉 붙어 있던 입을 간신히 뗀 것은 그로부터 수 초 뒤였다.

"장 변호사님! 저 남의 신세 지는 거 별로 안 좋아해요! 그냥 지하철로 가도 금방인데 굳이 왜⋯⋯."

"대표가 말단직원 차로 10분 거리 바래다주는 건 신세 범주에도 안 들어가니까 괜히 오버하지 마. 누가 들으면, 내가 너 좋아서 차로 공주처럼 모셔다드리고 싶어 안달 난 줄 알겠다."

"참! 내! 공주는 저- 기 충청남도에 있는 게 공주고요!"

그의 냉소적인 어투에, 지나는 침이 튀길 정도로 탄식을 흘리며 그래그래 네 맘대로 하세요, 라고 말하듯 그를 향해 한 손을 휘적 휘적 저었다. 대꾸하기도 귀찮았다.

　운전하는 장현의 옆에서, 지나는 단 한마디도 하지 않고 있었다. 먼저 침묵을 깬 쪽은 현의였다. 익숙한 사거리에서 핸들을 돌리며, 그는 문득 골목 모퉁이 한 곳을 잠깐 가리켜 보였다.
　"우리 저기 분식집에서 가끔 밥 먹었잖아. 가장 빨리 변하는 이 거리에서, 저 가게가 아직도 그대로 있다니……. 기억 안 나?"
　"……."
　당연하지. 장난감 네가 뒤로는 날 고깃덩어리 취급하면서 겉으로는 마주 앉아 뻔뻔하게 처묵처묵하며 그렇게 위선과 가식을 떨던 순간들을 내가 어떻게 잊을 수 있겠어. 정말이지 할 수만 있다면, 너랑 한 공간에서 숨 쉬었던 그 거지발싸개 개고라니 같은 시간들을 깡그리 머릿속에서 지워버리고 싶어!
　하지만 그 말을 차마 밖으로 배출하진 못하고 지나는 그저 무거운 침묵만 지키고 있었다. 그녀의 속내를 알 길 없는 현의는 지나의 굳어 있는 옆얼굴을 흘깃 넘겨보았다. 단지 기분이 좋지 않기 때문이라기에는 뭔가 분명 있는 것 같았다. 물 열 길은 알아도 사람 마음 한 길은 모른다는 속담처럼, 그는 지나가 도통 뭘 생각하고 있는지 알 길이 없었다. 단지 감정기복이 심하다기엔 그녀는 너무 와일드할 정도로 시원시원하고 확실한 성격이었다.
　지나가 가뜩이나 7년 전의 기억 때문에 심기 불편해 있다가, 그 기억의 한 자락을 차지하고 있는 민태조를 보게 되어 한층 더 기분이 가라앉아 있다는 사실을 알 리 없는 장현의였다. 마침내 그의 차가 그녀의 역삼동 집 앞에 당도했고, 지나는 부리나케 차문을 열고 나갈 태세를 취했다.

"바래다주셔서 감사합니다. 그럼……."

하지만 아무리 힘을 주어 힘껏 잡아당겨도 차문은 열리지 않았다. 어리둥절할 것도 없었다. 차문이 여전히 잠겨 있기 때문에 꿈쩍도 않는 것이었다. 현의는 지나가 뭐라 하기 전에, 차 엔진도 완전히 꺼버리고 그녀를 마주 보았다. 희미한 가로등 불빛 아래 그의 입체적인 얼굴이 한결 더 대리석 조각처럼 보였다.

"얘기 좀 해."

그의 음성은 너무도 낮고 침착해서 그 아래 깔린 감정이 전혀 엿보이지 않았다.

"애, 얘기요? 뭔 얘기요?"

지나는 갑작스런 상황에 당황해서 말까지 더듬고 있었다.

"네 태도에 대해서."

"……."

지나는 결코 둔하거나 멍청한 여자가 아니었다. 본인이 생각하기에도, 이제는 직장 상사인 장난감에게 너무 무례하게 대한다는 감이 없잖아 있었다. 다른 사람들 앞에서는 정중하고 공손히 예우를 갖췄지만, 둘만 있을 때는 지나치다 싶을 정도로 악감정을 솔직히 드러내고 있었다. 가식이나 꾸밈이 좀 있을 법도 하련만, 그 앞에서만은 기쁨이든 분노든 저절로 그녀 본연의 감정을 그대로 드러내고 있었다.

지나는 장난감의 의중을 뻔히 알 수 있었다. 단둘이 있을 때의 그녀의 버릇없는 태도에 대해 뭔가 한 소리를 할 셈이 분명했다. 좀 싫은 소리 정도야 들어도 상관없었다. 하지만 지금은 아무런 부정적인 말도 듣기가 싫었다. 위선과 거짓뿐이었던 첫사랑의 참모습을 되씹으며 잔뜩 비참해져 있는 지금 이 순간만은, 그의 입에서 나오는 그 어떤 질책도 받아들일 수 없었다. 자칫했다가는 자제력을 잃고 완전히 폭주해 그에게 모든 분노를 다 쏟아낼지도 몰랐다. 지나는 크게 심호흡을 한 번 하고 힘없이 속삭였다.

"나중에 말씀하시면 안 될까요? 내일이나……. 저 지금 진짜 피곤해요."

"별로 오래 안 걸릴 거야."

아무래도 그는 그대로 지나를 보내줄 생각이 없는 것 같았다. 현의의 얼굴에 깃든 한기를 보는 순간, 지나는 왠지 덜컥 심장이 내려앉는 기분이었다. 누군가의 앞에서 이렇게 긴장하는 일은 그녀에게 좀처럼 없는 일이었다.

"7년 전, 그때 왜 그랬어?"

"7, 7년 전? 왜 그랬냐고요? 대체 뭔 말씀을 하시는 거예요?"

지나는 진심으로 황당무계한 심정이었다. 그 질문은 오히려 그녀 쪽에서 해야 할 말이 아니던가! 아까까지만 해도, 그의 멱살을 휘어잡고 묻고 싶었던 것은 역으로 지나였다.

장난감! 너 도대체 그때 왜 그랬어? 왜 속으로는 사람 취급도 안하고 있었던 주제에, 왜 가만있는 사람 마음 설레게 만들고 잔뜩 뒤흔들어놓고 그렇게 기만했어? 응? 도대체 왜 그랬어? 이 천하에, 부산 해운대 앞 횟집 개불 같은 놈아!

현의는 그녀의 휘둥그레진 눈을 똑바로 마주 보며 좀 더 구체적으로 물었다.

"그때, 내가 집수리가 끝나서 구기동 본가로 다시 들어가기 일주일 전. 그동안 왜 계속 날 피하고 저녁 먹을 때도 일부러 독서실에서 밤새고 있었어? 모르는 일이다, 기억 안 난다 그렇게 시치미 떼지 마."

"……."

"이제 그만큼 세월도 많이 흘렀으니 자초지종 말해줘도 되잖아? 일부러 그런 메모까지 남겼는데 연락 한 번 하지 않고. 그렇게 여러 번 편지를 보내도 묵묵부답이고."

"뭐요?"

그때 눈알만 굴리고 있던 지나의 눈이 개구리 눈알처럼 터질 듯 팽창했다.

"메모라뇨? 무슨 메모요? 난 그런 거 받은 적이 없어요. 편지는 또 뭐예요?"

"네 방 책상 알람시계 아래 뒀는데 못 봤어? 편지는 미국 가기 전에 친구인 척 여자 이름으로 해서 몇 번 보냈는데 아무 답장도 없고. 막 고3 수험생이 될 판이니 전화 통화도 어려웠고."

"……."

지나는 그제야 상황 파악이 되었다. 그녀와 함께 방을 쓰는 아은의 짓이었다. 그녀는 툭하면 그녀의 책상 위 문구류나 물건들을 자기 것인 양 마냥 마구 써댔다. 그날도, 지나가 없는 사이 책상에서 뭔가를 집어가다가 장난감의 메모를 보고 냅다 없애버린 게 분명했다.

"아은 언니가 홀랑 한 것 같네요. 그때 언니가 남간…… 아니 장 변호사님을 좋아했었거든요. 지금도 그런 것 같지만. 편지는 정말 전혀 받은 바가 없어요."

"아은?"

"저랑 한방 쓰던 사촌언니요."

이름도 기억 못 하던 현의는 그제야 알겠다는 듯 뒤틀린 조소를 입가에 띄웠다. 그는 정면을 응시하며 잠시 헛웃음만 짓다가 다시 지나에게 시선을 돌렸다.

"내가 생각이 짧았어. 난 가족끼리도 남의 물건 건드리는 일 자체를 상상하지 못했거든. 그럼 메모 건은 그렇다 치고. 그때 왜 날 일부러 계속 피했는지나 말해봐."

"안 피했어요. 기말고사 때라 공부에 집중하고 싶었을 뿐이에요."

"……."

현의는 잠시 묵묵히 있다가 뜬금없는 질문을 던졌다.

"너 주량이 어떻게 돼?"

"……약하진 않아요. 웬만한 남자들만큼은 돼요."

"주정도 잘 안 하겠네?"

"주로 남 주정 구경하는 쪽이죠. 떡실신된 친구들 바래다주고 뒤치다꺼리하는 데 지쳐서 그나마 술자리도 잘 안 끼어요."

"……."

그럼 안 되겠군. 술 좀 들어가면 좀 털어놓을까 했는데…….

장현의는 길고 가늘게 한숨을 내쉬다 마지못해 차문 잠금장치를 풀어주었다. 얘기할 마음이 없는 고집쟁이를 더 데리고 있어봤자 밤만 깊어질 터였다.

"더 늦기 전에 들어가봐. 주말 잘 보내고 월요일에 보자."

"……조심해서 들어가세요."

지나는 어딘가 싸늘해진 그의 어투에 긴장 반, 당황 반의 마음을 품고 차에서 내렸다. 그는 그녀가 안전하게 집 안에 들어가는 것까지 확인하려는 모양인지 시동을 걸지 않고 있었다. 지나가 비밀번호를 누르고 대문을 닫고도 수 초가 지난 뒤에야, 엔진 걸리는 소리가 그녀의 귀에 들어왔다. 기껏해야 맥주 한 잔 했는데도 왜 얼굴이 불쾌하게 달아오르고 있는지 까닭을 몰랐다. 지나는 홍당무처럼 붉어진 양 뺨을 손바닥으로 세차게 두드리고 집 안으로 들어섰다.

샤워를 하고 자리에 누우려 하자 거실에서 드라마를 보고 있던 아은이 슬그머니 들어와 그녀에게 다가오는 기적이 느껴졌다. 사촌의 목소리는 전에 없이 비단결 같았다. 그 부드러운 가식은 아은의 속셈을 고스란히 드러내주고 있었다.

"지나야, 잠깐만 우리 얘기 좀……. 내일 토요일이니까 좀 늦게 자도 되잖아?"

"무슨 얘긴데-"

젠장, 오늘 밤 따라 왜 이렇게 나랑 썰 풀고 싶어 하는 인간들이 많아!

"장난감…… 장 변호사님 말이야. 정말로 사귀는 여자 없는 거 같아?"

"그걸 왜 나한테 물어? 아니, 내가 껌딱지처럼 붙어 다니는 보디가드나 몸종도 아닌데 그걸 어떻게 알아?"

"애는……. 눈치란 게 있잖아! 혹시 찾아오는 여자가 있다거나 회의 중 갑자기 전화 받고 잠시 밖에 나가 통화한다거나 칼퇴근 뒤 예사롭지 않은 약속이 잡혀 있는 것 같다거나……. 그런 것들 정도는 딱 보면 알 수 있잖아!

"언니, 내가 눈치가 빠르지 않은 건 아니야. 하지만 찾아오는 여자는 죄다 클라이언트고 우리 회의 중에는 휴대폰 회의실 반입 무조건 금지고 장난감은 칼퇴근 절대 안 해. 하지만 난 이제 신참이라 칼퇴근이니 그 뒤로 장난감이 누굴 만나는지 아닌지 알 도리가 없지. 더 물어볼 거 없으면 이제 나가서 보던 드라마나 봐."

"그럼 나 너 퇴근할 때 맞춰서 너네 사무실 놀러 가면 안 돼? 변호사 사무실 한 번도 가본 적이 없어서 궁금하거든……."

"하악."

아은의 콧소리에 기가 막힌 나머지, 지나의 입에서는 괴상한 신음이 흘러나왔다.

야, 이아은. 변호사랑 법무사랑 노무사 하는 일도 구분 못하는 인간이 갑자기 변호사 사무실에는 왜 관심을 보이는 건데? 왜, 변호사 사무실은 어떤 스타일의 인테리어로 되어 있는지 궁금해서? 왜, 네가 맨날 노래 부르는 북유럽 스칸디나비아 스타일인지 전원의 향취가 물씬한 프랑스 빈티지 프로방스 양식인지 궁금해서?

"나 잘 거니까 불 끄고 나가. 아, 잠깐만……."

지나는 한여름인데도 얼굴에 뒤집어쓰고 있던 이불을 확 젖히고 여우같은 아은의 얼굴을 들여다보았다. 그녀는 지나가 무슨 말을 할지 귀를 쫑긋 세우고 개여시 같은 두 눈을 징그럽게 크게 희번덕거리고 있었다.

"혹시 그때, 7년 전. 장난감 자기 집으로 돌아가기 전날……."

내 책상 위 메모, 언니가 슬쩍했어? 그럼 그 안의 내용도 읽었겠네? 대체 왜 남의 메모를 훔쳐간 거야? 거기 대체 뭐라고 쓰여 있었어? 그리고 혹시 나한테 온 우편메일 본 적 없어?

지나는 그렇게 물으려고 입술을 달싹거렸다. 아까 차 안에서 장난감은 분명, '일부러 그런 메모까지 남겼는데 연락 한 번 하지 않고.'라고 그녀를 힐난했었다. 그런 메모라니 도대체 어떤 내용을 남겼길래 지나가 그에게 연락할 거라 기대까지 한 걸까? 대체 거기에 무슨 내용이 쓰여 있었을까? 하지만 지나는 다시 이불을 뒤집어쓰고 잠을 청하는 척하고 말았다. 지금 와서 물어봤자 아은은 짐짓 모른 척하거나, 원체 붕어 기억력이라 정말로 기억을 못하고 있을 수도 있었다. 편지 역시 마찬가지였다.

아은이 뭐라고 중얼거리며 방문을 닫고 나가버리자, 지나는 이불을 다시 확 들추고 어두워진 방 안 천장만 올려다보았다. 왜 이렇게 답답한지 알 수가 없었다. 역시 한여름 밤 더위 때문인가 싶어 선풍기를 3단계까지 올려 그 앞에 얼굴을 바짝 들이밀었지만 답답함은 쉬이 사라지지 않았다.

젠장, 독립만 하면 돈 아끼지 않고 여름엔 에어컨 실컷 틀 거야!

그 뒤로 한 주가 흘러갔다. 8월도 어느덧 끝 무렵에 접어들었고 막바지 휴가를 간 직장인들 덕분인지 출퇴근길은 한산한 편이었다. 지나는 이제 입사 두 달 차였으므로 휴가고 뭐고 아무것도 없었다. 한 달 만근하면 그다음 달 월차 하나를 쓸 수 있었으므로 그나마 8월말 주중에 하루 정도는 쉴 수 있었다.

그 이후로, 현의와 지나 사이에는 아무런 변화가 없었다. 적어도 타인들의 시선 앞에서는 그랬다. 대표변호사와 막내사원, 그 이상도 그 이하도 아니었다. 하지만 눈치 빠른 지나는 그의 태도가 예전 같지 않다는 사실을 알아차렸다. 그에게는, 지나와 조금 거리를 두려는 낌새가 분명 있었다. 뭐라고 콕 집어 말할 수는 없었지만 그녀와 단둘이만 있는 상황을 일부러 피하는 듯한 인상을 받는 지나였다. 그녀는 아무렇지 않은 듯, 화장실 안에서 거울을 보다가 어깨를 으쓱해 보였다.

흥, 오히려 잘됐어! 업무로 시작해 업무로만 끝나는 깔끔한 관계― 그게 내가 장난감에게 바라는 전부니까. 월급만 제때 잘 들어오면 너에겐 아~ 무것도 바라는 게 없거든? 이 고장 난 장난감 건전지 회로 같은 인간아!

"……."

지나는 어쩐지 이상한 기분이었다. 그렇게 속으로 생각하면서도, 어딘가 자꾸만 침울해지는 마음이었다. 행복하지 않은데 억지로 행복한 척, 일부러 콧노래를 흥얼거리며 가짜 미소를 만면 가득 짓는 것 같았다.

요즘 다이어트를 좀 빡세게 해서 그래. ……오늘은 퇴근길에 꼭 S백화점 지하식품매장에 들러 반년간 벼르고 별렀던 고띠에 마카롱 열 개들이 세트를 먹고 말겠어. 내가 물 건너온 거에 환장한 된장녀는 아니지만 유럽을 토네이도처럼 휩쓸고 있다고 하니 그 맛이 얼마나 태풍급인지 내가 일생에 딱 한 번만 확인해주겠다 이거야. 먹힐 각오나 하고 기다려, 이 사악한 귀요미 마카롱들아!

하지만 요즘 가장 핫한 디저트라고 아무리 미디어에서 떠들썩한들, 그걸 열 개가 아니라 백 개를 먹어도 행복해질 것 같지는 않았다. 지나는 알면서도 애써 무시하고 있었다. 머리를 땅속에 처박고 불편한 현실을 외면하려 애쓰는 타조 한 마리처럼, 그녀는 보다 근원적인 문제가 그녀 안 깊은 곳에 도사리고 있다는 사실을 어떻게든 상상 속의 땅속에 묻고자 애썼다.

드디어 두 달간의 수습기간이 끝나고 지나는 전 직원 회의뿐 아니라, 사건 관련 회의에도 동석하게 되었다. 그리고 업무 한 가지를 정식으로 부여받기도 했다. 그 업무가 장현의 법률사무소에 어떤 영향을 가져올 것인지, 그때만 해도 지나 본인은 물론 그 누구도 알지 못했다. 사람의 재능은 전혀 생각지도 못했던 방향에서 새로이 발굴되고 그 진가를 발휘하게 되기도 했다. 그 결과, 당사자의 운명 또한 새로운 국면을 맞이하게 되기 마련이었다.

"네, 그러니까…… 이 사건 관련해서 박 변호사님을 도와드리면 되는 건가요?"

"네. 지나 씨는 사건 종료 때까지 그 일에만 집중해서 박 변호사님을 최대한 보조하고 손발이 되어주세요. 자세한 건 민 변호사님에게서 들으면 됩니다."

8월도 막바지에 이르러 거리 곳곳마다 가을의 알싸한 향취가 묻어올 무렵, 전 직원 회의에서 장현의는 지나에게 일종의 조사관 및 비서 역할을 막 부여한 참이었다. 지난 두 달간 지나에 대한 사무실 식구들의 평가를 종합한 결과는 꽤 긍정적이었다.

우선 지나는 눈치가 매우 빠르고 시원시원 행동력이 있었다. 지나치게 굼뜨거나 우유부단한 면은 냉정한 직장생활 안에서 그다지 환영받지 못했다. 그런 만큼, 지나의 타고난 성격은 모두에게 함께 일하기에 좋은 파트너라는 인상을 매우 강하게 심어주었다.

그 외에도 근면 성실하거나 남의 이야기에 귀를 잘 기울이는 등의 전통적인 미덕들도 있었지만, 장남간이 가장 눈여겨본 평가서의 한 항목은 따로 있었다.

'간지나 씨는 타인의 이야기에 대한 기억력이 탁월합니다. 예를 들어 그 사람의 말버릇과 제스처, 어떤 패턴 같은 것들뿐 아니라 내용면에서도 세부적인 자잘한 사항들을 죄다 기억하고 있습니다. 어떻게 그렇게 구체적인 기억력을 가지고 있는지, 심리학 전공의 영향인지 묻자 지나 씨는 클라이언트의 이야기를 하나의 스토리로 생각해서 듣게 되는 것 같다고 했습니다. 우리 일에 더할 나위 없이 좋은 면을 갖추고 있는 사람입니다.'

박효선 변호사는 야호 소리까지 질러가며 지나와 일하게 된 것에 매우 흡족해하는 눈치였다.

"와! 난 지나 씨 너무 좋아. 나랑 완전 반대잖아. 오호호홋- 아, 지나 씨는 힘들 수도 있겠지만…… 흐흐."

그녀 말대로, 지나와 박 변은 많은 면에서 반대였고 성격상 큰 언니뻘인 박 변 쪽에서 지나에게 의지하는 그런 모양새였다. 박 변은 음식점에서 메뉴가 잘못 나와도 불평 한마디 없이 징징대며 먹는 타입이었고 은근 허당이라서 업무상 상대를 좀 더 강하게 몰아붙여야 할 때 그러지 못하는 경우도 많았다.

그렇다고 그녀가 변호사로서 능력이 없는가 하면 그건 그렇지 않았다. 현재 다섯 명의 변호사가 소속되어 있는 장현의 법률사무소 내에서, S대 졸업은 물론 미국 최고 명문 중 하나인 코넬대학교 로스쿨 출신 박효선만큼 박학다식한 엘리트는 없었다. 그녀는 저서도 이미 여러 권 낸 바 있는, 걸어 다니는 사전과도 같은 인물이었다. 성격도 온화하고 대인관계도 좋아서 조금 다혈질적인 지나와도 죽이 잘 맞을 거라 판단되었다.

박 변호사가 맡은 사건은 살인죄로 기소된 젊은 남자를 변호하는 일이었다. 이름은 송기훈. 서른한 살의 그는 잠시 휴직 중인 대학강사로 애인인 차민아를 15층 건물 옥상 아래로 고의로 떨어뜨려 무참하게 살해한 혐의를 받고 있었다. 차민아는 한 번 결혼했다가 이혼한 전적이 있었고, 얼마 전 전 남편과의 만남과 얽힌 이유로 최근 두 사람은 격렬하게 다툼을 벌이곤 했었다. 그 장면을 차민아의 이웃집 사람들이 목격하기도 했다.

'아유, 딱히 다른 용의자가 없으면 그 애인이란 사람이 분명히 범인일 것 같아요. 아파트 복도에서 막 고래고래 소리를 지르더니 그 아가씨 뺨도 때리고 막 밀쳐서 여자가 넘어지기도 하고…… 하여간 난리도 아니었어요. 무슨 일인지는 몰라도 여자한테 손대는 놈들은 그 본성이 막돼먹었다니까.'

'남의 연애사를 경비 서는 저야 뭘 알겠습니까. 그래도 그 애인 남자가 아가씨 집을 뻔질나게 들락거리고 밤새는 거야 기본이고…… 가끔 소리 지르고 뭐 던지는 소리도 들린 건 알죠, 네. 아가씨 집이 2층이니 경비실에도 뻔히 다 들렸습죠. 여름이니 창문도 열려 있었고…….'

차민아의 옆집 여자와 초로의 경비실 직원의 증언에 더해, 차민아가 영화관 건물 옥상에서 떨어진 시각으로 추정되는 때 송기훈의 알리바이는 매우 빈약했다. 그는 그때 몸이 좋지 않아 감기약을 먹고 자택에서 잠들어 있었다고 진술했다. 하지만 그 사실을 입증해줄 사람이 전무했다. 송기훈이 살고 있는 빌라 앞에는 CCTV가 없었고 그가 빌라에 도착해 집 안에 들어가기까지 그와 마주친 이웃도 없었다.

그럼에도 불구하고 그는 무죄를 강력히 주장했다. 지방에 거주하던 그의 대학교수 부모가 알음알음으로 장현의 법률사무소를 찾아와 아들의 무죄를 입증해줄 것을 의뢰해온 것은 일주일 전이었다. 송기훈은 자백에 의한 형량 감형의 가능성에도 불구하고, 자신의 결백을 끝까지 주장하며 차민아의 전남편을 조사해볼 것을 강권하기도 했다.

송기훈의 주장에 따르면, 차민아의 전남편은 그녀에게 뭔가를 끈덕지게 요구하며 괴롭혔다는 것이었다. 차민아는 옛 정 때문인지 그가 찾아와도 강하게 내치지 못해서 송기훈과 여러 번 다투기도 하다가 그날 갑자기 그런 불의의 추락사를 당한 것이라 그는 말하고 있었다. 하지만 차민아의 전남편 천강우는 당시 알리바이를 강력하게 주장하고 있었다.

'말도 안 됩니다. 저는 그 시각 병원에 가서 코골이 수술에 대한 상담을 받고 있었어요. 의사가 그 사실을 증명해줄 겁니다. 차민아를 만난 적은 있지만 공동명의로 되어 있는 지방에 땅이랑 부동산 처분에 대해 의논하기 위해서였습니다. 저는 절대 그녀의 죽음과 무고합니다. 오히려…… 그동안 함께 산 정 때문인지, 그녀의 부고를 듣고는 오히려 가슴이 미어지는 것 같았습니다.'

천강우는 꽤 이름이 널리 알려진 명망 있는 건축가였다. 토지나 건물 등의 부동산 재산도 만만치 않게 있을 터였다. 게다가 그에 대한 주위 평판도 나쁘지 않았다. 그는 점잖고 조용한 성격이며 전처 차민아와는 성격차이로 인한 이혼으로만 알려져 있었다. 아무리 봐도 천강우에게는 피의자로서의 이미지도, 근거도 없었다.

"그래서 지금 송기훈 씨는 법원에 정식기소되어 피고인으로 구속된 상태예요. 앞으로 일주일 뒤 재판이 잡혀 있고요. 그 전에 최대한 그의 무죄를 입증할 만한 단서를 찾아내야 하는데…… 도통 실마리가 잡히질 않네. 일단 피해자 차민아의 주변 인물들 중에 용의자가 더 없을까 다시 한 번 조사해보려고 해. 그래서 지나 씨 도움이 필요한 거고."

박효선은 그녀의 개인 사무실에서 대략적인 사건 개요를 지나에게 설명해주고 있었다. 지나는 박효선의 말을 경청하는 동시에, 공소장 내용을 빤히 바라보고 있었다. 자못 심각한 표정이었다.

<피고인은 일정한 직업이 없는 자인바, 2014. 8. 1*. 10:00경 서울 서초구 서초동 ** 소재 피해자(30세)의 아파트 상가 건물에서 평소 피해자가 전남편과의 교류에 대해 다툼이 잦았던바, 사건 당일 역시 피해자를 상가 건물 옥상으로 불러내어 다툼을 벌이던 중 충동적으로 피해자의 얼굴과 복부 등 여러 부위에 타박상을 입힌 뒤 15층 높이에서 고의로 밀어 추락사로 살해한 것이다. 피해자는 폐 손상, 심 좌상, 장간막 파열, 혈 복강, 한쪽 신장파열다발성 등 다발성 장기손상으로 현장 사망하였다……(후략)……>

"변호사님은 어떻게 생각하고 계세요? 송기훈 씨가 정말 결백하다고 믿고 계세요?"

지나의 물음에, 박 변은 콧잔등을 찡그리면서 대뜸 말했다.

"내 직감이 말해주고 있어요. 차민아를 죽인 건 송기훈이 아니라고……. 하지만 전남편 천강우에게도 아무런 증거가 없어요. 어딘가 제3의 인물이 있지 않을까 생각도 들고."

"제3의 인물⋯⋯. 그게 누굴까요? 그리고 왜 차민아를 죽인 걸
까요?"

"그게 바로, 내가 지금 머리 터져라 고심 중인 현안인 거죠!"

박효선은 우아하게 빗어 넘긴 단발머리를 두 손 가득 쥐어뜯으
며 고개를 마구 흔들었다. 아무래도 당이 떨어져 더 사고회로가 막
힌 것 같다며 서랍 속 어딘가에서 초콜릿을 마구 찾아 뒤졌다. 지
나는 박 변의 뒷모습을 멍하니 바라보며 작게 한숨을 쉬었다. 법을
전공한 것도 아니고 무늬만 전공일 뿐 심리학에 대해서는 기초 이
상의 지식이 없는 그녀가 과연 이 일에 어떤 도움이 될 수 있을지
난항이었다.

"이러고 있지 말고, 차민아 씨 주변 사람들 탐문을 좀 해봐야겠
어요. 같이 나가요, 지나 씨!"

두 사람은 부리나케 가방을 챙기고 한입 가득 초콜릿을 베어 물
며 나란히 오피스를 걸어 나왔다.

두 여자가 밖으로 나서기 한참 전, 장현의는 휴대폰이 울리는
소리에 전화를 받았다. 익숙한 목소리였다.

-어, 나야- 잘나가시는 우리 동창님!

"민태조, 웬일이야?"

둘은 잠시 각자 근황과 로펌 돌아가는 상황에 대해 이야기를 나
눴다. 그러던 중, 민태조가 그게 바로 진짜 전화한 목적이었던 듯
지나가 사무실에 있는지 넌지시 물어왔다.

"지나? 간지나 말하는 거야?"

-그럼 우리 둘 다 알고 네 로펌에서 일하는 지나가 간지나 말고 또 있어?

"……지금 없어. 오늘 계속 외근이야. 무슨 일로 지나를 만나려는 건데?"

현의는 천연덕스럽게 계속해서 거짓말을 이어가고 있었다. 변호사란 직업답게, 마음에도 없는 말들이 입에서 술술 나오는 것 정도야 사실 별일도 아니었다. 하지만 지금 그는 특히 더 주의를 기울여서 일종의 방어막을 치고 있었다. 뭔가, 현의의 직감이 그의 뇌에게 강한 경계주의보를 울려대고 있었다. 지나를 향한 민태조의 관심을 당사자인 그녀로부터 철저히 차단하는 것, 그게 지금 이 순간 그가 해야 할 가장 막중한 임무처럼 느껴졌다.

-음, 전에 오랜만에 봤을 때 너무 예쁘게 자라서…… 진짜 충격받았거든. 아직 사귀는 사람 있을까?

"어. 지나 만나는 사람 있어. 결혼까지 생각 중인 애인."

-헐! 뭐라고? 하긴…… 그렇게 예쁜 여자를 수컷들이 가만둘 리 없지. 아…… 갑자기 급절망이다.

"알았으면 신경 꺼. 홍수연이랑 다시 잘해보든가."

홍수연은 민태조와 최근 결별한 애인이었다. 현의는 민태조가 뭐라고 한마디 하기도 전에 냉정하게 통화를 종료해버렸다.

박 변호사와 지나는 차민아의 친구들에 이어서, 천강우의 직장 동료 몇 명을 따로따로 탐문하는 중이었다. 역시 결론은, 차민아의 전남편 천강우에게는 아무런 용의자의 근거가 발견되지 않는다는 것이었다. 그들은 마지막으로 천강우와 함께 일하는 대형 건축사무실의 동료직원에게 몇 가지 더 확인하고 있었다. 박효선은 조인경 실장이란 여자에게 덤덤하게 물었다.

"천강우 씨는 현재 만나는 분이 없나요? 이혼한 지 석 달 정도 지났지만, 피해자 차민아 씨는 곧바로 송기훈 씨와 연애를 하게 됐는데 천강우 씨 경우는 어떤가 해서요."

"확실치는 않지만…… 제 개인적인 느낌으로는 누구 만나는 사람이 있는 것 같았어요. 그러니 돌아가신 차민아 씨랑 최근 자주 연락했던 것도, 정말로 공동명의로 되어 있는 부동산 처분 때문이었을 거예요."

조인경 실장은 차분하고 매력적인 여자였다. 그녀는 천강우는 그의 명망처럼 매우 탁월한 건축가이며 함께 일하기 수월한 상대라고 간결히 덧붙이고 자리를 물렸다. 그녀가 완전히 카페를 나서자, 지나는 박 변을 향해 몸을 가까이 숙이며 속삭였다.

"변호사님, 천강우 씨 본인은, 특별히 만나는 사람 없다고 한 기록을 봤는데요."

"알아요. 사생활을 중시할 타입이니 아마 공식적으로는 싱글인 걸로 하고, 직장에서도 그런 이미지로 계속 비춰질 거라 착각하고 있나 봐……. 보통 그런 건, 본인은 티 안 낸다고 생각하지만 은근히 주위에선 다 느껴지잖아요? 아직 어중간한 사이라서 함구하고 있을 수도 있고."

"그렇군요."

지나는 무기력한 표정의 박 변호사를 바라보았다. 아무래도 일주일 안에 이번 사건의 실마리를 찾기란 매우 어려울 것 같았다. 지나는 빈 커피 잔을 바라보며 골똘히 생각에 잠겼다. 정답은 둘 중 하나였다. 송기훈이 정말 범인이거나, 제3의 인물이 진실의 그늘 너머 조용히 숨어 있거나. 그리고 박효선 변호사는 본인의 직감이 후자임을 외친다고 굳게 주장하고 있었다.

그날 저녁 퇴근 후, 지나는 터덜터덜 분식집 안으로 들어와 빈자리를 찾다가 누군가와 정면으로 시선이 부딪치고 말았다.

"……."

"Hey."

지나는 그냥 뒤돌아 나가려다가 문득 발걸음을 멈췄다. 생각해 보니 자신이 그럴 이유가 없다는 생각이 들었던 것이다. 여기는 그녀도 단골로 애용했고 지금도 가끔 간단히 끼니를 해결하는 곳이었다.

아니, 저 인간이 여기 전세 낸 것도 아닌데 내가 왜 밥도 못 먹고 도망치듯 나가야 해? 흥!

"……맛있게 드세요. 전 김밥 한 줄만 먹고 빨리 나갈 거라서요."

지나는 보란 듯이 그의 뒤쪽 빈 테이블에 앉아서 숯불갈비 김밥을 주문했다. 회식처럼 특별한 일이 없는 한, 저녁은 과일과 요거트만 먹어야 했지만 오늘은 박 변호사와 여기저기 쏘다니고 탐문하느라 에너지가 그야말로 떡실신 직전까지 고갈되어 있었다.

"그냥 이리 와 앉지. 아는 사람끼리 굳이 따로 앉을 이유가 뭐 있어."

장현의는 주방 아주머니가 방금 그 앞에 놓은 라면을 휘휘 저으며 지나의 뒤통수에 대고 또박또박 말했다. 주방 아주머니들은 물론, 분식집 안 사람들이 그의 큰 목소리에 흘깃흘깃 돌아보는 시선이 느껴졌다. 그녀가 뭐라고 대꾸할라 치자, 분식집 주인아주머니가 우렁차게 외치며 깔깔 웃어댔다.

"어머- 커플인데 싸워서 말도 안 하다가 여기서 딱! 마주쳤나 봐? 호호- 좋을 때다, 좋을 때야! 이 엄청 잘생긴 변호사님은 요즘 여기 자주 오시는데 알고 보니 우리 단골 아가씨랑 그런 사이였군요? 화해도 할 겸 그냥 같이 앉아요."

"아, 아뇨. 저 그냥 김밥…… 포장으로 해주……."

"아따, 참말로!"

지나의 말을 가로막은 이는, 50대 초반 주인아주머니의 친정어머니로 알려진 계산대 할머니였다. 근처 젊은 학생들 사이에서는 욕쟁이 할머니로 불릴 정도로, 가끔씩 주방 식구들에게 빨리빨리 음식 내오라고 소리소리 지르고 대쪽 같은 성미의 노파였다.

"참말로! 지금 옆에 학원 학생들 수업 끝날 시간이라 하나둘씩 몰려오는 거 안 보여? 언능 저쪽으로 옮기랑께!"

"네, 네……."

지나는 엉덩이를 걷어차인 강아지처럼 깨갱, 장현의가 앉은 2인석 구석 테이블로 자리를 옮겼다. 그녀 역시 보통이 훨씬 넘는 성깔이긴 했지만, 그래도 외조부모님 모시고 살던 가닥이 있어서 웃어른에 대한 공경심은 몸에 자연스레 배어 있었다.

"……."

"왜 웃어요!"

지나는 눈앞의 남자에게 공연히 빽 소리를 질렀다. 현의는 치즈를 쭉쭉 늘이며 라면가락을 호로록 입안에 밀어 넣다가 그녀를 보고 입가에 비뚤어진 미소를 짓고 있었다. 그리고 그녀에게 묻지도 않고 아주머니가 날라온 숯불갈비 김밥을 젓가락으로 냉큼 집어 들어 입으로 곧장 옮겼다.

그런 일련의 동작들은 마치 파스타를 우아하게 포크에 칭칭 감아올려 기품 있게 입안으로 넣는 것 같은 환각마저 일으키고 있었다. 식당 안 여자들은 이미 그를 연예인 보듯 흘끔흘끔 훔쳐보느라 자기들 앞에 놓인 음식은 먹는 둥 마는 둥이었다.

"내 김밥 왜 먹어요!"

"또 시키면 되지. 사장님, 여기 돈까스 김밥 하나 더 추가합니다."

지배인, 여기 정통 바이에른 스타일 데미그라스 소스를 끼얹은 연한 송아지살 커틀렛을 풍미 가득한 비네거 샐러드를 곁들여 한 번 올려보게. 마치 현의가 그렇게 말하기라도 한 것처럼 여자들은 그의 말 한마디, 몸짓 하나에 감탄을 금치 못하는 기색이었다.

지나는 괜스레 짜증이 나서 긴 머리칼을 확 하나로 묶어 똥머리로 만든 뒤 김밥을 전투적으로 입속에 우겨넣었다. 장남간은 천천히 먹으라는 말과 함께, 컵에 정수기 물을 받아 그녀 앞에 놓아주었다. 매너 하나는 역시 몸에 기계처럼 배인, 소위 있는 집 잘 배운 자식의 전형이었다. 게다가 분식집이 아니라 호텔 와인 바나 비스트로 같은 곳에 앉아 창 너머 야경을 바라보며 로마네 콩티 와인을 음미하는 게 적격일 그 외모는 또 어떤가. 지나는 갑자기 더 짜증이 치밀어 그가 떠다준 물을 소주 원샷하듯 한 번에 들이켰다.

"박 선배와 탐문은 어땠어? 뭔가 건진 거라도?"

"딱히 없어요. 그래서 박 변호사님도 계속 고민 중이시고……

저도 맘 편할 리 없죠, 뭐."

지나는 김밥을 씹다가 힘없이 고개를 설레설레 저었다. 이번이 그녀 최초의 공판 패소일 것 같다고 박 변이 자포자기하듯 뇌까렸던 말은 굳이 입에 담지 않았다.

"아직 더 시간이 있으니 뭔가 나오겠지. 내 감에도, 송기훈은 범인이 아냐."

"그럼 그 전남편, 천강우는요?"

"글쎄. 그 남자도 아닌 것 같지만 이상하게…… 완전히 무관하다는 느낌도 없어. 굳이 따진다면 송기훈보다는 천강우 쪽이 더 사건에 얽혀 있을 가능성이 있지. 만약 정말로 사귀고 있는 여자가 있다면 그걸 왜 꽁꽁 숨겨두고 있는지, 그 점이 좀 수상해."

"내일 이것저것 더 조사해볼 생각이에요."

지나는 갑자기 울리는 휴대폰을 들여다보았다. 생전 처음 보는 전화였다. 그녀가 받을까 말까 망설이고 있자, 현의는 갑자기 테이블 너머 몸을 바짝 굽히고 휴대폰 액정화면을 들여다보았다. 순간 그의 눈빛이 싸늘하게 변했다. 하지만 지나는 그런 기색은 전혀 눈치채지 못한 채, 휴대폰 케이스를 냉큼 덮어버렸다. 그 번호가 일전에 고깃집에서 마주쳤던 민태조 변호사인 줄은 전혀 알 도리가 없었다.

"모르는 번호는 안 받아요. 하도 스팸이 많아서."

지나는 어깨를 으쓱하며 마지막 남은 단무지를 입에 털어 넣었다. 그녀가 앞을 보는 순간, 지나는 그만 심장이 철렁 내려앉는 기묘한 충격을 느꼈다.

"좋은 습관이야. 앞으로는 절대, 절대 모르는 번호는 받지 마.

알았지?"

현의는 입가에 미소를 담은 채 그녀를 정면으로 마주하고 있었다. 평소 자주 보던 조소가 아니었다. 설탕처럼 달콤하고 부드럽기 그지없는 웃음이었다. 마치 동화 속에서, 작열하는 태양 빛 아래 캐러멜과 초콜릿으로 지어진 집이 통째로 녹아내리는 것 같은 미소였다.

"왜…… 왜 그러세요, 갑자기?"

"뭐가?"

"왜 그렇게 이상하게…… 변태처럼 느끼하게 쳐다봐요!"

그녀는 마음에도 없이, 변태라는 단어까지 써가며 민망함을 누르려 애썼다. 방금 또 한 번 들이켠 물 잔의 물이 마치 소주였던 것처럼 얼굴이 홧홧하게 달아오르는 느낌이었다. 그녀는 당황한 나머지, 가방을 들고 자리에서 황급히 일어났다.

"내가 시킨 김밥은 내가 낼……."

"다 계산했어. 아까 물 가지러 갈 때."

"그럼 여기 삼천오백 원 현금 드릴게요."

"다 합쳐서 만 원도 안 되는 거 오버하지 말자."

현의가 자리에서 일어나 앞서 걸어 나가자, 등 뒤의 주인아주머니는 또 한바탕 까르르 웃으며 너스레를 떨었다.

"아유, 변호사님! 저야 팔아주시니 좋지만 가끔은 이런 데 말고 레스토랑이나 그런 데 가서 비싼 거 사주셔야죠! 저렇게 예쁜 애인인데-"

"옳으신 말씀입니다."

장현의는 씨익 예의 바르게 웃어 보이고 분식집을 나섰다. 그 뒤를 따라 길 앞에 선 지나는 어이가 없어서, 왜 애인 아니라고 정정하지 않았냐 따지려다가 관두자 싶어 입을 다물었다. 그가 차로 언덕 위 집까지 데려다주겠다고 했지만, 그녀는 5분 정도 그냥 소화시킨다 생각하고 걷겠다고 마다하고 휙 돌아서버렸다.

지나는 뒤 한 번 돌아보지 않고 경사진 언덕길을 열심히 올랐다. 장현의가 그녀의 뒷모습이 언덕 꼭대기 위로 완전히 사라질 때까지 내내 주시하고 있다는 사실은 전혀 몰랐다. 그녀는 왜인지 자꾸만 콩닥콩닥 뛰는 가슴을 진정시키려 일부러 더 열 올려서 빠르게 걸었다. 아직도 분식집 앞에서 그녀를 보고 웃던 장난감의 아찔한 미소가 뇌리에서 사라지지 않고 있었다. 지나는 내심 당황했다. 장난감이 아니라 그의 미소에 그렇게 강렬히 반응하는 스스로의 원초적 반응에 당혹스러워하고 있었다. 지나는 고개를 세차게 저으며 한 발 한 발 힘주어 걸었다.

이 멍청이 해맑은 해파리 뇌순녀 간지나. 설마 또다시 저 인간에게 마음이 흔들리고 있는 건 아니겠지? 새삼 다시 장난감에게 끌린다거나…… 그런 건 아니겠지? 응? 만약 그렇다면, 넌 자존심이고 자존감이고 배알도 없는 2016년 병신년이야! 암, 그렇고말고!

한 주가 새로 시작하는 월요일, 도저히 실마리가 보이지 않는 송기훈 사건의 공판은 이제 불과 사흘 남은 상태였다. 박 변호사는 아무래도 본인이 7년 변호사 생활 중 최초로 실패를 맛볼 것 같다며 자괴감에 빠져서 헤어 나오지 못하고 있었다. 아무래도, 송기훈의 용의자로서의 물리적 현장 증거가 불충분하다는 쪽으로 부각

시키는 방법밖에는 없다고 거의 자포자기하고 있는 것 같았다.

지나는 착잡한 심정으로 점심시간 끝 무렵에 생리대를 사러 오피스 건물 내 약국에 들렀다. 거기서 그녀는 뜻밖의 인물과 마주하게 되었다.

"아, 안녕하세요? 조인경…… 실장님 맞으시죠?"

그녀는 피해자 차민아의 전남편, 천강우가 일하는 건축사무소에서 잠시 만났던 조 실장이었다. 그 건축사무소는 법원 앞과 좀 떨어져 있는 신사동 사거리에 위치해 있었다. 단지 약을 사러 여기까지 들른 건 아닌 것 같았다.

"어머, 안녕하세요? 아, 자택 설계를 의뢰한 고객이 마침 이 근처에 개업한 변호사라서 올 일이 있었답니다."

"그러시군요."

두 사람은 잠시 수사 진행 상황에 대해 겉핥기식으로만 대화를 나누고 곧바로 헤어졌다. 지나는 조 실장이 카운터 너머 약사에게 말을 거는 동안, 생리대를 가방 속에 깊이 넣고 약국을 나섰다. 그때 등 뒤에서 희미하게 들려오는 조인경의 말에 조금 고개를 갸웃했다. 하지만 지나는 그녀가 뭔가 잘못 알았거나 잘못 들었겠거니 생각하고 다시 바삐 사무실로 향했다.

"점심시간에서 10분이나 지났어."

"죄송합니다. 갑자기 약국에 급히 들를 일이 있어서……."

사무실 문에서 마주친 현의가 핀잔을 던지자 지나는 말대꾸 한 번 없이 곧바로 잘못을 시인했다. 그녀 역시 시간 개념이 철저한 편이라, 스스로는 물론 남들도 시간을 제때 잘 엄수하길 바랐다.

따라서 그가 10분 지각에 잔소리를 좀 한다 한들, 항변할 마음은 전혀 없었다. 하지만 언제 핀잔을 던졌냐는 듯 장현의의 어투는 금세 누그러져 있었다.

"약국? 왜? 어디 몸이 안 좋아서?"

"아뇨. 괜찮아요. 몸이 안 좋지 않은 건 아니지만 몸 안 좋다고 대답할 그런 성격의 몸 안 좋은 일은 또 아니라서요."

"……지금 나랑 말장난해?"

현의는 그다지 무서운 기색 없이 그녀를 노려보다가 다시 정색하고 말했다.

"일교차 심해서 감기 걸린 거 아냐?"

그의 말이 떨어지기 무섭게 지나는 크게 비명을 지를 뻔했다. 장난감의 크고 따스한 손바닥 하나가 그녀의 이마에 찰싹 달라붙어 있었던 것이다.

"어디 봐봐. 열은 없는 것 같은데……."

그의 온기와 숨결이 바로 코앞까지 다가와 있었다. 무슨 향수 같기도 하고 그냥 바디 미스트 같기도 한 은은한 향이 희미한 담배 냄새와 섞여서 오묘한 체취를 자아내고 있었다.

꺄악! 하악, 하악…….

차마 입 밖으로 소리 내어 외치지는 못하고, 속으로만 비명에다 헐떡임까지 갖가지 마우스 퍼포먼스를 벌이는 지나였다. 너무도 좋았다. 아, 젠장! 정말 너무나 따뜻하고 기분 좋았다. 아주 어릴 적 감기에 걸려 유치원도 못 가고 누워 있을 때 아빠가 다정하게 이마에 손을 짚어 주던 어렴풋한 추억 한 귀퉁이가 떠올랐다.

헉, 기껏 손바닥 좀 닿은 것뿐인데 너 왜 이래, 간지나? 사람 손길에 굶주린 강아지도 아니고! 정신 차려, 이, 이건 그냥 핫팩이야! 핫팩!

"왜 그래? 진짜 어디 안 좋아? 열은 없는데―"

지나가 말없이 바들바들 전신을 떨어대자, 장남간은 미간을 살짝 찌푸리며 그녀의 이마에서 손을 뗐다. 그는 자신이 지나에게 일으킨 신체적 작용에 대해 아무런 자각이 없는 것 같았다.

"그냥 생리예요! 여자라면 한 달에 한 번씩 거치는! 어, 추워……!"

지나는 너무도 당황한 나머지, 얼굴이 시뻘게져 냅다 소리치고 뒤돌아 사라지고 말았다. 마침 로비에 아무도 없어서 다행이지 뒤늦게 얼마나 가슴을 쓸어내렸는지 몰랐다. 아무리 그래도 장난감도 엄연히 남자이고 게다가 상사인데 생리라는 말을 해버리다니 결코 적절한 태도가 아니었다 싶었다. 하지만 이미 뱉어버린 말을 주워 담을 수는 없었다.

현의는 지나가 영혼 이탈 상태로 비척비척 화장실 쪽으로 걸어가는 모습을 예의 그 장난감표 조소를 띠고 내내 지켜보았다. 성질 부리는 것도 귀여웠지만, 아무래도 조퇴를 하는 게 낫지 않을까 싶었다. 그는 실장 겸 비서인 정주하에게 연락해 그가 막 오피스 건물로 들어오는 중이란 걸 확인했다.

"아, 그럼 마침 잘됐습니다. 1층 카페에서 레몬생강차 한 잔 좀 테이크아웃 부탁해도 될까요?"

"어, 대표님 그런 건 생전 안 드시더니 웬일이세요? 어쨌든 알겠습니다."

5분 뒤, 현의는 아직 화장실에 있는지 부재중인 지나의 책상 위에 테이크아웃 종이컵을 올려놓았다. 유자차니 대추차니, 평소 할머니 취향인 안 대리나 박 변호사가 가져다준 것이라 생각할 터였다. 조퇴가 여의치 않으면 이거라도 마시고 몸을 좀 따뜻하게 하는 게 좋을 것 같았다.

　그날 밤, 지나는 거실에서 옹기종기 모여앉아 드라마에 열 올리고 있는 다른 가족들 뒤에 비스듬히 몸을 기대앉아 멍하니 화면을 보고 있었다. 딱히 드라마엔 관심이 없었지만 뭔가에 생각을 집중하고 있느라 방으로 들어갈 생각도 않고 그렇게 앉아 있던 차였다. 그녀의 머릿속에는 며칠 전 분식집에서 그녀를 바라보던 그의 달콤한 미소, 그리고 아까 낮에 사무실에서 그녀의 이마에 손을 대고 열을 재보던 현의의 모습이 한시도 떠나지 않고 있었다.

　간지나, 네가 미쳐도 단단히 미쳤구나. 내일 출근길에 적어도 남자 세 명은 붙잡고 실험해보자. 저기, 아저씨. 저 혹시 열 없는지 이마에 손 좀 짚어주실래요? 5초 정도면 돼요. 부탁드립니다. 그래, 그렇게 한 세 명만 실험해보면 사실은 별거 아닌 거였다는 걸 확인할 수 있을 거야. 그냥 손이 잠깐 네 마빡에 왔다가 머물고 사라진 거야. 그게 왜? 그게 도대체 왜? 그 단순하고 의미 없는 동작에 왜 그렇게 큰 의미를 부여하고 혼자 망상에 빠져서 허우적허우적 정신을 못 차리는 건데, 간지나!

　그때 오빠 지한이 화면을 정신없이 보다가 껄껄 웃으며 뭐라고 중얼거렸다.

　"야- 저 전지연 저 여신급 외모에 저렇게 코까지 골고……. 진짜 완전 망가지는구나!"

　그 말에, 지나는 여전히 망상에 빠진 채 반사적으로 TV 화면을 바라보았다. 국민여신이라 불리는 전지연이 잔뜩 망가져서 남자 주인공 바로 옆에 누워 드르렁드르렁 폭풍처럼 코를 골고 있었다. 두 귀를 틀어막고 이어폰을 끼고 별 난리를 치던 남자는 드디어 인내가 한계점에 이르렀는지 머리를 쥐어뜯으며 벽에 대고 고통을 호소해댔다.

-아, 진짜! 내일 당장 코골이 수술 시킬 거야! 아무리 사랑해도 도저히 한방에선 못 자겠어!

"……."

뭐, 뭐라고?

지나는 갑자기 귀신 들린 것처럼 안색이 창백해져서 자리에서 벌떡 일어났다. 하지만 그녀에게 등 돌리고 최고 인기 드라마를 보고 있던 식구들은 지나의 갑작스런 몸짓을 전혀 알아차리지 못했다. 지나는 부리나케 방으로 뛰어 들어가 주섬주섬 옷을 입고 어디론가 전화를 걸었다. 휴대폰 시간을 보니 벌써 10시 30분이란 늦은 시간이었지만 지금은 시간 따위 따질 때가 아니었다.

"박 변호사님! 죄송해요, 너무 늦었죠. 지금 혹시 댁이세요?"

-응? 아직 사무실이에요. 신랑은 출장 갔고 친정 엄마가 애들 봐주고 계셔서 오랜만에 일에 집중할 수 있을 것 같아서- 그런데 이 시간에 대체 무슨 일이에요? 무슨 일 생겼어요?

"아뇨! 그 송기훈 씨 사건으로 의논드릴 게 있어요. 정말 중요한 일이라서 그러니 제가 지금 빨리 택시 타고 사무실에 갈게요. 기다려주시겠어요?"

박 변호사와 통화를 종료한 뒤, 지나는 빛의 속도로 집을 나서서 언덕길을 내려가 택시를 잡아탔다. 정체가 거의 없는 평일 늦은 밤이라 지나는 5분 만에 법원 앞 사무실에 도착할 수 있었다. 사무실에는 박 변뿐 아니라 비즈니스 컨설팅 전문인 김 변호사도 야근 중이었다. 게다가 장난감도 있었다. 하지만 지금 지나의 눈에는 그는 안중에도 없었다.

"지금부터 드리는 제 의견은 완전히 틀린 것일 수도 있어요. 하지만 먼저 한번 들어보셨으면 합니다!"

지나는 일주일 전 천강우의 탐문 기록지를 보았을 때의 기억을 되살려, 그 내용을 모두에게 상기시켰다. 천강우는 차민아가 사망한 시각, 동네의 야간병원에서 코골이 수술에 대한 상담을 받았다고 진술한 바 있었다. 그리고 전처 차민아와 이혼한 이후로 누군가 만나는 여자도 없었다. 적어도 천강우 자신과 주변 인물들은 모두 그렇게 말했다. 단 한 사람을 제외하고는. 며칠 전 천강우의 건축사무소에서 만난 조 실장, 조인경은 그에게 애인이 있다고 진술했다. 그리고 바로 오늘, 오후에 약국에서 조인경과 우연히 마주친 이후 그녀는 분명히 약사에게 이렇게 말하고 있었다.

'남편이 코를 너무 심하게 골아서 곧 코골이 수술도 받을 건데요. 그 전에라도 좀 조용히 잘 수 있게 코골이 약 좀 처방해주실 수 있을까요?'

그때는 약국 문을 밀고 들어오는 바람 소리 때문에 띄엄띄엄 들린 것 같았다. 하지만 지금 다시 기억을 되살려보니 조인경은 분명 그렇게 말하고 있었던 것 같았다.

"뭐라고요? 하지만 조인경은 분명히 미혼이라고 했는데? 애인인데 그냥 남편이라고 한 건가? 하지만 그게 왜? 충분히 그럴 수 있는 일이잖아요."

"그때 천강우가 그랬었잖아요. 차민아가 옥상에서 추락사한 그날, 천강우의 알리바이를 탐문했을 때 분명히 이렇게 말했어요. 코골이 수술 관련해서 야간진료 의사와 상담하고 있었다고요!"

"하지만 천강우와 조인경 애인 둘 다 코를 심하게 고는 건 어디까지나 우연히……. 헛!"

그제야 지나가 말하고자 하는 바를 깨달은 박효선은 두 손뼉을 크게 쳤다.

"지나 씨는 천강우가 곧 조인경 애인이 아닌가 의심하고 있는 거예요?"

"네! 첫째, 코골이 수술을 받거나 약을 처방받을 정도면 분명 함께 동침하는 사람이 있다는 말이잖아요. 만약 방 안에서 혼자 잔다면 굳이 그렇게까지 코골이 증상을 고칠 이유가 없는 거예요. 그건 곁에서 잠자는 사람이 코골이 소리 때문에 잠 못 이루는 괴로움을 호소해서라구요! 둘째, 그 논리라면 천강우와 조인경 둘 다 정기적으로 동침하는 애인이 있다는 말인데 둘 다 누구 만나는 사람이 아무도 없다고 주장하고 있었어요. 그건 외부에 알릴 수 없거나, 알리기 꺼려하는 관계라는 말이잖아요. 즉, 사내연애일 가능성이 매우 크죠!"

지나는 단번에 쏟아내다 잠시 숨을 고르고 다시 이어 말했다.

"제가 틀릴 수도 있지만 뭔가 이상한 직감이 들어요. 조인경이란 그 여자…… 천강우와 분명 뭔가 있는 것 같아요. 그 두 사람, 예전부터 내연관계였거나 천강우가 차민아와 이혼 후 사귀기 시작한 연인 사이가 아닐까요? 아까 전지연 나오는 드라마를 봤는데 이런 장면이 있었거든요. 그걸 보는데 갑자기 천강우와 조인경에 대한 생각이 번개처럼 뒤통수를 탁 때리는 거예요!"

"어…… 하지만 너무 억지 아닐까요? 한 직장 안에서 그 정도 우연은 얼마든지 있을 수 있어요. 요즘은 워낙 개인주의 시대라 개인의 연애사를 대외적으로는 쉬쉬하는 사람들도 많으니까."

마침 그 자리에 있던 김 변호사는 고개를 갸우뚱 기울였다. 박효선 역시 그와 비슷한 표정을 짓고 있었다. 하지만 장현의만은 달랐다. 그는 팔짱 낀 자세로 책상에 기대서서 뭔가를 골똘히 생각하다가 고개를 들었다. 장현의는 아무래도 지나의 말에 신빙성이 있다고 믿는 눈치였다.

"아니. 나는 충분히 가능성이 있다고 생각합니다. 한 번쯤 짚고 넘어가도 손해 볼 것은 없으니 한번 파보죠."

그는 박효선을 향해 격려의 눈짓을 보낸 뒤, 지나를 향해서 시선을 돌렸다. 그 눈에는 분명 격려 그 이상의 감정이 깃들어 있었다.

"조인경에 대해서 좀 더 파보세요, 박 선배. 지나 씨, 박 변호사님 도와서 오늘 밤새울 수 있어요?"

"네, 문제없습니다."

현의의 주장에, 박효선도 두 팔을 걷어붙이고 지나의 주장을 한번 믿어볼 태세를 갖췄다.

잠은 조금 미뤄도 될 정도로 상황은 드라마틱하게, 전혀 다른 형국으로 흘러가고 있었다. 지나는 박 변처럼 덩달아 팔소매를 걷어붙이고, 성심성의껏 그녀를 도와줄 자세를 갖췄다.

"그래도 꼴딱 밤새는 건 아니고, 휴게실 간이침대에서 잠깐씩 눈 붙일 수 있을 거예요, 지나 씨. 아, 장 대표님! 우리 커피 좀 사다

주실 수 있을까요? 이런 거 부탁할 군번은 아닌데 보시다시피 내가 지금 발등에 불이 떨어졌어요."

"당연하죠, 박 선배님. 지금 그런 거 따질 때가 아니잖아요. 커피 외 더 필요한 게 있으면 말씀만 하세요. 바로 준비하겠습니다."

현의 역시 진지한 얼굴이었다. 지나의 갑작스런 방향 틀기에 놀라움 반, 감탄 반이 섞인 눈빛이 되어 있었다. 그는 직접 전화로 커피 및 샌드위치 등 간식거리도 주문했고 그들의 조사를 곁에서 내내 도왔다.

지나는 어쩐지 혈관에서 피가 미친 듯 뛰는 설렘에 졸음도 피로도 싹 잊은 기분이었다. 왜인지 너무도 생동감이 넘치고 에너지가 주체할 수 없이 들끓는 것 같았다. 어쩌면 송기훈의 억울한 누명을 벗기고 진범을 잡을 수 있을지도 몰랐다. 그것도 다른 사람이 아닌 그녀 자신의 추리에 의해서.

다음 날, 검사 측의 신속한 행동으로 조인경은 경찰서에 소환되어 취조심문을 받게 되었다. 모든 것이 지나의 추리대로였다. 검사와 수사관은 이미 상황을 다 파악하고 어떤 결정적인 증거가 있는 것처럼 조인경을 용의주도하게 유도했다. 결국 조인경은 울음을 터뜨리며 모든 범행을 낱낱이 자백하기에 이르렀다.

천강우가 이혼한 뒤로 만남을 시작했으니, 그와 조인경은 정확히는 내연관계는 아니었다. 하지만 정식으로 사귀는 것도 아니고 조인경과 가끔 잠자리를 하는 사이였다, 는 게 천강우의 주장이었다. 조인경은 그가 서류상으로 싱글이 되는 순간부터 사실 그를 좋아해왔다고 고백하며 그에게 적극적으로 접근했고, 어쩌다 보니 두 사람은 선을 넘게 된 모양이었다. 하지만 사내에 소문이 도는 것은 싫다는 천강우의 뜻에 따라, 두 사람은 불규칙적으로 밀회를 갖는 정도의 사이였던 것 같았다.

조인경은 항시 전처 차민아를 잊지 못하는 천강우 때문에 항상 마음이 괴로웠고, 어느 날 회사 건물 계단에서 천강우의 전화 통화를 엿듣고 차민아를 만나 담판을 짓기로 결심했다. 부부 공동명의로 가지고 있던 건물 처분을 의논하던 중, 천강우는 차민아에게 그가 아직도 그녀를 사랑하고 있다고 재결합 여부에 대해 애원하다시피 말했던 것이다. 조인경은 어렵지 않게 차민아의 연락처를 알아내 그녀를 상가 건물 옥상으로 불러냈다. 그녀는 차민아와 말다툼을 벌이다가 실수로 그녀를 밀어 떨어뜨린 우발적인 사고였다 주장하고 있었다.

하지만 그녀가 처음부터 살의를 품고 있었다는 증거는 여기저기 산적해 있었다. 상가는 20년도 넘은 낡은 건물이라 메인 엘리베이터 외에는 CCTV도 설치되어 있지 않았다. 그리고 조인경은 일부러 CCTV 사각지대인 비상구 계단을 이용해 옥상까지 올라갔었다. 조인경의 자택을 수색한 경찰들은 그녀의 옷장 속에서 여성용 복싱글러브와 여러 관련용품들을 발견했다. 조인경은 한때 다이어트 운동으로 유행했던 여성 복싱클럽에서 장기간 활동해 웬만한 남자 펀치 못잖은 힘의 소유자였던 것 같았다. 차민아의 사체에 여러 군데의 타박상이 있는 것 역시 그로써 충분히 설명되었다.

좀 더 공격적인 심문이 계속되자, 조인경은 계획적으로 차민아를 폭행하고 옥상 난간 아래로 밀어버렸음을 시인할 수밖에 없었다. 사건은 완전히 일단락되었다. 조인경은 즉시 검찰에 기소되었고 며칠 후 공판을 가질 예정이었다. 박효선 및 다른 변호사들 말로는 아마 일급살인죄가 적용되어 최소 10년에서 15년은 복역해야 할 것이라고 의견을 주고받았다. 지나도 그들 곁에 앉아서 박효선 변호사가 보여준 새로운 공소장 내용을 묘한 눈으로 훑어보고 있었다.

<공소장:

피고인은 2014. 8. 1*. 10:00경 서울 서초구 서초동 ** 소재 피해자(30세)의 아파트 상가 건물에서 평소 피해자가 자신이 내연관계를 맺고 있는 직장동료 천강우와 연락을 지속하고 있다는 사실 때문에, 이에 살인할 것을 마음먹고 피해자를 상가 건물 옥상으로 불러내어 피해자의 얼굴과 복부 등 여러 부위에 타박상을 입힌 뒤 15층 높이에서 고의로 밀어 추락사로 살해했다. 피해자는 폐 손상, 심 좌상, 장간막 파열, 혈 복강, 한쪽 신장파열다발성 등 다발성 장기손상으로 현장 사망하였다.>

박효선은 아무런 실마리도 보이지 않던 암흑 속에서 갑자기 희망의 한 줄기 빛을 발견해 이렇게 송기훈의 결백을 입증하고 진범까지 잡게 될 것이라곤 생각도 못했다고 난리도 아니었다. 그녀는 잔뜩 감정이 격앙되어 지나를 붙들고 놓아주질 않았다. 박 변에게 있어 지나는 그야말로 구세주 같은 존재였다.

"진짜 대단해, 지나 씨! 어떻게 그런 추리를 해낼 수 있었지? 암만 해도 지나 씨도 변호사를 해야 할 운명을 타고났어. 지금이라도 로스쿨 준비해봐요, 응?"

"정말 잘해냈어, 간지나 씨 대단해요! 아까 송기훈과 부모님에게서 연락이 왔어. 송기훈의 큰아버지가 T일간지에서 근무하는 보도국장인데 우리 로펌에 대해 아주 좋은 기사를 써주고 광고도 내준다고 제안해왔어. T일간지면 T방송국 산하니까 나중에 혹시 우리 로펌이 방송도 타게 될지 몰라! 사실 방송 안 타도 의뢰가 이미 넘칠 대로 넘치긴 하지만-"

그때 옆에 있었던 김 변호사까지, 다들 일제히 지나에게 관심 세례를 퍼붓자 그녀는 머쓱한 표정으로 담담히 말했다.

"아뇨, 그냥 우연이었을 뿐이에요. 음, 굳이 공을 돌린다면 전지연 씨가 출연한 그 드라마 코 고는 장면 덕분이었죠, 뭐."

"그럼 첫 번째 공은 간지나 씨, 두 번째 공은 누군지는 몰라도 전지연 씨 드라마를 쓴 작가에게 돌려야겠네!"

안 대리의 말에 다들 한바탕 웃음을 터뜨렸다. 그때 장현의가 이제 퇴근 시간도 다 되어가니 오늘은 축하회식을 하자고 제안했다.

"정 실장님, 새로 생긴 한우집으로 예약하십시오."

"아니, 그런데 우리 로펌 패소한 적 한 번도 없는데 내가 새삼 승소 한 번 했다고 갑자기 한우집이라니 좀 멋쩍은데요?"

박효선의 민망한 웃음에, 현의는 덤덤히 대꾸했다.

"하마터면 놓칠 뻔했던 진범을 잡아서 이긴 거니 단순한 승소 이상의 의미가 있죠. 때로는 진범인 줄 뻔히 알면서도 그편에 서야 하는 게 우리 일이니."

현의는 얼씨구나 좋아라, 한우집을 향해 나서는 사람들 틈바구니에 섞인 한 사람을 눈으로 좇고 있었다. 그는 맨 마지막에, 박효선과 나란히 걸어 나가는 그녀를 조용히 불러 세웠다.

"지나 씨."

"네?"

지나는 갑작스런 현의의 부름에 뒤를 돌아보았다. 박효선은 누군가와 통화하느라 그들 쪽을 쳐다보지도 않고 있었다. 주위에 아무도 없자, 그는 평소 둘만 있을 때처럼 말투를 바꿨다.

"수고했어. 정말 감탄했어."

"……."

"이달 급여일에 특급 보너스도 받게 될 거야. 직접 승소한 거나 다름없이, 큰 공로를 세웠어."

그녀가 뭐라 대꾸하기도 전에, 박효선은 통화를 마치고 두 사람을 번갈아 보며 빨리 우리도 가서 남의 살 실컷 뜯자고 독촉했다. 지나는 박효선과 나란히 문을 나서며, 왜인지 가슴 벌렁벌렁 울렁이는 속을 가라앉히려 애써야 했다.

정말 이상했다. 배 속에 나비 백 마리가 일제히 날개를 팔랑팔랑거리며 굿을 하는 간질간질한 느낌이었다. 요 근래 단 한 번도 느껴본 적 없던 기묘한 가슴 떨림이었다. 아니, 엄밀히 말하자면 지난번 분식집에서 장난감이 그녀 면전에 대고 앞으로도 모르는 번호는 일절 받지 말라 이르며 환하게 웃음 짓던 그때 이후로 두 번째였다. 지나는 속으로 혀를 차며 신경질적으로 미간을 좁혔다.

너 왜 이렇게 오버야, 간지나! 뭐 그 한마디 가지고 그렇게 동요하고 난리부르스야. 상사로서 잘했다 한 것뿐인데…….

어느덧 밤은 깊어갔고 대대적인 축하회식이 끝난 뒤, 모두들 작별인사도 왁자지껄하게 하고 각자 집을 향해 뿔뿔이 흩어졌다. 지나는 평소보다 조금 많이 마셔서 몽롱해진 눈으로 마을버스 정류장을 향해 걸었다. 하지만 그런 그녀를 또 불러 세우는 누군가가 있었다. 역시나 이번에도 그녀의 귀에 익숙한 한 남자의 음성이었다.

"지나! 저기 택시 온다. 타고 가자."

현의는 그녀가 뭐라고 대꾸하기도 전에 재빨리 지나의 한 팔을 잡고 택시 뒷좌석으로 이끌었다. 그가 그녀의 집주소를 말하자 지나는 인상을 살짝 쓰고 그를 돌아보았다.

"근데 장 대표님은 왜 타세요? 오피스텔도 바로 요 앞이잖아요-"

"과년한 막내직원이 집까지 잘 들어가는지 챙겨줘야지. 꽤 마시는 것 같던데."

"멀쩡해요! 좀 졸려서 그렇지……."

대뜸 받아치던 지나는 갑자기 트림이 나올 뻔해서 입을 다물고 말았다. 아무리 아무 사이 아니라지만, 어쨌든 대표상사인 그의 면전에 대고 트림이라니 그렇게 바닥까지 보여주고 싶지는 않았다. 지나는 자기 옷에서 술 냄새며 고기 냄새가 잔뜩 풍길 거라 생각하며 최대한 그에게서 멀리 떨어지려 애썼다.

택시는 금세 역삼동 집 앞에 도착했고 지나는 이제 대표님은 이대로 자택으로 가시라고 말하며 택시에서 내려섰다. 하지만 대문에 손을 뻗으려던 지나는 순간 휘청거렸다. 다리에 힘이 풀려서인지 통굽 구두 신은 발 한쪽이 꺾이며, 그녀의 가늘고 긴 다리가 땅바닥과 맞닿으려는 찰나였다.

"멀쩡하다더니……."

남자의 강한 팔이 그녀의 두 어깻죽지를 뒤에서 거뜬히 받쳐 올리고 있었다. 다시 땅에 똑바로 선 지나는 잠깐 발을 헛디딘 것뿐이라며 가까스로 균형을 잡았다.

"전 이제 집에 들어가면 되니까 염려 놓고 어서 들어가시라고요-"

"술 냄새 엄청난데……. 요 앞에서 잠깐만 술 깨고 들어가. 할아버지가 워낙 보수적이셔서 손녀들이 술 취해서 들어오는 꼴은 못 보신다며. 아직 안 주무시는 것 같은데."

담 너머 조부모의 방 창문에서는 아직도 환한 불이 켜져 있었다. 평소 애청하시는 드라마가 아직 방영중이라 취침 전이신 것 같았다.

"저기 절 올라가는 길에 정자 있잖아. 잠깐 앉았다 가자."

그녀가 어린 시절 점쟁이 할머니와 고양이 밥을 주던 바로 그 공원 내 정자였다. 두 사람은 정자에 나란히 앉아 9월 초, 이제 막 시작된 초가을의 기분 좋은 밤바람을 느꼈다.

"잠깐만."

장현의는 어디론가 사라지더니, 한 손에 캔커피 두 개를 가지고 금세 돌아왔다. 공원 초입의 자판기에서 뽑아온 모양이었다. 두 사람은 캔커피를 제각기 들고 조용히 홀짝였다. 평일 밤이라 그런지 공원 안은 한산하기 짝이 없었다. 근처에 둘만 있는 것 같았다. 현의는 문득 입을 열었다.

"꼭 7년 전으로 돌아간 것 같아. 그때도 너랑 가끔 여기 앉아서, 이런저런 얘기하고 그랬었는데. 그때는 캔커피가 아니라 주로 아이스크림이었지만."

"……장 변호사님, 부탁이 있어요."

지나는 혀가 좀 꼬부라진 목소리일망정 단호한 음성으로 말을 이었다.

"7년 전 얘기는 이제 제발 그만하세요! 그만하시라고요- 지긋지긋하다고요, 젠장!"

현의는 지나가 갑자기 언성을 높이자 날카로운 눈매로 그녀의 옆얼굴을 바라보았다. 빈 캔을 발치에 던지듯 내려놓은 지나는 왜인지 매우 화가 난 것 같았다. 도무지 영문을 알 수 없었다. 그에게는 특별한 추억인 그 나날이, 지나에게는 마치 뇌리에서 싹 지워버리고 싶은 끔찍한 기억인 것만 같아 가슴속이 서늘해지는 기분이었다. 단순한 불쾌함을 넘어서, 뭔가 핀트가 안 맞는 비틀어진 감정을 어떻게 해서든 바로잡고 싶다는 오기가 속에서 끓어오르기 시작했다.

현의는 지나의 양어깨를 붙잡고 마구 닦달하고픈 충동을 꾹꾹 억눌렀다. 예로부터 자제심 하나는 끝내주는 그였다. 미국 법정에서도 산전수전 다 겪은, 뱀 같은 프로 변호사들과 공방전을 벌일 때도 상대의 도발에 절대 넘어가는 법 없던 그였다. 장현의는 감정을 한껏 자제하느라 한결 더 냉담해진 목소리로 지나에게 물었다.

4화.

"간지나, 전에도 물었지만 7년 전 왜 그랬어? 지금 이렇게, 그때 일 얘기에 질색팔색하는 이유는 또 뭐고."

"……."

"대답 안 해?"

평소와는 다른, 장현의 얼음 같은 어조에도 지나는 아랑곳하지 않았다. 그녀는 뭐가 우스운지 혼자 픽 실소를 터뜨리다가 끅끅 이상한 소리를 내며 웃어댔다. 그러다가 갑자기 웃음을 뚝 멈추고 현의의 차분한 얼굴을 매섭게 노려보았다.

"이런 장난감씨!"

그녀는 호칭이고 뭐고 공식 개명 이름인 장현의고 정확하게는 장난감이 아명이고 뭐고 모두 안중에도 없었다. 지나는 뭔가 오랫동안 묵혀두었던 원한을 술김에 낱낱이 까발리듯 이를 갈며 말했다.

"장난감, 왜 나한테 자꾸 다가와요? 응? 난 애써 공적인 선을 잘 지키려고 하는데……. 그때와는 달리, 지금 나한테 이렇게 신경 쓰고 잘해주는 이유를 내가 모를 것 같아요? 어?"

숨도 안 쉬고 갑자기 열변을 토해내는 지나의 입에서는 중년 아저씨에게서나 풍길 술 냄새가 달큼한 캔커피 냄새와 섞여 공기 중에 은은하게 퍼져 나왔다.

"내가 그때와는 달리, 좀 봐줄 만한 외모로 바뀌어서 그래요? 고 깃…… 끅! 덩어. 끅! 그…… 따위가 아니라 이젠 좀 사람처럼, 여자처럼 보이기 때문이야? 엉? 어?"

다행인지 불행인지, 하필 고깃덩어리란 부분에서 트림이 나오는 바람에 그 단어는 제대로 상대방에게 전달되지 못했다. 현의의 귀에도 고깃덩어리 부분은 별 의미 없이 스쳐지나간 것 같았다. 그는 기가 막혀 뭐라 대꾸할 말도 찾지 못했다. 하긴 대꾸할 거리가 산더미처럼 많다 해도, 입을 열지는 않았을 것이다. 장현의가 세상에서 가장 무의미하고 쓸데없다 생각하는 일 중 하나가, 상대방의 취중 꼬장에 진지하게 임하는 것이었다. 그가 아무 대꾸 없이 가늘게 한숨만 쉬자, 지나는 마치 랩배틀에서 이긴 것처럼 더 승승장구해서 마구 내쏘았다.

"왜 대답을 못해, 장난감? 내가 충고하는데…… 너…… 세상 그렇게 살지 마! 아무리 지금 대한민국이 성형천국에 외모지상주의라지만…… 아무리 그래도 어떻게 사람을 사람 취급하지 않고 아니 여자를 고기…… 끅!"

"……."

현의는 진심으로 기가 막혔다. 기가 막히고 코가 막히다 못해

오장육부 죄다 막힐 지경이었다. 그의 기억에, 그는 예전이나 지금이나 지나를 똑같이 대하고 있었다. 물론 지나의 외모가 몰라볼 정도로 달라진 것은 사실이지만, 7년 전 떡대 여고생이었을 때에도 항상 지금의 미래 모습을 어렴풋이 예견하고 있었기에 딱히 놀랄 것도 없었다.

혹시 술김에 날 다른 사람으로 착각하나?

하지만 그녀가 말끝마다 후렴구처럼 장난감! 장난감! 외치고 있었기에, 다른 누군가와 착각하고 있을 리는 없었다. 지나는 언성을 높이다 말고 갑자기 또 저옥타브 랩을 하듯 중얼중얼대기 시작했다.

"하여간 남자란 것들은……! 죄다 똑같아, 너희들은! 머릿속에 그저 어리고 예쁜 여자에, 그 짓 하는 것밖엔 없지……. 난 여자가 좋아……. 여자랑 결혼할 거야. 남자로 태어난 것들은 다 꼴도 보기 싫어……. 아들로 태어난 게 뭐 대수냐? 뭐가 대수야……. 운 따라 그렇게 태어난 게……."

"……."

장현의는 그녀가 앉은 자세로 비틀비틀거리자 한 팔을 등 뒤로 둘러 지나의 상체를 지탱했다. 다행히, 그녀는 미처 의식하지 못해서인지 그 손을 뿌리치지 않고 뜻 모를 중얼거림만 반복하고 있었다. 평소 주량이 센 탓인지, 좀 뒤늦게 취기가 올라와 과음한 티가 나는 모양이었다. 랩을 좀 멈추나 했더니 지나는 이제 흑흑 소리 내어 울고 있었다.

"이런 옘병할 세상……. 내가 살 빼느라 얼마나 고생했는지 알아! 응? 흐흑……."

현의는 기막혀 웃음이 터져 나올 뻔했다. 도대체 어느 장단에 맞취야 할지 알 수가 없었다. 하긴 이 정도로 날씬해지고 피팅모델 일까지 할 정도였다면 웬만한 노력 갖고는 유지관리하기 힘들었을 터였다. 하지만 결과적으로 그녀는 지금 7년 전 스스로가 그렇게 원했던 몸 상태를 본인의 피나는 노력으로 보유하게 되었다. 응당 성취감과 환희만 느껴야 할 텐데 왜 또 이렇게 무슨 억하심정 쏟아내듯 펑펑 우는지 알 수가 없는 장현의였다. 아무래도 그때 힘들었던 기억이 새삼 되살아나 취중에 감정이 마구 북받치는 모양이었다.

"도대체…… 어느 쪽이 진짜야?"

장현의는 실소를 머금으면서도 그녀를 그의 어깨로 더 바짝 끌어당겼다. 지나의 흐느낌도 점차 잦아들고 있었다. 며칠 전 누구도 생각해내지 못한 예리한 직관력으로 결국 진범 검거까지 성공해낸 간지나, 지금 그의 어깨에 눈물, 콧물 질질 흘리며 알 수 없는 술주정을 해대는 간지나. 어느 쪽이 진짜 그녀의 모습인지 논하는 건 아무 의미가 없었다.

둘 다, 현의에게는 간지나 그녀 자체였다. 7년 전 귀엽고 사랑스러웠던 통통이 지나, 백조처럼 절세미녀로 거듭나 거친 입담에 술주정까지 해대고 진범까지 잡아내는 지나. 그리고…… 그의 마음과 관심이 향하는 유일한 여자 지나.

현의는 자신이 무슨 행위를 하고 있는지 의식하지도 못한 채, 마치 보이지 않는 힘에 이끌리기라도 한 듯 지나의 얼굴로 고개를 숙였다.

그의 입술은 본능에 이끌려 자석처럼 그녀의 도톰한 입술을 찾았다. 혀 끝부분이 보들보들 귀여운 윗입술을 핥자 달콤한 커피 향이 짠 눈물과 한데 뒤섞여 기묘한 감각을 전해주고 있었다.

현의의 혀는 한참 동안 지나의 촉촉한 윗입술을 맛보다 이윽고 아랫입술에도 내려앉았다. 그의 치아가 맛있어 보이는 탐스러운 아랫입술을 살짝 물고 잡아당겼다. 너무도 기분 좋았다. 단지 입술을 핥고 빨아본 것뿐인데도, 그의 깊은 곳 동물적인 본능이 마구 요동치며 꿈틀거리고 있었다. 현의는 더 참지 못하고 한 손으로 지나의 갸름한 턱을 부드럽게 잡았다. 더 이상은 자제하지 않기로 마음을 정했다. 더는 참을 이유도 없었고 참을 기력도 없었다.

"으…… 응?"

지나는 취기에도 뭔가 기묘한 일이 벌어지고 있다는 걸 느낀 듯, 입술과 혀가 온통 현의의 것에 가로막혀 괴상한 신음을 흘렸다. 깊은 밤, 조용한 주택가 안 공원에는 다른 아무런 소리도 나지 않았다. 쪽, 쪽, 새가 뭔가를 쪼아대는 것 같기도 하고 아이가 사탕을 아주 감칠 맛 나게 빨며 단맛을 음미하는 것 같은 소리만이 정적 속에 조그맣게 울려 퍼지고 있었다.

현의는 처음에는 부드럽게 시작했다. 하지만 점차 그의 혀는 주인의 의지와 상관없이 점점 열정적인 빛을 띠어가기 시작했다. 그의 따뜻한 혀가 강렬한 온기를 지나의 입안에 흩뿌리며 그녀의 작은 혀를 옭아매고 구속하고 있었다. 마치 입안에서 뛰어다니는 작고 따뜻한 동물을 그의 혀로 쓰다듬고 어루만지는 느낌이었다.

그는 지나의 입안을 샅샅이 탐색하다 다시 그녀의 혀를 붙잡아 강하게 빨아들였다. 그녀의 입안은 달콤한 미로와도 같았다. 지나의 턱을 붙잡고 있던 현의의 한 손은 어느새 그녀의 머리 뒤를 받치고 있었다. 손으로 받치고 있지 않았다가는 그대로 뒤로 쓰러져버릴 만큼, 지나의 머리는 거의 허공에 누운 자세처럼 수

평으로 떠 있었다.

키스가 이렇게도…… 기가 막히게 좋은 것이었나?

장현의는 정신없이 키스에 몰입해 있으면서도 스스로에게 자문했다. 신체 건강한 서른두 살 남자로서, 그는 그동안 가톨릭 신부처럼 살지는 않았다. 미국에 있을 동안에 잠깐잠깐 애인 비슷한 사이까지 간 여자들도 있었다.

하지만 지금처럼 키스 한 번만으로, 이렇게 이성이 완전히 날아가버릴 만큼 몰입한 적은 결코 없었다.

"……."

현의는 잠시 숨을 쉬기 위해 입을 떼었다. 지나는 반쯤 잠들었는지 흐릿한 눈을 몽롱하게 뜨고 그를 바라보고 있었다. 마치 몽유병 상태에 있는 것 같았다. 그는 다시 그녀의 입술에 자신의 것을 겹치고 강하게 부딪쳐왔다. 어느새 장현의의 한 손은 자기도 모르는 새, 지나의 가슴을 더듬고 있었다. 원피스 옷감 위로 봉긋하게 솟은 그녀의 가슴은 그의 커다란 손안에 딱 맞았다. 지나 특유의 싱그러운 살 냄새가 너무도 좋았다. 현의는 지나의 등 뒤로 손을 둘러 그녀의 가느다란 허리를 더 바짝 끌어당기다, 거기서 손을 딱 멈췄다.

장현의, 너 지금 뭐 하는 짓이야……. 이 꼬맹이는 네 부하직원이야. 여기서 멈춰.

현의는 이를 갈며 지나에게서 몸을 떼고 흐트러진 그녀의 옷매무새를 바로잡아주었다. 그녀는 이미 반쯤 곯아떨어져 그의 품 안에서 흐느적흐느적거리고만 있었다. 그는 앉은 채 지나를 품에 안고 잠시 그대로 있었다. 그녀의 따스한 체온이 몸속에 그대로 녹아

드는 기분이었다. 그렇게 몸을 꼭 맞대고 있자니 다시 뜨거운 본능이 차가운 이성을 밀쳐낼 것만 같았다. 현의는 마지못해 정자 벤치에서 일어나 지나를 부축해 일으켰다. 그는 그녀를 들쳐 업고 집까지 걸어가다 대문 앞에서 다시 부축해 똑바로 세웠다. 초인종을 누르자 지한이 놀란 토끼눈을 하고 문을 열어주었다.

"어, 남간 형! 아니 현의 형!"

"회식하고 좀 늦었어. 여기."

그는 지한에게 반쯤 잠든 여동생을 조심스럽게 넘겨주며 한마디 일렀다.

"동생에게 잘해줘라."

"어…… 어, 네. 그럼 들어가세요."

취직도 빨리 해라, 언제까지 백수생활에 안착해 가족들에게 폐만 끼칠 거냐고 한마디 하고 싶었지만 현의는 현명하게도 그쯤에서 입을 닫았다. 다시 택시를 잡아타고 로펌 앞 오피스텔에 돌아온 그는 허물 벗듯 옷을 훌훌 벗어던지고 거실 소파에 털썩 주저앉았다. 단언컨대, 꼬맹이는 방금 전 그와 있었던 일을 한순간도 기억하지 못할 것이다.

그의 예감은 정확히 들어맞았다. 다음 날 퉁퉁 부은 얼굴일망정 일찍 출근한 지나는 평소와 다름없는 표정이었다. 일부러 모른 척한다는 느낌은 전혀 없었다. 그녀는 정말로 기억하지 못하고 있었다. 꼭 직업이 아니더라도 현의는 천성적으로 사람을 꿰뚫어 보는 예리한 관찰력의 소유자였다. 심리학 전공인 지나보다, 오히려 자신 쪽이 실제로는 심리 파악에 훨씬 더 고단수일 터였다. 그래도 최종점검은 해보고 싶었다.

"지나, 어젯밤 집 앞에서 같이 마신 그 캔커피 있지? 그거 입에 맞던데 똑같은 거 혹시 냉장고에 있어?"

"아, 어제 대표님이 자판기에서 뽑아 오신 그거요? 글쎄요……. 음, 없어요."

지나는 아무렇지도 않게 냉장고 문을 열어 잠시 살펴보더니 고개를 설레설레 저었다.

"근데 우린 원래 캔커피 자체가 없는데요? 다들 원두커피나 더치만 마시잖아요."

"하긴 그렇지."

"아 참, 근데 대표님. 어제 저 혹시 공원에서 뻗었어요? 캔커피 마시고 잠깐 앉아 있었던 것 같은데 갑자기 확 거기서 끊겼나 봐요……. 막 땅바닥에 드러눕고 그런 건 아니죠? 으윽…… 남이 그러는 거 보면 진짜 꼴불견이던데……."

"……아뇨."

현의는 변호사 몇 명이 굿모닝 인사를 건네며 탕비실로 들어오자 다시 말을 높였다.

"그냥 집으로 바로 갔습니다, 얌전히."

그는 의미심장한 눈빛으로 엷게 미소를 띠었다. 하지만 지나는 그에 신경 쓸 겨를이 없었다. 박 변호사와 안 대리가 그녀에게 다가와 어제 잘 들어갔냐고 아침인사를 건네오는 통에, 지나의 시선에는 이미 장난감의 존재 자체가 사라진 지 오래였다.

현의는 가장 안쪽 그의 오피스에 들어가서도 한참 동안 창밖만 바라보았다. 뭔가를 골똘히 생각하는 눈치였다. 그는 7년 전, 왜 갑자기 지나의 태도가 바뀌었고 그가 구기동 집으로 돌아갈 때까지 계속 자신을 피했는지 다시 한 번 곰곰이 생각해보았다. 하지만 아무리 생각해도 답은 나오지 않았다.

7년 전, 바로 그날 민태조는 남간의 다락방에서 그와 이런저런 이야기를 나누고 있었다. 갑자기 노크하는 소리가 나더니 눈에 익은 우람한 덩치의 여자애가 들어와 커피와 과일이 담긴 쟁반을 내려놓았다. 어쩐지 수줍어하는 기색이 엿보인 것 같았다. 하긴 새삼스러울 것도 없다고 자조하는 민태조였다. 소녀가 온통 남간만 의식하고 있다는 건 모른 채, 민태조는 그녀가 자신의 멋진 외모에 반했다고 착각하고 있었다.

하지만 저렇게 뚱뚱하고 별 볼 일 없는 여자애 따윈 철저히 그의 관심 밖이었다. 그의 애인은 S대 대학원에 재학 중인, 캠퍼스 최고 인형녀였다. 민태조는 자신이 그 정도는 옆에 끼고 다닐 자격이 충분하다고 속으로 거들먹거리고 있었다. 그는 소녀가 방을 나갈 때까지, 이런저런 너스레를 떨며 호감 가게 말을 붙였다. 아무리 사람도 아닌 고깃덩어리 같은 여자애라도 일단은 상문 선배 조카이니 함부로 대할 마음은 없었다. 지나가 방을 나선 뒤 민태조는 커피 잔을 입가로 가져가며 픽 실소를 흘렸다.

"참…… 쟤는 대학 입학해서도 저러진 않겠지?"

"뭐가?"

남간의 물음에, 그는 고개를 휘휘 저었다.

"아냐, 아무것도."

외모나 배경을 기준으로 누군가에 대해 공공연히 속물처럼 떠드는 걸 질색하는 남간이었다. 그런 걸 싫어하는 녀석 앞에서 굳이 속내를 터 보여 얼굴 붉히고 싶지는 않았다.

"야, 그나저나 너 말야─ 전에 쟤랑, 요 아래 중국집에서 둘이 짬짜면 먹었지? 나 여친이랑 지나가다 멀리서 봤어. 처음엔 긴가민가했는데 아무리 봐도 역시 너희 둘 맞더라고. 하긴 너무 다정한 오누이처럼 보여서 누가 봐도 오해할 일은 없겠더라."

"……아주 귀여운 애야."

"음, 하기사 얼굴은 예쁘장해. 살만 좀 빼면. 아니, 좀은 아니지만……. 근데 너 쟤 엄청 이뻐하는 것 같다? 설마…… 아니지? 너 혹시 0.001% 별종 취향으로, 뚱땡녀 좋아하냐?"

딱히 대답을 기대한 것도 아니었다. 민태조는 책장의 책들을 이리저리 훑어보다 한 권을 꺼내들고 무심히 주루룩 펼쳐 보며 지나가듯 물었다. 그때 남간의 입에서는 덤덤한 한마디가 흘러나왔다.

"미쳤어? 저런 건 여자도 아니고, 사람도 아니고, 그냥 숨 쉬는 고깃덩어리일 뿐이야."

"……."

지나는 방문 밖에서 노크하려다 말고 숨죽여 그 말을 들었다. 그리고 어떻게 발걸음을 옮겼는지 의식도 못하며 계단 아래로 천천히 사라져갔다. 과일과 커피를 내려놓고 방을 나온 직후에야, 라면 먹을 건지 물어보라던 엄마의 말이 떠올라 다시 방문 앞까지 와 있던 차였다. 하지만 방문 밖에서 어떤 엄청난 오해의 씨앗이 막 싹을 틔웠는지 방 안의 두 남자는 전혀 알 길이 없었다.

민태조는 전혀 남간답지 않은 심한 독설에, 자기 귀를 의심하며 떡 벌어진 입을 다물 줄을 몰랐다. 그는 눈앞의 오랜 친구가 혹시 입이 비뚤어지거나 갑자기 외계인에게서 몸을 지배당했나 싶어 눈을 휘둥그레 떴다. 영원 같은 잠시간의 침묵 끝에, 남간은 덧붙였다.

"……라고 너라면 말할 수도 있겠지, 민태조. 저번에 네가 미팅에서 폭탄녀 주선한 후배에게 그랬다며."

"으하하, 난 또! 깜짝 놀랐잖아— 목에 칼이 들어와도 그런 말 못 할 장난감……. 야, 그때는 진짜 너무 경우가 아니었거든! 진짜 난 뚱뚱한 여자가 세상에서 제일 싫고, 그건 남자라면 누구나 다 똑같잖아."

"난 아냐. 물론 이왕이면 날씬한 여자가 보기는 좋지, 솔직히. 하지만 사람에게, 그것도 여자에게 고깃덩어리라니. 너 그거 당사자가 들으면 바로 고소감이야. 앞으로 변호사 노릇 제대로 하려면 입단속부터 좀 해."

"또 시작하셨네, 인권위 의장 장난감."

현의는 7년 전 통통하고 귀여웠던 지나의 얼굴을 떠올리곤 엷게 웃음 지었다. 그녀는 확실히 뚱뚱했다. 빈말로라도 보기 좋게 통통한 정도를 좀 넘어선 상태였다. 듣자 하니 어릴 적엔 그래도 평범했는데 아버지가 돌아가시고 지금의 역삼동 외갓집에 얹혀살게 되면서 점점 뚱뚱해져서 항상 남들의 놀림거리가 되었다고 들은 바 있었다. 하지만 그때도 현의의 눈은 항상 지나만을 담고 있었다. 당시 지나의 사촌언니, 나름 예쁘고 날씬한 편이었던 대학교

1학년생 아은은 그저 집 안 가구와 같은 존재일 뿐이었다.

현의는 어젯밤 지나에게 기습키스를 하고 집으로 돌아오는 길 내내 혼란스러워하다가, 결국 한 가지 결론에 도달해 있었다. 지나를 보는 그의 눈은 7년 전보다 한 단계, 아니 몇 단계나 더 업그레이드되어 있다는 게 그것이었다. 7년 전 그녀가 여동생처럼 특별한 존재였다면, 지금 그 특별함은 조금 다른 궤도로 비껴나 있었다.

그는 지금, 한 남자로서 지나를 좋아하고 있었다. 그것도 매일 조금씩 더, 한 공간에서 그녀를 보고 별 의미 없는 대화라도 서로 말을 나누고 마주하면 할수록, 현의는 지나에게 더 급격히 끌려가는 자신의 마음을 발견하고 있었다.

하지만 대체 왜 그 애는 날 싫어하게 된 거지? 분명 뭔가…… 악감정이 있어.

그러나 그 감정이 어디서 비롯된 것인지, 아무리 생각해도 알 수가 없었다. 7년 전, 바로 그 다락방에서의 대화가 어떻게 절묘한 타이밍하에 뒤틀리고 어긋나 커다란 오해를 낳고 지금 지나가 그를 향해 최대한 마음을 닫으려 하는 상황까지 이르렀는지 현의로서는 알 도리가 없었다.

따지고 보면, 하필 그날 밤 현의를 방문해 그런 대화로 유도한 민태조 탓이거나, 라면 먹을 건지 물어보라는 특명을 내린 지나의 어머니 탓이거나, 혹은 다른 사람 탓할 것 없이 라면 먹을 것인지 제때 물어보지 않고 뒷북을 쳤다가 혼자 오해의 금자탑을 쌓아올린 지나 본인의 탓일 터였다.

하지만 지금 아무것도 모르는 장현의로서는, 모든 원인은 그 자신에게 있을 거라 막연히 믿고 어떻게 하면 지나의 마음을 돌릴 수 있을 것인지 열심히 고민하는 방법밖에는 없었다. 그때 휴대폰 벨소리가 그의 상념을 방해했다. 발신자 이름을 확인하니 별로 달갑지 않은 녀석이었다.

"웬일이야."

―오, 잘나가는 장 변! 잘 있냐?

민태조는 시시껄렁한 근황을 조금 늘어놓다가 은근슬쩍 지나 쪽으로 다시 화제를 돌렸다. 주변에 알아보니 애인이 없는 것 같던데 장난감 네가 잘못 알지 않았냐고 그는 다시 묻고 있었다. 현의는 아슬아슬 폭발 직전까지 화를 억누르며 냉담하게 말했다.

"간지나 씨 애인 있어. 그런 줄 알고 신경 꺼."

그의 목소리가 너무 차가워 민태조는 혹시 안 좋은 타이밍에 전화했냐고 묻기까지 했다. 장현의는, 네 존재 자체가 배드 타이밍이야! 소리치고 싶은 걸 간신히 참고 다시 한 번 인내심을 발휘해 강조했다.

"지나 애인, 나도 아는 사람이야. 확실하니까 뻘짓하지 마."

―아, 너도 아는 사람이야? 누군데?

"남의 사생활이니 노코멘트."

―아…… 그렇구나. 이거 진짜 좌절되는데. 아냐! 생각해보니 지레 포기할 건 없을 것 같아. 네가 끝내 말 안 해주니 상대가 누군지는 모르겠다만, 뭐 골키퍼 있다고 골 안 들어가냐? 그리고 결혼은 식장에 들어가 보기 전엔 아무도 모르는 거고. 아니, 요즘은 신혼여행 다녀오기 전엔 모른다더라. 아니다, 아예 혼인신고 하기 전까진 어떻게 될지 모르는 게 남녀관계 아니겠…….

"바빠. 끊는다."

현의는 통화종료 버튼을 누르고 휴대폰을 소파 위로 냅다 던져 버렸다. 도대체 어떻게 이렇게 막가파처럼 말귀를 못 알아듣는 건지, 눈앞에 있었다면 확 한 대 후려갈기고도 남았을 것이다. 좀처럼 이성을 잃는 법 없던 장현의는 누군가 방문을 노크하는 소리도 듣지 못하고 혼자 이를 갈았다.

"이 새끼가 정말……!"

"……."

현의는 수 초 늦게 누군가의 인기척을 느끼고 문 쪽으로 시선을 돌렸다. 그의 눈에, 두 눈알을 회번덕 크게 뜨고 얼음처럼 굳어 있는 정 실장의 얼굴이 들어왔다. 그는 생전 처음 보는 보스의 분노에 오금이 저릴 만큼 놀란 모양이었다.

"정 실장."

"아, 아…… 네넵! 저…… 죄송합니다! 대답이 없으셔서 괜찮겠거니 하고 문 열었는데……. 죄, 죄송합니다. 이따 다시 오겠습니다!"

"그럴 거 없습니다. 결재 서류면 거기 책상 위에 두고 가세요."

"네…… 네넵."

정 실장은 상사의 부드러운 말투에도 여전히 긴장을 풀지 못한 채, 엉거주춤 서류를 살며시 올려놓고 재빨리 사무실을 나왔다. 로비로 나온 그는 그제야 숨을 돌리며 가슴을 쓸어내렸다.

"아니…… 대체 누구랑 무슨 통화를 하셨길래 저렇게 노기충천이시지?"

장현의가 미국에 가기 전부터도 그와 일했던 정 실장은 난생처음 보는 그의 분노에 혀를 내둘렀다. 그는 커피 한 잔 하러 탕비실로 들어서며, 자신은 절대 대표님을 거스르는 일이 없도록 하리라

맹세하고 또 맹세했다.

어느덧 2주가 훌쩍 지나가, 전 국민의 명절인 추석연휴를 하루 앞에 두게 되었다. 그동안 현의도 밀려드는 업무로 나름 분주했고, 지나 역시 여러 가지 중차대한 조사업무를 맡느라 바쁜 나날을 보내고 있었다. 따라서 둘 사이의 애매모호한 관계에는 별반 달라진 것이 없었다. 그나마 현의 입장에서는, 혹시 지나에게 민태조 같은 나쁜 벌레가 꼬일까 싶어 그녀의 일상을 은근슬쩍 체크하는 정도였다.

다음 날 4일간의 추석연휴에다 빵빵한 명절 보너스가 기다리고 있어서인지, 사무실의 모두는 아침부터 어딘가 들떠 있는 분위기였다. 다들 휴가를 좀 더 붙여 써서 해외여행을 간다든지 시골에 내려가거나 조용히 서울 안에서 가족끼리 오붓한 시간을 보낼 거라고 각자 계획들을 털어놓고 있었다. 그때 안자현 대리가 지나 쪽을 돌아보며 물었다.

"지나 씨는 대가족이니 명절에도 은근 바쁘겠어요! 전 부치랴 음식하랴……."

"아, 이번에는 저 혼자 4일 동안 집 지키게 됐어요. 모처럼 혼자 조용히 지낼 수 있을 것 같아서. 사실 엄청 좋아요! 헤헷……."

"에? 왜요? 다들 지나 씨만 빼놓고 어디 가는 거예요?"

"시골에 큰할아버지 댁에 다들 가시는데 저는 안 간다고 했어요. 집에서는, 혹시 도둑 들지도 모르는데 오히려 잘됐다 하시는 눈치구요."

"어머, 그래도 명절인데 혼자 집에 있다니! 그건 아닌 것 같은

데……. 우리가 시골에만 안 가면 우리 집에 놀러오라 하겠는데 에휴, 어쩌죠……."

"에이! 아쉽다. 그럴 때 애인 있으면 4일 내내 가족들 방해 없이 알콩달콩, 으흐흐…… 달콤한 시간 보낼 텐데!"

"김 변호사님…… 삐뽀삐뽀~ 사이렌 소리 점점 가까워지고 있습니다. 직장 내 성희롱 교육 실시해야 될라나~"

다들 왁자지껄 웃는 중에, 단 한 사람 웃지 않고 차가운 표정을 유지하는 이가 있었다. 현의는 지나가 자기 자리로 돌아가려 할 때 잠시 그의 오피스로 그녀를 호출했다.

"네, 대표님."

"4일 내내 정말 집에만 있어? 그럼 밥은?"

"밥이요?"

지나는 현의의 뜬금없는 물음에 미간을 좁혔다. 평소 그의 이미지답지 않게 웬 밥타령인가 싶었다.

"대강 먹겠죠, 뭐. 어린애도 아니고……."

"너 라면하고 계란프라이밖에 못 하잖아."

"……누가 들으면 찬물 한 방울 손에 안 묻히게 집에서 엄청 귀하게 자란 딸내미인 줄 알겠네요."

"네 입으로도 고자손이라고 했잖아. 그게 지금이라고 뭐 특별히 나아졌을 것 같진 않은데. 자고로 요리는 손맛이니까 아무리 배워도 큰 발전을 기대하긴 어렵거든."

지나는 7년 전, 그녀에게 밥을 시켜 먹으려다가 '에고, 앓느니 죽지!' 하며 번번이 역정만 내고 포기했던 모친과 이모, 숙모의 모습을 그가 지금도 기억하고 있다는 사실에 조금 놀랐다. 하지만 워낙 탁월한 두뇌의 소유자니까 그 정도 뛰어난 기억력 정도야 별일 아니겠다 싶었다.

"어린애도 아니고 요즘 인스턴트 잘 나와 있는 거 많으니까 괜찮아요. 아무리 연휴라도 문 여는 식당들도 있고요. 그런데…… 설마 그거 걱정돼서 저 부른 거예요? 내가 4일 동안 밥 제대로 못 챙겨먹고 쫄쫄 굶을까 봐?"

"그럴 리가."

"그러게요. 그럴 리가."

지나가 냉큼 말을 받자, 현의는 조금 짜증 난 기색으로 책장 쪽으로 턱짓해 보였다.

"저기 판례집 쌓여 있는 거 보이지? 최근 정리 못했는데 카테고리별로 쫙 분류해놓고 가. 퇴근 전까지."

"……급한 것도 아닌데 연휴 끝나고 하면 안 돼요? ……가 아니라 네, 알겠습니다. 하라면 해야지 제가 뭐 힘이 있나요."

"10분 뒤 외근이니까 나 없는 동안 말끔히 해놔."

"알겠습니다, 대표님."

들릴 듯 말 듯 흥! 칫! 핏! 속으로 뇌까리며 지나는 새우젓 들이켠 표정으로 방 밖을 나섰다. 현의는 그녀의 뒷모습을 흘겨보더니 재킷을 집어들고 어딘가 나갈 채비를 했다. 문을 나서기 전, 오늘 하루 종일 개인적인 일로 외근 예정이며 오후 5시쯤 사무실로 복귀할 거라고 정 실장에게 일렀다. 어차피 내일부터 연휴 시작이니 굳이 업무를 서둘러 할 필요도 없었다.

그날 저녁, 현의의 배려로 모두들 한 시간 일찍 퇴근하게 되었다. 다들 나흘 뒤 건강하게 보자, 명절 잘 보내라는 등의 덕담과 인사를 나누고 제각기 건물을 나섰다. 지나 역시 지금쯤은 식구들 다 기차 타러 가고 집이 텅텅 비었겠네 생각하며 발걸음도 가뿐하게 사무실을 나섰다. 그녀 역시, 마음 한켠에서는 좀 외롭고 서글픈 마음이 조금은 있었다. 하지만 어차피 그녀가 정을 크게 주지 않는, 무늬만 식구들 같은 이들이었다. 모처럼 혼자만의 자유를 실컷 누릴 생각을 하니 결국에는 마음이 밝아지는 지나였다.

앗싸! 지금 이 시간 이후부터 적어도 나흘간 난 혼자야! 완전히 자유라고! 이제 실컷 자유를 누리…….

하지만 그녀가 그렇게 자유에의 기쁨을 부르짖고 채 만끽하기도 전에, 누군가 지나의 등 뒤에 대고 빵 클랙슨을 울렸다. 인도에 서 있던 그녀는 뭐야? 하고 눈알을 부라리며 뒤를 휙 돌아보았다. 익숙한 차였다. BMW 운전석에는 그녀의 상사이자 사무실의 대표가 자리해 있었다.

그는 차창을 내리고 그녀에게 가까이 오라고 손짓해 보였다. 어스름한 저녁 하늘 아래, 장현의는 믿을 수 없을 정도로 잘생기고 멋져 보였다. 그야말로 눈이 부셨다. 하지만 지나는 경계심이 번뜩 머리를 쳐드는 걸 느꼈다. 그 엷게 웃는 눈빛에 뭔가 꿍꿍이 속셈이 있는 것 같았다.

"왜요? 저 운동할 겸 걸어갈 건데요."

그녀의 집과 교대 앞 사무실까지는 걸어서 40분 정도 거리였다. 가끔 지나는 운동 겸 일부러 운동화로 갈아 신고 집까지 걸어갈 때도 있었다.

"지금은 같이 타고 가야 할 거 같은데. 추석이고 하니 너희 집에 놓고 갈 물건이 있어."

"추석선물이요? 하지만 어차피 집에 아무도 없는데……."

"나중에 보시면 되니까 일단 갖다 놓을게. 타."

"……."

"짐만 들여다 놓고 바로 갈 거니까 안심해."

"뭐, 딱히 불안에 떨고 있었던 거 아닌데요. 그럼 짐만 내려놓고 가셔야지 뭘 더 하실려고 했어요? 흥."

지나는 코웃음을 치면서 차문을 열고 현의 옆에 앉았다. 그녀는 잠시나마 이렇게 그와 가까이 있게 된다는 사실이 내심 기뻤다. 앞으로 나흘간 그를 보지 못한다고 생각하니 어쩐지 서운함 비슷한 감정이 있었던 것이다. 그런 스스로의 생각에 깜짝 놀란 지나는 내심 마음을 다잡고 또 다잡았다.

말도 안 돼, 간지나! 넌 도대체 언제나 정신을 차릴 거야? 이 인간에게 이상한 감정 품어서는 안 된다니까 대체 왜……!

두 사람은 10분 뒤 그녀의 집 앞에 도착했다. 그가 보자기에 바리바리 싸인 뭔가를 집 안 부엌까지 날라다주었다. 지나는 떡이나 한과 같은 것이려니 생각했건만, 보자기 안에 담긴 것들은 각종 명절반찬들이었다. 각종 전과 부침개에다 여러 가지 나물들, 갈비찜에 생선조림, 오징어채 무침, 물김치에 콩자반, 연근조림, 가지무침 등 그것도 희한하게 그녀가 가장 좋아하는 종류의 반찬들이었다. 게다가 락앤락 통에 정갈하고 예쁘게 담겨져 있어서 마치 전문적인 업체에서 일부러 주문해 배달해온 것 같았다. 그녀 혼자 4일 동안 충분히 먹고도 남을 정도였다. 지나는 의아하다 못해 괴상하다는 표정으로 등 뒤의 현의를 돌아보았다.

"대표님, 식구들도 없는데 반찬은 대체 왜 사오신 거예요?"

"그거 사온 거 아니야. 식구들 없으니 너 혼자 다 먹으면 되겠네."

그럼 난 이만, 하고 그녀가 뭔가 더 묻기 전에 현의는 현관으로 향했다. 지나는 그의 뒷모습을 멀뚱히 바라보다가 문득 시계를 보았다. 6시가 가까운 시간이었다. 어차피 곧 저녁을 먹긴 먹어야 할 때였다.

"대표님, 오늘 서녁 누구링 약속 있어요?"

"아니. 왜?"

"그럼 이왕 오신 거…… 저녁 드시고 가세요. 국은 이모가 오전에 끓여놓은 거 있어요. 미역홍합국. 밥만 하면 돼요."

"……"

현의는 구두에 발을 넣으려다 말고 뒤돌아섰다. 그는 긴가민가하는 표정으로 지나를 보고 있었다. 항상 골탕만 먹이다 웬일로 갑자기 선의를 베풀려는 적을 바라보는 눈빛이었다.

"오늘 밤 누굴 독살할 계획 있는 건 아니지?"

"참 내."

지나는 그답지 않게 썰렁한 농담을 하는 현의를 떨떠름하게 마주 보았다.

"전에, 한니발 드라마 광팬이라 하지 않았어? 저녁에 초대해놓고 알고 보니 그 사람 몸 어딘가를 떼어내 대접하는…… 뭐 그런 계획은 아닐 거라 믿어."

"대표님, 제발 안 어울리게 그런 농담 하지 마요. 다른 사람이 그러면 차라리 썰렁하기나 하지, 대표님이 그러면 진짜 섬뜩하다고요."

지나는 투덜투덜거리며 그가 날라 온 락앤락 통을 하나하나 열어서 그릇에 조금씩 덜었다. 쌀은 진작에 앉혀서 취사버튼 눌렀으니 15분 정도면 금방 밥이 될 터였다. 그러다 문득 생각난 듯, 지나는 부엌식탁에 앉아 신문을 들여다보고 있는 현의 쪽으로 고개를 돌렸다.

"아, 잠깐. 대표님, 이거 사오신 게 아니라고요? 그럼 어디서 가져오신……."

"아, 그러고 보니 잊고 있었어. 이번에도 박 선배가 널 조사관으로 지명했다고? 또 살인사건인데 괜찮겠어?"

"상관없죠, 뭐. 제가 뭐 사체부검하는 것도 아닌데요."

어쩐지 현의가 일부러 화제를 돌린 것 같다는 생각이 들었지만, 지나는 국을 그릇에 뜨면서 그의 계속되는 질문에 답했다.

"알겠지만, 무죄라고 주장하는 의뢰인들 중 절반 이상은 사실 유죄야. 말려들지 않게 조심해야 해."

"그건 또 무슨, 홍합이 해저에서 잘 자다가 국으로 끓여질 기묘한 말씀이신지."

"이번엔 어쩐지…… 불길한 예감이 들어. 저번에 네가 활약해서 큰 공로를 세운 건 인정하지만 이번엔 필요 이상으로 나서지 말고 적당히 몸을 사려. 왠지 느낌이 안 좋아."

"……."

지나는 그가 무슨 말을 하는지 알 것 같아서 어깨만 한 번 으쓱하고 반찬들을 식탁 위로 날랐다. 박효선 변호사가 이번에 맡은 사건은 확실히 꽤 질이 좋지 않은 살인사건이었다. 지난번 송기훈 때와는 달리, 이번에 그들에게 항소 변호사로 의뢰한 사람은 현의의 S대학 은사님이 다른 대학에서 교편을 잡아 강의할 때 제자였던 여자였다. 또한, 그녀의 부모가 그와 막역한 친구 사이이기도 해서 장현의의 로펌에 항소를 의뢰한 것이었다. 강민정은 이미 1심에서 살인죄로 10년형을 선고받고 지난주부터 구치소에 수감되어 있었다.

하지만 현의의 은사인 교수가 알려온 바에 따르면, 자신의 제자였던 강민정은 절대 직장동료를 계획적으로 살해할 인물이 아니며 억울한 누명을 쓰고 있는 것 같다고 알려온 바 있었다. 휴가가 끝나면, 박 변호사와 지나는 강민정과 피해자 김은희 각각의 주변 인물 재조사에 착수할 계획이었다. 항소 신청과 상소이유서 제출은 이미 완료되었고, 2심 공판은 앞으로 3주 뒤 열리기로 되어 있었다.

"일단 연휴 지난 뒤부터 박 변호사님이랑 본격 조사해봐야죠. 지금으로선 저는 아무것도 아는 바가 없어요."

둘은 곧 화제를 옮겨서 이런저런 이야기를 나눴다. 마치 7년 전 그때로 돌아간 것처럼, 마주 앉아 식사하는 둘의 분위기는 어느새 지극히 편안하고 친밀해져 있었다. 모르는 누군가 그들의 주방을 들여다본다면, 갓 결혼한 신혼부부거나 애인 사이라 생각해도 무리 없는 분위기였다. 지나는 밥을 먹다가 흠칫흠칫 감탄하곤 했다.

"우와! 이거 진짜 맛있다! 너무 짜지도 않고 적당히 달고! 나트륨 과다섭취는 다이어트의 적이거든요."

"와! 이거 연근 어떻게 이렇게 사각사각 바삭하게 조릴 수가 있지? 이거 대체 누가 만들었어요?"

"오! 가지를 이렇게 부침개로 부치기도 해요? 아, 그러고 보니 필리핀에서 이렇게 먹는다 들은 거 같아요, 전에 이태원에 갔을 때 세계음식 바자회 같은 걸 했는데 비슷한 걸 먹은 것 같기도 하고…… 아무튼 진짜 맛있다!"

"오홋! 이 갈비찜 고기 진짜 살살 녹는데요? 이거 한우 중에서도 AAA등급 쓴 거 아니에요? 이거 재료값 엄청 들었겠는데요? 대표님, 이거 정말 사오신 게 아니면 누가 만든 거예요? 혹시 도우미 아주머니가?"

"시끄러우니까 그냥 좀 먹어. 뭐 한 입 먹을 때마다 온갖 감탄사는 다 질러대."

현의는 그녀의 호들갑에 가볍게 눈을 흘겼지만 그 눈에는 왜인지 흐뭇한 기색이 깔려 있었다. 하지만 그렇게 깊은 속내까진 알 리 없는 지나는 흥! 칫! 핏! 한결 더 감탄사를 내면서 전투적으로 밥을 먹었다. 적어도 명절 때만은 다이어트에 조금만 느슨해질 계획이었다. 모처럼 혼자만의 자유를 만끽하는 판에, 엄격한 식생활 관리로 스트레스를 받고 싶지 않았다. 지나는 맛깔스러운 음식들을 한껏 음미하다가 문득 생각난 듯 현의를 마주 보았다.

"그나저나 대표님도 서울에서 혼자 명절을 보내실 리는 없고. 부모님은 미국 형님 댁에 계신다고 했으니 그럼 다른 친척 댁에라도 방문하셔야 하는 거 아니에요?"

"그래야지. 그런데 다 서울에 계셔."

"아, 그렇구나. 나름 장점이네요. 매년 피난길 같은 교통대란에 안 시달려도 되고. 그럼 올 추석 때 계속 서울 안에 계시겠네요?

뭐 하실 거예요?"

"글쎄. 그동안 쌓아두고 못 읽은 책이나 읽어야지."

"으흠, 그렇구나."

"⋯⋯."

둘은 잠시 밥 먹는 데만 열중하는 척하면서, 각자의 동상이몽 상태에 빠져 있었다. 지나는 왜인지 앞으로 며칠간 현의를 보지 못한다는 이상한 서운함을 애써 부정하고 억누르려 애쓰고 있었다.

한편, 현의는 무슨 핑계를 대서 나흘간 매일 지나를 보러 올 수 있을까 여러 가지 고민으로 머리를 쥐어짜고 있었다. 어디 영화나 전시회, 근교에 드라이브라도 가지 않겠냐고 묻고 싶은 말들이 그의 입까지 올라왔다가 밥알과 다시 삼켜지고 말았다. 말했다가 거절당할까 싶은 두려움보다는, 엄연히 직장 상사와 부하직원인데 휴일에 단둘이 어딘가 가자고 제안하다니 지나가 그를 경우 없는 인간이라 생각하진 않을까 걱정이 더 앞서고 있었다. 지나는 조부모님과 함께 살아서인지 요즘 20대 같지 않게 은근히 보수적인 면이 있었다.

한편 지나는 슬금슬금 그의 눈치를 보면서, 4일 동안 그림 책만 읽으며 지낼 건지, 물론 그녀도 책을 좋아하지만 4일 내내 책만 읽으면 눈에 곰팡이가 필 텐데 그럼 쉬는 동안 혹시 이 근처에 올 일은 없는지, 아니 집도 가깝고 어차피 이 동네는 연휴든 뭐든 365일 오픈하는 카페들이 즐비하니 차라리 어디 카페라도 들어가서 같이 책 읽는 건 어떤지 이런저런 망상들을 하고 있었다.

그녀는 밥을 넘기다가 스스로의 생각에 흠칫 놀라 수저를 식탁 위에 소리 내어 올려놓았다. 말도 안 되는 생각이었다. 그녀가 혹시라도 현의에게 연휴 동안 만나자는 제안을 했다가는, 그는 분명 그녀를 이상하게 볼 것이다. 상문 삼촌이나 예전에 잠깐 한 지붕 아래 살았던 인연은 이제 과거사일 뿐, 엄연히 로펌의 대표와 막내 사원 관계인데 어떻게 그런 걸 제안하는지 불쾌하게 생각할 수도 있었다. 어쩌면 지금 이렇게, 그녀의 집에서 단둘이 마주 앉아 식사를 하는 것 자체도 부적절하다 생각할 수도 있었다. 미국에서 5년간 생활했다지만 현의에게는 한국남자 특유의 뿌리 깊은 보수성이 분명 있었다.

지나는 살짝 눈을 들어 정면의 남자를 일견했다. 흠잡을 데 없이 완벽한 얼굴의 남자는 즉석밥 CF 촬영이라도 하고 있는 것처럼, 지극히 우아하고 단정한 몸가짐으로 밥을 먹고 있었다. 집에서 혼자 먹어도 분명 지금과 다를 바 없는 모습일 것 같았다. 속으로 번민하는 그녀와는 달리, 아무렇지 않게 평온한 얼굴로 조용히 음식을 씹는 그가 어쩐지 얄미워서 지나는 눈을 사납게 흘겼다. 두 사람 앞에 놓인 음식 접시는 기묘한 침묵 속에서 점점 빠르게 바닥을 드러내고 있었다.

"설거지는 내가 도와줄게."

"아뇨! 평소 하던 대로 빨리 해치우면 되니까 반찬 남은 것만 정리해서 냉장고에 넣어주세요."

지나는 그에게서 등을 돌리고 싱크대에 서서 그릇들을 꼼꼼하게 씻었다. 그러다 문득 그도 오피스텔에서 혼자 자취생활하고 있는데 식사는 어떻게 하는지, 도우미 아주머니도 연휴 동안에는 없을 텐데 어떻게 밥을 해결할 것인지 궁금해졌다. 그러고 보니 장난감의 일상생활에 대해서는 전혀 아는 게 없는 것 같았다.

"대표님, 그런데 대표님이야말로 연휴 동안 밥……."

"아, 여기 그릇 하나 더……."

하지만 그녀는 말을 이을 수가 없었다.

"……."

"……."

지나가 무심코 고개를 돌린 순간, 어느새 등 뒤에 다가와 있던 현의와 입술이 부딪칠 뻔하고 말았다. 미처 식탁에서 치우지 못한 빈 접시 하나가 그의 손에서 떨어져 싱크대 위에 내려앉았다. 지나는 심장이 덜컥 내려앉는 충격에 완전히 굳어서 다시 몸을 돌리지도 어쩌지도 못하고 있었다. 그건 현의 역시 마찬가지인 것 같았다. 그 역시 손에서 접시가 미끄러진 후에도 그녀에게서 멀리 떨어진다거나 하는 생각 자체를 못하고 그 자세로 멍하니 서 있었다. 멀리서 보면, 영락없이 연인이나 부부가 설거지 중 둘만의 애정행각을 벌이며 곧 키스를 하기 직전의 상태였다.

현의는 마법에라도 걸린 것처럼 석고상처럼 얼어붙어 있었다. 지나 특유의 달콤한 향이 그의 코끝을 간질이고 오감을 자극해왔다. 그녀의 긴 속눈썹이 뺨에 음영을 드리우며 파르르 떨린 것 같았다. 그는 아주 짧은 순간, 전에 공원 정자에서 했던 키스를 여기서 뒤이어 해버릴까 고민했다.

어차피 두 사람 외에는 집 안에 아무도 없었다. 지금뿐 아니라 앞으로 나흘간 아무도 없을 예정이었다. 마음만 먹으면 키스보다 더한 것도 얼마든지 할 수 있었다. 조금 더 강하게 마음먹으면 오늘뿐 아니라 나흘간 내내 틈날 때마다 그것을 할 수도 있었다. 만약 그 둘에게 초인적인 능력이 조금만 더 있었다면 나흘간, 총 96시간 동안 그것을 쉬지 않고 내내 할 수도 있었다. 그때였다. 지금은 시대의 유물이 되어가고 있는 집 전화기가 요란한 벨소리를 내며 둘 사이의 기묘한 정적을 산산조각 내고 있었다.

"아, 전화……. 엄만가 봐요. 도, 도착하셨나?"

"……."

현의는 그녀가 거실로 나가 전화를 받을 수 있도록 반사적으로 몸을 뒤로 뺐다. 그리고 그녀가 통화를 하는 동안, 잠깐 이탈한 제 정신을 찾기 위해 주름 하나 없는 재킷을 한결 더 단정히 매만지 는 등 조용한 고군분투를 거쳤다. 지나가 통화를 끝내고 다시 주방 으로 돌아왔을 때, 현의는 식탁 위에 올려뒀던 차 키를 집어 들고 있었다.

"엄마예요. 시골 도착했다고, 그동안 문단속 잘 하라고요. ……가 시게요?"

"다 먹었는데 가야지, 그럼."

"……."

커피랑 과일을 내오려 생각했건만, 은근 서두르는 장난감의 모 습에 지나는 어쩐지 이상한 기분이 되었다. 그가 가지 않고 좀 더 있었으면 하는 무의식, 그녀의 마음과는 달리 그에게는 여기 더 있 을 이유가 없구나 싶어 어쩐지 서글퍼지는 마음 등이 한데 복잡하 게 뒤엉켜 참으로 기묘한 감정이었다.

"나올 필요 없어. 그럼, 문단속 잘하고 조심히 연휴 잘 지내길 바래."

"……대표님도요. 반찬 감사합니다."

두 사람은 정말로 하고 싶은 속내는 한마디도 꺼내지 못한 채,

그렇게 대문 앞에서 돌아섰다. 집 안으로 들어온 지나는 마저 설거지랑 뒷정리를 하려고 주방으로 들어왔다가 장난감이 앉아 있던 의자 쪽을 멀거니 바라보았다. 갑자기 집 안이 텅 비고 싸한 느낌이 들었다. 왜인지 까닭 모를 외로움이 짙게 몰려와 지나는 주방 한가운데 잠시 우두커니 서 있었다.

나흘간 집을 온통 독차지하고 실컷 자유를 누릴 수 있어서 무척 설레었건만, 왜 갑자기 이렇게 서글픈 고독감이 물밀 듯 밀려오는지 영문을 알 수 없었다.

다음 날 연휴 이틀째 밤, 지나는 집요하게 울려대는 전화의 액정화면을 설렘 반, 두려움 반으로 물끄러미 바라보고만 있었다. 특별히 기다리는 전화가 있는 것도 아닌데 이상하게 노이로제에 걸린 여자처럼 계속 휴대폰 쪽으로 신경이 쓰였다. 그녀는 애꿎은 TV만 여기저기 채널을 틀어대다가 아무것도 눈에 들어오지 않자 리모컨을 내려놓고 크게 한숨을 내쉬었다. 급기야 노트북을 꺼내 최신미드를 재생시켰지만 그것 역시 눈에 들어오지 않기는 매한가지였다. 책은 활자가 머릿속에 입력되지 않아 일찌감치 포기하던 차였다.

지나는 더 이상 자신을 숨길 수 없다는 사실을 깨달았다. 그녀가 혹시나 싶어서 목을 빼고 기다리는 전화, 그 발신자가 누구인지 더 이상 부정할 수 없었다. 모처럼의 망중한도 즐기지 못하고 이렇게 답답한 상태로 이틀을 더 보내야 한다니 미칠 것만 같았다. 대한민국, 아니 전 세계 어떤 샐러리맨이라도 지나의 고충을 전혀 이해하지 못할 터였다. 세상 어느 직장인이 고용주가 보고 싶어 빨리 연휴가 끝나길, 하고 학수고대 염원한단 말인가.

하지만 이렇게 속절없이 방바닥만 긁는 것은 단지 시작일 뿐이었다. 이제 본격적으로 그녀의 번민이 시작되려 하고 있었다.

현의는 BMW 안에 앉아 창 너머 내려다보이는 오래된 2층 주택을 굽어보고 있었다. 그의 차는 지나의 집 건물이 절반 정도 내려다보이는 좀 더 위, 언덕 꼭대기 카페 앞에 주차되어 있었다. 그 거리에서는 어느 방에 불이 켜졌나 정도만 확인할 수 있었다. 거실 쪽 불이 환하게 밝혀 있는 걸로 보아, 자정 넘은 시각인데도 아직 취침 전인 모양이었다. 현의는 카 오디오에서 흘러나오는 이 무지치(I Musici)의 사계 연주를 들으며 잠시 더 있다가 차를 출발시켰다. 지나의 집을 완전히 스쳐지나갈 때까지 그는 일부러 천천히 운전해 언덕길을 내려갔다.

새로 지어진 고층빌딩과 연휴인데도 아직 문을 연 카페와 가게들, 20대 청년들이 아직도 대낮처럼 활보하는 번화가 밤거리를 창 너머 바라보다, 현의는 문득 고독함을 느꼈다. 지금까지 단 한 번도 느껴본 적 없는 괴이쩍은 감정이었다. 그는 고독이나 외로움 같은 감정을 느끼기에는 너무도 바쁘거나 지나치게 비사회적인 천성이었다. 하지만 지금, 그는 부정할 수 없이 가슴속에 마구 밀려드는 짙은 고독감을 절감하고 있었다.

말도 안 돼. 누구보다 혼자 있는 걸 좋아하는 내가 외로움을……?

현의는 그가 왜 새삼 그런 감정에 젖어 있는지 모르지 않았다. 그는 처음부터 자신의 감정을 부인할 의도 따위 없었다. 그는 누군가와 함께 있고 싶어서 이렇도록 외로운 것이었다. 누구든 함께 있고 싶은 게 아니라, 그의 마음이 원하는 단 한 명의 여자와만 함께 있고 싶은 것이었다. 특별히 뭔가를 같이 하고 싶은 것도 아니었다. 그냥, 옆에 있는 것만으로도 이 서걱거리는 외로움이 단숨에 사라질 것 같았다.

그는 오피스텔을 한 블록 앞에 두고 길가에 차를 멈추고 휴대폰을 열었다. 몇 번이고 통화버튼을 누를까 말까 망설였지만, 결국 휴대폰을 옆 좌석에 내려놓고 말았다. 직장 상사가 부하직원에게 휴일 밤 자정에 전화하는 꼴이라니, 그를 천하에 개념 없는 인간이라 볼까 봐 걱정이 앞섰던 것이다.

"젠장······."

말은 곧 인격임을 강조하고 항시 올바른 법조인의 이미지를 고수하던 장현의의 입에서 스스로를 향한 각종 다양한 욕설들이 봇물처럼 쏟아져 나오고 있었다. 그의 옆을 스쳐가던 한 커플이, 그의 서슬 퍼런 표정과 찰진 욕설에 흠칫 놀라 저만치 피해서 멀리 돌아가고 있었다. 그런 주위 시선은 아랑곳없이, 그는 잠시 더 욕을 내뱉다가 결국 차에 올라타 오피스텔로 향했다.

앞으로 남은 이틀간 이렇게 답답한 시간들을 보내야 한다 생각하니 죽을 맛이었다.

5화.

모든 샐러리맨들에게는 우울한 긴 연휴 뒤, 첫 출근일 날이 밝았다. 하지만 적어도 두 사람에게는 기쁘고 설렘 가득한 출근일이었다. 지나는 그녀가 어떻게 지난 나흘을 보냈는지 멍한 머리로, 하지만 기분은 밝고 즐겁게 출근길에 올랐다. 하지만 나흘간 그렇게 오매불망 보고 싶어 했던 남자는 사무실에 없었다.

"지나 씨! 명절 잘 보냈어요? 혼자 자유의 시간 만끽하느라 좀 외롭진 않았어요? 아, 대표님은 오늘 하루 종일 외근이라서 내일이나 뵐 수 있을 거야"

안 대리의 말에, 지나는 밝게 인사를 되돌려주면서 실망감에 확 내려앉은 속내를 숨겼다. 오랜만에 그를 볼 수 있겠거니 했는데 하루 더 기다려야 한다니 너무도 실망스러웠다. 지나는 오늘은 칼퇴근하지 말고 야근하며 죽치고 앉아 있으면 밤에라도 장난감을 볼 수 있을지도 모른다고 생각하다가 갑자기 얼굴을 굳혔다.

간지나, 너 지금 도대체 뭐 하니? 그렇게 헛꿈 꾸지 말고 정신 차리라고 했는데…… 넌 그 인간 좋아하면 안 돼! 널 인간이 아닌 고깃덩어리라 공공연히 말했던 인간이야! 지난 7년간 고기 먹으면서 그 말 한 번이라도 잊은 적 있어? 응?

지나는 그날 하루 종일, 다른 사무실 식구들 몰래 머리를 쥐어뜯고 발을 동동 구르다 중대한 결심을 하기에 이르렀다. 그녀는 다이어리를 펼쳐 오늘 날짜 캘린더에 '터닝 포인트(인생 전환점)'란 표시까지 해놓으며 스스로의 결심을 단단히 굳혔다. 혹시라도 굳건한 결심이 스러질까 봐 지나는 곧바로 누군가에게 전화했다. 신호가 열 번 넘게 흘러가도 상대방은 전화를 받지 않았다. 지나는 혀를 쯧 차면서 카톡으로 메시지를 남겼다.

[장 대표님 일이니까 전화 좀 받아.]

곧바로 번갯불에 콩 볶아먹듯 전화벨이 울려왔다. 역시나 이 기회주의 백여시 같은 것이, 전화를 일부러 무시하다가 장난감 일이라고 하니 또 재빨리 연락에 응답해온 모양이었다.

-응~ 지나야, 무슨 일이야? 회의하다가 잠깐 나왔어.

사촌언니 아은의 간드러진 거짓말에 지나는 비틀린 미소를 지었다. 판매사원이니 손님 응대하다 못 받았다 하면 차라리 그러려니 했을 것을, 회의 중이었다는 뻔한 거짓말을 하니 그저 실소만 나올 따름이었다. 하지만 지나의 입가에 걸린 조소는 어느샌가 흔적도 없이 사라졌다. 아은의 여우 같은 음성을 듣는 순간, 그녀는 자신이 엄청난 실수를 저지를 뻔했다는 사실을 그제야 깨닫고 황급히 통화를 마무리했다.

"아, 미안해. 언니. 전화 잘못 한 것 같아."

-뭐? 장 대표님 일로 전화 받으라고 했잖아? 장 변호사님 무슨
일인데?

"아, 아냐……. 나중에 집에 가서 말할게. 일하는데 미안."

지나는 재빨리 통화를 종료하고 벨소리도 무음으로 돌려버렸
다. 세상에, 아무리 감정을 정리하려 했대도 어떻게 항시 장난감과
의 소개팅 노래를 불러대는 아은에게 그를 소개시켜줄 생각을 했
는지 자신의 우둔함에 소름 돋을 지경이었다. 장난감과 아은이 이
어질 가능성은 그녀가 알기로 0.000001%도 없었다. 하지만 아은
과 혜자 이모에게 그 어떤 바늘구멍만 한 틈도 줘서는 안 되었다.
그들은 바늘구멍도 어떻게든 맨홀뚜껑 구멍만큼 만들어 기회를
잡으려고 장난감과 지나 둘 다 힘들게 할 터였다.

지나는 식은땀을 흘리며 계속 진동음이 울려대는 휴대폰을 아
예 꺼버리려고 폰 케이스를 열었다. 아은이 언제까지 계속 집요하
게 전화를 걸어올지 알 수 없었다. 하지만 지나의 눈에 들어온 발
신자 이름은 아은이 아니라 다른 사람이었다.

"유리 언니?"

-응, 지나! 오랜만이야, 잘 지냈어? 이쪽에 볼일이 있어서 근처
왔다가 네 생각 나서- 이 근처 로펌에서 일한다며. 저녁 약속 없으
면 퇴근하고 만날까? 맛있는 거 사줄게.

지나는 6시에 바로 근처 레스토랑에서 만나기로 약속을 정하고
전화를 끊었다. 고유리는 지나와 학과는 달랐지만 우연히 알게 되
어 매우 죽이 잘 맞았던 다섯 살 연상, 대학 선배였다. 그녀는 대학
병원에서 레지던트 과정을 마친 뒤 최근 용산의 큰 소아전문 클리

닉에서 페이 닥터로 커리어를 막 시작한 차였다. 성격이 시원시원하고 지나와 말도 잘 통해서 가끔씩이나마 연락을 이어오던 사이였다.

"우와! 넉 달 만이니 진짜 오랜만이다, 지나야! 피팅모델 일은 그럼 완전히 그만둔 거야? 그래, 아무래도 그것보단 대형 로펌 정사원이 훨씬 안정되고 좋지."

"대형은 아니고 그냥 작은 곳이에요."

두 사람은 동남아시아 전문 레스토랑에서 저녁을 먹고 그 옆 디저트카페로 자리를 옮겨서 오랜만에 이런저런 얘기를 나누고 있었다. 여자들은 밥배와 디저트배가 따로 있다는 말을 입증하듯, 테이블 위에는 커피와 초콜릿무스, 캐러멜 에클레어, 레몬타르트가 보기만 해도 달달하니 올려져 있었다. 고유리는 보기 드물게, 외모와 스펙, 인품과 성격까지 다 갖춘 매력적인 여성이었다. 그녀는 에클레어를 한 입 크게 베어 물면서 그동안 못다 한 근황을 지나에게 주절주절 늘어놓았다.

"살 빼야 되는데 큰일 났어- 가을이라 그런지 달달한 게 자꾸 땡겨서 자제도 안 돼! 아 참, 지지난주 오랜만에 소개팅 했는데 진짜 어이가 없어서……. 나도 이젠 엄연히 의사인데 자기도 의사랍시고 개업할 클리닉 자금은 얼마나 가능하겠냐고, 우리 툭 터놓고 의논하자고 대놓고 시커면 속을 드러내는 거야! 진짜 결혼이 비즈니스가 되어버린 나라는 대한민국 우리밖에 없을 거야. 집에서는 자꾸 닦달해대고……. 너도 알다시피 아빠가 변호사니까 사위도 변호사 보고 싶다고 집에서는 자꾸 여기저기 선 봐보라고 하시고. 근데 다 참아도 난 예비 대머리는 정말 싫어. 싫다고! 휴……."

"아, 변호사……. 저 아는 사람 싱글 있는데."

지나는 전에 식당에서 오랜만에 마주쳤던 민태조를 떠올렸다. 7년 전의 기억으로는 민태조는 그녀에게도 다정하고 친절하게 잘 대해줬던 좋은 사람이었다. 그런 계산속보다는, 진심으로 좋아하는 여자와 결혼하고픈 순수한 로망이 아무래도 조금은 있을 것 같았다.

"저와 아주 잘 아는 사이는 아니지만 상문이 삼촌 제일 가까운 후배 중 한 명이에요. 제가 한번 슬쩍 말해볼까요?"

"어머어머! 정말? 지나, 네 소개라면 당연히 만나봐야지! 어떤 사람이야? 삼촌 후배라면 출신학교는 일단 S대겠고."

"잘 안 돼도 절 원망진 말구요, 언니. 저도 변호사라는 것밖에는 아무것도 몰라요. 안경 쓰고 지적인 인상인데 성격도 쾌활하고 괜찮은 것 같았어요."

"꺅! 나 지적인 안경남 좋아하잖아! 와, 너무너무 설렌다! 지나야, 너 이거 다 먹어라, 나 진짜 다이어트해야겠다. 넌 어째 전보다 더 마른 것 같으니, 네가 다 먹어."

그때 무심결에 옆을 보던 지나의 눈이 커다랗게 떠졌다. 아까 사무실에서 그렇게나 보고 싶었던 한 남자가 저만치서 그녀와 눈이 마주쳐 이쪽으로 걸어오고 있었다. 안경을 쓰고 있는 걸 보니 아무래도 오늘 재판이 있었던 모양이다. 그는 재판 때는 왜인지 안경을 쓰는 습관이 있었다.

"저, 그럼 이만 갑니다! 나중에 또 뵙겠습니다."

그때 정장 차림의 다른 남자가 현의에게 작별인사를 건넸다. 장현의는 마주 인사를 건네고 지나 쪽으로 다시 곧장 돌아왔다. 카운터에서 커피를 또 한 잔 받아왔는지, 한 손에는 머그컵이 들려 있었다.

"장 변호사님! 여긴 웬일이세요?"

"재판 끝나고 담당검사와 잠깐 얘기하느라. 넌……. 친구분?"

"아, 네. 이쪽은……."

지나는 고유리와 현의를 간단히 소개했다. 현의가 고개를 까딱해 보인 뒤 다시 그의 자리로 돌아갔지만, 이미 한 노부부가 2인석 자리를 차지한 뒤였다. 그 모습을 뒤에서 보던 고유리가, 지나에게 현의를 이쪽으로 합석시키라고 대뜸 말했다. 워낙 인근에서 디저트카페로 유명한지라 실내는 이미 빈자리 하나 없이 만석이었다.

"에? 그건 좀……. 잘 모르는 사이끼리 좀 어색하잖아요."

게다가 장난감은 분위기에 맞춰 유들유들하게 하하 잘 떠들고 어울리는 성격도 아니었다.

"테이크아웃 컵도 아니니 커피 마실 때까지만 합석하시면 되잖아."

고유리의 말에, 지나가 현의 쪽으로 다가가 합석을 제안했다. 분명 그가 거절하고 카페를 나갈 거라 생각하고 한 말이었다. 하지만 그는 뜻밖에도, 그러겠노라 말하고 고유리가 앉아 있는 테이블 쪽으로 걸어왔다. 지나는 예상 밖의 반응에, 조금은 얼떨떨하면서도 어딘가 미심쩍은 기분이었다.

설마…… 유리 언니 미모 때문에 좀 혹해서?

아무리 수도승처럼 보여도 장난감도 남자는 남자였다. 전 세계, 아니 우주 은하계 속에서 예쁜 여자 싫어하는 남자는 단 한 명도 없을 터였다. 현의가 자리에 앉는 순간, 지나는 계속해서 울리던 휴대폰 소리를 들었다. 엄마였다. 지나는 화장실 가는 길에 통화버튼을 눌렀다. 화장실은 카페 밖 건물 로비에 있어서 한참을 더 걸어가야 했다.

-아이고, 지나야! 너 지금 어디야? 응? 아직 퇴근 안 했어?

"회사 앞인데 왜요? 누구 만나서 저녁 먹고……."

-아유, 어떡해! 할아버지가 쓰러지셨어- 지금 빨리 집으로 와! 어서!

"뭐라고요? 왜요, 갑자기?"

-원래 뇌졸중 있으셨는데 내내 괜찮으셨다가 지금 갑자기 쓰러지셨어! 더 얘기할 시간 없으니까 빨리 와! 응?

지나는 쏜살같이 건물 밖으로 나가서 택시를 잡아타며 유리에게 전화해 자초지종을 설명했다. 할아버지가 전에도 한 번 쓰러지셔서 몇 날 며칠 못 일어나신 적이 있어서 긴급한 상황이니 이해 부탁한다는 당부를 하려는데, 하필 그때 배터리가 바닥이 났는지 중간에서 전화가 끊어지고 말았다. 카페 안에서 현의와 마주 앉아 있던 고유리는 고개를 갸웃하며 휴대폰을 들여다보았다.

"어머, 이상하다, 배터리가 완전 제로 상태인가 봐요. 언니! 저 지금 가봐야 돼요! 갑자기 일이 생겨서 빨. 여기까지밖에 못 들었어요. 갑자기 무슨 일이 생겼나?"

"……."

현의는 미간을 살짝 좁히다가 어디론가 전화를 걸려다 휴대폰을 도로 내려놓았다. 어차피 휴대폰이 배터리 제로로 먹통이라면 나중에 연락하거나 집에 들러보는 게 나을 것 같았다. 설마 집에 무슨 우환이 있다거나 그런 건 아니기만을 바랐다. 고유리는 커피를 한 모금 홀짝이며 눈앞의 남자를 은근히 관찰하고 있었다. 어쩐지, 아까 지나가 소개해준다 했던 그 싱글 변호사가 아무래도 이장 변호사란 남자 같았다.

"변호사님, 저희도 커피 마시고 바로 일어서죠. 그런데 혹시 상문 오빠 후배…… 되세요?"

"네? 아, 그렇습니다만."

"미혼이시고요?"

"네."

"아……."

역시 이 남자구나! 지나 삼촌의 S대 후배에, 안경에, 얼굴도 완전 지적이고……. 아니, 지적인 정도가 아니라 이건 완전 연예인 수준이잖아! 아까 서 있을 때 보니까 키도 겁나 크고 체격도 장난 아니던데 가만 있어봐, 간지나…… 혹시 우연히 마주친 김에, 그냥 단둘이 시간 가져보라고 일부러 자리를 비켜준 거야? 세상에, 이렇게 깜찍한 센스쟁이 같으니!

고유리는 자신이 단단히 헛방아질을 하고 있다는 사실은 모른 채, 그저 타이밍이 좋지 않았던 상황을 그녀에게 유리한 쪽으로 몰아가는 실수를 저지르고 있었다.

"무슨 일이신지 여쭤봐도 되겠습니까?"

현의는 지나에 대해 골똘히 생각하다, 갑자기 호구조사를 하는 여자의 태도에 조금 의아한 기색이었다. 그의 눈에, 고유리는 그냥 지나가 만나고 있었던 친한 선배 여자 그 이상도 그 이하도 아니었다.

"아, 죄송합니다. 갑자기 이것저것 사적인 질문을 해서……. 사실 제 생각에, 지나가 아까 저에게 소개해주겠다고 했던 변호사분이 바로…… 장 변호사님인 것 같아서요."

고유리는 조금 전 지나가 소개팅 상대에 대해서 말했던 인적 사항이 눈앞의 남자와 딱 맞아떨어지는 것에 대해 상세히 털어놓았다. 하지만 현의의 얼굴에는 아무런 감정도 드러나 있지 않았다.

"정말 저인 게 맞습니까."

"성함은 못 들었지만…… 아무래도 장 변호사님 같은데요? 후훗……. 그리고 제가 알기로, 지나는 이렇게 도중에 급한 일 있다고 먼저 나가고 그런 성격은 아니거든요. 아무래도 지나가 저희 둘을 나름 배려한 것 같네요."

"……."

현의는 잠시 안경을 벗어서 손수건으로 닦았다. 안경 벗은 얼굴은 한결 더 준수하고 매력적이었다. 고유리의 얼굴에는 볼터치를 몇 겹 더 칠한 것처럼 화색이 확 돌았다. 이렇게 잘생긴 남자는 그녀 인생에서 단언컨대 처음이었다. 그리고 마지막이 되기를, 그녀는 마음속으로 어느새 강렬히 고대하고 있었다.

"그렇군요. 저, 성함이……."

"네, 고유리예요! 아까 처음에 말씀드렸었는데 후훗……."

현의는 재킷 안주머니에서 명함을 하나 꺼내 그녀에게 정중히 내밀었다.

"고유리 씨, 정말 죄송하지만 제가 지금은 시간이 안 되니 조만간 연락을 드리도록 하겠습니다. 그때 식사라도 함께 하시죠."

"네, 좋아요. 제 명함은 여기 있어요-"

강남의 한 종합병원 6인실, 한 침상 앞에 모여 있는 한 무리의 대가족은 일제히 서로를 탓하며 쯧쯧 혀를 차고 있었다. 큰삼촌은 숙모에게 눈을 부라리며 퉁명스레 핀잔을 던지고 있었다. 수군수군 모여 있는 그들 옆에는 할아버지가 병상에 누워 편안한 얼굴로 잠들어 있었다.

"소화불량인데 그걸 뇌졸중이라고……. 왜 그렇게 오버한 거야, 대체!"

"아니, 갑자기 쓰러지셔서 신음하시는데 난 지병이 도지신 줄 알았지……."

그때 뒤늦게 도착한 석상문이 큰형을 말리며 하하 넉살 좋게 웃었다.

"지병이 아니신 것만 해도 얼마나 다행이에요! 형수님은 당연히 하실 도리를 하신 것뿐이니 그만하세요, 형님. 자, 아직 저녁 못 먹은 사람은 나랑 요 앞에 설렁탕집 가서 밥이나 먹고 오자! 아니면 집에 가서 먹든가."

"다들 상문이랑 집에 가서 편히 먹어라. 나랑 이 사람 둘이 오늘 밤 여기 있으면 되니까. 아까 의사양반 말 들으니 내일 오전에는 바로 퇴원하셔도 된단다."

지나는 그제야 안도의 한숨을 내쉬며 아은과 소현, 숙모와 이모, 지한 오빠, 엄마와 택시를 나눠 타고 집으로 향했다. 너무 경황이 없어서 휴대폰이 내내 배터리 고갈 상태란 것도 미처 의식하지 못하고 있었다. 그녀가 휴대폰에 대해 뒤늦게 생각이 떠오른 것은 아은의 닦달 때문이었다. 지나가 목욕을 마치고 다들 둘러앉아 뉴스를 보고 있는 거실을 지나쳤을 때였다.

"아, 간지나! 너 아까 그 전화 대체 뭐야, 너 분명히 장 대표 일이니까 전화 좀 받으라고 했잖아!"

"응? 이게 무슨 소리야?"

아은의 말에, 숙모와 이모는 눈이 휘둥그레져서 지나를 올려다보았다. 지나는 아뿔싸 싶었지만 임기응변 능력을 최대한 쥐어짜서 급히 둘러댔다.

"아, 아니 그게 사실은……."

에라, 모르겠다. 어차피 아은이나 이모의 허황된 꿈도 언젠가는 깨져야 하니까.

지나는 거짓말하는 게 싫었지만 곤란한 상황에 처할 수도 없어서 아무렇게나 말해버렸다.

"아은 언니 계속 장 대표님 만나고 싶어 했잖아. 그런데 사실은…… 장 대표님 결혼할 사람 있다는 거 나도 아까 오후에 알았거든. 그래서 언니가 퍼뜩 생각이 나서……. 충동적으로 전화했다가 아무래도 알리지 않는 게 좋을 것 같아서 그냥 아무 일 아니라고 했던 거야. 미안해."

"뭐어-? 그게 정, 정말이니?"

혜자 이모와 아은, 두 모녀는 마치 약속이나 한 듯 크게 합창을 올렸다. 석상문도 그런 말을 처음 듣는다는 듯 잔뜩 호기심을 보이며 지나에게 시선을 집중했다.

"허, 정말이야? 나도 금시초문인데……. 거기 여변호사들은 다 선배거나 기혼이니 아마 사내는 아닐 거고. 다른 로펌 변호사나 법조계 여성분인가?"

"자세히는 모르겠어요, 저도. 어쩌면 잘못 안 것일 수도 있어요."

상문이 삼촌까지 정색하니 지나는 공연히 말을 꾸며냈나 새가슴이 되어 어쩌면 잘못된 정보일 수 있다고 열심히 둘러댔다. 삼촌은 이제 그 녀석도 장가가야지, 하며 오히려 덤덤한 반응이었지만 아은과 이모는 매우 유감스러워하는 것 같았다. 이모는 혀를 끌끌 차다가 어차피 못 먹는 남의 떡, 실컷 흉이나 보자 싶은 마음이었는지 갑자기 어조를 달리했다.

"아유, 됐어! 요즘 듣자 하니 로스쿨 줄줄이 생기는 바람에 그 뭣이냐, 수요보다 공급이 넘쳐 갖고 요즘은 변호사들 자기 사무실 월세비도 제대로 못 낸대! 역시 예나 지금이나 진짜배기는 의사나 교수 그쪽이야! 우리 아은이는 그깟 변호사 아니라 훨씬 더 잘난 의사나 교수에게 시집보낼 거니까 뭐 오히려 잘됐어!"

혜자 이모는, 대체 무슨 능력으로 아은이를 그런 집안에 시집보낼 것인지 현실성에 대해서는 아랑곳하지 않고 계속해서 열변을 토했다.

"흥! 허우대만 멀쩡하면 뭐해! 역시 남자는 남자다운 맛이 있어야지. 어디 길에서 깡패라도 만나면 오히려 여자 쪽에서 보호해 줘야겠더만. 빌빌해 보여서……."

언제는, 키도 체격도 할리우드 배우같이 탄탄하고 강건하다고 입에 침이 마르도록 칭찬했던 이모였지만 지금은 그 기억이 완전히 퇴색된 모양이었다. 상문 삼촌은 그 말에 박장대소하며 반박해 댔다.

"빌빌? 남간이가 빌빌? 그 녀석 취미가 유도에 복싱이야, 누나! 작년 미국에서 아마추어 복싱대회 나가서 우승한 적도 있다고- 그 자식 웃통 벗으면 완전히 빨래판 복근인데. 하긴 누나가 그걸 볼 기회는 없었지."

그러나 혜자 이모는 굴하지 않고 이번에는 성격적인 면에 대해 깎아내리려 시도해보았다.

"흥. 그래, 뭐 체력은 그렇다 치고- 남자는 평생 같이 살 건데 사실 성격이 제일 중요하지 않니? 장남간이 걔는 못써! 아유~ 옛날에도 몇 달간 같이 살아보니까 애가 아주 속도 모르겠고 술에 물 탄 듯 말도 없이 답답하고- 자고로 남자는 말이야, 감정표현 잘하고 화낼 때는 또 화도 낼 줄 알고! 그런 시원시원 박력 넘치는 성격이 진짜 진국이라고."

석상문은 누나의 계속되는 무근거성 비방에 키들키들 웃기만 했다.

"남간이가 화를 낼 줄 모른다고요? 하하……. 그야 잘 내지는 않죠. 그 녀석, 자제력이라면 아주 끝내주니까요. 워낙 침착 냉정한 놈이니까 박력이 없어 보일 수도 있고……. 나중에 기회 되면 물어보세요. 미국에서 무슨 일이 있었는지. 뭐, 들어도 못 믿으시겠지만."

"흥, 넌 후배라고 계속 감싸고 싶은가 본데 이제 장남간인지 장난감인지 걔는 완전 우리 집에서 아웃이야, 아웃!"

애당초 떡 줄 사람은 생각도 않고 있었는데 혼자 북 치고 장구치고 생난리 치던 모녀는 잔뜩 비위 상한 얼굴로 부엌으로 들어가 버렸다. 지나는 그 뒷모습을 어이없이 보고 있다가, 그제야 휴대폰 생각이 났는지 휴대폰을 켜면서 석상문에게 넌지시 물어보았다.
역시 남간에 대해서 가장 잘 아는 사람은 상문이 삼촌밖에 없을
터였다.

"막내삼촌, 근데 장난감…… 아니 장 대표님, 미국에서 무슨 일
이 있었는데? 계속 참았다가 한번 터지면 어벤저스 헐크처럼 되는
타입이야?"

"미국 일은…… 그놈 사생활이니까 궁금하면 직접 물어봐. 헐크
처럼 되는 건, 조금 비슷하다고 해두자."

"뭐? 그럼 진짜 헐크처럼 옷 찢고 막 집어 던지고 부수고 난동
부려?"

"야, 간지! 뭐가 그리 궁금한 게 많냐? 결혼할 여자도 있다니까
혹시나 마음에 두진 마라."

석상문은 키득키득 웃으며 귀여운 듯 지나의 이마에 살짝 꿀밤
을 먹였다. 그는 주머니에서 담뱃갑을 뒤적거리며 몇 마디 더 말을
이었다.

"장난감 심기 거스르는 일은 절대 안 하는 게 좋아. 그 녀석 엄
청 뒤끝 있어. 한번 원한 사면 그걸로 끝이야."

석상문은 장난감과 적이 되면 인생 진짜 애들 장난감처럼 이리
저리 휘둘리고 겁나 피곤해질 수 있다고 덧붙이며 담배 피우러 밖
으로 나가버렸다. 지나는 잠시 심란한 표정이 되어 있다가 문득 휴
대폰이 전원 오프 상태인 걸 깨닫고 부리나케 충전기를 찾았다.

다음 날, 지나는 출근길에 고유리의 전화를 받고 얼빠진 표정이
되어 있었다. 그녀의 잔뜩 들뜬 착각해석에, 지나는 잠시 멍 때리

고 있다가 상황이 어떻게 이상하게 돌아갔는지 그제야 깨닫고 마을버스 안에서 탄성을 지르고 말았다.

"어, 아아, 유리 언니! 저기, 그게…… 그게 아니라."

-아이, 이 깜찍하고 이쁜 후배 같으니! 카페에서 우연히 소개팅 상대랑 딱 마주치니 아예 멍석을 깔아줘야겠다 싶어서 일부러 자릴 피해줬던 거지? 내가 어제 일을 예견하고 그런 건 아니지만, 그리고 너에게 생색내려는 것도 아니지만 평소에 이 언니가 참 잘해주지 않았니? 참 이래서 뿌린 대로 거둔다는 말이 있나 봐! 어쨌든 어제 우리 집 앞까지 장 변님이 차로 데려다주셨고 다음 주중에 연락하시기로 했어. 꺄악, 너무 기대된다!

"아…… 언니, 저 회사 다 왔어요. 나중에 얘기해요!"

지나는 버스에서 허겁지겁 내린 뒤 그 자리에 서서 잠시 헛웃음만 지었다. 상황이 꼬여도 어떻게 이렇게 꼬였는지 정말 운명의 장난 같았다. 지나는 갑자기 누군가에게 뒤통수를 세차게 가격당한 것처럼 찜찜하고 실타래가 마구 뒤엉킨 기분으로 사무실로 향했다.

장난감이 어제 일에 대해 물으면, 사실 민태조 변호사님을 생각했던 것이라고 자초지종을 설명할 생각이었다. 그녀는 그가 어제 고유리를 집까지 일부러 데려다주고 다음 주에 정식으로 데이트 신청을 할 거란 사실이 자꾸만 마음에 걸렸다. 인정하고 싶지는 않았지만 자꾸 신경 쓰였다. 까닭 모를 불안감이 가슴속 깊이 퍼져가는 불쾌함마저 일었다.

또 외근이 있는지, 장난감은 오전 내내 모습이 보이지 않았다. 마침내 점심시간이 끝나고 그가 로비를 스쳐 걸어가는 모습이 지나의 시선에 목격되었다. 그녀는 재빨리 그의 방문에 노크하고 방 안에 들어섰다. 장난감은 평소와 다름없는 눈으로 그녀를 바라보았다. 무슨 용건인지 묻는 듯한 두 눈에는 아무런 감정도 떠올라 있지 않았다.

"대, 대표님! 저 어제 그 일은……."

"어제 무슨 일로 중간에 자릴 떴어?"

그의 차분한 기습질문에, 지나는 허를 찔린 듯 잠시 입을 다물 었다가 더듬더듬 중얼거렸다. 아무래도 할아버지의 소화불량이 뇌졸중인 줄 알고 그 생난리를 피웠던 일은 그냥 가족 간에 조용 히 덮는 게 좋을 것 같았다.

"갑자기 급한 일이 생겨서……. 음, 게다가 휴대폰 배터리도 하 필 그때……."

현의는 부드럽게 그녀의 흐리멍덩한 변명을 가로막았다.

"그러니까 그 급한 일이 정확히 뭔지 묻고 있잖아."

"……."

"그게 사실……. 아니, 이만 지나간 일이라서 이제 와서 말씀드 린다는 것도 좀……."

지나는 집안의 치부를 들키는 것 같은 마음에, 차마 사실대로 말할 수가 없었다. 단순히 과식에 의한 소화불량이었는데 뇌졸중 인 줄 알고 부리나케 병원으로 뛰어갔다고 말하자니 어쩐지 창피 했던 것이다. 그렇지 않아도 현의의 눈에는 코미디처럼 보일 만큼 남다른 가족이었다.

"그럼 나가봐."

"네?"

"말하기 곤란하면 안 해도 돼. 나가봐도 좋아."

그는 조금 전과 다름없이, 가을 햇살 같은 미소를 띠고 그녀에게 말했다. 지나는 일단 어제의 오해에 대해서는 해명하는 게 좋겠다고 생각해서 재빨리 입을 열었다.

"아 참, 어제 유리 언니 일 말인데요- 그게 사실은."

"아, 그러고 보니 네게 고맙다는 인사를 해야 하는데- 소개팅 고마웠어. 너무 뜻밖이라 좀 놀라긴 했지만 덕분에 좋은 여성과 알게 됐어."

"……."

지나는 예상외로 반색하는 장난감의 얼굴을 멍하니 쳐다보았다. 혹시 지금 행간에 다른 의미가 있는 건 아닌지, 일부러 다른 의미를 전달하고 있는 건 아닌지 그녀는 매의 눈으로 그의 눈빛과 표정을 뚫어져라 살폈다. 하지만 장난감은 진심으로 기분이 좋은 것 같았다. 지나가 뭔가 더 물으려고 했지만 데스크 위 전화벨이 울리는 바람에 그럴 수 없었다. 그녀는 조용히 방문을 닫고 로비로 걸어 나오면서도 고개를 강아지처럼 갸웃갸웃거렸다.

……뭐지? 정말 유리 언니가 마음에 들었다 그건가?

하긴 고유리는 본인이 은근 까다로워서 번번이 남자 쪽을 차는 쪽이라 매번 싱글일 뿐, 그럭저럭 예쁜 외모에 의사라는 스펙, 변호사 집안의 외동딸에다 시원시원한 성격 때문에 웬만한 남자들이라면 너 나 할 것 없이 목을 맬 그런 골드미스였다. 지나는 문득 로비 벽에 걸린 큰 거울에 자신의 모습을 비춰보고 자괴감을 느꼈다.

하긴 나보다는 유리 언니가 모든 면에서 훨씬 낫지. 난 변호사나 의사도 아니고 그냥 로펌 말단사원에 집안도 별 볼 일 없고 성격도 싹퉁바가지 다혈질에……

하지만 아무리 생각해도, 여자에겐 도통 관심 없어 보이던 장난감이 유리에게 저렇게 쉽게 호감을 갖고 만나볼 생각을 하다니 뭔가 이상했다. 그녀가 알고 있는 장난감의 예상 패턴이 아니었다. 그렇게나 고유리 선배가 그의 취향이었던 걸까 싶었다. 지나는 자리로 돌아가서도 장난감과 유리 선배가 함께 있는 모습을 머릿속에 그려보며 착잡한 심경을 맛보았다.

그에게 자꾸만 끌려들어가는 스스로의 모습에 당황한 나머지, 한순간이나마 얄미운 아은 언니에게 소개팅이라도 시켜서 자기 마음을 부정하고자 했던 그녀였다. 그런데 지금 왜 갑자기, 이렇게 위경련이 일어날 것 같은 기분이 되는지 알 수가 없었다. 장난감은 결국 그녀 자신이 가질 수는 없지만 남에게도 주기 싫은 그런 존재였던가 하는 의구심도 들었다. 지나는 서류더미 속에서 잠시 고민하다, 머리를 쥐어뜯다시피 마구 헝클어뜨리고 다시 심기일전해 일에만 집중하기로 마음먹었다.

아, 몰랑! 알 바 아냐! 어차피 날 고깃덩어리네 뭐네 뒤에서 헐뜯던 그런 인간이야! 너랑은 아무 상관도 없으니 네 앞가림이나 잘해, 간지나! 내년엔 꼭 독립할 수 있게 열심히 돈 모을 궁리나 하라고!

하지만 지나의 결심과는 별개로, 언뜻언뜻 스치는 장난감의 모습은 매 순간 그녀를 시험에 들게 하고 있었다. 어느 날 그녀가 복사실에서 복사하고 있자니, 장난감이 누군가와 전화 통화를 하면서 복사실 내 사무용품 서랍장 쪽으로 걸어가 뭔가를 찾고 있었다. 지나는 본래 타인의 사적인 통화에 귀를 기울이는 가십형 타입과는 거리가 멀었다. 하지만 그가 등 뒤를 스쳐가며 낮은 목소리로 말하던 그 내용에, 귀 세포가 번쩍 켜지는 본능을 억누를 수 없었다.

"네, 유리 씨. 그럼 이번 주 토요일 낮 어떠십니까? 제가 이촌동 댁으로 모시러 가겠습니다. ……네, 그럼 그때 뵙지요. 네."

"……."

지나는 복사기에서 종이를 꺼낼 생각도 안 하고 그의 통화에 쫑긋 귀를 세우고 있었다. 수 분 뒤 현의는 약속이 확정된 듯 통화를 종료하고 서랍장에서 스테이플러를 꺼내서 다시 자기 방으로 걸어갔다. 지나는 휙 등을 돌려 우아한 걸음걸이로 사라져가는 그의 뒷모습을 망연자실 바라보았다.

아, 이번 주 토요일 낮에 둘이 만나나 보네. 선배 집에 데리러 가고…….

그날은 수요일이니 앞으로 사흘 뒤 현의와 유리는 둘만의 데이트를 즐기기로 되어 있었다. 하지만 몇 시인지, 그 뒤로는 어디서 뭘 할 것인지에 대해서는 더 엿들을 수 있는 건더기가 없었다. 지나는 종이뭉치를 한 손에 들고 힘없이 터덜터덜 복사실을 걸어 나왔다. 문득 로비 한가운데 설치된 고객용 벽걸이 TV에서 그 주의 일기예보가 방송되고 있었다. 단정한 복장의 여자 아나운서가 이번 주말은 매우 화창해 가족이나 연인끼리 야외 나들이하기에 최적의 날씨라고 밝게 떠들어대고 있었다.

그렇구나. 이번 주말은 날씨가 매우 화창해서 가족이나 연인…… 연인끼리 야외 나들이하기에 최적의 날씨인 게로구나.

지나는 영혼 없이 아나운서의 말을 뇌리에 고스란히 재생시킨 뒤 자리에 앉았다. 모니터를 바라봤지만 아무것도 눈 안에 들어오지 않았다. 결국 그녀는 하루 종일 약이라도 한 것처럼 트랜스 상태로 멍 때리고 있다가 기계적으로 퇴근길에 올랐다. 마을버스 안에서 지나는, 토요일에 아주 그냥 황사먼지가 뒤덮이고 소낙비까지 쏟아져 한강이 나일 강처럼 범람해버렸으면 좋겠다는 유치한 상상마저 하고 있었다.

그날 저녁, 아은과 소현은 거실 TV 앞에 앉아 예전에 엄청난 인기를 구가했던 드라마 재방송을 다시 보느라 여념이 없었다. 한류 대표 격인 젊은 남자 배우와 국민적 여배우가 주인공 커플로 나오는 로맨스 판타지 드라마였다. 지나는 별 관심 없이 거실을 지나쳐가다가 극중 남자주인공이 학생들 앞에서 강의하는 장면에서 발걸음을 뚝 멈췄다.

-질투는 사람의 마음과 언행에 모순을 일으키는 감정입니다. 마음에 둔 누군가에게 경쟁상대가 나타나면, 이성과는 별개로 저도 모르게 유치한 말과 행동을 하면서 그 질투란 감정을 표출하게 되는 거죠.

"……."

지나는 그 대사가 어쩐지 자신을 향해 꼬집는 말 같아서 휑하니 방으로 들어가버렸다. 생각할수록 후회가 되었다. 왜 하필 그때, 밥을 먹고 왜 그 디저트카페로 유리 선배를 이끌어서 장난감과 마주치게 했는지 후회막급이었다. 아니, 애당초 따지고 보면 숙모 잘못이었다. 소화불량이었을 뿐인데 왜 뇌졸중 발병이라 지레짐작해서 그녀가 자리를 불시에 뜨게 만들고 결국 유리가 헛다리짚어서 장난감을 너무 멀리까지 유도해버린 것일까. 정말이지 신은 모든 상황을 지나에게 불리하게 이끌기로 작정이라도 한 것 같았다.

다음 날, 현의는 지나가 탕비실에서 원두커피를 내리고 있을 때 일부러 그 뒤로 다가가 고유리에게 전화를 걸었다. 그는 자신의 전용 머그잔을 내리고 커피메이커 옆에 서서, 커피가 다 내려올 때까지 고유리와 통화하려는 낌새를 드러냈다.

"오늘은 예약환자가 많은가요? 어디선가 통계적으로 화요일, 목요일이 병원예약이 가장 적은 요일이라 본 것 같은데. 오늘 목요일이잖아요."

그리고 뭐가 그리 재밌는지, 나직하게 기분 좋은 웃음소리를 흘려보냈다. 하지만 그의 웃음소리는 갑작스레 쾅, 하는 소리에 뚝 멈췄다. 지나가 냉장고문이 부서져라 닫고서 탕비실 문밖으로 홱 나가고 있었다. 뭐가 못마땅한지 나직하게 욕설을 내뱉는 소리도 들은 것 같았다.

그 뒷모습을 곁눈으로 바라보며, 현의는 이제 그만 회의에 가봐야겠다고 통화를 부드럽지만 서둘러 종료했다. 그는 전용 머그컵에 커피를 담아 자신의 방으로 유유히 걸었다. 지나의 자리를 지나칠 때, 일부러 기분이 매우 좋은 듯 입가에 희미한 미소를 머금는 연출도 잊지 않았다.

지나는 그날 점심시간, 속이 좋지 않아서 점심은 못 먹을 것 같다며 사무실 휴게실에 혼자 남아 있었다.

드디어 시간이 흐르고 흘러, 토요일이 되었다. 지나는 베란다로 비쳐오는 밝고 화사한 가을햇살에 잔뜩 인상을 찌푸렸다. 지금쯤 장난감은 그 잘난 BMW인지 뭔지 물 건너온 쇳덩어리를 몰고 한강을 건너 고유리 선배 집으로 향하고 있을 것이다. 정확한 시간은 몰랐지만 오후라면 점심 전에 만나 식사를 응당 같이 할 게 당연했다. 그리고 어딘가에서 시간을 보내다가 저녁때가 되면 또 저녁을 같이 먹을 것이다. 둘 다 돈에 구애받지 않아도 될 형편들이니, 저녁은 호텔 스카이라운지 레스토랑 같은 곳에서 와인과 곁들인 근사한 만찬을 즐길 수도 있으리라.

먹다가 확 체해버려라, 이 잔망스런 장난감 같으니라고…….

"저기, 지나야, 간지! 나 돈 좀 빌려주라."

그때 살짝 열린 지나의 방문 사이로 고개를 들이밀고 지한이 비굴한 목소리로 중얼거렸다. 아직도 백수에 단기알바만 전전 중인 그는, 툭하면 지나에게서 몇만 원씩 빌려달라 돈을 가져가놓고 절대 갚는 법이 없었다. 지나는 언젠가부터 현금을 아예 집 안에 두지 않기로 방침을 정했다. 처음에는 마지못해 건네주고는 했지만, 몇만 원이 수차례 거듭되다 보니 한 달에 이삼십만 원 금액이 육박했던 것이다. 그야말로 새는 독에 끝없이 물을 쏟아붓는 형국이나 다름없었다.

"현금 없어."

"지나야, 제발. 이번엔 정말 갚을게."

지한은 이번엔 정말 급했던 모양인지 끈질기게 애원해댔다.

"미안. 저번 주 소개팅한 여자애랑 한 번 더 만나기로 했는데 단기알바가 마침 지난주에 끊겨서 잠깐만 급전이 필요한 거야. 오늘 날씨도 진짜 좋아서 밖에……."

"없다고 했잖아! 당장 나가! 오빠가 아니라 아주 그냥 웬수야! 귀찮게 좀 하지 말라고!"

이런 개나리 쌍쌍바 시베리아 스발바르드 등등 국적불명의 욕설들이 지나의 입에서 뒤이어 폭포수처럼 한 움큼 떨어져내렸다. 안 그래도 폭발 직전인 걸 지한이 눈치도 없이 벌집처럼 쑤셔놓은 격이었다. 지나는 버럭버럭 소리 지르며 그를 방에서 아예 내몰고 문을 걸어 잠가버렸다. 방문 밖에서 엄마가 저 버릇없는 년이 어디서 오빠에게 달려들어! 소리치는 게 들렸지만 지나는 머리끝까지 이불을 뒤집어쓰고 다시 침대에 벌렁 누워버렸다.

너무나 화가 났다. 누구에게랄 것도 없이, 누가 조금만 건드리면 곧바로 모든 분노를 죄다 쏟아낼 것 같았다. 지나는 그 분노의 원인이 무엇인지 정확히 알고 있었지만 그것을 순순히 인정할 수는 없었다. 절대로 그걸 시인해서는 안 되는 것이었다.

같은 시간, 현의는 16층 오피스텔 통창 너머 도심을 내려다보며 어디론가 전화를 걸었다.

"고유리 씨? 장현의입니다. 아, 이거 어쩌죠……. 지금 맡고 있는 형사 사건에 갑자기 발동이 걸렸습니다. 피의자에게 불리한 새로운 증거가 나와서 지금 급히 검찰청에 가봐야 할 것 같습니다. 상황을 보니 아무래도 이번 주말에는 뵙기 힘들 것 같습니다만……. 약속시간 두 시간 전에 정말 죄송합니다."

정중한 사과의 말을 두어 번 더 내보낸 뒤, 그는 휴대폰을 책상 위에 내려놓았다. 애당초 고유리와 두 번 다시 만날 생각 따윈 없었다. 현의는 직업상 훈련된 관찰력을 발휘해 뭔가를 시험해보고 싶었을 뿐이었다. 그리고 그 시험의 결과는 역시 그가 처음부터 예상했던 대로였다.

그녀는 분명 그가 고유리를 만난다는 사실에 동요하고 있었다. 나름 아닌 척하려고 애쓰는 지나의 내면적 불안은 충분히 느껴진 것 같았다. 그만큼 깊이 꿰뚫어 볼 수 있을 정도로, 평소에 그가 지나의 언행과 자잘한 몸짓, 습관에 대해 관심 있게 지켜봐왔기 때문이리라. 그가 고유리와 특별한 관계가 되어가는 과정에 대해 그녀가 그토록 불안을 느끼는 원인은 분명, 단 한 가지뿐이었다. 그 불안감의 바닥에 깔려 있는 것은 질투라는 감정이 틀림없었다. 의심할 나위가 없었다.

대체 뭐지? 당사자 의사는 묻지도 않고 대뜸 소개팅을 떠안기더니 이젠 왜 질투야?

도대체 어느 장단에 맞춰야 할지 알 수가 없었다. 하지만 기분이 나쁘지는 않았다. 아니 오히려, 오늘 하루 종일 지나를 지켜보고 여러 가지 시험해본 결과는 지극히 만족스런 편이었다.

이틀 뒤 월요일, 현의는 갑작스레 걸려온 석두순의 전화에 눈을 가늘게 떴다. 반갑지 않은 소식을 접할 때마다 은연중에 그가 짓는 표정이었다.

"많이 안 좋은가요? ……이런 일이 자주 있습니까? 아뇨, 아닙니다. 하루 모두 병가 처리하겠으니 회사 일은 걱정 말고 부디 몸조리 잘하도록 옆에서 많이 보살펴주시기 바랍니다."

현의가 통화를 마치자 옆에서 결재 서류를 들고 있던 안자현 대리가 걱정스럽게 말했다.

"역시 아파서 결근한다고 연락이 왔군요? 어디가 아프대요? 몸살감기?"

"아뇨. 위경련이 있어서 병원에 간다고 합니다. 오후엔 나오겠다 한다는데 그냥 하루 푹 쉬라고 지나 씨 어머니에게 당부드렸습니다."

"어머나, 스물넷에 위경련? 그거 분명 스트레스성인데! 에고, 요즘 안 그래도 안색이 안 좋던데 뭐 스트레스 받는 일이 있었나?"

박효선과 김 변호사, 안자현 대리가 제각기 염려 섞인 말을 한마디씩 하면서, 내일도 안 나오면 퇴근 뒤 잠깐 들러보자며 각자 자리로 돌아갔다.

현의는 정 실장을 불러 그날 스케줄을 확인해보았다. 딱히 바쁜 일정은 없었다. 그는 오전 일정은 잠시 보류하겠다 이르고 점심시간에 간지나의 자택에, 안자현 대리 이름으로 죽과 과일을 보내라고 일렀다.

"알겠습니다, 대표님. 그럼 이 근처에 죽 전문점에 연락해서."

"아뇨. 점심시간 끝나고 1시에 제 오피스텔로 업무 차량 가지고 오세요."

"네? 대표님 오피스텔로요? 음, 알겠습니다."

정 실장은 오랜 경험으로 눈치 빠르게 더 캐묻지 않고 그러마고 대답했다. 비서의 첫째 조건은 지나친 호기심과 억측을 꾹 누르고 뇌리에서 흘려보내는 것이었다.

평소에 지나가 아프든지 말든지 관심도 없던 석두순도, 오늘만은 좀 신경 쓰이는지 그녀에게 죽을 챙겨 방으로 가져다 날랐다. 돌덩이처럼 끄떡없는 딸년이 참다참다 병원까지 간다는 건 보통 아픈 게 아니라는 의미였다. 석두순은 방금 전 지나의 로펌에서 보내온 죽에다 약봉지를 쟁반에 받쳐 들고 침대 옆에 걸터앉았다.

"약 먹으려면 위 채워야 되니까 어서 죽 먹어. 방금 끓인 건지 아주 따뜻하네······. 장남간이가 직원복지는 참 신경 엄청 많이 쓰는구나. 아프다니 이런 것도 다 보내고. 어머, 이거 좀 봐! 전복죽에 전복이 엄청 크고 싱싱한 게······ 이거 어디 호텔 한정식집에서 끓여왔나 봐!"

"······."

옆에서 엄마가 죽의 퀄리티에 마구 호들갑 떨고 감탄하는 통에, 죽이 입으로 들어가는지 어떤지 알 수가 없었다. 회사에서 이런 것까지 보냈나 고마운 마음도 들었지만, 장난감 얼굴을 떠올리는 즉시 또다시 위통이 도지는 것 같아 지나는 약을 아무렇게나 흡입한 뒤 다시 몸을 침대에 뉘었다.

석두순은 빈 그릇을 부엌으로 가져간 뒤 아직 한참 남아 있는 포장용 용기 안의 죽을 한 수저 떠서 먹어보았다. 기가 막혔다. 전복도 분명 냉동이나 자잘한 놈도 아니고, 커다란 생것을 곧바로 끓인 것이었다. 과일 역시 백화점 지하에서 가장 크고 비싼 선물용 바구니로 보낸 것이었다. 웬만한 서민들은 맘먹고 사야 하는 각종 열대과일들이 모양도 아기자기, 예술품처럼 바구니 안에 예쁘게 담겨 있었다.

"어머나, 세상에- 걔가 역시 인물은 인물이야. 말단직원 아프다는데 집에 이런 것들까지 다 보내고······."

아픈 직원이 그녀의 딸이기에 가능했던 일임을, 석두순은 전혀 모른 채 새삼 장난감의 태평양 같은 마음 씀씀이에 감탄 또 감탄을 거듭했다.

지나는 다음 날인 화요일도 하루 더 쉬고 수요일에 겨우 출근할 수 있었다. 화요일은 어떻게 해서든지 꾸역꾸역 출근하려고 했지만, 안자현 대리가 전날 밤 전화해 이미 이틀 유급 병가로 처리되었으니 하루 더 쉬라고 신신당부했기 때문이었다. 지나는 변호사와 직원들에게 일일이 돌아다니며 미안한 마음을 전했다. 그녀는 마지막으로 가장 안쪽 방문 앞에 잠시 망설이다 노크를 했다. 하지만 아무 대답이 없었다. 마침 그 옆을 지나치던 김 변호사가 지나에게 알려주었다.

"아 참, 대표님 제주도에 학회 가셔서 금요일에나 오실 겁니다. 지나 씨 오늘 출근하면 무리하지 말고 몸 잘 챙기라고 당부하셨어요."

"아, 네……. 알겠습니다."

지나는 다행인 건지, 아쉬운 건지 알 수 없는 기분이 되어 천천히 자리로 돌아갔다. 본래 돌덩이가 배 속에 들어가도 꿈쩍없을 정도로 위장이 튼튼한 그녀였다. 유통기한 며칠 넘긴 우유나 요거트 정도는 그녀에게 그냥 보통 음식이나 다를 바 없을 정도였다. 하지만 토요일 오후, 시간이 지날수록 점점 위액이 역류하고 먹은 거 하나 없이 속이 더부룩한 상태에 내내 시달려야 했다. 일요일 밤까지 참다가, 그녀는 결국 다음 날 오전 병원행을 알렸고 지금은 이틀을 쉬어서인지 꽤 회복되어 있었다.

당분간 부드러운 유동식만 먹어야 한다는 병원 측의 조언에, 저절로 다이어트가 되겠구나 싶어서 오히려 다행이다 생각한 그녀였다. 지나는 본래 스트레스를 받으면 폭식하기 쉬운 타입이었다. 어쩌면 이 모든 것이, 토요일 오후 점심으로 칼국수를 과식해 빚어진 결과일지도 몰랐다. 그럼 그녀를 과식으로 이끈 스트레스는 과연 무엇인지 누군가 묻는다면, 그 답은 이미 명확하게 나와 있었다. 고유리가 현의의 차에 타고 둘이 즐거운 하루를 보낼 거라고 생각하니 명치끝이 답답하고 칼국수가 계속 속 어딘가 걸린 느낌이었던 것이다.

지나는 고유리에게 은근슬쩍 카톡으로 안부인사 겸 물어볼까 어쩔까 고민을 해보았다. 주말 데이트가 어땠는지, 그들이 과연 어디까지 진행 중인지 슬쩍 떠보고 싶었다. 하지만 그 정도로 스스로를 초라하게 만들고 싶지는 않았다. 지나는 아무리 스트레스로 위가 다 썩어문드러진다 해도, 자존감만은 잃고 싶지 않았다.

지나는 다시 푹 고개를 숙이고 최근 박 변호사와 새로 맡은 살인사건 서류를 정리하기 시작했다. 누구는 억울한 누명을 쓰고 구치소에 수감되어 박 변호사와 그녀 손에 운명을 맡기고 있는데, 지금 엉뚱한 개인적 망상에나 빠져 있으면 안 될 것이다.

이틀 뒤 금요일 오후, 지나는 조금 긴장된 심정으로 누군가에게서 걸려온 전화를 받았다. 발신자를 확인한 그녀는 자기 자리에서 목소리를 한껏 낮춰 응대했다.

"네, 간지나입니다."

-몸은 어때? 괜찮아?

"네. 죄송합니다. 지금은 많이 나아졌어요."

주위의 시선을 의식해 그녀는 누군가 지인에게서 온 전화인 척 말을 이어갔다.

-지금 사무실 안이지? 그럼 대답만 해. 오늘 저녁 퇴근하고 청담동 M호텔로 와. 거기 스카이라운지 레스토랑 위에서 날 찾으면 돼. 택시 타면 러시아워에도 20분 거리니까 6시 반까지는 오도록 해, 그럼.

"......?"

지나는 일방적으로 끊긴 전화를 한참 노려보다가 시계를 바라보았다. 6시까진 이제 두 시간도 채 남아 있지 않았다. 그녀는 카톡으로 오늘 사실 약속이 있었다느니 집에 일이 있다느니 거짓핑계를 댈까 망설였다.

하지만 장난감은 겉으로 내색은 안 할망정, 눈치가 기가 막히게 빨랐다. 직접적으로 함께 일한 적은 없지만 다른 변호사들과의 회의나 자잘한 일상에서의 대화를 보면, 누구라도 장난감이 얼마나 기민한 감각의 소유자인지 금세 알아챌 수 있으리라. 뭐 새삼 호텔에서 밥이라도 사주려고 그러나, 지나는 입술을 삐죽 내밀며 자리에서 일어나다 문득 한 가지 생각이 들었다.

오늘 저녁 먹으면서, 그냥 안부인사 하듯이 지나가듯 유리 선배랑 어떻게 되어가나 물어봐야겠어. 정말 아무렇지도 않게, 그냥 갑자기 생각났다는 듯, 별로 그렇게 궁금하진 않지만 그냥 친한 선배고 하니 두 사람 진행관계가 그냥 순수하게 궁금해서 물어본다는 듯 그런 어조로 말이지.

지나는 헛기침을 하면서 일부러 계단으로 내려가며 소리 내어 연습해보았다.

"하하, 이거 진짜 맛있네요. 스테이크가 엄청 부드러워요. 아, 가만……. 스테이크 먹게 될라나? 아 몰랑, 스테이크든 날고기든 뭔가 나오면 그 음식에 맞춰서 입에 딱 맞는다고 먼저 말하고, 그런 뒤 은근슬쩍 갑자기 생각났다는 듯 물어보는 거야. 음, 그런데 대표님, 유리 언니랑은 어떻게 잘 되어가세요? 언니도 요즘 바쁜지 통 연락이 없어서요."

지나는 고개를 설레설레 젓고, 좀 더 자연스러운 어조를 내보려고 애썼다.

"음, 그런데 대표님~ 유리 언니랑은~ 아, 아냐! 너무 가식적이잖아! 평소에 이렇게 간사스러운 말투가 아닌데 이러다간 금세 눈치챌 거야! 다시 해보자, 다시……. 음, 그런데 대표님! 유리 언니랑은! 어떻게 잘! 되어가세요! 아, 아냐……. 무슨 군대야, 헉! 꺅!"

지나는 혼자 미친 여자처럼 중얼중얼거리다 갑자기 등 뒤에서 인기척을 느끼고 외마디 비명을 지르고 말았다. 건물 경비직원 중 한 명이 지하실로 통하는 1층 계단참에 서서 이상한 눈으로, 고개를 갸웃거리며 지나를 긴가민가 바라보고 있었던 것이다.

"아, 안, 안녕하세요, 아저씨? 하하…… 하하하……."

"아, 역시 로펌 그 직원아가씨 맞구만! 근데 여기서 뭐 하고 계셨던 거요?"

"아, 아니에요! 제가 사실은 그……. 아, 그래! 그 동화구연 있잖아요, 그걸 할 일이 있어서 여기서 막판 연습하고 있었던 거예요. 하하하- 그럼 저 이만 들어가보겠습니다, 수고하세요!"

지나가 인사하고 도망치듯 비상구 계단 문을 열고 밖으로 내달리자, 초로의 경비는 더 이상하다는 듯 고개를 주억거렸다.

"동화구연? 그거 우리 큰손녀가 TV에서 열심히 보는 건데…….
근데 요즘은 대표님, 막 이러면서 회사 생활 이런 것도 동화에 나
오나……?"

택시에서 내린 지나는 입술을 삐죽 내밀며 가끔 드라마에서나
보던 청담동 M호텔을 올려다보았다. 이미 땅거미가 짙게 깔린 저
녁하늘 아래, M호텔은 부와 사치의 상징임을 자랑스럽게 여기듯
위풍당당하게 서 있었다. 그곳은 서울에서 가장 최근 지어진 데다,
상류층 고객과 프리미엄급 해외관광객 위주 서비스업을 공공연히
내세운 특급호텔이었다.

언젠가 잡지에서 본 기억으로는, 스카이라운지 디저트바의 팥
빙수가 최하 3만 원부터 시작한다고 들은 바 있었다. 언젠가 사촌
언니 아은이 망고빙수는 만 원 더 플러스해서 4만 원인데 정말 어
떤 맛일지 먹어보고 싶다 노래를 불렀을 때, 지나는 입을 뒤틀며
잔뜩 비웃어준 바 있었다. 옘병, 차라리 40만 원 쳐 들여서 필리핀
이나 태국으로 날아가 하루 종일 신선한 현지 망고 400개 먹고 오
는 게 낫겠다.

지나는 그녀를 품평하듯 위아래로 샅샅이 훑는 호텔 도어맨을
도전적인 눈으로 바라보았다. 도어맨은 살짝 고개 숙여 보이며 회
전문 앞을 비켜주었다. 그녀의 수수한 차림이 썩 달갑지는 않아도
얼굴은 반반하니 일단 들여보내준다는 눈빛이었다. 지나는 씹어
뱉듯 천천히, 고개를 까딱해 보였다.

"스빠씨발."

"네, 네?"

도어맨이 순간 당황한 얼굴이 되자, 지나는 활짝 웃어 보이며 일부러 외국인인 척 더듬거리며 말했다.

"아, 저~ 러씨아 떵포예요~ 스빠씨발은 러씨아 말로 고맙따는 말이에요~ 호호."

도어맨은 그제야 알겠다는 표정으로 다시 한 번 살짝 고개를 끄덕여 보였다. 지나는 홍 코웃음 치면서 스카이라운지로 올라가기 위해 엘리베이터 쪽으로 향했다. 하여간 대한민국처럼 겉으로 사람 품평하는 나라도 없어. 명품점에 가면 직원들이 지들이 점주나 되는 줄 착각하고 사람 옷차림 갖고 고객인지 아닌지 태도를 정하질 않나, 호텔에선 도어맨 지들이 호텔주주처럼 사람 행색 가지고 출입을 결정하고⋯⋯. 진짜 같잖아서 웃음만 나온다, 이 외모지상주의 쌍화차 속물들아.

회전문 너머로 지나의 모습을 확인하고 그녀에게 다가가려던 현의는 로비 기둥 옆, 사각지대에 멈춰 서서 등을 확 돌렸다. 그는 박장대소가 터지려는 걸, 간신히 주먹으로 입을 가리고 기침하는 척했다. 지나가 도어맨에게 러시아 동포 행세하며 감사 인사하는 척 욕질하는 모습을 보고 빵 웃음이 터질 뻔했던 것이다. 현의는 사람 많은 로비 안에서 크게 웃지 않으려 숨을 크게 들이쉬고 간신히 포커페이스를 유지했다. 그는 재빨리 엘리베이터가 내려오길 기다리고 있는 지나에게 다가가 알은체를 했다.

"차가 별로 안 막혔나 봐? 빨리 왔네."

"⋯⋯대표님."

그녀는 미모의 엘리베이터 걸이 그들에게 공손히 절해 보이며 안으로 이끌자, 입을 꾹 다물고 마침내 20층 스카이라운지 층에 내릴 때까지 조용히 있었다. 엘리베이터가 열리는 순간, 지나는 대체 무슨 일인지 캐물으려 했다. 하지만 그들 앞에 매니저 복장의 한 남자가 다가와 자리로 안내하는 바람에 또다시 기회를 놓치고 말았다.

웬만한 호텔 최고급 레스토랑보다 몇 단계는 더 업그레이드된 것 같은 호화찬란한 실내, 지나는 도대체 오늘 밤 안에 자리까지 가긴 하는 거야 중얼거리며 현의와 매니저 뒤를 한참 동안 따라 걸었다. 그들이 자리한 곳은 두 사람만을 위한 테이블 세팅이 되어 있는 프라이빗 룸이었다. 벽이 온통 창문인 통창 너머로는 탁 트인 한강과 저쪽 강북까지 야경이 쫙 펼쳐져 있었다. 기가 막힌 뷰였다. 지나는 매니저가 잠시 사라지고 난 다음에야 톡 쏘듯이 물었다.

"오늘 제 생일은 확실히 아니고, 대표님 생일이에요?"

"내 생일은 1월이야. 1월 1일."

"아, 그래요? 음, 아무튼…… 대체 무슨 일로 여기까지 부르신 거예요? 아직 속이 부대껴서 양식은 좀 부담스러운데요."

"여기 부른 이유는 식사부터 하고 말해줄 테니까 기다려. 그리고 오늘 코스는 분자 스페셜이니까 네 위장에도 괜찮을 거야."

"분자? 아, 그, 화학실험 레시피로 만들어 완전히 새로운 맛을 창조한다, 뭐 그런 과학적 방식의 요리 말이에요? 그거 엄청 비싸지 않나…… 맛도 호불호가 나뉘는 것 같던데요."

"여기 프랑스 셰프에게 특별히 부드럽고 자극 없는 레시피로 해

달라고 미리 부탁해놨어. 양도 적은 편이니까 속 부대낄 일도 없고."

미리 스탠바이하고 있었던 듯, 현의가 말을 마치기 무섭게 웨이터가 유럽풍 왜건을 끌고 왔다. 매니저가 직접 왜건에서 접시를 하나씩 들어서 현의와 지나 앞에 각각 대령해주었다. 푸른빛이 감도는 허브수프에 이어, 샐러드가 그들 앞에 놓였다.

도저히 입에 넣기 아까울 정도로 예쁜 플레이팅에, 지나는 감탄의 눈으로 접시 위를 한동안 내려다보고만 있었다. 알록달록한 야채샐러드 위에 얇게 커팅된 비프 조각, 그 옆으로 한 번도 본 적 없는 이국적인 채소 가니시가 곁들여져 장식을 더했고, 비프 위에는 눈꽃이 휘날린 것처럼 희고 반짝이는 알갱이가 아기자기 뿌려져 있었다. 지나는 샐러드를 입에 넣고 잠시 맛을 음미해보았다.

"음, 다들 분자요리 먹어보면 뭔가 신비하고 오묘한 맛이 난다는데 전…… 분식집 저렴한 입맛이라 그런가 잘 모르겠네요. 그냥 담백하고 맛있긴 한데 뭐가 그리 특별한지는 잘 모르겠어요."

"나도 그래. 어차피 대단한 미각도 아니고 그냥 경험상 먹어볼 뿐이야."

두 사람은 연이어 서빙되는 화이트 와인과 까망베르 드 노르망디와 에멘탈 치즈, 캐비어 파테가 올려진 카나페, 레몬버터소스를 끼얹은 농어 메인디시 등을 차례대로 맛보았다.

"대표님, 생각해보니까 우리 은근 단둘이 밥 자주 먹는 거 알아요? 밥 먹으면서 정든다는데 우린 그렇지도 않고."

"그런가? 그런 생각은 안 해봤는데. 너 외에도 우리 로펌 변호사들이랑 종종 식사하는 편이라서……. 그리고 난 드는 것 같은데?"

"뭐가요?"

"……"

그가 말없이 웃기만 하자, 지나는 그녀가 앞서 말한 '밥 먹으면서 정든다는데 우린 그렇지도 않고' 부분에 대해 대답한 것임을 뒤늦게 깨달았다. 지나는 갑자기 양 뺨이 확 붉어지는 것에 당황했지만 잠자코 와인만 호로록 들이켰다.

"요즘 혼식, 젊은 층에선 혼밥이라고 하나? 혼자 밥 먹는 거, 나도 거의 혼식하는 편이고 그편이 제일 편하지만 사회 일각에서 주장하는 논리에 대해서는 옳다고 생각하거든. 밥을 혼자 먹는 일이 잦아진다는 건 결국 그만큼 사회적 관계의 단절이 큰 폭으로 증대했다는 의미야. 어느 사회든, 누군가와 함께 식사하는 건 단순히 머리 맞대고 음식을 먹는 것, 그 이상의 의미가 있으니까. 식사하는 것도 결국 사회적, 정치적 활동인데 그걸 하지 않는다는 건 비사회적 행동패턴이 일반화되어간다는 거고 그건 결국 단합력 부족한 사회 풍토가 조성된다는 거지."

"거창하네요. 그래서 혹시 그게 절 부른 이유예요? 단합력 강화된 사회 풍토를 만드는 데 일조하자는 의미에서?"

"아니."

현의는 나이프와 포크를 접시 옆에 가지런히 포갠 뒤 냅킨으로 입을 닦았다.

"그냥 너랑 먹는 게 좋으니까."

"……"

지나는 이번엔 귀까지 확 달아오르는 느낌이었다. 자꾸 부질없는 농담 하지 말라고 쏘아붙이려 했지만, 매니저가 빈 접시를 거둬

가려 다가오는 바람에 그럴 수도 없었다. 디저트로는 오렌지무스와 람부탄과 생무화과를 얹은 타르트, 프랑스식 살구 아이스크림이 연이어 나왔다. 워낙 각 접시의 양이 적어서 확실히 포만감이 엄청 드는 것은 아니었다. 하지만 서민 입맛에도 어쨌든 맛있었다는 사실에 만족하며, 지나는 드디어 벼르고 벼르던 질문을 불쑥 꺼냈다.

"자, 대표님. 이제 그만 뜸들이고 말씀해보세요. 제가 뭐 엄청 예쁘고 일 잘하는 직원이라 포상 디너 사주시는 것도 아닐 거고, 뭐 부탁하실 일이 있는 것도 아닐 거고. 대체 무슨 꿍꿍…… 아니 이유가 있는 거예요?"

현의는 두 손을 맞잡아 깍지 긴 채 지나를 기묘한 눈으로 바라보았다. 입가에 희미한 웃음이 번져 있었지만 결코 비웃거나 깔보는 그런 미소는 아니었다.

"오늘 금요일 밤이잖아. 혹시 내일 특별한 일정 있어?"

"……아뇨."

"그럼 속 좀 조심해야 하는 것 말고는, 몸은 괜찮은 거지?"

"그렇죠. 뭐."

"그럼 오늘 하룻밤쯤은…… 잠을 좀 제대로 못 자도 괜찮겠지?"

"네?"

지나는 점점 이야기가 이상한 방향으로 흐르자 한쪽 눈썹을 찡그렸다. 도대체 그가 말하고자 하는 참 의도가 무엇인지 가늠할 수 없었다.

"도대체 무슨 소린지……. 좀 더 구체적으로 말해주세요. 잠을 제대로 못 자도 괜찮겠냐니."

"······나가자."

현의는 자리에서 일어나 재킷을 집어들었다. 이미 선 지불되었는지 그는 매니저의 정중한 작별인사만 받고 지나를 부드럽게 레스토랑 출입구 앞 엘리베이터로 이끌었다. 역시 그냥 밥 사주는 거였구나 싶어서 지나는 곁눈으로 부라리며 엘리베이터에 올랐다.

하지만 그들은 1층 로비에서 내리지 않았다. 1층은커녕, 현의는 스카이라운지 바로 아래층인 19층에서 지나를 이끌고 엘리베이터 밖으로 발을 디뎠다. 지나가 어리둥절한 눈으로 그를 올려다보았다. 주위를 돌아보자 드라마나 영화에서 보던 것처럼, 고급스런 양탄자가 끝도 없이 깔린 복도에다 간간이 객실 문만 죽 늘어서 있었다. 그들 둘만 선 로비에는 정적만 감돌 뿐 시계 초침 소리조차 들리지 않았다.

"여긴 왜요, 대표님?"

"······."

하지만 현의는 아무 대꾸 없이, 그녀의 손목을 부드럽게 잡고 로비 어딘가로 천천히 걸었다. 지나가 뭐라고 항변하는 건 들은 척도 않고, 그는 곧장 왼편으로 꺾어서 복도 가장 맞은편에 있는 방문 앞에 우뚝 멈춰 섰다. 그리고 지나에게 바짝 다가가 그녀의 얼굴을 사랑스러운 눈으로 뚫어져라 들여다보았다.

"지나, 너와 예전부터 이렇게 하고 싶었던 마음을······ 이제야 깨닫게 됐어."

"뭣이요?"

지나는 너무 놀란 나머지, 집에서 이모가 방정맞게 뭣이여? 습관처럼 하는 말투를 입 밖에 그대로 내보내고 말았다. 하지만 현의의 진지하고 온화한 표정에는 한 점 변화도, 동요도 없었다. 그는 이번에는 한 손을 들어 지나의 한쪽 뺨을 살짝 쓸어내렸다. 깃털처럼 부드러운 그 손짓에, 지나는 자기도 모르게 몸을 부르르 떨고 말았다. 도대체 지금 여기, 엄청나게 비쌀 게 분명한 최고급 호텔 객실 앞에 장난감과 서서 이게 무슨 상황인지 알 수가 없었다.

이, 이게 지금 대체 무슨 시추에이션이지? 응? 장난감, 당신 지금 제정신이야? 미친 거 아니야?

"대, 대대, 대표님."

"나도 그동안 인정하지 않으려고…… 무던히 노력했어. 하지만 이제 깨달았어. 더 이상 내 마음을 숨길 수 없다는 걸."

"뭐뭐뭐…… 뭐 하시는 거예요, 지금!"

지나는 눈알이 튀어나올 지경이었다. 정말로 뒷골이 어질어질 당기고 다리가 후달달거려 그 자리에서 주저앉을 것만 같았다. 지나는 고개를 도리도리 저었다. 자신에게 7년 전 고깃덩어리네 뭐네 지독한 상처와 모멸감을 안겼던 남자와, 설마하니 지금 호텔에서 역사를 이루기 직전의 상황에 있는 건 아니겠지 싶었다. 말도 안 되는 상황이었다.

설령 그 고깃덩어리 해프닝이 아니라 해도, 현의와 그녀는 엄연히 직장 상사와 부하직원 관계였다. 장난감이 지금 이렇게 노골적으로 그녀를 호텔 방으로 끌어들이려 들다니 도저히 믿을 수가 없었다. 아무리 남자가 한 꺼풀 벗겨놓으면 다 똑같은 짐승놈이라 해도, 후폭풍을 생각해서 어떻게 그녀에게 이렇게 대범하게 밀어붙일 수 있는지 이해할 수 없었다. 자칫 잘못하면, 성관계 강요로 고소당할 수도 있는 상황이었다. 지금 한창 법조계에 떠오르는 핫가

이 장난감이 어떻게 그걸 모를 수가 있단 말인가!

"자…… 자자자, 잠깐. 장난감, 아니 장현의 씨. 우리 계급딱지 떼고 얘기합시다. 아, 아니다! 계급장을 떼면 오히려 안 되지. 아니, 지금 우리가 직장 상사랑 직원이란 관계는 제대로 인지하고 이러시는 거예요? 네? 지금 정신 나갔어요, 장현의 씨?"

"당연히 인지하고 있지. 난 로펌 대표 장현의, 넌 내 밑의 직원 간지나. 그 사실을 지금 이 순간만큼 뚜렷하게 인지한 적은 없었어."

현의는 음침하게 웃으며 한 손으로는 그녀의 손목을 잡고, 다른 한 손으로는 키 카드를 객실도어에 빠르게 슬라이딩시켰다. 방울소리 같은 기계음이 띠링, 울리더니 문 잠금이 해제되는 소리가 울렸다.

6화.

"이리 와, 간지나. 오늘 밤…… 네 모든 걸 다 가질 거야. 네 모든
게 내 거야."

"하악!"

"걱정 마. 모든 게 다 준비되어 있으니까……. 아무것도 걱정할
필요 없어. 이리 와."

"……자, 자자자자, 자자잠깐! 이, 이, 이러지 마요, 장난감! 미쳤
어? 으악! 꺄악! 거기 누구 없어요? 사람 살……. 응?"

지나는 어떻게든 문짝을 잡고 방 안에 끌려가지 않으려 버팅겼
지만 장현의의 힘을 이길 수는 없었다. 그녀가 속절없이 손목을 붙
들려 호화로운 객실 안쪽으로 들어와 비명을 연이어 지르려는 순
간이었다.

"꺄……."

"장 변호사, 빨리 와봐! 새로운 증거가 나온 거 같아."

"밥을 왜 이렇게 늦게 먹어? 빨리 이리 와서 이것 좀 봐봐!"

최고급 인테리어로 꾸며진 객실 안은 대여섯 명의 사람들로 가득 차 있었다. 테이블이며 데스크며 소파 위며, 노트북과 녹음기 외에도 서류 뭉치들이 여기저기 어지럽게 흩어져 있었다. 한눈에도, 여의도 증권가 딜러들이 분초를 다투며 미친 듯이 매매 중이거나 변호사 군단이 새벽에 열릴 재판을 앞두고 공판 예상 결과를 뒤집을 만한 최후의 증거를 확보하기 위해 고군분투하는 장면 중 하나로 보였다. 지나가 두 가지 경우 중 후자임을 깨닫기까지는 2초도 걸리지 않았다.

"조수는 데려왔어? 아, 그 옆에 아가씨? 외국어 가능한가?"

낯선 얼굴의 중년 변호사들 중 한 명이 지나 쪽을 턱짓해 보였다. 아무리 봐도, 정식으로 서로 통성명하며 인사할 상황은 아닌 것 같았다. 현의는 지나 쪽을 돌아보며 재킷을 벗고 드레스 셔츠 윗옷을 걷어 올렸다. 공적인 관계임을 명확히 하려는 듯, 그는 자연스레 말을 높였다.

"지나 씨, 전에 오픽 시험 1급이라 했었죠? 그럼 어느 정도 영문 서류는 해석 가능하겠죠?"

"아, 네네! 회화는 좀 한계가 있지만 문서는 어느 정도……."

그녀의 말이 떨어지기 무섭게, 중년 변호사는 지나를 떠들썩한 거실 한구석 작은 책상 위로 인도했다. 책상 위에는 문서와 서류철들이 어지럽게 쌓여 있었다.

"그럼 빨리 이리 와서 이것들 좀 분류해주세요! 부탁합니다."

"아, 네네……."

지나는 재킷을 벗고 책상 앞에 앉아 지시사항에 따라 서류를 분류하다가, 현의에게 따질 기회만 호시탐탐 엿봤다. 마침내 다른 변호사들과 뭔가 논의한 뒤, 한참 뒤에야 그녀 옆을 스쳐갈 때 지나는 현의의 팔소매를 꽉 붙잡고 조용히 으르렁거렸다.

"대표님! 이게 대체 무슨 상황이에요! 아까 문 앞에서 그건 다 뭐였어요? 설마 저한테 장난친 거예요? 네?"

"장난이라니……."

현의는 흠칫 놀란 척 정색해 보였다. 하지만 그의 눈은 분명 즐거움에 겨워 춤추고 있었다.

"내가 무슨 장난을?"

지나는 이를 갈며, 그의 소맷부리 잡은 손에 더욱 힘을 주었다.

"아까 그랬잖아요! 지나, 너와 예전부터 이렇게 하고 싶었다고! 이제야 깨닫게 됐다고! 그동안 인정하지 않으려고 무던히 노력했지만 더 이상 마음을 숨길 수 없다는 걸 이제야 깨달았다고 했잖아요!"

"오, 역시 탁월한 기억력이야. 정말 세세한 부분까지 다 기억하고 있어. 인간 녹음기 수준이야."

"대표님!"

지나의 으르렁거림에, 현의는 두 어깨를 으쓱하며 한쪽 눈썹을 치켜올렸다.

"그래. 예전부터 이렇게 타 로펌과의 공동협력 일급기밀 소송재판 준비에 네 지원을 좀 받고 싶었다고. 이건 그야말로 일급 중의 일급 보안을 기하는 일인 만큼 백 퍼센트 신뢰할 만한 인력이 아니면 끌어들일 수가 없으니까. 그동안 네 일처리 능력을 지켜봐온 결과, 이제는 믿어도 괜찮겠다 판단이 됐어. 안 대리는 어린 자녀가 있으니까 밤새라고 하긴 미안하잖아."

"아까 오늘 밤 내…… 모든 걸 다 가질 거라면서욧! 내 모든 게 다 대표님 거라고 했잖아욧!"

"응. 오늘 밤 너의 모든 시간과 에너지, 열정을 다 가질 거라고. 오전 9시 공판이라 오늘 밤 모든 걸 다 걸어야 하거든."

"모든 게 다 준비되어 있으니 아무것도 걱정할 필요 없다고도 했잖아요!"

"음, 저기 욕실 앞 캐비닛에 호텔에서 제공한 각종 세면도구와 속옷, 편한 가운까지 다 있어. 야식용 간식과 최고급 루왁 커피까지 다 준비되어 있어. 새벽에 잠깐 눈 붙일 수 있게 안쪽 방에 침대도 있고. 분자요리가 양이 좀 적었지? 밤에 허기지면 다이어트는 잠시 잊고 컵라면이나 김밥 준비된 거 먹고."

"……."

지나는 뭐라고 빽 소리 지르려다가 주위를 생각해 간신히 참았다. 현의는 처음부터 그녀를 놀려먹고 있었던 것이다. 그것도 평소의 장난감으로서는 도저히 상상이 되지 않는, 상당히 수위 높은 장난이었다. 지나는 얼굴이 분노로 검붉게 타오른 채, 씩씩대며 조용히 으르렁거렸다. 할 수만 있다면 그를 입안에 넣고 잘근잘근 짓이겨 씹어버리고 싶었다.

"기막혀……. 처음부터 업무 때문이라 하면 되지 어떻게 그따위 저급한 장난을 할 수가 있어요? 진짜, 내가…… 싸다구 한 대 날리고 싶은 걸 대표님 체면 생각해서 이 악물고 참는 줄 알아요!"

"유치하고 소심한 복수라고 생각해. 난 그때 당장 집에 쳐들어가 눈물이 쏙 빠지게 혼내주고 싶은 걸 간신히 참았으니까."

"뭐요……? 복수? 그때? 도대체 무슨 말을 하는 거예요?"

"고우리? 아니 고유리였나? 그 선배란 여자가, 네가 나랑 소개 팅 시켜주는 거라 말했을 때."

현의는 어느새 힘이 죄다 빠져나간 지나의 손아귀에서 옷소매를 떼어내고 그녀의 귀 가까이 입술을 가져갔다. 그의 숨결이 귓가에 느껴지자, 지나는 심장이 덜컥 내려앉는 것 같았다. 현의는 서늘한 음성으로 들릴락 말락 한마디 덧붙였다.

"장난친 건 그때의 복수야. 다시는…… 그런 쓸데없는 수작 부리지 마. 전혀 관심 없으니까."

"……."

"이제 알았으면 일이나 해."

지나가 뭐라 대꾸하기도 전에, 현의는 유유히 욕실 쪽으로 사라져가고 있었다. 지나는 입을 떡 벌리고 그의 뒷모습을 좇다가 아까의 중년 변호사가 이쪽으로 얼굴을 돌리자 재빨리 고개를 처박고 서류를 들여다보는 척했다. 그녀의 심장이 벌떡벌떡 뛰고 있었다. 박동 소리가 너무 커서 다른 사람 귀에까지 들어갈까 내심 불안감마저 들었다.

그녀는 장난감의 마지막 속삭임으로, 그제야 모든 상황을 유추할 수 있었다. 유리 선배의 착각으로, 장난감 역시 지나가 중간에서 소개팅 주선하려 했다고 오해한 것 같았다. 거기까지는 지나 역시 익히 알고 있던 바였다. 사무실에서 거리낌 없이 유리 선배가 마음에 드는 것처럼 전화 통화도 해대고 그러지 않았던가! 하지만 이제 와서 그 일에 대한 복수라니? 그리고 그때 그녀에게 쳐들어와 눈물 쏙 나게 혼내주고 싶었다니. 게다가 본인은 전혀 관심 없으니까 다시는 그런 쓸데없는 수작 부리지 말라니-

그 말들을 집중 분석해보면, 두 가지 결론을 유추할 수 있었다. 첫째, 장난감은 그 소개팅을 전혀 반기지 않았고 오히려 지나에게 화가 나 있었다. 둘째, 그는 유리 선배에게 관심이 전혀 없고 지금 두 사람은 아무 사이가 아니었다. 지나의 심장은 아까보다 한결 더 미친 듯이, 마치 활어처럼 펄떡펄떡 뛰고 있었다.

"이거 분류 다 됐어요? 아, 미안합니다, 성함이 뭐라고 하셨죠? 지금 정신이 없어서……."

"네, 다 됐어요- 지나입니다. 더 도와드릴 일은……."

"오자마자 마구 시켜대서 정신없으셨을 텐데 잠깐만 쉬세요. 저희 회의 다 끝나면 또 부탁드릴 일이 생길 겁니다."

지나는 고개를 끄덕여 보인 뒤, 안쪽 침실 안의 욕실로 들어가 편안한 옷으로 갈아입고 대강 몸을 씻었다. 웬만한 방만큼 넓고 쾌적한 욕실은 그녀가 지금까지 사진이나 영상으로 본 것들 중에서도 가장 호화롭고 으리으리했다.

잠시 후 새벽 1시가 넘어갈 무렵, 현의는 잠시 틈이 났는지 지나에게 다가왔다. 한 손에는 그녀를 위한 머그컵이 들려 있었다. 아까 장난감과 유리 선배가 아무 사이도 아니란 걸 확인한 뒤부터, 지나는 갑자기 에너지가 마구 용솟음치는 기분에 졸음도 잊고 있던 차였다. 굳이 카페인이 필요하진 않았지만 본래 시도 때도 없이 커피는 좋아하는 그녀였기에, 지나는 두말 않고 머그컵을 받아 들었다.

"안 졸려? 잠깐 침실에서 눈 붙여. 저쪽 편 여자 직원분도 한 명 있으니까 불편해할 거 없어."

"아직은 버틸 만해요. 30대 아저씨들도 멀쩡한데 아직 파릇파릇 창창한 전 이제 초저녁이죠."

"무슨 잔디야? 파릇파릇하게……. 그리고 30대가 무슨 아저씨야? 요즘 세상에."

현의의 핀잔에, 지나는 갑자기 뭔가 생각난 듯 푸학 웃음을 터뜨렸다. 그녀는 갑자기 누군가의 성대모사를 하듯 남자 비슷한 목소리를 내기 시작했다.

"이리 와, 간지나. 오늘 밤…… 네 모든 걸 다 가질 거야. 네 모든 게 내 거야. ……아, 진짜 기가 막혀서!"

아까 객실 문 앞에서 현의가 그녀의 손목을 잡고 끌어당기며 뇌까렸던 대사였다. 지나는 다른 변호사들이 잠시 담배 피우러 베란다로 죄다 나간 틈을 이용해 포복절도하며 웃었다.

"아, 진짜 지금 생각하니 넘넘 웃겨 죽을 거 같아요……. 그 탤런트 아저씨 누구더라? 이계인 아저씨였나? 그분 목소리 깔고 엄청 느끼하게 말하는 거 유명하잖아요. 완전 그 아저씨 같았어, 지금 생각해보니……. 아, 진짜 대박! 대표님 원래 이렇게 개그 코드 쩔었어요?"

"사람들이 워낙 카리스마 변호사 이미지로만 봐서 그렇지, 나도 개그가 나름 있긴 있겠지."

현의는 반쯤 식은 커피를 바닥이 드러나게 들이켜며 담담히 말했다. 유머라곤 전혀 모를 것 같은 사람이 태연자약한 얼굴로 의외의 모습을 보여주니 한결 더 반전의 묘미가 있었다. 두 사람은 실

없는 농담을 한동안 더 주거니 받거니 했다. 그러다 문득, 지나가 용기를 내서 에라, 모르겠다 싶은 심정으로 현의에게 불쑥 말해버렸다.

"그럼 유리 언니와는 아무것도 아닌 거예요? 그 뒤로 만나지……
않았었어요?"

"토요일에 약속을 잡았는데 일 때문에 취소했고 나중에 전화로 말했지. 아무래도 인연이 되긴 힘들 것 같다고."

"아아……."

지나는 불현듯 유리에게 미안한 감정을 느꼈다. 그제야 왜 그녀가 며칠간 아무 연락도 없었는지 이해할 수 있을 것 같았다. 유리 성격에, 만약 일이 잘 진행되고 있었더라면 지나에게 연락해 다시 감사를 표하고 호들갑을 떨었을 게 분명했다. 처음부터 타이밍이 꼬여서 유리의 착각으로 시작된 해프닝이었지만, 그래도 왠지 미안한 기분이 드는 것은 어쩔 수 없었다.

하지만 한편으로, 지나의 가슴에는 순풍에 돛 단 배가 물살을 가르듯 시원하게 뚫리는 개운함이 퍼져나가고 있었다. 장난감과 유리 사이에 아무런 진전도 없었고 앞으로도 서로 볼 일 없을 거라는 사실이 왜인지 이렇게 기쁠 수가 없었다.

"그, 그랬군요."

지나가 그 이유 모를 환희를 채 만끽하기도 전에, 현의는 자리에서 일어서며 말했다. 그 한마디가 지나에게 얼마나 더 큰 번민을 안겨 줄지 생각도 못한 채, 그는 의미심장하게 덧붙였다.

"유리 씨에겐 충분히 이해를 구했으니까 네 입장이 곤란해질 일은 없을 거야. 미안하지만 지나가 잘못 안 것 같다고, 난 이미 마음에 둔 사람이 있으니 소개팅에 관심이 없던 걸 너도 몰랐을 거라고 잘 설명했어."

"네…… 네?"

지나는 고개를 끄덕이다 뭔가 잘못 들었나 하는 생각에 고개를 번쩍 쳐들었다. 난 이미 마음에 둔 사람이 있으니 소개팅에 관심이 없던 걸 너도 몰랐을 거라고 잘 설명했어. 지금, 분명히 장난감이 그렇게 말한 거 맞지? 지나는 자기도 모르게 반문하고 있었다.

"마음에 둔 사람이 있어서 소개팅에 관심이 없던…… 거라고요?"

"응. 좋아하는 여자가 있어. 예전부터 쭉. 그러니까 다시는 그런 쓸데없는 중매질 하지 마. 졸리면 방에서 잠깐 눈 붙이고."

현의는 그녀의 휘둥그레진 눈을 보며 엷게 웃더니 자리에서 일어났다. 베란다 문이 열리고 진한 니코틴 냄새를 풍기며 남자들이 다시 안으로 들어오고 있었다. 그는 다시 협력팀 변호사들과 마지막 작전회의를 짜러 다른 방으로 들어가버렸다. 지나는 다시 거실 구석에 멍하니 앉아 호화로운 스위트룸 양탄자만 하염없이 내려다보고 있었다.

아니 이게 대체 무슨 마른 오징어에…… 아니 하늘에 날벼락이야? 마음에 둔 사람? 그럼 장난감에게 이미 특별한 사람이 있다는 말이야? 그게 대체 누구야? 아니 언제부터?

지나는 도대체 장난감이 마음에 두고 있다는 그 사람이 누군지 궁금해 견딜 수가 없었다. 아니, 단지 궁금한 마음이나 호기심의 차원을 넘어서 있었다. 마치 쇠망치로 뒤통수를 세차게 가격당한 충격에다, 심장이 덜컹 내려앉다 못해 끝없는 심연으로 마구 내팽

개쳐지는 기분이 이럴까 싶었다. 지나는 현의의 그 말 한마디 이후로, 일에 온전히 집중할 수가 없었다. 한편으로는 이렇게나 극심한 동요를 보이는 자기 자신에게 화가 나서 견딜 수 없는 그녀였다.

아, 젠장! 이런 시베리아 블라디보스톡……! 도대체 저 인간은 왜 옛날이나 지금이나 저렇게 세 치 혀로 날 시험에 빠뜨리는 거야!

하지만 장난감이 무슨 말을 하건 무슨 짓을 하건 그게 문제의 본질이 아니었다. 보다 근원적인 문제는 지나 자신에게 있었다. 그녀 역시 그 사실을 뚜렷이 인지하면서도 차마 스스로 인정할 수 없을 뿐이었다. 남간이 누굴 좋아하든, 내일 당장 결혼하든, 사실 알고 보니 게이였든, 애당초 그녀가 무슨 상관이란 말인가?

그래, 간지나! 지금 이 시간부터 저 인간에 대해서는 신경 끊어! 저 인간은 단지 장난감일 뿐이야. 그래, 사람의 탈을 쓴 장난감! 토이(Toy)! 사탄의 인형 처키! 멍뭉이 쌍놈!

지나는 머리를 쥐어뜯다가 누군가의 기척이 느껴지자 재빨리 서류를 정리하는 척 손을 바삐 놀렸다. 눈 아래 다크서클은 단 몇 분 동안에 뺨까지 잔뜩 내려와 있는 몰골이었다.

밤은 빠르게 흐르고 흘러 어느덧 새벽 4시가 다 되어가고 있었다. 두 로펌이 합동으로 협력해서 맡은 가족소송 공판 준비도 어느덧 매듭을 지어가고 있었다. 결론이 내려진 만큼 준비 역시 실상 끝난 것이나 다름없었다.

거액의 유산을 한가운데 두고 혈육 간에 물고 뜯는 소송은 눈에 보이지 않는 재벌 내 권력다툼과 암투도 여러 갈래로 얽혀 있어서 생각보다 그리 간단치는 않았다. 가문의 기득권 편에 선 그들 변호인단은 이미 고인이 된 창립자의 유복자라 주장하는 한 남자에게 불리한 여러 가지 증거들을 충분히 확보해놓은 상태였다. 그들 모두는, 몇 시간 뒤 법정에서 벌어질 전쟁에의 승리를 자신 있게 예상하고 있었다. 하얗게 지새운 하룻밤과 바꾼 엄청난 승리감이 곧 그들 모두의 극심한 피로를 뼛속까지 위로해줄 터였다.

가정이 있는 몇몇 변호사들은 심야택시나 대리운전으로 새벽 귀갓길에 올랐고 그들 중 몇 명은 이왕 밤샌 것, 동틀 때까지 기다렸다가 집에 돌아가기로 했다. 남아 있는 남자들은 일제히 한 손에는 커피가 든 종이컵을, 입에는 담배를 물고 베란다 밖으로 나갔다. 두 명은 거실 한쪽 소파 위에 쓰러져 잠들어 있었다. 최고급 스위트룸은 마치 기말고사 직전 다 함께 모여 밤을 새면서 각자 눈을 붙이거나 혼자 책과 씨름하며 각개전투 하는 대학생들의 동아리방 같은 분위기를 풍겼다.

현의는 누군가를 찾아서 주위를 천천히 훑었다. 그의 시선 끝에 와 닿아야 할 한 사람은 거실 어디에도 보이지 않았다. 그는 안쪽, 작은 침실로 향했다. 살짝 열린 문 사이로, 그가 찾던 한 여자가 이불로 상체를 돌돌 만 채 침실에 웅크리고 잠들어 있었다. 퀸 사이즈 침대 옆자리가 흐트러져 있었다. 다른 여변호사가 5분 전 택시로 귀가하기 직전까지 지나 옆에 누워 잠시 눈을 붙이고 있었던 것 같았다. 방에는 그녀 혼자만이 잠들어 있었다.

꽁꽁 감싼 이불 끝자락 아래로, 청바지에 감싸인 다리가 무릎 아래로 접혀 있었다. 이불 끝을 돌돌 말아 쥔 두 손은 품에 베개를 꼭 끌어안고 있었다. 방 안은 결코 춥지는 않았다. 그냥 잠버릇인 것 같았다. 현의 역시 그랬다. 그는 한여름에도 에어컨을 최대로 올려놓고 이불을 전신에 뒤집어쓴 상태로 자야 했다. 뭔가 몸을 감싸지 않으면 허전해서 잠을 이룰 수 없는 스타일이었다.

꽁꽁 말린 게 조금만 더 굴리면 영락없이 김밥이네. 아니, 캘리포니아 롤인가…….

현의는 두 손을 바지 주머니에 찔러 넣고 지나의 잠든 모습을 한동안 내려다보았다. 그러다가, 아무래도 좀 더 가까이서 봐야겠다는 듯이 등받이 없는 미니의자를 침대 가장자리에 바짝 끌어당겨 앉았다. 현의는 마치 새근새근 자고 있는 강아지나 고양이 얼굴을 관찰하듯, 지나의 잠든 얼굴을 조용히 들여다보았다. 쌕쌕 희미한 숨소리가 벽시계의 초침 소리와 어우러져 들릴 뿐, 방 안은 고요하기 이를 데 없었다.

긴 자연 속눈썹이 뺨에 그늘을 드리우고 있었다. 립스틱 따위예전에 흔적 없이 지워졌으련만, 살짝 벌려진 입술은 붉고 촉촉해 보였다. 확실히 깨어 있을 때보다는 훨씬 더 순해 보이는 인상이었다. 툭하면 저 귀엽고 앙증맞은 입에서 스빠시발이니 옘병맛 같은 단어가 툭툭 튀어나오리라 누가 상상이나 하겠는가.

현의는 허리를 굽혀서 그녀의 얼굴로 고개를 가까이 가져갔다. 그는 자신이 무슨 일을 하고 있는지 그 어느 때보다 더 명확히 인지하고 있었다. 어차피 처음도 아니었다.

그는 지나가 깰까 싶어 입술을 조심스레 그녀의 것에 살짝 맞대었다. 깃털처럼 보들보들, 잘 익은 열매처럼 탐스러운 붉은 살갗이 현의의 감각 어딘가를 두드리기 시작했다. 맞닿은 입술을 통해, 지나 특유의 알싸한 체취와 숨결이 그의 전신에 퍼지고 있었다. 뜨거웠다. 기가 막히게 달콤했다. 엑스타시, 수년 전 미국에서 호기심에 한번 맛본 마리화나의 짧은 황홀경 같았다.

입술 새를 비집고 들어간 것도 아닌데, 현의는 그가 스스로를 억제하기 힘든 지경으로 서서히 내몰리고 있음을 느꼈다. 위험했다. 지금은 이 이상 진행할 수 없었다. 현의가 머릿속에 울리는 경종을 무시하지 않고 조금씩 지나의 입술에서 그의 것을 멀리 떼어놓을 때였다. 그는 누군가의 인기척을 느끼고 본능적으로 뒤를 돌아보았다.

"……"

장현의 대표의 믿음직한 비서 겸 충직한 수하, 정 실장이 아연실색한 표정으로 그를 빤히 바라보고 있었다. 평소 유쾌하고 느물느물한 성격이었건만, 지금 목격한 장면에서는 아무래도 포커페이스를 유지할 수가 없었던 것 같았다. 정주하의 크게 벌어진 눈과 입에서는 경악의 빛이 고스란히 떠올라 있었다. 현의는 초연한 얼굴로 그의 시선을 마주한 채 천천히 몸을 일으켰다. 물론, 지나는 여전히 쌔근쌔근 잠들어 있었다.

"아, 아…… 대표님. 죄, 죄송합니다. 그게…… 이제 몇 시간 후면 재판이라 저도 일찌감치 지금 막 택시로 도착했……."

"정 실장이 왜 사과합니까. 굳이 따지자면 제가 죄송한 쪽이죠."

현의는 지나가 깰까 싶어 조곤조곤 말하며 정 실장에게 다가가 더 작은 음성으로 속삭이듯 말했다. 그의 눈에 당혹감이란 감정은 한 점도 없었다.

"정 실장에게만 미리 알려드립니다만…… 저 올해는 안 넘길 생각입니다."

"네, 네? 그 말씀은……."

정 실장의 눈은 놀라움에 아까보다 더 커져 있었다. 분명 당황해야 할 쪽은 현의였건만, 어쩐지 주객이 전도되어 있는 상황이었다. 장현의의 눈은 차분한 즐거움으로 춤추고 있었다.

"네, 아직 10월 중순이지만 올해 안에는 꼭 쇼부 보고 말 생각입니다. 아, 요즘은 쇼부란 말 안 쓰나요? 어쨌든, 아무리 늦어도 내년 3월 후에는 법적으로 마음껏 할 생각입니다."

방금 전 정 실장이 똑똑히 목도한 그 짓을, 아니 행위를 법적으로 마음껏 할 생각이란 뜻이었다. 정 실장 역시 그 의미를 모르지 않았다. 그는 어쩐지, 하는 눈빛으로 방을 나가는 대표를 뒤따라나갔다. 굳이 정 실장에게 입단속을 조심할 필요는 없었다. 정주하 실장은 언제, 무엇을, 어디까지 입을 열어도 되는지에 대해 본능적으로 판단력이 탁월한 인물이었다.

현의는 재판 준비를 위해 일찌감치 욕실로 들어섰다. 조금 전에 자신이 폭탄선언처럼 던졌던 말에, 지나가 보였던 반응을 다시 되새김질해보았다. 그는 이미 예전부터 쭉 좋아해왔던 사람이 있다고 했었다. 지나는 그 말에 꽤 충격을 받은 표정을 하고 있었다. 그리고 지금쯤은 그녀도 깨달았을 것이다. 그 사람이, 바로 지나 자신을 가리키고 있다는 사실을 자연스레 추론해냈을 거라 현의는 의심치 않았다.

하지만 그가 아직 온전히 파악하지 못한 부분이 있었다. 지금은 미운 오리새끼 백조로 거듭난 형국이었지만 예전에 워낙 자존감이 짓눌리고 주눅 들어 살았던 시절 때문인지, 지나는 근본적으로 스스로에 대한 자신감이 아직도 충분히 채워지지 않은 상태였다. 현의가 지칭한 여자가 지나 본인임을 깨닫기에, 그녀의 자신감은 아직 미완성 단계에 있었다.

완전히 동이 트고 모두들 객실을 빠져나간 뒤에도, 지나는 아늑한 침실 위 침대에서 여전히 곤히 자고 있었다. 찌든 담배 냄새에다 어지럽게 이것저것 널려 있던 거실 및 객실은 깨끗이 청소되어 있었다.

이미 해가 중천에 떠서 어느덧 정오가 가까워질 무렵, 지나는 게슴츠레 눈을 뜨고 우아한 실크색 천장을 한참 올려다보았다. 잠시 여기가 어딘가 생각하던 그녀는 벌떡 몸을 일으키고 주위를 두리번두리번 살폈다. 셔츠와 청바지는 여기저기 구김만 가 있을 뿐, 새벽에 침대에 웅크리고 누웠을 때와 달라진 게 없었다. 헐레벌떡 침대에서 몸을 일으켜 방 밖으로 나간 그녀는 깨끗하게 정돈되어 있는 초호화 특급 객실의 본래 모습을 입이 딱 벌어져라 바라보았다.

"뭐야! 다 어디 갔…… 아, 재판."

지나는 벽시계를 올려다보면서 잔뜩 헝클어진 머리칼을 쓸어 올렸다. 아침마다 커피메이커로 손이 가는 습관대로 시선을 미니바 쪽으로 향하니, 정갈한 글씨체의 메모 한 장이 테이블 위에 붙어 있었다. 혹시나 장난감일까 싶어 재빨리 메모장을 들어 올렸지만, 금박으로 가장자리가 장식된 종이 위에는 타이핑된 글씨체만이 있었다.

<간지나 고객님, 체크아웃은 언제든 편하실 때 해주시고 무엇

이든 필요한 게 있으시면 벨을 눌러주시기 바랍니다. 조찬이나 브런치는 룸서비스와 스카이라운지 뷔페 중 선호하시는 쪽을 선택해 이용해주십시오. 감사합니다.>

간지나 고객님? 난 고객이 아니라 그냥 잠시 불려온 인력일 뿐인데?

지나는 잠시 고개를 갸웃갸웃하다가 프런트데스크에 전화해 메모 내용을 직접 확인한 뒤, 빛의 속도로 샤워를 마치고 어제 남간과 저녁을 먹었던 스카이라운지 내 레스토랑으로 걸음을 옮겼다. 변호팀의 클라이언트가 호텔 소유주인 만큼, 적어도 오늘 하루만큼은 객실 이용과 브런치 뷔페는 그녀에게도 아낌없이 제공되는 모양이었다.

지나는 견과류가 촘촘히 박힌 호밀빵 위에 연어가 곁들여진 카프레제 샐러드를 올려서 우적우적 씹었다. 그녀는 창 아래 강남 도심을 여유 있게 바라보며, 아직도 재판이 한창 진행 중일 것이라 생각하고 있었다. 하지만 자연스럽게 한 남자의 얼굴을 떠올리는 순간, 지나는 왕성했던 식욕이 싹 가셔버리고 말았다.

'좋아하는 여자가 있어. 예전부터 쭉.'

"......."

지나는 포크를 테이블 위에 내려놓고 물 잔을 들어 한 번에 들이켰다. 그 말이 떠오르는 순간, 어쩐지 오랫동안 갈증에 시달린 것처럼 숨이 컥 막히는 기분이 들었던 것이다. 여러 가지 일로 신경을 많이 쓰고 위 상태도 좋지 않아서인지, 굳이 관리하지 않아도 오히려 살이 빠지고 있는 요즘이었다. 그녀는 아침 겸 점심이고 하니 모처럼 진수성찬 산해진미를 실컷 즐기고 저녁을 건너뛸 작정이었다. 하지만 한번 식탁 위에 버려진 포크는 다시 들리지가 않았다.

지나는 자리에서 일어나 다시 객실로 향했다. 사생활도 거의 보장될 수 없는 집에 돌아가는 것보다 정식 체크아웃 시간 전까지 객실에 혼자 조용히 남아 있는 편을 택했다. 그녀는 소파에 털썩 주저앉아 창밖만 하염없이 바라보았다. 머리가 너무 복잡하고 가슴속은 텅 빈 것 같은 괴괴함에다 무기력증까지 동반한 것 같았다. 그녀의 머릿속에서는 한 남자의 얄밉도록 잘생긴 낯짝만이 선명히 떠올라 있었다.

그렇게 멍하니 있기를 한참, 지나의 의식은 갑작스레 울리는 휴대폰 벨소리에 다시 현실로 돌아오게 되었다. 시계를 보니 벌써 5시가 가까워오고 있었다.

맙소사! 시간이 언제 이렇게 됐지? 네 시간 동안 나 도대체 여기서 뭘 한 거야!

언제 왔는지 부재중 통화 알림도 하나 떠 있었다. 석두순 여사─ 미처 받지 못하고 놓친 전화는 세 시간 전 엄마에게서 온 것이었다. 하지만 지금 끈질기게 울리는 벨소리의 발신인은 전혀 다른 이름으로 떠 있었다.

"……."

지나는 받을까 말까 계속 망설이다 결국 벨소리가 멎을 때까지 기다리기로 했다. 하지만 벨은 잠시 멈췄다가 또다시 집요하게 울려왔다.

"아, 진짜! 재판 끝났으면 들어가 처 주무실 것이지 왜 자꾸 전화야!"

하지만 입 밖으로 쏟아내는 막말과는 달리, 그녀의 애처로운 두 눈은 휴대폰 액정화면에서 한시도 떨어지지 못하고 있었다. 지나는 결국 더 참지 못하고 손가락을 놀려 통화에 응했다. 마음과는 달리, 입 밖으로 튀어나온 말은 결코 곱지 못했다. 공사판에서 머리 위로 스쳐간 콘크리트를 맞을 뻔한 사람이 노발대발하기 직전의 목소리 같았다.

"여보세욧!"

──⋯⋯깜짝이야. 기차 화통 삶아먹었어?

"이 초호화 특급호텔 어디에 삶아먹을 기차화통이 있답디까?"

-뭐 심기 거슬리는 일이라도 있나 보네, 말투가 또 국제적인 걸 보니⋯⋯.

수화기 저편의 남자는 언젠가 회식에서 안 대리가, 지나 씨는 심기 꼬일 때마다 러시아나 연변 동포처럼 말투가 재밌어진다고 했던 말을 상기시키고 있었다.

-재판은 우리 쪽에 유리하게 종결됐어. 가족싸움이니 누가 이기든 지든 별 의미가 없지. 누가 더 손에 돈을 많이 쥐게 됐느냐 그 차이뿐. ⋯⋯그나저나 지금 한낮인데 아직도 호텔에 있어? 점심은?

"일단 승소는 축하드리고요⋯⋯ 늦게 일어나서 지금 막 집에 가려던 참이었어요."

널찍한 객실에서 좀 더 어지러운 마음을 정리하고 싶었지만, 그가 전화도 한 마당에 더 이상 객실에 혼자 머물러 있을 수는 없었다. 그녀는 통화를 종료할 낌새를 내비치며 가방을 집어들었다. 하지만 뒤이은 장난감의 말에, 가방을 잡던 그녀의 손이 움찔 굳어버리고 말했다.

-잘됐네. 혹시나 해서 지금 호텔로 가던 길이었거든. 지금 거의 다 왔으니까 내려와.

"아, 아뇨! 전 그냥 택시나 버스로 집에……."

-지금 막 정문 들어섰는데. 엘리베이터 타고 내려오면 바로 내 차 보일 거야.

"……."

지나는 재빨리 화장기 하나 없는 맨얼굴을 여기저기 훑고 부스스한 머리칼을 하나로 질끈 묶은 뒤 어제 그대로 자느라 여기저기 구겨진 옷을 난감한 눈으로 내려다보았다. 행색이 말이 아니다 싶었지만, 달리 선택의 여지가 없었다. 어차피 그 몰골로 나가서 택시를 잡기도 마뜩잖은 상태였다. 장난감에게도 역시 그다지 보이고 싶지 않은 상태였지만, 지나는 일단 방 밖으로 나섰다.

현의는 로비 한가운데를 느릿느릿 가로질러 걸어오는 여자를 팔짱끼고 바라보고 있었다. 화장기 하나 없는 얼굴에 어딘지 어른 흉내를 낸 것 같은 차림새, 뭔가 못마땅한지 입을 삐죽 내밀고 반항적인 표정으로 걸어오는 품새가 영락없이 노안의 외모를 가진 고등학생 2, 3학년 같았다. 하지만 호텔이라는 장소적 특성상, 지금은 그런 앳된 분위기가 썩 적절하다 할 수는 없었다.

"점심은?"

"지금 시간이 몇신데요. 먹었지만 먹었다고도 할 수 없겠으나 전혀 안 먹은 것도 아니니 사회 통념상 먹은 걸로 해요. 지금은 그냥 집에 가서 쉬고 싶은 생각뿐이에요."

현의의 부드러운 물음에, 지나는 일부러 더 톡 쏘듯 대꾸하며 운전석 옆자리에 올라탔다. 혹, 새삼 어젯밤 일 때문에 아직 앙금이 남아 있나 싶어서 그는 시동을 걸면서 그녀 쪽을 흘깃 바라보았다. 토요일 대낮 강남대로는 막힘없이 뚫렸고 차는 몇 분 지나지 않아서 역삼동 언덕 위에 이내 도착했다.

"혹시 어제 일 때문에 아직도 언짢은 건 아니지?"

"저 뒤끝 없어요."

댁이랑은 달리.

지나는 전에 석상문이 했던 말을 떠올렸다. 삼촌은 장난감이 겉으로는 점잖고 화 한 번 안 낼 사람처럼 보이지만, 일단 한번 건드리면 뒤끝이 매우 길고 집요하게 복수하는 타입이란 말을 지나듯 한 적이 있었다. 그녀가 쌜쭉한 얼굴로, 차문을 열고 작별인사를 건네려 할 때였다. 현의는 넥타이를 조금 느슨하게 당기며 지나의 등 뒤에 대고 가볍게 말했다.

"나 내일부터 일주일간 사무실 없어. 제주도 출장."

"그놈의 제주도는 왜 그리 자주 가요? 부업으로 해녀 일이라도 하시나……."

"해녀가 아니라 해남이겠지. 요즘 거기 중국인 투자자들이 급속히 증가하니 자연히 부동산 관련 소송도 부쩍 많아지니까. 어쨌든 얌전히 잘 있어."

"자, 잠깐만요-!"

지나는 차문을 닫기 직전, 뭔가 중요한 걸 잊은 것처럼 다급하게 외쳤다. 어쩐지 이대로 그를 보내고 일주일을 흘려보내선 안 된다는 생각이 들었다. 현의는 운전석에 깊이 몸을 묻은 자세로, 그녀를 의아한 눈으로 올려다보고 있었다.

구김 하나 없이 하얗고 단정한 이목구비, 우아하게 아치를 그리는 눈썹 아래 웬만한 여자보다 더 길고 진한 속눈썹이 두드러져 보였다. 곧게 뻗은 콧대와 그 긴 속눈썹이, 붓으로 그린 듯한 그의 눈매를 한결 더 깊어 보이게 만들었다. 장난감, 아니 잘나가는 장현의 법률대표사무소의 대표 변호사 장현의는 정말이지 걸어 다니는 페로몬이나 다름없었다. 제주도에 가면 외지인들, 현지인들 할 것 없이 얼마나 많은 여자들이 그의 우월한 비주얼에 현혹될 것인가. 그 생각이 퍼뜩 들자, 지나는 저도 모르게 입 밖으로 불쑥 말을 꺼내고 말았다.

"예전부터 쭉, 좋아해왔던 사람 있다고 했었잖아요, 어젯밤."

"……그런데?"

현의는 메시지 알림음이 울리는 휴대폰을 흘깃 들여다보며 무감하게 답했다.

"……요?"

"뭐라고? 안 들려."

"……."

그의 눈빛엔 놀리는 기색이 전혀 없었다. 지나는 분명, 자신이 개미소리만 한 목소리로 웅얼웅얼거리고 있었음을 자각하고 있었다. 평소 자기 할 말 다 하고 살아야 직성이 풀리는 성향답게, 그녀는 평소 목소리가 소심하고 작은 사람들을 가장 답답하게 여겼다. 하지만 지금 이 순간만큼은, 그런 사람들의 심리가 너무도 잘 이해되어 새삼 반성과 자기성찰마저 일어날 지경이었다.

"그 사람이! 누군지 물어봐도 되냐고요!"

현의의 눈 위에 답답함이 선연히 떠오르는 걸 본 순간, 지나는 저도 모르게 평소처럼 우렁우렁한 목소리로 버럭 소리쳤다. 그리고 아차, 싶었던지 한 박자 늦게 몇 글자 더 웅얼거리며 덧붙였다.

"무, 물론, 대, 대표님 사생활이니까, 원하지 않으면 말 안 하셔도…… 안 하셔도 돼요! 전 그냥 궁금해서……. 그, 그렇잖아요! 평소 연애에 연 자도 안 하는 것 같던 사람이 갑자기 특별한 누군가 있다고 하니까, 같은 직장동료 아, 아니 직원으로서 궁금한 건 다, 당연하잖아요!"

"왜 그렇게 당황해서 말까지 더듬는지는 모르겠지만……."

"내, 내가 언제요! 추, 추워서 그래요, 추워서! 벌써 낼모레가 11월인데!"

현의는 왼쪽 창문턱에 팔을 걸치고 잠시 지나를 뚫어지게 바라보았다. 묘한 눈빛이었다. 냉담하진 않았지만 결코 따스하지도 않았다. 지나는 매초 매초 더해지는 긴장감에 저도 모르게 침을 꼴깍꼴깍 연거푸 삼켰다. 오늘 객실에서 멍하니 창밖만 바라보며 과연 그 여자가 누구일지 생각하고 또 생각했지만 아무런 단서도 얻지 못했던 그녀였다. 과연 현의의 입에서 어떤 대답이 나올지, 혹시라도 지나도 아는 여자일지 그녀는 가슴을 바짝바짝 졸이며 침묵만 지켰다.

"글쎄, 누굴까."

현의는 내내 서늘하던 눈매에 엷은 웃음기를 띠웠다.

"네 말처럼, 내 사생활이니까 꼭 대답할 의무는 없겠지? 그럼 일주일 뒤 봐."

그는 말이 끝나기가 무섭게 곧바로 시동을 걸고 눈 깜짝할 새

언덕 아래로 차를 몰았다. 지나는 뒤통수를, 아니 이마를 정통으로 맞은 기분으로 현의의 차가 완전히 사라질 때까지 대문 앞에 멍하니 서 있었다. 그녀의 얼굴에는 숨길 수 없는 당혹감이 서려 있었다. 공연히 벌집을 건드렸다가 된통 전신에 침을 쏘인 느낌이 이럴까 싶었다.

"뭐야! 사람 놀리는 것도 아니고……. 대답해 줄 것처럼 하더니 뭐냐고!"

지나는 애꿎은 대문만 발로 쾅 차고 한동안 분이 나서 씩씩거렸다. 아까 호텔 객실에서 내내 답답하던 가슴이 지금은 아예 꽉 막힌 것만 같았다. 앞으로 일주일 동안 이 막힌 체증을 어떻게 풀어야 할지 오리무중인 지나였다.

"어떻게 저렇게 둔할 수가……. 헛똑똑이가 따로 없어."

장현의는 핸들에 한 손을 올리고 유유히 차를 몰며 혼잣말로 중얼거렸다. 한강을 가로질러 여의도 도심을 활주하는 그의 차는 곧장 김포공항을 향하는 중이었다. 입가에 쓴웃음을 지으며 정면을 응시하는 그의 얼굴이, 노을에 반사된 유리창 위로 한 폭의 사진처럼 물결치고 있었다. 역시 간지나는 그녀 자신의 일에 대해서는 둔감하기 짝이 없는 허당 중의 허당이었다.

재벌가 혼탁한 가족소송 재판을 최대한 유리하게 이끌고 난 뒤에도, 그에게는 잠시간의 쉴 틈도 주어지지 않았다. 현의는 또 다른 대기업이 소유한, 제주도 내 리조트 소송사건을 맡아달라는 끈질긴 러브콜에 마지못해 응한 참이었다. 예전에 몇 번 교류가 있던 기업이었다. 따라서 장기적인 우호관계를 생각할 때 뿌리치는 것보다 조금 무리하는 게 나을 거라 판단되었다. 어차피 휴식은 클라이언트가 보낸 일등석 좌석에서 잠시간 누릴 수 있을 터였다.

현의는 간단히 짐을 꾸린 뒤에 일부러 호텔, 그리고 역삼동 주택가까지 들를 짬을 냈다. 일주일간 꼬맹이를 못 본다고 생각하니 갑자기 속이 텅 비는 듯한 상실감이 밀려왔던 것이다. 그는 차를 돌린 직후 백미러로 보았던 지나의 황당해하는 얼굴을 다시금 떠올렸다. 그는 전혀 어렵지 않게, 모든 상황, 즉 간지나의 심리 상태를 여실히 간파할 수 있었다.

몸만 자랐을 뿐, 간지나는 그런 부분에 있어서는 여전히 7년 전 꼬맹이나 다름없었다. 그리고 그 꼬맹이는 아무것도 모르고 있었다. 어젯밤 그가 지칭한 그 '마음에 둔 사람'이 그녀 자신이란 사실에 대해 아무런 자각도 없었던 것이다. 뿐만 아니라, 그 사람이 누구인지 내내 궁금해하고 계속 신경 쓰고 있다는 사실 역시 명백했다.

현의는 전자의 사실에 대해서는 기가 차고 화까지 나려는 심정이었지만, 후자를 참작해서 분노는 하지 않기로 감정을 적절히 제어했다. 본인이란 사실을 모르는 상태에서, 그 정체를 그렇게나 신경 쓰고 궁금해한다는 건 결국 무슨 의미이겠는가. 그 저변에는 분명 단 한 가지 감정만이 깔려 있었다. 대한민국 근대사회 이전에는 비록 칠거지악 중 하나로 금기시되는 감정, 하지만 그 반대편에 서서 결과적으로 애정을 더욱 확고히 각성시켜주는 질투란 감정이 바로 그것이었다.

현의는 나직하게 한숨을 쉬었다. 그는 자연스러운 것이 좋았다. 인위적으로 조종하거나 억지로 드러내놓고 강요하는 건 법정에서

만으로도 충분하다 여겼다. 하지만 이제는 슬슬 밀어붙일 때가 온 것 같았다. 이렇게 계속 흘러가는 대로 방치한다면, 저 둔탱이는 그 자리에 계속 머물러 있거나 오히려 혼자 삽질하다가 스스로 퇴보해버릴 게 분명했다. 그래서야 아무런 진전도, 발전도 없게 될 터였다. 아무래도 그가 먼저, 그리고 계획보다 더 강하게 리드해야 할 것 같았다.

하지만 본격적인 리드는 일주일 후 제주도에서 돌아온 뒤 행동에 옮기고, 지금은 일단 나쁜 벌레의 움직임을 사전 봉쇄부터 해야 했다. 현의는 스피커 버튼을 켜고 누군가에게 전화를 걸었다.

-네, 대표님. 아직 공항 가시는 길입니까?

"네. 정 실장님, 개인적인 부탁이 하나 있습니다. 내가 부재중일 동안, 혹시라도 민태조 변호사나 외부인들이 우리 측 사람들과 접촉할 기미가 보이면 저에게 바로 알려주십시오. 접촉 자체가 전혀 없게끔 적절한 조치도 취해주시고요. 특히 가장 접근이 용이할 수 있는…… 말단직원 쪽을 주의 깊게 차단 부탁합니다."

-네. 말단직원…… 에게 특히 더 주의를 기울여야 하는군요. 알겠습니다.

상사의 의미심장한 명령에, 정 실장의 음성에는 웃음기가 희미하게 어렸다가 금세 사라졌다. 통화를 마친 현의는, 앞으로 일주일간 어떤 명분으로 지나에게 화상통화를 명령할까 잠시 고민해보았다. 옆에 없으면 목소리라도 듣고 싶고, 일단 목소리를 들으면 얼굴도 보고 싶어지는 게 인지상정이기 때문이었다.

그나마 제주도에서 만나 함께 일할 상대를 떠올리자 조금은 마음의 위안이 되었다. 그는 같은 변호사이자 대학 선배인 석상문에게 이것저것 개인적으로 물어볼 것들이 많았다. 문의할 사안은 단 한 가지에 대한 것이었다. 정확히는 한 사람에 대한 것이었다.

현의가 지난주 토요일 저녁 제주도로 떠난 뒤, 어느덧 닷새가 훌쩍 지나가서 목요일이 되어 있었다. 지나는 내일이면 드디어 금요일, 장난감이 서울로 돌아온다는 사실에 내심 들떠 있었다. 겉으로는 전혀 내색하지 않고 심적으로도 전혀 그렇지 않다고 의식적으로 노력하고 있었지만, 그녀는 스스로의 본심을 숨길 수 없었다. 하지만 그 들뜬 설렘 끝에는 항상 명치끝을 짓누르는 듯한 무거운 통증이 있었다.

장난감이 오래전부터 쭉 좋아해왔고 마음에 두고 있는 그 미지의 여자 때문이었다. 지나는 이번에야말로, 눈 딱 감고 그에게 다시 한 번 정색하고 물어볼 작정이었다. 남의 사생활이니 그녀가 반드시 답변을 들어야 할 권리는 어디에도 없었다. 하지만 그럼에도, 그녀는 주리를 틀든 멱살을 잡든 무슨 수를 써서라도 그 여자가 누구인지 반드시 알아낼 결심이었다.

차라리 포기라도 할 수 있다면 이렇게 가슴앓이를 할 필요도 없을 터였다. 장난감 정도면 분명 외모, 학벌, 스펙과 집안 등 어느 한 군데서도 흠 잡을 데 없이 완벽한 여자일 것이다. 감히 간지나 자신과 비교도 되지 않을 정도의 여자라는 걸 확인하면, 스스로도 분명 포기할 수 있을 거라 믿었다.

지나가 서류철을 가지고 안 대리 쪽으로 향할 때였다. 누군가 통유리로 되어 있는 정문 옆 외부 방문객용 벨을 누르고 있었다. 잠시 화장실에 갔는지 안내데스크 직원은 자리에 없었다. 지나는 데스크 직원을 대신해, 외부와 연결된 모니터폰을 들여다보며 방문 목적을 물었다. 그녀도 이미 알고 있는 이름이었다. 하지만 창 너머로 보이는 얼굴과 체격은 조금 달라져 있었다.

"안녕하세요, 민 변호사님."

-오랜만이에요, 지나 씨! 그동안 잘 지냈죠?

"네…… 그런데 민 변호사님 살이 많이 빠지셨네요."

지나는 7년 전 가끔 선배 상문 삼촌을 찾아 집에 방문했고 최근 고깃집에서 우연히 재회했던 민태조에게 반갑게 인사를 건넸다. 하지만 그는 얼마 전 고깃집에서 만났을 때보다 분명 5킬로그램 이상은 감량해 있었다. 게다가 체계적인 근력 운동을 하고 있는지, 어쩐지 체격도 탄탄해져 훨씬 더 보기 좋은 모습으로 변화되어 있었다. 사실 7년 전부터 그는 그럭저럭 잘생긴 미남형이었다. 아저씨티를 좀 벗고 살을 빼니 한결 더 전성기 때 외모로 되돌아간 모습이었다. 그는 지나의 말에 기쁜 듯 멋쩍게 웃어 보였다.

-오! 바로 알아봐주니 진짜 보람 있는데요? 전에…… 식당에서 지나 씨 만나고 그 뒤로 다이어트랑 운동 시작했어요. 하하-

"아, 그러셨군요. 역시 체중감량은 식이요법과 운동 둘 다 동시에 해야 하죠……"

누구보다 뼈저리게 경험한 바 있는 지나는 그 말에 격하게 동감하며 내담자용 객실로 그를 안내했다. 그녀를 만나고 그 뒤로 다이어트를 시작했다는 민태조의 말에는 그리 큰 의미를 두지 않았다. 단지 시간적인 순서가 그렇게 되었다는 뜻으로만 받아들였을 뿐이었다.

"아실 것 같지만 대표님은 제주도 출장으로 내일 돌아오세요.

다른 변호사 어떤 분을 만나뵙고자 오신……."

"김 변호사님께 뭐 물어볼 것도 있고 법원 온 김에 겸사겸사 들른 거예요. 그런데 사실 지나 씨에게도 용건이 있어요. 지나 씨 이왕 먼저 만난 김에, 김 변호사님 뵙기 전에 먼저 말할게요."

"저에게 용건이 있으시다고요? ……무슨 일이신데요?"

"조금 개인적인 일이라서……. 뭐 의논할 게 있으니 혹시 오늘 밤 잠깐 저녁이라도 간단히 같이 할 수 있을까요."

"저녁이요? 음……."

지나는 잠시 망설였다. 어차피 민태조야 삼촌의 후배로 오래전부터 보아온 사이고 그때도 그녀에게 친절히 대해주었던 기억이 있는지라 딱히 꺼려지거나 하는 건 없었다. 하지만 갑자기 그녀에게 의논할 게 있다고 저녁까지 함께 하자고 하니 조금은 뜻밖인게 사실이었다.

"민 변호사님도 다이어트 하신다니까 이해해주실 줄 알고 솔직히 말씀드릴게요. 제가 요즘 저녁은 샐러드나 시리얼 위주로만 초간단하게 하고 있어서요……. 그래서 저녁은 좀 어려울 것 같고 퇴근 직후 잠시 커피는 될 거 같아요."

"아, 걱정 마세요! 이 앞에 플레이트당 칼로리 재는 샐러드바가 새로 생겼어요. 제가 대접할 테니 거기 갑시다. 보통 샐러드바엔 살찌는 것들이 더 많지만 거기는 진짜 풀이랑 두부 이런 것밖엔 없더라고요, 하하~"

"……."

지나도 언젠가 건너편 건물에 샐러드바가 생긴다는 광고 전단지는 본 것 같았지만 이미 오픈되어 있는 건 몰랐던지라 조금 호기심도 생겼다. 그녀는 결국 그러겠다고 말한 뒤, 김 변호사 자리로 그를 이끌었다. 하지만 김 변호사는 마침 고객과 면담 중에 있었다. 민태조는 별로 중요한 일이 아니었으니 나중에 전화로 통화하겠다고 말한 뒤 가뿐한 걸음으로 사무실을 나섰다. 그가 복도의 두 엘리베이터 중 하나에 올라타고 문이 닫히는 순간, 바로 옆의 두 번째 엘리베이터 문이 열리고 정 실장이 그 안에서 걸어 나오고 있었다. 외근에서 막 돌아오는 참이었다.

"지나 씨- 생각보다 미팅이 조금 늦어졌습니다. 그동안 사무실에 별다른 일 없었나요?"

"음, 아뇨. 김 변호사님 지금 고객 미팅 중이시고 박 변호사님은 상대 변호팀과 담판 지으러 잠시 외근, 그리고……"

지나는 민태조의 방문에 대해서는 언급하지 않았다. 굳이 알릴 정도로 중요한 일은 아니라고 생각했을 뿐이었다. 하지만 그 일이 결국 장난감과의 사이에서 어떤 중요한 요소로 작용했는지 지금의 지나로서는 알 도리가 없었다. 이 일을 계기로, 지금까지 전혀 드러나지 않았던 현의의 어떤 면모를 보게 되리란 사실을 꿈에도 모른 채 마구 도화선을 밟고 있는 간지나였다.

7화.

장현의는 제주도의 푸른 밤, 이란 노래 제목을 어디선가 들은 기억이 있다고 생각했다. 그 표현대로 제주도는 청아하게 푸르고 어딘가 신비한 섬일 거라고 예전에는 그렇게 자신만의 이미지를 만들어놓은 적도 있었다.

하지만 지금은 고적한 향취나 고요함이라곤 찾아보기 힘들었다. 제주도 아닌, 전 세계의 모든 섬 관광지가 그렇겠지만 최근 제주도는 물밀 듯 밀려오는 관광객들로 인해 어디나 도시 못잖게 혼잡하고 복작복작했다. 특히 지리적 위치상, 중국인 부유층이 아이들을 제주도의 국제학교에 보내기 위해 장기간 체류하거나 부동산 투자를 하는 등 중국인들이 점차 자리를 확장시켜가는 추세였다. 따라서 어디를 가도 북경어는 한국어만큼 흔하게 들려오는 곳이 지금의 제주도였다.

그나마 덜 혼잡한 W호텔 1층 야외 바에 앉은 두 남자는 오랜만에 마주 앉아 망중한을 즐기고 있었다. 옛 추억을 안주 삼아 이야기하며 시간 가는 줄도 모르는 건 남자나 여자나 매한가지인 것 같았다. 그들의 화제는 어느새 로펌 근황에서 최근 지나의 활약에 대해 옮겨가 있었다.

"와, 우리 지나 지금이라도 경찰시험 공부시켜서 검찰청에 취직시켜야 하는 거 아닌가 몰라! 어떻게 범인을 그렇게 딱 잡아내지? 야, 너 우리 지나 당장 승진시켜줘! 검사도 못해내고 박 변도 간파 못한 일을 그 애가 해냈잖아!"

"마음은 저도 그러고 싶지만 아직 1년차도 안 돼서요. 대신 한 달 치 급여를 특별 보너스로 일시금 지급했습니다."

"아, 그래서 그 녀석이 전에 보너스 받았다고 내 넥타이라고 뭐 하나 사온 거고만! 난 또 네가 추석 명절보너스 두둑하게 줬나 했네……."

상문은 의뢰인 송기훈의 무죄를 밝혀낼 수 있도록 진범을 알아챈 조카의 활약이 신통방통하고 기특해 껄껄 웃음만 흘렸다. 뭔가 생각난 듯, 그는 갑자기 무릎을 탁 치면서 현의를 마주 보았다.

"아 참! 너 이것도 아냐? 지나, 은근 관찰력에 기억력 갑이야. 사람들 제스처나 몸짓, 이런 거 엄청 기억 잘해서 분간해내거든."

"그래요? 그건 미처 몰랐네……. 기억해둬야겠습니다. 은근 숨겨진 재주가 많군요, 지나."

"걔가 그래도 학원, 과외 한 번 안 하고도 재수도 안 하고 한 번에 Y대 붙었잖냐. 머리 좋은 놈이야, 그거……. 대학 가서 공부엔 좀 흥미가 떨어졌는지 알바 뛰는 데만 열심이긴 했지만."

현의는 지나가 화제의 대상이 된 이후부터 더 생생히 눈을 빛내더니 맥주잔을 내려놓고 석상문 쪽으로 좀 더 몸을 기울였다.

"상문이 형."

"오냐?"

어느 순간, 선배에서 호칭이 좀 더 친근한 것으로 바뀌었다. 어조 또한 더 은근해졌다. 석상문은 담배를 고쳐 물며, 이놈이 어떤 내밀한 속내를 털어놓으려나 싶어서 흐릿하게 웃었다. 둘은 의형제란 호칭이 아깝지 않을 만큼 막역한 사이였지만 눈앞의 후배란 놈은 본래 생겨먹은 것 자체가, 속내를 털어놓는 데 인색하기 짝이 없는 녀석이었다.

"내가 미국 가기 전에 형 집에서 잠시 신세졌을 때 말입니다-"

"말은 똑바로 해라. 꼬박꼬박 하숙비도 두둑하게 낸 놈이 무슨 신세? 엄밀히 말하면 우리가 신세졌지. 그걸로 누나들이 좀 숨통이 트였겠냐. 지금도 넉넉하다 말하긴 힘들지만 그때는 나도 막 고시 늦깎이 합격하고, 매형들 일도 잘 안 되고 해서 지금보다 훨씬 더 빡빡했었지."

"……그때 지나 말인데요. 제가 구기동 집으로 돌아가기 전에 혹시 지나에게 무슨 일 있었나요?"

"지나? 우리 지나에게 무슨 일?"

석상문은 현의의 뜬금없는 질문에 눈을 더 가늘게 떴다. 결혼해 독립하기 전까지는, 그나마 그 집에서 지나에게 가장 피붙이처럼 따스하게 대해줬던 가족이 바로 석상문이었다. 현의 역시 그 사실을 어렴풋이나마 알고 있었다.

"그때…… 너 집에 돌아갈 때쯤? 별일 없었던 것 같은데? 너무 옛날 일이라 기억은 정확히 안 나지만. 근데 지나 그 녀석이 은근 독종이거든. 웬만한 일은 집에서 잘 내색 안 해. 지금도 그렇지만 그 녀석이…… 심적으로 의지할 수 있는 사람이 없었으니까. 그나마 내가 타이밍 딱 맞춰서 돈 벌 수 있었으니 고놈 대학 학비는 대 줄 수 있어 다행이었지. 누나는 툭하면 자기가 학비 댄 것처럼 지나 대학 보내느라 허리가 휘는 줄 알았다는 타령이지만."

석상문은 아저씨처럼 끙, 소리를 내면서 의자에서 자세를 고쳐 앉았다.

"여자라도 보통내기가 아니야. 야무진 녀석이니 앞으로도 잘 될 거야. 안 그래도 주변에 괜찮은 녀석 없나 알아보는 중이다. 근데 7년 전 그때 일은 왜? 무슨 일 있었어? 너 지나랑 그때 잘 지냈었 잖아."

"……그런 거 알아보지 마십시오."

현의는 하늘같은 선배에게. 한순간이었지만 싸늘한 시선을 보 냈다. 흠 잡을 데 없이 잘생긴 얼굴에 희뿌연 바닷가 조명이 비쳐 서 한결 더 조각상처럼 보였다.

"뭘? 아, 괜찮은 녀석? ……근데 왜 그렇게 정색이냐? 알아보지 말라는 건 또 뭐고."

석상문은 변호사라기보다 형사에 가까운 눈빛으로, 현의의 진 지한 얼굴을 향해 탐문하는 시선을 꽂았다.

"너 혹시…… 우리 지나에게 마음 있냐?"

"……."

현의는 딴청을 피우지는 않았지만 그렇다고 시원시원 답변하는 것도 아닌 모호한 눈빛으로 선배를 마주 보았다. 그린 듯한 두 눈에 희미한 웃음기가 배어나오니 그 자체로 후광을 자아내고 있는 것 같았다. 석상문은 답답한지 담뱃재를 재떨이에 탁탁 털며 다소 터프하게 다그쳐 보였다.

"야, 장난감."

"올해는 안 넘기려고요."

"뭐? 뭘 안 넘겨?"

"올해 안엔 기정사실화하고, 내년 3월에 부모님이 미국에서 돌아오시니 그때 법적인 수순을 밟으려고 합니다."

"야, 이 자식이 밑도 끝도 없이……. 야! 너 설마 우리 지나……?"

"……."

장현의는 입가 한쪽을 일그러뜨리며, 남자도 홀릴 만큼 매혹적인 웃음을 슬쩍 지어 보였다. 그 웃음을 보자 석상문은 가슴이 철렁 내려앉는 기분이었다. 예전에 현의가 미국 캘리포니아, 새크라멘토 일간지 한 면을 장식할 만큼 대형사고를 쳤을 때, 그가 잠시 미국에 있던 상문에게 씨익 지어 보였던 웃음이었다.

"딴 데 알아보지 마십쇼. 애먼 놈들 시간낭비 안 하게……."

같은 시간, 민태조와 지나는 깔끔하고 세련된 분위기의 샐러드 바 안쪽에, 각종 유기농 채소와 약간의 씨푸드, 예쁘게 잘라진 과일 등이 담긴 접시를 사이에 두고 마주 앉아 있었다. 지나는 민태조의 용건을 모두 듣고 조금 난색을 표했다. 그의 요청은 지나의 까마득한 선배이자 Y대학 교무처 부장으로 재직 중인 누나의 일을 잠깐만 도와달라는 것이었다.

여성 강연회 관련해서 심리상담 쪽 세미나에 인력이 부족하다는 누나의 우는 소리를 듣던 중, 지나가 마침 그 학교 출신이자 심리학 전공자란 사실을 뒤늦게 깨닫고 이렇게 급하게 도움을 요청하게 되었다는 것이 그의 설명이었다. 행사는 앞으로 3주 뒤 개최될 예정이며 교육부, 여성가족부, 보건복지부 등 정부기관들과도 연계해서 열리는 행사인 만큼 규모가 커서 총담당자인 누나가 준비에 심혈을 기울이고 있다고도 덧붙였다.

지나는 그녀는 무늬만 전공일 뿐 학업에 열의도 없어서 학점도 바닥이었다고 최대한 정중히 거절을 하려고 해보았다. 하지만 민태조는 형식적인 일일 뿐이며, 큰 행사인 만큼 대외적으로도 모교 전공 출신자가 관여해주는 게 좋아서 요청하는 것이라고 간곡히 말했다.

"실제적으로 할 일은 거의 없어요. 나도 여성인권 관련해서 법률상담 파트를 준비 중이니 나랑 3주간 가끔 연락해서 자잘한 준비를 하고, 3주 뒤 토요일 학교 대강당에서 행사에만 직접 참여해주면 돼요. 사례도 넉넉히 받을 거고, 이건 로펌 일과도 전혀 상관없으니 그냥 개인적으로 한 번만 해주면 되는데…… 지나 씨 로펌 업무에도 아무런 영향이 없을 테니 굳이 현의에게 말할 필요도 없고요."

대학행사 인력비는 그렇게 넉넉지 않았다. 민태조는 지나 몰래, 본인의 사비로 조금 더 얹어서 인력비 수당을 지급하도록 누나에게 부탁할 계획이었다. 그는 예전부터 매사에 잔머리 굴리는 데 일가견이 있었다. 대뜸 작업부터 걸면, 드러내놓고 날 경계해라 멀리해라 스스로 경고를 날리는 것이나 다름없었다.

그가 파악하기로, 지나는 절대 쉽지 않은 상대였다. 따라서 그

견고한 방어막을 깨기 위해서는, 먼저 자연스럽게 둘이 틈틈이 연락할 수 있는 상황을 세팅해놓고 그 상황을 최대한 활용하는 것이 현명하다 생각됐던 것이다. 어제 누나에게서 행사 일에 대해 듣는 순간, 그는 머릿속에 전기가 확 들어온 것처럼 이 절호의 기회를 놓칠 수는 없다 싶었다.

"잘…… 모르겠네요. 크게 도움이 되어드릴지도 모르겠고. 그럼 오늘 하루만 생각해보고 내일 오전 중으로 알려드릴게요. 제가 누님 되시는 분에게 직접 연락하면 되죠?"

"아, 누나는 다른 여러 가지 준비들로 눈코 뜰 새 없으니까 그냥 나에게 문자 보내면 될 거예요. 휴대폰 번호 좀 물어봐도 될까요?"

지나는 별생각 없이 번호를 알려주었다. 어차피 상문 삼촌이나 현의와도 모두 잘 아는 사이니 딱히 경계심도 없었다. 그녀는 시계를 들여다보고 더 늦기 전에 집에 가봐야겠다고 자리에서 일어났다. 아직 8시도 되지 않았지만 민태조는 현명하게 그러자고 선선히 대답했다. 부디 긍정적인 답변을 기대하겠다고 작별인사한 뒤, 그는 뒤도 돌아보지 않고 레스토랑 앞에서 지나와 헤어졌다.

마음 같아서는 그녀를 좀 더 설득하고 집에도 바래다주겠다 하고 싶었다. 하지만 민태조는 나름 적지 않은 연애경험을 거친 선수였다. 밀고 당길 때를 어느 정도 눈치 빠르게 파악할 능력은 있었다. 그는 아쉬움을 뒤로하며, 걸어가던 중 슬쩍 뒤를 돌아보았다. 저 멀리, 지나가 세미 정장 차림으로 마을버스 정류장을 향해 걷는 뒷모습이 보였다.

무릎 바로 위까지 오는 와인색 A라인 스커트 아래로, 두 다리가 맵시 있게 쭉 뻗어 있었다. 알바로 피팅모델을 했다더니 역시 남자라면 누구나 군침을 흘리고도 남을 만큼 근사한 각선미였다. 민태조는 아쉬움을 달래며 다시 발길을 돌렸다. 7년 전에는 어기적어기적 뒤뚱거리는 것처럼 보였던 뒤태였건만, 지금 저렇게 미운 오리새끼 백조로 변할 줄 누가 예상이나 했겠는가.

한 편의 동화지 뭐. 고깃덩어리가 사람으로 거듭난⋯⋯. 뭐, 어때. 지금이 중요하지. 성형미인도 아니고.

민태조는 뭐가 그리 우스운지 혼자 큭큭 웃다가, 누군가 뒤에서 어깨를 툭 치며 알은체를 해오자 웃음을 멈췄다. 가끔 연락하고 지내는 근처의 로펌 변호사였다.

"오! 민 변 맞아? 요즘 피트니스에서 산다더니 확 달라졌네! 그것 봐, 살 좀 내리니까 다섯 살은 더 어려 보이잖아!"

"하하, 그런가요? 열심히 굶고 뛴 보람이 있네요!"

"다들 회원권 끊을 때 들은 척도 안 하더니, 왜 이렇게 심기 다잡고 관리하게 됐어? 혹시 누구 생긴 거 아냐?"

"네, 최근 작업 들어갔거든요."

"어쩐지! 고생하네, 요즘은 남자도 외모를 따지는 엿 같은 세상이 되어버려서⋯⋯. 하하하!"

남자 둘은 시시껄렁한 농담을 몇 마디 더 주고받다가 테헤란로 귀퉁이에서 작별을 고했다.

다음 날, 정 실장은 사무실 모두에게 장 대표가 막 김포공항에 도착했으니 한 시간 정도면 사무실에 도착할 것이라는 전달사항을 알렸다. 지나는 왜인지 아까부터 심장이 들뜨고 깃털처럼 날아갈 것 같은 감정을 주체할 수가 없었다. 아침부터 커피를 너무 많이 마셔 카페인 과다로 이상 증상이 나타나는 건 아닌가 싶을 정도였다.

지나는 스스로 생각하기에도 어이가 없어서 헛웃음만 흘렸다. 그냥 회사 대표가 일주일 출장 갔다 돌아오는 것일 뿐인데 왜 이렇게 기분이 들뜨고 거울도 한 번 더 들여다보게 되는지 알 수가 없었다.

"요즘 줄줄이 클라이언트한테 접대받아서 고기만 너무 먹었더니 아주 죽겠다- 아침 밥상에 장조림 쬐끄만 고깃덩어리만 봐도 배에 기름이 낄 거 같더라니까! 오, 지나 씨 굿모닝!"

김 변호사가 박 변호사와 담화를 나누며 지나 옆을 스치고 지나갔다. 책상 앞의 탁상용 거울을 슬쩍 들여다보고 있던 지나는 순간 얼굴을 찡그렸다. 김 변호사가 말한 고깃덩어리란 단어에 갑자기 정신이 퍼뜩 드는 것 같았다. 그제야 다시 냉정하던 이성으로 회귀하는 기분이었다.

그래, 장난감은 널 여자도 아니고 인간도 아니고, 그저 숨만 쉬는 고깃덩어리일 뿐이라고 했었어! 아무리 오래전 일이라도 그 사실은 변하지 않아! 내 기억 속에서 지워질 수도 없어! 비록 상처는 점점 엷어지고 언젠가는 흔적도 없이 말끔히 사라지게 될지도 모르지만, 적어도 그 인간은 절대 남자로 봐서는 안 된다고! 지구상 남자가 죄다 멸종하고 저거 저 장난감 하나만 남는다 해도 절대, 절대, 절대 안 되는 일이야!

지나가 다시 마음을 다잡고 양 뺨을 손으로 팍 두드렸을 때였다. 누군가 새로운 여성 클라이언트가 온 듯, 정문 안내데스크 쪽에서 또각또각 경쾌한 하이힐 소리가 울려왔다. 지나는 본능적으로 로비를 향해 고개를 돌렸다가 저도 모르게 눈을 크게 떴다.

훤칠한 키의 여자는 11월 초 날씨에 딱 어울리는 세련된 베이지색 바바리코트에, 명품일 게 분명한 실크 스카프를 목에 멋스럽게 두르고 역시 명품브랜드 중 하나일 게 틀림없는 고급스러운 레더백과 하이힐 차림이었다. 하지만 지나가 여자로부터 시선을 떼지 못했던 것은 그런 화려한 차림새 때문이 아니었다. 동네가 동네인데다 현의의 평판 및 집안배경 때문인지, 로펌의 클라이언트 중 대다수는 내로라하는 상류층이 많았다. 그 정도 차림새야 사실 특별할 것도 없었다.

지나의 눈길을 사로잡은 것은 여자의 얼굴이었다. 굉장한 미인이었다. 성형미인도 많은 요즘, 그 정도 미모도 어쩌면 그리 특별하달 것은 없었다. 하지만 천편일률적으로 공장에서 찍어낸 것 같은, 커다란 눈에 오똑한 코, 길고 찰랑이는 생머리 그런 전형적인 외모와는 거리가 멀었다.

앞서 말한 크고 시원하게 쌍꺼풀 진 눈과 코, 입매와 긴 곱슬머리 모두 갖추고 있는 것은 사실이었다. 하지만 그 모든 것이 지극히 이국적이었다. 여자는 혼혈임이 분명했다. 지나의 짐작이 맞다면, 라틴계와 한국계 사이의 혼혈일 것 같았다. 여자는 로비를 두리번거리다가 그녀가 찾고 있던 사람을 이내 발견하고 한 손을 번쩍 치켜들었다.

"언니! 써니 언니!"

유창한 한국어가 여자의 입에서 줄줄 흘러나오고 있었다.

"써니 언니! 이게 몇 년 만이야! 오 마이 갓! 이 동네는 여전히 복잡한 데다 예전하고는 또 완전 달라졌네-"

"캐런! 언제 왔어? 온다는 말 전혀 못 들었는데!"

써니 언니라 불린 박효선 변호사는 여자와 잘 아는 사이인 듯 반갑게 부둥켜안다시피 했다. 박 변호사는 예전에 미국에서 친하게 지냈던 대학 후배라며 좌중에게 간단히 인사시키고 그녀의 방으로 데리고 갔다. 다들, 여자의 이국적인 미모에 감탄하며 둘의 뒷모습을 보다가 한참 뒤에야 각자의 업무로 돌아가는 분위기였다. 안 대리가 커피 잔을 채우러 탕비실로 가다가 지나에게 살짝 귓속말을 해 보였다.

"우와- 저 몸매 좀 봐! 우리 가슴 쪽에 허리가 있어. 분명히 남미나 스페인 쪽 혼혈일 거 같은데……. 지나 씨 이따 여자분 나오면 삼바나 탱고, 뭐 좀 신나는 음악 틀어봐. 분명히 자동으로 댄스 들어갈 거야. 원래 그쪽은 음악만 나오면 저절로 몸이 이렇게 움직인다 하더라고. 이렇게…… 이렇게…… 정열적으로. 또 이렇……. 윽!"

"안 대리님…… 안 그래도 요즘 허리 아프시다면서."

안 대리는 나름 뇌쇄적으로 보인답시고 끈적끈적 허리를 튕기다가 자지러지는 신음을 흘리며 그만 자리에 주저앉고 말았다. 지나는 탕비실 가는 김에 커피 대신 갖다 주겠다며 그녀의 손에서 잔을 받아 들었다. 커피를 머그컵에 따르는 순간, 갑자기 지나의 뇌리에 어떤 예감 같은 것이 선연히 떠올랐다.

가만! 박 변호사님이랑 장난감 미국에서 같이 일하던 사이였잖아? 그럼 혹시 저 여자분…… 장난감이랑도 잘 아는 사이 아닌가?

그 순간 지나는 커피 잔이 넘치기 직전인 것도 의식하지 못하고 수 초간 망연자실 서 있었다. 새카만 커피가 잔으로 흘러내려 그녀

의 손가락을 적실 때에야 그녀는 정신을 차리고 재빨리 커피를 제
자리로 내려놓았다. 어쩐지 석연찮은 느낌이 가슴속 밑바닥에서
연기처럼 스멀스멀 피어오르고 있는 것 같았다.

아니, 저 여자가 장난감과 잘 아는 사이든 말든 내가 무슨 상관
이람? 제발 이제 헛삽질은 좀 그만하자, 간지나!

지나가 탕비실에서 나오는 순간, 현관의 비밀번호 벨소리가 울
리더니 그녀가 오전 내내 머리에서 한시도 떨쳐내지 못했던 인물
이 유리문 앞에 서 있었다. 장난감은 잿빛 외투를 한 팔에 걸친 채
흠잡을 데 하나 없는 완벽한 슈트 차림으로, 발걸음도 가볍게 사무
실 안으로 들어서고 있었다.

그는 로비에서 지나와 단둘이 눈이 마주친 순간, 설핏 웃었다.
그의 깊은 눈 안에 서린 온기에, 지나는 아까 커피를 쏟을 정도로
조바심 내던 마음이 일시에 풀리는 걸 느꼈다. 정말이지 바보 같았
다. 그깟 눈웃음 따위에 이렇게 일희일비하다니. 대표가 말단직원
에게 일주일 만에 출장 다녀오며 인사하는 것일 뿐이니 동요할 필
요 따윈 없어. 하지만 장난감은 그냥 지나쳐 갈 거라는 지나의 예
상과는 달리, 그 자리를 떠나지 않고 있었다.

"잘 있었어? 별일 없고?"

"잘 있었으니 이렇게 멀쩡하게 출근해 여기 서 있겠죠? 사무실
은 별일 없었……."

"오 마이 갓! Darling! Toy!"

지나가 미처 말을 끝맺기도 전에, 누군가의 하이 소프라노 목소
리가 등 뒤에서 요란하게 들려왔다. 뭐, 달링? 토이? 토이……. 설
마 장난감? 지나가 뭔 소린가 싶어서 미간을 찡그리는 순간, 고급

스러운 샤넬 향수가 누군가의 긴 머릿결에 실려 공기 중에 은은히 퍼져나갔다.

박효선 변호사의 방에 있던 그 이국적인 여자가 어느새 달려 나와 현의에게 돌진하고 있었다. 눈 깜짝할 새, 여자는 현의를 꼭 끌어안고 뺨에 입을 맞추는 등 난리법석을 떨고 있었다. 누가 봐도 잠시 헤어졌던 오랜 연인이 재회하는 한 장면이었다. 게다가 몹시 잘 어울리는 커플로 보이기도 했다.

여자는 현의의 목에 매달려 떨어질 줄 모르고 있다가, 그가 가까스로 몸을 떼자 그제야 한 발 물러섰다. 하지만 스페인어로 뭐라 나불나불 랩하듯 속사포처럼 입을 다물 줄 몰랐다. 영어라면 어느 정도 알아들을 수 있으련만 스페인어라고는 아디오스밖에 모르는 지나였다.

뭐야, 장난감 스페인어도 할 줄 알아? 참 내. 다들 영어 하나만도 벅찬 마당에…… 재수 없게 스페인어도 하니? 응? 아니, 그게 문제가 아니고! 저 여자는 도대체 누구야? 누군데 저렇게 스스럼없이 달려들어서…….

마치 지나의 소리 없는 비명을 듣기라도 한 듯, 현의는 무덤덤한 표정으로 여자의 두 손을 그의 몸에서 살며시 떼어냈다. 그러고는 한국어로 고쳐 말했다.

"캐런, 여긴 한국이니 조금은 여기 문화에 맞춰주세요. 다들 놀라고 있잖습니까. 이쪽은 미국 로펌에서 박 변호사님과 다 함께 동료로 일했던 캐런 리. 한국 이름은 이도희입니다."

"아까 다 인사했어! 그리고 뭐 어때? 우린 새크라멘토에서 서로 한집에서 살……."

"캐런, Stop."

현의의 조용한 경고에, 캐런이라 불린 여자는 뭐가 그리 재미있는지 까르르 웃으면서 박수를 쳐댔다. 박 변호사까지 합세해 한참 로비에서 재회를 만끽하던 세 사람은 조금 이른 점심시간을 양해해달라고 모두에게 말한 뒤 나란히 사무실을 나섰다. 지나의 예상대로, 사무실 안은 잠시 야단법석이 되었다. 모두들 슈퍼모델 같은 외모의 여자가 누군지 그 정체에 대해서, 그리고 여자의 마지막 발언이 던진 파장에 다들 시끌시끌 추측을 해댔다.

"뻔하잖아- 미국에서 서로 썸 탔거나 사귀었다 헤어졌거나. 그나저나 엄청난 미모인데 만약 결별한 거면 누가 먼저 헤어지자고 했을까?"

"야, 그거야말로 뻔하잖아! 냉정한 우리 대표님이 먼저 그랬겠지."

"아냐. 그…… 미국에서 그 일 있고 여자분 쪽에서 찼을지도 몰라. 만약 그게 맞다면, 그것도 뭐 별 의미 없네- 아까 보니 다시 시작하고 싶어 하는 것 같던데. 그렇지?"

"으이그, 하여간 남자고 여자고 남의 연애사라면 아주 그냥 소설을 쓴다니까! 그만 입방아 찧고 들어가서 일이나 합시다, 얼른!"

지나는 로비 안쪽, 그녀의 자리에서 크게 재채기를 했다. 아까 공기 중에 떠돌던 그윽한 샤넬 향수가 아직도 코끝에 맴도는 것 같았다. 그때 휴대폰 벨소리가 울렸다. 발신자 이름을 보니 민태조였다.

"……여보세요."

-아, 지나 씨? 오늘 오전 중에 전화해주기로 한 것 같은데 아직

연락이 없어서요. 혹시 바쁜데 방해됐으면 미안해요, 하하…….

"아, 아니에요. 방해되지 않았어요."

-그럼 대학행사 일은 어떻게, 결정했어요?

"……네. 할게요."

지나는 잠시 망설이다가 자기도 모르게 그렇게 하겠다고 대답해버렸다. 뭐라도 해서 최대한 바빠져야 어지러운 마음속도 좀 정리될 수 있을 것 같았다. 너무 고맙다고, 조만간 연락할 것이고 최대한 그녀의 편의에 맞춰서 이 근처에서 만나자고 하는 민태조의 인사도 제대로 귀에 들리지 않았다.

그녀는 어떻게 전화를 끊었는지 기억도 나지 않았다. 이렇게 계속 멍 때리고 있을 수는 없었다. 박효선 변호사와 새로 맡은 살인사건 의뢰인의 변론을 위한 조사가 한창이었다. 지금은 그 일에만 집중해야 했다.

현의와 박 변호사는 점심시간이 한참 지난 3시쯤 사무실로 복귀했다. 캐런이란 여자는 어디 갔는지 보이지 않았다. 하지만 두 시간 후, 5시쯤 캐런은 다시 돌아왔다. 두 손 가득 브리또와 도넛 등을 한가득 안고 있었다. 등 뒤로는 1층 카페의 남자점원이 대여섯 잔의 커피 테이크아웃 컵을 낑낑거리며 안아들고 여자를 뒤따르고 있었다. 그녀는 마치 여왕처럼 우아하면서도 당당하게 점원에게 요청했다.

"여기, 여기 올려놔주세요. 고마워요. 수고했어요!"

캐런 리는 지갑에서 만 원짜리 한 장을 꺼내서 앳된 얼굴의 점원에게 정중히 건넸다. 점원이 조금 당황한 얼굴로, 엘리베이터 타고 잠깐 들었을 뿐이니 괜찮다고 극구 사양했다.

"어머, 이건 정당한 서비스에 대한 팁이에요. 미국에서는 당연한 거니 받아주세요."

점원은 연신 절을 해 보이며 엘리베이터 쪽으로 사라져갔다. 캐런은 지나와 눈이 딱 마주친 순간, 생긋 웃어 보이며 고소한 냄새가 폴폴 풍기는 커다란 쇼핑백을 소파 테이블 위에 올려놓았다.

"아까는 경황이 없어서 제대로 인사도 못 드렸어요! 별건 아니지만 다들 간식으로 나눠드세요. 원래 5시쯤이 제일 출출할 때잖아요!"

다들 정말 배가 고팠는지 방에서 하나둘씩 나와서 빵을 꺼내고 커피 잔을 나눴다. 사람들 틈을 뚫고 현의가 이쪽으로 다가오고 있었다. 외투를 걸치고 한 손에 서류 케이스를 든 게, 일찌감치 퇴근하려는 것처럼 보였다.

"출장에서 돌아오자마자 죄송하지만, 오늘 한 시간 일찍 퇴근하겠습니다. 다들 좋은 주말 보내시길."

어차피 그가 로펌의 오너이니 몇 시간을 조퇴하든 결근을 하든 뭐라 할 사람은 없었다. 현의는 깍듯이 고개 숙여 보이고 캐런이란 여자와 나란히 엘리베이터 쪽으로 사라져버렸다. 다들 두 사람 사이에 대해 가장 잘 알고 있을 박 변호사를 찾았지만 그녀는 고객과 심각한 전화 통화 중에 있었다. 다들, '그것 봐! 둘이 다시 시작하려나 보네' 비슷한 말들을 나누며 다시 제자리로 돌아갔다. 마치 드라마의 한 장면을 보는 것 같았다.

지나는 제법 잘 어울리는 한 쌍의 뒷모습을 조용히 노려보다 마지못해 고개를 돌렸다. 캐런 리가 장난감에게 바싹 달라붙어 팔짱

긴 모습이 눈엣가시처럼 거슬려서 부아가 치밀었다.

유리문 한켠으로, 이쪽을 심란하게 바라보는 지나의 시선이 비쳐 보였다. 물론 지나 본인은 그 사실에 대해서 전혀 모르고 있었다. 현의는 일부러 캐런이 팔짱 낀 것을 풀지 않고 그대로 두고 있었다. 엘리베이터에 올라타고 문이 닫히자마자 그는 캐런을 슬쩍 옆으로 밀어냈다.

"한국문화 좀 존중하라고 했죠."

"음…… 수상한데? 혹시 로펌에 누구 있는 거 아냐? 그렇지? 맞지?"

캐런은 긴 곱슬머리를 한옆으로 쓸어 넘기며 눈을 빛냈다.

"그렇잖아! 예전에는 내가 키스를 하든 뽀뽀를 하든 아무리 엉겨 붙어 있어도 신경도 안 썼는데- 저 사무실 안에 누군가 있구나! 그렇지? 호홋…… 누굴까나~"

"……."

현의는 혼자 망상의 나래를 펼쳐 보이는 여자를 거들떠도 안 보고 엘리베이터에서 내렸다. 캐런이 같이 가자는 말을 들은 척도 않고, 그는 정장 바지 호주머니에 두 손을 찔러 넣고 주차장 안을 유유히 걸었다. 현의는 캐런이 한국에 머물러 있는 동안, 더 자주 오피스에 들르고 그에게 더 찰싹 달라붙기를 원했다. 그리고 그럴 때마다 지나가 바로 옆에서 그 모습을 보고 있기를 바랐다.

업무나 사회성은 나이보다 원숙했지만 역시 아직은 순진하기 이를 데 없는 아이구나 싶었다. 그녀는 좀 더 제 감정을 세밀하게 살피고 정확히 깨달아야 할 필요가 있었다. 현의는 이미, 조금 더 몰아붙이기로 작정한 터였다.

지나의 멍한 상태를 다시 현실로 되돌린 사람은 고객과의 전화 통화를 마친 박효선 변호사였다. 그녀는 톡톡, 지나의 책상 앞쪽을 두드리며 그녀의 시선을 자신에게 돌리려 하고 있었다.

"네, 박 변호사님!"

"지나 씨, 내일은 주말이니 월요일 여기, 강민정 씨 직장동료들을 다시 한 번 탐문해볼 생각인데 같이 가요. 내 생각이지만 만약 진범이 따로 있다면…… 강민정 씨 본인이 말한 대로 분명히 직장 내 누군가일 거예요."

"네, 제가 기본 신상은 정리해 놓을게요."

추석 때 빈집에서 현의와 저녁을 먹을 때 그와도 잠깐 대화를 나누었던 사건이었다. 현의의 S대학 시절 은사님의 제자이자 친구의 딸인 강민정이 구치소에 수감된 상태에서 그들의 로펌에 의뢰해 1심에의 항소를 제기할 수 있게 도움을 요청한 상태였다. 앞으로 3주 뒤 열릴 항소 공판에서 그 무죄를 밝혀내기 위해 박효선 변호사가 변론을 맡은 케이스였다.

직장동료 김은희를 칼로 찔러 살해해 10년형을 선고받았지만, 그녀는 강경히 자신의 무죄를 주장해오던 차였다. 현의의 은사인 교수 또한, 오랫동안 친구 부부의 딸로 강민정을 알아왔지만 아무리 생각해도 그녀가 누군가를 계획적으로 살해할 인물은 아니라고 주장했다.

따라서 박효선은 강민정과 피해자 김은희가 함께 일했던 부서 내 직원들을 탐문 및 재조사할 계획이었다. 김은희는 CCTV 없는 회사건물 여자 화장실에서 칼에 찔린 채 발견되었다. 그리고 바로 다음 날, 강민정의 캐비닛에서 김은희의 혈흔과 그녀의 지문이 묻은 칼이 압수되었다. 강민정은 결국, 빼도 박도 못하게 범인으로 기소될 수밖에 없었다. 하지만 그녀는 직장 내 주변의 몇몇 인물들을 중심으로 조사를 해줄 것을 요청했고, 그들의 알리바이를 철저히 조사했으나 조금이라도 틈이 있는 이들은 아무도 없었다.

지나는 대강 파일들을 정리해둔 뒤 민태조가 카톡으로 보낸 행사 개요에 대해 살펴보았다. 수고비도 꽤 높은 편이었고 모교의 큰 행사니만큼 어쨌거나 좋은 경험이 될 것 같았다. 그녀는 자꾸만 머릿속을 파고드는 두 남녀의 뒷모습을 생각하지 않으려고 애썼다.

이틀 뒤, 월요일이 다시 돌아왔고 지나는 쓰린 속 때문에 모닝커피도 패스한 채 자리에 앉아 있었다. 잡생각을 떨쳐버리려고 애쓸수록 그 잡생각이 머릿속에서 위장으로 오히려 더 번지기라도 한 것 같았다. 주말 내내 지나는 제대로 먹지도 못하고 더부룩한 속으로 소일하며 시간을 보냈다.

현의가 평소와 다름없이 엷게 웃는 낯으로 지나 쪽으로 다가오고 있었다. 지나가 고개를 끄덕여 보인 뒤 사무용품이 정리되어 있는 비품실로 향했다. 그러자 현의도 마침 무언가 필요했는지, 뒤따라오던 김 변호사와 함께 비품실 방으로 들어오고 있었다.

"그래서 주말 동안에 캐런이란 그 여자분을 일가친척에게 다 소개시킨 거군요?"

"네. 아직 정식으로 뵌 적이 없으니까요. 지방에 계신 어르신들께도 인사드려야 해서 오늘 오전에 서울역까지 데려다줬습니다.

저는 재판이 있어서 이번엔 동행하지 못했고요."

"오호! 그럼 역시 보통 사이가 아니란 건가? 아, 잠시만……."

김 변호사가 휴대폰 벨소리에, 폰을 귀에 대고 비품실을 나갔다. 뒤쪽에서 각티슈를 찾고 있던 지나는 갑자기 등 뒤로 다가오는 기척에 움찔 놀랐다. 커다란 그림자가 캐비닛 문 위에 드리워지는가 싶더니 각티슈 한 묶음이 곧 지나의 손안에 놓였다. 현의는 어딘가 상기된 듯한 지나의 얼굴을 내려다보더니 한쪽 입술을 일그러뜨리며 웃었다.

"좀 내려달라 말하지 그랬어. 키도 작으면서……."

"저 여자치고 큰 편이거든요? 아니, 티슈를 누가 이렇게 꼭대기에 올려둔 거야, 참 내……!"

지나는 잔뜩 투덜대면서 뒤돌아 잰걸음으로 로비로 휑하니 나가버렸다. 티슈를 책상 위에 내려놓기 무섭게, 그녀는 곧바로 화장실로 들어가 손에 묻은 먼지를 씻어냈다. 하지만 손을 씻고 난 뒤에도 지나는 한동안 더 거울을 보면서 우두커니 서 있었다.

이런 병신……. 지금 도대체 뭐 하는 거야!

"이 병신년!"

"꺅! 지……나 씨. 왜, 왜 그래요?"

화장실로 룰루랄라 들어오던 안 대리가 갑자기 비명을 지르며 놀란 토끼눈으로 지나를 보았다. 지나는 아차 싶어서 표정을 급격히 바꾸며 임기응변을 발휘했다.

"아, 아뇨! 친구가 카톡으로 장난을 치지 뭐예요. 갑자기 저에게 병신년! 하길래 뭐냐고 따졌더니 응, 병신년~ 2016년도 말이야 이러잖아요- 그래서 저도 지금 막 카톡으로 똑같이 해주면서 한마디 크게……."

"아아, 그랬구나! 난 또 뭐라고- 지나 씨가 그런 욕을 할 리가 없는데 웬일인가 했잖아요!"

"저 원래, 욕 잘해요. 직장에선 조심해야 되니까 그렇죠."

"엥? 뭔 소리야- 어쨌든 휴게실 가서 마카롱 먹어요. 정 실장이 클라이언트가 보냈다고 다 같이 먹으래요. 그 요 앞에 백화점 지하에서 엄청 비싼 프랑스 브랜드 그거야-"

안 대리는 지나의 뜬금없는 욕쟁이 커밍아웃을 대수롭지 않게 받아넘기고 거울을 들여다보면서 기미 걱정을 해댔다. 지나는 속으로 다시 병신년, 병신년 중얼거리며 제자리로 돌아왔다. 프랑스 아니라 우주인이 만들어 보낸 마카롱이라 해도 아무 생각이 없었다. 아까 비품실에서 김 변호사와 현의가 나누던 대화만 선명히 되새김질될 뿐이었다. 주말에 일가친척을 죄다 뵙고 정식으로 인사를 드렸고, 지금은 지방 어르신들을 뵈러 가 있는 길이라면 결론은 한 가지밖에 없는 듯싶었다.

"……."

지나는 오늘도 제대로 뭔가 목구멍을 넘길 수 없을 거란 걸 알았다. 갑자기 바늘이 쑤시는 듯, 위가 콕콕 아프고 조여왔다.

다음 날 지나는 1층 커피숍에 먼저 와 앉아 있는 진선경을 어렵지 않게 발견했다. 진선경은 피의자로 복역 중인 강민정과 피해자 김은희가 함께 일했던 회계팀의 과장으로, 두 사람 모두의 상사였다.

강민정의 진술에 의하면, 진선경은 김은희에게 평소 호의적이지 않았던 인물이었다. 김은희뿐 아니라, 진선경은 같은 부서의 여직원들 누구의 환심도 사지 못하고 있는 것 같았다. 여직원들에게 항상 우월한 양 과도한 자신감을 드러내며 심술궂은 말을 웃으며 던지는 과장에게, 여직원 누구도 가까이하려고 하지 않았다.

강민정의 주관적인 의견에 의하면, 진선경은 평소 남자직원이나 상사들에게는 과도한 애교를 부리며 상냥하게 대하는 경향이 있었는데 그게 오히려 내면에 도사리고 있는 외모 콤플렉스 때문에 더 그렇게 행동하는 것처럼 보인다고 평했다.

"직장이 여기서 꽤 멀지 않으세요? 이렇게 여기까지 오시게 해서 죄송합니다."

"아, 아니에요. 어차피 이쪽에 외근이 있어서 겸사겸사 온 것이랍니다."

여자는 작은 눈을 더 가늘게 뜨면서 새초롬하게 웃었다. 목소리가 전화 통화에서처럼 상냥하고 사근사근 애교가 넘쳤다. 사진에서보다 더 뚱뚱한 체격에 예의상으로라도 결코 예쁘다고 할 수는 없는 얼굴이었다. 한 손에는 루이비통 진품인 신상 백에, 30대 초반의 나이에는 조금 과하다 싶은 레이스 치렁치렁, 소녀 같은 원피스 차림이 언뜻 보기에는 해맑아 보였다.

하지만 쌍꺼풀 수술티가 역력하면서도 움푹 들어간 작은 눈은 결코 웃고 있지 않았다. 지나는 7년 전 자신의 트라우마 때문에라도, 누군가를 절대 외모로 평가하거나 편견을 갖지 않으려 노력하는 성향이 강했다. 하지만 눈앞의 여자는 예쁘고 못나고를 떠나서, 어딘가 불편하고 꺼림칙한 인상이 꽤 강했다.

지나가 진선경에게서 느낀 첫인상은 '페이크(fake)'란 한 단어였다. 그녀의 웃음이나 귀 뒤를 귀엽게 쓸어 넘기고 새끼손가락을 살짝 치켜들고 커피 잔을 드는 모습들이, 시간이 지날수록 가식처럼 느껴졌다. 어딘가 자연스럽지가 않았다.

그녀는 계속해서 조곤조곤한 말투로, 이미 검찰도 알고 있는 것처럼 강민정과 김은희가 앙숙관계에 있었음을 강조했다. 강민정은 김은희와 업무상 몇 번 부딪쳐 크게 다투기도 했지만 그게 살인의 동기가 될 수는 없다고 항변한 바 있었다. 하지만 혼자 집에 있었다는 그녀에게 알리바이를 입증해줄 이가 아무도 없고, 결정적으로 살인도구가 그녀의 캐비닛 안쪽 깊숙이 발견되었다는 게 빼도 박도 못하는 증거가 되고 있었다. 진선경은 강민정과 피해자와의 사이가 지극히 좋지 않았음을 꽤 드라마틱하게 진술하느라 열심이었다.

몇 가지 질의응답 뒤, 지나는 오늘 오후 지금 재판 중인 박효선 변호사와 또 다른 남자 과장 하지혁을 만나러 갈 예정이었다. 강민정의 말에 따르면, 하지혁은 진선경과 함께, 부서 내에서 피해자 김은희와 가장 거북한 사이였던 인물이었다. 만약 강민정이 정말로 결백하다면 그 두 사람 중 한 명이 유력한 용의자가 될 가능성이 매우 높다는 게, 검찰 측의 의견이기도 했다. 문제는 둘 다 알리바이가 명백했고 아무 증거가 없다는 것이었다.

김은희가 살해당하던 그날 밤, 하지혁은 당시 동창들과 술자리 중이었고 진선경은 K갤러리에서 열린 18세기 프랑스 화가 특별전에 홀로 가 있었다는 사실이 입증되어 있었다. 박지혁은 동창들 및 술집 주인이, 진선경의 경우에는 검찰이 이미 K갤러리의 티켓팅 부스 앞을 CCTV로 확인해 각각의 알리바이를 확인한 바 있었다.

오늘은 두 사람을 각각 대면해 혹시 뭔가 실마리가 없을지 최종적으로 알아보는 시간이랄 수 있었다.

지나는 내심 한숨을 내쉬며 그녀와의 짧은 면담을 끝내기로 마음먹었다. 뭔가 석연치 않은 구석이 있었지만 탐문을 이 이상 질질 끌 당위성이 없었다. 두 사람은 나란히 카페 문을 나서서 대로변으로 나왔다.

지나는 그날 밤 8시경, 민태조의 전화를 받고 잠시 망설이다 집 근처 카페로 향했다. 갑작스레 연락해 불러내기에 너무 야심한 시각도 아니었지만 그렇게 거리낌 없는 시간대도 아니었다. 혹시 대학행사 관련 일 때문인지 물었지만, 민태조는 그런 용건이라면 이렇게 갑자기 집 앞까지 올 리 없지 않겠느냐고 반문했다.

정말 깜짝 놀랄 일이니 잠시만 W카페 앞으로 나와달라는 요청에, 지나는 겉옷을 걸치고 스니커즈 차림으로 어슬렁어슬렁 카페 안으로 들어섰다. 대체 얼마나 중요한 일인지는 몰라도, 다음부터는 이런 불시 호출은 좀 곤란하다는 식으로 공손히 말해야지 안 되겠다 싶었다. 안 그래도 장난감과 캐런인지 카레라이스인지 그 두 사람 때문에 속이 좋지 않았다. 민태조는 바깥에서 훤히 들여다보이는 창가 구석자리에 앉아 있었다.

"아, 지나 씨! 여기요, 여기- 이거 봐요! 취소표 나왔길래 내가 잽싸게 예매했어요!"

"헐!"

지나는 그의 말이 채 끝나기도 전에 한 손으로 입을 턱 막았다. 그의 손에는, 최근 전 세계에서 가장 권위 있는 국제 피아노 콩쿠르 갈라 콘서트 티켓이 떡하니 쥐어져 있었다. 한국인 최초로 우승자가 나와서 국내에 신드롬을 일으켜 급기야 티켓팅이 오픈되자마자 50분 만에 전석 매진된 화제의 그 콘서트였다. 지나도 매우 가고 싶었지만, 웬만한 대학생 한 달 용돈 금액인 로열석마저 유례없이 죄다 날개 돋친 듯 팔려서 도저히 가망 없다 생각했건만 이게 웬 횡재냐 싶었다.

지나는 부리나케 민태조의 맞은편에 앉아서, 그의 손에 들린 티켓을 눈이 빠져라 들여다보았다. 소리만 안 났지 입 밖으로 하악하악 밭은 숨이 새어나오는 것 같았다.

"누님 덕분이죠. 마침 그때 해외여행 일정이 잡힌 대학 교수님 두 분이 표를 양도해주신 거래요."

"우와, 우와, 우와! 그래서 이거 한 장은 저에게 팔아주시는 거예요? 진짜 감사합니다! 지금 바로 폰으로 입금해 드릴게요!"

카페 문을 열 때까지만 해도 심드렁하던 지나의 모습은 이미 온데간데없었다. 비록 전공자만 한 조예는 없었지만 그녀는 어릴 때 아빠가 살아계시기 전 피아노 학원에 열심히 줄기차게 다녔기 때문인지 클래식, 특히 피아노 연주회를 매우 좋아했다. 최근 국내에서 클래식 돌풍을 일으킨 국제콩쿠르 우승자의 갈라 연주회인 만큼 그녀 역시 가고 싶은 마음이 굴뚝같았다.

"아, 아냐. 사실 교수님도 VIP 초대권으로 받으셨다고 그냥 주신 거니까 티켓값은 신경 안 써도 괜찮아요."

"아, 정말요? 제가 일부러 용돈 아껴서 이번 콘서트는 꼭 로열석 지르려고 계획하고 있었는데…… 와, 진짜 꿈만 같아요! 너무너무 감사합니다. 유튭으로 연주영상 싹 다 보고 저도 이 사람

팬이 되었거든요!"

지나는 건너편의 민태조를 향해 하트가 금방이라도 튀어나올 듯한 눈을 하며 양 뺨을 두 손으로 감싸고 있었다. 평소 같으면 남이 그러는 것만 봐도 토 나온다며 기겁할 표정에다 동작이었다. 하지만 그걸 채 의식하고 있지도 못할 정도로, 지금 지나의 감정 상태는 격한 감격과 기쁨의 한가운데 놓여 있었다.

민태조는 그런 그녀의 귀여운 얼굴을 흐뭇한 눈으로 마주 보았다. 창밖에서 보면 영락없이 서로에게 흠뻑 빠져 있는 두 연인의 모습이었다. 민태조는 나머지 한 장은 그의 것이란 말은 굳이 하지 않았다. 어차피 공연 당일인 2주 뒤, 둘은 콘서트홀에서 만나게 될 것이고, 그럼 자연스럽게 연주를 함께 보고 집에도 그가 차로 데려다줄 수 있을 것이기 때문이었다. 그리고 역시 자연스럽게 다음 약속을 은근슬쩍 잡을 수 있을 터였다.

지나 같은 타입은 최대한 인위적이지 않고 자연스럽게, 우연을 가장해서 조금씩 조금씩 거리를 좁혀가는 게 정석이었다. 그는 자신의 계획이 순조롭게 진행되고 있다는 생각에, 스스로에 대해 퐁퐁 샘솟는 뿌듯함을 만끽하고 있었다.

"어라라- 뭐야, 저 둘이 저런 사이였어?"

마침 카페 옆을 지나던 키 크고 이국적인 여자는 가로등 뒤에 살짝 숨어 눈을 동그랗게 떴다. 미국 대학 동문들과 스페인 레스토랑에서 약속이 있어서 근처 주차장에 차를 두고 그 옆을 지나가고 있던 차였다. 캐런 리는 현의의 동창인 민태조와 안면이 있었고 바로 며칠 전에도 법조계 모임에서 마주친 바 있었다. 싱글인 줄 알았건만 설마 현의의 회사 막내직원과 그런 사이였다니 그 어울리지 않는 조합이 꽤 의외였다.

"이상하다. 내 촉은 웬만하면 백발백중인데."

캐런은 이상한 스토커로 오해받기 전에 그쯤에서 몸을 돌리며 고개를 갸웃거렸다. 현의와 인형처럼 예쁜 저 아가씨 사이에 분명 뭔가가 있을 거라 생각했는데 잘못 짚었나 싶었다. 단순히 용건이 있어서 만났다기에는, 민태조를 바라보는 아가씨의 눈빛이 반짝반짝 형형색색 도저히 보통 시선이라고 할 수는 없었다.

캐런 리가 다시 갈 길을 향하는 것과 동시에, 지나는 벨소리에 휴대폰 화면을 들여다보았다. 가장 받고 싶으면서도, 가장 받고 싶지 않은 발신자의 이름이 화면 위에 떠 있었다. 지나는 잠시 망설이다가 혹시나 업무상 중요한 전달사항일지 모른다는 생각에, 민태조에게 양해의 뜻을 전하고 잠시 화장실 쪽 복도에서 전화를 받았다. 하지만 음성만은 최대한 사무적인 어조를 유지하려 애썼다.

"네, 대표님."

-집이야? ……음악 듣고 있어?

화장실 쪽 복도가 그나마 가장 조용한 편이었지만, 카페 건물 전체에 흐르는 최신 K-POP 소리를 완전히 차단할 수는 없었다. 지나는 최대한 더 창가로 걸어가며 빨리 통화를 끝내야겠다고 생각했다.

"아뇨. 잠깐 동네 카페에서 누구 만나고 있어요. 무슨 일이신데요?"

-아까 안 대리가 그러는데 약국 가서 약 사왔다며? 어디가 아

픈가 해서…….

무심한 듯 아무 감정도 느껴지지 않는 그의 차분한 어조에, 지나는 미간을 좁혔다. 말단직원 건강이 그렇게나 염려되어 이 시간에 일부러 전화까지 했단 말인가? 너무 오버하는 거 아냐? 그 캐런인지 캐럿인지 그 여자는 어쩌고? 지나가 순간 뭐라고 말을 해야 할지 머리를 열심히 굴리고 있으려니, 현의가 다시 물어왔다.

-근데 카페에서 누구랑 있어?

"친구요. ……예전에 일했던 쇼핑몰 코디 언니."

누구를 만나든 그가 알 바 아니었다. 그렇게 쏘아붙여도 상대방은 아무 말 못 하겠지만, 지나는 왜인지 거짓말까지 살짝 보태서 답변하고 있었다. 더 통화했다간 아무래도 말실수를 할 것 같아서 그녀는 서둘러 통화를 종료하려 애썼다.

"언니가 기다리고 있어요. 다른 용건 없으시면 내일 사무실에서 뵐게요."

-아까 물어본 거 아직 대답 안 했잖아. 몸 어디가 안 좋아?

"…….''

지나는 잠시 망설이다 그냥 솔직히 말했다.

"위장약이요. 위가 계속 아파서요. 속에서 무슨 미친 녀…… 사람 널뛰는 것같이 울렁울렁거려요."

-커피를 물 마시듯 하니까 그렇지. 식습관 관리 잘 하고 빨리 집에 들어가.

어찌 들으면 부드럽고 저찌 들으면 그냥 형식적으로 말하는 것처럼 무덤덤한 어조였다. 그 말을 끝으로 장현의는 전화를 끊었다.

옘병, 오지랖도 갤럭시 스타워즈 급이시네 별 참견을 다 해!

지나는 괜히 전화 받았다 후회하며 민태조가 앉아 있는 자리로 천천히 발걸음을 옮겼다. 그가 구해온 티켓에의 기쁨은 어느샌가 희미해져가고, 방금 목소리만으로 속을 술렁이게 만든 남자의 존재만이 그녀의 의식 속을 꽉 채웠다.

　다음 날 변호사협회 건물 내 회원제 카페에서, 캐런은 어르신들이 합류하기 전 장현의를 향해 의미심장한 눈초리를 보냈다. 그는 흠잡을 데 없는 완벽한 정장슈트 차림에, 한 점 흐트러짐 없는 태도로 의자에 꼿꼿이 앉아 있었다. 한 손에는 웨지우드 찻잔을 들고 다른 손으로는 서류를 집어올린 모습이 영락없이 광고의 한 장면 같았다. 대상물이 웨지우드 찻잔 혹은 A사로 짐작되는 정장슈트 중에서 어느 쪽이든, 광고효과가 꽤 높으리란 점에는 의심의 여지가 없었다. 캐런은 귀족적인 자태가 잘잘 흐르는 남자를 향해 슬쩍 말문을 꺼냈다.

　"내 착각이었나 봐. 분명히 뭔가 있다고 생각했는데."

　"……?"

　현의는 노련한 변호사답게, 상대가 알아서 더 풀어내길 잠자코 기다리고만 있었다.

　"미스 간이었나? 그 막내사원 말이야! 분명히 너랑 그 아가씨 사이에 썸 스멜이 있었는데 알고 보니 임자가 있었을 줄은. 그것도 무려 민태조!"

　"……누구요?"

　그제야 현의는 찻잔을 받침 위에 올려놓고 캐런 쪽을 돌아보았다. 한쪽 눈썹이 신경질적으로 치켜올라가 있는 표정이 그리 즐거

위 보이지는 않았다. 아니, 즐겁지 않은 정도가 아니라 급속히 냉
각되어가는 무언가가, 단정하기 그지없는 얼굴에 떠올라 있었다.

"민태조?"

"음, 남의 사생활 말해도 되나…… 어젯밤 동문 모임 있어서 강
남역 들렀는데 우연히 지나가다 봤어. 카페에서 민태조랑 둘이 엄
청 핫하던데? 딱 보기에도 열렬해 보였어."

"똑바로 말해요. 민태조랑 누가, 정확히 어젯밤 몇 시경에 정확
히 어느 카페에서 뭘 어쩌고 있었는지. 팩트만을 말하란 말입니다.
자세히."

"……."

캐런 리는 갑자기 북풍 한파 몰아치듯 변한 남자의 눈길과 험상
궂은 저음에 깜짝 놀란 듯했다. 아무리 속속들이 잘 아는 허물없는
사이라 해도, 그녀가 아는 현의는 1년에 한 번 이런 눈빛을 보일까
말까 하는 엄청난 자제력의 소유자였다.

"Jesus! 긴장된다~ 옛날 생각 막 나는데? 예전에 미국에서 그, 드
와이트 재판 때 골드만이랑 한판 붙었을 때 그때 같아!"

"캐런."

야수가 자신을 건드린 누군가를 향해 낮게 으르렁거리는 소리
가 테이블 위로 조용히 울려 퍼졌다. 하지만 현의는 눈앞의 여자를
향해서 더 뭐라고 말을 이을 수가 없었다. 대한민국 법조계에서 날
고 긴다는 어르신 몇 명이 두 사람을 발견하고 곧장 걸어오고 있
었다. 현의는 최대한 평정심을 되찾으려 애쓰며 캐런을 향해 이 악
물고 나직하게 중얼거렸다. 엷게 웃는 그의 두 눈은 가장 앞서 걸
어오는 근엄한 노신사를 향하고 있었다.

"……어르신들 가시는 즉시, 죄다 말해요."

"어머, 무서워 죽겠네……. 복화술은 또 언제 배웠대."

캐런은 현의의 카리스마에 좀 눌린 상태에서도 끝까지 빈정거림을 잃지 않았다. 노신사의 모습이 가까워지자, 두 사람은 서로 약속이나 한 듯이 자리에서 일어나 정중히 허리를 굽혀 보였다. 캐런은 스스로의 깨달음에, 속으로 탄성을 질렀다.

아하, 이제야 어떻게 돌아가는지 알겠네.

캐런은 아랫입술을 꼭 깨물고 테이블 아래로 한쪽 허벅지를 비틀어 꼬집었다. 그러지 않았다가는 어르신들 앞에서 한바탕 실소를 터뜨리고 말 것 같았다.

그녀가 잘못 본 게 아니었다. 미스 간과 장현의 사이에는 확실히 뭔가가 있었다. 그리고 아가씨 쪽은 몰라도, 장현의 쪽에서 확실히 안달 나 있다는 것은 맞았다. 안달 나 있는 정도가 아니라, 기회만 주어지면 그는 당장이라도 장현의란 이름을 그 아가씨의 소유주로 등록하고도 남을 기세였다. 방금 몇 분 전, 현의는 스스로 그 사실을 입증한 것이나 다름없었다.

가만있자, 그럼 민태조는 뭐지? 장 변이 그 정도로 미스 간을 찜해놓았으면 민태조가 절대 접근 못하게 철저히 사전 차단했을 텐데……. 뭐 다른 일로 그렇게 마주 보고 달콤하게 웃고 있었나?

캐런은 부장판사의 농담에 귀 기울이다 깔깔 웃는 척하면서 슬그머니 옆의 남자를 바라보았다. 역시 스톤(Stone) 장이라는 별명답게 그는 일말의 동요도 없는 침착한 모습이었다. 방금 전 보여주던 폭발 직전의 격앙된 감정은 차분한 얼굴과 몸가짐, 그 어디에서도 찾아볼 수 없었다. 캐런은 또 다른 어르신의 손주 자랑에 맞장

구치고 웃으며 내심 끌끌 혀를 찼다.

자제력 강한 건 좋은데…… 너무 그러다간 한 방에 확 터진다, 남간아…….

캐런은 간지나란 아가씨에 대해서도 묘한 동정을 느꼈다. 장현의가 자기 영역 침범당하는 걸 얼마나 싫어하고 소유욕이 강한지, 그녀는 남편 장신의를 통해서 여러 차례 들은 바 있었다.

8화.

그날 저녁, 지나와 박효선 변호사는 하지혁을 만날 수 없었다. 그가 한 시간 전, 사내 공금횡령죄로 검찰로 끌려가 조사를 받고 있는 중이라는 사실을 막 전달받은 참이었다. 게다가 결정적으로 그의 공금횡령을 눈치챈 것 같은 피해자 김은희와의 메일 내용이 증거로 제출되었다. 결국 하지혁이 김은희를 살해한 진범에의 가능성이 새롭게 수면 위로 떠오르게 되었다. 하지만 박효선은 뭔가 개운치 않은 표정을 거두지 않았다.

"공금횡령이 들통 날까 봐 김은희를 죽였다……? 그래, 물론 알리바이가 있지만 술집도 회사랑 김은희가 자취하던 오피스텔 바로 옆 건물이었고…… CCTV에는 찍혀 있지 않았지만 다른 방법으로 잠입했을 가능성은 얼마든지 있지. 하지만 이렇게 간단하진 않다는 생각이 자꾸 들어. 이런 게 아니라, 뭔가 좀 더 지극히 개인적인 원한이 얽혀 있는 느낌이야."

"사실은 저도 그래요. 저야 말 그대로 완전히 개인적인 느낌이지만……."

지나 역시 박 변의 말에 고개를 끄덕했지만 심증은 심증일 뿐, 하지혁 외 다른 아무런 단서가 없었다. 눈앞에 새로운 진범을 입증해주는 증거가 떡하니 나와 있는데도, 어쩐지 방향을 잘못 잡고 있다는 생경함이 둘의 머릿속을 뒤덮고 있었다. 마침 박 변의 방에 와 있던 김 변호사는 어깨를 으쓱하며 텀블러 속 커피를 홀짝였다.

"하지만 뭐냐, 그 하지혁이란 사람이 아니면 딱히 다른 용의자가 있지도 않잖아?"

"그렇기는 하죠. 그래도 뭔가 꺼림칙해요."

"나머지는 일단 검찰에 맡겨. 내일이면 게임 끝일걸? 우리야 어차피 의뢰인 수임료는 그대로 받을 수 있으니까."

10년 넘은 연륜답게, 지극히 실리적인 김 변호사는 마지막 한 모금까지 커피를 입속에 탈탈 털어 넣은 뒤 가볍게 방을 걸어 나갔다. 박효선은 한숨을 깊이 내쉬고 내내 끼고 있던 팔짱을 풀었다. 그녀는 마지막으로, 정말 마지막으로 김은희의 주변인들을 조금만 더 살펴보고 내일 전달될 검찰 측 조사결과를 기다려보는 데 합의했다. 박 변은 다른 의뢰인과의 만남을 위해 잠시 지나와 자료들만 남겨두고 사무실을 떠났다.

혼자 남겨진 지나는 뭔가 실마리가 잘 안 보이거나 머릿속이 복잡할 때 그러듯, A4용지 메모장을 꺼내 들어 이것저것 끄적여보았다. 한참을 뭔가 멍하니 쓰던 지나는 메모장을 올려다보고 그만 외마디 비명을 지르고 말았다. 주위에 아무도 없는 게 천만다행이었다. 메모장에 쓰인 단어들을 들여다보니 아주 가관도 그런 가관이 없었다.

장난감 장난감 장난감 장난감 장난감 좀 사주세요 둘마트 장난감 코너엔 뭐가 인기 많을까 장난감 장난감 내가 니 장난감이냐 왜 잊을 만하면 툭하면 전화해서 사람 맘 뒤흔들어놓고 또 생까고 그 캐런인지 다이아 캐럿인지 당근인지 그 쭉빵이랑 늘상 붙어 다니면서 아주 그냥 이 장난감 장난하냐 장난감 이 토이 푸들같은 놈 아니지 귀여운 토이푸들이 뭔 죄가 있냐 이 허여멀건 양아치야!

"휴……."

지나는 종이를 부욱 찢어 아무렇게나 박박 구겨 넣어 휴지통에 세게 처박았다. 지금은 이렇게 개인적인 망상에나 젖어 있을 때가 아니었다.

정신 차려, 간지! 자, 누구부터 다시 볼까…….

지나가 김은희의 친구들과 주변 인물, 사무실 동료들의 파일을 하나하나 꼼꼼히 들여다보고 있을 때였다. 그 순간, 지나의 머릿속에는 진선경의 두 눈이 떠올랐다. 본인의 경험에 기반해, 타인의 외모를 왈가왈부하고 그걸 잣대로 삼는 행태를 가장 경멸하는 그녀였다. 하지만 외모와는 상관없이 좋은 인상, 그다지 좋지 않은 인상이란 것은 확실히 있는 법이었다.

어제 1층 카페에서 그녀를 만났을 때의 일이 새삼 다시 떠올랐다. 지나가 노트북에 잠시 뭔가 적고 있다가 다시 고개를 들었을 때, 진선경은 재빨리 눈빛을 바꾸었다. 얼음처럼 차가운 눈으로 지나를 뚫어져라 보고 있다가, 그녀와 다시 눈이 마주치는 순간 다시 웃음 짓는 표정이 너무도 가식적이었던 기억이 났다. 순간적이었지만 소름 끼치는 느낌마저 들었던 것 같았다. 사전 정보로 이미 편견이 생겼을 수도 있지만, 지나가 그녀에게서 받은 인상은 강민정에게서 이미 들은 진술과 신기할 정도로 들어맞았다.

'그 여자는 어딘가 매우 비틀린 사람이에요. 웃음 띤 얼굴로 일부러 상대의 아킬레스건을 건드리고 상처가 되는 말을 하죠. 자신에게 조금이라도 거스르면 업무상 보복을 해요. 고의로 그 사람만 쏙 빼놓고 업무사항을 전달한다든가, 다른 사람들도 그 사람을 왕따시키도록 교묘히 유도하죠……. 윗사람들에게는 납작 엎드리고 그런 참모습을 철저히 숨기니 상사들도 잘 모르는 것 같고요.'

그러나 공금횡령 건으로 검찰에 기소된 하지혁에 대한 진술은, 그와의 면담이 불발되는 바람에 딱히 뭐라고 판단할 수가 없었다.

'하지혁은…… 영화나 드라마에 나오는 것처럼 음험한 타입의 남자예요. 겉으로는 과묵하고 점잖아 보이지만 기분 나쁜 인간이죠. 그때 계셨던 여자 팀장님과 저만 아는 사실인데 입사 초기에 은희 씨에게 본인이 신고 있던 스타킹을 팔라고 제안도 했었대요. 은희 씨가 좀 서구 체형 몸매라 여자가 보기에도 다리가 예쁘고 길었거든요. 은희 씨가 팀장님에게 하지혁 씨 퇴사시키거나 조치를 취해달라고 난리를 쳤는데 하지혁 씨가 무릎 꿇고 사죄하고 정신적 위자료도 지불하는 통에 부서 사람들에게는 알리지 않고 한 번만 넘어가기로 했대요. 대신, 한 부서 내에서도 은희 씨가 하지혁 씨와 절대 업무상 연관되지 않고 자리도 가장 멀리 떨어져 앉혀달라는 조건이었어요. 다른 여직원들도 그 사실을 알았으면 절대 넘어가지 않았겠지만, 아직까지 직장 내 성희롱에 대한 대처가 미미한 국내 실정상, 은희 씨도 어쩔 수 없었던 것 같아요. 하지만 벌써 2년 전 일인데 이제 와서 하지혁 씨가 은희 씨에게 뭔가 해코지를 하거나 할 가능성은 없다고 봐요.'

박효선 변호사와 지나는 며칠 내로 강민정이 수감 중인 구치소로 면회를 갈 예정이었다. 이 상황에 대해서 그녀는 어떻게 생각하는지, 정말 하지혁이 진범일 것인지 의견을 들어볼 계획이었다. 물론 큰 기대는 없었다. 이미 강민정이 하지혁에 대해 진술한 것 그 이상은 딱히 나오지 않을 터였다. 그래도 지금으로서는 망망대해 한가운데 뜬 지푸라기라도 붙잡아볼 수밖에 없었다.

지나는 CCTV 속 흑백화면의 여자를 찬찬히 지켜보았다. 진선경은 갤러리에 입장해 티켓을 보여주고 바로 옆 물품보관소 부스에 가방을 맡기고 있었다. 하지만 트렌치코트는 벗지 않고 그대로 입은 채였다. 9월 초 실내에서 입고 있기엔 좀 덥지 않나 생각되었지만 갤러리 내에서 때이른 에어컨이 약하게 가동되고 있는지도 몰랐다. 지나가 멍하니 화면을 응시하고 있는데 문가에서 희미한 노크 소리가 울려왔다. 지나는 반사적으로 대답했다.

"네, 들어오세요!"

"방해되지 않는다면 잠시만 들어갈게요-"

지나는 개성 뚜렷한 음성의 방문객을 분 순간, 저도 모르게 자리에서 일어날 뻔했다. 하지만 순간적으로 다시 시니컬한 태도를 견지했다.

내가 왜? 내 상사도 아니고 클라이언트도 아닌데 필요 이상 예를 갖출 필요는 없잖아?

"무슨 일이시죠?"

지나는 그녀에게 하늘하늘 다가오는 긴 곱슬머리, 키 큰 여자를 향해 담담히 물었다. 간드러지게 상냥하지도 않지만, 그렇다고 쌀쌀맞게 들리지도 않도록 철저히 사무적인 어조를 유지하려 애썼다. 곱슬거리는 긴 잿빛머리칼, 멕시코나 코스타리카가 딱 연상되는 올리브색 피부에 크고 허스키한 음색 모두가 이국적인 여자는, 같은 여자가 보기에도 우월하기 짝이 없었다. 우선 팔다리 길이나 신체 비율부터가 동양인과는 차원이 달랐다.

캐런 리는 우아하면서도 자신감 넘치는 몸짓으로 지나 맞은편에 앉으며 테이크아웃 종이컵을 그 앞에 내려놓았다. 생글생글 호감 있게 눈웃음을 치는 폼이, 지나의 무표정 앞에서도 머쓱하거나 주눅 든 기색이 전혀 없어 보였다. 캐런은 일종의 습관인 듯, 물결치는 긴 머리를 뒤로 연신 쓸어 넘기며 말을 이었다.

"방해해서 미안해요! 옆 건물 S커피에서 1+1을 하길래 샀는데 딱 지나 씨 생각이 나서요. 카페인중독이라고 들었거든요."

"이 로펌 모두가 카페인중독자들인데요."

"그중에서도 지나 씨가 제일 심하다고 들었어요! 아마 내성이 생겨서 카페인도 더 이상 효력이 없을 거예요."

여자는 한마디도 지지 않고 따박따박 받아치더니 이내 농담이라고 깔깔 웃었다. 하지만 지나는 전혀 웃음기 없는 얼굴로 다시 입을 열었다.

"1+1으로 한 잔 남는 거니 커피는 잘 마시겠습니다. 감사합니다. 그런데 무슨 용건이시죠?"

"용건 없어요. 그냥 이거 전해드릴 겸 5분만 수다 좀 떨까 해서요. 업무 중이시니 앞으로 3분만 더 있다가 갈게요."

"……."

지나는 딱히 대답 없이 조금 회의적인 눈으로 캐런 리를 바라보았다. 아무리 대표와 특별한 사이라 해도, 이렇게 하루가 멀다 하게 뻔질나게 직장을 드나드는 것은 같은 여자로서 별로 좋게 보이지 않았다. 적어도 로펌의 지분을 0.1%라도 소유한 파트너거나 가족이라면 모를까. 그렇지 않은 바에야 엄연히 일터인데 너무 쉽게 드나드는 품새가 눈엣가시였다.

게다가 처음 봤을 때부터 느꼈던 것이지만 그녀는 더럽게 예뻤다. 그냥 예쁜 정도가 아니라 기막히게 섹시했다. 딱딱한 정장도 아니고 너무 격의 없는 캐주얼도 아니고, 요즘 날씨에 딱 맞는 붉은색 트렌치코트 차림이 매혹적이었다. 잘록한 허리벨트 위로 뚜렷이 드러난 육감적인 가슴선, 코트 아래 쭉 뻗은 늘씬한 다리가 그야말로 페로몬 덩어리라 할 수 있었다. 지나는 캐런 리에 대한 그 모든 반감이, 순전히 장난감을 사이에 둔 질투심에서 기인한 것임을 애써 부정하고 또 부정했다. 그러거나 말거나, 캐런은 지나에게 또 한 번 스스럼없이 물었다.

"미스 간, 진짜 개인적인 질문인 줄은 아는데요-"

알면 하지를 말아야지! 이 재수탱이 페로몬녀야.

지나의 한쪽 눈썹이 치켜 올라가며 특유의 시니컬한 표정이 형상화되었지만 캐런은 아무 동요도 없었다.

"혹시 누구 만나는 사람 있어요?"

"네? ……정말 너무 개인적인 질문이신 것 같은데요. 답변할 의무 없죠?"

지나는 캐런의 질문에 당황한 기색을 감추지 못했다. 너무 뜬금없는 질문이라 화가 나기보다는 그저 황당할 뿐이었다. 한국에서도 실례가 될 상황이건만, 어눌한 한국어를 쓰는 미국 교포 출신이 어떻게 잘 알지도 못하는 사람에게 그런 사적인 질문을 스스럼없이 하는가 싶었다.

"알아요. 그리고 정말 진심으로 사과드려요. 하지만 꼭 대답해주세요! 제가 너무너무 궁금해서 도저히 못 참겠거든요. 다른 분들에게 물어볼 수도 있지만 뒤에서 캐고 다니는 건 딱 질색이라서요. 당사자에게 직접 물어보는 게 옳다고 봐요."

"그럼 당사자가 노코멘트를 고수하면 그렇게 받아들이셔야죠."

"직업병 때문인지 일단은 끝까지 설득해보는 편이에요. 집요하단 말을 많이 듣는 편이죠."

직업병? 혹시 이 여자도?

"혹시 변호사…… 세요?"

"네. 미국 캘리포니아에서 활동 중이에요. 정확히는 새크라멘토. 어쨌든 그건 중요하지 않고요, 간지나 씨! 누구 만나는 사람이 있는지 없는지만 좀 말해주세요, 제바- 알!"

지나는 어안이 벙벙해서 캐런 리를 빤히 바라보았다. 본인의 말마따나 정말로 집요하게 물고 늘어질 생각인 것 같았다.

"그럼 이유나 먼저 좀 알게요. 우린 잘 아는 사이도 아닌데 그게 도대체 왜 궁금하신 건데요?"

"지금은 잘 모르지만…… 앞으로 잘 아는 사이가 될 수도 있잖아요. 그냥 개인적인 호기심이에요 제발! 제발 알려줘요! 뭐 국가

기밀도 아니잖아요?"

"……."

지나는 기가 막혀 헛웃음을 짓다가 그래, 까짓 거 별찻집 커피 값이라 생각하자 싶어서 크게 또박또박 말했다.

"없어요! 태어날 때부터 아무도 없었어요! 모.태.솔.로.예요. 태어날 때부터 저- 기 어디 이탈리아 남부 지중해 옆 산타마리아 루치아 본젤라또 수녀원에 맡겨져서 사방에 여자들만 드글드글, 남자라곤 개뿔도 못 보고 24년 내내 청정해역 미역처럼 순결하다 못해 아예 썩어문드러질 정도로 지내는 여자나 다를 바 없이 살았어요! 이제 만족하세요?"

"어머. 본젤라또는 아이스크림 이름인데…… 그리고 산타마리아 루치아가 아니고 산타마리아 노벨라 수녀원 아니에요?"

"……지금 그게 중요해요?"

지나는 토끼처럼 눈을 크게 뜨고 고개를 갸웃갸웃하는 캐런을 어이없다는 듯 바라보았다. 어딘가 장난감과 닮은 구석이 있는 화법이었다.

"으흠. 중요하진 않아도 오류는 바로잡아야죠-"

그때 캐런의 휴대폰 벨이 울렸다. 그녀는 폰에서 시선을 떼지 않은 채, 지나에게 속사포처럼 빠르게 뱉어내며 부리나케 문 쪽으로 뛰어갔다.

"네, 답변에는 만족해요! 완전 만족해요! 그럼 일하는 데 방해해서 미안하고 커피 잘 마셔요! 나중에 식사 한번 같이 하구요-"

지나는 그 자리에 우두커니 앉아서 캐런이 사라진 문만 멍하니 바라보았다. 쩌렁쩌렁 울리는 허스키 음성이 자취를 감추는 것과 동시에, 방 안에는 10분 전과 같은 적막감이 감돌았다.

도대체 저 여자는 정체가 뭐야? 날 갖고 논 거야, 도대체 뭐 한 거야?

"참 내…… 커피 한 잔으로 혼을 쏙 빼놓네, 아주 그냥."

차라리 남자면 그녀에게 관심이라도 있나 싶기라도 할 텐데 대체 무슨 속셈인지 알 수가 없었다. 안 그래도 밉상인데 이제는 밉상인 데다 정체 모를 불가사리, 아니 불가사의한 인간으로 다가오는 그녀였다. 지나는 홧김에 커피를 막 들이켜다가 입술이 데일 뻔하고 말았다. 그녀는 낮은 욕지거리를 내뱉으면서 한 손으로 머리를 마구 헝클어뜨렸다. 지금은 일에만 집중할 때라고 몇 번이고 마음을 다잡으려 애썼지만 마음만큼 쉽지는 않았다.

시간이 화살처럼 빠르게 흘러 어느덧 시계 초침은 6시를 가리키고 있었다. 11월로 접어들기 무섭게, 벽이 온통 통유리로 시원스레 뚫려 있는 창 너머 도시는 어둠 속에 빠르게 잠식되어갔다.

"정 실장님, 박 사무장님, 오늘 저녁 M로펌 개업 파티 모두 전달받았죠? 금요일 밤이기도 하니 한 사람도 야근하지 않도록 잘 챙겨서 파티 장소로 이동시키세요."

"엇, 대표님은 같이 안 가시고요? 법조계 웬만한 분들은 다 오실 테니 꼭 참석하시는 게……."

"전 조금 늦게 가겠습니다. 간지나 씨 잠시 제 방으로 불러주시고 다 같이 출발하세요."

장현의는 말을 마치고 방으로 들어가 조용히 문을 닫았다. 대표인 그의 방은 보안상 방음장치도 겸해서 웬만한 말소리는 바깥으로 절대 새어나가지 않았다. 1분도 채 지나지 않아서 노크 소리가 들리더니, 조금 멀뚱한 표정으로 들어서는 지나의 모습이 보였다.

"전 오늘 밤 개업파티 못 간다고 아까 정 실장님에게 말씀드렸는데요. 중요한 선약이 있어서요-"

그녀는 불퉁하게 말했다. 캐런이나 그, 혹은 두 사람 다 동시에 생각할 때마다 위가 찌릿찌릿 아파오는 요즘이었다. 그래서 장난감을 직접 대면하는 건 최대한 피하고 싶었다. 생각하는 것만으로 위산이 꾸역꾸역 치밀어 올라오는 판에, 직접 얼굴을 보면 아예 속이 쓰리다 못해 위경련으로 병원에 실려갈 것만 같았다.

"민태조랑? 안 그래도 아까 업무상 만났는데 내부사정으로 대학행사는 다른 인력에게 맡기게 되었다고, 미안하다고 전해달라고 하던데. 지금은 사건 일로 경황이 없으니 나중에 정식으로 사과한다고. 지금까지 수고해준 비용은 계좌 입금시킨다고 했어."

"네에? 왜 나에게 직접 연락하지 않고……?"

지나는 현의의 말이 정말인가 잠시 긴가민가했지만 그게 사실일 거라 납득할 수밖에 없었다. 그렇지 않고서야 그가 민태조 누나가 주관하는 대학행사나, 그녀가 지원 인력으로 일하기로 되어 있음을 속속들이 알고 있을 리가 없었다.

"민태조, 지금 한창 재판 중일 거야. H사 오너 부부 이혼 소송을 맡아서 골치도 아플 거고. 민태조는 이혼전문 변호사야. 남의 가정 파탄 나서 서로 으르렁 물어뜯느라 혈안이 된 싸움판에서 큰 건 올리는 녀석이지……."

어쩐지 목소리에 신랄한 빈정거림이 어려 있다 느끼는 건 지나만의 착각인가 싶었다. 장현의는 책상에서 일어나 소파로 자리를 옮겼다. 지나에게도 맞은편에 와서 앉으라는 눈빛을 보냈다.

"물어볼 게 있으니까 앉아. 어차피 약속도 취소됐으니까."

"뭔데요?"

"……."

장현의는 대답 없이 지나를 한동안 뚫어져라 바라보았다. 지나는 그 시선에 저도 모르게 흠칫 몸을 떨었다. 악의나 분노가 담겨 있는 눈빛은 절대 아니었다. 차분하기 그지없는 무감한 눈이었다. 하지만 아무런 감정도 느껴지지 않아서 오히려 상대로 하여금 기묘한 불안을 일으키게 만드는 시선이었다.

"다른 건 몰라도, 내 로펌에서는 신뢰가 최우선이야. 변호사든 총무든 말단이든 다 똑같이."

"……그렇겠죠."

지나는 긴장된 가운데서도 선뜻 수긍했다. 당연한 일이었다. 클라이언트의 사생활 및 정보보안유지 등을 위해서, 어느 로펌이든 팀의 구성원에게 아무리 강조되어도 지나치지 않는 것은 무거운 입과 진실한 혀였다. 적어도 한배를 탄 동료들끼리는 철저히 준수해야 할 두 가지 미덕이었다.

"어젯밤 집 앞 카페에서 누구랑 있었어?"

"네? 그, 그건-"

갑작스런 질문에 지나는 당황해 평소답지 않게 말을 더듬었다.

아니, 아까는 캐런인지 캐럿인지가 와서 뜬금없이 애인 있냐고 물어봐 황당포를 쏘더니 이것들이 번갈아가면서 작정을 했나? 야, 미국 캘리포니아 새크라멘토에서 변호사질 하던 것들은 다 그러냐?

"그, 그건, 왜, 왜요?"

하지만 속마음과 달리, 지나는 장현의의 서늘한 눈매에 다시 한 번 말을 더듬었다. 스스로가 바보같이 느껴져서 갑자기 울컥 화가 솟구쳤다.

"로펌 직원으로서 신뢰를 지키는 거랑, 어젯밤 제가 퇴근 뒤 집 앞에서 누굴 만난 거랑 무슨 관계가 있어요? 왠지 취조당하는 것 같아서 기분 나쁘네요!"

"당연히 기분 나빠야 할 거야."

지나의 쏘아붙이는 말투에 그는 입가에 조소를 담고 맞받아쳤다.

"지금 취조하는 거 맞으니까."

장난감은 어느새 그녀와 대각선으로 마주 보는 의자로 옮겨와 앉았다. 다리가 너무 길어서인지 동작이 원체 날렵해서인지, 지나가 미처 의식하기도 전에 그는 가까이 다가와 있었다. 다리처럼 팔도 길어서 손을 뻗으면 금방이라도 닿을 것 같았다. 지나는 식겁한 표정을 지으며 소파 뒤로 주춤주춤 물러나려 했지만, 장난감의 날카로운 시선에 짓눌려 왜인지 꼼짝달싹할 수가 없었다. 기선을 제압당한 느낌이었다.

"어디 가?"

"아, 아뇨. 종아리가 좀 땡겨서 뻗으……."

"그대로 앉아."

그의 한마디 명령에, 지나는 깨갱 소리 한 번 못하고 다시 똑바로 앉았다. 평소 같으면 하고 싶은 말 다 하고 뻗대는 그녀였지만, 지금 장난감은 어쩐지 평소의 그와는 달랐다.

"로펌 구성원으로서는 사생활의 일부가 아닐 수 있어. 규칙은 규칙대로 따로 놓고 업무상 기밀을 타인에게 누설하는 일은 흔하디흔하니까."

"지금 설마 절 의심하시는 거예요? 전 회사 일, 사무실 밖에서는 절대 발설하지 않아요. 집에서나 어디서나 절대절대 말 안 한다고요!"

"그럼 그것만 말해. 법조계 사람이야, 아니야?"

"진짜 저 취조하시는 거예요? 그럼 먼저 이유부터 말씀해주시면 안 되나요? 전 정말 도무지 무슨 영문인지 모르겠……."

"법조계 사람이야, 아니야."

"……."

장난감은 정말로 평소의 그가 아니었다. 언뜻 보면 그는 평소와 다름없이 침착하고 차분하기 그지없는 표정이었다. 목소리도 평소보다 톤이 한층 낮은 것 외에는 딱히 다른 점이 없었다. 하지만 그의 눈만은 달랐다. 지금까지 한 번도 본 적 없는 한기가 긴 속눈썹 아래 칼날처럼 깃들어 있었다. 지나는 그 자리에서 그대로 얼어붙어버릴 것 같았다. 단순히 차갑고 쌀쌀맞은 것 그 이상을 넘어선, 무언가 섬뜩한 것이 그 눈 깊은 곳에 도사리고 있었다.

지나는 본능적으로 알 수 있었다. 장난감은 지금 화가 나 있었다. 그것도 아주 많이. 하지만 그녀는 아무리 머리를 열심히 굴려봐도 도통 그 이유를 알 수 없었다. 그저 당혹감에 큰 눈만 데굴데굴 굴릴 뿐이었다. 하지만 장난감은 그러거나 말거나 지나를 집요하게 추궁했다. 그의 음성은 아까보다 한 톤 더 낮아져 있었다.

"……마지막으로 묻는다. 대답 안 해?"

"……."

좋게 말할 때 말하라는 협박이나 진배없었다.

지나는 속에서 뭔가 울컥 치밀어 오르며, 눈가가 뜨거워지는 걸 느꼈다. 낮게 으르렁거리는 맹수에게 몰려서 막다른 코너에 다다른 생쥐 같은 심정이었다. 어린 시절, 오빠 지한의 잘못을 대신 뒤집어쓰고 엄마에게 된통 혼났던 기억이 다시금 솟아오르는 것도 같았다.

그녀는 그의 위압감에 눌려 저도 모르게 입을 열었다. 하지만 마지막 자존심을 지키려는 무의식이 앞서서인지, 그의 시선을 마주 보기 두려워서였는지 눈은 장난감 쪽을 보고 있지 않았다. 지나는 자리에서 벌떡 일어나 문을 향해 또박또박 걸었다.

"……이런 취조 당하고 싶지 않아요. 그럴 이유도 없고요."

파르르 떨리는 입술을 앙다물고 그녀가 문손잡이를 잡았을 때였다. 어느새 뒤에서 소리 없이 다가온 그가 주먹으로 문을 부서져라 쾅 치더니 안쪽으로 열리지 않도록 그대로 버텼다.

"……앉아."

장현의는 그녀가 앉아 있던 소파 쪽을 살짝 턱짓해 보였다. 단두 음절, 한순간의 움직임이었지만, 말로 형용할 수 없는 엄청난 위압감이 지나에게도 뚜렷이 전해져오고 있었다. 그녀는 등골이 섬뜩한 느낌에, 저도 모르게 몸을 가늘게 떨었다. 분명 온기가 느껴지던 방이었는데 왜 이렇게 갑자기 전신이 으슬으슬 추워졌을까.

지나는 조금 더 버티려 했지만 결국 본능이 이성을 이길 수는 없었다. 얼핏 올려다본 현의의 두 눈은 차갑다 못해 섬뜩함마저 내

쏘고 있었다. 무서웠다. 천하의 간지나가 이렇게나 두려움에 긴장하게 만든 사람은 단언컨대 지금까지의 인생 중 그 누구도 없었다.

"……."

지나는 로봇처럼 기계적인 동작으로 다시 소파로 천천히 걸어가 털썩 주저앉았다. 그제야 장현의도 그녀와 대각선으로 마주 보던 자리로 되돌아와 다시 그녀를 바라보았다. 그는 명백히 무언의 메시지를 보내고 있었다. 그날 밤 집 앞 카페에서 만났던 누군가가 법조계 사람인지 아닌지, 그녀를 집요하게 추궁했던 물음에 대한 대답을 기다리는 것이었다. 그때 책상 위 유선 전화기에서 벨이 띠링 울려왔다. 지나의 귀에는 그 벨소리가 구원의 종소리와도 같았다. 하지만 현의는 전화기 쪽에는 눈길도 주지 않았다.

"전화 오는데요."

"무시해."

"하지만 계속 울리는데 중요한 전화일지 모르잖아요."

"……."

현의는 조용히 일어나 책상 위 전화기 쪽으로 손을 뻗었다. 지나는 당연히 그가 수화기를 집어들어 통화를 할 것이라 생각했다. 그래서 그가 한 손으로 전화기 쪽으로 손을 뻗었을 때 전혀 놀라지 않았다. 하지만 다음 순간, 지나는 자신의 두 눈을 의심했다. 너무 놀라서 비명조차 나오지 않았다.

현의는 무심한 얼굴로, 전화기 본체와 책상 옆 콘센트 사이의 연결선을 힘껏 잡아당겼다. 손아귀에 힘을 줄 때 아주 잠깐 이를 악물었을 뿐, 눈썹 하나 찡그리지 않았다. 길게 이어져 있던 선이 뚝, 소리를 내면서 한순간에 분리되었다. 하지만 그 힘의 여파로 전화기 본체도 책상 아래 떨어져 요란한 파열음을 냈다. 엄청난 힘이었다. 아마추어 격투기에 복싱, 스포츠 만능이라던 상문 삼촌의 말이 역시 사실이었던 모양이다. 현의는 졸지에 쓸모없는 부품이 되어버린 전화기의 잔재를 집어들어 조용히 책상 위에 올려놓았다. 전화벨 소리는 더 이상 들려오지 않았다.

현의는 한 점 흐트러짐 없는 냉정한 표정으로 전화기에 폭력을 가한 뒤, 다시 소파로 돌아와 앉았다. 아무 일도 없었다는 듯 담담한 얼굴이었다. 하지만 지나는 얼굴이 하얗게 질려서 동상처럼 얼어붙어 있었다. 천식도 없건만 갑자기 호흡곤란 증세가 밀려들고 있었다. 머리끝이 쭈뼛 서고 입술이 달달 떨려왔다. 지나는 남자들의 분노나 폭력 자체에 거의 면역이 없었다. 그나마 몇 달 전 이진상 파렴치한을 제외하고는, 단 한 번도 남자의 거친 행동에 직접적으로 맞닥뜨린 적이 없었다. 어릴 때의 아빠도 그랬고 오빠나 삼촌, 할아버지까지도 화가 나면 소리만 지를 뿐 어떤 행동으로 분노를 표출하거나 한 적이 없었다.

현의는 조폭 영화에서나 나올 만한 장면을 연출한 직후에도, 우아한 태도로 앉아 있었다. 하긴 방금 전, 전화기의 목을 꺾어버릴 때도 그의 기품 어린 동작에는 변함이 없었다. 현의는 두 손을 깍지 낀 자세로 지나 쪽으로 조금 몸을 굽혔다.

"……대답."

지나는 혼신의 힘을 다해 덜덜 떨리는 심장을 억눌렀다. 일순간 이를 악물고 있던 현의의 얼굴이 너무도 무서웠던 것이다. 하지만 지나 역시, 양 어금니를 꽉 악물었다. 그가 수화기 아니라 전화기를 눈앞에서 박살 냈다 해도, 이렇게 주눅들 이유가 하등 없었다.

그녀는 잘못한 게 아무것도 없었다. 지나는 수 초 후 마지못해 입술을 뗐다.

"……법조계 사람이었어요. 민태조 변호사님요."

"그런데 왜 친구라고 거짓말했어?"

"그럼 뭐라고 해요? 업무상 만난 것도 아니고 그냥 아는 사람이니까 편의상 친구라고 한 것뿐이에요. 집에서 전화했다 해도 친구 만난다고, 똑같이 말했을 거예요."

지나는 점점 격앙되는 감정을 누르려 애쓰며 계속해서 말을 이었다.

"민 변호사님이 급한 용건이 있다고 해서 집 앞 카페에 나갔더니 이미 매진된 콘서트 티켓 구했다고 해서 그거 받았을 뿐이에요. 대표님이 민 변호사님이랑 무슨 일이 있는지, 저에게 무슨 오해를 하고 있는지는 몰라도 저하고는 아무 상관없는 일이고, 전 사무실 일에 대해서는 하늘에 맹세하는데 진짜 한 단어도 말 안 했어요!"

지나는 흥분으로 얼굴이 새빨갛게 달아올라 속사포처럼 말을 쏟아냈다. 분하고 억울해서 견딜 수가 없었다. 감정이 격앙된 나머지, 눈가에 그렁그렁 맺혀 있던 눈물이 한 방울 무릎 위로 뚝 떨어졌는데도 그조차 의식하지 못하는 것 같았다. 두려움, 분노, 억울함, 당혹스러움 등 지금 그녀를 온통 잠식하고 있는 감정 중 어느 것이 가장 우위를 점하고 있는지 알 수 없었다.

장현의는 눈물 한 방울이 지나의 옷 위로 떨어질 때쯤에야 이제 취조를 끝내야 할 때임을 알았다. 지나가 범한 잘못은 네 가지였다. 민태조와 단둘이 만난 것, 그리고 의도야 어쨌건 그 사실을 숨

긴 것, 남의 시선에 연인으로 오해받을 분위기를 공공장소에서 연출한 것, 오늘 밤 민태조와 만나기 위해 그와 중요한 파티에 가지 않기로 한 결정. 그 모든 것에 대해서 지독히 화가 난 것은 사실이었다. 다시는 그런 일이 없도록 철저히 엄포를 놓고 단단히 못 박을 작정이었다.

하지만 울릴 생각까지는 없었다. 앞으로 다시는 민태조와 접촉하지 않겠다는 생각만 하게 만들 심산이었다. 아니, 비단 민태조뿐 아니라 현의를 제외한, 다른 모든 남자들과의 교류가 최대한 없어야만 했다.

그는 처음에는 보안상 문제가 될 수 있는 타 로펌 변호사와의 대화를 걸고 넘어져 힐문한 다음, 그녀에게 자신의 마음을 밝히고 두 사람의 공식적인 관계를 타진할 생각이었다. 하지만 그녀가 울음을 터뜨리는 바람에, 그가 너무 세게 밀고 나갔음을 깨달았다. 아무래도 고백은 수일 뒤 정식으로 해야 할 것 같았다.

"다시는 그런 거짓말 하지 마."

하지만 그의 말이 제대로 귀에 들리는지 아닌지, 지나는 여전히 눈가에 눈물이 그렁그렁 맺힌 채, 옆에 둔 코트와 가방을 잡아채듯 집어들고 자리에서 일어났다.

"그만 가보겠습니다."

"M로펌 개업파티 우리도 가야 돼. 내 차로 갈 거니까 잠시 기다려."

"전 안 가요. 혹시 스파이짓 안 하나 의심한 직원을 그런 데 데려가실 이유 없잖아요?"

지나는 꼿꼿이 고개를 치켜들고 문으로 또박또박 걸었다. 비록 눈물을 보이긴 했지만 끝까지 자존심은 지키려는 듯 결연함마저 엿보이고 있었다. 현의는 지나가 문고리에 손을 뻗기 직전, 그녀를 품에 안았다. 이렇게 울릴 생각은 전혀 없었다. 질투심에 휩싸인 나머지, 그만 선을 넘어서서 결국은 그녀의 눈에서 눈물까지 뽑고 말았다.

이 바보 같은 아가씨는 그의 분노를 완전히 다른 것으로 오해하고 있었다. 지금 상황에서 구구절절 고백하기엔 적절한 타이밍이 아니었다. 하지만 본의 아니게 상처를 줘버린 만큼, 적어도 그 부분은 만회하고 싶었다.

"미안해."

지나는 갑작스런 그의 포옹에서 벗어나려 마구 버둥거렸다. 하지만 그럴수록 장현의는 그녀를 더 꼬옥 끌어안고 팔 힘을 늦추지 않았다. 지나는 그의 품에서 마침내 울음을 터뜨리고 말았다. 뭐라고 낮게 욕설도 뱉는 것 같았지만 현의는 아랑곳하지 않았다.

일부러 질투 유발용으로 캐런을 밥 먹듯 오피스로 부른 것도 그였고, 이렇게 범인 취조하듯 코너로 몰아넣은 것도 현의 자신이었다. 좀 심하게 말하면, 지나는 그의 농간에 놀아난 것이나 다름없었다. 현의는 그가 일단 맘먹고 취조하면, 특유의 고요한 집요함과 카리스마로 얼마나 상대의 간담을 서늘하게 만드는지 수없이 들은 바 있었다.

"미안, 내가 잘못했어."

현의는 지나가 울음을 멈출 때까지 한 손으로 그녀의 머리를 연신 토닥이고 쓰다듬었다. 너무도 부드럽고 애틋해서, 방금 전까지도 그렇게 무섭게 추궁하던 사람의 손길이라곤 믿겨지지 않을 정도였다. 지나는 현의 특유의 체취와 너무나도 따스한 손길에 전율이 이는 것 같았다. 그대로 계속 그의 품에 안겨 목 놓아 엉엉 울어 버리고 싶은 충동이 일었다. 하지만 아직은 그녀의 이성 쪽이 좀 더 강했다. 지나는 이 악물고 그의 품에서 벗어나려 애썼지만 아무 소용 없었다. 떡 벌어진 어깨, 그녀의 목과 등 뒤로 힘 있게 둘러진 팔의 근육은 부드러운 동시에 강했다. 그는 간신히 호흡에 곤란이 없을 정도로 지나를 꼭 끌어안고 있었다.

먼저 그녀를 놓아준 것은 현의 쪽이었다. 그대로 더 끌었다가는 아무래도 큰 사고를 칠 것 같았던 것이다. 상처 줄 의도가 없었기에 진심을 다해 달래려 한 그 순수한 마음과는 달리, 그의 건장한 몸은 그녀의 여리여리한 바디라인과 굴곡에 정직하게 반응하려 하고 있었다.

그냥 여자도 아니고, 올해가 가기 전에는 무슨 일이 있어도 반드시 자기 소속으로 확고히 만들어놓으려는 단 한 명의 여자였다. 신체 건강한 남자가 그런 상황에서 흥분하지 않는다면 그게 도리어 이상할 터였다.

"미안해. 울릴 생각은 전혀 없었⋯⋯."

하지만 그는 말을 이을 수가 없었다. 지나는 엄청난 힘으로 그를 밀어내고 로비로 나섰다. 아무도 없을 줄 알았는데 안 대리가 이런저런 서류들을 정리하고 있었다. 지나가 대표님 방에서 면담하고 있다는 걸 듣고, M로펌 개업파티에 혼자 뒤쳐질까 봐 일부러 기다린 모양이었다. 안자현은 눈가와 얼굴 모두 시뻘겋게 달아오른 지나의 얼굴을 보고 깜짝 놀란 표정이었다.

"어, 지나 씨! 기다리고 있었⋯⋯. 어머, 왜 그래? 울었어? 왜왜?

대표님에게 혼났어? 아니, 왜?"

"안 대리님, 죄송해요. 저…… 그냥 집에 가봐야 할 것 같아요. 죄송합니다."

말을 마치기가 무섭게, 그녀는 마침 15층에 도착한 엘리베이터를 타고 곧바로 문을 닫아버렸다. 심장이 미칠 듯이 뛰어서 밖에까지 들리지 않을까 걱정될 정도였다. 왈칵 눈물을 쏟을 정도로 두렵고 화났던 것도 그렇지만, 무엇보다 장난감의 포옹을 더 감내할 수 없었다. 1층에서 내려선 그녀는 혹시나 장난감이나 안 대리가 붙잡지 않을까 싶어서 마침 지나가는 택시를 재빨리 잡아탔다.

오늘 밤 파티는 법조계 주요 인사들도 참석하는 만큼, 그들의 로펌 역시 전 직원 참석하는 것으로 일찌감치 정해져 있었다. 하지만 지나는 법조계 인사 아니라 대통령이 동석하는 파티라 해도 도저히 거기 멀쩡히 있을 수 없을 것 같았다. 한시라도 빨리 집에 돌아가 그냥 자리에 눕고 싶었다. 속이 쓰리다 못해 당장이라도 오늘 하루 종일 먹은 걸 다 내보내야 속이 편해질 것 같았다. 가방 속인지 코트 주머니 안인지 휴대폰 벨소리가 울려왔지만 지나는 거들떠도 보지 않았다. 그녀는 한껏 흥분된 가슴을 진정시키려 애쓰는 동시에, 까드득 이를 갈았다.

나쁜 놈! 이 장난감 양아치 자식! 조폭이니? 응? 알고 보니 미국서 변호사가 아니라 조폭질 한 거 아니야? 어떻게 날 그런 식으로 의심할 수가 있어? 다른 로펌에 정보나 질질 흘리는 그런 인간으로 날 생각했다니 와, 진짜 그렇게 사람 보는 눈도 없으면서 어떻게 변호사는 한다고! 막돼먹은 놈……. 게다가 애인도 있는 주제에, 지방의 어른들한테까지 소개시키고 데리고 다니는 주제에 가만있는 난 왜 건드려?

늘씬한 남미계 여자를 떠올리는 순간, 지나는 또다시 위통이 시작되는 걸 느꼈다. 지금이라도 행선지를 가까운 병원으로 돌릴까 했지만 택시는 이미 언덕 위쪽을 향해 올라가고 있었다. 집 앞에 도착한 지나는 가슴팍을 부여잡고 간신히 택시에서 내렸다.

세 시간 전, 민태조는 10년 넘게 알고 지낸 죽마고우를 눈앞에 마주하고 새파랗게 질려 있었다. 장현의가 갑작스레 연락 없이 로펌을 찾아와 그의 방에 한자리 차지하고 앉은 것도 놀라운 일이었지만, 그의 입에서 갑자기 튀어나온 협박 아닌 협박에 민태조는 그야말로 경기를 일으킬 지경이었다.

그의 방은 한쪽 벽이 통유리라서 바깥의 시선을 완전히 차단할 수 없었다. 민태조는 자리에서 벌떡 일어나 얼른 유리창의 블라인드를 완전히 쳐버렸다. 한솥밥 식구란 건 빛 좋은 개살구식 표현일 뿐, 결국은 모두가 밥그릇 싸움판의 경쟁자일 뿐이었다. 자신이 소속된 로펌 안 동료들에게 당황한 모습을 보여줄 마음은 추호도 없는 민태조였다.

"왜…… 왜 그래? 남간아! 내가 뭐 너한테 잘못한 거라도 있냐? 야- 너 진짜 이럴 수가 없지! 우리가 그동안 얼마나……."

"예전부터 내가 누누이 말했지. 친분은 친분이고 로펌 직원들은 일절 건드리지 말라고. 그런데 일부러 제일 최근 입사한 직원을 단둘이 여러 번씩 만나? 그것도 대학행사니 뭐니 가족 일에까지 끌어들이면서."

장현의는 입가에 비뚤어진 웃음을 지으며 나직하게 말했다. 억양 없이 조용조용 말해서 더욱 무서운 말들이었다.

"그때 눈감아준 P기업 건- 아직도 떡밥 냉큼 낚아챌 언론사, 널리고 널린 거 알고 있지?"

민태조는 얼굴이 새파랗게 질리다 못해 백지장처럼 허옇게 뜨고 말았다. 그가 현재의 이혼이나 상속 등 가정법 쪽으로 활동 영역을 옮긴 것은 그의 선호나 다른 이유에서가 아니었다. 그도 처음에는 지금의 장현의처럼, 쟁쟁한 기업들 틈에서 꽤 이름을 날리며 종횡무진 활약해보려는 야망이 없지 않았다.

하지만 1년 전, 근시안적 판단과 욕심에 근거한 유혹에 넘어가지 못하고, 한 내로라하는 P기업 산업소송에서 뇌물 수령에 휘말리는 바람에 지금 기업 쪽 일은 섣불리 손을 대지 못하고 있었다. 마침 미국에서 일시 귀국해 있던 현의가, 민태조의 상황을 단순한 뇌물수수 혐의 정도로 끝날 수 있게 후방에서 조력해준 바 있었다.

하지만 만에 하나, 장현의가 지금이라도 1년 전 그 일을 새삼스레 다시 꺼내 그의 반대편에 서서 새로 뒤집어엎으려 한다면- 민태조는 부르르 몸을 떨었다. 기껏 다시 재기한 그의 커리어가 눈앞에서 초전 박살 날 거라 생각하니 몸서리가 절로 쳐졌다. 그런 사태가 정말로 일어난다면 절대 감당할 수 없을 터였다.

"야! 내가 설마, 장난감 네 일 염탐이나 하려던 것처럼 어떻게 그렇게 말할 수가 있냐? 난 그냥 지나 씨랑 좀 잘해보려고 겸사겸사해서 그렇……."

"분명히 그랬지. 간지나 씨 누구 있다고."

"아니던데 뭐! 골키퍼 있다고 골 못 들어가나 싶어서 좀 알아보니 만나는 사람 아무도 없는 것 같……."

쾅, 하는 굉음에 민태조는 더 말을 잇지 못했다. 장현의는 바지 주머니에 양손을 찔러 넣고 소파 깊숙이 앉은 자세 그대로였다. 하지만 그의 긴 다리 중 하나는 보기 좋게 쓰러진 티 테이블 모서리 끝에 걸쳐져 있었다. 강판유리라서 그런지 티 테이블은 다행히 부서지지는 않았지만, 바닥과 부딪힌 쪽은 분명 금이 가 있을 것 같았다. 민태조가 충격받은 얼굴로 그 자리에 서서 입만 벙긋벙긋하고 있자, 장현의는 미리 선수를 치려는 듯 조용히 말을 이었다.

"기물파손은 두 배로 보상해주지. 조금 시끄러울 거라고 먼저 말해놔."

홈그라운드에서 망신당하고 싶지 않으면.

장현의의 눈은 명백히 그렇게 말하고 있었다. 그의 시선이 데스크 위 유선 전화기를 흘깃 가리키자 눈치가 백 단인 민태조는 수화기를 덥석 집어들어 뭔가를 빠르게 중얼거렸다.

"어, 저, 저기 지금 잠깐 가구 배치 좀 하고 있어서, 방금 좀 시끄러웠어요. 신경 쓰지 않아도 됩니다. 네, 네."

현의는 오랜 친구를 향해 비웃음 가득한 시선을 던졌다. 그는 여전히 양손을 바지 주머니 안에 찔러 넣은 채 소파에 깊숙이 몸을 묻고 있었다. 그가 한 발을 올려놓은 테이블만 아니라면, 뭔가 흥미로운 광경을 목도하는 표정으로밖에는 보이지 않았다.

"야, 남간! 너 진짜 왜 이래? 말로 하자, 제발……."

"네가 원체 말귀를 못 알아들으니 말이지."

현의는 민태조를 향해 고개를 까딱해 보였다. 앞에 찌그러져 앉으라는 신호였다. 민태조는 현의가 가뭄에 콩 나듯 성깔을 내보일 때는, 웬만하면 거슬리지 않는 게 좋다는 사실을 경험상 잘 알고 있었다. 최악의 경우, 민태조 자신의 옛 비리가 까발려지는 날에는 변호사로서의 커리어에 상당 부분 타격을 입는 정도가 아님은 분명했다.

장남간은 친구 뒤통수를 치거나 배신할 비열한 유형과는 거리가 멀었다. 상대가 먼저 배신하지 않는 한, 먼저 그럴 타입의 인간은 절대 아니었다. 그럼 민태조 자신이 뭔가 남간의 신의를 저버리거나 비위를 건드리는 짓이라도 했단 말인가? 하지만 아무리 생각해도 그럴 일이 없었다.

"장 변, 너 진짜 내가 뭐, 너네 로펌 뒤 밟고 염탐해서 너에게 해코지할 거란 생각 하는 건 아니지? 장담컨대 난 오직 간지나에게만 남자로서 관심이 있어서 누구 만나는 사람 없……."

콰광!

민태조는 이번에도 말을 다 맺지 못했다. 장현의가 소리도 없이 소파에서 몸을 일으켜, 이미 바닥에 헤딩한 테이블을 반대편 벽 쪽으로 냅다 걷어차버렸던 것이다. 테이블은 이번에야말로 본판과 다리가 보기 좋게 분리되고 말았다. 그가 190센티미터에 가까운 몸집을 똑바로 쭉 펴니 방이 순식간에 작아지는 느낌이었다.

장현의는 여전히 무감한 얼굴로 고개를 옆으로 살짝 기울여 목을 우두둑 꺾었다. 서슴없이 기물을 파손하던 방금 전의 행위와는 전혀 매치되지 않는 평온한 얼굴이었다. 하지만 그 눈에는 날것 그대로의 야수성 같은 게 번뜩이고 있었다. 민태조는 예전에 딱 한번 그 눈빛을 본 적이 있었다. 장현의가 2년 전 캘리포니아에서 한창 주가를 올리고 있을 때, 그가 대형사고를 치기 바로 직전의 눈빛이 그랬다.

그 대형사고 직후, 장현의란 이름은 새크라멘토 현지 법조계에 몇 주간 떠들썩하게 언급되었고 그는 진보파적 대형 로펌 여러 곳으로부터 러브콜을 받기도 했었다. 하지만 고국에 잠시 둥지를 틀고 본거지를 마련하기 위해 한국에 돌아와야 했으므로, 그 모든 매력적인 제안들은 결국 정중히 거절될 수밖에 없었다. 최근의 한·유럽연합(EU), 한·미 자유무역협정(FTA)에 따라 법률시장의 전면적인 개방을 맞아 한국 법조계 안에서도 확고한 입지를 다질 필요가 있었던 것이다.

"내가 있다고 했지."

장현의는 손가락 관절을 우두둑 꺾으며 심드렁하게 말을 이었다. 피아니스트의 손처럼 희고 매끈한 손가락에서 마디마디 살의가 배어나오는 것 같았다.

"간지나, 이미 임자 있으니까 신경 끄라고…… 내가 분명히 좋은 말로 충고했었지. 기억 안 나?"

"너, 설마……."

민태조는 입술을 희미하게 떨면서 눈을 커다랗게 흡떴다. 그제야 상황 파악이 된 모양이었다. 지금 장현의가 이렇게 교양조폭의 탈을 쓰고 서슬 퍼런 협박을 하는 것도 다 처음부터 간지나 때문이었다는 깨달음이 지금에야 민태조의 느린 이해력에 섬광처럼 와 닿았다. 민태조는 절대 우둔하고 답답한 성향이 아니었다. 오히려 약삭빠를 정도로 눈치 백 단에 요령 좋은 잔머리 굴리기의 달인이었다. 그런데도 장현의와 간지나를 단 한 번도 연결시켜서 생각해 본 적은 없던지라 혼자 실컷 삽질한 뒤에야 이 낭패를 보게 된 것이었다.

"남간이 너…… 지나랑 이미 그런 거였어? 하, 하지만 전혀 못 느꼈는데……."

아무리 생각해도 상호적인 건 아닌 것 같았다. 적어도 지나 쪽은 남간과 현재진행형이라는 기색을 무의식적으로라도 절대 내비친 적이 없었다. 하지만 민태조는 남간에 대해 알 만큼은 알았다.

장남간이 일단 누군가를 겨냥한 이상, 그게 아군이든 적군이든 상대방의 의지 같은 건 중요하지 않았다. 엄청난 자제력과 타의 추종을 불허하는 차분한 포커페이스 뒤로, 남간은 상대가 누가 됐든 자신의 의지대로 유도하고 관철시킬 불도저 같은 추진력의 소유자였다. 단언컨대 간지나는 이미 남간의 수중에 들어온 거나 다름없었다. 간지나 본인도 미처 의식하지 못한 사이에, 이미 새장 속에 갇힌 새나 진배없는 상황인 것은 불 보듯 뻔했다.

"알았으면 지금이라도 손 떼. Hands Off."

현의는 엷게 웃으며 담담하게 데스크로 걸어가 민태조의 유리 명함판을 집어 올렸다가 탁 소리 나게 내려놓았다. 이 명함판을 계속 유지하고 싶으면 친구고 나발이고 자기 여자에게서 신경 끄라는 무언의 협박이나 다름없었다. 그의 현재 격앙된 감정 상태를 보여주는 것은 단 하나밖에 없었다. 관자놀이 부근 이마에 핏대가 희미하게 서 있는 것이나, 손등의 혈관이 불거져 나온 것은 명백한 분노를 보여주고 있었다. 오랫동안 그를 알아온 사람만이 목격할 수 있는 보디랭귀지였다.

"……나, 난 몰랐어. 진짜 몰랐다고……."

"이젠 확실히 알아들었지?"

부드럽게 쐐기를 박는 그의 음성에, 민태조는 얼떨떨한 표정으로 고개만 연신 끄덕이고 있었다. 대출 체납금을 속히 상환하라 조곤조곤 협박하는 대부업자 앞에 찍소리 못하고 순응하는 채무자나 다름없는 광경이었다.

"그럼 다음에."

장현의는 초간단한 인사말을 남기고 뒤도 돌아보지 않은 채 휑하니 방문을 넘어섰다. 프런트데스크 여직원이 보내는 감탄과 선망의 눈초리를 뒤로한 채, 그는 20분 전 처음 들어왔을 때와 한 점 달라진 점 없는 모습으로 오피스 정문을 나서고 있었다. 그것이, 현의가 지나와 단둘이 대면해 그녀의 눈에서 눈물을 쏙 빼놓기 세 시간 전에 있었던 상황이었다.

그날 속이 쓰려서 저녁도 안 먹고 바로 잠자리에 든 지나는, 주말 내내 멀건 죽으로만 삼시세끼 연명해야 했다. 엄마는 죽 끓이는 게 얼마나 은근 손 많이 가고 성가신 일인 줄 아냐고 투덜거림을 멈추지 않았다. 그래도 역시 엄마는 엄마인지라, 불평을 입에 달면서도 위에 좋다는 죽을 데워서 방으로 세 번씩 꼬박꼬박 나르기를 게을리하지는 않았다.

이틀간 거동 한 번 없이 푹 쉬어서인지 일요일 밤이 되자 조금은 속이 괜찮아지는 것 같았다. 하루 종일 먹고 자길 되풀이하던 지나는, 새벽녘에 홀로 잠에서 깨어나 비틀비틀 깜깜한 부엌 식탁에 앉아 생수로 목을 축이고 있었다. 그녀는 멍하니 앉아 있다가 드디어 결심을 굳혔다.

월요일 사무실에 가는 즉시, 곧바로 사직서를 제출하고 2, 3주 정도는 후임자를 구할 때까지 잘 마무리할 생각이었다. 마음 같아서는 내일 당장 소지품을 정리해 나오고 싶었지만 사회생활에서 반드시 지켜야 할 기본예의란 게 있었다. 앞으로 2주 동안 장난감과 최대한 마주치지 않게 신경 쓰는 수밖에 없었다.

지나는 배가 고픈 건지 아픈 건지 알 수 없는 미묘한 속에, 냉장고 문을 열고 이것저것 뒤적였다. 딱히 당기는 게 없어서 냉동실 문을 열어보았다. 웬 검은 비닐봉지가 구석에 콕 박혀 있길래 호기심에 열어보았다. 그러자 무슨 보물단지도 아니고, 검은 봉지 안에 또 검은 봉지, 또 검은 봉지가 겹겹이 싸여 있었다. 도대체 뭔가 싶어서 지나는 아예 검은 봉지를 통째로 식탁에 올려놓고 주섬주섬 안의 내용물을 풀어헤쳐보았다.

지한이 제일 좋아하는, 아니 사실 지나뿐 아니라 식구들 모두가 일단 눈에 띄었다 하면 선착순으로 아작을 내어버리는 수입 브랜드 아이스크림이었다. 작은 통 하나에 만 원 넘는 유명한 인기품이었다.

지나는 엄마가 분명 지한 혼자 먹이기 위해 이렇게 신주단지 모시듯 꽁꽁 싸놓았음을 직감했다. 아들바보는 마마보이를 낳는다ー 지나 생각에, 대한민국 21세기 최대 사회문제 중 하나로 내걸 만한 슬로건이 아닐 수가 없었다. 지나는 갑자기 확 오르는 체내 열 때문에 아직 개봉도 안 한 아이스크림을 덥석 통째로 집어들고 밥숟가락으로 정신없이 퍼먹기 시작했다. 그동안 여러 가지가 잔뜩 쌓이고 쌓여서 마구 치밀어 오르는 울화를 이렇게라도 풀지 않으면 견딜 수 없을 것 같았다.

이 장난감 이 천하에 빌어먹고 갈아 마실 인간……. 도대체 날 왜 이렇게 흔들어? 옛날엔 고깃덩어리니 뭐니 내 가슴을 그렇게 갈기갈기 찢어놓더니 이젠…… 그런 쭉쭉빵빵 미녀를 애인인지 약혼녀인지 데려와놓고 가만있는 난 왜 자꾸 건드리냐고!

파인트 통의 아이스크림이 거의 바닥을 보일 때쯤에야 지나는 수저를 내려놓고 식탁에 우두커니 앉았다. 그녀는 식탁 위에 머리를 올려놓고 소리 없이 신음을 흘렸다. 속이 다시 쓰리고 아파서 죽을 것만 같았다. 이 아픔이, 갑자기 빈속에 찬 것을 마구 우겨넣어 탈이 나서 비롯된 것인지, 장난감 때문인지 분간할 수가 없었다. 절대 인정하고 싶지는 않았지만 둘 다인 건 분명했다. 지나는 격심한 위통에 미간을 잔뜩 구기며 자꾸만 차오르려는 눈물을 애써 꾹 눌러 참았다.

지나는 인정할 수밖에 없음을 알았다. 그동안 아무리 부정하려 애써왔어도 소용없다는 걸 절감하고 있었다. 그녀는 장난감을 좋아하고 있었다. 그것도 아주 많이 좋아하고 있었다. 7년 전 받은 상처 때문에 이제는 그를 돌처럼 볼 것이라 생각했건만, 어떻게 그렇게 우둔할 수가 있는지 그녀는 스스로가 도무지 이해되지 않았다. 지나는 더 참지 못하고 화장실로 달려가 위 속에 자리 잡은 아이스크림을 죄다 쏟아내고 말았다.

9화.

다음 날, 이제 막 시계가 8시 40분을 넘어갈 무렵이었다. 직원들이 한창 출근해서 모닝커피를 음미하며 월요일 하루를 시작하려 할 즈음이었다. 정주하 실장의 보고에, 오피스의 소유주이자 로펌의 대표변호사인 남자는 살짝 미간을 좁혔다. 한일자로 꾹 다물어 경직되어 보이는 입가가, 그의 전체 얼굴을 딱딱한 조각상처럼 보이게 만들었다.

"배탈?"

"네. 간지나 씨 어머니가 방금 전 전화로 알려왔습니다. 위경련과 역류성식도염에, 어젯밤 뭘 잘못 먹어 배탈까지 겹쳤다고 하네요. 전에도 그렇고…… 당차 보이는데 의외로 속병이 좀 있나 봅니다."

걱정스런 정 실장의 어조에, 현의의 얼굴은 미간을 곧게 펴고 평소의 초연한 표정으로 되돌아갔다. 그의 시선은 노트북 화면 어딘가를 향해 고정되어 정 실장에게 다시 돌아가지 않았다.

"자기 몸 관리는 자기가 알아서 해야죠. 병가 처리하세요."

"……네, 대표님."

정주하는 조금 의외다 싶은 얼굴로 방을 나섰다. 평소 직원들 건강이나 복지에 크게 신경 쓰는 오너이건만, 오늘은 이상하게 냉담하다 싶었다. 정 실장이 방문을 닫는 것과 동시에, 장현의는 노트북 커버를 닫고 미국 어딘가로 전화를 걸었다.

통화를 마친 그는 한 시간 뒤, 미국 로펌과의 합작법무법인 관련 회의에 참석하기 위해 오피스 밖을 나섰다. 박 사무장과 정 실장에게, 오후 내내 개인적인 약속이 있어서 부재중일 것이란 말도 잊지 않았다.

오찬을 겸한 회의는 2시 좀 넘어서야 끝났다. 장현의는 미국 변호인협회 회원들이 근처 회원제 클럽하우스에서 좀 더 담소를 나누자는 제안을 정중히 거절하고 차에 올랐다. 이번에는 일정상 그럴 시간이 없어서 역삼동 언덕길 아래 있는 전문 죽집에서 미리 전화로 주문해둔 죽을 픽업해야 했다.

장현의는 죽집 로고가 찍힌 종이백을 한 손에 들고 초인종을 눌렀다. 하지만 여러 번 벨을 눌러도 아무런 응답이 없었다. 대가족이니 적어도 한두 명은 집에 있을 거라 생각했건만 하필 죄다 외출 중인 것 같았다. 하지만 환자를 버려두고 다 나갔을 리는 없으니, 그녀의 어머니나 가족 중 누군가가 지나를 병원에 데리고 간 게 아닌가 싶었다. 하지만 확인을 위해서 그는 지나에게 전화해보았다. 신호만 갈 뿐 받지 않았다. 현의는 곧바로 누군가에게 다시 전화를 걸었다. 휴대폰 화면에는 석상문이란 이름이 떠 있었다.

"형님, 불쑥 죄송하지만 지나가 병원에 갔는지 확인 좀 부탁드립니다. 저는 형님 외에 다른 가족분 연락처를 몰라서요."

좀 더 자세한 상황을 들은 석상문은 잠시 말이 없다가, 지나의 어머니인 큰누님에게 확인전화 해보고 다시 연락을 주겠노라 일렀다. 그 와중에 다시 지나에게 전화를 해보았지만 이번에도 신호음만 줄기차게 반복되었다. 다시 전화를 걸어온 석상문의 음성은 그리 좋지 않았다.

-그 녀석 지금 집에 혼자 있는 모양이야! 죽을병도 아니니 괜찮다고 가라고 해서, 누님이 동창모임 나갔대. 형수님이나 혜자 누나 중 하나는 있을 거라던데 아무도 없어? 아니, 아픈 사람 놔두고 다들 왜 그 모양이야, 도대체!

"대문, 현관 비밀번호가 뭡니까."

-어?

"지금 집 앞입니다. 죽을병은 아니지만 혹시 모르니 잠깐 들어가 살펴보겠습니다."

……어, 그래.

석상문은 수 초간의 정적을 깨고 대문과 현관 비밀번호 모두 차례대로 알려주었다. 그는 뭔가 더 묻고 싶어 하는 눈치였지만, 현의는 나중에 다시 연락하겠다 말하고 곧바로 통화를 종료해버렸다. 그는 조금의 망설임도 없이 곧바로 대문을 열고 휑뎅그렁한 뜰을 지나 현관으로 거침없이 발길을 옮겼다. 예전에도 반년간 살았고 몇 달 전에도 저녁 초대를 받아 왔기에 실내 구조는 눈에 낯설

지 않았다. 지나의 방 역시 잘 기억하고 있었다.

그는 인기척 하나 없는 적막한 실내를 가로질러 지나의 방 앞에 멈춰 섰다. 아무리 그래도 다 큰 성인 여자의 방인데 무턱대고 방문을 여는 것은 예의가 아니었다. 현의는 먼저 노크를 해봤지만 아무런 기척이 없었다. 처음에는 작게, 점점 크고 세차게 방문을 두드려봤지만 대답이 없기는 매한가지였다. 혹시 아픈 몸을 이끌고 홀로 병원에 갔었을 수도 있다는 생각이 들었다. 그는 소리 없이 조용히 문고리를 돌려보았다. 방 안을 들여다본 현의의 입에서는 자동으로 욕설이 튀어나올 뻔했다.

그는 주저 없이, 방 안쪽에 놓인 두 침대들 중 하나로 성큼성큼 걸어갔다. 정확히는 침대 바로 아래쪽 바닥이었다. 그가 이불을 발로 차내고 번쩍 들어 올린 지나의 몸은 가볍기 그지없었다. 그녀는 곰돌인지 곰순이인지 시크한 표정의 곰돌이가 한가득 그려진 잠옷 차림으로 희미하게 앓는 소리를 내고 있었다.

장현의는 지나를 조심스레 차 뒷좌석에 눕히고 재킷과 외투 모두 벗어서 몸 위에 덮어주었다. 땀에 젖어 이마며 뺨에 착 달라붙은 머리칼을 떼어내고 가지런히 정돈해준 뒤, 그는 운전석에 앉아서 몇 분 걸리지 않는 개인 클리닉을 향해 최대한 조심스레 차를 몰았다.

지나의 눈꺼풀은 천근만근 무거웠다. 몽롱함 속에서, 꿈인지 현실인지 분간이 가지 않았다. 하지만 꼭 그러지 않아도 된다면, 굳이 눈을 떠서 규명해내고 싶진 않았다. 그저 꿈결처럼 너무도 부드럽고 따스한 그 손길이 하는 대로 모든 것을 맡기고만 싶었다. 코끝에 아득하게, 동시에 짙게 다가오는 남성적인 체취 역시 분명 익숙한 감각이었다. 그 온기 어린 손길이 어디론가 멀어졌나 싶더니, 잠시 후 다시 그녀의 몸을 사뿐히 안아들었다. 지나의 의식은 이제 평온한 수면 속으로 온전히, 천천히 가라앉기 시작했다.

해가 빨리 자취를 감추는 11월 저녁이었다. 어느덧 땅거미가 스산하게 깔린 도심 한가운데는 오히려 해가 없을 때보다 한결 더 분주하고 생동감이 넘쳐흘렀다. 가장 유동인구 많은 한강 남쪽 한가운데, 야간진료 가능이라 크게 써 붙여진 큰 병원의 8층 개인병실 바깥 복도에서 한 남자가 한쪽 귀에 휴대폰을 대고 있었다. 건장한 체격 덕에 복도 의자는 상대적으로 매우 작아 보였다. 그가 통화 중에 천천히 일어나 창가로 옮겨가자 한 쌍의 긴 다리가 널따란 복도를 꽉 채웠다.

"오늘은 제가 옆에 있을 테니까 병문안은 무조건 내일부터 가능하도록 알리세요, 형님. 가족도 예외 없이요."

-내가 퇴근길에 잠깐 들를게.

"아뇨. 형님도 내일입니다. 오늘 밤은 좀 푹 쉬게 해주세요."

-…….

석상문의 침묵에는, 뭔가 더 묻고 싶은 기색이 역력했다. 장현의는 그가 뭘 묻고 싶어 하는지 알고도 남았다. 그는 약간의 선수를 쳐두기로 했다.

"집에 데려가고 싶었지만 그건 대외적으로 부적절해서 K의료원에 입원시킨 겁니다. 일단 일주일 동안 다른 생각 않고 푹 쉴 수 있게 조치해놨으니 그렇게 알아주세요. 그리고 형님, 전에 말씀드린 것 진심입니다. 내년 3월 넘어갈 생각 없어요."

마음 같아서는 올해 안을 넘기고 싶지 않았다. 하지만 보수적인 한국사회 안에서는 절차니, 과정이니, 어느 정도 관례란 게 있는 만큼 그의 의지만 관철시킬 수는 없었다. 장현의는 나중에 얼굴 보고 자세히 얘기하자고 말을 끝맺고 통화를 종료했다. 아픈 사람 혼자 내버려두고 어떻게 그 많은 가족들이 죄다 집을 비울 수 있는지 한마디 하려다가 그는 말을 아꼈다. 확실히 그럴 자격이 주어지는 그 순간 이후부터는, 절대 조심할 생각 따위 없었다.

다음 날 해가 뜨자마자 우르르 몰려든 중년 여성들 때문에, 지나의 안락한 개인병실은 발 디딜 틈 없이 복작복작 시끄럽기 짝이 없었다. 시장통이 아주 따로 없을 지경이었다. 알고 보니 지난주부터 지방에 내려가 계셨던 조부모님, 해가 중천에 뜰 때까지 퍼질러자고 있을 지한, 직장이나 학교에 간 삼촌과 아은, 소현을 제외하고는 모두 지나의 병실 안에 모여 있었다. 엄마 석두순 여사, 혜자이모, 소현의 엄마인 작은 숙모, 그래 봤자 겨우 세 명에 불과했지만 그들이 가진 시끄러운 입담 파워는 가히 대여섯 명 모인 정도의 효력을 발휘하고 있었다.

"어머어머어머, 이 병원 지나다닐 때마다 외관 으리으리하다 싶었는데 역시 개인병동 엄청 화려하다!"

"그러게 말이야! 암만 봐도 여기가 제일 비싼 병실 같은데? 듣자 하니 입원비랑 진료비 모두 회사에서 부담한다며?"

혜자 이모와 숙모는 깔끔한 호텔 객실을 방불케 하는 개인병동 실내를 휘휘 둘러보느라 여념이 없었다. 조카딸의 증상이나 차도에 대한 염려, 환자를 집에 혼자 두고 외출한 일에 대한 죄책감 같은 것은 안중에도 없어 보였다. 평소 언행에 비추어보건대 너무도 예측 가능한 일이라서 그리 놀랍지도 않았다. 석두순 여사는 그래도 한 다리 건너인 그들과는 달리 자기 배 아파 낳은 새끼라서인지 그들에게 곱지 않은 시선을 보냈다.

"지금 병원에 호화병실 구경하러 왔어? 아픈 애를 집 안에 두고 그렇게 싸돌아다니고……. 하긴 내가 누굴 탓하겠어, 그래도 명색이 엄마인데 죽을병 아니라고 그냥 동창회 나가버린 내가 죽일 년이지……."

석두순 여사는 혀를 끌끌 차면서, 집에서 끓여온 죽을 국자로 떠서 병원용 사기그릇에 담았다. 지나는 조금 얼떨떨한 표정으로 죽을 입안에 천천히 떠 넣고 있었다. 시끄러운 세 여자들 등 뒤로, 문가 안락의자에 기대어 앉아 있는 한 남자의 모습이 얼핏 들어왔다. 혹시라도 주인이 해코지당하지 않을까 싶어서 조용히 지키고 있는 셰퍼드 같은 표정이었다. 한잠 푹 자고 일어나보니, 방 한켠 협탁 위에 노트북을 열어두고 뭔가 일에 열중하고 있는 그의 모습을 발견한 것이 바로 어제 자정쯤이었다.

"……대표님?"

"일어났어? 배는 안 고파? 죽 가져올게. 앞으로 며칠간은 죽만 먹는 게 안전해."

지나는 장현의가 벌떡 일어나 머리맡으로 다가오는 모습을 멍하니 올려다보았다.

"여기 어디예요? 병원? 하지만 왜요? 자다가 발작이라도 일으켜서 실려온 거예요?"

지나는 아은과 함께 쓰는 그녀의 방보다 다섯 배는 더 커 보이고 열 배는 더 좋아 보이는 병동 안을 두리번두리번 둘러보았다. 문득 자신의 몸을 내려다보니, 입고 있는 환자복 가슴팍에는 동네에서 수차례 본 적 있는 종합의료원 이름이 찍혀 있었다.

"뭐, 그렇다고 쳐. 가족들은 내일 올 거야."

"아니, 죽 안 먹어요. 배 안 고파요. ……그런데 대표님은 여기서 도대체 뭘 하고 있는 거예요? 말단직원 병간호 자원봉사하시는 것도 아니고."

"병간호 맞는데. 자원봉사…… 는 아니지만."

자원봉사란 단어의 사전적 정의가 오롯이 순수한 의도에서 우러난 행위라면, 장현의는 단 한 번도 지나를 향해 자원봉사한 적이 없었다. 처음부터 그랬다. 아니, 남녀 간 사랑이 순수한 것이라고 규정한다면 꼭 틀린 표현만은 아니라고 그는 내심 정정했다.

"아니 도대체 대표님이 왜요? 그리고 원래 가족이 아니면 이 시간까지 입원병동에 함께 있을 수도 없는 거 아닌가?"

"그만 좀 따지고 다시 자. 약 먹어야 되니까 죽 조금만 먹고."

그게 바로 어젯밤의 일이었다. 석두순 여사가 싸온 죽을 지나가 완전히 비운 순간, 그동안 망부석처럼 잠자코 있던 현의가 천천히 몸을 일으켰다. 동굴 깊은 곳에서 울려오는 그의 음성에, 참새 떼처럼 조잘조잘 떠들어대던 중년 여자들은 약속이나 한 듯 일제히 입을 다물었다.

"이제 지나 혼자 쉴 수 있게 모두 귀가하시는 게 어떨까 합니다. 상시 체크해줄 간호사도 있고 제가 저녁에 다시 들를 예정이니 내일 다시 오시는 게 좋겠습니다."

"하지만 이제 퇴원해서 집에 가도 괜찮을 것 같은데……."

"위장병은 항상 재발할 수 있으니 이 기회에 며칠 푹 휴식하는 게 좋을 것 같습니다. 입원비나 모든 비용은 로펌에서 처리했으니 걱정 안 하셔도 됩니다."

엄마의 의아한 눈길에, 장현의는 부드러운 미소를 띠고 그녀를 안심시켰다. 어느새 세 중년 여자들을 은근슬쩍 병동 밖으로 유도한 그는, 딱 마침 타이밍 맞게 도착한 정 실장에게 여사들을 집까지 안전히 모시라고 일렀다. 여인들이 눈앞에서 사라지기 무섭게, 그는 뒤도 돌아보지 않고 다시 지나의 병실로 향했다. 단둘만 있을 시간이 절실히 필요했다.

지나는 며칠 동안 머리를 못 감아서 가려웠는지 정수리 쪽 두피를 양손으로 벅벅 열심히 긁고 있었다. 대문짝만 한 벽걸이 TV 화면에서 펼쳐지는, 요즘 한창 인기 많은 아마추어 셰프 프로그램에 시선을 고정시킨 채였다.

"우아, 추억의 도시락 반찬……. 소시지 저렇게 문어 모양 꼭 한 번 먹어보고 싶었는데. 아, 김치볶음에 가지 무친 거…… 진짜 먹고 싶다!"

"……그러다 피 날라. 그만 긁어."

뒤쪽에서 나타난 장현의의 재등장에, 지나는 화들짝 놀라며 앙칼지게 쏘아붙였다. 적나라하게 머리 긁고 있던 꼴을 들켜서 민망함을 무마하고자 나름 애쓰는 것 같았다.

"아, 아니 장난, 아니 대표님은 왜 또 오셨어요! 나 혼자 쉬게 해준다면서요! 그리고 사실 이제 거의 다 나은 거나 다름없으니 오늘 중에 퇴원해도 돼요!"

"독방 써본 적도 없는데 그냥 금요일까지 여기서 푹 쉬지그래. 책도 읽고 좀 유유자적. 그리고 몰랐나 본데 저쪽 문에는 샤워실도 있어. 그냥 소독약 냄새나는 호텔이라고 생각해."

"……."

그의 담담한 음성에, 지나는 잠시 침묵을 지켰다가 불쑥 말을 꺼냈다.

"왜 이렇게 잘해주세요? 언제는 당장 산업스파이로 경찰에 넘길 것 같더니. 애당초 다른 로펌 변호사 잠깐 만났다고 그런 의심하는 것 자체가 말도 안 되는 일이지만."

현의는 방문객용 의자를 끌어와 지나 바로 앞에 앉았다. 지나는 너무 바짝 다가온 그의 존재에 흠칫 놀라며 뒤로 점프하듯 물러나 앉았다. 기력을 차리니 평소의 방어력과 전투력도 동시에 회복된 것 같았다.

"그런 의심 한 거 아니야. 그리고…… 그 일은 미안했어. 그때도 사과했지만 다시 사죄할게."

"……지금 와서 사과하셔도 그때 일이 너무 머리에 깊이 박혀버렸어요. 평생 트라우마로 남을 것 같아요."

지나는 입을 삐죽 내밀며 특유의 시니컬한 말투를 고수했다. 하지만 현의는 그런 지나가 마냥 귀엽기만 한 것 같았다. 그의 눈에 담긴 따스함은 전혀 덜해지지 않았다.

"그럼 평생 힐링해야지."

뼈가 담긴 그의 한마디를 흘려들은 지나는 다시 말을 이었다.

"저 로펌 그만두려고 해요."

그 말에 현의는 조금 의외라는 듯, 한쪽 눈썹을 치켜들었다. 하지만 지나가 생각한 것만큼 놀라는 기색이 없어서 오히려 그녀가 더 의외라는 생각이 들었다.

"사직서는 다음 주 월요일에 정식으로 제출하고 후임자 구하실 때까지 끝까지 열심히 일할 거예요. 아, 오해는 마세요. 아무렴 그 일로 대뜸 때려치울 결심 한 건 아니니까. 여러 가지로…… 그냥 개인사유로 할게요."

"안 돼. 그만둬도 내년에 그만둬. 어차피 그만둬야 할 때가 올 테니까."

"아, 그…… 내년에 다시 미국 들어가실 수도 있다는 거요? 미국 쪽이랑 합작법무법인 일로 이쪽저쪽 왔다 갔다 하실 거란 말은 저도 대략 들었는데……. 그럼 오히려 더 빨리 그만두는 게 좋겠다 싶어요. 어차피 그만둘 거 저도 빨리 이직활동 해야죠."

현의는 휴대폰 문자 알림음에, 잠시 화면을 지켜보다가 자리에서 일어났다.

"중요한 회의가 있으니까 이따 다시 얘기하자. 5시에 저녁 갖고 올 테니까 병원 밥 불평하면서 먹지 말고."

"한동안 죽만 먹어야 된다면서요! 그리고 저녁에 왜 또 온다는 거……."

"원래 위장병은 평소에 조심해야 되는 거야. 아, 커피는 금지야. 저기 냉장고 옆에 차도 종류별로 준비해놨으니까 그거만 마셔."

현의는 엄마 못잖게, 아니 엄마보다 더 꼼꼼히 잔소리를 한 뒤 한 손에 재킷을 걸쳐들고 빠르게 방 밖으로 사라졌다. 지나는 그녀를 둘러싸고 벌어지는 지금의 상황이 도무지 이해가 되질 않았다.

두 시간 뒤 종로 한가운데 파이낸셜 센터 안의 세미나실은 빠른 속도로 비어가고 있었다. 현의는 옆에서 서류철을 들여다보고 있던 캐런 리를 향해 눈인사를 해 보였다. 두 사람은 나란히 건물 1층 커피숍으로 잠시 들어가 마주 보고 앉았다. 그들은 막 법무부가 지난 8월 국회에 제출한 외국법자문사법 개정안 현황 세미나에 포럼으로 참석한 뒤였다.

한·유럽연합(EU), 한·미 자유무역협정(FTA)에 따라 국내 법률 시장은 보다 전폭적인 개방 단계에 있었다. 해외 로펌들이 국내 기업들의 해외 소송을 독식하는 현실에 발 맞춰, 외국 로펌들이 국내 시장 진출을 위해 속속들이 분사무소를 개설하고 있는 요즘이었다. 따라서 법무부에서는 국내 법률사업을 보호해야 한다는 자국 이익 보호와 보다 넓은 국제화 바람에도 편승해야 하는 딜레마를 동시에 가지고 있었다.

이에 따라, 미국 및 해외 변호사 자격증을 보유한 국내파 법률인들은 국내시장 보호를 위해서라도 그 반대의 경우를 더욱 주장하고 있었다. 즉, 해외 로펌의 기회를 제한하는 논란을 빚는 대신, 역으로 국내 로펌들이 해외시장 진출을 보다 다각적으로 모색해서 주도권의 방향을 바꾸고 개편하면 된다는 논리였다. 이미 미국 변호사 자격증을 따낸, 쟁쟁한 스펙과 실력을 갖춘 국내파 젊은 변호사들은 이 개편의 중심에 자리해 있었다.

장현의 역시 예외는 아니었다. 애당초 그가 1, 2년 체류를 목적으로 귀국한 이유도 바로 거기에 있었다. 국내에 거점을 둔 미국 국제로펌에의 확고한 입지를 다지기 위해서. 그 첫 번째 수순으로 자신의 이름을 내건 로펌을 먼저 오픈하고 착실히 그리고 빠르게 자리를 잡아가고 있는 장현의였다.

"현의 씨는 역시 대단해. 미리 알고 순서를 국내 로펌 먼저 론칭한 거야? 49%와 51%라니, 1% 차이로 갑을 간 아슬아슬 균형이 맞춰지는 거네."

캐런은 외국법자문사법 개정안이 제시하는 지분율과 의결권에 대해 말하고 있었다. 만약 그 개정안이 정식으로 통과되면, 국내와 외국 로펌이 함께 손잡고 합작법무법인을 설립할 경우 외국 로펌 측 지분율과 의결권은 최대 49%로 제한받게 될 터였다. 따라서 실제적인 주도권은 51%를 갖게 될 국내파가 쥐게 하려는 의미였다.

"실제로 밥그릇 싸움은 별로 없을 겁니다. 어차피 상속 등 국내법 업무는 국내파만 수임할 수 있고, 해외파만 수임할 수 있는 케이스도 마찬가지로 존재하니까요. 꼭 이 개정안이 아니라도 순서상 국내 거점이 먼저가 맞습니다. 어쨌든 지금 추세로는 공동으로 손잡는 합작이 최선이에요. 물론 파워게임의 원칙상 한쪽이 조금은 더 기울어야죠."

"맞아. 적어도 글로벌기업 쪽 국내 소송은 해외 로펌이 독점하다시피 하고 있으니까. 아까도 김&강 로펌 측에서도, 매년 약 100조 원 정도의 시장을 해외 로펌 입에 그냥 떠넘겨주는 거라 했었잖아."

"저희도 앞으로 바빠질 겁니다. 내년엔 아시아 지부 쪽 사무소가 일제히 오픈할 테니까요."

아직 그의 로펌 변호사들도 자세히는 모르고 있는 상황이었지만, 현의의 법률사무소는 이미 중국, 베트남, 캄보디아, 라오스, 인도네시아 등 6개국에 진출해 사무소 오픈 준비에 있었다. 미국에서도 현직 변호사로 활동 중인 그의 친형 장신의와 역시 법조계에 몸담고 있는 친척들의 조력 덕분에, 현의가 국내 로펌의 입지를 다지는 데 지금까지 좀 더 집중할 수 있었다. 하지만 내년부터는 이렇게 비교적 여유로운 나날을 영위할 수 없을 터였다.

"그럼 빨리 서둘러야겠네. ……연애 문제!"

캐런은 긴 곱슬머리를 휙 쓸어 넘기며 의미심장한 웃음을 지었다.

"그 귀여운 아가씨는 잘 지내지?"

"말 나온 김에…… 같이 가죠. 6시 넘어서 신논현역 K의료원으로 오십시오."

"응? K의료원? 거긴 왜?"

"늦지 말고 와요, 그럼."

현의는 그 앞에 놓인 커피 잔을 비우고 캐런을 그대로 앉혀둔 채 빠른 걸음걸이로 주차장을 향해 걸었다. 남의 여자를 살뜰히 보살피는 것은 그의 본성과 상당히 거리가 멀었다. 그는 제 여자 하나만으로 머릿속이 꽉 차 있었다.

오랜만에 큰누나를 보는 석상문의 눈길은 결코 곱지 않았다. 그는 혀를 차며 큰누나뿐 아니라 작은누나, 그 옆의 작은 형수도 다 들으란 듯이 거실 한복판에 앉아서 호통을 쳐대고 있었다.

"아니, 어떻게 아픈 애를 두고 다들 집을 비울 수가 있어요! 그 많은 식구 중 어떻게 하필 그때 한 명도 집에 가만히 앉아 있질 못했냐고요! 남간이가 그때 마침 집에 안 왔으면 어쩔 뻔했어요? 어? 특히 두순 누님은 도대체 하나밖에 없는 딸에게 왜 그렇게 늘 상 성의가 없냐고요! 삼촌인 내가 봐도 애틋한 녀석인데 엄마가 대체 왜 그 모양이야? 응?"

석상문은 나이 차이도 나이 차이였지만 어려서부터 누님들을 잘 따르고 매사에 잘 챙기기에 소홀함이 없었다. 워낙 낙천적이고 유들유들한 성격인지라 이렇게 집 안에서 성질을 내는 일 자체가 거의 없는 상문이었다. 원래 화 잘 안 내는 사람이 한번 작정하고 폭발하면 활화산 같다고, 그의 서슬 퍼런 기세에 혜자 이모와 작은 숙모는 점점 뒷걸음을 치다가 상문이 큰누나 쪽으로 고개를 홱 돌리는 순간 줄행랑을 쳐버리고 말았다. 혼자 남겨진 석두순 여사는 누나가 아니라 여동생이 된 것처럼 찌그러져 몸 둘 바를 몰라 하고 있었다.

"아니, 그게…… 난 걔가 정말 괜찮다고 해서 모처럼 동창회도 있고 해서……. 올해야 지방에 내려가 계시지만 작년엔 아버님 생신이셔서 가지도 못했잖니……."

"동창회가 중요해, 딸이 중요해? 지나가 아니라 지한이가 그렇게 몸져누워 있었어도 동창회에 나갔겠어? 응? 지한이는 기침만 해도 아주 새벽바람에 약 사다 바치면서!"

"아니, 나는…… 너도 알지만, 지한이는 혼자 아무것도 못하잖니……. 지나는 애가 워낙 독하고 야무지니까 나도 좀 마음 놓는 게 있달까 그런 게 있어서……."

"지한이를 그렇게 만든 건 바로 누님이야! 지나를 그렇게 필요 이상으로 독하게 만든 것도 누나고!"

"……."

동생의 험악한 호통에, 석두순 여사는 금방이라도 눈물을 쏟을 것처럼 침통한 얼굴이 되었다. 그제야 자신의 무관심을 깨닫고 새삼 반성하는 것인지, 난데없이 벼락호통을 쳐대는 동생의 기세에 눌려서인지, 둘 다인지 여부는 알 수 없었다. 그녀는 마침내 흑, 소리를 내면서 가늘게 흐느끼기 시작했다.

"너도…… 알잖아, 상문아……. 그 애가 그때……. 그 애가 지한이 아빠에게 그 말만 안 했어도……. 아무리 지나 잘못이 아니란 걸 알아도 자꾸 그 애만 보면……. 그 애 때문에 애들 아빠가 죽었다는 생각이 들어서 나도 모르게……. 흑흑……."

"하……. 누나, 이제 그만큼 세월이 지났으면 극복될 때도 됐잖아. 지나 잘못도 아니고 그 누구의 잘못도 아니었어. 그냥…… 어쩔 수 없는 불운이었던 거야. 매형이 그렇게 되지 않았길 바라는 마음은 나도 누구보다 더 커……. 하지만 이미 10년도 더 지난 일이야."

석상문은 답답하다는 듯이 혀를 끌끌 차면서도, 누나를 향한 눈길을 조금 누그러뜨렸다. 큰누나는 옛날부터 심지 약하고 여린 사람이었다. 하지만 아직도 친딸에 대해 그 응어리를 안고 있다니 그건 납득하려야 납득할 수가 없었다.

"이제부터라도 지나에게 잘 해. 누나가 그러니까 다른 식구들도 그 녀석에게 함부로 하는 거야, 알아? 피붙이가 홀대하는데 한 다리 건너들은 얼마나 만만히 보겠어?"

그날 저녁, 지나는 병실 침대에서 상체를 일으키며 읽고 있던 책을 한옆으로 치웠다. 장난감이 침대 앞으로 협탁을 끌어당겨 뚜껑을 연 보온병과 찬합 안에는 게살죽과 집 밥 반찬들이 그득히 들어 있었다. 그녀에게 수저와 젓가락을 건네는 그의 셔츠 옷깃에서 희미한 계란 냄새가 났다.

"위에 자극이 없게 간을 약하게 만들······. 간이 약하게 되어 있을 거야."

"우와! 이거 다 내가 좋아하는 것들인데······!"

찬합 안에는 그녀가 오전에 TV요리 프로그램에서 봤던 가지무침, 볶은 김치, 문어 모양 소시지도 들어 있었다. 각종 채소를 색색으로 잘게 썰어 넣은 계란말이와 메추리알 장조림, 제철 과일과 채소들이 알록달록 어우러진 샐러드에, 위에 좋다고 잘 알려진 양배추와 케일을 살짝 데친 것에다 그 위에 뿌려진 무즙과 사과소스, 비네거 향이 그야말로 군침을 돌게 만들고 있었다. 마치 백화점 한식당에서 맞춤 주문으로 정성껏 만든 도시락 같았다.

지나는 젓가락으로 반찬을 종류별로 감싸고 있는 색색의 은박지만 살짝 건드릴 뿐 차마 입으로 가져가진 못하고 있었다. 데코레이션이 예술처럼 너무 예쁘게 되어 있어서 도저히 먹기 아까웠다. 그녀는 휴대폰으로 도시락을 재빨리 찍으면서 감탄 어린 목소리로 물었다.

"이거 어느 백화점, 아니면 한식당 거예요? 몇만 원은 할 것 같은데······. 혹시 호텔 한식당? 사다주신 건 감사하지만······ 먹기 너무 부담스러워요."

"어디서 사온 게 뭐가 중요해. 빨리······ 아니 천천히 먹어."

"대표님."

부드럽지만 강한 그의 명령에, 지나는 입을 한일자로 다물고 짐짓 정색해 보였다.

"농담 아니고 저한테 왜 이렇게 잘해주세요? 저 정말로 그만둘 거니까 어차피 곧 직원도 아니게 될 거고, 아무리 대표님이 우리 삼촌이랑 가까운 사이라 해도 이건 진짜…… 너무 부담스러워요."

"그래서 싫어? 분명 그건 아닐 텐데. ……일단 먹고 얘기해."

장난감은 어디서 구해왔는지 종이 그릇 위에 보온병을 살짝 기울여 게살죽을 반쯤 덜었다. 김이 모락모락 나는 죽에는 연분홍 게살이 풍성하게 들어 있었다. 보기만 해도 군침이 꼴깍 도는 비주얼이었다. 지나는 에라 모르겠다 싶어서 일단 게살죽을 한 수저 떠서 입에 넣어보았다. 역시 기가 막혔다.

반찬도 하나같이 정갈하고 깔끔한 게 보통 손맛의 고수가 아닌 것 같았다. 계란말이는 너무 달지 않고 입에서 사르르 녹는 듯 부드러웠고, 김치볶음과 가지무침은 엄마나 이모, 숙모가 만든 것보다 더 감칠맛이 났다. 게다가 처음 먹어보는 향긋한 사과식초 소스는 향기부터가 입맛을 돋우는 독특한 산미로 입안에 기분 좋게 감돌았다. 전의 전복죽도 그렇고, 장난감이 고용한 도우미 아줌마는 정말이지 엄청난 내공을 가진 요리사임이 분명했다.

지나는 혹시 또 탈이 날까 싶어서 조금만 먹기로 했지만, 이래서야 찬합을 탈탈 털고도 아쉬운 얼굴로 입맛을 다실 것만 같았다. 그녀가 숭늉까지 다 비우고 났을 때였다. 노크 소리가 들리는가 싶더니 수 초 뒤, 누군가 고급스런 향수를 공기 중에 흩뿌리며 문을 빼꼼히 열고 있었다.

"실례합니다- 장 대표님이 여기로 오라고 하셔서……. 아, 지나 씨! 안녕하세요? 아니, 그런데 위장병으로 일주간 요양 중이란 사람이 바로 지나 씨였어요? 어머머-"

"아, 안녕…… 하세요."

갑작스레 등장한 캐런 리의 모습에, 지나는 어안이 벙벙한 표정이었다. 기껏 맛있는 음식들을 먹어놓고 위 한쪽이 다시 콕콕 찔러오는 느낌이었다. 지나가 미간을 좁히며 저도 모르게 얼굴을 굳히자 현의는 주저 없이 말했다. 평소와 다름없이 차분하고 담담한 억양이었다.

"정식으로 소개할게. 형수님이셔. 캐런 리 장."

"혀, 형수님이요?"

"예전에 형도 미국에서 변호사로 활동 중이라고 말한 적 있잖아. 지금 부모님이 방문 중이시고……. 미국 측과 합작법무법인 건으로, 형이 너무 바빠서 형수님이 대신 일시 귀국한 거야. 형수님도 변호사니까."

"어……. 아- 네. 음. 네, 그렇군요. 네, 그래요."

장난감의 설명에, 지나는 저도 모르게 대답을 무한반복 되풀이하고 있었다. 갑자기 위를 콕콕 쑤셔오던 불쾌함이 일시에 사라지고, 대신 엔도르핀 비슷한 것이 머리부터 발끝까지 전신을 꽉 채워오는 감각이 들었다. 캐런은 상냥하게 눈웃음을 치면서 병상 위의 지나에게 하늘하늘 걸어와 다시금 자기소개를 했다.

"유치원 아들만 둘인 억척맘이랍니다- 나이 마흔에 애들 키우려니 힘들어 죽겠어요! 지금 저 대신 시어머니가 그 아기 코끼리들 뒷감당하실 생각하니 아유 죄책감이 막- 그래도 다음 주 돌아가니 다행이죠! 그 전에 식사라도 했으면 좋겠는데 오 마이 갓……. 이렇게 위장병이라니 메뉴를 고심해서 골라볼게요!"

"아, 아니, 괜찮아요. 아무거나 잘 먹어요……."

사실 위통이야 남몰래 마음고생하며 극심한 스트레스 받으며 생긴 것인 만큼, 뭔가 음식 자체적인 문제는 아니었다. 그보다 아무리 봐도 20대 후반이건만, 나이 마흔이라니 깜짝 놀란 지나는 캐런의 얼굴을 새삼 다시 뜯어보고 있었다.

"다음 주요? 이번 주 아니었나요. 그래서 더 시간이 없을 줄 알고 정식으로 인사시키려 여기 오라 한 건데."

현의의 말에, 캐런은 깔깔 웃으면서 여자동창들이 이 기회에 제주도 여행 한번 가자고 해서 귀국을 며칠 더 미루기로 했다고 덧붙였다. 그때 캐런의 눈길이, 지나가 거의 싹 비우다시피 한 협탁 위 찬합을 내려다보더니 손뼉을 딱 마주쳤다.

"어, 도련님. 오랜만에 직접 솜씨 발휘했……."

"형수님!"

그때 현의가 갑자기 캐런을 부르더니 아까 합작법무법인 건으로 미처 다 못한 말이 있다며 그녀를 복도로 끌다시피 데리고 나갔다. 그들이 없는 틈에, 지나는 구수한 숭늉에다 작은 보온병에 들어 있는 마즙까지 다 들이켰다. 며칠간 계속 죽만 먹다가 갑자기 진수성찬이 위 속을 꽉 채우니 부대낄 만도 하련만, 오히려 속이 든든해지는 기분 좋은 포만감이 밀려오고 있었다. 기름지지 않게, 최고의 재료에 최소한의 양념만 써서 정갈하고 깔끔히 조리한 손맛 덕분인 것 같았다.

잠시 후 다시 병실 문에 노크 소리가 나더니, 캐런은 이만 가봐야겠으니 제주도 다녀와서 꼭 함께 식사하자고 요란하게 작별인사를 건넸다. 그녀가 사라지기 무섭게, 현의는 문을 꼭 닫고 재빠른 손놀림으로 협탁 위 찬합들을 정리한 뒤 지나 앞에 앉았다.

"이제 안심돼?"

"⋯⋯뭐가요?"

"분명히 안심되는 뭔가가 있지 않아?"

"글쎄요. 무슨 말씀을 하시는지 도통."

"너 스스로도 의식하지 못하는 심연의 어둠은 생각보다 훨씬 더 깊구나."

"뭐래⋯⋯. 요즘 니체 연구해요?"

"아니. 간지나의 내면."

뜬금없는 현의의 말에, 지나는 입술을 삐죽 내밀며 코웃음을 쳤다. 현의는 지나에게 더 바짝 다가가 앉았다. 그의 눈빛은 솜사탕처럼 달콤한 동시에, 분명 진지한 기색이 깃들어 있었다. 지나는 본능적으로 그가 지금부터 뭔가 아주 중요한 이야기를 할 것임을 알았다. 그녀는 심장이 두근두근 뛰기 시작하는 걸 진정시키려 노력하며 현의의 감색 눈을 마주 보았다.

"지나, 더 돌려 말하지 않겠어. 난 더 이상 대표님이나⋯⋯ 장현의 변호사님이 되고 싶지 않아. 그동안 시간은 충분히 있었다고 생각해. 네가 왜 7년 만에 만난 날 그렇게 적대시하고 경계하는지 아직도 이유는 모르겠지만."

다음 순간 이어지는 장난감의 말에, 지나는 내내 콩닥콩닥 뛰던 심장이 쿵 내려앉는 것 같았다.

"이제 더는 기다려줄 수 없겠어."

"뭐⋯⋯ 뭐뭐뭐, 뭐를요! 뭘 기다려줄 수 없다는 거예요?"

현의는 엷게 웃으며 그녀에게 한 손을 천천히 뻗었다. 지나가 흠칫 놀라며 뒤로 물러서려 했지만, 그의 긴 손가락은 이미 입가에 묻은 붉은 소스를 훔치고 있었다. 현의는 그 손가락 끝을 혀로 핥으며 조금 더 웃었다. 그리고 들릴락 말락 한 목소리로 속삭였다.

"네 방황의 끝."

다음 순간, 지나는 난생처음 남자의 입술이 그녀의 것에 와 닿는 기이한 감각을 몸소 체험하고 있었다. 사실 전에 집 앞 공원에 이어 두 번째였지만 그 첫 번째는 지나의 의식 속에 없었기에, 지금이 일생일대 최초가 아닐 수 없었다. 그의 입술이 마즙과 숭늉, 소스의 잔재로 뒤덮인 입술에 부드럽게 마찰해왔다. 뒤이어 따뜻하고 말캉한 혀가 저돌적으로 그녀의 것을 찾아 침입해 들어오기 시작했다.

입안에 이물감이 들어오는 낯선 감각에, 지나는 깜짝 놀라 권투 선수처럼 가슴에 들어 올리고 있던 두 주먹을 쫙 펴고 현의를 밀어내려 했다. 하지만 그 몸짓이 오히려 기화제가 되어, 지나는 순식간에 그의 강인한 품에 꼬옥 끌어안기고 말았다.

쪽, 하는 에로틱한 마찰음이 연신 귓가를 울려왔다. 강하고 꺼끌한 타인의 혀에, 자신의 혀가 숨 쉴 틈 없이 단단히 구속되고 입안 점막이 낱낱이 파헤쳐지는 느낌은 정말 너무도 이상했다. 이상했지만 싫지는 않았다. 아니, 오히려 점점 더 이성이 마비되고 뭔가에 홀리는 기분으로 고조되어가고 있었다.

아무것도 생각할 수 없이 너무도 황홀했다. 배 속에 나비 천 마리가 일제히 날개를 파닥파닥거리며 간질여대고 있었다. 그의 뜨거운 혀가 자신의 것을 꽉 옭아매고 아플 정도로 빨아 당기는 감촉에, 지나는 갑자기 뭔가 떠오른 듯 그를 세차게 밀쳐냈다. 너무 순식간의 일이라 현의도 엉겁결에 뒤로 물러났지만 두 손은 여전히 지나의 어깨를 단단히 붙잡고 있었다.

"아, 안 돼! 볶은 김치랑 가지무침…… 마늘 많이 들어 있었는데! 마늘 냄새……. 하악!"

"……."

지나는 경악의 외마디 소리를 지르며 두 손으로 입을 꽉 막았다. 첫 키스는 양치질에 가글도 여러 번 하고 정말 산뜻하게 제대로 해보리라 결심했건만, 양치질은 고사하고 마늘 냄새 풍풍 나는 입안을 장난감이 진공청소기처럼 훅훅 빨아들이게 하다니! 그녀는 너무 수치스러워 당장에라도 병실 안을 뛰쳐나가고 싶었다. 하지만 현의는 그런 지나의 모습이 재미있다는 듯 소리 내 웃을 뿐이었다.

"아무것도 못 느꼈어. 진짜로."

"거짓말! 아무것도 못 느낄 리가 없잖아요! 그, 그그그, 그렇게 빨아댔는데! 하악!"

지나는 저도 모르게 내뱉어버린 스스로의 말에, 또 아차 싶은 표정이었다. 하지만 현의는 입술 한쪽을 비틀어 웃으며 오히려 그녀를 더 가까이 끌어당겼다. 귀여워서 견딜 수 없다는 즐거움이 가늘게 웃는 눈 안에 고스란히 담겨 있었다.

"정말이야. 내일 생양파 생마늘 샐러드 가져올 테니까 다 먹고 또 해보자. 절대 아무 냄새도 안 날 거야."

"뭐, 뭐를 또 해봐요?"

"……이거."

현의는 기겁한 지나를 다시 품으로 끌어당기고 입술을 포갰다. 그녀의 몸에 밧줄처럼 칭칭 감긴 팔 힘은 너무도 강했다. 그의 키스도 정신을 잃을 만큼 강렬했다. 노련하게 강약을 잘 조절해 어떤 때는 아득히 정신이 멀어져갈 만큼 황홀했다가, 다음 순간 입안이 얼얼하게 아파올 만큼 세차게 옥죄고 휘감아오길 반복하고 있었다. 그를 밀어내야 한다고 생각하면서도 지나는 그럴 수 없었다. 아니, 그러지 못했다. 바르르 떨리는 두 손은 시트 위에 내려앉았다가, 현의의 격정에 반응하듯 어느새 그의 어깨인지 팔인지 모를 어딘가를 붙잡고 있었다.

그의 농익은 혀놀림은 실로 수많은 것들을 한꺼번에 일으키고 있었다. 짜릿한 쾌감이라기엔 너무도 복잡한 감각들이 샘물 흐르듯 그녀 안에 일어나고 있었다. 언젠가 들었던 아련한 선율, 쇼팽의 프렐류드나 빗방울 전주곡이 의식 저편에서 들려오는 것도 같았다.

아주 어릴 적 아빠가 읽어주던 안데르센, 그림형제 동화책 책장마다 시선을 사로잡았던 색색의 영롱한 북유럽풍 삽화가 떠오르는 것도 같았다. 마치 겔다가 온통 눈으로 뒤덮인 나라를 헤매며 카이를 찾아다니는 그런 아련하고도 간절한 감정이 그와의 키스에 녹아 있었다.

다들 이래서 키스, 키스 하는구나. 이렇게 좋아서…….

마침내 현의가 입술을 떼고 물러날 때, 지나는 그의 팔꿈치를 붙잡고 당기고픈 충동마저 일었다. 멈추지 말라고, 더 계속하자는 염원이 눈빛에 드러날까 싶어서 그녀는 일부러 더 쌀쌀맞게 그를 노려보았다. 하지만 홍옥처럼 발그레 새빨개진 뺨과 입술마저 온전히 숨기지는 못했다. 지나는 씨근덕거리는 숨을 가까스로 진정시키며 최대한 사나운 어조로 들리게끔 말했다.

"장난, 아니 장현의 씨. 지금 대체 뭐 하는 거예요? 나한테, 왜, 왜 이래요?"

"정말 몰라서 그래? ……너에게 남자짓 하고 있잖아. 좋아하니까. 사랑하니까."

"사, 사사사, 사랑? 그거 지금 아메리칸식이에요? 알러뷰 남발하는 쌀국 스타일? 어, 언제는 회사 그만두지 말라면서 어떻게 직원에게 이럴 수 있어요? 이건 명백히 선을 넘었어요!"

"당연히 선을 넘을 수밖에 없잖아. 직원 이전에, 난 남자고 넌 여자니까. 서로 좋아하고 늦어도 내년 겨울엔 결혼도 할 거니까."

마치 오늘 네가 할 업무는 이거야, 하고 말하듯 너무도 담담하게 말을 잇는 현의 얼굴에 지나는 식겁해 새파랗게 질리고 말았다. 장난감, 너 이 정도로 뻔뻔하게 들이대는 인간이었어?

"누구 맘대로요? 미친 거 아녜요? 그리고 서로 좋아한다니? 누가 누굴?"

"그래, 내가 더 많이 안달 나 있고 정신 못 차리고 있는 건 인정해. 하지만 나 혼자 이러는 건 절대 아니잖아. 전에 결근도 그렇고 지금 이렇게 병원 신세까지 지는 것도 그렇고…… 다 질투 때문 아냐? 네 선배 고유리 씨, 그리고 지금은 내 형수님 캐런 때문이잖아."

"……!"

"이제 그만 솔직하게 인정해. 아니, 인정해줘."

지나는 부끄러움과 수치심, 새 깃털이 엄청난 풍선처럼 한데 뭉쳐 배 속을 간질간질 건드리는 기묘한 느낌에 고개를 모로 돌려버렸다. 그의 눈을 마주하기에, 너무 민망하고 쑥스러워 견딜 수가 없었다. 지금까지 스스로도 인정하지 않으려 그렇게 애쓰고 무의식 저편으로 꾹꾹 눌러온 그 감정을, 장난감은 이미 죄다 깨닫고 재판에서 증거를 들이밀듯 그녀 앞에 적나라하게 펼쳐 보이고 있었다.

현의는 지나의 옆얼굴에서 한순간도 시선을 떼지 않고 두 손으로 그녀의 보드라운 손을 꼭 잡았다. 마치 그렇게 꽉 잡고 있기라도 하면, 절대 달아날 수 없을 것처럼.

"이런 말까지는 안 하려고 했지만…… 나도 일부러 그랬어. 고유리 씨나 캐런 일 모두."

"일부러? 뭘요?"

"고유리 씨- 네가 나랑 다리 이어줄 생각을 했다는 것 자체가 너무 괘씸해서, 일부러 네 반응을 떠보려고 정식으로 사귀는 것처럼 보이려고 분위기를 그렇게 연출한 거야."

지나는 그제야 모든 상황을 이해했다. 그때 그녀가 탕비실에 들어가 있을 때 일부러 고유리와 통화하면서 토요일 데이트를 할 것처럼 드립을 날렸던 기억이 선명하게 떠올랐다. 그때 지나는 저도 모르는 사이에, 장난감이 유리 선배와 토요일에 얼마나 즐거운 시간을 보낼 것인지에 대한 불안과 질투심 때문에 속병이 난 적이 있었다. 하지만 그건 유리 선배가 애당초 지나의 소개팅 언질을 오해해서 그렇게 된 상황일 뿐이었다. 지나는 억울함에 울컥해서 따져 묻듯 언성을 높였다.

"그거 내가 장 변호사님이랑 소개팅 시킨 거 아니에요! 유리 언니가 변호사 싱글 괜찮은 사람 없냐고 말할 때, 갑자기 민태조 변호사님이 떠올라서 아 한 명 알긴 안다고 말했는데 그때 마침 변호사님이 그 카페에 나타난 거라고요!"

"나도 나중에야 그럴 거라 생각했어."

"그럼 설마 캐런 씨 일도……? 처음부터 다 일부러 그런 거였어요? 형수님인 거 고의로 안 밝히고 지방 어르신들에게 소개시키고 있다느니 누가 들어도 오해할 만한 드립을 내가 복사실에 있을 때 김 변호사님에게 막 흘리고……."

"……."

지나는 그의 웃음 띤 얼굴을 잔뜩 노려보았다. 대답 없는 미소는 곧 긍정이나 다름없었다. 그녀는 장난감에게, 반대로 자기가 장난감처럼 놀아났다는 생각에 화가 치밀어 올랐다.

"이 나쁜…… 이 장난감 처키 헬로카봇 슈마 같은……."

"내가 헬로카봇 슈마처럼 그렇게 귀여워? 처키는 좀……."

"사람 갖고 놀지 마! 그때도, 7년 전에도 날 그렇게…… 그렇게……."

현의의 장난기 가득한 얼굴에 대고 지나는 냅다 소리 지르다 곧 울 것 같은 표정이 되고 말았다. 그의 음성으로 '숨만 쉬는 고깃덩어리'라 자신을 지칭했던, 7년 전 그의 방문 너머로 들은 기억이 다시 그녀의 위를 울렁울렁 춤추게 만들고 있었다. 그게 바로 지나가 장난감에 대한 자신의 감정을 끝끝내 부정하려 애썼던 이유였다. 그 한마디가 너무도 아픈 상처로 깊이 새겨져 아직도 그녀를 괴롭히고 있었기에, 지나는 아무리 지금 장난감이 자신을 좋아한다 사랑한다 말해도 이성은 계속해서 그 고백을 거부하길 원했다.

"7년 전에 뭐? 대체 그때 무슨 일이 있었던 거야?"

바닥으로 꺼져버릴 것 같은 지나의 얼굴에, 현의도 다시 정색한 표정을 지었다. 그는 예전에도 그랬듯, 7년 전 그가 구기동 자택으로 돌아가기 전에 왜 그를 피하고 그 뒤로도 연락이 전혀 되지 않았는지 여부를 집요하게 캐물었다. 지나는 그와 방금 나눈 열정적인 키스와 그의 사랑 고백에 심장이 터질 것 같았던 설렘과 환희도 잊고, 다시 위통이 도지는 듯 인상을 쓰며 그에게서 멀찍이 물러났다.

"지금은 말하고 싶지 않아요. 나중에…… 얘기해요. 지금은 좀 혼자 있고 싶어요."

"이대로 갈 수는 없어. 난 방금 너한테 청혼까지 했다고- 물론 정식 프러포즈는 곧 따로 할 거지만."

그의 단호한 어조에, 지나는 갑갑한 심정을 누르고 그를 한참 동안 뚫어져라 마주 보았다. 장난감은 정말이지 7년 전, 그의 입에서 튀어나온 고깃덩이 발언에 대해 아무런 자각이 없는 것 같았다. 하긴, 그 고깃덩어리에 해당되는 장본인이 문 너머에서 그 말을 똑똑히 듣고 있었다는 사실은 꿈에도 모르고 있으리라. 지나는 점차 복잡해지는 머리에, 인상을 더 한층 구겼다. 그녀는 이 악물고 말했다.

"유리 선배랑 댁의 형수님 일로 내가 말 그대로 속이 뒤집혀 여기 누워 있게 된 건 인정할게요. 일단 그 정도면 충분하지 않아요? 내가 그럼, 얼씨구나 이게 웬 횡재야! 하고 장난감, 아니 장남간, 아니 장돌뱅이든 뭐가 됐든! 날 좋아하고 결혼까지 하고 싶다니 아이고 이게 웬 로또야! 하고 미친년 널뛰듯 뇌순녀 춤이라도 춰야

만족하겠어요? 지금 위장병에다 머리까지 지끈지끈 아파서 편두통 말기까지 걸릴 판이라고요!"

"편두통에는 초기 중기 말기 같은 거 없어."

"아, 좀! 나가요, 나가! 나가라고!"

"……."

현의는 병상 끄트머리에서 천천히 몸을 일으키며 재킷 앞자락을 단정히 여몄다. 하지만 그 우아하고 기품 넘치는 동작과는 달리, 지나를 내려다보는 그의 눈에는 어딘가 활화산 같은 것이 있었다. 금방이라도 폭발할 것만 같은 그 강렬함에, 지나는 그만 눈을 아래로 깔고 그의 시선을 외면해버리고 말았다.

고깃덩어리 발언에 대해서 아무런 자각도 없는 그는, 지금 지나가 곱게 보이지 않을 터였다. 이렇게 살뜰히 보살펴주고 신경 써주고 사랑한다 고백하고 결혼에의 의사까지 죄다 밝혔건만, 정작 상대는 조증 환자처럼 버럭버럭 화만 내며 혼자 있게 해달라고 성깔을 부리니 당혹스럽고 기막힐 게 틀림없었다. 장난감은 조용히 억양 없이 말했다.

"내일 다시 올게. 필요한 거 있으면 전화해. 문자는 보내지 말고."

"……."

지나는 불퉁한 표정만 짓고서 아무런 대답이 없었다. 일부러 잠깐이나마 목소리를 듣고 싶어서 문자는 보내지 말라는 장난감의 의도도 알아채지 못한 것 같았다. 현의가 뒤돌아서 문을 연 순간, 지나는 뭔가 번뜩 머리를 스치는 게 있는지 그의 등 뒤에 대고 외쳤다.

"아, 자, 잠깐! 잠깐요!"

"왜. 뭐 필요한 거 생각났어?"

"그게 아니라……."

지나는 아랫입술을 사정없이 비틀어 깨물며 잠시 망설이다 간신히 입을 열었다.

"나…… 언제부터 좋아했어요? 그리고…… 7년 전과 너무 많이 달라져서…… 놀랐어요?"

그래. 내가 비록 7년 전에는 쌕쌕 숨만 쉬는 고깃덩어리였을망정, 지금은 이렇게 그래도 조금은 봐줄 만하니 여자로 보이게 되어 좋아하게 된 거니? 그런 거니, 장난감? 응?

속으로 잔뜩 벼르고 그의 대답을 기다리고 있던 지나였다. 하지만 다음 순간 그의 입에서 튀어나오는 나직한 대답에, 그녀는 할 말을 잃고 말았다. 그의 대답은 지나의 예상을 완전히 뒤엎은 것이었다. 장난감은 문가에 길게 그림자를 드리우고 우뚝 서서 담담히 말을 이었다. 그의 음성에는 한 치의 거짓도, 꾸밈도 없었다.

"7년 전과 너무 많이 달라진 건…… 사실 잘 모르겠어. 그냥 살이 많이 빠졌다는 것밖에는. 그리고 최근 들어 깨달은 건데…… 널 사랑하기 시작한 건 7년 전부터였던 것 같아. 아니, 그런 것 같은 게 아니라 맞아. 난 7년 전 그 집에 있을 동안, 항상 너만 보였어. 네가 집에 없으면 허전했고 라면이든 뭐든 너랑 마주 앉아 밥 먹을 때가 제일 맛있었고, 아무리 시답잖은 말이라도 너랑 얘기할 때가 가장 재미있었어. 그 짧은 석 달 간은…… 네가 내 옆에 있을 때가 가장 행복했던 시절이었어. 하나 마나 한 말이지만, 재회한 지금은 당연히 더 행복하고."

그때보다 더 자주, 가까이 있을 수 있고 그를 향한 그녀의 마음
도 확인했기 때문이다.

그의 눈에 담긴 무언의 메시지는 명백했다.

"……."

"간다. 내일 전화하고 올게. 무슨 일 있으면 밤이든 새벽이든 연
락하고."

지나의 침묵에, 현의는 조용히 문을 닫고 바람처럼 사라졌다. 지
나는 이불을 머리까지 뒤집어쓰고 입 밖으로 삐져나오려는 울음
을 억지로 삼켰다. 기쁨과 감동의 눈물이었다. 그녀는 부정할 수가
없었다. 고깃덩어리건 비곗덩어리건, 그것과는 별개로 방금 전 장
난감이 던지고 간 말은 그녀에게 너무도 큰 임팩트를 던지고 있었
다.

그녀를 사랑하기 시작한 게 7년 전부터라니. 그 집에 있었던 석
달간, 그녀와 마주 앉아 밥 먹고 얘기하고 곁에 있던 순간들이 가
장 행복한 기억이었다니. 지나 자신의 마음과 너무도 똑같아서 그
녀는 가슴이 벅차오르는 환희를 누를 수가 없었다. 그것은 지나야
말로 그녀의 우울했던 10대 때 유일하게 행복했던 석 달간의 시절
이었다. 하지만 그 아름답고 소중했던 기억은 그녀를 숨 쉬는 고깃
덩어리로 전락시킨 그 한마디 때문에 완전히 처참하게 산산조각
나고 말았던 것이다. 그 이후로는 다이어트에 성공한 후로, 아무리
남자들이 끈덕지게 접근해와도 현대판 춘향이처럼 냉랭하게 반응
해왔었다.

그럼 도대체 그 고깃덩어리란 말은 어떻게 된 거지? 절대, 절대

잘못 들었거나 귀가 착각한 건 아니야.

장난감 특유의 굵은 바리톤 음성은 인파 속에서도 분명 분간해 낼 수 있었다. 그는 그때, 웃음기 가득한 목소리로 민태조에게 그렇게 말하고 있었다. 지나는 사람도, 여자도 아닌 단지 살아 숨 쉬는 고깃덩어리일 뿐이라고. 지나는 격앙된 감정으로 확 달아오른 얼굴을 식히며 위에 좋은 마즙을 한 컵 쭉 들이켰다.

아무래도 내일 그가 다시 오면 7년 전 그 발언에 대해 캐물어야 할 것 같았다. 그 발언에 대한 명쾌한 해명을 장난감의 입으로 직접 듣지 않는 한, 지나는 그와의 관계에서 한 발짝도 더 나아갈 수 없었다. 그녀로서는 당연한 일이었다. 장난감을 좋아했던 깊이만큼, 그때 받은 상처와 충격 역시 골이 너무 깊어져 있기 때문이었다.

10화.

그 뒤로, 화요일부터 목요일까지 사흘 내내 현의는 하루에도 몇 번씩 지나의 병동을 찾았다. 그때마다 그녀가 좋아할 만한 디저트나 음식들을 싸들고 오면서도 위의 건강을 생각해 최대한 유기농이나 자극성 없는 것들로 골라오는 것도 잊지 않았다. 게다가, 틈틈이 들으라고 최근 쇼팽 콩쿠르에서 한국인 최초로 우승한 젊은 피아니스트의 실황음반도 가져와주었다.

그러고 보니 민태조가 얼마 전에 집 앞 카페에서 불러내 어렵게 취소 표 두 장을 보여주고 그 갈라콘서트에 함께 가자고 제안했던 일이 떠올랐다. 장난감에게서 눈물 쏙 나오게 한 소리 들은 후로는, 희한하게 민태조에게서도 전혀 연락이 없었다. 갑자기 연락이 완전히 뚝 끊겼다는 말이 정확할 터였다. 아무래도 그 콘서트 표는 물 건너간 것 같았다. 그때, 갑자기 장난감이 험상궂게 민태조와의 만남을 취조하듯 힐문했던 순간이 떠올랐다.

"대표님, 물어볼 거 있어요."

지나는 두 눈을 매섭게 치켜뜨고 그에게 이리 와 앉아봐라 무언의 명령을 전했다.

"어쩐 무서운데……. 뭔데?"

"그때, 민태조 변호사님이랑 왜 만났냐고 절 무슨 산업스파이로 막 취조했던 그때 말이에요. 그거 혹시…… 질투해서 그랬던 거예요?"

"……"

대답 없이 싱긋 웃는 그의 표정이 곧 대답이나 다름없었다.

"질투해서 날 그렇게 형사, 일급살인범인 취조하듯 그렇게 몰아붙인 거예요?"

"친구 만난다고 거짓말한 데다, 단둘이 만난 것도 모자라 남의 눈에 오해받기 딱 좋은 분위기를 연출했으니까. 그때 정말 많이 참은 거야."

"많이 참았다고요? 헐, 안 참았으면 난 지금쯤 아예 서대문형무소에 들어가 있든가 오독오독 씹혀서 한니발 렉터 저녁거리로 팔려가고도 남았겠네요?"

"서대문형무소는 지금 폐소되어 역사관으로 바뀐 지 오래고 한니발 렉터는 토마스 해리스 창작소설 속 허구의 인물이야."

지지 않고 따박따박 받아친 현의는 지나의 옆에 더 가까이 다가가 앉았다. 그의 눈은 상대방을 단숨에 녹여버리기라도 할 기세로 달콤달콤 레이저를 쏘고 있었다.

"이번 주말에 어르신들에게 정식으로 인사하러 갈게. 다음 달에는 우리 부모님도 미국에서 돌아오시니 모두 다 정식으로 뵐 수 있을 거야."

"잠시만요. 부탁인데 그렇게 혼자 앞서 나가지 말고요, 그 전에 중요한 할 말이 있어요. 신뢰에 대한 문제예요."

지나는 이번에야말로, 그 문제의 고깃덩어리 발언에 대해서 자초지종을 물어야겠다 단단히 결심하고 있었다. 몇 번이나 그에 대한 이야기를 꺼내려 했다가 그가 돌아간 뒤에야 혼자 또 여러 가지 생각들을 곱씹느라 미뤄온 게 벌써 이틀이 지나 있었다.

그녀는 깊은 딜레마를 겪고 있었다. 남자든 여자든 세상에 성인군자는 없는 법이었다. 안 듣는 곳에서는 나라님 욕도 한다는 옛말이 왜 있겠는가. 직접 면전에 대고 상처를 주지 않는 이상, 누구든 다른 사람 험담하게 마련이었다. 아무리 당사자 앞에서는 간이며 쓸개라도 다 빼줄 것처럼 간사를 부리다가도, 등 뒤에서는 온갖 저질스럽고 비열한 뒷담화를 하는 게 사람인 법이었다.

그래서 장난감을 좋아하는 마음과는 별개로, 그를 완벽한 인격자로 우상시할 비현실적인 의도는 전혀 없었다. 그럼에도 불구하고, 그게 남의 말이면 쉽지 자기 자신에 대한 것이라면 얘기가 달라지게 마련이었다. 그렇게 쉽게, 없었던 일로 돌리기란 지극히 어려운 일이다.

만약 현의가 그의 발언을 끝끝내 부정한다면? 그녀는 그에게 실망하고 말 터였다. 만약 순순히 인정하고 진심으로 사과한다면? 사과를 받아들여야겠지만, 그렇다 해도 그가 등 뒤에서 누군가의 외모에 대해 그렇게 심한 모독을 할 수 있다는 점에 여전히 실망하게 될 것은 마찬가지였다. 차라리, 하도 오래전 일이라 기억이

나지 않는다고 말해주는 게 최선일 것 같았다.

하지만 그렇다고 해도 지나의 기분이 개운해지진 않을 터였다. 아무리 완벽한 인격적 완성자는 아니라 해도, 적어도 사람을 외모 기준으로 그렇게 비인간화하는 품성의 소유자만은 아니길 바라는 마음이 간절했기 때문이었다. 그녀가 계속 침묵을 지키며 망설이자 현의는 지나가 말하려는 걸 다른 의미로 오해했는지 선뜻 입을 열었다.

"신뢰 문제- 그래. 알아. 내가 내 이야기를 충분히 안 했지. 안 그래도 내일 퇴원하면 나에 대해 좀 더 알려주려고 했었어."

"그, 그게 아니라……."

"아 참, 박효선 변호사가 전달해달라고 했어. 다들 병문안 오고 싶어 했지만 내가 너 이미 퇴원해 집에서 쉬고 있다고 했어. 공연히 사람들 오가면 정신없을 것 같아서."

"박 변호사님? 아, 안 그래도 그 강민정 씨 사건 어떻게 되어가고 있어요? 공판이 이제 2주 좀 못 되게 남았잖아요!"

"지금 이 시점에서 진전이 없으면- 즉 다른 용의자도 없고 유력한 증거도 없으면 항소는 포기해야 할 것 같아. 안타깝지만 어쩔 수 없는 일이야. 다른 로펌에 재의뢰를 해봐도 되겠지만 다른 법률팀이라고 딱히 수가 있지는 않을 거야. 항소를 뒷받침할 유력한 증거가 없으면 결국 2심에서도 유죄판결이 나올 거고, 그럼 또 3심으로 가는 상고를 해야 할 텐데……. 지금으로서는 모든 게 희망적이지 않아. 모든 정의가 실현되는 건 드라마에서나 가능한 일이고, 정말로 강민정 씨가 진범인지 아닌지조차 우리는 판단할 수가 없어."

"……."

지나는 다소 냉정하지만 그의 말이 옳음을 수긍할 수밖에 없었다. 비록 박효선 변호사나 그녀나, 강민정이 무죄이고 그 배후에 누군가 진범이 있다는 심증이 강하게 들었지만 심증은 어디까지나 심증일 뿐이었다.

그때 현의 휴대폰이 울렸다. 문자 메시지를 잠깐 들여다본 그는 서류 케이스를 챙기며 지나 쪽을 바라보았다.

"나도 가봐야 해. 밀린 일들이 많고 내일은 2박 3일 제주도 출장이야. 내일 퇴원할 때 정 실장이 대신 와서 다 수속 밟아주고 집까지 데려다줄 테니 일요일에 보자."

"일요일? 월요일이 아니라요?"

"일요일. 나에 대해 좀 더 자세히 알려주기로 했잖아. 몸조리 잘하고……. 집에서 좀 힘들더라도 조금만 버텨. 함께 살 날도 이제 얼마 안 남았으니까."

"뭐요? 함께 살 날이 얼마 안 남았……."

지나는 그가 며칠 전, 내년 봄 이전에 결혼할 생각이다 고백한 말을 새삼 떠올리고 입을 다물었다. 설마, 설마 했는데 정말 진심이란 말이야? 하지만 그 고깃덩어리는 도대체 어쩌고? 아무리 오랜 시간이 흘렀어도 난 그 고깃덩어리를 영원히 뇌리에서 박박 지워버릴 수 없을 것만 같은데 도대체 어떻게 해야 하지?

"제주도에서 하루에 세 번씩 꼬박꼬박 전화할 테니까 바로 받고. 알았지?"

"고기…… 고깃덩어리……."

"뭐?"

저도 모르게 입술 새로 튀어나온 지나의 말에, 현의는 미간을 살짝 좁혔다.

"고기? 고기 먹고 싶어? 제주도 흑돼지가 유명하긴 하지만. 포장해서 사올까?"

"아니에요! 그게 아니라……. 아, 머리 아프니까 이제 그만 가요!"

"그냥 가면 아쉽지."

"……!"

지나가 어버버, 두 손을 휘저어 그의 접근을 막으려 했지만 남자의 힘을, 더군다나 장난감의 힘을 당할 수 있을 리가 없었다. 1초 전까지 굳건히 유지하고 있던 장현의의 차분하고 냉철한 카리스마는 어디론가 사라지고 없었다. 자제력을 잠시 해제시킨 대신, 날것 그대로의 동물적인 본능과 강렬한 야수성이 한껏 드러나는 순간이었다.

현의는 침대 반대편으로 도망가려는 지나를 순식간에 붙잡았다. 한 손이 턱을 잡아 올리는가 싶더니, 다른 한 손으로 머리 뒤쪽을 단단하게 받쳤다. 부드러운 동시에, 강한 손길이었다. 지나는 입안이 뭔가로 잔뜩 들어차는 바람에 제대로 목소리를 낼 수 없었다. 현의의 입술에 철저히 정복당한 채, 목구멍으로 희미한 신음 소리만 흐느끼듯 간신히 내보낼 뿐이었다. 현의는 그녀의 머리를 꼭 끌어안고 정신없이 그녀의 입술을 탐하고 있었다. 두꺼운 환자복에 감싸인 가슴이, 그의 단단한 가슴팍에 눌려서 숨쉬기가 점점 힘들었다.

"……!"

지나는 한순간 눈을 번쩍 떴다. 그녀의 정신세계는 격렬한 키스로 점차 아득히 멀어져가고 있었다. 그런 그녀의 의식을 순식간에 현실로 되돌린 것은, 생전 처음 경험해보는 기기묘묘한 감각 때문이었다.

하악! 이 장난감이, 이 인간이 어따 손을 대는 거야, 지금?

그녀의 턱 아래를 부드럽게 잡고 있던 현의의 한 손이 어느새 한참 아래로 내려와 있었다. 아니, 그냥 내려오기만 한 게 아니라, 환자복 상의 밑자락을 들추고 그녀의 탄탄한 복부의 맨살을 더듬고 있었다! 그의 큰 손바닥은 따스한 온기를 넘어서서, 뜨거운 열기로 가득 차 있었다. 그의 손이 볼륨감을 확인하듯, 봉긋이 부풀어 오른 얇은 브래지어 아래를 감싸 안자 짜릿, 하는 전율에 지나는 몸을 떨었다. 꿈인지 현실인지 이젠 분간조차 할 수 없을 지경이었다. 그녀가 가까스로 정신을 차린 것은 현의가 그녀의 입에서 입술을 살짝 떼었을 때였다.

뭐야, 간지나? 장난감이 정육점 주인마냥, 고깃덩어리라 부르던 내 몸을 막 만지고 주무르고 있잖아. 넌 자존심도 없니? 당장 거기서 멈춰!

"자, 자자잠깐! 그만해요!"

지나는 황급히 그를 밀쳐내며 뒤로 한껏 물러났다. 그녀의 몸은 침대 반대쪽 끄트머리에서 떨어질락 말락 할 지경이었다.

"지금, 환자한테 뭐 하는 거예요! 이, 이이이, 시, 신성한 병실에서!"

"……병실이 신성하단 말은 처음 듣는데. 신성한 건 히포크라테스 선서 아냐?"

현의는 아쉬움에 한쪽 입술을 일그러뜨리며 웃었다. 예전부터 지나를 항상 분하게 만드는 여유만만한 웃음이었다. 그는 마치 아무 일도 없었다는 듯 똑바로 서서 옷매무새를 단정히 했다. 지나는 잠옷 입은 몸 위에 침대 시트를 돌돌 말아 견고한 방어벽을 치고 서 나름 매몰차게 쏘아붙였다.

"그만 가요, 이제!"

"역시 암만 봐도 버진(virgin)이야."

"뭐요?"

지나는 그 영어단어의 뜻을 결코 모르지 않았다. 자주 보아온 미국드라마들이 아니더라도, 애당초 결혼식에서 신부가 신랑을 향해 걸어가는 버진로드(virgin road)의 그 버진이 뜻하는 바가 무엇이겠는가. 장난감은 지금 그녀가 경험 한 번 없는 모태솔로 처녀임을 확신하고 뭐가 그리 흐뭇한지 히죽히죽대고 있었다. 지나는 자신이 그렇게나 미숙하게 티를 냈나 싶어 수치스러운 동시에, 현의의 태도에 갑자기 부아가 치밀어 견딜 수 없었다.

"그런 발언 성희롱인 거 몰라요? 당장 나가요, 나가! 이 교양변태야! 혼자 지구상 품위는 다 갖춘 척 행세하면서 어디 그 나쁜 손짓거리를!"

"전화할게."

그녀의 비난세례에도 장난감은 전혀 굴하지 않고, 차분히 문을 향해 걸어 나갔다.

"전화하지 마요! 확 차단해버릴 거야! 햄 통조림 만들어버릴 거라고!"

현의는 조용히 문을 닫고 사라졌다. 그러나 정확히 2초 뒤, 지나가 숨을 씨근덕대며 진정시키고 있는데 문이 스르륵 다시 열렸다. 그의 잔잔한 미소가 다시 문 저편에 등장해 있었다.

"D컵 맞지? 아니 C, D 중간인가?"

"이……!"

지나가 베개를 마구 던지며 외계어 같은 폭풍 욕설을 내뱉은 뒤에야 문은 다시 완전히 닫혔다. 그녀는 홧김에 휴대폰을 집어 들어 장난감이라 저장되어 있는 번호를 찾아서 수신차단 시켜버렸다. 하지만 5분도 지나지 않아서 수신차단은 금세 다시 해제되고 말았다.

11월도 끝 무렵에 접어들면서 기온이 본격적으로 하락하기 시작했다. 지나는 이불 속에서 화장대 위 바구니로 손을 뻗어 립밤을 꺼냈다. 겨울에 입술이 금세 건조해지고 잘 트는 체질이라, 이맘때부터 틈틈이 립밤을 바르는 게 습관이 되어 있었다. 입술을 손가락 끝으로 슬슬 문지르던 지나는 갑자기 퍼뜩 든 생각에, 이불을 확 젖히고 침대 위에 똑바로 앉았다. 그녀의 것에 와 닿았던 누군가의 입술이 전광석화처럼 뇌리에 떠올랐다.

"아, 진짜……!"

지나는 열기가 확 솟아올라 금세 뜨거워진 양 뺨을 두 손으로 감쌌다. 목요일 오후, 그와 두 번째로 키스를 나눴던 그 모든 순간들이 머릿속에 파노라마처럼 마구 재생되어 그녀를 당혹케 만들고 있었다. 현의는 사실 세 번째라 말했지만, 첫 번째는 그녀의 기억에 전혀 없었으므로 무효화하는 게 맞다고 믿었다. 아니, 애당초 의식이 없을 때 그렇게 기습키스를 하다니 괘씸하기 이를 데 없었다.

"이놈의 장난감! 확 추행죄로 고소해버릴까 보다! 거기 CCTV가 있던가? 아냐……. 있다 해도 너무 오래됐어. 젠장! 어떻게 내 첫 키스를 그런 식으로."

지나는 뭐라고 중얼중얼 욕지거리를 하다가 띠링, 알림음에 휴대폰을 주워들었다. 역시나 예상했던 인물에게서 문자가 와 있었다.

[지금은 목 괜찮아? 전화해도 되지?]

아까 전화벨이 울렸을 때 목 아파서 전화 못 받겠다고 문자를 보낸 지가 불과 한 시간 전이었다. 지나는 손가락이 보이지 않을 빛의 속도로 두다다닥 문자를 보낸 뒤, 휴대폰 알림음을 무음으로 해버리고 아예 책 사이에 끼워버렸다.

[안 돼요. 하루 종일 말 안 해야 나을 것 같아요.]

하지만 그녀 역시, 5분 만에 다시 책을 주섬주섬 집어 들어 답장을 확인하긴 매한가지였다.

이번 문자까지만 확인하고 이젠 절대 확인 안 해! 아예 서랍 안에 넣고 잠가버릴 거야!

장난감의 답변은 간결했다.

[알았어. 목 관리 잘 하고 내일 오후 12시 7분에 전화하면 집 앞에 나와.]

12시도 아니고 12시 7분은 또 뭔지, 지나는 입을 불퉁하게 내밀었지만 결국 단 세 글자로 답변을 보냈다.

[봐서요.]

일요일, 지나는 현의에게서 문자를 받고 화장도 안 한 맨얼굴에 가벼운 캐주얼 차림으로 집 밖을 나섰다. 머리만 막 감았을 뿐 화장도 해야 되고 옷 갈아입느라 3, 40분 걸릴 거라 말했지만 그는 지금 딱 그대로의 모습으로 당장 집 앞 골목으로 나오라 명령했다.

어차피 장난감 그 외에는 마주칠 사람 하나 없으니 민낯이든 노숙자 차림이든 신경 쓸 필요가 없다는 것이었다.

대문을 나서서 바로 모퉁이를 돌자, 이미 눈에 익은 검은색 BMW가 지나의 시선에 들어왔다. 현의는 차창 밖으로 고개 내밀어 옆에 타라고 눈짓해 보였다. 지나가 차에 오르자마자 그는 시동을 걸고 곧장 사무실 쪽으로 차를 몰았다. 오늘 만나면 그 자신에 대해서 더 알려준다고 했는데 과연 어디로 데려가서 무엇을 더 알려줄지 궁금했다. 아직 미국에 계신 부모님은 2주 뒤에나 귀국한다고 하니까 부모님은 아닐 터였다. 어차피 만날 사람도 없고 그대로 몸만 나오면 된다고 했으니, 가까운 친지나 친구들도 아닌 게 분명했다. 그럼 갈 곳은 하나밖에 없을 것 같았다. 그리고 잠시 후, 지나의 그런 예감은 적중했다. 그들을 태운 차는, 사무실 건물과 인접한 대로변의 화려한 오피스텔 건물로 가까이 접근하고 있었다.

"집? 집 안에서 단둘이요?

"……왜? 잡아먹을까 봐?"

차가 오피스텔 주차장 진입로로 미끄러지듯 들어가는 순간, 지나는 어쩐지 기분이 이상했다. 하지만 불안하거나 꺼림칙한 것과는 거리가 멀었다. 그의 가장 사적인 공간이 어떤지 호기심도 일었고, 그 안에서 단둘만 있게 된다는 사실이 무언가 그녀를 설레게 만들고 있었다. 하지만 그 호기심과 설렘도 잠시, 지나는 처음 들어가본 오피스텔 최상층 내부가 생각보다 훨씬 넓다는 사실에 먼저 압도되었다. 아무리 봐도 100평은 넘었다. 그리고 엄청나게 휑뎅그렁했다. 고급스럽고 세련된 대리석으로 마감되었어도 뭔가 휑한 건 어쩔 수 없었다. 마치 이사 가기 직전이거나 막 이사 와서 가구 집기들을 들여놓기 직전의 상태 같았다.

"헐. 이거 혹시 요즘 유행하는 그 스타일이에요? 북유럽 스칸디나비아 미니멀리즘 인테리어? 최소한의 가구와 최대의 여백."

"그냥 장남간 스타일이야. 원래 이것저것 들여놓는 성격이 아니라서."

지나는 운동장만 한 거실을 휘휘 둘러보았다. 커다란 소파와 대형 벽걸이 TV, 오디오 세트로 짐작되는 뭔가 희한한 기기만이 널찍한 거실을 가득 채우고 있었다. 그나마 그 안에 온기를 불어넣어주는 것은 바깥에서 비쳐드는 초겨울 햇살이었다. 한쪽 벽이 통째로 유리로 되어 있는 창문 너머로 햇빛이 따스하게 비쳐들고 있었다.

"화분이라도 좀 놓는 게 좋을 것 같아요. 벽엔 그림도 걸고. 돈이 없는 것도 아닐 텐데 이렇게 삭막하게 해놓고 살면 밤에 귀신 나오겠어요."

"어차피 못 돌봐줘서 죽일 거, 그게 더 잔인하지 않아? 점심 아직이지? 일단 밥부터 먹자."

"밥? 뭐 중국집이나 피자 시키려고요?"

"그럴 리가. 처음 우리 집에 왔는데 성의 없게 그럴 수는 없지. 금방 준비되니까 집 구경 좀 하고 있든가. 별로 구경할 것도 없지만."

"……"

지나는 현의의 어깨 너머로, 그녀의 역삼동 집 주방보다 다섯 배는 더 넓어 보이는 탁 트인 아일랜드식 주방을 기웃기웃 들여다보았다. 커다란 빌트인 냉장고와 개수대 옆에는 식기세척기, 벽 한쪽에는 미국드라마에서나 보던 큰 오븐도 제대로 설치되어 있었다. 에스프레소 추출기로 보이는 복잡한 커피머신과 토스터기도 인테리어의 한 부분인 양 품격이 넘쳐흘렀다.

"뭐 도와줄 건 없어요?"

"없어. 어차피 거의 다 준비되어 있으니까."

현의는 드레스 셔츠 양 소매를 팔꿈치 위까지 걷어 올리고 냉장고 문을 열어 이것저것 들여다보았다. 지나는 그의 말에 더 토 달지 않고 주방에서 천천히 물러났다. 공연히 도와준다고 옆에서 거치적거리느니 그냥 멀찌감치 떨어져 있는 게 훨씬 더 도움이 될 터였다.

설마 직접 하는 건 아니겠지. 그 솜씨 좋은 가사도우미가 다 준비해놓은 걸 데우거나 세팅하는 정도겠지…….

그녀는 자타 공인 고자손이라 평할 만큼 요리엔 일가견이 없었다. 나중에 시집이나 제대로 가겠냐고 툭하면 엄마나 이모들에게 온갖 구박을 들었고 그때마다 지나는 속으로 이를 갈곤 했다.

두고 봐, 내가 어떡하든 성공해서 가사도우미 데리고 살 거니까!

물론 어른이 된 지금은 상주 가사도우미에서 삼시세끼 외식, 전용 반찬가게로 그 꿈이 상당 부분 현실적으로 낮아져 있었다. 지나는 주방을 나가서 거실을 휘휘 둘러본 뒤 긴 복도 끝, 현의의 침실로 예상되는 방 쪽으로 가보았다. 살짝 열린 문틈으로 실버 그레이색 벽지가 언뜻 보였다. 생전 처음 들어와보는 그의 가장 개인적인 거처였다. 7년 전 그녀의 집 다락방에 석 달간 머물렀을 때는, 어차피 그의 취향대로 꾸며진 것 하나 없는 임시 거처였으니 지금 그녀가 마주한 곳이 장난감의 진정한 공간일 터였다.

지나는 조심스레 안으로 발을 들여놓았다. 방 안은 언젠가, 미용실에서 파마할 동안 여성잡지에서 본 미니멀리즘 스타일 모델 룸을 고스란히 옮겨온 것 같았다. 블랙과 화이트 톤 가구들이 절묘한 대비와 조화를 동시에 이루는, 군더더기 하나 없는 심플함의 결정체였다. 공간과 음식은 단순한 취향을 넘어서서. 그 사람의 본질을 보여준다는 말이 갑자기 뇌리에 떠올랐다. 이런저런 장식 없는 서늘한 단순미가 딱 장난감 그대로의 모습을 반영해주는 것 같았다. 방 안은 결벽증 환자의 공간처럼 지나치게 깔끔하지는 않았다. 바닥에 놓인 책들이며 의자에 아무렇게나 걸쳐진 옷들하며, 적당히 흐트러져 있는 동시에 적당히 잘 정리되어 있었다.

지나는 벽지와 색깔을 맞춤한 은회색 침대 시트를 조용히 눈으로 쓸었다. 탁 트인 양지바른 창가 옆, 따스한 햇살이 킹사이즈 침대 위에 드리워져 아늑한 분위기가 연출되고 있었다. 여기가 장난감이 밤마다 자는 곳이구나 생각하니 어쩐지 마음이 싱숭생숭 이상했다. 벽 한쪽 대부분은 블랙 톤 책장이 우뚝 서 있었고, 서점 한 귀퉁이를 방불케 할 만큼 책들이 꽉 들어차 있었다. 잠깐 한눈에 훑어만 봐도 반은 법률 관련, 반은 원서로 책장 안이 빼곡하게 차 있었다. 침대 옆 프린츠 붙박이장 색깔 역시, 온통 눈처럼 흰색이었다.

"이쁘긴 한데…… 이렇게 온통 흰색이면 금방 때 탈 텐데. 청소하느라 힘드시겠다."

지나는 안면식도 없는 도우미 아주머니의 노고에 경의를 표하며, 드레스 룸과 욕실로 이어지는 복도를 잠시 어슬렁거렸다.

그때 주방 쪽에서 그녀를 부르는 현의의 목소리가 점점 가까워지고 있었다. 복도 너머 거기까지 맛있는 음식 냄새가 그녀의 허기진 위를 자극해오고 있었다.

"다 됐어. 빨리 와."

"냄새가 기가 막힌데요? 늦게 일어나서 아침도 안 먹었는데……."

지나는 현의 등 뒤를 따라서 졸래졸래 주방으로 향했다. 6인용 식탁을 본 그녀의 눈은 그야말로 눈알이 튀어나올 만큼 휘둥그레져 있었다. 명절 잔칫상이나 제사상 외에, 이렇게 푸짐하게 차려진 식탁은 본 역사가 없었다.

"꺄악! 이, 이, 이건 뭐…… 도대체! 무슨 잡들이 잔칫상 차렸어요? 도우미 아주머니 진짜 고생 많이 하셨겠다!"

오랜 시간 정성들여 푹 우려낸 듯한 사골곰탕에 단호박 치즈 훈제오리찜, 연어 스테이크에 숙주와 청경채, 양배추 등, 위에 좋은 채소들이 듬뿍 들어간 양배추 소고기볶음, 윤기가 좔좔 흐르는 연근조림에 옥수수와 피망, 브로콜리, 컬리플라워, 터닙, 비트, 브뤼셀 스프라우트, 스노우콩, 로메인과 샐러리 등 서양 야채들이 가득한 샐러드, 신선한 무순과 깻잎, 파프리카 등이 들어가 땅콩소스와 곁들여진 무쌈말이, 애호박찜, 미역무침 등 그야말로 상다리, 아니 식탁 다리가 휘어질 정도로 가득 차려진 밥상에 지나는 절로 나오는 비명을 자제할 수가 없었다.

음식뿐이 아니었다. 접시에 알록달록 색색으로 소담하게 담겨진 플레이팅 자체도 너무나 예뻐서 감탄을 금할 수가 없었다. 전에 그가 병원에 싸왔던 찬합 도시락처럼, 보통 노련한 솜씨가 아니었다. 차마 먹기 아까울 정도였다.

현의의 손짓에 따라, 지나는 그와 마주 앉아 휴대폰부터 재깍 집어들었다. 웰빙 한정식 소개 팸플릿으로 쓰여도 좋을 정도로 예뻐서 사진으로 남겨두고 싶었다.

"진짜 예술인데요! 도우미 아주머니가 이렇게 예쁘게 데코까지 다 해놓고 가신 거예요? 우와…… 진짜 월급 많이 받으셔야 되겠다!"

현의는 그녀가 호들갑을 떨거나 말거나, 샐러드를 비네거와 올리브 오일 소스와 잘 버무려 개인접시에 따로 또 덜어주었다. 지나는 진수성찬 앞에 분수처럼 치솟는 식탐을 잘 억제하려 애써야 했다.

모든 음식은 정말 웬만한 퓨전 레스토랑 못잖게 기가 막혔다. 요리 고자손인 그녀로서는 감탄과 경외감, 일종의 서글픔마저 느껴지게 만드는 훌륭한 솜씨가 아닐 수 없었다. 똑같은 두 손과 열 손가락을 지니고 태어났는데 어떻게 누구는 밥물 하나 못 맞추고, 누구는 이렇게 입에서 살살 녹는 식재료 최상의 화학 과정을 구사할 수 있단 말인가.

특히 난생처음 먹어보는 단호박 치즈 훈제오리찜의 맛은 가히 완벽에 가깝다고 할 수 있었다. 지나는 야들야들 치즈와 버무려져 한결 더 고소한 풍미가 가득한 오리살을 천천히, 쉬지 않고 음미했다. 부들부들 감칠 맛 나는 육질이, 그야말로 중독성이 가득해 도저히 손을 뗄 수가 없었다.

"우와! 오리고기 처음 먹어보는데 이게 이렇게 맛있을 줄이야……. 단호박이랑도 진짜 잘 어울리네요! 근데 도우미 아주머니는 일주일에 몇 번이나 오시는 거예요? 식구라야 달랑 한 명에다 외식도 많을 테니 매일은 아닐 거고……. 세 번? 두 번?"

"……."

현의는 잠시 간격을 두었다가 부드럽게 말했다. 그녀가 물어본 것과는 조금 핀트가 어긋난 대답이었다.

"그렇게 입에 맞으면 집에 갈 때 다 싸줄게. ……아냐. 가져가봤자 혼자 맘 편히 먹지도 못하겠지. 저녁도 아예 먹고 가고, 내일도 와서 삼시세끼 다 먹고 편히 있다 가."

"……괜찮아요."

"난 큰 서재에서 일하면 되니까 넌 작은 서재에서 책도 읽고 음악도 듣고 편히 쉬면 돼."

"큰 서재? 작은 서재? 대표님 침실 바로 옆에 서재, 그거 말고 서재가 하나 또 있어요?"

"그쪽 복도 말고, 이쪽 편 복도 끝."

"……아하."

현의는 젓가락으로 주방의 다른 쪽 복도를 가리켜 보였다. 집 안은 중간에 거실과 주방을 두고서, 양쪽 동서 방향으로 복도가 쭉 나 있는 구조였다.

"혼자 살기에 진짜 어마어마하게 큰 집인데요. 설마…… 실소유주예요?"

"당연히 아니지. 부모님 이름으로 된 집에 잠시 얹혀사는 것뿐이야. 그나마 미국에서 좀 모은 돈은 지금 사무실 마련하는 데 죄다 투자했어. 은행잔고 거의 제로야."

"쳇. 그래도 이런 집 떡하니 옜다 살아라 내주실 수 있는 부모님이 계신데 뭐가 걱정이겠어요."

지나의 투덜투덜 빈정거림에, 그는 아무 말 없이 설핏 웃었다. 현재 추진 중인 아시아 전역, 그리고 미국 합작법무법인까지 일시 오픈해 본래 계획의 60%만이라도 순조롭게 진행된다면 이 정도 오피스텔은 스스로의 힘으로 몇 채든 살 수 있을 것이다. 하지만 너무 이른 샴페인을 터뜨리지 않는 성격답게, 현의는 열심히 젓가락을 놀리는 지나를 묵묵히 바라만 보았다.

식사를 마치고 그는 에스프레소 추출기에서 뽑아낸 커피는 자신을 향해, 위장 약한 지나를 위해서는 민들레 차를 각각 준비해 거실 테이블에 세팅했다. 그런 현의의 모습을 보고 있노라니 지나는 어쩐지 위화감이 들었다. 의외로 주방 일에 매우 익숙해 보이는 그 동작이 예사롭지가 않았다.

하지만 현의가 그녀를 옆에 앉히고 그의 어린 시절이 담긴 사진첩을 보여주자, 그녀의 주의는 순식간에 그쪽으로 확 쏠렸다. 장난감의 어린 시절이라니! 지나는 그의 손에서 빼앗다시피 해서 앨범을 무릎 위에 올리고 두근두근 설레는 마음으로 첫 장을 펼쳐 들었다. 예상대로 너무도 귀여운 남자아이와 여자아이 두 명이 컬러 사진 속에서 활짝 웃고 있었다. 셋 다 많아봐야 네다섯 살 정도밖에 되어 보이지 않았다.

"아, 대표님이랑 누나군요. 그런데 이 여자아이는 누구? 친척이에요? 근데 큰형은 어디 있어요? 대부분 대표님이랑 이 두 여자애들뿐인데……."

"……."

현의의 침묵에, 지나는 그의 얼굴과 앨범을 번갈아 바라보았다. 현의는 뭔가, 말하고 싶지 않은 듯 복잡미묘한 표정이었다. 한참 뒤에야, 지나는 그 사진들 속의 세 아이가 모두 장가네 아이들이란 사실을 알아채고 경악의 비명을 질렀다.

"헐! 이, 이 여자애! 설마 대표님이에요? 오 마이 갓······!"

"누나가 여동생 대신 갖고 놀았지. 정말로 장난감 취급당했어. 이름도 장남순이라고 부르고."

지나는 도저히 박장대소하지 않고는 견딜 수가 없었다. 한참을 배를 잡고 웃어댄 그녀는 눈가에 살짝 맺힌 눈물을 닦아내며 이상하게 일그러진 얼굴로 물었다.

"전에 형님은 장신의라고 했었고. 누나 성함은 뭐예요? 역시 의자 돌림?"

"장열의. 열심히 하려는 마음."

지나는 다시 푸하하 웃음을 터뜨리며 앨범 속 앙증맞게 머리에 리본 꽂은 여아, 아니 남아를 다시 유심히 들여다보았다. 형과 누나는 각각 세 살 차이, 누나와 그는 두 살 차이라고 했으니 지금 큰형은 서른일곱, 누나는 서른넷일 것이다. 누나는 아직 미혼이라 들은 적이 있었고 형 장신의는 세 살 연상 캐런 리와의 사이에 어린 아들이 둘이라고 최근 확인된 바 있었다. 사진 속, 열의란 이름의 그의 누나 역시, 조막만 한 얼굴에 인형처럼 예쁜 외모를 가지고 있었다. 이변이 없는 한 지금도 꽤 눈에 띄는 미인일 것 같았다.

"그럼 장신의, 장열의, 장현의- 이렇게 삼남매군요. 근데 누님은 왜, 아직 결혼 안 하셨어요? 물론 요즘 골드싱글이 드문 건 아니지만."

"독일 출신 미국인과 동거 중이야. 부모님은 왜 어중간하게 동거냐고 못마땅해하시지만······. 아무리 미국식 스타일이셔도 한국 사람들이시니까. 뭐, 저러다 언젠가는 혼인신고 할 수도 있겠지."

"아, 그렇군요. 근데…… 대표님 진짜 이뻤네요, 이때……."

현의는 계속해서 큭큭 웃어대는 지나를 물끄러미 보다가 진지한 어조로 불쑥 말했다.

"이제 대표님 소린 그만해. 둘만 있을 때는."

"에? 그럼 뭐라고 불러요? 예전처럼 아저씨라 부르긴 좀 그렇고."

"현의든 남간이든 뭐든 원하는 대로 불러. 아저씨나 대표님은 빼고……."

"미국에서 활동할 때 미국 이름은 뭐였어요?"

"람칸. 다들 인도에서 살았냐고 물어봤었지. 남간, 람간, 람칸, 이렇게 진화했어. 영어권에게 현의는 발음이 어렵고 굳이 영어식 이름을 짓기도 그래서 그냥 남간 장, 이라고 했더니 다들 발음이 새서 결국 국적불명 람칸이 됐지."

지나는 다시 히끅 소리를 내더니 양 손바닥에 얼굴을 묻고 가늘게 흐느꼈다. 전혀 웃기지 않은 진지한 목소리로 정색하며 말하는 그의 말투도, 상대방을 빵빵 터지게 하는 데 크게 일조하고 있었다. 지나는 눈가를 훔치더니 이상한 쇳소리를 내면서 숨을 들이켰다.

"아, 알았어요. 남간 씨라 부를게요, 둘이 있을 때는 그렇……."

지나는 말을 끝낼 수가 없었다. 어느덧 바짝 다가온 현의가 그녀의 무릎 위에 올려져 있던 앨범을 들어 올리는가 싶더니 소파 한옆으로 홱 밀쳐버렸다. 그의 의중은 너무도 뻔했다. 지난번 병원에서 하던 일을 계속 이어서 하려는 것이었다.

지나는 양손으로 그녀의 입을 단단히 봉하며 서서히 다가오는 장난감의 입술로부터 순결을 사수하려 애썼다. 현의는 열심히 입술을 사수하는 지나의 두 손목을 부드럽게 잡고 아래로 끌어내리려 애썼다. 여자치고 지나의 힘도 만만치는 않았다. 그래도 건장한 성인 남자를 당해낼 수는 없었다. 지나는 두 손목이 그의 손아귀에 꼼짝달싹 못하게 잡히자 학학, 숨을 몰아쉬며 빽 소리를 질렀다.

"아, 좀! 제발 양치질할 틈도 없이 식후 바로 그러지 좀 말라고욧!"

"그럼 뭐, 자 지금부터 키스할 거니까 어서 가서 양치질을 하고와. 뭐 이렇게 사전에 통보하고 두 손 모아 여기서 얌전히 기다리고 있어야 되나?"

마땅찮은 기색이 역력한 얼굴로, 현의는 신랄하게 말을 이었다. 마치 법정에서 상대방의 주장을 가당찮다는 듯 반론을 펼치는 모양새였다.

"그럼 ABC에서 C까지 진도 나갈 때도-어차피 다음 주 어르신들께 정식으로 인사드리면 바로 C로 넘어가겠지만-뭐, 이렇게 해야 돼? 자, 우리 지금부터 그걸 할 거니까 먼저 옷부터 단정하게 각자 벗어서 주름 하나 없이 옷장에 걸자. 그리고 양치질에 샤워 꼼꼼히 하고 와서 넌 침대 이쪽 편에 눕고 난 여기 눕는 거야. 그리고 내가 45도 각도로 몸을 기울이면 너도 무릎을 40도 정도로 세우고……."

"아악! 지금 대체 뭔 소리를 하는 거야! 아예 포르노 각본을 써욧!"

"그렇지? 역시 자연스럽게 본능에 따르는 게 가장 좋아……. 이리 와."

현의는 그녀가 대꾸할 새도 없이 더 바짝 밀착해오고 있었다.

"나보고 이리 오라면서 왜 자꾸 자기가 오……. 핫!"

뜨거운 입술 살갗, 연이어 말랑한 혀가 치아에 부딪쳐 들어왔다. 루왁 커피던가 나이로비에서 직접 공수한 AAA급 커피던가, 그가 조금 전까지 마시던 알싸한 커피 향이 입속으로 빠르게 퍼져가기 시작했다. 폭신한 니트 셔츠가 그녀의 카디건 가슴팍을 압박해오더니 이내 지나의 등과 머리는 더욱 폭신한 뭔가에 닿았다.

어느새 그녀는 긴 가죽소파 위에 누운 자세가 되어 있었다. 머리끝이 쭈뼛 서면서 전기에 감전된 것 같은 아찔한 현기증이 눈앞을 마구 덮쳐오고 있었다. 그의 강렬한 혀가 일으키는 아릿한 쾌감과 달콤한 전율에, 그대로 정신을 놓아버릴 것만 같았다.

"아, 안 돼! 잠깐만……. 잠깐만!"

하지만 그는 듣고 있지 않았다. 크고 따스한 손 하나가, 지나의 이마 위 머리칼 어딘가를 쓸어 올려 부드럽게 움켜쥐었다. 다른 쪽 손은 후드 티 목선 아래 드러난 쇄골 위를 더듬고 있었다. 처음엔 간질간질 더듬던 손길이 점점 더 대담하게 에로틱한 움직임을 띠기 시작했다. 지나가 본능적으로 손을 뻗어 그 손을 밀어내려 했지만 생각만큼 쉽지가 않았다. 그의 혀에 오감이 온통 장악된 느낌이라 손을 이리저리 뻗어도 자꾸 헛나가기만 했다. 무릎인지 다리인지 정확한 부위를 알 수 없는 그의 다리 어딘가가, 청바지에 감싸인 지나의 허벅지를 스쳐갔다. 그 관능적인 마찰에, 지나의 뇌리에는 한순간 잊고 있었던 아주 중요한 것이 퍼뜩 떠올랐다.

11화.

고깃덩어리! 그, 고깃덩어리에 대해 해명을 들어야 돼!

그렇지 않으면 장난감과 한 발짝도 앞으로 나아갈 수 없을 터였다. 그녀는 더 뭔가 진행되기 전에 반드시 오늘, 지금 이 자리에서 그 발언에 대해 확실히 짚고 넘어가야만 했다. 하지만 지금까지 내내 미뤄왔던 것처럼, 입이 쉽사리 떨어지지 않았다. 만약 그가 전혀 기억에 없다고 한다면?

'장난, 아니 남간 씨. 그때 난 분명히 들었어요! 사람도 아니고 여자도 아니고 그저 숨만 쉬는 고깃덩어리라고 날 지칭했던 그 말을!'

'……난 전혀 기억에 없어. 네가 잘못 들었겠지. 내가 등 뒤에서 너에 대해 그런 심한 말을 할 이유가 없잖아? 그냥 잊어버리자.'

거짓이든 진짜든, 그렇게 넘어가버리는 건 정말 싫었다. 하지만 그렇다고 그가 순순히 인정하고 사과해온다면?

'장난, 아니 남간 씨. 그때 난 분명히 들었어요! 사람도 아니고 여자도 아니고 그저 숨만 쉬는 고깃덩어리라고 날 지칭했던 그 말을!'

'어, 그래, 미안해……. 그때 태조 그놈이 너 좋아하냐고 하길래 내가 그냥 막 나오는 대로 말해버린 거야. 절대 진심이 아니었어. 정말 미안해.'

아예 기억 속에 존재조차 하지 않는 것보다는, 차라리 그 망언을 인지하고 사죄하는 후자가 더 나을 성싶었다. 그래도 여전히 찜찜하긴 할 것 같았다. 아무리 민태조가 불시에 물어봐서 당황했다 쳐도, 꼭 그렇게 그녀를 고깃덩어리로 만들어야 했을까? 아무리 7년 전의 일이고 진심이 아니었다 해도 납득하기 힘든 것은 매한가지일 것 같았다.

"대, 대표, 아니 나나, 남간 씨! 자, 잠깐만요! 나, 그 얘기 하고 싶어요, 7년 전 내가 왜 그랬는지!"

지나는 그가 입술을 살짝 뗀 틈을 타서, 있는 힘을 다해 그를 거세게 밀쳤다. 현의는 원망스런 눈으로 어떻게든 밀려나지 않으려 버텼지만, 지나가 7년 전 일을 말하겠다는 부분에 눈빛을 달리했다.

"말해."

"자, 잠깐만요. 마음의 준비 좀 하고요……."

지나는 방금까지 활발하게 이루어지던 화학작용으로, 미칠 것처럼 뛰던 가슴을 진정시키려 애썼다. 그녀는 숨을 크게 내쉬고 7년 전, 그가 삼촌과의 술자리 후 친구 민태조와 다락방에서 둘이 있었을 때 그녀가 방문 건너 들었던 이야기를 힘겹게 꺼냈다. 어차피 더 이상 그 일로 피차간에 질질 끌 수는 없었다. 현의는 속사포처럼 쏟아내는 그녀의 이야기를 들으며 당시의 기억을 되짚다가, 마침내 과거의 한 자락을 잡아냈다.

그가 과거 한 부분을 회상하듯 잠시간 침묵을 지키자, 지나는 두 눈을 날카롭게 치켜뜨고 물었다. 앞서 예측했던 시나리오 두 개 중 과연 어떤 걸까 싶어서 잔뜩 긴장하고 있었다.

"왜요. 너무 옛날 일이라 기억 안 나요?"

현의는 잠시 헛웃음만 짓다가 지나에게 시선을 돌렸다.

"기억나. 그리고 내 부모님 존함을 걸고 맹세하는데 널 지칭한 게 아니었어. 안 믿을지 모르지만 정말이야. 태조 그 자식이……그전에 소개팅 했던 여자에 대해 주선자에게 따졌던 표현 그대로 한 거야. 증거도 없고 이제 와서 그 새끼한테 증언하라 할 수도 없겠지만, 그게 진실이야."

현의는 소파에서 벌떡 일어나, 창 쪽으로 걸어가 밖을 내다보다 거실 안을 정신 사납게 왔다 갔다 걸었다. 항상 냉철하고 차분하거나 아주 가끔 비웃음 비슷한 표정으로 농담을 던지거나 둘 중 하나였던 그였건만, 이렇게 동요하는 모습은 지나도 생전 처음 보는 것이었다. 그는 소파 위에 멀거니 앉아 있는 지나에게 다시 저벅저벅 걸어와 앉았다. 그의 눈은 원망, 분노, 어이 상실 등 참으로 많은 감정들이 복잡하게 얽혀 있었다.

"어떻게 그 말 한마디를 7년 내내 마음에 담고 혼자 그렇게 오해할 수 있어? 요즘 말로 삽질이라 하나? 정말 기가 막혀 말이 안 나온다! 차라리 그때 그냥 방문 걷어차고 들어와 내 멱살이라도 잡지 그랬어? 그럼 적어도 오해는 안 했을 거 아냐!"

그는 그동안 자신을 얼마나 개호로 쓰레기 같은 놈으로 생각했냐고, 아니 애초에 어떻게 그녀에 대해 진심으로 그렇게 말했을 거라고 믿을 수가 있냐고 이를 갈며 항변했다.

"장난감도 다른 남자랑 결국 똑같은 족속이었구나 생각했죠 뭐. 말로는 외모가 다가 아니라고 하면서 뒤로는 외모를 곧 인격과 동일시하는……. 남자는 다 그렇다고 수도 없이 들었……."

지나는 말을 더 잇지 못했다. 그녀는 어느새 현의의 품에 포옥 안겨 있었다. 떡 벌어진 어깨 아래, 그의 품은 너무도 크고 따스했다. 성적 흥분에의 표현이거나 에로틱한 몸짓과는 사뭇 달랐다. 아주 어릴 적 우리 지나, 하면서 품에 꼭 안고 까끌한 턱을 비벼오던 아빠가 생각나는 것도 같았다. 커다란 나무 한 그루가 사납게 작열하는 태양 아래 아늑한 그늘을 만들어주는 느낌이었다.

"잠깐만…… 잠시만 이대로 있자."

현의의 낮은 바리톤 목소리가 동굴 안에 있는 것처럼 지나의 머리 위로 울려왔다. 그녀는 대꾸 없이 그대로 몸을 맡겼다. 잠시만이 아니라 좀 더 오래, 그렇게 장난감의 따뜻한 품에 안겨 있고 싶었다. 현의 특유의 체취는 세상의 어떤 향수나 꽃보다 더 기분 좋았고, 그 어떤 강한 무기도 그의 존재보다 더 든든하지 못할 것 같았다. 지나는 눈을 감았다. 어느새 그녀의 두 팔도 장난감의 등 뒤로 단단히 둘러져 있었다.

그동안 그 고깃덩어리 때문에 얼마나 가슴이 찢기고 힘들었는지 되새기자, 지금 이 순간이 꿈처럼 느껴졌다. 지나는 현의의 해명을 믿었다. 믿지 않을 수가 없었다. 그 발언 하나 때문에 그렇게도 오랜 시간 끙끙 앓았지만, 그 말 한마디를 제외하면 모든 것이 완벽하게 들어맞았다. 7년 전 그녀를 특별한 존재로 대해줬던 장난감의 태도, 그리고 다시 재회했을 때부터 지금까지 그는 항상 지나에게 각별했었다. 생각해보니 정말로 그랬다.

아파서 결근하자 죽이랑 각종 과일까지 집에 보냈고, 회식이 파할 때마다 언제나 대표인 그가 직접 차로 그녀를 집 앞까지 안전히 데려다주곤 했었다. 지금에야 돌이켜보니, 지난 추석 때 일부러 며칠 분 반찬을 죄다 가져다준 것도 일부러 집에 혼자 남을 그녀를 위한 것이었다. 그는 언제나, 그녀의 수호자거나 호위무사인 것처럼 행동해왔었다. 지금 와서 돌아보니 모든 것은 7년 전의 연속이나 다름없었다. 장난감이 병실에서 자기 입으로 말했던 것처럼, 그는 정말 그녀를 7년 전부터 사랑해왔던 것 같았다.

유리 선배, 그리고 알고 보니 장난감의 형수였던 캐런 리 때문에 혼자 마음고생 했던 순간들도 지나의 뇌리를 주마등처럼 스쳐 지나갔다. 그 두 여자, 특히 갑자기 나타난 캐런 때문에 얼마나 혼자 속 태우고 질투에 불타서 위경련까지 일으켰는지. 하지만 그녀의 정체를 몰랐던 이상, 도저히 둘 사이를 오해하지 않고는 배길 수가 없었다. 지금에야 마흔이란 걸 알고 경악했지만, 20대 후반에서 30대 초반 사이로 보이던 캐런은 정말 섹시미 넘치는 미인이 아니던가. 게다가 길고 곱슬거리는 머리칼을 뒤로 찰랑 넘길 때마다, 같은 여자가 보기에도 얼마나 관능미 넘치고 매혹적……. 아니, 잠깐만!

지나의 생각은 갑자기 어느 순간 정지했다. 캐런이 긴 머리칼을 뒤로 쓸어 넘기던 모습 위로, 비슷한 동작을 하던 다른 누군가의 얼굴이 겹쳐지고 있었다. 근 열흘 전에 사무실 빌딩 1층 카페에서 만났던 진선경은 몇 초에 한 번씩 지나치게 귀여운 모양으로 손가락을 구부려서 머리칼을 쓸어 넘기고 있었다.

그뿐만이 아니었다. 흔히들 드라마에서 섹시한 여자들의 모습을 강조할 때 슬로모션으로 나오듯, 그녀는 턱짓으로 머리칼을 뒤로 넘기는 습관이 있었다. 그 모습에는 어딘가 부자연스러운 것이 있었다. 그렇게 해야 예쁘고 섹시하게 보인다고 생각한 것처럼, 마치 일부러 오랜 시간 거울을 보고 연습한 것 같았다. 하지만 적어도 지나에게는 역효과였다. 진선경이 지나치게 자주 머리를 넘기는 바람에 대화에 집중하는 데 신경이 쓰였고, 그 결과 지금 그녀의 습관이 불현듯 기억에 떠오른 것이나 다름없었다. 지나는 현의의 몸을 포대자루처럼 냉큼 밀어젖히고 허둥지둥 옷가지를 챙겼다.

"대표, 아니 장난감 씨! 우리, 우리…… 지금 이러고 있을 때가 아니에욧! 빨리 일어나요, 사무실로 가요, 빨리! 그리고…… 박 변호사님 노트북…… 아니 컴퓨터! 어쨌든 빨리 사무실부터 가요, 어서!"

"뭐……. 왜 그래? 박 선배는 왜?"

현의는 지나의 갑작스런 재촉에 영문을 몰라 눈매만 좁히다, 갑자기 뭔가에 생각이 미쳤는지 자동차 키를 올려둔 주방 테이블로 향했다.

"혹시 전처럼, 뭔가 갑자기 떠오른 거야? 강민정 사건에 뭔가 짚이는 게 있어?"

"네, 일단 빨리 가봐요, 사무실로……. 아니, 바로 요 앞인데 뛰어가는 게 더 안 빠를려나? 아니면 택시로."

"가깝긴 해도 뛰어가는 것보단 차가 빠르잖아. 주차장에 내려가
자."

잠시 후, 불시에 연락을 받고 택시로 달려온 박효선 변호사와
지나, 현의는 모두 컴퓨터 화면에 하나같이 시선을 고정하고 있었
다. 그들이 나란히 보고 있는 것은, 피해자 김은희가 살해된 날 밤
진선경이 K갤러리 18세기 프랑스 화가 특별전 티켓부스에서 표를
끊고 가방을 맡기는 장면이었다. 티켓을 결제하고 가방을 맡긴 뒤
전표를 받아들기까지는 4, 5분 정도의 시간이 소요되었다. 검찰의
허가하에 습득한 CCTV 화면은 흑백인 데다 꽤 흐릿한 편이었다.
하지만 화면 속 여자는 얼굴형이나 통통한 체구가, 어느 모로 보나
진선경 본인이 맞았다. 하지만 지나의 생각은 다른 것 같았다.

"이 사람…… 진선경이 아니에요. 아주 닮았지만, 보세요. 이 여
자는 5분 동안 단 한 번도 머리칼을 쓸어 넘기지 않았어요! 제가
직접 만나서 탐문했을 때 이 사람은 정말 10초에 한 번 꼴로 머리
를 뒤로 넘겼어요. 그리고 물품 보관소의 직원에게 가방을 건넬 때
손동작이나 몸짓도 모두 달라요! 제가 만난 진선경은…… 혼자 있
을 때는 모르겠지만, 적어도 타인과 대면할 때는 모든 행동거지 하
나하나가 소녀 같은 면이 있었어요. 작위적인지 일부러인지 모르
겠지만 너무 과장스럽다 생각될 정도로……. 진선경을 오래 봐온
주변 지인들이나 회사 사람들에게 이 화면을 한번 보여주세요. 자
세히 여러 번 본다면…… 제 생각엔 다들 '진선경을 아주 닮은 사
람'이라 생각할 것 같아요."

지나의 열띤 주장을 진지하게 경청하면서도, 박효선은 고개를 주억거렸다.

"진선경을 아주 닮은 사람? 하지만 신상기록에 의하면 그녀는 오빠만 있고 여자 자매는 아무도 없었는데……. 우연히 아주 닮은 사람이라 합시다. 그럼 저 사람이 진선경이 아니라면 진선경이 그 시간에 김은희를 죽인 진범일 수 있단 건가요? 그럼 어떻게 하필 진선경이 살인을 하던 날 밤, 그 시간에 그녀랑 똑 닮은 여자가 알리바이를……?"

"그러니까 진선경 씨 신상조사를 다시 해봐야 하지 않을까요? 저, 초등학교 6학년 때 쌍둥이 자매가 있었는데 둘이 옷도 똑같이 입고 머리도 비슷해서 아무도, 선생님들도 분간하지 못했었는데 저는 둘이 다른 게 확실히 눈에 보였었어요. 제가 뭐 초능력자도 아니고 미드에나 나올 수사관, 프로파일러나 범죄학자도 아니지만…… 저 화면 속의 여자는 제가 카페에서 직접 얼굴 보고 얘기했던 진선경이 아니에요. 두 사람은 동일인이 아니라고 장담할 수 있어요."

장현의와 박효선은 지나의 얼굴과 화면 속을 번갈아 뚫어져라 바라보다, 서로 약속이나 한 듯이 동시에 입을 열었다. 하지만 그 내용은 조금 달랐다.

"박 선배, 진선경 씨 통화만 하고 직접 만난 적은 없다고 했었죠? 내일 꼭 직접 탐문해보세요."

"진선경의 숨겨진 쌍둥이 자매? 아니, 이건 너무 드라마나 소설 같잖아! 그리고 가족사항 중 자매는 정말 없었는데! 일단 대표님 말처럼 내일 진선경을 내가 직접 만나볼게. 지나 씨 함께 가줄 거죠?"

지나는 당연한 듯 고개를 끄덕였다. 지난번 송기훈 사건 때 이후로, 박효선은 이미 지나의 동물적인 감각에 크게 의존하고 있었다. 지나의 존재는 박 변에게 있어서, 단순한 보조원 그 이상이었다. 그녀는 지나에게서 일종의 동료의식마저 가지고 있었다.

다음 날인 월요일, 박효선과 간지나는 진선경과 미리 전화로 점심시간에 약속을 한 뒤 2시 넘어서야 사무실로 복귀했다. 두 사람 모두 흥분으로 얼굴이 벌겋게 달아올라 있었다. 이미 한 시간 전에 박 변호사는 현의에게 전화로, 방금 막 진선경과 카페에서 헤어졌는데 아무래도 뭔가가 있는 것 같다고 열띤 목소리로 말한 바 있었다. 장현의는 두 여자가 방에 돌아와 문을 닫는 순간 탐문 결과에 대해 물으려고 했지만 그럴 필요도 없었다. 두 사람은 서로 누가 먼저랄 것도 없이 다급하게 속사포처럼 모든 걸 쏟아내었다.

"박 변호사님이 일부러 뻔한 질문들을 하시다가 제가 불시에, 혹시 가족 중 누구 쌍둥이 없냐고 하니까 눈빛이 달라졌었어요! 분명히 동요했어요. 역시 뭔가 있어요……. 분명히 뭔가 있으니 꼭 다시 신상조사를 해봐야 돼요!"

지나의 열띤 주장에 이어, 비슷한 주장을 펼치는 박 변호사의 말을 잠자코 듣던 현의는 한마디 거들었다. 팔짱을 끼고 창가에 기대선 그의 얼굴은 흰 대리석처럼 차디차 보였다.

"오빠가 하나 있다고 했죠? 그 오빠를 한번 만나보는 게 좋을 것 같은데요."

"안 그래도 지나 씨가 그 얘기도 했어요. 혹시라도 진선경이 먼저 선수 쳐서 빼돌릴까 봐 사무실 오는 길에 바로 컨택했어요. 계속 안 받아서 다시 해보려고 하는데, 혹시 진선경이 미리 눈치채고 전화를 받지 말라 한 게 아닐까?"

"정공법으로 하면 안 될 것 같아요. 요즘 스팸이 많아서 모르는 번호 안 받는 사람들 많거든요. 그냥 연락하지 말고……. 저에게 생각이 있어요!"

뒤이어 나온 지나의 말에, 박효선은 진짜 기발한 아이디어라고 박수를 마구 쳐댔다. 현의도 그 방식에 동의하지 않는 건 아니지만, 무엇보다 안전이 최우선이니 반드시 매장 직원을 내세우고 그들은 일체 내색하지 않는 조건으로 시행하라 신신당부를 아끼지 않았다. 지나와 박 변은 보다 세부적인 계획을 짠 뒤, 곧바로 업무용 휴대폰을 이용해 진선경의 오빠 진태열에게 문자를 먼저 보냈다. 예상대로, 그는 업무폰으로 곧바로 전화를 해왔다.

"여보세요……? 저 진태열이라고 거기 통신사 이용잔데…… 방금 경품 당첨 문자를 받았거든요. 이거 뭐, 보이스 피싱 그런 거 아니죠? 진짜 맞아요?"

"아, 네! 그럼요. 혹시 시간 괜찮으시면 내일 중으로 학동 사거리 앞 지점으로 나오지 않으시겠어요? 신분증만 가지고 오셔서 본인 인증되시면 상품권 바로 증정해드리겠습니다! 내일 거기 지점에서 김지훈 영업대리 찾으시면 돼요! 몇 시쯤 오시겠어요? 네, 네. 감사합니다. 다시 한 번 축하드립니다!"

학동 사거리 C통신사 지점은 지나의 사촌동생 소현이 알바로 일하는 곳이었다. 혜자 이모의 딸 아은 언니와는 달리, 소현은 그래도 지나에게 착하게 구는 편이었다. 오로지 멋 내고 돈 모아 옷

사는 데만 목숨 걸어 그렇지, 그래도 그 집에서 상문 삼촌 다음으로 제일 지나에게 살가운 사람이 소현이었다.

박 변호사와 지나의 요청으로, 다음 날 일찌감치 학동 사거리 앞 통신사 지점에 나가서 진태열을 기다렸다. 그들은 소현을 통해, 직속상사 김지훈 영업대리에게 요청해서 진태열의 생년월일이 10만 원짜리 상품권에 당첨됐다고 다리를 놓아주길 요청했다. 10만 원짜리 대기업 문화상품권은 박효선이 집에 가지고 있던 것을 미끼삼아 이용하고, 소현과 김지훈에게도 수사협조의 공로로 두둑한 보상을 약속한 바 있었다.

진태열이 오기로 한 시간은 소현의 알바 때도 아니어서, 지나는 그녀 역시 사원인 것처럼 행세하며 고객과 상담 중인 양 박 변호사와 마주 앉아 있었다. 진태열이 도착하는 즉시, 김지훈 영업대리 쪽으로 건너가 그의 알바생인 척 뒤에서 얼쩡거릴 셈이었다. 마침내 약속한 오전 11시경이 가까워지자 낡은 사파리재킷 차림의 한 남자가 우물쭈물하며 매장에 들어왔다.

"저, 경품 준다고 해서…… 가지러 왔는데요."

"혹시 진태열 씨 되세요? 네, 어서 여기 앉으십시오-"

남자는 진선경과 어딘가 닮은 얼굴이었다. 작은 눈에 살집 있는 얼굴, 다크서클 짙은 눈가는 그가 무직으로 게임에 중독되어 있다는 신상보고서와 대략 맞아떨어지고 있었다. 일정한 수입 없이, 동생에게 의탁하고 있는 상황이라면 10만 원짜리 상품권을 쉬이 지나치지 못했을 것이다.

지나는 알바생인 척, 김지훈 영업대리의 등 뒤에서 이것저것 서류철을 건네주는 척하면서 진태열을 유심히 주시하고 있었다. 싹싹하고 인상 좋은 김지훈은 미리 짜놓은 각본대로, 상품권에 이어 또 다른 서류를 한 장 내밀며 달콤한 목소리로 말을 이었다.

"저, 고객님! 그런데 이제 며칠 뒤면 12월이잖습니까! 그래서 제가 크리스마스 특별 경품 이벤트를 또 준비 중인데 이번 콘셉트는 쌍둥이랍니다! 혹시 쌍둥이시거나 직계 중 쌍둥이가 있지는 않으신가요?"

"쌍둥이요……?"

걸려들었다.

뭔가 눈빛이 달라진 진태열의 얼굴에, 지나는 속으로 쾌재를 불렀다. 그의 생기 없던 눈에는 미끼를 덥석 문 사람의 흥분이 언뜻 비쳐들어 있었다.

"그럼 혹시 쌍둥이가 있으면…… 경품은 뭔데요? 쌍둥이가 있다는 증거만 보여주면 무조건 주는 건가요?"

"네, 그렇습니다! 아, 가족관계증명서는 있어야 합니다. 그거랑, 뭐…… 쌍둥이인 거 입증하는 사진 아무거나 한 장만 주시면 경품 바로 수령 가능하시고요, 경품은 바로! S폰 B시리즈 최신버전 폰입니다! 이게 며칠 디스플레이용으로만 쓰였다 뿐이지 완전 새것이고 시중가 74만 원이거든요. 그런데 이런 핫한 폰을 아무 조건 없이 경품으로 무상 제공받으실 수 있는……."

"어, 언제까지 가져오면 되나요? 그리고 가족관계증명서 대신…… 다른 거, 진짜 쌍둥이로 태어났다는 사실만 증명할 수 있는 거 가져오면 안 되나요? 호적상 문제가 있어서 가, 같은 가족으로 올라와 있지는 않거든요."

"아…… 네. 그런 사정이 있으시다면야……. 괜찮을 겁니다."

"어디 제출해야 되거나 그런 건 아니죠? 가족 사정이라서……."

제출할 필요 없이 확인절차 뒤 곧바로 돌려드린다는 김지훈의 말에, 진태열은 잇몸을 드러내며 씨익 웃었다. 이게 웬 횡재냐 싶은 기쁨이 만면 가득 역력했다. 그는 금주 안으로 증거를 가져올 테니 자기 폰 꼭 남겨놓으라면서 발걸음도 가볍게 문밖으로 총총 걸어 나갔다. 그가 완전히 길 너머로 사라진 직후, 지나는 박 변호사와 마주 보며 서로 약속이나 한 듯이 두 손을 꽉 맞잡았다.

"지나 씨!"

"박 변호사님!"

두 사람 사이에서는 아무런 말도 필요치 않았다. 그저 흥분과 떨림으로 가득한 두 쌍의 눈만으로 그들은 서로가 하고픈 말을 너무도 잘 알고 있었다. 김지훈을 비롯해 매장 안의 직원들은 요상한 두 여자의 분위기에, 고개를 주억거리다 곧 울려대는 전화를 받고 업무에 집중하기 시작했다. 박 변호사는 김지훈에게 몇 번이나 감사의 뜻을 표하고, 조만간 휴대폰을 교체하거나 구입하길 원하는 지인들 연락처를 그에게 넘겨주었다.

"다들 돈 많으신 분들이니 제일 비싼 아이템으로 강력히 영업하세요, 김 대리님!"

"와우! 저야말로 오히려 감사합니다! 하하……. 뒤처리도 깔끔하게 해드리겠으니 앞으로도 쭉 저에게 연결 좀 부탁드리는 바입니다."

내일이라도 진태열이 집안에 쌍둥이가 있다는 증거를 가져오는 즉시, 김지훈은 증거물을 복사하고 일단 12월에 경품 수령해주겠노라 그를 돌려보내고 곧바로 박효선에게 연락하기로 합의를 보았다. 지나도 감사의 인사를 한 뒤, 박 변과 그녀는 매장에서 빠져나와 택시를 잡아타고 법원 앞 사무실로 향했다.

오피스에서 두 여자의 도착을 기다리고 있던 장현의는 두 사람의 보고를 받고 별반 놀라지 않았다. 이제 남은 것은 진태열이 덫에 걸려들어 한집에 동거하는 진선경 몰래 적절한 증거를 가지고 통신사 매장으로 돌아오는 걸 기다리는 것이었다.

숨겨진 쌍둥이라니 너무 비현실적이고 80년대 드라마 같은 상황 같기도 했다. 하지만 아주 가끔은, 드라마나 영화 중 현실에서 실제로 벌어질 확률이 전혀 없는 것도 아니었다. 박효선과 지나는 일단, 내일 학동 사거리 앞 통신사 매장에서 다시 연락이 올 때까지 모든 촉각을 곤두세우고 김지훈의 전화를 기다리기로 했다.

그날 밤 퇴근해 집으로 돌아간 지나에게 소현이 깡충깡충 뛰어와 알은체를 했다.

"언니! 저녁 먹었어? 나 할 말 있어, 빨리 들어가자! 아은 언니 오늘 무슨 회식이라고 늦게 온대!"

평소에는 친구들과의 카톡에 목매느라, 할아버지 할머니를 제외하고는 어른 누가 귀가해도 신경도 안 쓰건만 숙모는 쟤가 웬일인가 싶었다. 아직 애기처럼 철없었지만, 그렇게 철없는 만큼 세상때가 덜 묻기도 한 아이였다. 한 지붕 아래 제각기 남처럼 사는 사촌자매들이었지만, 소현은 확실히 아은보다는 그녀를 더 좋아했다. 가끔 떽떽거리는 지나가 은근슬쩍 뒤통수치는 개여시 아은보다는 훨씬 나았다.

"언니! 아까 입금해준 용돈으로 나 내일 옷 살 거다? 친구랑 명동 가기로 했어!"

"호~ 역시 돈이 좋긴 좋구나? 이렇게 24년 만에 처음으로 너한 테 마중도 받아보고? 내일부턴 이렇게 티 나게 친한 척하지 말고 절대 비밀이야. 엄마든 누구든. 입단속 잘 못하면 너도 우리 박 변호사님이랑 나란히 사기죄로 구속되는 수가 있어."

"응, 알았어! 히히…… 언제든 또 부탁할 거 있으면 말만 해! 난 앞으로 영원히 간지나 라인에 설 거야."

로또 당첨된 듯 깨방정을 떨던 소현은 해맑게 웃으며 방문을 나섰다.

다음 날 수요일, 진태열은 매장이 밤 9시에 문을 닫을 때까지도 다시 모습을 드러내지 않았다. 모두가 이대로 틀렸나 싶어서 하루 내 마음 졸인 그다음 날, 그는 마침내 꼬깃꼬깃 접혀진 사진과 가족관계증명서를 하나 들고 매장에 나타났다. 사흘 전 처음 나타났을 때와 전혀 달라진 게 없는 낡은 사파리재킷 차림이었다. 진태열은 돌아가신 부모님과 그 자신, 진선경의 이름만 찍혀 있는 가족관계증명서와, 거짓말처럼 똑 닮은 여자아이 두 명이 나란히 찍혀 있는 사진을 내밀었다. 어릴 적 진선경의 모습이 틀림없었다.

"여기 이쪽이 지금 같이 사는 제 동생 진선경이고, 여기 이 애는 윤미경이에요. 원래 이름은 진미경인데 큰아버지 집으로 입양되어 그쪽 호적으로 옮겨가고 성도 바뀌었어요. 큰아버지네가 자식이 아무도 없어서……. 어쨌든 직계 중에 쌍둥이가 있다는 것만 확인되면 휴대폰은 받을 수 있는 거죠?"

"아, 네! 잠시만요, 고객님……. 일단 이거 작성해주시면 본사 승인받고 12월 중 경품 배송 시작될 때 연락드리고 보내드리겠습니다."

김지훈은 사진과 가족관계증명서를 재빨리 사무실 안쪽으로 가져가 박효선 변호사에게 팩스를 보냈다. 진태열이 서류들을 다시 받아들고 희희낙락 사라진 뒤, 그는 최종 확인으로 박 변호사에게 다시 전화를 걸어 사진 속 자매에 대한 이야기를 전달해주었다. 박효선은 전화를 끊고 너무 흥분한 나머지 끼약끼약 비명을 질러댔다. 그녀는 장현의와 지나를 불러서 전말을 죄다 설명하고 문제의 진선경, 미경 쌍둥이 자매에 대해서 검찰에 재수사해줄 것을 강력히 요청하겠노라 말했다.

"야아- 드라마 같은 일이야, 정말로! 아니 아니, 진짜 드라마 같은 건 바로 간지나란 존재야! 대표님! 우리 지나 씨, 정식으로 직급 하나 주세요! 연봉도 파격적으로 팍팍 올려주시고요! 꺄악- 난 이제 지나 씨 간셜록이라 부를 거야. 빰~ 빠~ 바~ 바~"

박 변은 BBC 셜록 시리즈의 오프닝 음악을 흥얼거리며 담당검사 연락처를 찾느라 이리 방방 저리 방방 뛰느라 정신이 없었다.

"간셜록은 또 뭐예요, 박 변호사님……."

말은 그렇게 하면서도, 지나 역시 심장이 두근두근 뛰는 흥분감을 억누르기 힘들었다. 비록 프로파일러도 뭣도 아니었지만, 만약 그녀의 직감이 맞다면 진선경이 진범일 가능성이 매우 높았다. 그녀가 피해자 김은희를 죽인 범인이 아니라면, 왜 숨겨진 쌍둥이 진미경을 동원해 일부러 알리바이까지 조작했겠는가? 검찰 역시 바보가 아닌 한은 재수사를 하지 않을 리 없었다.

이제 나머지는 검찰에 맡긴 채, 이 낭보를 수감 중인 강민정에게 알리러 박효선은 지나와 내일 당장 구치소로 면회를 가기로 했다. 그들의 예상대로 검찰이 제 할 일을 한다면, 재심청구에 이은 강민정의 무죄방면은 이제 시간문제일 뿐이었다.

다음 날, 검사 측에 재수사 요청이 정식으로 전달되고, 박효선과 지나는 강민정이 수감되어 있는 구치소로 면회를 가서 이 낭보를 알렸다. 그녀의 부모님에게도 이미 전화로 알려서 그들도 벌써 거기에 와 있었다. 강민정과 그녀의 부모는 너무 기쁜 나머지, 면회실에서 서로 얼싸안고 눈물을 감추지 못했다. 이제 공판은 2주 정도 남아 있었고, 그 전에 검찰이 지나에 의해 발견된 새로운 증거를 가지고 진선경과 윤미경, 정확히는 진미경 두 자매를 기소하게 될 터였다. 그것이 정해진 수순이자 올바른 정의 구현이었다.

하루가 기분 좋은 분주함으로 쏜살같이 지나갔다. 시계가 6시를 살짝 넘기자, 지나는 운동화로 신을 갈아 신고 가방을 챙겨들었다. 박효선 변호사도 벌써 애들을 못 본 지 사흘째라며, 오늘은 일단 칼같이 퇴근해 가족들에게 관심을 쏟겠다고 일찌감치 사무실을 나선 뒤였다. 지나가 막 모두와 인사를 하고 가방을 집어들려는 순간이었다. 그녀의 칼퇴근을 제지하는 누군가의 저음이 들려왔다.

"지나 씨, 모처럼 정시 퇴근인데 미안해요. 김 변호사 지금 맡은 이혼소송 서류 좀 도와줄 수 있겠어요? 안 대리는 가정이 있고 집도 머니까 지나 씨가 두어 시간만 도와주면 싶은데."

"엇! 아니, 아니에요! 저 가정은 있지만 가족은, 오늘 밤 없답니다. 애들은 1박 2일 학원 워크숍 갔고 남편은 출장! 제가 남을 테니지나 씨는 어서 가요- 그래야 남친도 좀 생기지!"

아무것도 모르는 안자현 대리는 지나를 향해서 손사래를 쳐 보였다. 그녀의 대표상사가 등 뒤에서 이 악물고 웃음 짓고 있다는 사실은 전혀 모른 채였다. 안자현은 평소 꽤 유능하고 성격도 좋아 나무랄 데 없는 직원이었다. 하지만 지금 이 순간만큼은, 장현의에게 있어서 안 대리는 너무도 눈치 없는 한 사람일 따름이었다.

"아뇨! 아니에요, 집도 가까운데 제가 야근하겠습니다. 안 대리님은 모처럼 혼자만의 여유시간을 좀 즐기면서 푹 쉬세요!"

지나의 만류에, 안자현은 금세 팔랑귀가 되어 발걸음도 가볍게 사무실을 나섰다. 그럼 모처럼 혼자서 집을 통째로 독차지하고 자유를 만끽해야겠다며 룰루랄라 콧노래도 흥얼거렸다.

지나는 다시 실내용 샌들로 갈아 신고 일할 태세를 취했다. 김 변호사는 옆 건물 일식집에 스페셜 도시락을 주문해놓았으니, 일단 밥부터 먹고 일하자고 지나를 독려했다. 이전의 송기훈 일에 이어서 이번 강민정 사건까지, 지나는 사무실 내에서 이미 웬만한 변호사 못잖게 독보적인 존재가 되어 있었다. 모두가 은연중에 그녀를 말단 사무직이 아닌, 동료 대하듯 하고 있었다.

업무는 생각보다 조금 지체되어, 시계가 9시를 넘어서야 끝났다. 지나가 예상했듯 현의는 지나를 차로 데려다주겠다고 차 키를 집어들고 앞서 걸었다. 하지만 10분도 채 못 되어 차가 역삼동 집 앞에 도착한 뒤, 그는 지나가 차에서 내리려는 걸 제지했다.

"너무한 거 아냐? 어떻게, 태워줘서 감사합니다, 달랑 그 한마디야?"

"……그럼 뭐라고 해요? 택시비라도 내라는 건 아닐 거고, 식구들 시퍼렇게 안 자고 드라마 보느라 정신이 없을 텐데 들어가서 차 한 잔 하고 가라 권하길 기대하는 것도 아닐 테고."

"잠깐만 있다 가자. 요 며칠 단둘이 있을 시간 없었잖아."

"그럼 요 앞에, 어디 카페라도 가자고요?"

지나의 물음에 현의는 고개를 모로 저었다. 그는 그녀가 차에서 내리려는 걸 막을 때부터 계속 잡고 있던 손을 여전히 놓지 않은 채였다. 그의 왼손에 잡힌 오른손이 점점 달아오르는 느낌이었다. 현의의 체온이 고스란히 전해져오는 크고 포근한 손바닥, 피아니스트의 그것처럼 길고 단단한 다섯 손가락이 그녀에게 뭔가 무언의 메시지를 전달하고 있는 것만 같았다.

"아니, 카페는 싫어. 다른 사람들이 있잖아. 난 단둘이만 있고 싶어."

희미한 가로등 아래, 그의 대리석처럼 흰 얼굴에 불빛의 음영이 드리워져 어딘가 신비해 보였다. 그들이 앉은 차 안은 실내등을 꺼서 주택가의 가로등 빛만 희미하게 비쳐들고 있었다. 그는 정말이지 웬만한 여자들보다 더 피부가 고왔다. 퍼뜩 떠오른 생각에 지나는 불쑥 물었다.

"대표…… 아니 남간 씨. 혹시 비비크림 발라요? 프라이머랑 코쉐이딩도?"

"달밤에 그건 또 무슨 개 풀 뜯어먹는 소리야……."

"아니, 아무리 술 담배를 안 한다지만 웬만한 여자들보다 더 피부가 좋잖아요! 대한민국 서른둘 아저씨가 어떻게 이런 피부를 달고 살 수가 있어요? 말이 돼요?"

"말이 되든 소가 되든 지금 그게 중요한 게 아니라…… 너야말로 심신 건강한 대한민국 스물네 살 여자 맞아? 어떻게 그렇게 낭만적인 구석이라곤 약에 쓸래도 없어?"

"……뭐가요."

지나는 그의 뜬금없는 비난에 입술을 삐죽거렸다. 비비크림 바르냐 물어봤을 뿐인데 난데없는 낭만성 결여라니 이건 또 대체 무슨 소린지.

"너랑 단둘이만 있고 싶어- 남자가 이렇게 말하는데 넌 정말 그렇게도 아무 느낌이 없냐? 책도 그렇게 많이 읽으면서 도무지 감성이란 게 있기는 한 거야?"

현의는 한쪽 눈을 가늘게 뜨고 나무라는 어조로 핀잔을 던졌다. 그제야 지나는 그 말뜻을 알아듣고 양어깨를 으쓱 추켜올렸다. 그까짓 감성이 뭐 밥 먹여주냐고 말하는 것처럼 심드렁 시니컬한 표정이었다. 그들이 나란히 앉은 차는 역삼동 집에서 조금 더 언덕 위 골목 위에 주차되어 있었다. 설령 식구들 중 누가 대문에서 나온다고 해도, 완전히 사각지대라서 그들의 차를 발견할 것 같지는 않았다. 인파로 북적이는 언덕 아래쪽과는 달리, 그 위는 인적이 거의 없었다. 아주 희미하게 들려오는 도심의 소음뿐, 차 안은 고요하기 짝이 없었다.

"지금 이렇게 단둘이 있잖아요. 그래서 뭐 어떻게 하고 싶다고요. 누가 들으면 MT 가자는 줄 알고 오해하겠네……"

"MT를 왜 가. 우리 집에 그거 할 공간만 열세 군데나 되는데."

"뭐요? 어떻게 열세 군데나 돼요? 굳이 따지자면 두 군데 아니에요? 방 네 개 중에 두 개는 서재랑 창고니까 침대가 있는 침실 두……. 핫, 내가 지금 뭐라고 지껄이는 거야!"

지나는 어쩐지 장난감의 말 농간에 휘말려든 것 같아 약이 바짝 올랐다. 그에게는 얼굴 표정 하나 바뀌지 않고 아무렇지도 않게 민망한 말들을 줄줄 읊어대는 희한한 재주가 있었다. 현의는 지나의 매서운 눈길에도 아랑곳하지 않고 아무렇지도 않게 계속 말을 이었다.

"열세 군데 맞아. 방 네 개에 드레스 룸 셋, 욕실 세 개, 부엌과 거실, 발코니까지 총 열셋. 꼭 침대가 있어야 가능한 건 아니잖아? 사람이 융통성이 있어야지 왜 그렇게 선택의 폭을 좁히면서 살아? 엘리베이터, 아니 맘만 먹으면 개집이나 카약 안에서도 얼마든지 할 수 있어. 사실 몸 지탱할 지반만 있다면 어디서든 할 수 있다고."

"아, 진짜! 이제 그 소린 그만 좀 해요! 아까 나보고 왜 이렇게 낭만적인 데가 없냐고 한 소리 하더니 지금 본인 입에서 나오는 말들은 퍽도 로맨틱하네요, 아주 그냥! 무슨, 법정에서 판사님들 앞혀놓고 공방전 펼치듯이 그런 근엄한 어조로 그런 외설스런 말 좀 그만 작작 하라고욧! 창피하지도 않아요?"

"전혀- 인간의 가장 근원적인 욕구에 대해 말하는 게 뭐가 창피해."

"아, 알았어요. 알았으니까 그 이야기는 좀 나중에 해요. 지금 벌써 10시 넘었는데 너무 피곤해서 10분만 있다가 들어갈 거예요."

지나는 머리를 뒷좌석에 기대고 있다가 현의가 뭔가 운을 떼려고 하는 순간, 먼저 선수를 쳤다.

"사건 이야기도 하지 마요! 칭찬이라면 귀에 딱지가 앉아서 이제 민망하다 못해 직화구이 오징어처럼 마구 오글오글 쪼그라들 것만 같으니까……."

"사건 얘기 할 생각 없는데. 난 우리 얘기를 하고 싶어."

현의는 옆자리의 그녀 쪽으로 완전히 몸을 돌리고 사뭇 진지한 어조로 물었다.

"영어공부 틈틈이 하고 있지? 회화나 번역은 지금도 나쁘지는 않지만 작문 실력은 좀 더 높여. 원래 어느 외국어든 라이팅이 가장 난이도가 높은 단계라 하루아침에 확 늘지는 않겠지만."

"갑자기 영어는 왜요? 유학 갈 것도 아닌데. 물론 지금 부족한 부분이 많아서 계속 발전은 시켜야겠지만, 어? 그런데 저 위에 절 무슨 공사하나 봐요. 어릴 적에 저기 올라가서 혼자 앉아 있고 그랬었는데……."

앞 차창 너머로, 놀이터 건너편 절 일부를 둘러싼 공사용 천막이 희미한 달빛 아래 희부옇게 비쳐 보였다. 절로 이어지는 어두컴컴한 계단참을 보니 아주 오래전, 절 옆에서 점집을 하던 할머니가 길고양이들에게 밥을 주던 장면이 어렴풋이 떠올랐다. 할머니는 주름이 더 깊게 패게 웃으며 어린 그녀의 울음을 달래주었다.

"예전에 저 정자에서 어떤 점쟁이 할머니가 저에게 말한 적이 있었어요. 난 초년 운이 좋지 않지만…… 언젠가 커다란 나무가 그늘을 드리워 평생 제 보호막이 되고 행복하게 지켜줄 거라고."

할머니가 정말 점쟁이로서 혜안이나 신기가 있었는지 여부는 알 수 없었다. 다만, 그때 할머니가 속삭임처럼 들려주었던 말은 신기하게도 12년이 훌쩍 지난 지금까지도 뇌리에 선명하게 남아 있었다. 그 당시, 지나가 좋아했던 쉘 실버스타인의 동화 『아낌없이 주는 나무』의 내용과 맞물려 특히나 더 기억에 남았는지도 몰랐다. 할머니의 그 말이, 그녀의 무의식 속에 잠자고 있다가 몇 년 뒤 다시 의식의 표면으로 떠오른 것은 고2 때 장난감이 등장해 그의 이름 남간이 나무의 옛 말이라고 밝혔을 때였다.

지나의 의식이 과거를 유영하고 있다 다시 현실로 일깨운 것은 옆자리 남자의 음성이었다. 그녀의 속마음을 투명한 해파리 속 보듯, 정확히 꿰뚫어 보고 있는 게 아닐까 싶었다.

"그거 내 얘기 같은데? 내 원래 이름 남간이 나무의 옛 말이잖아. 예전에 말했듯이 할머님이 어디 내로라하는 정·재계 거물들의 단골인 무당집에서 점을 보고 오셔서는, 고시 합격하기 전에는 꼭 남간이란 이름으로 불려야 한다고 부모님에게 신신당부하는 바람에 그렇게 지어진 거야. 일본에서 공부하신 신여성이셨는데도 미신을 워낙 신봉하셨던 할머님이셔서 그 말씀에 거역할 수 없었대."

"그냥 갖다 붙이지 마요. 난 누구 그늘이 필요할 만큼 나약하지 않으니까. 지금이 어떤 시대인데 남자 그늘 아래 의지해 보호받길 원하겠어요."

"그걸 꼭 의존해서 보호받는다고만 해석할 필요는 없잖아. 결국 상호 의존인 거야. 나무도, 자기가 꼭 지켜주고 싶은 소중한 존재가 있으니까 그 자리에 강하게 버티고 설 수 있는 거라고."

현의는 좀 더 목소리를 낮췄다. 뭔가 중요한 이야기를 하려는 듯, 얼굴에는 비장함마저 서려 있었다.

"지나, 우리 아직 정식으로 안 했잖아."

"뭘요? 설마…… 또 그 이야기예요? 아, 정말 몸에 아주 환장했……."

"그게 아니라 프러포즈."

현의는 지나의 두 손을 꼭 잡았다. 그의 두 눈은 이제 장난기가 완전히 싹 가서 있었다.

"집안 대대로 내려오는 반지를 어머니가 가지고 계셔. 그래서 다음 주에 두 분이 미국에서 오시면 정식으로 하려고 했는데…… 지금 도움닫기용이라도 해야겠어."

"뭐요? 도움닫기용? 왜요, 차라리 겉절이라고 하지……."

지나의 핀잔 앞에서도 현의는 전혀 아랑곳하지 않았다. 그녀의 두 손을 덮은 그의 손에 힘이 더욱 실렸다.

"다음 주에 반지가 오면 정식으로 다시 할게. ……사랑해, 지나. 나랑 결혼해줄 거지?"

"……."

지나는 갑작스런 그의 청혼에 침을 꼴깍 삼켰다. 물론 병원에 있을 때 이미 사랑한다 고백도 들었고, 내년 3월은 절대 안 넘길 거라느니 일방적인 선언도 했었다. 그래도 이렇게 장난감의 진지한 얼굴을 보니 그때와는 느낌이 또 사뭇 달랐다.

"7년 전부터 쭉 사랑해왔어. 너밖에 보이지 않았어."

"……."

지나는 귀가 확 달아오르고 뭔가 가슴속에서 북받쳐서 말이 나오지 않았다. 목에 뭔가 걸린 느낌에, 헛기침을 해보려 했지만 그마저도 쉽지 않았다. 현의의 눈은 그 어느 때보다 진중하고 엄숙했다. 그녀의 내면을 꿰뚫어 보는 듯한 그 시선에, 지나의 온몸엔 전율마저 일었다.

"나도…… 나도 장난감, 아니 남간 씨…… 좋아해요."

"……사랑하는 건 아니고?"

지나는 입술을 꼭 물었다가 다시 입을 열었다. 뭐가 이리 긴장되고 가슴이 떨리는지 알 수 없었다. 심장이 미친 듯이 널뛰는 바람에 그녀는 숨을 한 번 더 크게 내쉬어야 했다. 정말 이상했다. 평소에는 제 할 말 다 하는 욱하는 성미였건만, 왜 이렇게 심장이 쾅쾅 뛰고 입술에 경련마저 이는지 모를 일이었다.

"사, 사랑도 하는 것 같아요."

"그럼 내 청혼 받아주는 거지? ……직접 말해줘. 나랑 결혼한다고."

그는 지나의 한 손을 들어 올려 손등에 입을 맞췄다. 흡사 기사가 여왕에게 충성을 맹세하는 것 같은 몸짓이었다. 그의 따스한 입술이 그녀의 보드라운 손등 위 살결을 쓸며 애무하자 아찔한 현기증마저 일었다.

"결혼…… 할게요. 근데 결혼은 하는데 너무 빠른 것 같아요. 난 좀 더 시간을 두고…… 천천히 진행했으면 좋겠어요. 사실 우리, 연애 제대로 한 적도 없잖아요. 연애기간도 없이 이렇게 결혼으로 바로 가는 건 좀……."

"너무 속전속결이란 건 알아. 하지만 나도 어쩔 수 없어. 자세한 건 나중에 얘기하겠지만, 미국 쪽 합작 일로 3월엔 다시 그쪽으로 들어가봐야 돼. 적어도 1년간은 거기 있어야 하는데 너랑 어떻게 1년씩이나 떨어져 있어? 그러니까 정식으로 결혼하고 법적인 부부 신분으로 함께 가는 것밖에 방법이 없어. 게다가……."

"게다가?"

현의가 말끝을 살짝 흐리자 지나는 재촉했다.

"최대한 빨리 널 내 걸로 묶어둬야 안심될 것 같아서. 골키퍼 있다고 골 안 들어가냐는 등, 남의 여자 넘보는 놈들은 항시 있으니까."

지나에게 감히 수작을 걸려 했던 민태조를 떠올리며, 현의는 어금니를 꽉 물었다. 가끔씩 길에서 다른 사내놈들이 지나를 힐끗 눈에 담기만 해도, 속으로 천불이 일 것 같았다. 그래서 하루라도 일찍 더 그녀와 합법적인 관계가 되고 싶어 현의는 조바심이 나 있었다.

"……남간 씨 성질 진짜 급해요. 은근히."

"은근히, 아니야. 대놓고 급해."

그는 이를 드러내고 활짝 웃었다. 그 살인적인 미소에, 지나의 심장은 다시 한 번 콩콩 뛰었다. 그녀는 이제 더 부정할 수 없었다. 고깃덩어리에 대한 오해도 이젠 풀렸고, 장난감은 이미 그녀의 안에 유일무이한 존재가 되어 있었다. 일평생 그 말고 다른 남자는 상상조차 할 수 없었다. 지나는 그녀 역시 남간을 사랑하고 있다는 사실을 새삼 깨달았다.

"사랑해, 간지. 평생 행복하게 해줄게. 프러포즈할 때 누구나 하는 말이지만…… 다른 놈들 말은 다 거짓이라도 나만은 진짜야. 나랑 결혼하길 잘했다고 하루에도 수십 번 생각하게 만들어줄게."

현의가 뭔가 더 말하려고 하면서 지나에게 더 바싹 다가갔을 때였다. 타이밍도 절묘하게, 지나 집의 골목 쪽으로 향하고 있던 가로등이 팍 꺼지고 말았다. 어젯밤부터 깜박깜박하더니 급기야 고장이 나버린 것 같았다. 시나는 어둠 속에서 저도 모르게 헉, 숨을 들이켰다. 갑작스럽게 한층 더 짙어진 차 안의 어둠에 놀라서인지, 어둠 속에서 더 가까이 다가온 남자의 손길과 체취 때문인지 알수 없었다. 어쩌면 둘 다 이유일 수 있었다.

"……!"

지나의 입에서는 잠결에 가위 눌린 것처럼, 잔뜩 억눌린 신음비슷한 소리가 그리 예쁘지 않게 튀어나오고 있었다. 현의의 한 손이 머리 뒤 창틀을 짚는가 싶더니 끼익, 단말마의 비명을 지르며지나가 앉은 좌석이 뒤로 넘어가고 있었다. 곧바로 익숙한 체취가희미한 담배 냄새에 섞여 그녀의 코끝을 스쳤다. 뜨겁고 말랑말랑한 정체 모를 살갗이 그녀의 입술에 닿는 순간, 지나는 온 힘을 다해 그 살갗의 접근을 막으려 애썼다. 그녀는 두 손으로 제 입을 최대한 가리고 있는 힘껏 외쳤다.

"아, 자, 잠깐만! 아까 스시! 와사, 와사비! 생강! 생강초절임! 아아악- 자, 잠깐요!"

"……양치했는데."

"대표님만 하면 뭐해욧! 내가 안 했어요, 내가! 전에도 지금도왜 도대체 식후에 이러는 거냐고요! 제발 내 생각도 좀 해줘요- 양치질이 아니면 가글이라도 할 시간을 좀 달라구요!"

"전에도 말했지만, 그건 정말 이상하잖아. 자, 지나. 지금부터 너에게 키스할 거니까 어서 저 담벼락에 가서 가글로 입 좀 헹구고와. 난 여기 차에서 기다리고 있도록 하지. 가글이 없으면 약국에먼저 다녀오도록 하자. 번거로우니 다음부터는 핸드백에 꼭 소형

가글병을 상비하도록 해- 내가 이렇게 말한다고 생각해봐. 어딘가 비정상적일뿐더러 산통 다 깨버리고 말지 않겠어?"

"근데 대표, 남간 씨는 왜 양치했어요! 왜 혼자 했냐고욧!"

"네 입에서 아무 냄새도 안 나. 정말이야. 그냥 너무 좋아서, 언제까지고 계속 빨고 싶을 뿐이야."

"하악……."

지나는 미치고 환장하겠다는 의미의 괴음을 내보냈지만 더 이상 아무 말도 할 수가 없었다. 그는 그녀에게 더 말을 계속할 여유를 전혀 주지 않았다. 현의와 입술과 혀는 이제 본격적으로 지나의 것들을 거세게 공략하기 시작했다.

그의 혀는 아예 지나를 송두리째 삼켜버리기라도 할 기세로 미친 듯이 입안을 샅샅이 핥았다. 혓바닥의 거친 마찰이 전기에 감전된 것처럼 짜릿한 전율을 일으켰다. 입안에서 엄청난 돌풍이 몰아치는 것 같았다. 현의는 방향을 바꾸며 지나의 입안을 열심히 탐했다. 유린에 가까울 만치, 거칠고 강렬했다. 마치 입술과 혀로 소유욕을 열렬히 표현하는 것 같은 움직임이었다.

지나는 숨도 제대로 쉴 수 없었다. 두 손은 어깨인지 팔인지, 그녀의 몸 위를 덮치다시피 한 현의의 상체 어딘가를 마구 휘젓다 꽉 움켜쥐길 반복하고 있었다. 머릿속에서 불꽃이 막 튀는 것 같았다.

흐려지는 의식 속에서도, 가늘게 뜬 눈 사이로 어둠 속 어딘가에 섬광이 마구 이는 것 같았다. 게다가 이번엔 그냥 키스뿐이 아니었다. 뭔가가 카디건 아래로 쑥 들어오더니 얇은 터틀넥 티 위를 거침없이 더듬고 있었다. 지나는 평소에 간지럼을 잘 타거나, 타인과의 불가피한 스킨십에 유난 떨고 예민하게 반응하는 타입은 아니었다. 하지만 지금 어떻게든 그녀의 옷 속으로 파고들어 속 살갗과 접촉하려는 그 손길 앞에서는 절대 무덤덤할 수가 없었다.

마침내 그 손길은 단추 없는 터틀넥 티를 스커트 밖으로 빼내는 데 성공, 지나의 군살 없이 팽팽한 복부 살을 어루만지기 시작했다. 길고 강건한 그의 손가락들은 그녀의 허리와 가슴 아래 살갗을 노련하게 그리고 노골적으로 애무하고 있었다. 부드러운 동시에, 그 손길이 너무도 격렬해 지나는 본능적으로 허리를 비틀어 몸부림을 쳤다. 하지만 그 어둡고 비좁은 공간에서 그의 손길에서 벗어날 수는 없었다. 현의의 다른 쪽 팔이 그녀의 엉덩이 윗부분을 단단히 두르고 있어서 그야말로 옴짝달싹도 못하는 상황이었다.

그의 손은 이제 얇은 브래지어로 감싸인 가슴 선을 천천히 더듬고 있었다. 요즘 유행하는 것과는 달리, 와이어가 촘촘히 둘러싼 브래지어는 쉽사리 그의 손가락이 침입할 틈을 허용해주지 않았다. 하지만 얇은 천 위로도, 그의 손에서 발산되는 뜨거운 열기와 흥분이 고스란히 전달되어오고 있었다.

지나는 몸 안쪽에 아찔할 정도로 야릇한 전율을 느꼈다. 그의 엄지손가락이 브래지어 위로 오뚝 솟은 정점을 스치며, 다섯 손가락이 봉긋한 가슴 한쪽을 감싸 쥐자 지나는 목 깊은 곳에서 앓는 듯한 신음을 흘렸다. 뒤통수로 전신의 피가 확 몰리는 느낌에 현기증이 일 것만 같았다.

게다가 스커트 자락 아래로, 그녀의 것이 아닌 단단한 허벅지 근육이 점점 더 깊이 파고 들어오고 있었다. 키스가 강렬해짐에 따라 몸이 더 앞으로 쏠리면서 일어난 자동적인 상황일 수 있었다.

하지만 자동적이든 고의든 그게 중요한 게 아니었다. 지나는 누군가의 헐떡이는 숨소리가 바로 본인의 것임을 자각하고, 그의 몸 아래서 빠져나오려 거세게 발버둥 쳤다. 마침내 현의의 입술이 조금 떨어지는 순간, 그녀는 그 기회를 놓치지 않고 두 손으로 그의 가슴을 힘껏 밀어냈다.

"아, 자…… 장남간 씨! 자, 잠깐! 그, 그만해욧! 스톱, 스톱!"

현의는 별반 저항 없이 뒤로 물러섰다. 그도 이성적으로는 충분히 알고 있을 터였다. 지금은 적절한 때도, 장소도 아니었다. 무엇보다 지나와의 첫 역사를 이런 좁은 차 안에서 치를 마음은 추호도 없었다. 지금처럼 흥분이 고조된 상태라면, 키스와 페팅만으로 끝날 거란 장담은 할 수가 없었다. 현의는 흐트러진 숨을 고르려는 듯 크게 심호흡을 한 뒤, 지나의 좌석을 똑바로 원상복귀 시키고 운전석에 제대로 앉았다.

"아쉽지만…… 다음 주에 어르신들께 정식으로 인사드리고 미국에서 우리 부모님도 오시면…… 그때 이어서 해야지."

"이어서? 이게 뭐 주말드라마예요? 다음 주에 계속, 뭐 이렇게?"

지나는 그의 손에 의해 위로 말려 올라간 니트 티를 아래로 꾹꾹 잡아 내렸다. 어둠 속에서 여기저기 옷매무새를 살피느라, 두 눈동자에는 고양이처럼 안광이 번쩍 서려 있었다. 장난감의 나쁜 손도 나쁜 손이었지만, 무엇보다 나쁜 허벅지가 마구 안으로 들이밀던 스커트를 찢어져라 무릎 아래로 쭈욱 늘어뜨리려 애썼다. 얼굴이 너무도 뜨거워서 그대로 익어버릴 것만 같았다.

"그때 이어서 할 때…… 지금 옷 그대로 입고 와. 알았지."

"옷? 옷은 왜요?"

"몰라서 물어? 지금 이 느낌 그대로 살려서 이어서 해야지…….
평소 내가 좋아하는 스타일이기도 하고."

현의는 정면의 차창 너머, 어둑어둑한 골목길을 바라보며 말끝
을 흐렸다. 와인색 카디건 아래, 육감적인 가슴선이 그대로 드러나
는 타이트한 화이트 터틀넥 티에 허리가 요염하게 딱 달라붙는 플
레어스커트- 지나가 가끔 그 옷을 입고 출근할 때마다, 당장 방으
로 끌고 가 하나씩 하나씩 몸에서 분리하고 싶어서 속으로 얼마나
안달이 났던지 입이 찢어져도 말할 수가 없었다. 하지만 그런 그의
속내를 마치 읽기라도 한 듯, 지나는 기가 막힌 실소를 흘렸다.

"이런 변태……! 이제 집에 가게 빨리 문이나 열어줘요!"

차 도어록이 해제되는 소리에, 지나는 오른손으로 덜컥 고리를
잡아당겼다. 하지만 장난감은 마지막까지 그녀를 순순히 보내줄
생각이 없는 것 같았다. 그는 손에서 빠져나가기 직전의 물고기를
낚아채는 것처럼, 지나의 왼쪽 손목을 꽉 잡고 확 끌어당겼다. 저
항할 새도 없이 속수무책으로 끌려간 그녀의 눈앞에 현의의 숨결
이 확 느껴졌다. 희미한 담배 냄새와 함께, 알싸한 치약 향이 지나
의 입안에서 은은히 퍼져나갔다.

두 사람의 혀가 정신없이 뒤엉키며 타액이 춤을 추듯 서로의 입
안으로 넘나들었다. 현의를 세게 밀어내려던 그녀의 두 손은, 어느
순간 그를 천천히 반대 방향으로 끌어당기고 있었다. 밀어내고 싶
은 동시에 밀어내고 싶지 않았고, 멈춰야 하는데 멈출 수가 없었
다. 그 모순되고 상반된 감정의 발로에 지나는 그녀가 정말로 원하
는 게 무엇인지 혼란스러웠다. 하지만 그 혼란도 잠시, 좀 더 일찍

현실로 복귀한 현의의 이성에 의해 그녀의 갈등도 끝이 났다.

"안 되겠다."

"뭐, 뭐가요……."

현의는 입술을 뗀 뒤에도, 지나의 왼쪽 손목을 잡은 손은 놓지 않고 있었다. 아직 채 가시지 않은 흥분 때문인지, 그녀의 손목을 결박한 그의 손에서는 짙은 열기가 느껴졌다.

"다음 주까지 못 기다리겠다. 그냥 이번 주말에 어른들 뵈러 갈게. 그렇게 말씀드려 놔. 금요일보다는 토요일 저녁이 낫겠지?"

"또 왜요! 다음 주에 부모님 들어오시면 한꺼번에 인사드린다고 했잖아요."

"이번 주 주말이나 다음 주나 아무 차이 없잖아. 우리 부모님은 당연히 널 환영하실 테니까 사실 뵙고 말고 할 것도 없어. 토요일 밤 너희 집 어른들께 정식으로 인사드리고 확정 지어놓으면 일요일에는 해도 되니까."

"일요일에는? 일요일에 해도 된다니 뭘요?"

"이 옷 그대로 입고 오는 거 잊지 마. 지금 이 느낌 그대로 이어가게……."

"헐! 진짜 변태 아냐? 이 옷 토요일까지 계속 입고 있다가 일요일 오전에 손빨래할 거예요!"

지나가 그에게 잡힌 손을 힘껏 뿌리치고 차문을 덜컥 열었다. 바깥의 찬 밤공기가 훈훈한 차 안에 확 밀려들어왔다. 하지만 지나는 추위를 전혀 느낄 수 없었다. 현의는 마지막으로 그녀의 머리를 끌어당겨 품에 꼬옥 안았다. 그의 턱이 이마 위 머리칼을 살짝 스치며 기분 좋은 그만의 체취가 다시 전신에 감겨들어왔다.

"······넌 모르지?"

"뭐, 뭘요!"

"앙탈 부릴 때 얼마나 귀여운지. 성깔 사나운 날다람쥐처럼······. 아무래도 난 나쁜 여자 취향인가 봐."

"뭐요? 날다람쥐? 아, 이거 좀 놔요! 빨리 양치하고 싶단 말예요, 그놈의 간장 와사비······."

날다람쥐가 아니라 날생선 같은 지나의 몸부림에, 현의는 한숨을 크게 내쉬고 마지못해 팔 힘을 늦췄다. 내일 출근도 해야 하고, 이대로 차 안에서 밤을 샐 수는 없는 노릇이었다. 그는 두 손으로 지나의 양 뺨을 감싸고 마지막으로 입술을 포갠 뒤, 그녀를 놓아주었다. 지나는 얼굴이 화륵 달아오르며 차문을 닫았다. 현의는 운전석에서 손을 한 번 더 흔들어 보였다. 지나는 새빨개진 얼굴로, 이제 그만 가라는 손짓을 해 보이며 집 쪽을 향해 도망치듯 종종걸음으로 걸었다.

가슴이 터질 것 같았다. 미친 듯 방망이질치는 심장을 달래려 애써도 소용없었다. 오늘 밤 잠이나 제대로 잘 수 있을지 알 수가 없었다. 고장 난 가로등 때문에 골목 안은 칠흑처럼 어두웠다. 지나가 골목을 막 돌았을 때였다. 습격은 눈 깜짝할 새 이루어졌다.

"······!"

너무 놀라거나 불시에 공격당하면 오히려 비명 소리도 나오지 않게 된다고 어디선가 들은 적이 있었다. 지나는 그녀에게 다짜고짜 달려드는 누군가의 그림자를 본능적으로 피했다. 으슥한 담벼락에 기척 없이 숨어 있다가, 지나가 다가오자 곧바로 일어나 공격해온 것 같았다. 지나는 충격에 눈을 동그랗게 뜨고, 바닥에 쓰러지지 않게끔 가까스로 균형을 유지했다. 손에 들린 가방은 이미 저만치 땅바닥에 떨어져 있었지만 가방에 신경 쓸 겨를 따윈 없었다.

지나는 본능적으로 방어의 몸짓을 취했다. 그림자의 주인공은 그녀에게 조금씩 더 가까이 다가오고 있었다. 빛이 나간 가로등 때문에 얼굴은 정확히 보이지 않았다. 하지만 괴한이 여자라는 것, 그리고 그녀의 한 손에 들린 것의 정체만은 분명히 알 수 있었다. 저 멀리서 비쳐오는 미미한 달빛 아래, 날카롭게 번득이는 손안의 물건은 분명 지나가 생각하는 그것이었다.

괴한은 다시 한 번, 손안의 물체를 휘두르며 지나에게 달려들었다. 누군가 그녀의 비명을 듣고 집밖으로 나오진 않을까 싶어 서두르는 기색이었다. 지나는 그 자리에 얼어붙은 채 서서 어찌할 바를 모르고 있었다. 너무 어두워서 주변에 무기가 될 만한 것을 찾아볼 엄두도 나지 않았다. 최대한 급소는 피하기 위해서 예전에 어디선가 본 대로, 두 팔을 얼굴 위로 들어 올려 최대한 방어하며 허리를 굽혔다.

"……악!"

누군가의 비명 소리가 조용한 주택가 골목에 찢어지듯 울려 퍼졌다. 하지만 그 째지는 여자의 비명은 지나의 것이 아니었다. 키 큰 장신의 남자가, 칼을 든 괴한을 담벼락 쪽으로 밀친 것 같았다. 벽에 세게 부딪치는 소리와 함께, 여자의 단말마 비명이 메아리를 그렸다. 바로 그때, 완전히 고장 났다 생각했던 가로등에 불이 번쩍하고 들어왔다. 그 순간, 지나는 그녀를 공격해온 인물의 정체를 똑똑히 볼 수 있었다. 담벼락에 기대어 한쪽 어깨를 움켜잡고 있는 사람은 지나가 너무도 잘 알고 있는 인물이었다. 고통으로 흉측하게 일그러진 얼굴의 여자는 그들이 바로 오늘 검찰에 정식으로 수사를 의뢰한 진선경이었다.

"지, 진선경?"

"……너 때문에! 너 때문에 다 엉망이 됐어! 오빠까지 꼬드겨서……!"

진선경이 바닥에 떨어진 과도를 다시 집어드는 순간, 가로등이 깜박이더니 또다시 암흑이 되고 말았다. 지나의 눈에는 현의와 진선경, 그리고 제3의 인물이 가세해서 잠시 엎치락뒤치락하는 인영만이 보일 뿐이었다. 진선경 한 명뿐이 아니었다. 그녀보다 좀 더 큰 덩치의 누군가가 진선경에게 가세해 장현의에게 2대 1로 덤벼들고 있었다. 지나는 집 대문을 향해 찢어져라 소리를 질렀다. 위급한 상황이니 동네가 떠나가라 절로 고함 소리가 우렁차게 흘러나왔다.

"사람 살려! 누구 없어요? 경찰 좀 불러주세요, 빨리-!"

지나는 손에서 피가 나는 것도 잊고, 담벼락 아래 놓인 벽돌 하나를 집어들어 진선경 남매를 내리치려 펄쩍펄쩍 뛰었다. 현의가 다치게 되는 꼴을 절대 두고 볼 수 없었다. 그녀의 비명 소리를 듣고 누군가 이쪽으로 급히 달려오는 발소리가 들렸다. 마침, 골목을 순찰 중이었는지 인근 파출소 제복을 입은 한 남자가 헐레벌떡 뛰어오는 모습이 점점 가까워지고 있었다. 담벼락 안쪽 집 대문도 활짝 열리며 현관의 보조등이 활짝 불을 밝혔다. 저만치 보이는 그녀의 집 대문 밖으로, 삼촌과 숙모, 지한 오빠의 모습도 보였다.

"꺄악- 이게 대체 무슨 일이야! 어머어머, 강도인가 봐요?"

"빨리 경찰…… 구급차도 불러요, 빨리!"

환하게 밝혀진 불빛 아래, 시야가 트이자 지나의 눈에도 2대 1의 육탄전의 결과가 여실히 보였다. 미국에서 복싱을 했다던 것처럼, 진선경과 그녀의 오빠 진태열은 결정적인 일격을 당했는지 바닥에 나동그라져 있었다. 진태열의 코와 입은 이미 피투성이였고 진선경은 코피를 연신 쏟으며 기절해 있었다. 하지만 지나의 이웃집 사람이 빨리 구급차도 부르라고 다급히 외친 것은 그들 남매 때문이 아니었다.

"나…… 남간……. 대표님!"

두 명을 상대하다 그만 칼에 스쳤는지, 현의의 한 손이 온통 시뻘건 피로 물들어 있었다. 하지만 스친 게 아니란 걸 그 자리의 모두가 금세 깨달았다. 재킷 안쪽, 드레스 셔츠 가슴 쪽에 닿아 있는 현의의 한 손이 붉게 젖어 있었다. 흰 옷자락이 점점 빠른 속도로, 붉게 물들어갔다.

"아, 괜찮아. 조금 스친……."

그는 아무렇지 않은 척 버티고 서 있다가 등 뒤의 전신주 기둥에 기대어 반쯤 주저앉았다. 지나를 선두로, 경비원과 옆집 사람들, 먼발치에서 멍하니 상황을 관망하고 있던 이모와 숙모도 일제히 현의를 에워싸고 그의 상태를 살폈다. 칼에 살짝 베인 양, 표정이 살짝 일그러진 정도였지만 그의 셔츠는 무서울 만치 빠른 속도로 검붉어지고 있었다. 그가 놀라운 정신력으로 통증을 참고 있다는 사실은 누구의 눈에도 명백했다.

"지금 119 불렀어요! 구급차 도착할 때까지 지혈을 좀 해놓아야 할 텐데……."

"아뇨, 괜찮습니다. 제가 누르고 있으니까요."

아무렇지 않게 애써 말하고 있었지만, 현의의 창백한 얼굴은 점점 더 빠르게 핏기를 잃어가고 있었다. 과다출혈이 되지 않게 최대한 강하게 직접압박을 가해야 할 것 같았다.

"잠시만요! 여기…… 제가 지혈할게요!"

지나는 출혈 부위가 심장 위로 가도록 현의의 몸을 전신주에 반쯤 누워 기대게 한 뒤, 그의 셔츠 위로 두 손바닥을 꽉 눌렀다. 곧 경찰들이 달려와 진태열, 진선경의 신병을 구속했다. 다행히 구급차 사이렌 소리도 때맞춰 들려오고 있었다. 하지만 현의는 미동도 않고 있었다. 두 눈은 소리 없이 감겨 있었고, 코트에 감싸인 건장한 몸은 마치 죽은 사람의 것처럼 전신주에 기대어 길게 늘어뜨려져 있었다.

"대표님! 대표님- 남간 씨! 정신 좀 차려봐요."

장난감! 야, 장난감! 안 들려? 일어나! 일어나라고-!

경비원 남자는 속히 구급차가 당도하길 고대하며 발을 동동 굴렀다. 그 옆에 선 사람들 역시 심각한 표정으로 제각기 한마디씩 거들었다.

"아이고, 이거 큰일이네! 피를 너무 많이 흘린 것 같은데-"

"아, 어떡하나- 언젠가 뉴스에서 봤는데 골든타임 아슬아슬하게 넘기는 경우 많다던데 설마……?"

"아, 저기 구급차 옵니다. 빨리, 빨리!"

아비규환 같은 현장을 뚫고, 마침내 구급차가 그들 앞에 멈췄다. 현의는 의식이 없는 채로 구급요원들에 의해 들것에 실려 차 안에 태워졌고, 지나 역시 얼떨결에 차에 뒤따라 올랐다. 구급요원 한 명이 그녀를 제지할 움직임을 보이자 그녀의 입에서는 저절로 항변의 말들이 튀어나왔다.

"저 가족이에요! 결혼할 사이예요! 약혼자니까 타도 되잖아요- 제발요!"

구급요원이 뒤로 물러나자, 지나는 눈물이 그렁그렁한 눈으로 시체처럼 누운 현의를 바라보다 구급요원 중 한 명에게 주의를 돌렸다. 드라마나 영화에서 보기만 했던 장면을 지금 그녀가 실제 겪고 있다니 도저히 믿겨지지 않았다.

"선생님! 괜찮겠죠? 죽지 않겠죠? 이대로 병원으로 가서 곧바로 수술하면 괜찮겠지요? 목숨에는 지장이 없겠죠? 네? 급소를 찔린 건 아니죠?"

"저도 의사가 아니라서⋯⋯. 일단 병원에 도착해봐야 알 것 같습니다. 무사하길 기도해야죠⋯⋯."

"⋯⋯."

지나는 금방이라도 눈물이 흘러내릴 것 같은 눈으로, 죽은 듯이 들것에 누워 있는 현의의 몸을 내려다보며 두 손을 모았다. 그녀는 지금까지 살면서 단 한 번도 이런 절박함을 느껴본 적이 없었다. 5학년 때 아빠가 돌아가셨다는 말을 들었을 때 온 감각을 지배했던 슬픔과는 또 다른 감정이었다. 지나는 현의의 축 늘어진 한 손을 꼭 잡고 소리 없이 절규했다.

제발! 제발 눈 좀 떠봐, 장난감! 내 나무가 되어준다고 했잖아! 평생 내 나무가 되어준다며! 제발 무사해줘, 제발⋯⋯. 무사하기만 해줘!

지나는 옆의 구급요원들 존재는 안중에도 없이 결국 울음을 터뜨리고 말았다. 누군가의 그늘 아래 보호받으며 편안히 살고픈 생각은 한 번도 해본 적이 없었다. 그저, 열심히 돈을 벌어 독립자금을 마련해 자신만의 공간을 마련하고, 안정적인 직장을 얻어서 그럭저럭 나름의 행복을 찾아 살아가는 것이 지나가 막연히 원했던 것이었다. 그게 다였다. 로맨스소설이나 영화에서처럼 누군가와 드라마틱한 사랑에 빠지고 싶다는 환상도 없었고, 그녀를 진심으로 아끼고 사랑할 누군가를 만나게 될 거란 기대도 전혀 없던 그녀였다. 혼자서도 얼마든지 잘 살 수 있다고 생각했다. 지금이 어떤 세상인데, 결혼이나 사랑 없이도 충분히 인생을 즐기고 그녀 나름의 행복을 누릴 수 있을 거라 굳게 믿었다. 하지만 지금은 그렇지 않았다. 전혀 그렇지 못했다.

만약 눈앞의 의식 없는 남자에게 무슨 일이라도 생긴다면- 그 생각만으로도 눈앞이 깜깜한 절벽 같았고 심장이 멎어버릴 것만 같았다. 만에 하나 그의 존재가 이 세상에 없다면, 그녀 역시 하루도 더 살 수 없을 것만 같았다.

지나는 소리 내어 울고 또 울었다. 보다 못한 구급요원의 만류도 귀에 들어오지 않았다. 구급요원은 쉴 새 없이 장난감, 장난감 연발하며 꺼이꺼이 우는 그녀를 딱하게 바라보았다. 어린애도 아닌데 웬 장난감 타령일까 싶으면서도, 그 우는 모습이 너무 처연하고 애달파서 지금쯤 집에서 잘 자고 있을 그의 딸이 떠올랐다.

"아가씨, 자…… 이제 그만 울고 정신 차립시다……. 이제 거의 다 왔어요."

지나는 구급요원 아저씨의 위로에, 차츰 울음을 그치고 1초라도 빨리 병원에 도착하길 간절히 바랐다. 현의에게 한시라도 빨리 조치가 취해져야 그나마 턱턱 막히는 숨도 아주 조금은 트일 것 같았다. 지혈은 조금 된 것 같았지만 혹시 장기 손상이나 파열이 없는지를 신속히 확인해야 할 것이다.

12년 전, 초등학교 5학년인 소녀는 검은 상복을 입고 머리에 흰색 핀을 꽂은 채 종합병원 빈소 구석에 서 있었다. 아직도 아빠가 세상에 더 이상 존재하지 않는다는 사실이 실감나지 않아 그저 멍할 뿐이었다.

소녀는 사람들 너머 언뜻언뜻 보이는 영정사진 속 낯익은 얼굴을 멀거니 바라보았다. 많아야 30대 후반일, 사진 속 젊은 남자는 그녀를 향해 엷은 웃음을 짓고 있었다. 며칠 전, 출장길에 나설 때까지만 해도 아빠는 사진틀 안에서만 존재하는 모습이 아니었다. 그녀를 꼭 끌어안고 이마에 뽀뽀해주던 아빠는 소녀처럼 똑같이 숨 쉬고 따스한 체온을 지니고 있던 상태였었다. 하지만 불과 며칠 사이에, 아빠는 유명을 달리해서 소녀와 완전히 다른 세계에 속하는 존재가 되어버리고 말았다.

아직 생과 사의 불가항력에 대해 깊이 이해하고 수긍하기에, 아이는 너무 어렸다. 물론 죽는다는 것이 무엇인지는 너무도 잘 알고 있었다. 사람들의 죽음을 책이나 영상에서 숱하게 보아오긴 했었다. 하지만 남겨진 자들의 슬픔이 이렇게 그녀의 잔인한 현실로 형상화될 날이 있을 줄은 꿈에도 몰랐던 아이였다.

엄마는 위로하는 사람들에게 에워싸인 채 바닥에 주저앉아 오열하고 있었다. 엄마의 통곡에 공감한 듯, 소녀보다 두 살 많은 남자아이 역시 하염없이 눈물만 흘리고 있었다. 어쩐 일인지 소녀는 눈물 한 방울도 흘리지 않았다. 그저 멍하니, 초점 없는 눈으로 빈소 안을 찬찬히 훑으며 방향 없이 유영할 뿐이었다. 나중에 소녀의 엄마는 큰아들의 역성을 들며 딸아이를 혼낼 때 항상 가시 돋친 말을 덧붙이곤 했다.

"저런 싸가지 없고 독한 년. 아빠 보낼 때 눈물 한 방울 안 흘리더니- 아빠가 널 얼마나 금이야 옥이야 품에 안고 예뻐하며 키웠는데! 저런 걸 내가 자식이라고 낳아서!"

아이는 독하고 싸가지가 없어서 울지 않은 게 아니었다. 어린 마음에도 너무 기막히고 어이가 없어서, 그 슬픔의 무게가 너무 커서 실감이 나지 않았을 뿐이었다. 엄마의 말마따나 그녀를 눈에 넣어도 아프지 않을 것처럼 금이야 옥이야 너무나 사랑해줬던 아빠라서, 그 죽음이 도저히 납득되지 않았던 소녀였다.

너무 슬프면 눈물도 나지 않고, 너무 큰 충격을 받으면 미처 감정이 표면에 드러나지 않을 수도 있었다. 사람의 그런 복잡미묘한 감정을 이해하기에, 아이의 엄마는 너무도 단순 솔직한 사람이었다. 소녀가 혼자 마음속으로 얼마나 많이, 오랜 시간 동안 결코 대답이 돌아오지 않는 외로운 말들을 아빠에게 건넸는지 그녀 외에는 아무도 몰랐다.

아빠, 지금 하늘에 있어요? 아니면 우주에? 어디선가 읽었는데 사람이 죽으면 영혼이 우주 은하계를 정처 없이 떠돌게 된대요. 교회 다니는 친구는 아빠가 평소 하나님을 믿고 섬겼다면 분명 하늘나라에서 천사들과 함께 영생을 누리고 있을 거라 했어요. 어떤 책에서는, 우리 눈에 보이지 않을 뿐 민들레 홀씨처럼 여기저기 공기 중에 혼이 떠돌아다닐 거라고도 해요. 그리고 지상에 살 때 사랑했던 사람들도 언젠가 자신과 함께하기를 기다리고 있대요.

아빠, 저는 언제쯤 아빠 옆에 가게 될까요? 아빠가 너무도 보고 싶고 그립지만, 아빠 곁에 간다는 건 곧 죽음을 의미하기 때문에 저는 무엇을 소망해야 하는지 모르겠어요. 선생님은 그러셨어요. 아빠가 살아 계시다면 바랐을 모습으로 열심히 최선을 다해 사는 게 저의 임무이자 소명이라고. 그게 사실이라면 저는 제 임무와 소명을 다해서 열심히 살 거예요. 하지만 누군가 또다시 영원히 사라지는 건 못 견딜 것 같아요.

아빠를 너무너무 좋아했던 것처럼, 그리고 아빠도 저를 엄청 좋아했던 것처럼, 만약 또 그런 사람이 아빠처럼 영원히 사라지거나 없어진다면 저는 너무도 슬퍼서 더는 살 수 없을 것 같아요.

12화.

　진선경은 일급살인죄 및 살인미수죄, 진태열과 윤미경은 살인
동조죄로 세 남매 모두 검거되었다 세 사람은 경찰조사 뒤 검찰에
송치되었고, 이미 법원에 기소된 상태였다. 윤미경은 언니 진선경
의 정신 상태를 명분으로 선처를 요구하고 있었다. 따라서 정신감
정을 위해 법원에 치료감호를 청구할 수 있었지만 검찰 측은 진선
경이 그 경우에 해당되지 않는 피의자라고 결론을 내린 뒤였다.

　진선경은 고 김은희를 향한 계획적 살인에다 간지나에의 살인
미수, 장현의에게 입힌 상해까지 꽤 무거운 형량을 받게 될 것이
라 관망되었다. 그녀의 살인미수를 방조한 진태열과 알리바이
조작으로 살인에 동조한 윤미경 역시, 최소 몇 년간의 형량을 받
을 터였다. 증거가 너무도 명백하여 항소 자체가 거론될 수 없는
사건이었다. 세 사람은 공판을 불과 며칠 앞두고 구치소에 수감

되어 있었다.

진선경은 모든 것을 자백했다. 그녀의 살인동기는 원한에 기반되어 있었다. 피해자 김은희는 진선경의 중학생 동문이었고, 둘 다 암묵적으로 그 사실을 함구하고 있었다. 그리 친한 사이거나 같은 반이 된 적도 없었기에, 동창이란 사실로 이어지는 접점 자체가 없었다. 하지만 당시 교우관계가 넓고 활발했던 김은희는 매년 중학교 동창회에 참석하고 있었다. 그리고 올해 봄 나갔던 동창회에서, 그녀는 진선경에 대해 여러 가지 뒷얘기를 듣게 되었다.

자존심 상해서 동창들에게는 진선경이 현재 그녀의 직장 상사가 되었다는 말은 하지 않았지만, 그녀의 사적인 이야기를 듣게 된 이후로 김은희는 왠지 진선경의 약점을 잡은 것 같아서 고소한 마음이었다. 게다가 사람 마음이 참으로 간사해서, 진선경의 지극히 불우한 집안배경을 듣게 된 이후로는 동정심보다는 얕보는 심보가 생긴 게 사실이었다. 진선경이 상사로서 김은희에게 좀 더 살갑게 했다면, 어쩌면 그녀도 그렇게까지 진선경을 도발하지 않았을지도 몰랐다. 어느 날 진선경은 항상 그렇듯, 업무상 김은희를 힐책하며 어딘가 빈정거리는 말을 던졌다.

'김은희 씨, 아무리 전에 일했던 곳이 이런 사무직이 아니라 해도 실수가 너무 많아요. 이제 서류상 에러는 그만 낼 때도 됐잖아요.'

평소 같으면 김은희도 자존심 상할망정, 업무상 그녀의 과실이고 상사다 보니 묵묵히 있었을 터였다. 진선경 역시 업무에 대한 과실에만 초점을 맞췄어야 했다. 김은희의 이력서상에 명시되어 있듯, 그녀가 정수기 판매사원직으로 근무했던 예전 경력을 굳이 그렇게 깎아내릴 필요는 없었다. 김은희는 일전에 동창회에서 들었던 말을 떠올리고 반사적으로 말을 뱉었다.

'과장님도 첫 직장이 그렇게 자랑스러운 곳은 아니시지 않나요? ……이건 죄송합니다. 다시 작성해서 결재 올리겠습니다.'

저쪽에서 부장이 다가오는 모습이 보이자 두 사람은 약속이나 한 듯이 입을 다물었다. 하지만 진선경의 예리한 귀는, 김은희가 자리로 돌아가며 나지막이 중얼거리는 소리를 놓치지 않았다.

'체! 자긴 어릴 때부터 엄마 따라 술집 일 했으면서……. 백수건달 사생아로 줄줄이 태어난 것보다 정수기 몇 대 판 게 훨씬 낫거든.'

진선경은 그날 밤 김은희를 일부러 야근시켜 그녀와 단둘이 남게 한 뒤 말다툼을 벌였다. 누가 들을까 싶어 탕비실에서 설전을 벌이던 두 여자는 어느 순간 감정이 격해져 육탄전까지 벌이게 되었고 덩치 큰 진선경이 김은희의 머리칼을 쥐어뜯고 뺨을 몇 대 때리기까지 했다. 김은희는 잔뜩 흥분해서 다음 날 회사 측에 상사의 부당폭행으로 고소할 것이며 그녀의 출신에 대해서도 모두 까발리겠다고 고래고래 악을 써댄 모양이었다. 진선경은 아차 싶어 김은희 앞에 무릎까지 꿇으며 사과하고 정신적 위자료도 지급하겠다고 머리를 조아렸다.

하지만 다음 날 진선경은 현금을 건네주겠다고 김은희를 탈의실 겸 휴게실로 끌어들였고 미리 준비하고 있던 과도로 그녀를 여기저기 찔러 숨지게 하고 말았다. 마침, 우연히 비밀번호를 알고 있던 강민정의 캐비닛에 과도 및 피 묻은 수건 등을 집어넣어 그녀를 진범으로 만들어버린 것이었다. 전날, 숨겨진 쌍둥이 동생 미경에게 연락해 그녀의 옷을 입히고 갤러리 전시회에 가 있으라는 당부도 잊지 않았다. 그동안 떨어져 살면서도, 자매는 계속 연락을 해왔고 진선경은 미경에게 정기적으로 용돈을 지급해온 것으로 확인되었다.

검찰은 진선경이 극도의 불안증세 및 피해망상증, 분노조절 장애 등이 있다고 판정은 내렸지만 그것이 공판 및 형량에 영향을 미칠 정도는 아니라고 결론을 내렸다. 계획성 일급살인에다 간지나와 장현의에 대한 가중처벌까지 더하면, 최소 15년형 정도는 받을 것이라는 게 관련자들의 예측이었다.

2주가 흘러갔다. 길거리를 분주히 오가는 사람들은 너 나 할 것 없이 두꺼운 코트에 따스해 보이는 머플러에 모자, 장갑 등을 착용하고 있었다. 간간이 숨을 내뱉을 때마다 허공중에 하얗게 입김이 피어올랐다.

"안녕하세요? 오늘 퇴원일 맞죠?"

캐런을 선두로, 지적인 이미지가 폴폴 풍기는 한 노부부가 병원 로비를 걸어서 둘째 아들이 퇴원 준비를 하고 있을 병실로 향했다. 60대 초중반 정도로 보이는 노부부는 말끔한 정장코트 차림이었지만 사치스럽지는 않았다. 수수한 차림새에서 오히려 중후한 멋이 느껴지는 이들이었다.

"도련님! 지나 씨!"

"어서 오세요, 캐런 언니! 박사님들……. 아, 아버님 어머님도 오셨어요?"

"우리 작은 애기! 밥은 먹었니? 어머나, 그렇게 얇게 입고 있으면 어떡해? 여자는 그저 몸을 따땃~ 하게 해야 되는 법이야. 여보, 그거 이리 줘보세요. 어제 큰 애기가 우리 데리고 백화점 막 끌고 다니는데 네 아버님이 이거 딱 보시더니 작은 애기 잘 어울리겠다 하셨어."

"앗, 이런 거 일부러 안 사주셔도 되는데……. 너무 예뻐요. 감사합니다!"

60대 초반으로 보이는 여사는 캐시미어 목도리를 작은 애기 목에 둘러주었다. 안경 너머 눈이 반짝반짝 밝은 웃음을 짓고 있었다. 작은 애기를 바라보는 눈빛은 그야말로 안온한 벽난로 그 자체였다. 친엄마 석두순 여사도 지나를 그렇게 다정하고 따스하게 바라본 적이 없던 것 같았다. 안경을 쓰고 머리가 곱게 흰 60대 중반의 신사 역시 별반 다르지 않은 눈길을 지나에게 주고 있었다.

그들은 보름 전, 원래 예정대로 서울에 도착했다가 느닷없이 작은아들의 부상 소식을 듣고 혼비백산했었다. 하지만 자상이 생각보다 심각하지는 않아서 아들은 봉합수술 뒤 2주 만에 퇴원할 수 있었고, 뜻밖에 작은며느릿감도 소개받게 되어 지극히 만족해하고 있었다. 둘 다 큰며느리처럼, 작은며느릿감도 진심으로 마음에 쏙 들어 하는 눈치였다. 지나도 처음엔 잔뜩 긴장하던 마음을 조금씩 허물고 그들의 살가운 태도를 자연스레 받아들일 수 있게 되었다.

노부부는 그야말로 대한민국, 아니 지구상의 모든 며느리들이 다 꿈꾸고 바라 마지않을 시부모님 상이 아닐 수가 없었다. 아마도 두 분이 장기간의 미국생활과는 별도로, 지극히 미국적인 사고방식을 가졌기 때문인 것 같았다. 부부는 가족은 가족일 뿐 다 각자제 인생 알아서 사는 거라며, 자식들의 삶에 일절 관여하지 않았다. 그렇다고 애정 없는 삭막한 개인주의적 스타일을 고수하는 것도 아니었다. 아들 둘과 딸 하나 모두, 제 힘으로 어느 정도 자리 잡기 전까지 그들은 물심양면으로 자식들을 케어하고 지원하는 데 아낌없었다. 지금도 큰아들의 손주들을 봐주는 것이나, 뭔가 우환이 있을 때는 어디서든 달려와 정신적인 지주가 되어주는 부모였다. 단지, 전형적인 대한민국 부모님들 특히 시어머니처럼 잔정이 많거나 자녀들과의 끈끈한 애착관계가 형성되어 있지 않을 뿐이었다.

얼마 전 시어머니 김혜란이 병실에서 지나와 나란히 앉아 드라마를 잠깐 본 적이 있었다. 그녀는 한국 드라마를 거의 보지 않았는데, 그날 우연히 채널에서 나온 드라마를 보고서 연신 유쾌하게 박장대소를 해댔다.

'어머나……. 난 정말 이해가 안 된다. 왜 저렇게 아들을 애인 대하듯 해? 저건 아들이 아니라 애인이네, 애인! 남편 두고 도대체 왜……. 아니, 다 큰 아들이 결혼했으면 걔는 이제 자기 아내 거니까 적당히 지지고 볶으면서 알아서 살게 내버려둬야지! 대체 왜 저런대? 깔깔…….'

김혜란은 극중 장면이 바뀌자 가볍게 한숨을 내쉬며 덧붙였다.

'에고, 난 저렇게 하루가 멀다 하고 반찬 싸서 애들 집에 못 갖다 줘. 지들이 먹고 싶으면 만들어 먹든가 사서 먹든가 알아서 먹겠지, 뭘 저렇게까지. 작은 애기야, 미국이든 한국이든 나중에 우리 가까이 살더라도 난 절대로 저렇게 못해준다? 우리 돌아가신 친정 엄마 닮아서, 내가 사실 요리를 곧잘 하긴 해. 그래도 다 큰 자식들 먹는 것까진 못 챙겨준다-'

'네? 네, 괜찮아요- 저도 이제 요리 배울 거니까 괜찮아요, 아하하- 절대 어머니께 뭐 해달라 부담 드리지 않을게요.'

'응? 네가 요리를 왜 배워? 남간이가 잘하는데. 둘 중 하나만 잘하면 되지 뭐.'

'네? 남간…… 씨가요? 남간 씨가 요리를 잘해요?'

'한식은 나보다 더 잘해. 처음에 한국 들어와서 도우미 부르다가, 어차피 집에서 밥도 거의 안 먹고 하니 늘상 음식 버리는 게 일이 되어버려서 아예 자기가 해먹고 싶을 때만 해먹게 요리학원도 다니고 인터넷 검색해서 곧잘 한다던걸? 원래 제 아빠 닮아 금손으로 태어난 애라서, 손으로 하는 것 중 못하는 게 없긴 해. 어머나, 갑자기 아들 자랑 팔불출이 되어버렸네? 아무튼 웬만한 건, 요리든 수리든 손으로 하는 건 다 남간이 시키면 돼. 나중에 애기 태어나면 애기 옷도 만들어보라고 해보렴. 분명히 기성품 못잖게, 기똥차게 잘 만들걸? 깔깔깔……'

'그…… 그랬군요. 요리 엄청 잘하는 남자였군요. 요, 요즘 대세라는…….'

그제야 지나의 뇌리에는, 그동안 여러 번 맛봤던 온갖 진수성찬, 산해진미가 디지털 파노라마처럼 스치고 지나갔다. 저번 추석에 바리바리 싸들고 왔던 각종 반찬에, 그녀가 아플 때 가져왔던 죽과 음식들, 얼마 전에 그의 집에서 먹었던 호텔 한정식 뺨치는 푸짐한 밥상 등이 모두 장난감의 솜씨였다니!

너무 뜻밖이라 저 아래서 배신감마저 스멀스멀 기어오르는 느낌이었다. 그녀는 달걀도 프라이가 고작이고 계란말이도 번번이 실패하는 고자손인데 어떻게 남자가 그런 금손을 타고났단 말인가! 지나는 어머니가 돌아가신 뒤 현의에게 마구 다그쳤지만, 그는 환자를 왜 이렇게 못살게 하냐고 법정에서 만나고 싶냐고 뺀질뺀질 말대꾸만 할 뿐이었다.

잠시 후 짐 정리를 하고 퇴원 수속을 마친 그들은, 아래서 대기하고 있던 운전수의 도움을 받아 다 함께 두 대의 차에 나눠 탔다. 현의의 오피스텔에 들어서자마자, 김혜란 여사는 짐 정리는 그녀가 할 테니 지나는 좀 쉬라고 말했다. 아들이 병원에 입원한 뒤로, 단 하루도 거르지 않고 병실에 들러 그를 살폈고 주말에는 하루 종일 살다시피 한 예비 며느리였다.

"아니, 그러지 말고 아예 손님방에 가서 한숨 푹 자렴. 그동안 잠도 못 잤을 텐데."

"그래, 차라리 그게 낫겠다. 아버님 말씀대로 해, 작은 애기야."

노부부의 말에, 지나는 전혀 피곤하지 않다고 손사래를 쳤다. 그때 예비 형님격인 캐런이 아까 점심 김밥으로 대강 때우지 않았냐고, 이 아래 베이커리 카페에 내려가서 함께 커피 한 잔 하고 오자고 제안했다. 아무래도 저녁은 예비 시어머니가 할 것 같은 분위기였다.

"지나 씨도 요 아래 베이커리 가끔 가봤죠? 거기 빈도 좋은 거 들여와서 커피도 끝내주고 지금 딱 크로아상이랑 치아바타 바삭 바삭 구워져 나올 시간이에요."

지나는 잘게 썰린 롤치즈와 올리브 치아바타와 이국적인 향이 나는 커피를 앞에 두고, 캐런과 마주 앉아 있었다. 캐런은 첫인상 그대로 시원시원한 성격이었다. 그녀의 털털한 웃음을 보고 있노라면, 아직 가보지도 못한 이국의 휴양지에 펼쳐져 있을 아쿠아마린 색깔 바다가 눈앞에 보이는 것 같았다.

그녀는 시종일관 지나에게 매우 우호적이었다. 지나가 예비 올케가 될 거라는 사실을 안 순간부터, 그 친밀함은 더해지고 있었다.

"캐런 언니에겐 진짜 남미 특유의 분위기가 있어요. 진짜 3쾌 완전체라고나 할까……. 유쾌, 상쾌, 통쾌."

"지나 씨도 그래요! 우리 은근 엄청 잘 맞잖아요. 빨리 지나 씨 캘리포니아에 와서 가깝게 살았으면 좋겠다— 우리 신랑이랑 열의 아가씨도 지나 씨 엄청 궁금해하고 있거든요! 내가 사진 보내줘서 얼굴도 알지. 이제 도련님도 퇴원했고 며칠 뒤에 지나 씨 댁에 정식으로 인사하러 가니 날짜도 곧 잡히겠죠? 두 달 정도 준비하고 3월 초에 딱 식 올리면 진짜 퍼펙트하겠어요!"

현의의 부모님은 지난주, 지나의 집에 방문해 미리 어르신들을 찾아뵌 바 있었다. 평범한 서민들인 외할아버지, 외할머님 외 식구들 모두가 갑작스런 현의 부모의 방문에 놀라움을 금치 못했다. 그들 모두, 현의가 상문 삼촌의 후배인 장남간일 때부터 그의 집안배경이 남부럽지 않다는 사실은 일찍이 알고 있었다.

현의의 할아버지는 저명한 법률가이자 국어학자인 고 장선의였고 큰아버지 장진의는 S대학 국어국문학과의 교수로 재직 중인 데다, 지금은 은퇴하고 법률 관련 저서를 쓰고 있는 장건의 전 부장판사이자 전 S대 교수가 아버지, E여자대학 전 총장이자 전 여성 부장관을 역임한 김혜란이 어머니였다. 그뿐이랴, 미국 아이비리 그 명문대 출신으로 캘리포니아에서 변호사로 활동 중인 그의 형 장신의와 형수 캐런, 누나인 장열의는 존스홉킨스 대학에도 교편을 잡고 있는 신경외과의였다. 그야말로 내로라하는 국제적인 명문가가 아닐 수 없었다. 특히 장현의의 부모는 현재 미국에서 난민구호 등, 인권관련 활동을 활발히 펼치는 아름다운 국제인으로 미국 현지 언론에 실린 적도 있었다.

하지만 현의의 두 부모는 청렴결백, 인권 활동가로 잘 알려진 인품처럼 시종일관 겸손함을 잃지 않았다. 두 사람에게는 지나의 집안배경이 그들보다 훨씬 기울거나 밑지는 결혼이란 생각은 애당초 전혀 없는 것 같았다. 평소 같으면 방정맞게 혀를 놀리고 이리저리 끼어들었을 숙모와 이모는 구석에 앉아 꿀 먹은 벙어리처럼 눈만 휘둥그레져 앉아 있었다.

세상에, 그 천덕꾸러기 지나가 어느새 장현의를 흘려 이렇게 구워삶아 놨을 줄이야 누가 상상이나 했겠는가. 살 빼고 얼굴만 볼만하지 애교도 없고 대단한 스펙이 있는 것도 아닌 지나가, 대체 무슨 재주로 대한민국 최고의 신랑감을 이렇게 꽉 잡았는지 그들은 도무지 이해되지 않는다는 표정이었다. 지금은 믿기지 않아서 어안이 벙벙할 뿐이겠지만, 곧 그들은 배가 아파 매일 매 순간을 데굴데굴 구를 것이 틀림없었다.

장건의와 김혜란은 아들이 완전히 퇴원하면 다시 아들과 함께 정식으로 인사를 드릴 것이며, 아들이 미국법무법인 합작 건으로 내년 3월 중에는 미국에 돌아가야 하니 식은 그 전에 올리기를 바란다고 부드럽게 의견을 피력했다. 그때 엄마가 내년 2, 3월은 너무 빠르다고 혼수자금 마련할 시간적 준비가 좀 더 필요하다고 어렵사리 운을 뗐다.

노부부는 혼수자금 같은 것은 앞으로 같이 살 두 사람이 알아서 하는 것이며, 그들은 일절 관여할 생각이 없다고 말했다. 물론 국내의 전통적인 관습에 따라서 신부 쪽 가족에게 기본적인 예단은 하겠지만 그 또한 아들이 자기 재량으로 다 알아서 할 것이라 덧붙였다. 지나 쪽은 아무것도 준비할 게 없다는 말도 잊지 않았다. 한국에서 살든, 미국에서 살든 두 사람이 살 집과 가구 등 모든 게 완비되어 있으니 실제적으로 준비할 게 아무것도 없다고 노부부는 신신당부를 아끼지 않았다. 그게 불과 지난주 일이었다.

"아 참, 캐런 언니. 궁금한 게 있어요. 예전에 상문 삼촌이 잠깐 언급만 하고 지나간 얘긴데…… 남간 씨 미국에서 정확히 무슨 일이 있었어요? 1년 전에 캘리포니아에서 아주 큰 사고를 쳐서 지역신문에까지 나고 하루아침에 지역 법조계 유명인사가 됐다면서요."

"아하! 풋! 풉!"

캐런은 빵 터져서 웃다가 커피가 목에 걸렸는지 한참을 캑캑거렸다. 아무래도, 당시의 일을 떠올리자 웃음이 멈추질 않는 것 같았다. 다행히 심각한 범법행위나 그런 것은 아닌 모양이었다.

"음. 나도 말해주고 싶은 맘은 굴뚝같지만, 그래도 본인에게 직접 들어요. 이제 퇴원도 했으니 앞으로 둘이 알콩달콩 그 뭐라 그러더라, 한국말로? 아, 맞다, 달달! 달달하게 설탕 볶을 일만 남았잖아요. 굳이 숨길 일도 아니니 아마 술술 말해줄 거예요."

"하지만 얼마 전에 물어봤는데 은근슬쩍 넘기던걸요. 웬만한 셰프 뺨치게 요리 잘하는 것도 왜 비밀로 했냐고 막 뭐라 그랬을 때도 시큰둥하게 넘어갔거든요."

"아, 그래요? 으휴, 하여간 우리 도련님 귀여워……. 물론 우리 신의가 더 귀엽지만. 아무튼, 그럼 내가 딱 한 문장만으로 압축해서 말해줄 테니 나머지는 나중에 미국 가서 열의 아가씨에게 들어요. 줄줄 말해줄 거예요."

캐런은 롤치즈 치아바타 한 조각을 아메리카노와 꿀꺽 넘긴 뒤, 긴 머리칼을 샴푸광고 한 장면처럼 쓸어 넘기며 말을 이었다. 흑진주같이 반짝이는 눈에는 아이 같은 장난기가 한가득이었다. 잠시 후 두 사람은 다시 오피스텔 집으로 총총 향했다. 지나는 캐런의 말을 듣고 궁금증이 한층 더해져서 나중에라도 꼭 풀스토리를 들어봐야겠다 굳게 마음을 먹었다. 알고 보니 미친 남자라니, 저 얄미우리만큼 냉정 침착한 장난감이 대체 어떻게 폭주해 어떤 탈선을 저질렀는지 궁금하지 않는다면 오히려 이상할 터였다.

그날 밤, 지나는 장래 시어머니가 요리해준 필리핀식 치킨 스튜와 대나무쌈밥을 맛나게 먹고 디저트로 캐런이 만들어준 아포가토 아이스크림까지 다 비웠다. 예비 시부모님은 친척집에 머무는 캐런을 바래다준다는 명목으로 문밖으로 나섰다. 두 사람은 3, 40분 정도 걸릴 테니 그동안 아직 안정이 필요한 현의를 잘 부탁한다는 말을 남겼다. 아무래도 둘만 있을 시간을 주기 위해 일부러 캐런과 나가신 것 같았다.

"이리 와, 간지."

지나가 현관문 앞까지 배웅을 나갔다가 문을 닫는 순간, 예의 그 얄미남은 평상복 차림으로 그녀를 확 끌어당겨 품에 꼬옥 안았다. 넓은 어깨 아래, 단단한 가슴팍이 뺨을 눌렀다. 숨이 막힐 지경이었지만 특유의 체취가 너무도 좋았다. 하지만 지금의 지나는 냉철한 이성 쪽이 더 활발히 작동되는 상태에 있었다.

"아, 아- 안 돼요! 실밥 터지고 싶어요? 앞으로 일주일 정도는 조심해야 한다고 아까 병원에서……."

"잠깐 이러고만 있을 건데 실밥이 터질 리가 없잖아."

남간은 운동장처럼 널찍한 거실 벽 한쪽에 등을 기대고 지나를 품에 더 가까이 끌어당겼다. 그녀는 실내용 슬리퍼를 신은 채 까치발을 하고, 혹시나 그의 수술 부위를 건드릴까 싶어 저항하지 않고 그대로 몸을 맡겼다. 꽤 두꺼운 카디건과 스웨터 사이로 둘의 온기는 서로에게 고스란히 전해졌다. 현의 낮은 목소리가 지나의 머리 바로 위에서 울렸다.

"……딱 닷새 뒤 23일 토요일에 인사드리러 갈 테니까 24일 일요일, 25일 월요일은 외박할 준비하고 있어."

"참 내. 어디 오지여행이라도 가나요? 1박 2일 외박 준비를 지금부터 하게? 그리고 난 조부모님 모시는 집에서 올곧게 자라서 결혼 전에 부뚜막 절대 안 올라가요."

"고양이야? 그리고 요즘엔 어디 올라갈 부뚜막 자체가 없어."

"부뚜막이든, 싱크대든, 세면대든 어디든."

지나는 뺨이 그의 가슴팍에 납작 눌린 상태로, 어버버버 말을 이었다.

"안 오면 데리러 갈 거니까 알아서 해. 형수님, 상문이 형에게서 이미 다 들었다며. 나 뒤끝 작렬 피곤한 알미남인 거."

"아, 그 얘기 다 못 들었어요. 미국에서 무슨 일로 폭주에 탈선

했다 신문에까지 실렸는지……."

"그 얘긴 나중에……. 지금은 이게 더 중요해."

현의는 그녀를 끌어안은 채로 번쩍 들어 올려 거실 소파로 옮겨 앉았다. 희미한 할로겐 조명만이 켜진 거실에는 미묘한 분위기가 흘렀다. 지나는 언제까지고 이렇게 있고 싶다는 소망과, 혹시라도 현의가 폭주하진 않을지 염려 사이에서 번민하고 있었다. 그런 그 녀의 생각을 읽듯이 현의는 지나의 귀에 대고 부드럽게 속삭였다.

"걱정 마. 어차피 부모님도 다시 오실 거고…… 지금은 끝까지 는 안 갈 테니까."

"뭐요? 끝까지는? 그럼 어디까지 하려……."

굳이 대답을 들을 필요가 없었다. 현의의 입술이 지나의 것 위 에 포개어지고 혀가 격렬히 그녀의 것을 탐했다. 정신없이 빨아 당 기고 구석구석 핥던 혀는 어느 순간 움직임을 멈췄다. 지나의 달뜬 입술을 떠난 그의 입술은 어느새 그녀의 희게 드러난 목덜미 쪽을 더듬고 있었다. 지나는 신음을 흘리며 본능적으로 고개를 기울였 다. 그의 입술과 혀는 긴장으로 선명히 드러난 핏줄 위를 섬세하게 훑다가 가장 연약한 곳을 찾아내 집중적으로 공략해댔다.

"아아…… 앗……. 홋……!"

지나는 저도 모르게 크게 새어나오는 신음을 이 악물고 눌렀다. 하지만 아무 소용 없었다. 그런 그녀의 자제력을 비웃기라도 하듯, 현의는 연약하고 보드라운 살결을 혀로 빨며 애무하다 살짝 깨물 어댔다. 깨문 자리가 붉게 멍이 들 때까지, 그는 집요하게 부들부 들한 감촉을 즐기며 잘근잘근 씹어댔다.

"아!"

"여기가 성감대인가 봐. ……반응이 너무 좋은데?"

현의는 놀리듯 말하며, 이번엔 쇄골을 지나서 다른 쪽 목덜미에 공격을 퍼부어댔다. 머리끝에 피가 마구 몰려서 그대로 스르르 기절해버릴 것만 같았다.

"아, 이……제 그만……! 토요, 아니 일요일에 이어서 해요, 하자고요!"

"끝까지는 아니라도 진도는 좀 더 빼야지. 도무지가 발전이 없잖아."

지나는 어느새 소파 위에 반쯤 누워 있었다. 두 팔을 날생선처럼 파득파득 허우적대던 그녀는 돌연 움직임을 멈췄다. 장난감이 지나의 두 손목을 잡은 채, 굳은 조각상처럼 미동도 않고 내려다보고 있었다. 어두운 눈이었다. 욕망과 열망이 그 시선 안에 섬광처럼 타오르고 있었다. 지금까지 단 한 번도 지나는 장난감이 그런 눈을 한 것을 본 역사가 없었다. 욕망 외에도, 여러 가지 복잡한 감정의 파편들이 뒤얽혀 있었다. 뭔가 가슴 시리게 애틋하고 아련한 불길이 그녀의 가슴 위를 서걱서걱 태우는 것 같았다.

지나는 터질 듯한 긴장감에 저도 모르게 숨을 크게 들이켰다. 현의가 지금 초인적인 자제력을 발휘하고 있다는 사실을 그제야 깨달았던 것이다. 현의는 지독히도 완벽한 평소의 얼굴 그대로였다. 한 치의 흐트러짐 없이 차갑고 냉정한 얼굴이었다. 하지만 그가 이 악물고 점점 거칠어져가는 호흡을 고르려 고군분투하고 있다는 게 지나에게도 여실히 느껴졌다. 그에게 잡힌 손목이 조금 죄어왔다.

"현……."

그녀는 그의 이름을 부르려다 말을 멈췄다. 현의는 세게 움켜잡고 있던 지나의 한 손을 들어 그의 입으로 가져갔다. 그리고 손가락 하나, 하나마다 부드럽게 입을 맞췄다. 세상에서 가장 소중한 보물에게 경의와 애정을 표하는 것 같았다. 그는 그녀의 손가락 끝부분을 살짝 물고 빨다가 쉰 목소리로 속삭였다.

"사랑해. ……못 기다리겠어. 2월 말고 그냥 다음 달에 바로 결혼하자."

그의 입술이 지나의 손바닥 위를 쓸면서, 혀가 그 가운데서 에로틱한 원을 그렸다. 지나는 그 아찔한 전율에 몸을 떨었다. 그 감각을 어떻게 수습할 새도 없이, 그녀는 더 크게 밀려오는 전율을 감당해야 했다.

현의의 손은 거침없이 움직여, 지나의 스웨터를 속옷째로 목까지 밀어 올렸다. 2주 전 차 안에서 조심스레 옷 안을 더듬던 그때와는 사뭇 다른 몸짓이었다. 지금은 그야말로 거칠 게 없다는 대담함이 서려 있었다. 갑자기 속살이 공기 중에 노출되는 서늘함에 이어, 뜨겁고 단단한 살갗들이 봉긋하게 솟은 가슴을 장악해왔다. 그의 뜨거운 손바닥 안에 잡힌 가슴에서 불이 이는 것 같았다.

"아아- 앗! 하……."

지나는 저도 모르게 비명을 올렸다. 고양이 가르릉거리는 소리 비슷한 신음이 뒤를 이어 귀에 박혀왔다. 그의 강한 손길 아래, 부드러운 가슴살이 아플 정도로 세차게 눌리고 주물러졌다. 민감하게 솟아오른 젖꼭지가 엄지손가락에 꾹 눌리자, 지나의 손이 그의 손목 위를 더듬더듬 잡았다. 하지만 현의는 방해하는 그 손도 소파 위에 잡아 누르고, 가슴 위로 고개를 숙였다.

"아앙! 아, 아……. 흐윽……!"

뜨겁고 강한 혀가 분홍빛 정점의 돌기를 세차게 빨았다. 예쁘게 부풀어 오른 풍만한 양쪽 젖가슴이 그의 손안에 구속된 채, 가장 예민한 부분이 탐해지고 있었다. 그가 마침내 입을 뗄 때까지, 연약한 살갗은 그 쉴 새 없는 공격에 무방비 상태로 당할 수밖에 없었다. 입술을 뗀 뒤에도, 그의 탐욕스런 손길은 여체에서 떠나지를 않았다. 이미 함락된 성안을 본격 탐색하는 군사처럼, 현의 두 손과 입술은 지나의 드러난 속살 여기저기를 샅샅이 훑고 정복해 갔다.

지나는 끊어질 듯 신음을 내지르다, 새끼고양이 울음소리 같은 소리를 반복해서 내고 있었다. 그의 손이 일으키는 아찔한 황홀경, 통증 어린 달콤한 쾌감에서 언제까지고 벗어날 수 없을 것만 같았다. 그의 손이 마침내 배꼽 아래, 스커트 안쪽으로 파고들자, 지나는 눈을 번쩍 뜨고 숨을 헉 들이켰다. 더 이상은 안 될 것 같았다. 이대로 더 막 나가서는 안 되었다! 부모님이 언제 오실지 몰랐다.

"아, 안 돼요! 장난감, 안 돼- 그마안……!"

"3분만 더……."

"아, 안……!"

사나운 기세로 스커트와 속치마가 홀렁 위로 들렸다. 커다란 손이 꽉 맞물린 허벅지 사이로 파고들어, 그 사이에 자리한 민트색 팬티 위를 덮었다. 얇은 천 위로, 손바닥의 열기가 그대로 전해져 오고 있었다.

그의 손이 손바닥을 쫙 펼쳐서 힘을 주자, 그녀는 저도 모르게 허벅지를 열고 말았다. 두 다리가 가위처럼 옆으로 벌어지자, 현의는 그새를 놓치지 않고 팬티 속으로 손을 미끄러지듯 밀어 넣었다. 지나는 이제 숨넘어가기 직전의 상태에 놓여 있었다. 차갑고 긴 손가락이 촉촉한 입구를 어루만지는가 싶더니, 곧 순결한 안쪽을 침범해왔다. 차가운 이물질이 밀고 들어오는 섬뜩한 충격에, 지나는 고개를 모로 저으며 새된 비명을 질러댔다.

"아, 아아! 아파- 자, 잠깐! 아, 그만 넣어! 안 돼, 빼!"

"아, 미안⋯⋯."

그는 그녀의 숨넘어갈 것 같은 항변 중, 아프다는 부분에만 집중한 것 같았다. 차가운 손가락이 여성의 안쪽 속살을 천천히, 부드럽게 탐색하기 시작했다. 그 전의 애무로 안쪽은 이미 촉촉하게 젖어 있었다. 뜨겁고 끈적한 질 안은 미치도록 기분 좋았다. 손가락을 휘감고 꽉 조이는 그 질척한 느낌이 너무도 좋았다. 손가락만 넣어도 이런데 그의 것이 본격적으로 들어가면 얼마나 황홀할지 상상도 되지 않았다.

손가락을 살짝 빼어보니 끈적끈적한 젤처럼 온통 젖어 있었다. 손끝에서 흐르는 달큼한 체취가 그의 욕망을 한결 더 부추겼다. 그는 이제 멈춰야 할 때임을 알았다. 그리고 그렇게 생각하는 것은 현의 한 사람만이 아니었다. 지나는 한 손으로 그의 팔을 저지하며 허리를 바로 세우려 애썼다. 활짝 벌려진 허벅지 안쪽은 군살 하나 없이 탄탄하고 아름다웠다. 흐트러진 팬티 앞은 이미 물에 젖은 것처럼 습기가 가득했다.

"아, 이제 그만⋯⋯. 그만 놔줘요. 여기서 더는 안 돼요! 부모님도 오실 거고⋯⋯."

"⋯⋯알았어. 그만할게. 한마디만 하면."

"뭐…… 뭐요……."

"글쎄, 모르지. 뭐든 내가 듣고 싶은 말을 하면 놔주겠지."

"……."

지나는 거의 헐벗은 몸으로 누운 채, 천천히 입을 열었다.

"사랑해요."

"……부족해."

"사랑해요. 내 영혼 다 바쳐 남간 씨를 미치도록 사랑해요. 영원히 사랑할 거고, 다시 태어나도 사랑할 거예요. ……이제 됐죠?"

"그럼 이번 주 일요일은?"

"……올게요. 하지만 할아버지, 할머니 봐서 외박은 안 돼요."

"좋아. 대신, 새벽에 와서 밤 10시까지 하루 종일 있어."

그는 위로 말려 올라간 스커트를 아래로 잡아당겨 내리고, 아쉬움 가득한 손길로 브래지어를 똑바로 제자리에 바로잡아주었다. 마지막으로 스웨터를 정돈한 뒤, 그는 지나를 똑바로 소파에 앉히고 그녀의 입술에 가볍게 입을 맞췄다.

"토요일에 좀…… 큰 소리가 오갈 수도 있어. 미리 마음의 준비해."

"에에? 큰 소리가 나다니? 무슨 말이에요, 그게?"

설마하니 장래 처가 식구들과 아웅다웅 설전이나 육탄전을 벌일 계획이 있을 리는 없었다. 적정선 안에서는 누구보다 점잖고 예의를 갖추는 장난감이었다. 상문 삼촌을 제외하고는 그녀의 가족 중, 현의가 진심으로 호감을 가진 사람은 한 명도 없을지 몰랐다. 아니, 아마 없을 터였다. 그래도 지나의 친정인 이상 그가 경우에 벗어나는 언행을 할 리는 없었다.

"아니, 혹시 말이야. 다시 정정할게. 미리 걱정하지 마."

그는 토요일 지나 집을 방문하게 되면, 지금까지 그녀를 홀대한 가족들에게 처음이자 마지막으로 한마디 일침을 정중히 놓을 생각이었다. 하지만 지나가 그걸 미리 알 필요는 없으리라.

"뭐예요? 이랬다저랬다……."

지나는 더 캐묻고 싶었지만 어른들이 돌아오는 현관 도어 소리에 그럴 수 없었다. 그녀는 장래 시부모님들에게 깍듯이 인사하고, 아래층 로비에 대기 중인 운전수의 차에 올라타 집으로 향했다. 차 안에서 그녀는 현의의 문자를 확인했다.

[잘 도착했다고 전화해.]

그의 오피스텔에서 역삼동 집까지는 차로 10분도 안 되는 거리였다. 마치 어린애 대하듯 일일이 시시콜콜하게 걱정하는 그의 태도가 과하다고 생각됐지만, 지나는 아직 차 안이며 그러겠노라고 순순히 답문을 보냈다.

아까 소파 위에서의 기억이 떠오르자, 지나의 얼굴은 순식간에 시뻘겋게 달아올랐다. 그녀의 몸 위와 몸속을 거침없이 유영하던 그의 손길을 떠올리자 등골에 소름이 돋는 것 같았다. 공포나 불쾌한 소름과는 완전히 거리가 멀었다. 지나는 새삼 이번 주 일요일에 그의 집에서 단둘이 있을 거란 사실을 떠올리고 긴장감에 침을 꼴깍 삼켰다. 앞으로 엿새 뒤, 둘은 마침내 제대로 선을 넘고 말 것이었다. 게다가 지나에게는 스물넷에 비로소 맞는 첫 경험이 될 역사적인 순간이었다.

지나의 집 안 분위기는 미묘하게 달라져 있었다. 그 분위기는,

지나가 예전에 어렴풋이 예상했던 것과는 달랐다. 이모와 숙모가 그녀를 싸늘하게 대할 거라 생각했지만, 오히려 그 반대였다. 그녀들은 저녁밥은 먹었냐, 과일이라도 깎아줄까, 남간이 퇴원은 잘했냐, 부모님도 지금 남간이 집에 같이 계시냐 등등 평소와는 꽤 다른 사근사근한 어조로 지나를 대하고 있었다. 혹시나 나중에 조카 사위 덕 좀 보려는 속셈인지, 이제 신분 고속상승을 앞둔 조카에게 지레 기가 죽어서 자진해 갑으로 모시는지 그 정확한 내막은 알 수 없었다. 어느 쪽이든 역시 뿌리 깊은 속물근성에서 발현된 건 마찬가지였다.

아직 귀가 전인지, 아은은 아직 들어오지 않아서 방은 비어 있었다. 하지만 모친 석두순 여사가 금세 방문을 열고 들어오는 바람에, 지나에게는 잠시도 혼자 있을 틈이 없었다.

"지나야, 너 돈…… 얼마나 있니? 아무리 저쪽 어른들이 괜찮다고 하셔도 최소한 갖출 것은 갖춰야지. 네가 이렇게 빨리 시집갈 줄 몰라서 자금이 아주 넉넉지는 않은데……."

현의와의 사이를 알게 되기 직전부터, 언젠가부터 모친의 태도는 조금 달라져 있었다. 막내삼촌 석상문이 얼마 전, 그녀가 딸을 대하는 태도의 근본적인 이유에 대해 마구 질책하고 화를 낸 뒤로 모친도 생각한 바가 있는 것 같았다. 하지만 그 속사정에 대해 모르는 지나는, 엄마가 혹시 또 지한 오빠 일로 뭔가 무리한 부탁이라도 하려나 싶어 잔뜩 경계를 하고 있었다.

"괜찮아요, 어차피 집에 손 벌릴 생각도 없었고. 저금 4천만 원정도 있으니까 그걸로 제일 기본적인 것은 어떻게든 되겠지. 다행히 가구나 다른 혼수는 실제로 필요가 없으니까 절대 신경 쓰지 말라고 남간……현의 씨도 몇 번이나 다짐했으니까. 사실 예단도 현의 씨가 다 부담한다는 걸 내가 극구 거절했어요. 안 그래도 무임승차한다, 너무 기우는 결혼이다 주변에선 떠들어댈 텐데 그렇게까지 폐를 끼치고 싶지는 않아요."

"막내삼촌이 혼수는 다 해준다고 했는데."

"절대 삼촌 돈 받지 마요, 엄마. 대학 학비 대준 것만으로도 충분해."

석두순은 조금 가라앉은 얼굴로 침울하게 말했다.

아무리 봐도 어딘가 예전의 모친과는 달랐다. 늘 오빠 지한에 가려진 천덕꾸러기 딸이라 여겼건만, 이렇게 빨리 시집가서 집을 떠나게 된다고 하니 조금은 애틋한 마음이 들었나 싶었다. 아무리 미우니 고우니 해도 서로 피를 나눈 엄마와 딸이니 그다지 이상한 일도 아닌 걸까 싶기도 했다.

"너 그럼 결혼하면 바로 미국 가게 되는 거야? 거기서 계속 쭉 사는 거고……?"

"3월 중에는 현의 씨가 일 때문에 들어가야 하니까 함께 가기는 해야지. 얼마나 더 있을지도 모르겠고 당분간 왔다 갔다 한다고 했지만, 적어도 반년은 캘리포니아에 있지 않을까."

"그럼 너 미국 가면 뭐 할 거니? 영어는 곧잘 하니까 말이 안 통할 걱정은 없고……. 아무리 원수 같아도 핏줄이 있는 거랑 혈혈단신 혼자인 거랑 천지 차이야. 남편이 있지만 그거랑은 또 달라. 여자는 친정…… 그래, 넌 친정집 같지도 않다 생각하겠지만, 어쨌든 친정은 친정이니까……. 여자는 친정집이 있어야 마음이 든든한 법이거든."

모친은 진심으로 그녀를 걱정하는 것 같았다. 단언컨대, 그녀가 지금까지 살아온 스물네 살 인생 중 이런 엄마의 모습은 처음이었다. 하지만 돌이켜 생각해보면, 아빠가 돌아가시기 전 초등학교 5학년 때까지는 그녀 역시 보통 엄마들과 별반 다르지 않았던 것 같았다. 아빠가 그렇게 갑자기 돌아가시고 사업체도 망해버려 외갓집에 군식구처럼 들어와 힘겨운 인생을 이어가는 동안, 그 모든 슬픔과 분노의 화살이 저도 모르게 딸에게로 가버렸던 것일까? 하지만 설령 그렇다 해도, 그건 부당했다. 물론 엄마 역시 순식간에 기구한 운명을 지탱하느라 매우 힘들고 고달팠을 터였다. 하지만 그렇다고 딸이 그 운명의 잔인함을 공유하고 상처받아 갈기갈기 찢긴 마음으로 성장해 살아야 했던 건 결코 옳지 않았다. 엄마는 친딸인 그녀에게 매우 가혹했다. 굳이 때리고 욕을 하는 등, 신체적인 고통을 가하는 것만이 학대는 아니었다. 엄마는 무관심과 냉대로, 딸에게 정신적인 학대를 가했다면 가해왔었다. 이해할 수 없었다. 아무리 그렇게 하려 노력해도, 그런 모친을 이해하고 포용하기에 그 상처의 골은 너무도 깊었다.

"그렇지 않아도 현의 씨가 미국에서 공부를 더 해보라고 권유하고 있어. 대학원 석사과정까지 공부하고 거기서 심리학 카운슬링 일을 해볼 수도 있을 거라고. 나도 그쪽에 관심이 있고⋯⋯."

지나는 말을 잇다가 진지하게 어조를 바꾸어 말했다. 감정이 절제된 차분한 어조였다.

"엄마, 괜찮아요. 저는 이제 미국에 가서 제 인생 살 거니까, 엄마는 지한 오빠에게만 신경 쓰고 잘 보살펴주세요. 안 그래도 상문 삼촌이 소개해준 회사에 다음 달부터 나가게 될 거라면서요. 그럼 엄마도 한시름 덜 거고……."

지나는 혹시나, 엄마가 금전적인 요청을 하지는 않을까 해서 그녀의 다음 말을 기다렸다. 만약 결혼 뒤에도 가끔씩 요청을 해오면, 현의에겐 일절 알리지 않고 그녀 혼자 가능할 정도로만 지원해줄 생각이었다. 다행히 지한 오빠가 직장에 잘 적응해서 자리 잡게 되면, 엄마가 그녀에게 손을 벌려야 하는 가능성도 훨씬 덜해지게 될 터였다. 미우나 고우나 가족이고 그녀가 세상에 나오게 한 모친이니 결혼했다고 완전히 나 몰라라 할 수는 없었다.

"그래……. 그런데 지나야, 내가 예전부터 너에게 꼭 하고 싶은 이야기가 있었어. 돈 얘기나 뭐 부탁하는 건 아니야. 아빠가 돌아가신 뒤부터 내가 그동안 너에게……."

"아, 피곤해! 진짜 개짜증 나!"

방문 너머로 들려오는 신경질적인 목소리에, 석두순은 말을 멈췄다. 아은이 야근을 마치고 이제야 귀가한 것 같았다. 백화점 매장 판매사원이라 한 달에 두어 번 늦게까지 창고 재고정리를 해야 할 때가 있었다. 그럴 때마다 아은은 대문을 들어서는 순간부터 있는 대로 짜증을 부려댔다. 곧이어 방문이 거칠게 열리며, 아은이 잔뜩 골이 난 표정으로 안으로 들어서고 있었다.

"큰 이모, 죄송한데 저 진짜 피곤해요. 지나랑 할 얘기 있으시면 나가서 해주시면 안 돼요?"

"어, 아니다. 늦었는데 그만들 자렴. 나중에 얘기하자, 지나야."

조카의 서슬 퍼런 짜증에, 석두순은 시간도 늦었고 하여 다음에 이어서 얘기하는 게 좋겠다며 방을 나섰다. 아은은 지나 쪽을 본 척도 하지 않고 옷을 갈기갈기 찢어버릴 기세로 훌훌 벗어던지고 애꿎은 핸드백만 바닥에 내동댕이쳤다. 있는 대로 신경질은 다 부리고 있었다. 야근 때문이기도 했겠지만, 보란 듯이 그녀 앞에서 더 골질하는 진짜 이유를 지나도 모르지는 않았다.

지난주 현의의 부모님이 방문한 이후로, 아은은 지나와 한마디도 섞지 않을뿐더러 자잘한 심술을 부리고 있었다. 그 이유는 뻔했다. 그녀보다 별 볼 일 없어야 하는 사촌동생 간지나가 그렇게 어마어마한 집안의 완벽한 남자와-그것도 아은 역시 헛된 꿈과 동경을 품고 우러러보았던-결혼해서 팔자 오지게 고치게 생겼으니 어찌 화가 나지 않을 수 있겠는가 말이다. 지나는 아은의 신경질에 말려들고 싶지 않아서 이불을 머리끝까지 덮고 억지로 잠을 청했다. 하지만 아은은 갑자기 무슨 생각이 들었는지, 지나에게 가시 돋친 어조로 말을 걸었다.

"야, 간지나. 너 가만 보면 진짜 양심도 없다? 전에 장 변이 결혼할 애인 있으니 다들 포기하라고 했을 때- 그거 너 자신에 대해서 말한 거였냐? 암만 생각해도 그런 눈치는 아니었는데."

"……."

지나는 이불 뒤집어쓰고 자는 척 묵묵부답이었지만 가만있을 아은이 아니었다.

"진짜 양심 없고 개념 없다, 너? 그거 아냐? 그래, 이미 떠난 버스는 그렇다 치고 네가 진짜 양심이 개털만큼이라도 있다면 나도 누구 좀 소개해줘야 하는 거 아니야? 로펌에서 일하니까 이제 그쪽 동네 발도 넓어졌겠다 누구 변호사나 좀 소개시켜보든가. 너 혼자 그렇게 무임승차하면 장땡이냐?"

"……."

"야! 사람 말이 말 같지 않아? 싸가지 없는 년이 이게 아주……."

"하아……."

지나는 이불을 확 들추고 한숨을 크게 쉬었다. 성질 같았으면 머리털 죄다 뽑아놓아도 시원찮을 지경이었지만, 그녀가 참기로 했다. 어차피 이제 함께 살날이 얼마 남지 않았으니 일일이 반응할 필요도 없었다.

"야! 사람이 말하는데 어딜 가? 소개시켜줄 거야, 말 거야아- 이 간지년!"

시비를 걸다 못해 어이없는 요구에다 욕설까지 내뱉는 아은을 무시하고, 베개만 끌어안은 채 방 밖으로 나와버렸다. 혜자 이모와 엄마가 같이 쓰는 방, 소현이 쓰는 쪽방을 보다가 그녀는 그냥 거실에서 대충 자기로 하고 소파 위 무릎담요를 집어들어 몸 위에 덮었다. 마음 같아서는 아예 내일부터 장난감의 오피스텔로 옮겨서 마음 편히 자고 싶었다. 운동장만 한 집이고 안 쓰는 방만 세 개니 그중에서…… 라고 생각하던 지나는 이불 속에서 고개를 절레절레 저었다.

아까 소파에서 그녀를 지그시 내려다보던 장난감의 야수 같은 눈이 떠올랐다. 혹시라도 그의 오피스텔에서 머물게 되면, 짐작컨대 지나는 단 하룻밤도 편히 잘 수 없을 게 분명했다. 매일 밤 수면 부족에 시달려 헤롱헤롱, 거기에 근육통에 삐걱거리는 몸을 하고 출근하고 싶지는 않았다. 아직 실제 경험은 없었지만 어디선가 들은 풍문으로는, 그걸 너무 심하게 하면 여자 쪽은 유난히 후폭풍이 심해서 다음 날 몸 여기저기가 힘든 것 같았다.

지나는 소파에 웅크리고 애써 잠을 청했다. 보일러가 꺼진 거실은 으슬으슬 추웠지만, 누군가 한 남자를 떠올리자 어쩐지 따뜻해지는 것 같았다. 그는 나무처럼 크고 넓은 가슴과 따스한 온기를 지닌 그녀의 단 한 사람이었다.

닷새가 쏜살같이 지나갔다. 현의의 부모님은 이제 작은아들의 상태가 괜찮을 거라 안심하고 집안 친지분들을 뵈러 지방으로 떠났다. 회사에서도 지나와 현의의 관계를 알고서 다들 깜짝 놀라면서도, 축하의 말을 아끼지 않았다. 특히 박효선 변호사와 안자현 대리는 마치 친동생의 경사를 들은 것처럼 제자리에서 펄쩍펄쩍 뛰며 제 일처럼 좋아했다. 신혼여행은 어디로 가냐, 듣자 하니 대표님 미국과의 합작법무법인 일로 내년 3월 중에는 다시 미국 들어가야 한다던데 그럼 그 전에 식 올리고 지나도 대표님 따라서 캘리포니아 가야 한다던데 그런 거냐 등등 다들 참새들처럼 짹짹거리기 바빴다.

"우와! 그럼 우리 지나 씨가 이제 우리 사모님 되는 거예요? 대표님이 미국 왔다 갔다 하셔도, 여기 사무소는 일종의 한국 지사니까 계속 유지될 거잖아. 헐! 그럼 우리 지금부터 지나 씨 사모님으로 받들어 모셔야 하는 거 아닌가?"

"안 대리님, 그럴 리가- 지나 씨가 갑질할 사람도 아니고! 그래도 우리 평소에 지나 씨랑 잘 지내와서 엄청 다행이란 생각은 든다, 그죠?"

"사모님이라뇨, 말도 안 돼요! 아직 구체적으로 정해진 건 없지만, 저도 제 일 따로 찾아서 자리를 잡아야죠. 전공 살려서 미국에서 다시 공부해볼 생각이 있지만, 일단은 학비나 여러 가지 조건들도 생각해봐야 해서 천천히 준비해보려고요."

"그래! 난 지나 씨가 심리학 공부를 더 해서 이쪽에서 커리어를 쌓는 게 좋다고 생각해요! 안 그래도 이번에 진선경 케이스 때문에, 검찰에서 간지나 씨가 도대체 누구며 정체가 뭐냐고 아주 화제의 인물이 되었다니까요! 가능하면 검찰 쪽에서 스카우트해서 데려려고 싶어 하는 것 같더라고, 아주! 하지만 안 될 말이지, 이제 간지나 씨는 장 대표와 백년가약을 올리고 당분간 신혼의 단꿈에 젖어 있다가 우리 쪽 힘이 되어줘야죠! 그렇죠?"

박효선과 안자현은 침이 사방에 튀도록 열심히 지나의 미래에 대해 설계를 늘어놓다가, 한참 뒤에야 자기들 자리로 돌아갔다. 그날 현의는 그동안 밀린 업무들을 처리하느라 하루 종일 외근이라 서로 얼굴도 못 보고 퇴근할 가능성이 높았다. 하지만 내일 저녁, 그는 예정대로 역삼동 집에 정식으로 인사 오기로 되어 있었다.

지나가 어쩐지 설레는 가슴을 안고 일에 집중하려 하는데, 잠시 후 안자현 대리가 갑자기 심각한 얼굴이 되어 지나를 탕비실로 불렀다. 한 손에는 휴대폰이 들려 있었다.

"지나 씨, 저기……. 이것 좀 봐봐요. 이거 지나 씨가 꼭 보고 빨리 조치를 취해야 할 것 같아서……. 전에 지나 씨가 피팅모델로 일했던 여성의류 홈쇼핑 사이트 있잖아요. 이진상 그놈이 운영했던 곳은 이미 폐업했으니 거기 말고 다른 곳, 이름이 디망슈 (Dimanchu: 불어로 일요일). 거기 스타일이 예뻐서 나도 가끔 이용하거든요? 거기 그만뒀어도 계약에 따라서 올해 말까지는 피팅 사진 몇 개는 그대로 올려놓기로 했죠? 그런데 여기 봐요."

안자현은 고객 커뮤니티 자유게시판 중에서 글 하나를 클릭해 보였다. 글과 거기 첨부되어 있는 사진을 본 순간, 지나는 안색이 창백하게 변했다. 누군가가 그녀의 피팅 사진과 고3 시절 가장 뚱뚱했던 때의 증명사진을 나란히 올려놓고 악의성이 다분한 짤막한 글을 덧붙여 놓았던 것이다.

<이 모델 성형에다 지방제거수술 전 모습이랍니다. 지방제거수술은 적어도 10번은 받았을 거예요. 대단하죠? 이렇게 과학의 힘으로 환골탈태한 하류층 별 볼 일 없는 된장녀가 또 강남의 잘 나가는 모 상류층 명문가 변호사를 물어서 결혼을 한다고 하네요. 참 이런 얘기 들을 때마다 씁쓸해요. 우리나라는 언제까지 이렇게 성형천국 조장하는 골빈 된장녀들이 남자 하나 잘 물어서 팔자 고치는 꽃뱀 후진국이 되어야 하는지 말예요!>

안자현 대리는 흙빛이 되어가는 지나에게, 자신이 그 아래 남긴 댓글을 가리켜 보였다.

<이것 보세요, 누군지 몰라도 이거 명백한 초상권 침해에다 명예훼손입니다. 초상권에 대해서는 아직 형사처벌 규정이 없지만, 민사상으로 손해배상 청구(위자료 청구) 가능하고 명예훼손으로 소송도 얼마든지 가능합니다. 이 댓글 삭제되어도 내가 캡처해놨으니 사이버수사대에도 신고하고 조치 취할 거니까 법원에서 소장 받을 때까지 기다리고 있으시죠!>

"내가 일단 이렇게 댓글을 달았으니 아마 이 인간도 자진삭제할 거예요. 그래도 내가 캡처해놨으니 괜찮아요. 그런데 대체 누구야, 이런 악질적인 인간이? 혹시 짚이는 사람 있어요? 고3 때 사진 갖고 있는 걸 보니 동창생들 중 누구 아닐까요?"

"저…… 성형한 적 없어요. 지방제거도 아니고 순전히 식이요법과 운동만으로 살 뺀 거고요."

"알아요! 이때는 통통했어도 얼굴은 지금하고 똑같구만 뭐! 그리고 지나 씨, 대한민국 최고 톱3 대학 중 하나인 Y대학 심리학과 출신인데 대체 이게 무슨 된장녀니 꽃뱀이니 개나발 같은 소리야! 이런 중상모략 따위 아무도 안 믿을 테니까 걱정 붙들어 매고 어서 사이버수사대에 신고해서 신원부터 확보합시다. 아 참, 오늘 왜 하필 또 금요일이야! 그리고 이건 나 혼자 조용히 도와줄 테니 걱정 말아요. 누구 짚이는 사람 없는지 확인하고요!"

안자현의 말이 끝나기가 무섭게, 바깥에서 박명우 사무장이 지나를 찾는 소리가 들려왔다. 서류 중에 하나를 좀 찾아달라는 요청인 것 같았다. 지나는 안자현의 말에 고개를 끄덕여 보인 뒤, 최대한 아무렇지 않은 표정을 지으면서 탕비실 밖으로 걸어 나왔다.

그 뒤로, 그녀는 전혀 내색 않고 평소와 다름없이 일했다. 하지만 대체 누가 그런 악의적인 비방을 온라인상에서 했는지에 대해 가슴속이 납덩이처럼 무거운 동시에, 눈물이 왈칵 나올 정도로 분하고 억울했다. 지방제거니 성형이니 그런 중상모략은 전혀 사실이 아니니 아무리 누가 헛소문을 퍼뜨려도 아무렇지 않을 자신이 있었다. 어차피 그런 사실무근은 금세 진실이 밝혀지게 되어 있었으니 얼마든지 당당할 수 있었다.

하지만 그 비방의 뒷부분이 지나의 가슴 한 곳을 날카롭게 찌르는 것 같았다. 하류층 별 볼 일 없는 된장녀가 강남의 잘나가는 모 상류층 명문가 변호사를 물어서 팔자 고친다는 말이 지나의 가슴을 선득하게 만들고 있었다. 아무리 그녀가 진심으로 장난감을 좋아하고 자연스레 서로 사랑하는 사이가 되었다고 해도, 속물 지상

주의 대한민국 안에서 그 말을 순순히 믿는 사람들은 얼마 되지 않을 터였다. 그들 주변 사람들 외에는, 어쩌면 아무도 그 말을 믿지 않을지도 몰랐다.

그럼에도 지나는 얼마든지 당당할 수 있었다. 남들이 뭐라 하건 주눅 들지 않고 장현의의 아내로, 그의 옆에 나란히 설 수 있다는 자신감이 있었다. 하지만 그렇게 머리로는 생각되어도, 역시 마음 한켠에 생채기가 나는 것은 어쩔 수 없었다. 그녀는 최근 가라앉았던 위경련이 다시 생기지 않게, 현의가 예쁜 유리병에 담아서 책상 위에 놓아주었던 민들레 차에 손을 뻗었다.

13화.

퇴근 무렵 다시 단둘만 되자, 안자현은 사이트의 악성댓글이 삭제되고 없음을 지나에게 확인시켜주었다. 하지만 워낙 인기 많고 유명한 패션 사이트인 데다 고객 커뮤니티가 활성화되어 있던지라, 삭제되기 전 조회수가 만만치 않을 터였다.

"저도 아까 사이버수사대에 메일로 신고했어요. 안 대리님, 신경 써주셔서 감사합니다."

"그래요. 안 그래도 스트레스 받으면 위에 바로 신호가 오는데, 월요일까진 신경 완전히 끄고 주말 즐겁게 보내요, 알았죠?"

사실 간지나의 강철 위는 오직 장난감과 관련된 일에만 예민하게 반응했지만, 이번 일도 엄밀히 따지면 그와의 관계를 대중에 오해받는 사안인 만큼 속이 편하지는 않았다. 지나는 마을버스를 기다리면서 고등학교 동창이나 주변 지인들 중 대체 누가 그 범인일지 곰곰이 생각해보았다.

모델 일을 그만둔 뒤에도 디망슈 사람들과는 가끔 연락을 하고 있는 좋은 관계인지라, 사이트 관리자에게도 연락해서 문의를 해놓은 상태였다. 관리자는 해당 회원이 당일 가입해서 댓글 삭제한 뒤 곧바로 탈퇴했기 때문에, 신상을 추적하는 데에는 아무래도 며칠 시간이 걸릴 것 같다고 알려왔다. 그들은 앞으로는 절대 그런 일이 없도록 회원 신상을 좀 더 철저히 관리할 것이며, 앞으로도 사이버수사 관련해서 뭔가 도와줄 일이 있으면 적극 협조하겠다고 약속 및 사과를 전했다.

현의가 칼에 찔려 입원해 있는 동안, 그녀는 병원 근처에서 일하는 고교 동창을 근처 카페에서 잠시 만난 적이 있었다. 동창이 유학을 가게 되었다고 알리며, 마침 곧 있을 동창회에 지나도 나올 것을 종용했지만 그녀는 현의의 상태 때문에 그럴 심적인 여유가 없어서 정중히 거절한 바 있었다. 그리고 어쩌다 보니 현의와 교제 중이며 곧 결혼하게 될 것 같다는 말까지만 흘린 적이 있었다. 디망슈 업체에서의 피팅모델 건은 이미 웬만한 동기들은 다 알고 있는 사실이었다.

그 기쁜 소식에 반색하던 친구가 동창회에서 이미 소식을 파다하게 전했는지, 그 뒤로 지나는 동기들에게서 간간이 카톡으로 축하 소식을 전달받은 바 있었다. 다들 좋은 아이들이었지만, 그래서 도저히 그렇게 생각하고 싶지는 않았지만 어쩌면 그들 중 한 명일 가능성이 매우 컸다.

지나는 마을버스에서 내려서 집 쪽으로 천천히 걸었다. 아직 6시 조금 넘었을 뿐인데도 거리는 한밤중처럼 깜깜해져 있었다. 문득 장난감이 너무도 보고 싶었다. 하루 종일 외근으로 바빠서인지, 그는 평소와는 달리 전화나 문자 한 통 보내지 않고 있었다. 그때였다. 휴대폰에서 벨이 울렸다. 정말 너무도 신기했다. 어쩜 이렇게 꼭 타이밍을 완벽하게 맞춰서 연락을 해오는지, 우연치고는 번번이 너무 절묘했다.

-간지, 어디야?

"집에 거의 다 왔고요. 대표, 아니 남간 님. 혹시 제 머릿속에 무슨 칩 심어놓은 거 아녜요? SF영화처럼 나 잘 때 몰래 뇌에다가 칩 심어서 내가 무슨 생각할 때마다 때맞춰 딱 연락하는 거 아니냐고요."

-그럴 기회라도 있었어? 너 잘 때 옆에 있다가 스르르 일어나 감쪽같이 뇌 봉합수술할 기회라도 있었냐고.

"하긴 그러네."

-그런데 무슨 생각을 했길래? 내 생각했구나?

"용건이나 말하세요."

-용건 있을 때 전화하는 건 공적인 관계에서나 그렇고. 별일 없었어? 저녁은?

"별일, 없었고요, 저녁은 엄마가 수제비 끓여준다고 해서 그거 먹을 거고요, 대표님은 지금 어디예요? 사무실? 오피스텔?"

-사무실인데 저녁에 법조인 모임이 있어서 너희 집 쪽에 가야 돼. 알베르 카페 옆 일식집에서 하거든.

"그렇구나. 술은 안 할 거죠? 아직 조심해야 되니까 술은 절대 안 되는 거 알죠."

-알지. 술병도 눈에 안 담을게.

"내일 집에 오는 건 변경 없죠?"

-변경 없이 6시까지 갈게. 너 보러 더 빨리 가고 싶지만. 어차피 모레 일요일은 새벽부터 하루 종일 같이 있을 거니까.

장난감이 말끝을 흐리며 웃자, 지나는 기막히다는 듯 실소를 내보냈다. 하지만 드디어 대문이 눈앞에 보이자, 이제 통화를 끝내야 한다는 사실이 아쉽기 그지없었다. 두 사람은 서로 마지못해 전화를 끊었다. 통화 종료 직전, 현의는 항상 그랬듯이 똑같은 말을 전했다.

-사랑해, 우리 간지. 잘 자.

얼마 전 처음, 중후한 저음으로 수화기 너머로 그 말을 했을 때 지나는 몸서리를 치며 전화를 끊어버렸다. 손발이 오글오글, 오징어가 온몸을 비틀며 지글지글 오그라들며 타들어가는 기분이었던 것이다. 하지만 지금은 오히려, 통화가 끝나갈 때쯤 어김없이 그 말을 기다리는 스스로를 깨닫고 더 소름이 돋는 그녀였다. 공연한 걱정을 끼치고 싶지 않아서, 문제의 사진과 악성 비방글에 대해서는 잠시 함구할 생각이었다.

괜찮아. 일부러 얘기할 정도로 그렇게 대단한 일도 아니야. 신경 쓸 가치도 없고, 월요일 수사대에서 연락이 다시 올 거니까.

지나가 집 안으로 들어서자, 부엌에서 흘러나오는 멸치육수의 맛있는 냄새가 그녀의 허기진 배를 자극했다. 어른들께 귀가 인사를 한 뒤, 옷부터 갈아입으러 방에 먼저 들어가던 그녀의 뇌리에 장난감 생각이 다시 번뜩 떠올랐다.

장난감, 요리왕이니 수제비나 칼국수도 잘 끓이겠지? 일요일에 한번 만들어보라고 할까?

그때 지나는 꿈에도 몰랐다. 이틀 뒤, 일요일 그녀는 장난감의 집 안에서 칼국수든 수제비든 뭔가 음식을 제대로 흡입할 순간조차 없을 거란 사실을.

엄마의 수제비는 최근 감기 기운이 있는 지나의 속을 따뜻하게 데워주었다. 입가심으로 코코아 라떼까지 마시고 목욕을 하고 나니 감기 기운이 한결 가신 느낌이었다. 항시 금요일 밤마다 늦게까지 놀다 오던 아은은 그날은 약속이 없는 모양인지 일찌감치 집에 들어와 있었다. 아은은 요즘 계속 그렇듯이 지나를 투명 인간 취급하면서, 거실에 나가 줄창 드라마만 보고 있었다.

지나가 침대에 앉아 책을 읽고 있을 때였다. 문득 아은의 책상 아래쪽 구석에, 바구니 안에 쌓여 있는 잡다한 것들 위에 올려진 서랍 열쇠가 눈에 들어왔다. 그리고, 예전에 아은이 깔깔대고 웃으며 그녀를 갈구는 동료직원 다이어리를 몰래 가져와 약점으로 꽁꽁 감춰두고 있다는 말이 기억났다. 그리고 장난감이 오래전에 했던 말 역시.

'구기동 집에 가기 전, 네 책상 위에 메모 올려놓고 갔는데 못 봤어? 편지도 몇 번 보냈는데 못 받았고?'

그리고 그는, 구시대 유물이 되어버린 손편지를 굳이 쓴 이유는 지나가 언젠가 손편지에 대한 로망이 있다고 했기 때문이라고 덧붙였었다. 프랑스 여류작가 조르주 상드와 폴란드가 낳은 위대한 음악가 프레데릭 쇼팽이 당시, 연애편지를 통해 세기의 연애를 나누었던 일화를 언젠가 남간에게 말하며 정말 로맨틱하네 뭐네 말한 적이 있기는 했었다.

지나는 방문 너머 들려오는 TV 소리에 귀 기울이며 천천히 침대에서 일어났다. 바구니 위 열쇠는 아은이 통장이나 19금 연애소설 등 이것저것 내밀한 소지품들을 담은 옷장 안 서랍의 열쇠였다. 지나가 바구니 쪽으로 살금살금 걸어가 손을 뻗으려 할 때였다. 갑자기 문이 벌컥 열리는 소리에, 지나는 화들짝 놀라서 방바닥에 뭔가 떨어져 있는 척 연기를 펼쳤다. 아은이 그녀를 흘깃 노려보다가 옷장에서 잠옷을 꺼내 침대 위에 내동댕이쳤다.

"나 이제 씻고 잘 거니까 거실로 나가."

요 며칠 지나가 제대로 잠도 못 자게 음악을 크게 틀고 시비를 걸면서 거실로 내보내더니, 이제는 아예 지나가 거실에서 자는 걸 기정사실로 만들려는 것 같았다. 지나는 이제 그만하면 참을 만큼 참아줬다 생각해서 코웃음 치며 제 침대로 돌아가 누웠다. 사흘 동안 보일러도 안 켜고 거실에서 잤더니 감기 기운이 있을락 말락한 게 그나마 오늘은 조금 가라앉은 뒤였다. 위까지 골골한데 감기까지 걸려 헤롱거리고 싶지는 않았다.

"싫어. 나랑 한방에서 자기 싫으면 이제 언니가 나가."

"야! 내가 왜 나가? 네가 사달인데— 네가 문제의 원인인데 내가 왜 나가?"

지나는 어디서 개가 짖나 귀를 후비적후비적 파면서, 들은 척도 하지 않고 책에 다시 시선을 고정시켰다. 상대할 가치도 없다는 그 태도에, 아은은 한결 더 매섭게 으름장을 놓았다.

"나 씻고 왔는데 아직도 방에 있기만 해봐. 그냥 확……."

아은이 방문을 닫기 직전, 뭐라고 중얼거리는 소리를 귀 밝은 지나는 놓치지 않았다.

"남자나 잘 물어서 팔자 고치는 꽃뱀 주제에……."

오늘 사무실에서 안자현 대리가 보여준, 디망슈 홈쇼핑에 올라와 있던 비방글이 뒤이어 지나의 뇌리에 스쳤다.

<이 모델 성형에다 지방제거수술 전 모습이랍니다. 지방제거수술은 적어도 10번은 받았을 거예요. 대단하죠? 이렇게 과학의 힘으로 환골탈태한 하류층 별 볼 일 없는 된장녀가 또 강남의 잘 나가는 모 상류층 명문가 변호사를 물어서 결혼을 한다고 하네요. 참 이런 얘기 들을 때마다 씁쓸해요. 우리나라는 언제까지 이렇게 성형천국 조장하는 골빈 된장녀들이 남자 하나 잘 물어서 팔자 고치는 꽃뱀 후진국이 되어야 하는지 말예요!>

지나는 더 생각하지 않고 침대에서 뛰어내려와 열쇠를 집어들고, 아은의 옷장 맨 아래 서랍을 열었다. 아은이 샤워하고 바디로션이네 뭐네 다 바르고 오면 앞으로 20분은 족히 걸릴 터였다. 지나는 서랍 속을 빠르게 뒤져보았다. 통장에, 콘돔에, 여러 가지 잡다한 소지품들 등 그녀가 찾는 것과 관련 없는 것에는 일말의 관심도 보이지 않았다. 남의 개인적인 물품들을 뒤지는 행동은 가장 천박하고 추잡한 짓들 중 하나라 평소 생각했지만, 지금은 그녀의 직감을 따르는 게 급선무였다.

지나가 찾던 것은 맨 밑, 아은이 일부러 가져온 직장동료의 다이어리 아래 깔려 있었다. 색이 누렇게 바랜 7년 전 편지봉투 네 개가 서랍 바닥에 깔려 있었다. 발신자 주소는 없었지만 보낸 사람 이름은 '강진희'로 되어 있었다. 혹시 가족들이 이상하게 생각할까 봐, 일부러 발신자 이름을 친구인 것처럼 해서 보냈다고 현의는 말했다. 지나의 친구 중 강진희는 없었다. 하지만 볼펜으로 흘리듯 쓰여진 그 강진희란 이름을 보는 순간, 지나는 현의가 발신자임을 확신할 수 있었다.

7년 전, 지나는 장난감과 그들이 읽은 책들, 좋아하는 책들에 대해 많은 얘기들을 나누었었다. 강진희는 지나가 당시 읽었던 책 중 가장 인상적이었다고 말한 소설, 은희경의 『새의 선물』과 『마지막 춤은 나와 함께』에 잇따라 등장한 1인칭 화자 여주인공이었다. 지나는 더 생각하지 않고, 이미 뜯겨진 편지봉투 안의 편지들을 꺼내서 빠르게 훑어보았다.

편지지의 글은 길지 않았다. 무미건조하고 담담하게 쓰인 안부 인사는 마치 장현의를 그대로 보여주는 것 같았다. 얼핏 무감하고 냉정한 것 같지만, 그 안에 내재된 따스함은 한겨울의 불꽃과도 같은 사람. 그때 휴대폰 벨이 울렸다. 그녀는 발신인 이름을 확인하고 저도 모르게 자동적으로 휴대폰을 귀에 댔다. 분노로 손이 덜덜 떨리고 있었다.

-지나, 아직 안 자면 잠깐 집 앞에 나와. 모임 1차 끝나고 이제 2차 간다는데 난, 네 얼굴만 한 번 보고 들어갈까 해서.

"……."

-지나? 간지나. 왜 그래. 안 들려?

"야! 너 지금 뭐 해! 왜 남의 서랍을 뒤지고 지랄이야아?"

어느새 들어온 아은이 새된 비명을 질렀다. 옷장 서랍이 열려 있고, 지나가 뭔가 손에 들고 읽고 있는 걸 보고 눈이 뒤집힌 것 같았다. 그녀가 지나 손에 들린 편지를 낚아채는 바람에 휴대폰도 바닥에 떨어져 버렸다. 아은은 상황 파악도 못한 채 다짜고짜 지나의 뺨부터 날렸다. 짜악, 소리가 공기를 날카롭게 찢었다.

"야, 너 누가 그 서랍 열어보랬어? 이런 도둑년이!"

아은은 치부 들킨 사람처럼 얼굴이 시뻘겋게 달아올라 있었다. 아무래도 서랍 속에 가득한 콘돔 때문에 적잖이 당황한 것 같았다. 지나는 뺨이 돌아간 채 수 초간 있다가 손을 강하게 휘둘러 반격을 가했다. 아은은 비명을 지르며 바닥으로 나동그라지고 말았다. 평소에도 가만히 얻어맞고 있을 지나가 아니었지만, 지금은 7년 전 아은이 행한 비열한 행각을 발견하고 가뜩이나 분노로 가득한 상태에 있었다.

"야, 이아은! 너야말로 7년 전, 이 편지 왜 다 숨겼어? 응? 어떻게 이런…… 비열하고 더러운 짓거리를 할 수가 있어?"

서슬 퍼런 기세로 소리치던 지나는, 디망슈 게시판의 악성댓글과 조금 전 아은이 방문을 닫고 나가기 전 중얼댔던 말을 떠올리고 더 큰 소리로 악을 썼다. 웬만하면 최소한의 품위를 지키면서 분노를 표출하는 게 옳다고 생각했지만, 그것도 상대 나름이었다.

"그 게시판도 너지? 그 게시판에 남자 잘 물어 팔자 고치는 꽃뱀이니, 성형에 지방이식수술이니 뭐니 헛소리 잔뜩 늘어놓고 내 옛날 사진 올려놓은 게 이아은 너 맞지?"

이렇게 악다구니를 써야 말귀를 알아듣는 아은에게는 목소리 큰 사람이 이긴다는 무식한 방식으로 밀어붙여야 했다. 아은은 바닥에 꼴사납게 나동그라진 상태에서도, 입술을 파르르 떨면서 지나를 한껏 노려보았다. 그 표정만으로도 충분했다. 굳이 대답을 들을 필요가 없었다.

"왜 그랬어? 말해봐. 내가 도대체 언니에게 뭘 그렇게 잘못했어? 왜 나한테 그렇게까지 못되게 구는 건지 말해보라고!"

지나는 숨을 거칠게 몰아쉴망정, 최대한 냉정을 되찾으려 애쓰며 바닥에 널브러진 아은을 일으켜 똑바로 앉히려 했다. 아무리 그녀를 뒤에서 엿 먹이는 철천지원수라도, 이모의 딸인 혈육이었다. 얼마든지 친자매처럼 서로 의지하고 사이좋게 지낼 수 있는 사이건만, 왜 이렇게 잔뜩 뒤틀려 각자 증오의 칼날을 세워야 하는지 문득 슬픈 생각마저 들었다. 하지만 아은은 지나의 손길을 오해한 듯, 더 크게 비명을 지르며 지나를 벽 쪽으로 힘껏 밀었다.

"……아!"

느닷없이 벽에 등을 세게 부딪친 지나의 입에서는 신음이 터져 나왔다. 어디 심각하게 부러지거나 다친 건 아니었다. 하지만 아은이 그녀에게 달려들어 무서운 기세로 머리칼을 쥐어뜯는 바람에, 눈도 제대로 뜰 수가 없었다. 아은은 사나운 기세로 머리털을 죄다 뽑아버리려 작정한 것처럼 지나의 머리를 잡고 놔주지 않았다.

"야, 왜 너만 항상…… 왜 너만 맨날 모든 일이 잘되냐고! 대학도, 얼굴도, 남자도! 왜, 항상 너만 그렇게 술술 잘 풀리고 잘되냐구! 흐엉……. 난 맨날 요 모양, 요 꼴인데……."

"이아은, 이것 좀 놓고 얘기해! 야!"

"그래, 내가 옛날에 장 변 메모지 찢어서 버리고 편지도 다 숨겨 놨어! 그때 넌 못난이 뚱땡이 고딩이었는데 장 변은 맨날 너만 좋아하고 따로 데리고 나가서 뭐 사주고! 내가 모를 줄 알았어? 뚱땡이 불쌍해서 그러는 줄 알았더니, 연락하라고 메모 남기고 별 지랄을……. 이젠 뭐 사무실에 기어들어가더니 아예 결혼을 한다고?"

"어머나, 어머! 애들이 오밤중에 왜 이래? 응? 빨리 안 떨어져? 할아버지, 할머니 아직 안 주무시는데 다 큰 년들이 무슨 짓이야 대체!"

그때 아은의 엄마 석혜자와 지나의 모친 석두순이 육탄전의 소음을 들었는지, 방 안으로 들어와 혼비백산 두 여자를 뜯어말리려 애썼다. 아은이 계속 머리채를 붙잡고 놓지 않자, 지나는 자유로운 손으로 그녀의 복부를 힘껏 쳤다. 아은이 괴성을 지르며 자리에 주저앉아 흐느끼기 시작했다. 그러자 혜자 이모는 제 딸이 먼저 공격하고 있던 걸 뻔히 보았는데도, 지나를 벽으로 밀어제쳤다.

"이런 버르장머리 없는! 언니에게 무슨 짓이야? 세상에…… 어떻게 여자애 배를!"

"혜자, 너 말은 바로 해야지! 아은이 먼저 우리 지나 때리고 있었잖아!"

"때린 게 아니라 머리 잡아당긴 거잖아! 머리칼도 별로 안 빠졌던데 뭘……."

중년의 친자매가 옥신각신할 동안, 지나는 벽에 몸을 기대고 주저앉아 완전 미친년 널뛰듯 한 머리를 정돈할 생각도 안 하고 멍하니 있었다. 너무 기막히고 화가 나서 눈물도 나오지 않고 있었다. 아은은 얻어맞은 배에 손을 대고 있다가 다시 지나에게 달려들었다. 중년 여사들이 미처 말릴 틈도 없었다. 그들은 눈앞의 육탄전에 시선을 빼앗긴 나머지, 문가에 서 있는 키 큰 남자가 소현 옆에 서 있는 걸 전혀 모르고 있었다.

"야, 간지년! 한번 말해봐! 대체 어떤 수작질로 꼬신 거야? 응? 역시 꽃뱀처럼 수작 부린 힘이니? 그래서 내가 꽃뱀이라 게시판에 글 올렸다, 왜! 꽃뱀처럼 꼬리쳐서 그런 남자 물었길래 내가 그렇게 글 썼는데 뭐 잘못됐어? 응? 내가 어디 틀린 말 한 게 있……. 꺄악!"

이아은은 누군가의 힘에 의해 세차게 밀려서 방 저편으로 날아갔다. 책상 앞 의자에 엉덩이 위쪽을 세게 부딪친 그녀는 얼떨떨한 표정으로 자신을 밀어낸 남자를 올려다보았다. 등이 아픈 것보다 갑자기 등장한 키 큰 남자의 존재에 압도당한 얼굴이었다.

"괜찮아?"

현의는 벽에 기대앉아 있는 지나 앞에 무릎을 굽히고 앉더니 마구 헝클어진 그녀의 머리를 제대로 정돈해주었다. 그리고 긴 손가락을 들어, 눈가에 맺혀 있는 눈물을 훔쳐냈다. 머리가 한 움큼 당기는 아픔에 어느새 눈물이 찔끔 나온 모양이었다.

"남간 씨, 어떻게……?"

"가자, 우리 집에."

현의는 지나를 조심스레 일으켜 세우고 그의 코트를 벗어서 몸 위에 걸쳐주었다. 난장판이 된 방 안의 모두가 벙어리라도 된 듯, 조용히 침묵만 지키고 있었다. 다들 갑자기 나타난 그의 존재, 그리고 그에게서 풍기는 차디찬 카리스마에 압도되어 입이 떨어지지 않는 것 같았다. 그 경직된 침묵을 먼저 깬 것은 다름 아닌 현의였다.

"앞으로 지나는 저희 집에서 지낼 겁니다. 며칠 뒤 짐 정리하러 사람을 보낼 테니 그렇게 알고 계시기 바랍니다. 그리고……."

좌중을 둘러보던 그의 날카로운 눈은 등 뒤의 아은을 향했다. 그 찌르는 듯한 시선에, 아은은 심장이 철렁 내려앉는 충격을 맛보았다. 그 자리의 누구도, 장난감의 지금 같은 모습을 단 한 번도 본 적이 없었다. 그는 지금 방 안의 모든 것을-지나 한 사람만 제외하고-다 때려 부수고 망가뜨리고 싶은 충동을 간신히 억누르고 있는 것 같았다. 모두가 본능적으로 알 수 있었다. 장현의는 지금 그야 말로 폭발 직전 상태에 있었다. 여기서 누구라도 조금만 더 심기를 거스르면 정말로 폭주할 거라는 불길한 예감을 다 함께 공유하고 있었다.

"한 번만 더 지나에게 함부로 대하면…… 제가 절대 가만있지 않을 겁니다. 누구든 손가락 하나만 댔다 하면…… 제가 어떻게 할지 저 자신도 모르겠습니다."

모두가 그 조용한 협박에, 일제히 입을 꾹 다물고 얼어붙은 듯이 그대로 서 있었다. 현의의 눈에서는 불꽃이 튀고 있었다. 언젠가 석상문이 지나가듯 말했던 것이 모두의 머리에 떠올라 있었다.

상문은 1년에 한두 번 화를 낼까 말까 하는 점잖은 남간이지만, 한번 꼭지가 돌면 누구도 말리지 못한다 했었다. 워낙 올바르게 자라온 녀석이라 항상 사회적인 규정대로, 원칙대로 살지만 어쩌다 몇 년에 한 번 이성이 날아가버리면 사회규범이고 윤리고 다 패대 기치고 저 성질 꼴리는 대로 할 놈이 장난감이라고도 했었다.

"가자. 이리 와."

"……."

지나는 현의가 한쪽 손목을 잡고 부드럽게 이끄는 대로 순순히 이끌렸다. 육탄전으로 심신이 이미 지칠 대로 지쳐서 진이 다 빠진 상태였다. 통화종료가 되어 있지 않은 상태로 바닥에 팽개쳐져 있던 지나의 휴대폰은, 현의의 손에 구조되어 그의 재킷 호주머니 안에 있었다.

그는 거실에 나와 멍하니 상황을 관망하고 있던 어른들에게 고개 숙여 보이고 지나를 현관 밖으로 이끌었다. 그녀가 차에 올라타 안전벨트를 맬 때까지, 그는 이 악물고 분노를 가라앉히려 혼신의 힘을 다하고 있었다. 방 안에서 벌어진 상황은 이미 훤히 꿰고 있었다. 아은이 지나의 뺨을 때리는 둔탁한 소리부터 시작해, 바로 옆 골목 일식집 앞에서 집으로 달려온 순간까지 휴대폰 너머 소음이 모든 상황을 대략 전달해 주었다.

"대표…… 남간 씨."

지나는 현의가 차에 올라 시동을 거는 옆모습에 말을 걸었다.

"몇 분 더 있다 출발해요. 화 좀 가라앉히고. ……그러다 상처 덧날까 걱정돼요."

"……."

현의는 지나가 시키는 대로 운전대에 한 손을 올리고 잠시 앉아 있었다. 그는 한 팔을 들어 지나의 머리를 그의 품으로 끌어당겼다. 그의 낮은 음성이 머리 위로 울려왔다.

"오늘부터 오피스텔에서 지내. 짐도 주말에 다 보내오게 할 테니까. 지금 이 순간부터, 넌 이 집에서 살지 않는 거야. 알았지?"

"……."

지나는 대답 없이 조용히 있었지만, 현의는 그녀의 침묵을 긍정으로 받아들인 것 같았다. 그는 크게 한숨을 쉬고 지나를 놓아준 뒤 시동을 걸었다. 한마디 덧붙이는 말이, 언젠가 동물의 왕국 프로그램에서 본 맹수의 으르렁거림처럼 섬뜩했다.

"사촌만 아니었으면…… 여자고 뭐고 절대 가만 안 뒀어."

그가 아은을 지칭하는 걸 알고서, 지나는 그제야 편지들을 바닥에 두고 왔음을 깨달았다. 이미 내용은 훑어봤지만, 하마터면 영원히 모르고 지나갔을 7년 전 그의 흔적을 어떻게든 다시 손안에 넣고 싶은 마음이 굴뚝같았다. 그만큼 소중한 물건이었다. 아은이 아니라 그녀가 비밀 서랍에 꼭꼭 넣어두고 간직했어야 할 편지들이었다.

지나는 지금이라도 다시 집으로 돌아가 편지들을 수거하고 싶은 마음을 꾹꾹 누르고 옆자리의 현의를 잠자코 바라보았다. 그는 조금씩 평소의 냉정한 모습으로 돌아오고 있는 것 같았다. 지금에야 말이지만, 아까는 지나 역시 그가 너무 무서워서 조금 후덜덜한 상태였었다. 지나 자신을 볼 때만은 눈빛이 마치 아빠가 넘어진 딸아이 보듯 했지만, 방 안의 식구들을 볼 때는 완전히 다른 인격체처럼 느껴졌었다. 그녀가 더 생각할 겨를도 없이, 차는 현의의 오피스텔 건물 지하주차장 안으로 진입하고 있었다.

두 사람은 몇 분 뒤, 그의 집 현관 앞에 당도해 있었다. 그의 부모님과 캐런은 지방 친지 댁에 가고, 집에 아무도 없다는 건 이미 아는 사실이었다. 현의는 보일러 리모컨을 들어서 온도를 좀 더 높이 올리고 지나를 욕실 딸린 게스트 룸으로 데려갔다.

"코코아 좋아하지? 준비해놓을 테니까 씻고 옷 갈아입고 나와. 이 배스가운, 어머니가 전에 사두신 새거니까 입어도 괜찮을 거야."

아은과 전쟁을 벌이기 전에는 이미 샤워를 한 참이었기에, 지나는 뜨거운 물에 마음을 진정시키는 데 의의를 두고 10분 만에 욕실에서 나왔다. 드라이기에 머리를 말렸지만 긴 머리칼은 아직 촉촉했다.

조금 마음이 가라앉은 지나는 게스트용 침대 위에 잠옷과 세면도구, 바디로션과 기초화장품 세트가, 침대 아래 양탄자 위에는 슬리퍼까지 가지런히 놓여 있는 걸 보고 실소를 금치 못했다. 그녀가 일요일에 오기 전, 벌써부터 미리 이것저것 준비해놓은 게 틀림없었다. 아무리 예비 시어머니가 세련되고 젊은 감각의 소유자라 해도, 침대 위 물건들은 아무리 봐도 지나에게 취향을 맞춘 게 분명했다.

그녀가 방에서 나와 주방으로 가자, 현의가 편한 옷차림으로 갈아입고 그녀에게 머그컵을 건넸다. 코코아 위에 마시멜로가 듬뿍 얹어져 있어서 보기만 해도 달콤해 보였다. 그 역시 샤워를 했는지 풍성한 머리칼이 촉촉하게 젖어 있었다. 베르무트 비슷한 샤워젤 냄새도 은은히 풍겨왔다. 거실 벽 한가운데 놓인 북유럽식 벽걸이 오디오에서는 지나도 좋아하는 라벨의 피아노 콘체르토가 흘러나오고 있었다. 두 사람은 나란히 소파에 앉았다. 현의는 배스가운 입은 지나의 다리 위에 무릎담요를 덮어주었다.

"내 휴대폰은요? ……다 들었죠?"

현의는 테이블 위에 놓아뒀던 지나의 휴대폰을 건네며 표정을 다시 굳혔다. 그녀는 현의의 분노가 또 샘솟기 전에, 먼저 입을 열었다.

"내가 더 세게 때렸으니까 열 내지 마요. ……웬만하면 그래도 언니니까 참을 텐데 너무 화가 나서 가만있을 수가 없었어요. 그때 메모지를 찢어서 버리고 편지들은 자기가 꼭꼭 숨겨두고 있었다니……. 어떻게 그렇게까지 할 수 있는지 믿기지가 않았어요."

지나는 내친 김에, 사무실에 안자현 대리가 알려줬던 홈쇼핑 악성글에 대해서도 죄다 털어놓았다. 안 대리가 법적 조치를 강경하게 취할 수 있다는 댓글을 올린 직후 해당 글은 없어졌지만, 여러 가지 정황으로 볼 때 그 일 역시 아은의 소행으로 짐작했고 그녀도 제 입으로 인정했다 말했다. 그 악다구니는 휴대폰 너머로 현의 역시 이미 똑똑히 들은 바 있었다.

"왜 나한테 바로 말 안 했어?"

"사이버수사대에 의뢰는 해놨으니 월요일에 다시 연락받고 말하려고 했어요. 공연히 신경 쓰이게 하고 싶지 않아서요."

"다음부터는 무슨 일이든 다 말해. 누가 손끝 하나라도 건드리면 다 말해야 돼, 알았지?"

"……."

지나가 대답 없이 고개를 숙이자, 현의는 미간을 좁히며 그녀의 얼굴을 들여다보려 했다.

"왜 그래? 어디 잘못됐어? 어디 다친 거 아냐?"

"아니…… 갑자기 아빠가 생각나서. 방금 대표님이…… 현의 씨가 아빠랑 똑같이 말했거든요. 어릴 적에 동네 남자애가 괴롭힐 때 아빠가 그 애 혼내주면서, 앞으로 누가 손끝 하나라도 건드리면 바로 아빠 회사로 전화하라고 했거든요……. 갑자기 그때 생각이 나서……."

지나는 말을 맺지 못하고 그만 울음을 터뜨려버렸다. 그동안 10년 넘는 세월 동안, 참고 참았던 억눌린 감정이 지금에야 봇물 터지듯 쏟아져 나오는 것 같았다.

"난 정말 모르겠어요. 왜 아은 언니나…… 아니 언니는 아무래도 좋아요! 엄마가 왜 날 그렇게 싫어하는지 모르겠어요! 그래도 아빠가 살아계실 때는 그렇지 않았던 것 같은데……. 다른 엄마들

처럼 신경 써주고 사랑해주고 지한 오빠 편만 들지 않았던 것 같
은데……."

지나는 눈물이 왈칵 쏟아지려 하자 창피한 마음에 화장실로 가
려고 자리에서 일어났다. 하지만 소파를 채 벗어나기도 전에 그녀
는 현의에게 잡혀서 품에 가둬졌다. 그는 그녀가 편하게 울도록 아
무 말 없이 꼭 끌어안고 한 손으로 머리를 쓰다듬어주었다. 지나는
앞으로 평생 흘릴 눈물을 죄다 쏟아내려는 듯 서럽게 울고 또 울
었다. 두 사람은 잠시 선 채로 꼭 붙어 서 있었다.

현의는 이미 알고 있었다. 지나의 모친이 왜 유독 딸에게만 그
런 태도를 고수하게 되었는지, 최근 석상문에게 들었지만 침묵을
지켰다. 타인의 입을 통하는 것보다 본인이 모친에게 직접 듣는 것
이 옳았다.

아무리 부당하고 미워도 피를 나눈 가족이고 그녀를 세상에 있
게 한 어머니였다. 식을 올리고 미국으로 가기 전에, 다른 가족들
은 몰라도 모친과는 반드시 오랜 세월 맺힌 응어리를 풀어야 했다.
그래야 지나도 마음 편히 미국으로 갈 수 있을 터였다. 아무리 지
금은 그런 엄마 상관없다 해도, 시간이 흐를수록 혈연 사이의 애증
은 결국 그리움으로 변모하게 될 수 있었다. 지나의 울음이 잦아들
무렵 현의는 조용히 속삭였다.

"지나, 일주일 정도만 있다가 다시 집에 가는 게 좋겠어. 그래도
가족인데 결혼 전에는 그 집에서 지내는 게 맞아. 어머니와도 서로
풀고 그동안만이라도 잘 지내야지. 대신, 내가 누구든 너 털끝 하
나도 못 건드리게 할 테니까."

"……."

"그래도 그 사촌이란 여자가 마음에 걸리면 여기서 지내. 결혼식 전까지는 우리 부모님도 여기 계실 거니까 대외적으로 문제 될 것도 없어."

지나는 이제 울음은 그쳤지만 말이 없었다. 눈물 콧물 젖은 얼굴이 창피해서 그런지, 그의 어깨에 머리를 기대고 다른 쪽만 보고 있는 품이 꼭 강아지 같았다. 현의는 이왕 강아지 같은 김에, 아예 제대로 안아야겠다 싶어서 지나의 몸을 그대로 들어 올렸다. 어느새 그녀의 두 다리는 나무 기둥에 찰싹 매달려 있는 것처럼 현의의 허리를 두른 모양새가 되어 버렸다. 둘의 얼굴은 조금만 더 움직이면 입술이 바로 닿을 만큼 가까이 마주 보게 되었다.

"뭐 해요……. 내가 애기도 아니고."

지나는 눈물 콧물로 엉망이 됐을 면상이 민망해 고개를 돌려버렸다. 하지만 그의 목에 두른 두 팔은 풀지 않고 오히려 더 힘을 주고 있었다.

"애기야, 나한테는. 너 핏덩이로 태어났을 때 난 이미 초등학생이었다고."

현의는 웃으며 한마디 덧붙였다.

"옛날에 그 할머니 예언이 딱 맞지 않아? 네가 편안히 기댈 수 있고 평생 지켜줄 나무 한 그루가 나타날 거라고 하셨다며. 지금이 딱 그런 형국이잖아."

"……억지로 끼워 맞추기는."

불퉁하게 말하면서도 지나는 싫지 않은 어조였다. 뒤이어 들릴락 말락 한 목소리로 조용히 중얼거렸다.

"어렸을 때 아빠가 이렇게 많이 안아줬는데……."

"알고 보니 엄청 파파걸이었네, 간지나. 은근 아빠 얘기 많이 하는 거 알아?"

"별로 안 했거든요!"

현의는 그녀와 주거니 받거니 좀 더 옥신각신하다가 문득 침묵을 지켰다. 그리고 조용히 말했다. 어조가 어째 무겁고 심각한 것이, 거실 안의 분위기가 사뭇 달라진 것 같았다.

"안 되겠다. 네가 자꾸 날 세워서⋯⋯."

"⋯⋯왜요, 무거워요?"

여전히 그의 어깨에 기댄 채 지나는 볼멘 목소리로 중얼거렸다. 그의 건장한 품에 강아지처럼 안겨 있는 게 너무도 포근하고 아늑했다. 혹시나 무겁다고 하면 바로 내려올 생각이었지만, 그의 품에 좀 더 머물러 있고 싶었다.

"아니, 무겁진 않은데⋯⋯ 이대로 계속 서 있지는 못하겠어."

"다리 아파요? 그럼 이대로 소파에 가서 앉으면 되잖아요."

"⋯⋯앉으면 더 서겠지."

"그건 또 무슨 궤변이에요. 못 서 있겠으면 앉으면 되지⋯⋯."

"그러니까 그게, 앉으면 더 설 거라니까. 앉으면 더 바짝 닿을 텐데."

"⋯⋯?"

지나는 대체 오밤중에 무슨 해바라기씨 까먹는 소린가 싶어서 미간을 잔뜩 좁혔다. 서로 다른 나라 말로 대화하고 있는 것 같았다.

"뭔 소린지 당최 모르겠어. ⋯⋯아무튼 다리 아프면 이제 내려줘요."

"내려주긴 할 건데⋯⋯ 아무래도 안 될 것 같아."

"뭐가요?"

"우리, 아이 빨리 가지는 거 어떻게 생각해? 싫은 건 아니지?"

"아이요? 그야 어차피 가질 아이인데…… 빨리 생기면 생기는 대로, 늦게 오면 오는 대로 순리대로 해야죠. 근데 갑자기 아이는…… 왜요?"

현의는 대답 대신, 지나를 소파 위에 내려놓고 그 앞에 바짝 다가앉았다. 보일러 온도가 너무 올라가 있는지, 그의 얼굴은 어딘가 정체 모를 열기로 상기되어 있었다. 왜인지, 지나는 심장박동이 조금씩 빨라지는 것을 느꼈다. 현의의 눈은 어두웠다. 창 너머 깔린 어둠보다 더 짙은 것 같았다. 이번이 처음은 아니었다. 지나는 본능적으로, 그들이 며칠 전 바로 이 자리에서 나눴던 순간들을 계속 이어서 할 것임을 직감했다.

"일요일까지 못 기다리겠어."

그는 말을 마치자마자 지나의 입에 그의 입술을 부딪쳐왔다. 그녀는 현의가 아까부터 계속 중얼댔던 뜻 모를 말의 의미를 그제야 깨달았다. 서로 밀착해서 포옹하는 동안, 그는 어느새 남자로서 흥분되어 있었던 것이다. 현의는 저번처럼 시간을 오래 끌 생각이 없는 것 같았다. 그는 정확히, 저번에 멈췄던 그 순간으로 상황을 되돌려놓고 있었다.

입안이 온통 그의 혀에 점령당한 채, 지나는 온몸의 살갗들이 빠른 속도로 공기 중에 노출되는 서늘함을 맛봤다. 위에 걸치고 있던 배스가운이 어느새 소파 아래 카펫에 떨어져 내렸다. 가운 안에 입고 있던 얇은 실크 원피스 잠옷도 가슴 위까지 한참 들려 있었다. 잘록한 허리와 팬티 아래 쭉 뻗은 탄탄한 허벅지, 예쁘게 솟은 젖가슴이 그를 환영하듯 우윳빛으로 빛났다. 하지만 그 매끄러운 흰 살결은 곧 붉은 멍으로 점점이 꽃을 피우게 되어 있었다.

희미한 조명등 아래, 현의는 위아래로 희미하게 오르락내리락 하는 가슴을 내려다보며 빠르게 옷을 벗었다. 그의 홈웨어 평상복 역시, 속옷 하의만 남겨두고 죄다 바닥으로 떨어져 내렸다. 그의 탄탄한 벗은 몸을 본 순간, 지나는 공포영화 한 장면처럼 눈을 번쩍 뜨고 갑자기 새된 소리를 질렀다.

"아, 자, 잠깐! 장난감 씨! 난 처음이에요! 이렇게 막 질러버릴 순 없어요!"

"우린 서로 사랑하는 멀쩡한 성인 남녀로, 결혼을 앞두고 있어. 지르지 못할 이유 따윈 어디에도 없어. 처음엔 좀 힘들겠지만…… 매일매일 조금씩 더 좋아질 거야."

지나는 그녀 위에 올라타, 사랑스럽다는 듯 입을 맞추는 현의의 머리를 다시 밀어내려 애썼다.

"피임은? 그, 그럼 피임은요?"

"그래서 아까 물은 거잖아. 아이 빨리 생겨도 괜찮냐고. ……좋다고 했잖아."

"아, 하지만 난 처음인데! 이렇게 아무 준비 없이……!"

"제발 대화는 나중에 좀 하자……. 네 방식대로라면 우린 1년간 목욕재계하고 의식 치르듯 해야 돼."

현의는 지나의 머리 위로 하늘하늘한 원피스 잠옷을 단숨에 벗겨버리고, 그녀를 가볍게 번쩍 안아들었다. 수 초 뒤, 그녀는 소파보다 훨씬 더 크고 푹신푹신한 킹사이즈 침대 한가운데 누워 있었다. 시트에는 현의의 기분 좋은 체취가 진하게 배어 있었다. 그리고 시트에서 느껴지는 것보다 한층 더 짙은 그의 체취가 그녀의 몸 위를 덮쳐오기 시작했다. 방 안에는 더할 나위 없이 은밀한 동시에, 묘한 분위기가 흐르고 있었다. 불이 꺼져 있긴 했지만, 창 너머로 은은하게 비쳐드는 도시의 불빛으로 방 안에는 희미한 흑백 물결이 일렁이는 것 같았다.

먹이를 덮치는 맹수처럼 조용히 그녀 위에 올라온 현의의 몸에, 지나는 숨이 막힐 듯한 긴장감 속에서도 감탄을 금할 수가 없었다. 희고 매끄러운 얼굴과는 달리, 떡 벌어진 어깨 아래 구릿빛 가슴은 탄탄한 근육으로 이루어져 있었다. 어둑어둑한 방 안에서도, 그의 가슴과 군살 없는 복부는 선명하게 드러나 보였다. 실밥을 풀고 얼마 지나지 않은 복부 옆은 아직 커다란 보호붕대가 감겨져 있었다. 남자의 몸에 대고 아름답다니 손발이 오글거린다 생각했지만, 아름답고 섹시하다는 말밖에는 달리 표현할 말이 없었다.

"아아…… 웃……!"

현의는 지나의 입안을 다시 거칠게 정복해가면서, 노련한 손길로 한 장 남은 속옷마저 그녀의 몸에서 죄다 분리시켜 버렸다. 막 목욕을 끝낸 지 얼마 안 된 몸에서는 너무도 좋은 향기가 났다. 장미 향 바디로션을 발랐는지 꽃향기가 지나 특유의 체취와 한데 뒤섞여 그를 미치게 만들고 있었다. 잠시 후, 현의는 지나의 입에서 입술을 떼어냈다. 입술과 혀로 행하던 달콤한 고문을 이제는 다른 곳으로 이동해 계속하려는 것 같았다.

그의 크고 섬세한 두 손이 지나의 턱 아래, 희고 가느다란 목을 어루만지다 쇄골을 지나 양 어깨선을 매만졌다. 현의의 뜨거운 입술이 한쪽 어깨의 맨살에 와 닿자, 지나는 숨을 헉 들이켜며 짧은 신음을 흘렸다. 그의 눈앞에 이렇게 적나라한 맨몸을 보이고 있다는 사실에 부끄러워할 틈도 없었다. 미처 수치심도 느끼지 못할 만큼, 그의 애무가 가하는 후폭풍은 강렬하고 치명적이었다.

"아! 아훗……!"

그의 입술이 어깨 바로 위 보드랍고 예민한 살결을 꾹 눌러왔다. 뒤이어 혀가 가장 예민한 부위를 부드럽게 핥고 빨아 당겼다. 마치 고양이나 강아지처럼 작고 귀여운 동물이 혀로 그녀에게 애교를 부리는 것만 같았다. 하지만 그것도 잠시뿐, 지나는 외마디 비명을 지르며 몸을 뒤틀었다. 그렇게 사랑스럽게 애교를 부리던 작고 귀여웠던 동물이 갑자기 성깔을 드러낸 것처럼, 따가운 아픔이 목에 선득했다. 현의는 치아로 소유욕과 욕망을 표현하려는 것처럼 그녀의 목 안쪽 연한 살결을 잘근잘근 씹어댔다.

그러는 동안에도, 두 손은 풍만한 양쪽 가슴을 짓이기듯 격하게 애무하고 있어서 지나는 미쳐버릴 것 같았다. 말 그대로 돌아버리거나 정신을 잃거나 둘 중 하나가 되어버릴 것만 같았다. 몸 한가운데 은밀한 부분에서 뭔가 뜨거운 것이 흘러내릴 것처럼 이상한 기분이 되어 있었다. 그 기묘한 전율은, 현의의 뜨거운 혀가 가슴으로 내려와 분홍빛 돌기를 마구 유린할 때 최고조로 달하게 되었다. 지나는 사람의 혀에 이렇게 강한 힘이 있는 줄 예전에는 상상조차 한 적이 없었다.

크고 강한 혓바닥은 그 열기를 잔뜩 발산하며 오뚝 솟은 유두를 머금고 빨아 당겼다가 혀끝으로 빙글빙글 돌렸다. 약간의 통증이 수반된, 이루 말할 수 없는 쾌감이 지나의 온몸을 관통했다. 게다가, 뭔가가 그녀의 속옷이 벗겨진 치부 앞 꽃잎을 꼬옥 눌러오고 있었다. 지나는 소스라치게 놀라서 머리를 일으키려 애썼다. 몸이 거의 겹쳐지면서, 그의 탄탄한 무릎 위가 그녀의 배꼽 아래 동굴 입구를 압박해오고 있었다. 그 에로틱한 감각에 지나는 오한이 이는 것처럼 눈을 꼭 감고 전신을 떨었다.

하지만 갑자기 현의의 몸이 뒤로 물러나자, 그녀는 뭔가 잘못됐나 싶은 생각에 살며시 눈을 떴다. 그녀의 얼굴은 이제 완전히 잘 익은 사과처럼 새빨개져 있었다. 여기저기 붉은 꽃이 점점이 핀 몸 구석구석도 예외는 아니었다. 현의는 뒤로 살짝 물러나 하의의 속옷을 벗고 있었다. 지나는 다음 순간, 희미한 어둠 속에서 모습을 드러낸 그의 분신에 미간을 잔뜩 좁히며 몸서리를 쳤다. 그리고 저도 모르게 입 밖으로 괴상한 감탄사를 내뱉고 말았다.

"흐악."

아무리 경험이 없다 한들, 수녀원 밖에서 내내 살아온 스물네 살 여자가 남자의 몸에 대해서 모를 리 없었다. 대학교 때 호기심에 여러 가지 다양한 동영상을 본 적도 수차례 있었다. 그러나 이렇게 바로 눈앞에, 가까이에 남자의 욕망이 거의 복부에 붙다시피 바짝 치켜올라간 광경은 생전 처음이었다. 검붉게 흥분한 남성은 크고 두툼한 살기둥의 형상을 하고 있었다. 불끈 핏줄이 불거진 살갗은 한눈에 보기에도 꽤 단단해 보였다.

아니, 다른 건 다 그렇다고 쳐. 하지만 저렇게 큰 게 들어갈 리가 없잖아!

지나는 침을 꼴깍꼴깍 연속 삼키며 고개를 도리도리 저었다. 그녀는 어느새 내면의 생각을 입 밖으로 동시에 내보내고 있었다.

"아, 아, 안 돼! 너무 커요. 좀 줄일 수 없어요?"

"……삽입 뒤에 커지면 물론 좋겠지만."

현의는 그녀에게 좀 더 바싹 다가왔다. 그의 목소리는 듣는 것만으로도 사르르 녹아버릴 것처럼 너무도 달콤하고 나른했다.

"……중학교 때 성교육 안 받았어? 어떻게든 들어가게 돼 있는 거 알잖아."

"요즘은 초등학교 때 받아요, 성교육."

지나는 현의가 상체를 숙이며, 부드럽게 녹아내릴 듯 입을 맞춰 오자 눈을 질끈 감았다가 다시 떴다.

"아, 아, 아프겠죠? 그죠? 그죠?"

"아니. 별로 안 아플 거야."

현의는 자제하느라 이 악물고 엷게 웃었다. 지금은 저명한 신경외과의로 활동 중인 열의 누나에게서 예전에 들은 적이 있었다. 열의는 그녀의 경험상, 환자들에게 미리 마음의 준비를 시켜주려는 의미에서 아플 거라고 사전에 말할 때, 그리고 별로 아프지 않다고 말해서 긴장을 완화한 틈에 주사를 놓거나 검사시킬 때, 두 가지 경우 중 후자 쪽이 더 고통을 덜 느끼는 것 같다고 말한 적이 있었다. 일종의 심리학적 효과라고도 덧붙였었다.

그가 지나의 어깨를 부드럽게 잡아 누르자 그녀의 몸은 침대에 다시 똑바로 눕혀졌다. 그리고 뒤이어 들어오는 차가운 손가락에, 지나는 허리를 용수철처럼 튕겨 올리며 단말마의 비명을 질렀다. 질의 내벽이 손가락 살갗을 꽉 물고 바짝 수축하기 시작했다. 차갑던 손가락은 어느새 촉촉하게, 뜨겁게 달구어져 여성의 안 쪽 속살을 집요하게 긁고 휘저었다. 손가락이 하나 더 늘어나자 그녀의 신음도 더 고조되었다. 현의는 흥분된 마음에, 저도 모르게 무리하게 손가락을 더 깊이 밀어 넣다가 지나가 새된 비명을 지르자 그쯤에서 동작을 멈췄다. 아직 한 번도 범해지지 않은, 누구의 것도 침입하지 않은 몸인 만큼 닫혀 있는 입구를 억지로 건드려서 아프게 하고 싶지 않았다.

그 측은지심과는 역으로, 그는 자신의 성난 남성을 그녀의 동굴 입구에 더 바짝 가져다 댔다. 하지만 마음을 바꾼 듯, 현의는 몸을 엎드린 자세로 낮추었다. 그의 입술이 움찔움찔 떨리듯이 경련하는 동굴 위 꽃술에 와 닿자 지나는 침대에서 발딱 몸을 일으켰다. 그러나 그의 두 손이 그녀의 허벅지 안쪽을 크게 벌리고 누르자 지나는 상체를 일으키다 다시 뒤로 무너지고 말았다.

"아! 으…… 으흑……."

그의 입술이 노련하고 능숙하게 꽃잎의 주름을 할짝이다 입에 머금기를 반복하고 있었다. 간질간질 애태우는 듯한 그 애무에, 지나는 앓는 소리를 내며 시트를 그러쥐다가 그의 머리칼을 움켜쥐었다. 그의 손이 동그란 엉덩이 아래쪽을 받쳐 들고 두 다리를 위로 올렸다. 촉촉하게 젖은 꽃잎과 그 아래 입구가 현의의 눈앞에 바짝 다가와 있었다.

그가 혀를 더 깊이 밀어 넣자, 지나는 치켜올라간 다리에 상체가 눌린 상태로 밭은 신음만 내보냈다. 다리가 내려오지 못하게 그의 두 손이 무릎 안쪽을 짚고 버텼다. 그 상태로는 아무리 발버둥 쳐도 빠져나갈 방도가 없었다. 그의 한 손이 지나의 두 발목을 하나로 모아잡고, 다른 손이 흥분으로 붉게 타오르는 가슴을 감싸 안았다.

이제 이 정도면 들어가도 되겠다고 생각했는지, 현의는 허공에 치켜올라간 다리를 천천히 내렸다. 하지만 두 다리는 이내, 무릎 안쪽을 거머쥔 강한 손에 다시 정복되고 말았다. 그는 두 다리로 무릎을 짚고 그녀의 얼굴로 고개를 숙였다. 상체를 굽히자 뜨겁게 곤두선 남성이 그녀의 가슴 아래 복부를 짓눌러왔다. 그는 달뜬 숨을 내뱉는 지나의 입술에 부드럽게 키스했다. 그리고 살짝 벌려진 입술에 대고 달콤한 속삭임을 가했다.

"사랑해, 지나."

"으…… 웃……."

물컹한 남성이 복부를 뜨겁게 달구며 마찰해오자, 지나는 그 고백에 대답할 겨를도 없었다. 현의는 살포시 입술을 떼어 뒤로 천천히 물러나며 다시 그녀의 무릎 안쪽을 잡았다.

"……7년 전부터 너뿐이었어."

현의는 거칠어져가는 호흡을 고르며, 그녀의 비부에 그의 것을 가져다 댔다. 이미 촉촉하게 젖은 욕망의 끝부분이 희미하게 떨리고 있었다. 그는 빨리 해방시켜 달라고 조르는 뜨거운 분신을 한 손에 잡고, 움찔움찔 떨리는 여성의 가는 선 안으로 귀두 끝을 천천히 밀어 넣었다. 하지만 천천히 넣었다는 건 그만의 생각일 뿐, 너무 빨리 안쪽에 파고들어버린 모양이었다. 지나는 숨넘어갈 듯 비명을 질렀다.

"아아—! 아! 아파, 하악……!"

이제 겨우 조금 넣었을 뿐인데 벌써 이렇게 아파하면 어떡하나 싶었다.

그는 천천히, 속이 터질 만큼 답답할 정도로 천천히 허리를 앞으로 밀었다. 지나의 숨은 더 거칠어졌고 신음 소리도 더 커지고 있었다.

"아아- 아! 아파! 너무…… 아파! 그, 그만!"

지나는 생각보다 훨씬 큰 고통에, 눈물 젖은 눈으로 현의를 향해 두 팔을 내저었다.

"그, 그냥 다…… 다음에 해요! 다음에……. 나 잘 때…… 의식 없을 때 해……. 제발……. 마, 마취시켜 놓고 해……. 흐흑……. 벼, 병원에 마취약 구해서……."

"……."

현의는 잠시 허리의 움직임을 멈췄다. 아직 반도 들어가지 않은 상태였지만, 터져 나오려는 웃음을 가까스로 참고 크게 숨을 들이 쉬었다. 지나다운 엉뚱한 말에 웃음이 나오는 동시에, 이렇게 아파하니 한편으로는 안타깝고 애틋하기 짝이 없었다. 그는 그녀의 눈물로 얼룩진 얼굴을 쓰다듬고 혀로 눈가를 핥아주며, 사랑한다는 말을 몇 번이고 귓가에 속삭였다.

"어쩌지……. 귀여워서 미칠 것 같아……."

현의는 그녀의 입술에 입을 쪽 맞추고, 어린 아기 달래듯 땀에 젖은 이마의 머리칼을 부드럽게 쓸어넘겨 주었다.

"네가 아픈 건 정말 싫은데……. 마취시키고 하면 좋긴 하겠는데…… 마취시키면 이렇게 귀여운 얼굴을 볼 수가 없잖아."

"이…… 이 변태!"

"사랑해. 조금만 참자, 응? 숨 크게 한 번 들이쉬었다가 내쉬고…… 힘을 빼. 너무 굳어 있어서 더 아픈 거야."

"내 입장 돼봐욧! 힘 안 들어가고 안 굳어지나! 아아…… 흐흑……."

지나가 빽 소리를 지르다 다시 흐느끼자, 현의는 뒤로 천천히 물러서서 그녀의 몸에서 나왔다. 아직 관통하진 않아서 피는 보이지 않았지만, 그의 둔중한 침입으로 잔뜩 부어오른 속살이 입구 밖에서도 선연히 보였다. 그는 잠시 그녀에게 숨 쉴 틈을 주고 다시 천천히 안으로 부드럽게 밀어 넣었다.

"지나, 힘 빼. 조금만 더……."

다시 삽입하는 순간, 지나는 외마디 비명을 지르면서 어깨 옆을 받치고 있는 현의의 두 팔을 양손으로 힘껏 할퀴었다. 피가 배어나올 정도로 힘껏 손톱으로 긁었지만 현의는 별로 개의치 않는 것 같았다. 그는 아주 천천히, 안쪽으로 밀고 들어갔다. 뭔가 가로막힌 느낌이 들었을 때, 조심스럽게 힘을 주어 마침내 장애물을 꿰뚫고 더 깊숙이 들어갈 수 있었다.

그의 것이 질 내벽을 꽉 채우고 안쪽 끝까지 들어가는 순간, 지나의 흐느낌은 최고조로 방 안을 울렸다. 그녀는 아예 소리 높여 울고 있었다. 현의는 드디어 그녀의 몸 안을 점령한 기쁨과 환희, 그의 것을 꽉 조이는 아찔한 쾌감을 만끽하고 있었다. 정신이 아득할 만치 황홀하고 좋았다. 하지만 지나의 울음소리에, 동물적인 욕망에 취해 잠시 상실됐던 현의의 죄책감은 금세 되돌아오고 있었다.

"괜찮아, 이제……. 사랑해. 미치도록……."

지나는 몸 안쪽이 불에 달군 쇠꼬챙이로 달궈지는 아픔에 오열했다. 눈앞에 번쩍 불이 일면서 뭐라고 말로 형용할 수 없는 고통이 전신을 덮쳐오고 있었다. 너무도 아팠다. 좋은 건 하나 없이, 처음부터 끝까지 아픔뿐이었다. 첫 삽입 때는 정말 눈앞이 깜깜절벽처럼 안 보일 정도로 아프다는 말은 수없이 들었지만, 정말이지 이 정도일 줄은 몰랐던 그녀였다. 몸이 두 갈래로 찢어지는 고통이 따로 없었다.

이런 옘병, 남자만 오지게 좋다더니 그 말이 정말이었어. 아악! 조물주는 왜 가장 성스럽고 아름답다는 남녀 간의 사랑에 이런 성차별을 가한 거야! 성스럽고 아름답기는 개나리뿔……. 한쪽만 이렇게 아픈데 이게 뭐가 성스러워!

"괜찮아, 이제……. 사랑해. 미치도록……."

지나의 입에서는 똑같은 사랑의 밀어가 단 한마디도 나오지 않았다. 그저 나직한 욕설 비스무리한 중얼거림만이 신음과 뒤섞여 연신 입 밖으로 튀어나오고 있었다. 현의는 그 거친 표현에 낮게 웃음을 흘리더니, 그의 검지손가락 하나를 지나의 입안에 살짝 밀어 넣었다.

"아프면 깨물어. 힘껏. 피 나도 상관없어."

"……끊어지면 어떡할 거예요."

"상관없어. 손가락 하나 없는 건 괜찮은데 너랑 이렇게 못하는 건 못 참겠으니까. 죽어버릴 것 같으니까."

"……."

지나는 두 눈을 꼭 감았다. 눈물이 뺨을 타고 한옆으로 흘러서 베갯잇을 적셨다. 그녀가 그의 손가락 끝을 치아 사이에 살짝 물고 가만히 있자, 현의는 나지막하게 말했다.

"천천히 할게."

그는 천천히 허리를 앞으로 밀었다. 어차피 부드럽게 하는 것도 오늘 밤 한 번뿐이 될 터였다. 최대한 지나가 아프지 않게, 그는 허리를 잔잔한 물결처럼 조용히 움직였다. 지나의 입에서는 여전히 밭은 신음이 고음으로 터져 나왔지만 처음 삽입할 때처럼 숨넘어갈 것 같지는 않았다. 그는 더 지체하지 않고 동굴 깊은 곳을 천천히 꿰뚫고 앞으로 나아갔다. 지나가 다시 고통스런 비명을 올렸지만, 이번에는 멈추지 않고 계속 밀고 들어갔다. 어차피 맞닥뜨려야 할 통증이라면 차라리 빨리 마주하는 게 나을 것 같았다.

현의는 이 악물고 스스로를 자제하며 천천히 그녀의 몸속을 가르며 움직였다. 오래된 금속에서 나는 듯한 피 내음이 공기 중에 떠돌았다. 그의 분신과 그녀의 여성이 밀착한 곳에서 가느다란 핏줄기가 흘러내렸다.

위기의 순간이 지나고 잠시 후, 지나 쪽에서도 반응이 오기 시작했다. 페니스가 좀 더 미끄러지듯, 부드럽게 앞뒤로 움직일 수 있었다. 현의는 조금 더 속도를 냈다. 그의 욕망은 애액으로 넘실거리는 동굴 안을 좀 더 빠르게 유영했다. 스피드가 붙은 만큼, 안쪽에 부딪쳐오는 힘에도 무게가 자연히 더 실렸다.

"아! 앗! 웃! 아악……!"

지나는 그가 허리를 앞으로 밀 때마다 자지러질 듯 높은 신음을 올렸다. 그 감질 나는 스타카토 신음에 현의의 흥분은 더 고조되어가기만 했다. 하지만 그는 이게 지나의 처음이란 사실을 스스로에게 끊임없이 상기시키려 애썼다. 여자의 첫 경험이 얼마나 힘들고 벅찬 일인지 모를 만큼 그는 무지하지 않았다. 현의는 좀 더 지나의 몸속을 깊이 흔들다가, 그녀가 너무 힘들어 보일 때마다 중간중간 움직임을 멈췄다. 전신이 불타는 듯, 어질어질 현기증마저 이는 강렬한 쾌감을 도중에 멈추고 싶지 않았다. 하지만 지나의 일생일대 첫 경험이 아픈 기억으로만 남길 바라지도 않았다.

그럼에도 불구하고, 현의가 마지막에 박차를 가하며 욕망을 분출해낼 때 지나는 반쯤 정신을 잃고 말았다. 혈흔과 한데 뒤섞인 애액이 두 사람의 허벅지와 다리 여기저기를 적셔왔다.

다음 날 토요일 늦은 오후, 현의는 차 트렁크에서 상자 여럿을 꺼내 가뿐히 들고 지나의 역삼동 집 대문을 넘어섰다. 지나의 작은아버지와 지한, 소현이 일제히 대문 밖으로 나와서 상자를 받아 들어서 집 안으로 날랐다. 현의의 부모님이 지방 친지들을 방문하면서 고기, 해물, 과일, 건어물, 약재 등 각 지역의 특산품을 지나의 본가에 퀵으로 보내왔다.

"지나는 몸이 좋지 않아서 오늘은 저 혼자만 뵙게 되었습니다. 양해 부탁드립니다."

아은을 제외하고 식구들이 모두 둘러앉은 거실 한가운데, 현의는 깍듯한 동시에 당당한 태도로 모두에게 고했다. 지나는 엄연히 역삼동 집에 속한 사람이건만, 그의 말투나 분위기로는 그녀가 이미 장현의 집안 소속으로 되어버린 것 같았다. 현의는 일부러 식사 시간을 피해 애매한 시간에 온 만큼, 미주알고주알 길게 늘어놓지 않았다. 지나가 왜 몸이 좋지 않은지, 그 정확한 이유에 대해서도 굳이 설명하지 않았다. 꼭 직업병이 아니더라도, 논리정연하게 군더더기 없이 딱 필요한 말만 하는 것은 본래의 천성이었다.

"저희 부모님도 바라시는 바입니다만, 저는 최대한 이른 날짜를 원합니다. 시기상 3월 초가 가장 좋겠지만 어르신들께서 허락해주신다면 저는 1월 중에라도 식을 올리고 싶습니다."

"1월? 아무리 그래도 너무 일러요. 역시 3월 초는 되어야……."

"그러게요. 번갯불에 콩 볶아 먹는 것도 아니고 이것저것 준비하려면 좀 더 차분히 준비할 시간이 필요한데……."

모친인 석두순 여사를 필두로, 다들 한마디씩 거들었다. 하지만 지난밤 그의 서슬 퍼런 분노를 목격해서인지, 아무도 큰 목소리를 내지는 못하고 있었다. 지금은 예전처럼 부드럽고 예의 바른 모습이었으나 아무래도 어젯밤의 여파가 모두에겐 너무 컸던 모양이었다. 결국 결혼 날짜에 대한 것은 다음 주 크리스마스 전날, 현의의 부모님이 서울로 올라오시면 다시 논의하는 것으로 결론이 지어졌다.

모두가 그의 카리스마에 새삼 압도되어 있는 중, 그나마 가장 드러내놓고 기뻐하는 사람은 지나의 외조부모였다. 특히 할아버지에게 있어서 장현의의 존재는 막내아들이 고시에 붙게 해준 일등공신이자 막역한 후배에다 대한민국 내로라하는 명문가의 자손이었다. 외조부가 이 뜻밖의 결혼을 마다할 이유는 눈을 씻고 봐도 없었다.

게다가 혼수자금이든 뭐든 돈 걱정은 하지 말라니 이렇게 축복된 결혼이 어디 있겠는가. 손자들에 가려져 노상 관심 밖에 있던 손녀들이었건만, 그중 한 녀석에게 이런 천운이 떨어질 줄이야 누가 알았겠는가. 하지만 비록 최우선 관심사에서 동떨어졌던 손녀들이긴 해도, 그래도 두순이의 딸이 가장 똑 부러지고 제대로 사람 구실을 하는 녀석이긴 했었다. 외조부는 무릎을 치면서 연신 껄껄 웃기만 했다. 그저 어떻게 하든 만사 다 좋고 현의의 뜻에 다 맡기겠다는 태도였다.

자리에서 일어서기 전, 현의는 이미 전화로 말한 것처럼 다음 날인 일요일 석두순 여사를 점심에 초대하겠다는 뜻을 밝혔다. 당분간 한국에 머물 때 지낼 거처인 만큼 오피스텔도 둘러보고, 본격적인 결혼 준비도 의논할 겸 모친만 먼저 오시는 게 좋을 것 같다고 다른 가족들에게는 정중히 양해를 구했다. 그의 말이 법인 것처럼, 다들 당연히 그래야죠 하는 얼굴로 연신 고개만 끄덕끄덕할 뿐이었다.

크리스마스가 지나면 다시 지나를 집으로 돌려보낼 것이라는 말도 잊지 않았다. 결혼 전 지나에게 조금이라도 떳떳하지 못한 상황은 피하고 싶으며, 가족과 한집에서 오순도순 잘 지내는 마지막 추억을 갖도록 해주고 싶다는 게 그의 지론이었다.

"그래요, 가족인데 시집가기 전까지는 한집에서 살아야죠."

"그렇습니다. 하지만-"

숙모의 말에, 현의는 어조를 상당 각도 바꾸어 말을 이었다. 다시 입을 연 그의 음성은 정중함의 표면 위로 차갑게 날이 서 있었다.

"조금 전 말씀드렸던 대로, 저는 지나가 결혼 전 가족들과 한집에서 즐겁게 잘 지내는 추억을 안고 미국으로 가기를 원합니다. 식장에 들어설 때 가족들과 헤어지는 게 아쉬울 정도로, 정말로 행복하게 잘 지내기를 무엇보다 바라고 있습니다."

현의는 한 자 한 자 강조하듯 또박또박 말했다. 좌중은 모두 침묵을 지켰다. 그 말에 담긴 진짜 의미를 모르는 사람은 그 자리에 아무도 없었다. 그들이 한때 남간이라 부르며 한 지붕 아래 살았던 남자는 입가에 온화한 미소를 띠고 있었다. 하지만 그 눈은 결코 웃고 있지 않았다. 그 서늘한 눈매를 마주한 가족들은 숨 막힐 듯 불편한 침묵을 깨며 일제히 한마디씩 던져댔다.

"그, 그야 물론이죠! 시집가면, 게다가 미국으로 가버리면 이제 얼굴 보기도 힘들 텐데 가족끼리 오순도순 잘 지내야죠!"

"저기, 우리 딸 오늘 휴일근무라 집에 없어서 에미인 내가 대신 말하는데…… 그 일은 정말 잘못했다고 뉘우치고 있어요. 다시는, 그, 그런 일이 없도록 할게요! 지나가 다음 주 집에 오면 꼭 제대로 사과할 거예요."

"……그러는 게 좋을 거라 생각합니다. 가족끼리도 마음만 먹으면 민사소송을 걸 수 있는 사안이니까요."

"네, 네……. 꼭 그렇게 할 거예요. 그래야죠, 암만. 전에 보니까 연예인들도 그 뭐지, 악플 때문에 사람들 막 고소하고 그러던 데……. 그래야죠, 꼭."

항상 목소리 크고 호들갑스럽던 혜자 이모는 완전히 다른 사람처럼 주눅 들어 조용조용 말하고 있었다. 게다가 곧 조카사위가 될 현의에게 어느새 말까지 높이고 있었다. 어젯밤, 그 난리통에 현의가 지나를 데리고 나간 직후 딸 아은을 닦달해 자초지종을 들은 모양이었다. 웬만하면 딸 편을 들며 억지를 부리곤 했건만, 이번 일은 아은의 잘못이 너무도 컸기에 엄마인 그녀도 역성을 들 수가 없었다. 7년 전 일도 일이었지만 며칠 전 인터넷에 과거 사진을 올려놓고 성형수술이니 꽃뱀이니 질 나쁜 허위사실을 올려놓은 것은 정말이지 도가 지나쳐도 너무 지나친 행각이었다.

현의는 혜자 이모의 다짐에 조용히 고개를 끄덕여 보이고, 자리에서 일어났다. 시계는 4시를 좀 지난 시각을 가리키고 있었다. 저녁을 들고 가라고 다들 말렸지만, 그는 일부러 식사 시간을 피해서 애매한 시간대에 방문한 것이었다. 현의는 정중히 모두에게 인사를 해 보인 뒤, 보무도 당당하게 걸어 나갔다. 집에 혼자 누워 있을 지나가 계속 신경이 쓰였다.

그가 대문을 넘어서서 주차된 차 쪽으로 걸어갈 때였다. 석두순이 밖까지 따라 나와 등 뒤에서 그를 불렀다. 그녀는 뭔가 보자기에 싸서 두 손에 안아들고 있었다.

"저, 장 변호사님."

"말씀 낮추십시오. 편하게 현의라 부르셔도 됩니다."

"아니, 그래도……. 아직 식을 안 올렸으니 그럼 장 변호사, 하고 부를게요. 이거……. 지나 좋아하는 반찬거리예요. 몸살이라니 따뜻하게 먹으라고 국도 좀 담았고. 걔가 겉으론 대차고 멀쩡해 보여도 속은 골골해요. 툭하면 위경련에 배탈에……. 내가 좀 더 잘해주고 챙겨줬어야 하는데. 이렇게 빨리 결혼을 할 줄은……."

"감사합니다. 제가 잘 챙길 테니 염려 마세요. 내일 점심때 오시면, 지나와 하실 얘기가 많으실 거라 믿습니다."

현의는 석두순의 품에서 보자기를 받아들고 조수석에 실었다. 지나의 모친은 그의 차가 언덕 아래로 내려가 완전히 사라질 때까지 문 앞에 내내 서 있었다.

다음 날 한정식 잔칫상을 방불케 하는 점심을 마친 뒤, 현의는 잠시 1층 로비 베이커리에 가서 커피를 사오겠다고 모녀만 남겨두고 밖으로 나갔다. 딴에는 자연스러운 제스처였지만, 두 모녀는 그녀들 둘만 일부러 남겨두기 위해 의도된 행동임을 직감할 수 있었다.

지나는 조금 어색한 표정으로 모친과 소파에 마주 앉았다. 석두순은 조금 머뭇거리더니 딸이 앉은 소파 쪽으로 성큼 건너와 그녀의 옆에 붙어 앉았다. 그녀가 두 손을 뻗어 딸의 한 손을 따스하게 감싸 쥐자, 지나는 가슴이 철렁 내려앉는 느낌을 맛보았다. 모친은 뭔가 아주 심각한 할 말이 있는 듯 보였다. 지나는 어쩐지 불길한 예감에 표정을 잔뜩 굳히고 경계심을 발동시켰다.

"지나야, 엄마가…… 할 말이 있어. 아주 중요한 거야."

"엄마, 혹시…… 사실 숨겨진 빚이 있는데 결혼 전에 갚고 미국에 가달라, 뭐 그런 얘긴 아니지? 제발 아니라고 해줘, 엄마……."

"빚? 빚이 어딨어? 아빠 돌아가셨을 때도 사업 대출금에 어음 변제하느라 회사가 홀랑 날아간 건데……. 그래서 그나마 빚은 없어서 입에 풀칠은 겨우 하고 산 거잖니."

"그럼 대체 무슨 얘길 하려고 이렇게 분위기를 잡아. 어서 말해 봐요."

모친은 현의에 대해 먼저 한참 동안 칭찬을 늘어놓다가 둘이 어떻게 하다가 그런 사이로까지 발전하게 되었는지 먼저 이것저것 물어보았다. 그리고 둘이 진심으로 서로 사랑한다는 사실을 재차 확인한 뒤에서야 다소 안심하는 기색이 되었다. 사실 확인하고 말고 할 것도 없었다. 오늘 점심식사 할 때만 해도, 지나를 바라보는 현의의 눈길 하나만으로도 석두순은 충분히 느낄 수 있었다. 그는 그야말로 최고의 아내바보가 될 조짐을 일찌감치 적나라하게 보여주고 있었다. 장남간이 그녀의 딸을 얼마나 애지중지 보물처럼 여기고 애정을 흠뻑 쏟아붓고 있는지 누구든 짐작하고도 남았다.

"남간이를 사위로 맞게 되어 얼마나 든든하고 좋은지 몰라. 그런데 지나야…… 너 시집갈 날 얼마 안 남기고 이제 와서 이 말을 하게 되어…… 정말 미안하다. 내가 정말 죄가 많아."

죄 많다는 표현상 오류에 대해 굳이 지적할 생각은 없었다. 지나는 모친의 말이 계속 이어지기를 묵묵히 기다렸다.

"지나야, 엄마가 그동안 너에게만 유독…… 너무 신경도 안 쓰고 냉랭했지? 아니…… 냉랭한 정도가 아니라 살갑게 대해준 적이 거의 없었어. 정말 미안하다……."

석두순이 갑자기 눈물을 왈칵 쏟자 지나는 당황해서 눈이 휘둥그레지고 말았다. 모친이 그녀 앞에서 이렇게 약하게 눈물을 보인 적은, 아빠가 돌아가셨을 때 외에는 단 한 번도 없었다. 지나는 조금 머뭇거리다가 당혹감 반, 놀라움 반의 심정으로 모친에게 가까이 다가가 어깨를 토닥토닥 두드렸다. 어색하기 짝이 없었지만, 어쨌든 엄마가 펑펑 우는 것을 보니 측은지심이 들기도 했다.

"괜찮아. 이미 다 지나간 일, 어떡해. 얼마 안 남았지만 앞으로라도…… 우리 잘 지내요, 엄마."

"사실 내가, 지한이는 아니고 지나 너에게만 그랬던 건, 말도 안 되는 이유가 있었어. 흐흑……. 너에게 그러지 말자고 아무리 다짐해도 또 네 얼굴을 보면 아빠 생각이 나서 또 울컥하고, 모든 게 다 너의 잘못인 것 같아서……. 그게 아니란 건 머리로는 잘 아는데 감정이 자꾸 그렇게 되지를 않는 거야……. 다 내 잘못이야. 정말 미안하다, 지나야……."

"뭐? 그게 무슨 말이야?"

아들 지한이 아빠의 젊은 시절 사진의 판박이인 반면, 지나는 소싯적 상당히 미인이었고 지금도 그럭저럭 곱다 할 수 있는 엄마를 꼭 닮아 있었다. 모친이 딸을 볼 때마다 죽은 남편이 생각날 리는 만무했다. 석두순은 울음을 멈추고 차근차근 말을 이어나갔다.

12년 전 남편 간지운은 사업상 부산에 출장을 갔다가 돌아오는 길에 부산역행 택시를 타고 있었다. 그가 운영하는 화장품 용기 제작 수출업은 중소기업치고 꽤 건실한 편이었고, 쭉 흑자 행진을 이어오고 있어서 수년 안에 은행 대출금도 죄다 상환할 수 있으리라 예상되고 있었다.

부산에서의 바이어 관련 미팅도 성공적으로 그에게 유리하게 잘 끝난 터라, 간지운은 한껏 가벼운 마음으로 부산역으로 향하고 있었다. 그때 휴대폰이 울렸고 그는 웬만한 무선전화기만큼 큰 전화기를 냉큼 집어들었다. 그의 기분 좋던 표정은 활짝 웃는 미소로 한결 더 밝은 빛을 띠었다.

"우리 딸! 잘 있었어? ……응. 아, 그 인형? 어쩌지, 아빠가 깜빡하고 안 가져왔네……. 아냐, 아냐! 지금 다시 돌아가서 사가지고 올게. 응. 아냐, 괜찮아! 그래그래. 그럼 오늘 밤 만나자! 아빠 지금 빨리 그 인형 아저씨에게 전화해봐야 하니까 엄마랑 오빠한테도 안부 전해주고!"

간지운은 택시 기사에게 차를 돌려달라고 요청한 뒤 일본에서 완구 수입업체를 운영하는 지인 김 사장에게 전화를 걸었다. 일본에서 들여온 인형 중 특별한정판 제품은 몇백 개만 시장에 풀릴 예정이었다. 간지운은 딸이 예전에 일본 만화영화를 통해서 오매불망 갖고 싶어 했던 캐릭터 가방과 인형 세트를 김 사장에게서 받아와 주기로 했었다. 바이어와의 거래가 너무 잘되는 바람에, 간지운은 딸과의 약속을 그만 까맣게 잊고 있었다.

그를 태운 택시가 다시 도심으로 방향을 돌린 지 10여 분 지났을 때였다. 귀를 찢는 엄청난 파열음에 이어서, 간지운은 갑작스레 밀려온 눈부신 빛에 눈을 가늘게 떴다. 그리고 그게 그의 마지막이었다. 그날, 부산 도심에서 일어난 이중추돌 사고는 마침 30여 명 관광객을 태운 대형버스까지 중간에 끼어 있어서 전무후무한 큰 규모의 교통사고였다.

만약 간지운이 탄 택시가 원래대로 부산역을 향해 직진하고 있었다면, 그는 그 사고에 휘말리지 않았을 터였다. 그 사실은 모친 석두순을 비롯한 가족친지 모두에게도 자연스레 알려지게 되었다. 간지운의 유일한 가족이라 할 수 있는 시골의 노모는 하나뿐인 아들이 비명횡사했다는 비보를 듣자마자 너무 큰 충격에 시름시름 앓다가 곧 아들의 뒤를 따르고 말았다.

순조롭게 항해를 지속하던 사업체 역시, 선장을 잃은 배처럼 곧 중심을 잃고 휘청거리다 결국 부도를 맞고 말았다. 모든 것을 진두지휘하던 사장 간지운이 너무도 갑작스러운 죽음을 맞이하는 바람에, 대출금 상환이나 어음에 대해 그 누구도 미처 대비하지 못하고 있던 상황이었다. 모친 석두순은 집을 팔아 마지막 대출금까지 다 상환하고, 남은 돈을 가지고 아이들과 역삼동 친정집에 몸을 의탁할 수밖에 없었다. 그나마 남편이 사업하며 어쩌다 들어둔 사망보험이 있어서, 매달 근근이 생활을 이어갈 정도의 보험금만 수령할 수 있었다.

그 뒤로 석두순은 언제부턴가 지나에게 매몰차게 대하게 되었다. 이성적으로는 그래선 안 된다는 걸 알면서도, 하루아침에 남편을 잃고 생활이 기울게 되면서 그녀는 자신의 감정에 지나치게 솔직해지는 성향이 되어버린 것일지도 몰랐다. 점점 커가면서 남편을 닮아가는 아들 지한에 대한 애정, 그리고 딸에게 남편의 죽음과 가정의 몰락에 대한 책임을 전가한 원망은 세월이 흐르면서 점차 비례해갔다. 이제 딸을 멀리 시집보내게 된 지금에야, 석두순은 그녀가 얼마나 딸에게 큰 잘못을 해왔는지 비로소 깨닫게 되었다.

"지나야, 엄마가 잘못했다……. 정말 잘못했어! 넌 그냥 어린아이였을 뿐인데……. 어차피 사람 운명은 다 정해져 있기 마련인데 내가 왜 그리도 네 탓을 했을까……. 나 때문에 다른 식구들에게도 천덕꾸러기 신세가 되고……. 내가 널 아끼고 감싸지 않으니 다들 널 만만히 보는 것을 그냥 수수방관만 하고……. 정말 내가 죄가 많아, 지나야……!"

"난…… 몰랐어. 아빠가 그것 때문에 차를 돌려서 그 사고를 당했을 줄은……. 정말 꿈에도 몰랐어. 엄마가 그것 때문에 내내 날 미워했다니…… 믿어지지가 않아."

지나는 엄마의 오열을 망연자실 바라보았다. 오랜 세월이 흘렀음에도, 아빠와의 당시 통화를 아직도 기억하고 있었다. 아마 그것이 아빠와의 마지막 대화였기 때문일 것이다. 그때 지나는 아빠가 만화영화 캐릭터 인형과 가방을 약속대로 가지고 오고 있는지 물었다. 아빠는 깜박 잊었으니 다시 되돌아가서 그것들을 가져오겠노라 말했다. 하지만 지나는 어린 마음에도 아빠를 힘들게 하고 싶지 않아서 괜찮으니 그냥 빨리 돌아오라고 했었다. 지나는 분명 아빠를 만류했었다. 선물보다는 아빠를 조금이라도 더 빨리 보고 싶었다.

하지만 아빠는 사랑하는 딸을 기쁘게 해주고 싶은 마음에, 일부러 차를 돌려서 시내로 돌아가다 그 변을 당하고 말았다. 누구의 잘못이라고도 할 수 없는, 그저 지독히도 잔인한 불운이었을 뿐이었다. 엄마 역시, 어린 딸이 남편과 전화 통화할 때 인형은 괜찮으니 그냥 빨리 집에 오라고 했던 말을 옆에서 분명 들었었다.

그런데도 엄마는 그녀를 그렇게도 미워하고 원망했단 말인가. 아니, 한편으로는 그녀를 탓하는 게 무리도 아니라는 생각도 들었다. 지나의 눈에서 눈물이 흘러내려 무릎 위로 톡, 하고 떨어져 내렸다.

"아빠가 나 때문에 돌아가신 거…… 라고 생각했구나, 내내. 그래. 어떻게 보면 그 말도 틀린 건 아니야."

"아니야! 지나 네 탓이 아니야! 한 치 앞도 모르는 게 사람 운명인데 어떻게 그게 네 탓일 수가 있겠어……. 에미라고 자식새끼 가슴에 못이나 박고……. 이 엄마가 잘못한 거야. 정말 미안하다, 지나야……!

석두순은 한참을 오열하고 제 가슴을 쾅쾅 치다가 또 울기를 반복했다. 그러면서도 꽉 잡은 딸의 한 손은 절대 놓지 않았다. 지나도 눈시울이 잔뜩 붉어진 눈으로 엄마의 손을 내치지 않았다. 물론 하루아침에 당장 모친과의 오랜 응어리가 풀리지는 않을 것이다. 아주 조금씩 조금씩 단단히 굳어 있던 생채기의 딱지를 조심스럽게 떼어내고 새살이 돋는 과정이 필요할 터였다. 하지만 미처 그러기엔 두 모녀 사이에 남겨진 시간은 별로 없었다. 그래도 이렇게 오랜 응어리에 대해 툭 털어놓고 다 쏟아낼 수 있어서 다행이었다.

엄마가 당장 용서되고 이해되지는 않았다. 어쩌면, 미국에 갈 때까지도 그 두꺼운 마음의 벽은 그대로일지도 몰랐다. 어쩌면, 미국에 가서 장시간 얼굴을 마주하지 않는 동안 그 벽이 오히려 더 굳어져 차후 대면할 때 한결 더 서먹서먹하게 될지도 몰랐다. 하지만 지금, 적어도 두 모녀는 길고 긴 화해의 터널에 막 걸음을 떼어놓은 참이었다. 일단 지금은 그 사실이 무엇보다 중요했다.

두 모녀는 잠시간 그렇게 있다가 12월 중순, 땅거미가 일찌감치 지려고 할 때쯤 서로의 손을 놓았다. 현의는 미리 예상하고 있었던 듯, 지나가 전화를 걸어오자 곧 집에 들어가겠다고 알려왔다. 거실 테이블 위에는 석두순 여사가 올려두고 간 통장과 인감도장이 가지런히 놓여 있었다. 지나 이름으로 지난 10년간 틈틈이 들어둔 적금이었다. 생활비에서 쪼개고 쪼개어 다달이 지한과 지나 이름으로, 각자 조금씩 입금한 것인 만큼 액수는 2천만 원 정도였다. 지나는 극구 마다했지만 모친은 강경히 고집을 부리며 통장을 놓고 나갔다. 아무리 살갑게 대하지 못했어도 배 아파 낳은 자식인지라, 훗날 시집갈 때 혼수자금은 준비해두었던 모양이다. 통장 옆에는 아은과의 난장판 뒤 따로 챙겨두었던지, 7년 전 현의가 지나에게 보냈던 편지들도 가지런히 접혀져 봉투 안에 들어 있었다.

현의는 예비 장모님을 역삼동 집까지 모셔다드리고 막 돌아온 참이었다. 그는 살짝 열려 있는 침실 문을 두어 번 노크하고 문을 열었다. 지나는 오전 내내 그러고 있었던 것처럼 침대 한복판, 이불 속에 잔뜩 웅크리고 누워 있었다.

"아직 몸 안 좋아?"

"……"

그녀가 자고 있지 않다는 걸 직감한 현의는 침대로 다가가 머리맡에 슬쩍 앉았다. 그는 이불을 들추지는 않고 머리로 짐작되는 부분에 다가가 부드럽게 속삭였다.

"저녁 뭐 해줄까?"

"……일부러 그랬죠?"

"뭐? 안 들려."

지나는 이불을 제치고 머리맡에 앉은 현의를 올려다보았다. 그를 올려다보는 눈에 원망기는 없었지만 아까 울었던 것 때문인지 눈가가 아직도 벌겋게 부어 있었다.

"일부러 집에 안 들어오고 있었던 거죠? 엄마랑 둘이서만 있게 하려고……."

그는 베개에 아직 머리를 대고 있는 지나의 흐트러진 머리칼을 부드럽게 매만졌다. 그의 따스한 손은 머리에서 눈가로, 눈에서 뺨으로, 뺨에서 입술로 점점 내려오고 있었다. 현의의 엄지 끝이 도톰한 아랫입술을 천천히 더듬었다. 둘의 시선이 허공에 부딪쳤다. 이제는 굳이 말로 하지 않아도 서로의 생각이 자연스레 파악되는 것 같았다.

"……나 못해요. 아까는 엄마가 있으니까 조심조심 앉았지만…… 아직도 얼얼해요. 오장육부 막 쑤셔서 죽을 것 같아요. 진짜 너무너무 힘들어요."

"오장육부는 뒤틀리는 거야, 쑤시는 게 아니라……."

그의 손이 입술 아래, 지나의 턱을 더듬었다. 어디 한 군데 보드랍지 않은 구석이 없었다.

"대표…… 아니 현의 씨도 다 알고 있었죠? 나…… 그 생각이 계속 떠나지를 않아요. 내가 만약 그때 엄마에게 졸라서 아빠에게 전화하지 않았다면 얼마나 좋았을까. 아빠는 그대로 인형을 까맣게 잊은 채 그냥 서울로 돌아오셨을 텐데. 그런 생각. 아무 소용 없다는 걸 머리로는 알면서도 자꾸 눈물이 나고…… 복잡한 감정이 들어요. 아빠가 지금 살아계시면 얼마나 좋을까 생각밖에 안 나요……."

"네 잘못이 아니야. 누구의 탓도 아니야."

아버지가 돌아가시고 지나가 힘든 시절을 겪어야 했던 그 모든 과정이 안타까운 것은 사실이었다. 분할 만큼 안타깝고 가슴이 아렸다. 하지만 만약 지나가 역삼동 외조부 집에 와서 살게 되지 않았더라면? 그때 현의 자신이 상문 선배 제안을 받아들여 3개월간 그 집에 살 동안, 단 한 번이라도 지나를 볼 기회가 없었더라면? 그리고 지나가 이진상 그 파렴치한 사장놈이 역삼동 집 근처까지 바래다준다는 핑계로 인근 카페에서 그 수작을 벌이지 않았더라면 어땠을까. 지나가 그때 완전히 다른 지역에 살고 있었다면, 당시 지나와 그렇게 얽힐 일이 없었을지도 몰랐다.

현의는 미국의 로펌 대표 존 오닐이 입버릇처럼 했던 말을 떠올렸다.

'Everything happens for the best. 모든 일은 결국 잘되려고 일어나는 거야. 전화위복이란 한국 속담도 있잖아. 아, 그건 경우가 좀 다른가?'

"이제 다 괜찮아. 돌아가신 아버님이 대신…… 나무 한 그루 심어주고 가셨으니까."

지나는 조금씩 가까이 다가오는 현의의 달콤한 입술을 피하지 않았다. 그의 말이 맞을지도 몰랐다. 남간은 지금 그녀에게 마치 아빠처럼 든든한 존재가 되어 있었다. 다 큰 나이에 연인에게서 굳이 아빠의 모습을 찾으려는 심리는 아니었다. 남자의 등 뒤에 숨어서 평생 편하게 희희낙락 살고 싶은 연약한 여자도 아니었다. 하지만, 이제 현의는 그녀에게 있어서 절대 없어서는 안 될 절대적인 존재가 되어 있었다. 현의 쪽에서도 그러길 바랐다. 그러기를 절실히 바랐다. 반드시 그래야 했다.

"장난감 씨."

"응."

"나…… 진짜 사랑해요? 얼만큼 사랑해요?"

지나는 최대한 평정을 유지하려 애쓰며 조용히 물었다. 아, 그동안 영화나 드라마에서 여자가 이런 질문을 할 때마다 얼마나 코웃음치고 비웃으며 채널을 돌려버렸던가. 비록 허구 속일망정, 그 여자들이 왜 그렇게 사랑을 확인하고 싶어서 안달이 나 있었는지 이제는 알 것 같았다. 그녀들은 자신들의 단 하나뿐인 사랑이, 혹시 닿을 곳 없는 일방통행은 아닌지 확인하고 또 확인하고 안심하고 싶었던 것이었다. 지나는 재차 더 물었다.

"나 없이도 살 수 있을 것 같아요?"

"그럴 리가."

현의는 어느새 침대로 올라와 이불에 꽁꽁 싸여 있는 지나의 몸을 감싸 안고 마주 누워 있었다.

"넌 내 물인데. 마이 워터. 나무가 물 없이 살 수 있겠어? 우린 한 세트야. 간지나는 장난감."

그는 큭큭 웃다가 어느 순간 얼굴빛을 진지하게 바꿨다.

"7년 전부터 사랑해왔어. 지금은 매일매일, 더 많이 사랑해."

현의는 지나의 머리를 더 바짝 끌어당겨 꼬옥 안았다.

"넌 내 모든 거야. 내가 살아 숨 쉬는 첫 번째 이유. 예전에는 변호사로 승승장구하면서도, 이렇게 해외 전역으로 로펌을 확장시키면서도 항상 가슴 한구석은 허전했었어. 이렇게 해봐야 다 무슨 의미가 있나. 이 모든 질주의 끝은 어디일까. 내가 이렇게까지 동분서주하는 궁극적인 목적이 대체 뭐지, 하는 생각. 하지만 이제는 확실한 이유와 명분이 생겼어."

"……무슨 목적?"

"이렇게 질주해야 돈 많이 벌 거고, 그 돈으로 간지나 원하는 거 다 해줘야 하니까. 평생 부족한 거 하나 없이, 하고 싶은 거 다 하고 행복하게 살게 해줘야 하는 목적."

"……장난감 씨, 예전에 7년 전 나한테 한 말 기억 안 나요? 돈만으로 이룰 수 없는 행복이란 게 있다고, 전 세계에서 행복지수 가장 높은 부탄이란 나라는 국민소득이 2천 달러도 안 된다고-"

"그 말은 맞아. 하지만 난 네가 평생 아쉬운 거 하나 없이 안락하게 살기 바라니까."

"난 장난감 하나만 있으면 돼요."

"……."

그 말에 현의는 혀를 차더니 이불을 거칠게 당겨 그 속으로 파고들기 시작했다.

"……너무 힘들어서 오늘은 넘어가려 했는데 안 되겠어."

"악! 하지 마, 진짜 아파! 안 돼요! 저녁 해줘요, 저녁! 저녁 뭐 먹고 싶은지 물어봤잖아-"

"……이걸 애피타이저다 생각해."

"아, 조금만 더 적응했다가—"

"아냐, 차라리 빨리 적응되는 게 낫겠어. 두세 번 하면 괜찮아지니까 오늘 두 번, 내일 두 번 하면 금세 좋아질 거야."

"아, 이 변태- 짐승!"

두 사람은 어둠이 한참 내려앉은 한밤중에야 늦은 저녁을 먹을 수 있었다. 현의의 팔꿈치 아래 팔뚝과 목덜미에는 지나의 손톱이 훑고 간 자국이 있었다. 잠옷으로 가려진 지나의 몸 구석구석에는 붉은 멍이 무늬처럼 자잘하게 번져 있었다.

12년 만의 화이트 크리스마스이브였다. 거리의 사람들은 제각기 들뜨고 설레는 얼굴이었다. 아무리 빙판길에 교통길 고역이니 뭐니 해도, 아직도 너 나 할 것 없이 눈 내리는 크리스마스이브에 대한 로맨틱한 단상은 그리 쉬이 사라지지 않는 법이었다.

지나는 역삼동 자택, 방 안의 벽시계를 올려다보았다. 그가 데리러 오기로 한 5시까지는 이제 5분도 채 남아 있지 않았다. 그녀는 방 안의 전신거울을 들여다보면서 화장이나 머리, 옷 상태 등을 마지막으로 꼼꼼히 살폈다. 예비 시어머니 김혜란이 사준 빨간색 코트는 지나의 긴 머리와 슬림한 몸매에 매우 잘 어울려 보였다. 약혼자와 처음으로 맞는 크리스마스이브, 그것도 마치 축복이나 내린 듯 화이트 크리스마스이브였다. 아무리 로맨틱과는 담을 쌓은 그녀라 해도, 오늘처럼 특별한 날에 가슴이 두근두근 설레지 않을 수는 없었다.

며칠간 모든 것이 번갯불에 콩 구워먹듯 속전속결로 진행된 느낌이었다. 시골에서 다시 서울로 올라온 현의의 부모는 지나의 가족들과 결혼날짜를 확정지었고, 일본의 친인척을 방문하러 현재는 도쿄에 머물고 있었다. 결혼식은 2월 첫 번째 토요일로 정해졌다. 현의의 부모님이 서울로 돌아오기 전에, 식구들이 점을 보고 길일을 정해서 은근히 밀어붙인 것은 그들만 아는 일종의 비밀이었다.

그렇게 양가는 1월부터 본격적으로 결혼 준비를 하기로 동의했고, 지나는 1월부터 인근 영어학원 토플반에서 공부할 준비를 하며 이것저것 주변 정리를 하고 있었다. 현의와의 동의하에 로펌에서는 더 근무하지 않기로 정했다.

박효선 변호사와 안자현 대리 등, 로펌의 모든 사람들이 지나의 퇴사를 진심으로 아쉬워했다. 하지만 이제 대표의 아내가 될 사람이 예전처럼 직원으로 상주하게 되는 것은 그다지 바람직한 공적인 분위기는 아닐 터였다. 지나의 태도가 예전과 조금도 다름없을 것이란 사실과는 또 별개의 문제였다. 하지만 그녀는 사무실에 정기적으로 출근만 안 할 뿐이지, 뭐든 도움 될 일이 있으면 비공식적으로라도 기꺼이 협력하겠다는 뜻을 밝혔다.

아은은 지나가 돌아온 날 깍듯이 사과했지만, 아무래도 그녀와 한방에서 다시 지내기는 불편했는지 당분간 백화점 앞 친구 원룸에서 함께 지내기로 했다. 지나 역시 아은을 그렇게 쉽게 용서할 마음은 들지 않아서 조금 더 떨어져 있는 게 좋을 것 같았다.

드디어 현의가 집 앞에 도착했는지 현관문 벨소리가 울렸다. 잠시 후 그들은 한차에 올라타 현의가 예약해둔 호텔 스카이라운지로 향했다. 이미 어둠이 쫙 깔린 도심의 야경은 천천히 내려오는 눈송이로 한결 더 반짝반짝 빛을 발하고 있었다.

시계가 9시 40분을 가리키고 있을 즈음, 두 남녀는 어둑어둑한 거실 소파 위에서 엎치락뒤치락하고 있었다. 여자는 등 뒤에서 구렁이처럼 상체를 칭칭 감아오는 남자를 밀어내며 나무라듯 쏘아붙였다.

"아, 안 돼요! 결혼 전까지는 10시 통금 지킨다면서요! 뭐, 올곧게 자라서 3대가 함께 사는 집 딸을 절대 혼전 외박시키지 않을 거라면서!"

"오늘은 이브니까 특별히 자정까지. 어른들도 이해하실 거야."

현의는 등 뒤에서 백허그를 한 채, 지나의 한쪽 귀 밑을 입술로 쓸었다. 온몸에 소름이 돋는 전율에, 지나는 제자리에서 펄쩍 뛰면서 고양이 울음소리를 냈다. 현의는 더 지체하지 않고 지나를 번쩍 안아들어 침실 침대에 내려놓았다. 지나의 스웨터와 벨벳 스커트는 순식간에 탈의되어 침대 밑으로 떨어져 내렸다. 스커트 아래 스타킹이 빛의 속도로 돌돌돌 말아 내려가던 중, 다시 위로 도르르 올라갔다. 현의는 스타킹 외에는 실오라기 하나 걸치지 않은 지나의 알몸을 나른한 눈길로 훑었다. 몸 자체도 기가 막히게 섹시했지만 또 다른 관능미가 후끈 느껴졌다.

"가끔은 이런 것도 괜찮은데. ……스타킹만 신으니 묘해."

"진짜……! 장 변이 아니라 양변이야! 양파처럼 까도 까도 끝없는 변태……."

"……사랑해."

현의는 탐스러운 젖가슴 맨살을 두 손 가득 애무하다가, 그의 것을 그녀의 몸 안에 깊이 묻었다. 지난 며칠간 하루도 빠짐없이 하나가 되었던 몸이었다. 현의 스스로 정한 지나의 통금 시간을 지키기 위해, 퇴근 시간을 한 시간씩 앞당겨 그녀에게 저녁을 해먹이고 품에 안는 게 며칠째 계속되고 있었다. 이제는 지나의 몸도 반사적으로 그에게 몸을 열고 스스럼없이 쾌감을 즐기는 단계에 와 있었다. 그의 것이 처음 들어갈 때는 어김없이 아파하고 적응하는 데 시간이 좀 걸렸지만, 그 주기도 점점 짧아지고 있었다. 이제는 두 사람 모두 다 사랑을 나누는 행위를 함께 즐기고 있었다. 특히나 오늘 밤은 특별한 순간인 만큼, 현의는 조금 더 그의 욕망에 자유로이 충실한 동시에 지나에게도 최고의 순간을 안겨줄 작정이었다.

"아!"

뜨겁게 달아오른 분신이 미끄러지듯, 부드럽게 들어오는 감각에 지나는 신음을 흘렸다. 그는 더 들어갈 곳이 없을 때까지 동굴 속, 가장 깊은 곳까지 힘을 주었다. 둘의 비부가 바짝 밀착해 맞닿은 곳은 벌써 달콤한 꿀처럼 젖어 있었다. 현의는 허리를 뒤로 살짝 뺐다가 다시 안으로 진입해 들어갔다. 그의 열정을 환영하듯, 기꺼이 안겨오는 환희에 그 역시 몸을 떨었다. 그는 지나의 입술에 쪼듯이 몇 번 키스했다가 다시 뒤로 물러났다. 그리고 그대로 있었다. 아무 일도 일어나지 않는 허전함에, 지나가 꼭 감았던 눈을 뜨고 현의를 올려다보았다. 불끈 솟은 욕망의 증거가 그녀의 시선을 붙잡았다.

"……통금 안 지켜도 괜찮아, 그렇지?"

"……."

지나가 미간을 좁히자, 현의는 낮게 웃었다. 그녀의 얼굴만큼 붉게 상기된 그의 얼굴은 지독히도 매력적이었다.

"좋아, 싫어?"

지나는 그의 물음이 뜻하는 바를 모르지 않았다. 그는 가끔씩, 뻔히 알면서도 꼭 저렇게 얄밉게 확인하려 했다. 자신감 그 자체로 똘똘 뭉쳐 있고 진중함의 아이콘인 남자였지만, 가끔은 저렇게 장난기 발동에 굳이 말로 확인하고 싶어 하는 마음을 지나도 모르지는 않았다.

"……좋아요."

"나 사랑해?"

"응."

"그렇게 말고."

현의는 지나의 몸 구석구석을 사랑스럽다는 듯 애무하다가 살짝 인상을 썼다.

"현의 씨, 사랑해. 너무 좋아. ……안아줘."

그녀의 대답이 만족스러웠는지, 현의는 한 손에 그의 것을 쥐고 다시 그녀 안으로 부드럽게 파고들었다. 속살이 밀려올라가는 아릿한 통증과 익숙한 쾌감에, 지나는 숨을 크게 들이쉬었다.

"사랑해, 지나. 세상에서 제일……."

현의는 도장 찍듯 천천히, 하지만 한번 전진할 때마다 모든 힘을 실었다. 지나는 아랫입술을 깨물고 그의 정복을 견뎠다. 하지만 몸이 위로 흔들릴 때마다 입술 새로 터져 나오는 신음을 억누를 순 없었다.

"아! 아! 응! 아흑……."

그의 힘은 믿을 수 없을 만큼 강했다. 현의가 한번 허리를 움직일 때마다, 지나의 머릿속은 아찔한 환희와 쾌감에 하얗게 물들었다. 그와 눈이 마주치자 그녀는 신음 끝에 웃음을 터뜨렸다. 현의의 양 뺨이 열기로 새빨갛게 물들어 어린 소년처럼 보였다. 밖에서 숨넘어가게 실컷 뛰어놀다 집 안으로 들어온 장난꾸러기 사내아이 같아서 마냥 웃음이 나왔다. 현의도 그녀와 눈을 마주치며 잠시 웃다가 다시 움직임을 재개했다. 열락의 한가운데 두둥실 떠 있는 것처럼, 그와 하나가 되며 점점 하늘 위로 올라가는 벅찬 느낌이었다. 너무도 좋았다. 현의의 따스한 온기와 뜨거운 열정이 그녀의 몸속에 고스란히 녹아들고 있었다. 지나는 한 손을 올려서 그의 뺨에 갖다 댔다. 너무나 사랑스러웠다. 그녀를 향한 사랑을 주체하지 못하는 듯, 잔뜩 조바심이 난 남자가 너무도 사랑스러워 견딜 수가 없었다. 그녀의 마음을 읽은 것처럼, 현의의 움직임은 더 역동적으로 변해갔다. 점점 가속이 붙는 느낌에, 지나의 호흡도 점점 거칠어졌다. 그의 욕망은 점점 더 빠르게, 세게 부딪혀오고 있었다. 뜨겁게 달궈진 부드러운 살덩이가 그녀의 몸속에 더 세게 박혀왔다. 쾌감을 자아내는 무언가에 의해, 몸속이 격렬하게 방망이질당하는 느낌이었다.

잠시 후, 그녀의 양 무릎을 올리고 있던 두 손이 위로 올라왔다. 그의 허리가 좀 더 밀착해서 지나의 몸 위에 겹쳐지고 있었다. 현의는 지나의 가슴 뒤로 두 팔을 둘러 그녀를 꼭 끌어안았다. 그녀의 입술을 찾아 혀로 혀를 애무한 그는 다시 본격적으로 움직이기 시작했다. 아까보다 좀 더 강하게 밀어붙이는 그의 공격에, 지나는 숨넘어갈 듯 비명을 올렸다.

"아악! 윽! 흑!"

폭풍처럼 몰아치는 쾌감과 전율, 달콤한 통증에 지나는 두 눈을 꼭 감아버렸다. 꼭 감은 눈가에 눈물이 맺혔고 입에서는 연신 흐느낌이 터져 나왔다. 그는 어느샌가 그녀가 가장 잘 느끼는 속살 어딘가를 찾아내어 그 부분을 집중 공략하고 있었다. 뒤로 잠깐 밀려 나간 페니스는 계속해서 그 민감한 부분을 정확히, 힘차게 박아 눌렀다. 지나가 외마디 비명을 지르며 그의 팔 안쪽을 피가 나올 만큼 꽉 눌렀다. 손톱이 살갗을 파고 들어갈 기세였다.

현의는 잠시 멈췄다가 그녀의 상체를 위로 일으켜 그와 서로 마주 보고 앉게 했다. 그의 것을 여전히 동굴 안에 묻은 채였다. 그의 것이 수직으로 안쪽을 찌르자, 지나는 그의 한쪽 어깨에 기대어 전신을 바르르 떨었다.

"아아, 아……. 죽을 것 같아……. 나…… 내일 입원해야 될 거 같아……."

지나의 중얼거림에 현의의 입에서는 웃음이 터져 나왔다.

"그럴까? 그럼 내일 입원하는 걸로 하고……."

그렇게 마주 끌어안은 자세로, 그는 허리에 슬슬 시동을 걸었다.

"오늘은 안 참아도 되지?"

그는 허락을 구하듯 지나의 목덜미에 부드럽게 입을 맞췄다.

"사랑해, 간지……. 내 보물. 내 sweetheart."

현의는 숨을 고르며 그녀의 귓가에 달콤한 속삭임을 가했다. 그는 세상에 둘도 없는 보물을 손에 넣은 것처럼, 지나의 몸을 바짝 끌어안았다. 내 보물, 내 스윗하트라고 부르는 소리에, 지나는 그의 품에 더 폭 안겨들었다. 앞으로 이렇게, 언제나 그의 온기와 체취를 가까이서 확인할 수 있게 될 거란 사실만으로도 세상의 모든 것을 다 가진 것 같았다. 현의 역시 똑같은 생각을 하면서, 땀에 젖어 이마에 찰싹 달라붙은 머리칼을 입술로 정리해주었다.

"다시 눈 와요."

지나의 말에, 현의는 그들의 발치 아래 나 있는 창 쪽으로 시선을 주었다. 화려한 도시의 불빛이 드문드문 비쳐드는 어둠 속에서, 잠시 멈췄던 눈이 다시 소리 없이 공중에 떠돌고 있었다.

두 사람 다, 이렇게 완벽한 크리스마스가 또 있을까 싶었다. 세상에서 누구보다 가장 사랑하는 사람과 사랑을 확인하고 서로의 온기를 나누는 화이트 크리스마스이브였다. 그들은 지금 이 순간, 전 지구상에 그들만큼 행복한 연인은 다시없을 것이라 장담할 수 있었다. 그리고 앞으로는 매일매일이, 오늘 밤과 같을 것이라 확신할 수 있었다.

겨울신의 축복처럼 신비로운 빛으로 어둠을 밝히는 저 눈송이처럼, 두 사람은 앞으로도 서로에게 축복과 행복 그 자체가 되어주며 영원히 함께할 수 있으리라 믿어 의심치 않았다. 눈은 그 뒤로도 계속 내렸다. 크리스마스, 그리고 한 행복한 커플을 밝히는 수호신과도 같이, 밤새 내내 지상에 안주하며 내려앉았다.

Epilogue 01. Happily Ever After

12월 31일은 기적처럼 오전부터 하루 종일 눈이 내렸다. 현의와 지나는 까마득히 높은 곳에서 솜사탕이 새하얗게 내려앉은 듯한 야경을 내려다보고 있었다. 겨우 오후 5시였는데도 땅거미가 어둑 어둑 내려앉아 눈이 더 반짝이는 것처럼 보였다. 두 사람은 북악스 카이웨이 팔각정에서 서울 야경을 한창 보고 있는 중이었다. 오후 에 전통혼례식이 열릴 청운각을 마지막으로 한 번 둘러보고 돌아 오는 길이었다. 지나는 산꼭대기의 추위도 잊고 연신 감탄사를 뱉 었다. 입에서는 하얀 입김이 연기처럼 피어나오고 있었다.

"꺄~ 진짜 야경 최고다, 최고! 오길 잘했다! 그렇죠?"

"감기 걸리니까 나중에 오자니까……."

현의는 목도리를 벗어서 지나의 목에 단단히 둘러주었다. 31일 마지막 밤은 제야의 종소리 전에 꼭 팔각정부터 먼저 둘러보자고 하도 조르는 바람에 현의는 고집을 꺾을 수밖에 없었다. 오전부터 감기 기운이 있다고 해서 최대한 실내에서만 머무르게 하려 했지만, 한번 마음먹은 것은 꼭 실행에 옮겨야만 직성이 풀리는 지나였다.

"우와! 저기 하늘에 층 생긴 것 좀 봐요. 까맣다가 보라색으로 물들다가 다시 까매지고……. 진짜 신기하다! 산이라 그런지 공기도 맑은 것 같아요."

"이제 내려가자. 날 좀 풀리면 그때 다시 와."

현의는 지나를 뒤에서 꼭 끌어안은 팔을 풀었다. 주변에서도 도저히 추워서 더 못 있겠다고 커플들이 내려가는 소리가 들려왔다. 지나 역시 추위로 입술을 부들부들 떨면서도, 좀처럼 그 자리를 벗어나지 않았다.

"이제 미국에 가버리면 언제 또 서울 시내 여기저기 다녀보겠어요. 딱 1분만 더 있자고요, 이 정도가 뭐가 춥다고……."

말은 그렇게 하면서도, 지나는 현의의 온기에 기대려는 듯 그의 허리에 두 팔을 둘렀다. 커다란 아름드리나무를 두 팔로 감싸 안은 모양새였다. 그러고는 그의 코트 주머니 안에 한 손을 쑥 밀어 넣었다. 장갑을 꼈는데도 매서운 칼바람에 손이 시렸다. 현의도 두 팔을 그녀에게 단단히 두르고 품에 꼭 끌어당겼다. 지나가 키득키득 웃으며 현의의 얼굴을 올려다보았다. 그 역시 웃고 있었다.

"안 추우시다면서요, 간지나 님."

"안 추워요. 장난감 도망갈까 봐 붙잡은 거임."

추위를 더 감당할 수 없었는지, 여기저기 자리해 있던 커플들이 다 내려가고 주위엔 인적이 거의 없었다. 현의는 좀 더 고개를 숙여서 지나의 입술에 그의 것을 포갰다. 하지만 그대로 오래 있진 않았다. 아무리 그의 온기가 있어도 한겨울 산꼭대기 정상의 한파는 무시할 게 못 되었다.

"그럼 저기 카페에 들어가자. 너 감기 걸리면 내가 하루 종일 일을 못하잖아……."

두 사람은 서로 꼭 붙어서, 산 정상에 자리 잡은 예쁜 카페 쪽으로 총총 걸었다.

그들은 가장 후미진 창가 쪽에 나란히 앉았다. 지나가 창 너머로도 계속 야경을 감상할 수 있도록, 현의는 전망이 더 좋은 자리에 그녀를 앉혔다. 독일식 따뜻하게 마시는 글뤼바인 와인과 에그녹을 잠시 나눈 뒤, 현의는 지나의 주의를 창밖에서 그에게로 돌렸다. 그의 손에는 조그만 상자가 들려 있었다.

"간지, 여기 좀 봐."

"그건 뭐예요?"

설마 프러포즈는 아닐 것이다. 그는 이미, 시어머니 김혜란 여사가 집안 여자에게 대대로 내려오는 다이아 반지로 크리스마스 날 그녀에게 프러포즈를 했었다. 현의는 예쁘고 조그마한 상자를 열어 그녀에게 안을 보여주었다. 그 순간, 마치 미리 약속이나 한 것처럼 두 사람이 앉은 창가 자리 조명등이 일제히 꺼졌다.

"어……?"

창가에 장식된 촛불 덕분에, 완전히 어둡지는 않았다. 먼발치에 앉아 있던 다른 카페 손님들이 일제히 이쪽을 주목하고 있었다. 그들의 시선은 즐거운 기대감과 호기심으로 빛나고 있었다. 한눈에 보기에도 뭔가 재미난 이벤트가 벌어지겠구나 싶은 분위기였다.

"원래 단둘이 있을 때 하려고 했는데…… 첫 번째, 두 번째는 단둘이서만 했으니까 세 번째는 관객들의 축복이 좀 있는 것도 괜찮을 것 같아."

말을 마치자마자, 현의는 자리에서 일어나 그녀에게 상자 안 반지를 보여주었다. 지나 역시 얼떨결에 자리에서 일어나, 테이블을 사이에 두고 그와 마주 섰다. 상자 안에는 화이트 골드가 은은하게 빛나는 다이아몬드 반지가 어여쁜 자태로 잠자고 있었다. 현의는 반지를 조심스럽게 꺼내어 지나의 왼손을 부드럽게 잡아 올렸다. 그러고는 고개 숙여 그녀의 손등에 입을 맞췄다. 현의가 가끔씩 그럴 때마다 지나는 얼굴이 확 붉어지고 심장이 두근두근 뛰어서 어쩔 줄 몰라 하곤 했다. 지금도 예외는 아니었다.

"나랑 결혼해줄래, 간지."

"……이, 이미 했잖아요, 프러포즈……."

"이번이 진짜야. 첫 번째는 약식이었고 두 번째는 집안 대대로 내려오는 웨딩밴드. 이건 내가 직접 고른 신부 전용."

현의는 다시 재차 말했다. 다른 한 손에는 상자에서 꺼낸 반지가 들려 있었다.

"사랑해, 간지. 7년 전부터, 그리고 앞으로도 내겐 너뿐이야. 평생 행복하게 해줄게."

"……네. 결혼할게요."

그 순간, 쥐죽은 듯 조용하던 카페에 우레 같은 박수와 휘파람 소리가 터져 나왔다. 손님들 역시 대부분 젊은 커플들이었는지라, 한 해의 마지막 날 최고의 야경을 앞둔 이 로맨틱한 프러포즈에 공감 백배하는 모양이었다.

"와- 축하합니다! 행복하세요!"

"행복하게 사세요- 진짜 너무 멋진 커플이다……!"

현의는 감사의 의미로 고개를 끄덕여 보이고 다이아 반지를 지나의 왼손 약지에 천천히 끼워주었다. 지나는 좀처럼 가라앉지 않는 심장을 진정시키려 애썼다. 현의가 사전에 부탁해놓았는지, 저만치서 카페 주인이 DSLR 카메라로 그들을 촬영하고 있는 게 느껴졌다. 아무래도 아까 그 절묘한 타이밍의 조명도 예정되어 있던 것 같았다. 현의는 반지가 자리한 지나의 왼손 약지에 다시 한 번 입을 맞췄다. 그때 조명이 다시 들어왔고 두 사람은 누가 먼저랄 것도 없이 서로를 꼬옥 품에 안았다. 카페 안에서 다시 한 번 환호성과 박수 소리, 부럽다, 축하한다 등의 축복의 말들이 유쾌하게 울려 퍼지기 시작했다.

"사랑해, 지나."

"나도 사랑해요, 남간 씨……."

두 사람은, 여러 커플들의 축하와 성원을 한 몸에 받으며 짧지만 깊은 키스를 나눴다. 창 너머 보랏빛을 띤 흑진주색 하늘과 반짝반짝 빛나는 도시의 불빛 아래 설빙 모두, 지나와 현의에게 무한한 축복을 보내고 있는 것 같았다.

해가 바뀌고 한 달이 지났다. 고즈넉한 북촌 한옥마을 구석에 위치한 한옥 주택 담 너머, 고소하고 달짝지근한 냄새가 차디찬 공기를 타고 골목 안을 싸하게 휘돌았다. 아직도 눈이 첩첩이 쌓여 있는 거리 곳곳에는 인적이 별로 없었다. 그날이 신년 들어 가장

추운 날일 터였다. 그 엄동설한에도 사랑채로 쓰이는 방 안은 훈훈
하기 그지없었다. 두 남녀는 조금 떨어진 각자의 책상에 앉아 제각
기 뭔가를 들여다보고 있었다. 둘 다 노트북 화면을 들여다보고 있
었지만 그 콘텐츠는 완전히 다른 것이었다.

"아, 남간 씨. 명단에 왜 이 사람은 없어요?"

"누구?"

지나는 노트북 화면에 뜬 모바일 청첩장 명단을 확인하다 고개
돌려 등 뒤의 남자에게 말을 걸었다. 그는 심각한 얼굴로 영어로
빽빽이 작성된 문서를 들여다보다가 그녀의 부름에 고개를 들었
다. 냉랭하던 표정은 일시에 사라져 있었다. 현의는 방 안을 가득
채운 온기와 기쁨, 애정이 충만한 눈으로 건너편의 여자를 바라보
았다.

"민태조 변호사님요. 그래도 동창이고 삼촌 후배인데 청첩장은
보내야 하는 거 아닌가 해서요."

"보내지 마."

현의의 밝던 눈에서 웃음기가 싹 가셨다. 그의 얼굴과 음성 모
두, 이번에는 북풍처럼 싸늘하게 변모해 있었다.

"하지만……."

"보내지 마. 무시해."

"……."

지나는 더 뭐라고 하려다가 그의 날카로운 음성에 그냥 어깨만
으쓱하고 다시 고개를 돌렸다. 비록 그녀에게 작업 비슷한 것을 걸
려고는 했었지만, 어디까지나 지나가 싱글이라 오해했기에 그랬
던 것이다. 그리고 고깃덩어리란 발언 역시, 따지고 보면 민태조가

그녀를 직접 지칭해서 한 말도 아니었다. 현의는 예전에 민태조가 소개팅 상대에 대해 뒷말로 퍼부었던 망언을 별 의미 없이 되풀이한 것뿐이었다. 물론 누가 됐든 여자를 고깃덩어리니 뭐니 함부로 지칭했던 민태조의 인격은 지나 역시 싫었다. 그는 앞으로 되도록 가까이하고 싶지 않은 부류 중 하나였다. 하지만 삼촌의 다른 친한 후배들은 다 초대했는데 민태조 한 명만 쏙 빼놓는다는 것도 마음이 쓰였다. 하지만 신랑 될 현의가 저렇게 싫어하니 그 뜻에 반해 청첩장을 보낼 수는 없었다.

"뒤끝 작렬이라더니 진짜구나……."

"응?"

현의는 지나가 중얼거리는 소리를 들었는지 그녀의 등 뒤에서 반문했다.

"뭐라고 했어?"

"응. 아니에요, 아무것도."

현의는 급한 불은 껐는지, 수 분 뒤 노트북을 덮고 전통 좌식 책상 뒤로 조금 물러앉았다. 그러고는 책상에 앉아 있는 지나의 뒤통수에 대고 조용히 말했다.

"간지, ……이리 와."

"잠깐만요. 아직 명단 다 확인 안 했어……."

"나중에 해도 되잖아. ……빨리."

지나는 크게 숨을 들이쉬고 자리에서 일어났다. 요즘의 현의는, 단둘이 있을 때면 정말이지 다 큰 아이 같을 때가 많았다. 주변에 누가 있거나 평소 일할 때는 변함이 없었지만, 나날이 어리광이 더해가는 큰아들이 생긴 기분이 이럴까 싶었다.

지나는 방석 위에 앉아서 그녀에게 두 팔을 벌려 보이는 그에게 다가갔다. 안기지는 않고 옆에만 앉을 생각이었지만, 현의가 그렇게 내버려두지를 않았다. 지나는 어느새 그의 무릎 위에 앉다시피 바싹 밀착당해 있었다. 그의 열기와 온기가 두꺼운 스웨터와 개버딘 롱드레스 천을 뚫을 기세로 강하게 느껴졌다. 현의는 지나의 양 뺨을 부드럽게 감싸고 그녀의 입술에 그의 것을 가까이 가져갔다. 지나는 그를 살짝 밀어내려 했지만 현의의 힘이 훨씬 세서 도무지 밀리지가 않았다.

"……바로 문밖에 부모님 계세요!"

지나가 소리 죽여 항변했지만 현의는 아랑곳하지 않았다.

"우리 부모님 뼛속까지 미국 스타일이신 거 몰라? ……자꾸 어깃장 놓으면 아예 문 잠가놓고 끝까지 가버릴지도 몰라."

그는 키스만 할 거라고 다짐하고 그의 것을 그녀의 보드라운 입술에 살살 비비다가 노련하게 혀를 밀어 넣었다. 따스하고 몰캉한 살갗이 지나의 입안을 미끄러지듯 거침없이 유영했다. 그녀의 목 깊은 곳에서 울리는 신음은 그의 혀놀림을 더 강렬히 북돋우는 촉진제나 다름없었다. 현의의 입술은 떨어질 줄을 모르고 숨이 막힐 때까지 그녀의 입안을 샅샅이 점령해갔다.

그의 손도 얌전히 있지는 않았다. 지나를 무릎에 앉힌 채 그의 한 팔은 가녀린 허리를 휘감고, 다른 손은 스웨터 아래로 들어가 그녀의 가슴을 움켜잡고 있었다. 얇은 니트에 감싸여 젖가슴 맨살은 드러나지 않았지만, 현의의 열기와 욕망은 천 위로도 여실히 드러나 있었다. 그의 욕망을 드러내고 있는 것은 입술과 손길뿐만이 아니었다.

지나는 점점 위로 말려 올라간 스커트 위, 한쪽 허벅지 안쪽을 뭔가가 쿡쿡 누르고 있는 감각에 눈을 떴다. 그 기묘한 감각의 정체를 깨달은 순간, 그녀는 얼굴이 발갛게 물들며 흠칫 몸을 떨었다. 그녀의 하체와 딱 맞붙은 그의 허리 아래, 숨길 수 없는 남자의 욕망은 옷으로도 가려지지 않았다. 지나가 현의의 어깨를 조금 밀어내며 그 집요한 키스에서 벗어나려 애쓸 때였다.

"얘들아, 작은 아가! 다 됐다. 따뜻할 때 어서 먹자—"

예비 시어머니의 부름이 문 건너편에서 희미하게 들려왔다. 이탈리아 대사 부인에게서 배웠다는 전통과자 키아키에레(chiacchiere)가 드디어 완성된 모양이었다. 현의는 어머니가 부르거나 말거나 전혀 신경 쓰지 않는 눈치였다. 하지만 아들과 며느리의 입장은 엄연히 다른 것이었다.

"빨리 일어나욧! 어머니가 부르시는데……."

지나는 떨어지지 않으려 하는 현의를 있는 힘껏 밀어내고 주먹으로 그의 한 팔을 여러 번 쥐어박았다.

"아야— 어떻게 하늘같은 예비 남편을 이렇게 패?"

"하늘같은지는 모르겠고 음란마귀란 건 알겠네요. 그리고 아직 남편 아니거든요?"

"이미 볼 거 다 보고 할 거 다 하고 볼 장 다 본 사인데 이미 부부나 다름없지 뭘 그래."

"흥. 그거야 모르죠. 식장 갈 때까지 하는 거 봐서……."

두 사람은 옥신각신 실랑이를 벌이며 방을 나섰다. 방문을 열기가 무섭게 고소하고 달콤한 냄새가 집 안을 온통 메우고 있었다. 두 사람은 현대식으로 개조된 주방에 들어섰다. 커다란 식탁 위에는 노릇노릇 먹음직스럽게 튀겨진 과자가 한 바구니 쌓여 있었다. 시아버지 장건의는 벌써 시식에 들어갔는지, 한 손에 책을 들고 다른 한 손에는 과자를 들고 있었다. 김혜란 여사의 권유에, 지나가 타래와 비슷하게 생긴 페스츄리 과자를 한 입 베어 물었다. 기가 막혔다. 유럽의 풍미가 확 느껴지며, 입안에 넣기가 무섭게 사르르 녹고 있었다.

"우와! 어머니, 진짜 맛있어요! 빈말씀 드리는 게 아니라 진짜 엄청 맛있어요! 지금까지 먹어본 수입 마카롱에 롤케이크, 파이, 백화점 지하식품관 빵과자랑은 비교가 안 돼요! 뭐라고 해야 할까……. 맛이 그냥 과자가 아니라 뭔가 깊은 풍미가 느껴져요."

"와인을 넣어서 맛이 깊은 거야. 솔직히 나도 한식은 남간이를 못 당해. 하지만 베이킹은 내가 조금 한 수 위라고 할 수 있지, 후후후……. 이제 빵이나 과자 절대 사먹지 말아라. 내가 다 만들어 줄 테니까."

"아, 어머니…… 안 돼요. 저 안 그래도 요즘 너무 잘 먹어서 웨딩드레스, 아니 피로연 드레스 안 맞으면 어쩌나 걱정하고 있는데!"

지나는 너무 맛있어서 웃는 건지 우는 건지 분간이 어려운 탄식을 흘렸다. 그들은 전통혼례를 올리게 되어서 웨딩드레스는 입지 않을 예정이었다. 하지만 혼례식이 끝나고 서양식으로 피로연 파티 타임을 따로 가질 계획이라 자연히 드레스 걱정을 하지 않을 수가 없었다.

"괜찮아. 지금은 오히려 마른 편이라 살집이 조금 있는 편이 더 좋을 수 있어. 미국에선 비욘세 몸매가 이상형인 거 모르니?"

"네 어머니 말이 맞다, 작은 아가야. 요즘 한국은 미디어에 의해, 지나친 몰개성과 지방결핍에 과잉 열광하고 있어. 적당히 살이 있는 게 제일 아름다운 법이다."

지나는 예비 시부모님의 말에 고개를 끄덕여 보였다. 그녀도 너무 마른 것보다는 건강한 근육과 근력을 키우는 쪽에 더 집중하고 있었다. 지나는 문득 현의가 보이지 않아 거실 쪽을 두리번거렸다.

그는 미국의 형과 통화를 하고 있는 눈치였다. 장신의와 캐런, 그들의 쌍둥이 아들들, 장열의와 독일계 미국인 연인은 앞으로 2주 뒤 한국에 도착해 3주간 머물 예정이었다. 막냇동생의 결혼식 날짜에 딱 맞춰 휴가 낼 수 있을까 싶을 만큼 각자의 분야에서 정신없이 바쁜 사람들이었다. 하지만 그런 걱정은 기우일 뿐이었다. 두 오누이는 막내의 결혼을 위해서 그동안 밀린 휴가를 한꺼번에 소진하기로 뜻을 모은 것 같았다.

지나는 세대 차이 거의 없이 이야기가 너무도 잘 통하는 노부부와 마주 앉아 좀 더 수다를 떨었다. 유럽의 달콤한 전통과자는 한국의 전통차인 국화차와도 잘 어울리는 오묘한 맛이었다. 어느새 바깥의 어둠이 집 안에도 조금씩 스며들자, 일반 주택보다 더 높은 서까래 천장 위, 전통 등불 모양의 램프가 은은하게 실내를 밝혀주었다.

두 사람은 현의의 부모님인 장 부부 소유의 북촌 한옥마을 본가에 와 있었다. 몇 년 전에 구기동 집을 처분한 뒤로, 한국에 있을 동안에는 전통가옥에서 지내고 싶다는 부친 장건의 뜻에 따라 노부부는 10명 정도 인원이 지내기에 넉넉할 규모의 한옥을 구매

하고 현의를 통해서 지난 몇 달간 보수공사를 진행했었다. 두 아들과 딸의 가족이 제각기 손자 손녀 대동하고 한국에라도 올라치면, 그 정도 크기의 집이어야 한다고 생각했던 것이다.

하지만 현의는 그와 지나는 한국에서 지낼 때도 그들만의 공간에 머물 거라고 선언한 바 있었다. 적어도 밤에는 단둘만 있어야 한다는 게 그의 지론이었다. 지나는 부모님 앞에서 부끄럽지도 않게 잘도 그런 말을 내뱉는 현의에게 눈을 부라렸지만, 그는 아랑곳하지 않았다.

종이 청첩장은 연말에 연하장과 함께 우편으로 모두 발송되거나 직접 전달되었다. 모바일 청첩장은 1월 신정 연휴가 끝난 지금이 발송에 좋을 것 같아서, 지나는 일찌감치 명단을 확인하고 있던 차였다. 이제 한 달 뒤에는 현의의 정식 아내가 된다니 마구 설레는 동시에 아직도 꿈인가 현실인가 믿기지 않는 지나였다. 현의가 통화를 마쳤는지 지나 옆에 와 앉자, 그녀는 그에게도 고개 돌려 시부모님들과 하던 대화를 이어갔다.

"진짜 설레요. 시아주버님과 시누이…… 라고 하니 좀 어색하지만, 아무튼 현의 씨 형님과 누님 모두 만나뵙게 된다니 진짜 너무 설레고 기대돼요!"

"……별로 기대 안 하는 게 좋을 거야. 악마 같은 쌍둥이는 혼을 쏙 빼놓을 거고 형수님도 좀 그런 과인 건 이미 경험상 알고 있을 거고……. 형은 한마디로 우물 같은 사람이야."

"우물? 우물처럼 잔잔하고 깊이 있는 사람요?"

"그럴 리가……."

현의는 한쪽 눈썹을 확 찡그리며 지나를 나무라듯 바라보았다.

"미드 워킹데드 같은 데 보면 나오잖아. 우물에서 좀비가 막 튀어나오고. 우물처럼 음험하고 속을 모르겠고 음침한 사람이란 뜻이야."

김혜란 여사는 어머어며, 사돈 남 말 하네 하는 눈으로 둘째 아들을 흘겼다. 장건의 박사는 책에 한참 몰입해 있는지 그들의 말에 별반 신경 쓰지 않는 것 같았다. 현의는 심드렁한 어조로 계속 말을 이었다.

"그리고 누나로 말할 것 같으면."

"네. 저 누나분 만나는 거 엄청 기대돼요! 천재에, 남자같이 호방한 성격에, 사진으로 보니 엄청 미인이시고, 워낙 좋은 말만 많이 들었거든요."

"천재인 것과 미인인 건 나도 부정 못하겠어. 남자같이 호방한 성격은…… 잘 모르겠어. 워낙 하루에도 기분이 이랬다저랬다 기복이 심해서, 조증 환자적 성격이 더 정확한 표현 같은데."

"조증 환자요? 아무리 그래도 누나인데……."

"누나든 뭐든 말은 똑바로 해야지. 같이 사는 동거남 엘리아스 슈뢰더가 그나마 제일 정상일 거야. 모르지. 슈뢰더도 외과의인데 가끔씩은 누나 뇌를 열어보고 싶은 마음 굴뚝같을지……."

"……난 못 들은 걸로 할게요. 사전 정보에 의한 선입견은 부당하니까."

그로부터 2주가 아니라 한 달 뒤, 지나는 현의의 사전정보에 그녀 역시 공감하는지 직접 확인할 수 있었다. 장신의와 캐런, 아이들은 예정대로 결혼식 2주 전에 왔지만 열의와 동거남은 두 사람의 결혼식 바로 전날 가까스로 한국에 도착할 수 있었다. 열의가 갑자기 저명한 미국 상원의원의 뇌수술을 집도해야 했기에 어쩔 수 없었다. 그리고 지나는 열의가 입을 여는 순간, 그녀가 역시 겉 보기와는 꽤 다른 유형의 사람임을 바로 알 수 있었다.

"Oh, my god! How come it is damn colder here! Damn God……. 아니, 어떻게 미국보다 더 추워? 젠장할……."

공항 밖으로 막 빠져나온 장열의는 아무렇게나 하나로 묶은 긴 머리채를 흔들며 화장기 별로 없는 하얀 얼굴을 살짝 찡그리고 있었다. 30대 중반이라고는 도저히 믿어지지 않을 만큼 어여쁜 동안이었다. 함께 온 금발의 핸섬한 엘리아스가 천진난만 웃음기에 지극히 선한 인상인 반면, 서른다섯 열의는 머리부터 발끝까지 냉소주의 덩어리로 이루어진 것 같았다. 춥다고 투덜거리던 그녀의 신경질적인 표정이 일시에 변한 것은 지나와 눈이 딱 마주쳤을 때였다.

"간지나 씨! 와, 진짜 사진보다 더 간지 나네요! Oh, Jesus! 진짜 너무너무 이뻐요. 완전 핫해요!"

누나가 조증 환자라 일컬었던 현의의 말처럼, 그녀는 금세 기분이 날아오를 듯 변한 것 같았다. 열의는 시누이가 될 지나가 그야말로 눈에 넣어도 안 아플 존재처럼 매우 살갑게 대하고 있었다. 그녀는 마치 배우처럼 천의 얼굴을 가진 기분파였다. 어느 순간 입을 삐죽 내밀며 잔뜩 못마땅해하다가도, 뭔가 재미난 걸 발견하면 금세 아이처럼 기분이 급격히 좋아지곤 했다. 언젠가 영화나 드라마에서 봤던 기이한 성격의 천재를 보는 것 같았다.

하지만 장열의는 희한하게도 지나에게만은 시종일관 친밀한 태도를 고수했다. 말끝마다 시니키즘, 즉 시니컬이 뚝뚝 떨어지면서도 장열의는 역시 제 모친을 닮아서인지 잔정이 넘쳤다. 뭔가 부탁하면 일단 큰 소리로 투덜거리면서도, 열과 성을 다해 도와주고 살뜰하게 챙기는 타입이었다. 이름처럼 매사에 열의가 느껴지는 밝은 에너지도 좋았다. 지나는 열의가 마음에 쏙 들었다. 그건 열의 또한 마찬가지인 것 같았다.

현의의 형이자 장씨 가문의 장남인 장신의 역시 호감 가긴 마찬가지였다. 말수가 지극히 적고 조용하긴 했어도, 현의의 말처럼 좀비나 우물처럼 음험한 인상과는 거리가 멀었다. 현의나 열의처럼 그 역시 인물과 키 모두 훤칠했다. 캐런이 워낙 동안이기도 했지만, 전체적인 분위기나 인상이 매우 점잖아서 아내보다 3살 연하로 보이지도 않았다. 매우 젠틀했지만 무뚝뚝하고 정 없는 것과는 또 거리가 멀었다. 일단 누가 말을 시키면 그는 조금 건조한 억양일망정, 상대방의 말에 맞장구도 잘 쳐주고 대화에 잘 참여하는 편이었다. 지나는 시아주버니가 될 장신의 역시 매우 마음에 들었다.

지나는 드라마나 지인들에게서 들었던, 시집에 대한 온갖 공포스런 이야기가 허구처럼 느껴질 정도였다. 오죽하면 시금치도 먹기 싫고 피아노 중 도레미파솔라, 까지만 친다는 농담도 있을 만큼, 대한민국의 고부 갈등이나 시집 식구들과의 알력은 거의 전 국민적인 정서라 할 만큼 널리 만연해 있었다. 하지만 그 모든 것이 지나의 시집 식구들과는 완전히 거리가 먼 것 같았다. 지나는 다들 지극히 미국적인 사고방식이란 사실이, 가장 크게 작용하기 때문일 것이라 생각했다.

2월 첫 번째 토요일, 그들의 결혼식을 축복하듯 쾌청하고 푸르기 그지없는 날이었다. 야외에서 식을 올리기에 더할 나위 없이 완벽한 하늘이었지만, 아직 추운 2월 초순임을 감안해 전통혼례식은 실내에서 거행되었다. 성북구에서 전통혼례 장소로 유명한 전통문화 공간 청운각 앞은 벌써부터 하객들로 인산인해였다. 나름 조촐하게 치른다고 했으나, 강건의, 김혜란 부부의 인맥과 명성 때문에 꼭 모셔야 할 귀빈을 추리고 추려도 수백 명이었다.

지나의 가족들은 신부 쪽이 너무 밀리는 것 같아서 일찌감치 기가 죽어 있었다. 하지만 그것도 잠시, 석상문 삼촌이 법조계 후배 및 지인들을 대거 거느리고 오는 바람에 그들의 안색은 금세 다시 환해졌다.

"야, 그래도 삼촌 덕분에 우리도 완전 꿔다놓은 보릿자루는 아니게 생겼다."

"그래, 기죽지 말자!

바야흐로 전통혼례가 시작되었다. 신부는 알록달록 고운 색동저고리에 머리에는 족두리를 쓰고 양 뺨에는 연지곤지를 발랐다. 어린아이들이 손에 손에 청사초롱을 들고 앞장선 가운데, 신랑은 사모관대를 쓰고 신부 앞으로 다가가 살짝 고개 숙인 신부와 마주 섰다. 수순에 따라 신랑은 주례사에게 절을 올리고 깨끗한 물에 손을 씻었다. 병을 부르는 잡귀를 물리치는 뜻이 담긴 의식이었다. 신랑과 신부가 드디어 맞절을 시작하자 주위에서는 일제히 환호성이 터졌다. 둘은 옆에 장식된 한 쌍의 원앙 조각처럼 너무도 잘 어울려 보였다. 그야말로 선남선녀가 따로 없었다.

곧이어 신랑과 신부 가족이 인사가 이어지면서, 혼례식은 너무 산만하지도 않고 지나치게 근엄하지도 않은 화기애애한 분위기

속에서 순조롭게 진행되었다. 신랑 신부가 하객들을 향해 절을 할 때였다. 현의의 눈에, 누군가 아주 낯익은 얼굴이 잠시 스쳐간 것 같았다.

그가 다시 고개를 들었을 때, 반가운 세 얼굴이 그에게 살짝 손을 들어 보이고 있었다. 미국 캘리포니아에서 활동했던 로펌의 두 대표변호사인 존 오닐과 에디 브룩하이머, 오닐의 부인이었다. 에디 브룩하이머는 엄지를 번쩍 쳐들고 호방하게 웃음을 날리고 있었다. 현의 역시, 그들에게 희미하게 고개를 끄덕여 보였다. 예전부터 한국에 와보고 싶다고 노래노래 부르던 세 사람은 현의의 결혼식 소식을 듣자마자 당장 비행기표부터 끊어놓고 있던 차였다. 하지만 현의는 어쩐지 기묘한 느낌에 살짝 미간을 좁혔다.

분명히 누가 한 명 더 있었던 것 같은데……?

그는 뭔가 착각한 것이려니 생각하고 지나의 한 손을 부드럽게 잡은 뒤, 폐백실로 옮길 준비를 했다. 양가 어른들의 덕담을 듣고 술 한 잔씩을 나눴을 때, 현의의 기이하던 예감은 현실로 드러나고 있었다. 만면 가득 웃음을 띠고 문 바깥에서 폐백 장면을 구경하던 하객들 중, 값비싼 정장슈트 차림의 누군가가 현의의 시선을 일순간 사로잡았다.

40대 초반 정도 되어 보이는 안경 낀 벽안의 사내였다. 남자는 그럭저럭 단정한 용모였지만 서양인치고는 작고 왜소한 체구였다. 하지만 그 부리부리한 눈매와 전체적인 분위기는 그리 만만한 상대가 아님을 뚜렷이 드러내고 있었다.

잠시 후 현의가 폐백실에서 나왔을 때, 문제의 백인 남자는 그에게 슬금슬금 다가왔다. 두 손을 슈트 바지 주머니에 찔러 넣고 다리를 딱 벌리고 선 품새가, 작은 키에도 불구하고 어색해 보이지 않았다. 데릭 골드만은 싱글싱글 웃으며 현의를 올려다보았다.

"축하합니다, Mr. 장."

"설마, 설마 했더니……. 어쩐 일로 여기까지 온 겁니까? 전 청첩장을 보낸 기억이 없는데요."

"Mrs. 오닐이 이 놀랄 만한 경사를 귀띔해주셔서요. 알다시피, 난 오닐과 브룩하이머는 싫어하지만 미세스 오닐은 좋아하거든요. 게다가 결혼식의 예기치 않은 손님은 행운을 불러준다는 속담이 있습니다."

"미세스 오닐은 살아 있는 성녀나 다름없는 분이니까요. 그리고 오닐과 브룩하이머도 당신을 싫어합니다. 그리고 결혼식의 예기치 않은 손님이 행운을 불러준다는 속담은 한 번도 들어본 적 없습니다. 그리고 대부분 다 결혼을 하기 마련인데 그 '놀랄 만한' 경사란 표현은 무슨 의미죠?"

"……정말 뼛속까지 변호사구만. 이런 날까지, 그것도 축의금 두둑하게 낸 하객에게까지 따박따박 따지고 들다니."

데릭 골드만은 연극조로 두 손을 번쩍 치켜들며 어깨를 으쓱하더니 다시 말을 이었다.

"이거 듣자 하니 정략결혼은 아니던데요. 정략결혼은커녕, Mr. 장 쪽에서 아주 목을 맸다고 들었습니다. 그래서 놀란 겁니다. Mr. 장이 누군가에게 미친 듯이 매달리고 목을 매서 결혼까지 골인했다니 믿을 수가 없었던 거죠."

"Mr. 골드만은 전부인 쪽에서 그렇게 죽자 사자 쫓아다녀서 선심 쓰듯 결혼했는데 결국 5년 만에 소송이혼으로 파경을 맞고 친권까지 다 빼앗기지 않았습니까. 어느 쪽이 목매달았든 둘 다 데면데면 심드렁하게 결혼하든 그게 뭐가 중요합니까. 다 각자 하기 나름이죠."

현의 역시 아직 전통예복도 벗지 않은 채, 데릭 골드만을 향해 조곤조곤 할 말을 죄다 쏟아내고 있었다. 두 사람은 멀리서 보면 서로 덕담과 축하인사를 나누고 있는 것처럼 보였다. 하지만 조금만 더 유심히 보면, 두 사람 사이에 뭔가 묘한 스파크가 튀고 있다는 걸 느낄 수 있을 터였다. 지나의 눈은 둘 사이의 신경전을 놓치지 않았다. 그녀의 궁금증을 풀어주려는 듯, 그때 옆으로 다가온 열의가 지나의 귀에 대고 속삭였다.

"저 사람이 바로 데릭 골드만이에요. 오 마이 갓, 여기까지 부득부득 축하해주러 오다니 정말 애증의 관계인가 보네……. 미운 정 고운 정 다 들었나?"

"데릭 골드만이라면…… 현의 씨가 새크라멘토 지역신문에 나올 정도로 크게 다투고 사고를 쳤다는 그 사건. 그 상대측 변호사예요?"

"Yeap. 현의랑 상대편 변호사로 맞붙었다가 골드만의 더티한 꼼수로 결국 현의가 졌죠. 그래서 우리 현의가 골드만 사무실에 쳐들어가 주먹다짐까지 하고, 골드만이 자기는 맘만 먹으면 어떤 사건이든 다 승소나 합의로 이끌 자신이 있다 호언장담했죠. 그러자 우리 얌전하던, 아니 얌전 코스프레하던 현의 머리 뒤꼭지가 확 돌아서 그만 미친 본성을 드러내고 말았죠."

"아 참. 그 이야기 안 그래도 캐런 언니가 열의 언니에게 들으라고 했었어요. 대체 현의 씨가 골드만에게 뭘 어떻게 한 거예요? 그냥 무식하게 주먹다짐만 하고 끝났으면 지역신문에 실릴 리도 없을 텐데⋯⋯."

"그 누구도 상상하지 못했던 일을 했죠. 골드만이, 어느 케이스든 어떤 클라이언트든 자기에게 떨어지기만 하면 다 승소할 수 있다고 했잖아요? 그래서 현의는 그 말이 정말인지 골드만의 능력을 스스로 입증시켜 보고자 했죠. 한마디로 미친 짓을 저질렀어요. 그리고 데릭 골드만을 자기 변호인으로 지명했어요. 골드만은 절대 거절할 수 없는 분위기를 조성하면서⋯⋯. 만약 골드만이 그 상황에서 현의의 변호인이 되기를 거절한다면, 그는 꼼짝없이 겁먹고 꼬랑지 말고 가는 새앙쥐처럼 보일 수 있는 상황이었죠."

지나는 어느새 열의의 이야기에 두 귀를 활짝 열고 빠져들고 있었다. 그녀는 열의가 잠시 숨을 고르는 사이 그 일화의 정확한 엔딩을 스스로 도출해냈다.

"그래서 결국 골드만이 현의 씨 변론을 담당했고 결과는 승소했겠군요? 그런데 대체 그 미친 짓이란 게 뭐예요?"

골드만의 신형 차를 깨부수고 기물파손죄로 검찰에 기소되기 직전 그에게 찾아갔는데⋯⋯."

지나가 대답을 더 자세히 들으려는 찰나, 양가 부모님들이 모시고 온 여러 하객들이 갑자기 그녀 쪽으로 몰려왔다. 아직 정식으로 인사를 드리지 못했거나 오랜만에 뵙는 일가친지들에게 인사하고 축하인사를 받느라 그녀는 열의와의 대화를 더 이어갈 경황이 없었다. 현의도 어느새 그녀 옆에 나란히 서서 하객들의 덕담에 응대하고 있었다.

데릭 골드만은 오닐 부부와 브룩하이머, 장신의와 캐런, 장열의와 엘리아스가 모여 있는 곳에서 미세스 오닐과 뭔가 얘기를 나누고 있었다. 멀리서 그 모습을 언뜻 본 지나는 내심 미소를 띠었다. 그때 무슨 악연이 있었든지 간에, 데릭 골드만이 현의에게 진심으로 악감정을 가지고 있다면 이렇게 먼 한국까지 날아와 결혼식에 참석해줄 리도 만무했다. 그 정도로 잘나가는 변호사라면 분명 살인적인 스케줄을 소화하고 있을 것이다. 그런데도 불구하고, 일부러 며칠 시간을 내어 열 몇 시간의 비행을 감내하고 이렇게 식에 참석한다는 것은 보통 마음을 쓰는 게 아닐 터였다. 아마도 열의의 말처럼 애증의 관계이자 애, 쪽이 조금 더 강한 게 분명했다.

하지만 지나의 생각과는 또 별개로, 현의는 표정은 변함없이 덤덤하게 더 깊이 있는 독설을 상대방에게 거침없이 투하하고 있었다.

"후일담은 들었습니다. 본인이 직접 법망에서 구제해준 폴 드와이트를, 이번에는 결국 본인 손으로 다시 엿 먹였다면서요? 처음부터 그런 짐승 같은 놈의 변호를 맡지 말았어야죠. 이리 붙었다 저리 붙었다……. Mr. 골드만 같은 분 덕분에 미국 변호사들이 그렇게 도덕성 결핍이라 욕을 먹는 겁니다."

"하하- 그래도 판세를 뒤엎고 지금이라도 사회매장 싹 시켜버린 걸 조금은 치하해줄 줄 알았는데. 역시 그때 나한테 져서 분한 뒤끝이 아직도 남아 있는 모양이야? 뒤끝 하난 정말 끝내줘."

"……."

현의는 얄밉게 비아냥거리는 골드만을 향해 다시 말을 이었다. 그의 음성은 한 톤 더 낮아져 거의 음산하게까지 들렸다.

"미국에 좀 늦게 가도 괜찮겠습니까……? 약 한 달 뒤?"

"그건 왜? 설마하니 내가 여기 더 있어주길 바라는 건 정말이지 아닐 것 같은데."

"비행기 탈 수 있을 만큼 회복하려면 그 정도는 있어야 할 테니까요. 전치 3, 4주 부상을 당했는데 장거리 비행은 무리죠."

"……."

현의의 말 속에 담긴 으름장을 알아차린 데릭 골드만은 뭐가 그리 우스운지 배를 잡고 웃어댔다. 그가 혼자 그 자리에 남아 박장대소를 하거나 말거나 현의는 뒤돌아섰다. 그의 얼굴에는 한 점의 동요도 없었다. 한 여자가 그를 돌아본 순간, 구김 하나 없던 현의의 얼굴에는 보기 좋은 주름이 활짝 번졌다.

"고생했어. 피곤하지?"

"괜찮아요, 이 정도는. 남간 씨는 피곤해요?"

"전혀. 너만 옆에 있으면 3일 밤낮 계속 이러고 있을 수 있어."

현의는 아직 색동저고리 차림의 지나의 한 손을 들어 올려 그의 입술에 가져다 댔다. 지나 특유의 달콤한 향이 그의 전신에 퍼져갔다. 그 보들보들 고운 감촉을 재차 확인하려는 듯, 그는 기사가 여왕에게 하듯이 손가락 하나하나마다 입을 맞추며 입술로 쓸었다. 정성껏 입술로 애무하는 그 섬세함에, 지나는 온몸에 전율이 이는 것을 느꼈다.

그녀는 현의가 이럴 때마다 그녀가 동화 속 공주나 여왕이 된 기분이 들곤 했다. 그가 저렇게 녹아내릴 듯한 눈으로 그녀와 눈을 맞추며, 세상에 다시없을 보석이나 되는 듯이 그녀의 손가락에 입을 맞추는 순간이 너무도 좋았다.

"이제 조금만 더 있으면 단둘이 있을 수 있어. 조금만 참자."

정작 참아야 할 사람은 그 하나뿐인데도, 현의는 달래듯 부드럽게 속삭였다. 잠시 후, 그들을 공항까지 태워다줄 리무진이 이미 바깥에 대기하고 있었다. 신혼여행지는 유럽 배낭여행, 남미 탐험, 크루즈 등 여기저기 고민하다가 가장 신혼여행답게 서로에게 집중하며 보낼 수 있을 휴양지를 택했다. 몇 시간 뒤 두 사람은 지상 최고의 파라다이스라 일컬어지는 몰디브행 비행기에 타고 있을 예정이었다.

지나는 현의가 입술을 살짝 벌려 혀로 그녀의 손가락 끝을 핥는 순간, 이제 그와 떨어져야 한다는 생각이 퍼뜩 들었다. 아직 그들은 하객들로 둘러싸인 식장 한구석에 있었다. 지나는 매몰차진 않았지만 나름 강한 힘으로 그의 손을 밀어냈다.

"이제 그만. 저기 작은할아버지께 인사드리고 올게요."

하지만 현의는 그녀를 순순히 보내주지 않았다. 그는 재빨리 그녀의 머리를 바짝 끌어당겨 입술에 쪽, 하고 입을 맞췄다. 그런 다음에야 현의는 그녀가 하객들 쪽으로 갈 수 있게 손을 놓아주었다. 드디어 잠시 후 하객들의 배웅을 한 몸에 받으며, 신랑 신부는 공항으로 향하는 리무진 안에 몸을 실었다. 창 너머로 요란하게 인사하는 사람들 틈으로, 데릭 골드만의 얼굴도 보였다. 입가 한쪽에 비뚜름한 미소가 걸려 있긴 했지만 야비한 빛은 전혀 없었다.

현의와 지나가 탄 차는 곧, 쾌청한 겨울 하늘 아래 서울 도심을 시원스레 뚫고 거침없이 달렸다. 마치 차에 탄 신랑 신부의 장밋빛 탄탄대로 미래를 암시하고 있는 것 같았다.

"이제 우리 진짜 부부가 된 거네?"

현의는 아까 식장 구석에서 하다 중단한 일을 계속하려는 듯, 그녀의 한 손을 잡아끌어 그의 입술을 손등에 묻었다. 가슴 시릴 만큼 애틋한 감정이 그의 잘생긴 얼굴에 가득 떠올라 있었다.

"사랑해, 여보."

"여, 여보? 푸하하……."

그의 여보, 소리에 지나는 웃음을 확 터뜨리고 말았다. 현의의 입에서 여보, 란 말이 나오자 어쩐지 한 몇십 년은 산 노부부 같은 느낌이 들었기 때문이다. 하지만 그녀는 더 길게 웃을 수가 없었다. 현의가 그 웃음에 보복하듯, 지나를 있는 힘껏 끌어안고 입술을 본격적으로 겹쳐왔다. 달콤한 보복은 멈출 줄 모르고 언제까지고 계속되었다. 수정처럼 맑고 푸르른 늦겨울 하늘 아래, 두 사람은 그렇게 오랫동안 그들만의 세계 안에 둥지를 틀고 서로를 열렬하게 탐했다.

7년 전 처음 시작된 만남은, 이제 평생을 걸고 영원히 소중하게 지켜질 언약으로 거듭나게 되었다. 한 사람은 다른 한쪽을 크고 든든한 그늘 아래 소중히 지켜줄 한 그루의 나무로, 다른 한 사람은 그 나무가 살아 숨 쉬게 만들 샘물로, 두 사람은 언제까지고 서로의 곁에서 영원히 행복할 터였다.

Epilogue 02. Sweetheart Junior

미국 남부 캘리포니아의 5월 하늘은 눈부시게 청명했다. 티끌 하나 없이 너무도 깨끗해서 실제 하늘처럼 믿기가 어려울 정도였다. 지금까지 주로 봐온 미국드라마 속 어지럽고 분주한 도심 풍경들과도 사뭇 다른 광경이었다.

패서디나(Pasadena)는 흔히 인종의 용광로라 불리는 LA와 차로 단 20분 거리에 있었다. 하지만 그 지리적인 근거리에도 불구하고, 패서디나의 분위기는 LA의 그것과 사뭇 달랐다. 특히 치안이 조금 불안정한 지역도 있는 사우스 패서디나에 비해서 올드 패서디나는 매우 안전한 부유촌이라 할 수 있었다.

패서디나의 한국인 비율이 비교적 낮은 편이라는 말을 들었을 때, 지나는 혹시 한국 식품 구하는 데 어려움이 있거나 타국인들 틈바구니에만 있어서 막막함을 느끼지는 않을까 염려한 부분도 있었다. 그러나 올드 패서디나에는 캘리포니아 공대(California Institute of Technology)나 패서디나 시티 컬리지, 디자인예술대학교(ACCD) 등의 명문대학들이 포진해 있는 만큼, 세계 각국 출신의 유학생들이 많았고 한국인 학생들 역시 예외는 아니었다. 따라서 수요가 있는 곳에 공급이 있다고, 올드 패서디나의 도심인 코르도바 거리에도 한국 식품을 포함한 아시아 마트가 두 군데 생겨나 있었다. 둘 다 중국계 미국인의 소유였고, 집에서 좀 더 가까운 가게는 이미 지나의 전용마트가 되어 있었다. 지나가 아담한 가게 문을 열고 들어가자 가게 주인 챙 부인이 손을 흔들어 보이며 반색했다.

"헤이, 지나! 아까 람칸 왔다 갔는데─ 이것저것 잔뜩 사갔어요! 오늘 저녁 그 뭐더라…… 한국식 돼지 등뼈 스튜(Pork Back-bone Stew) 만들어줄 거라고 하던데?"

"그래요? 언제 왔다 갔어요?"

"음, 한 시간 전? 나도 그 돼지 등뼈 국물 진짜 좋아하는데! 엄청 개운하고 얼큰한 게……. 말 나온 김에 우리도 오늘 금요일 밤이고 하니 오랜만에 한국 식당 가서 먹어야겠어요."

챙 부인은 한국식 감자탕을 말하고 있었다. 대만에서 이민 온 챙 부인의 영어는 매우 유창했다. 지나는 중년 부인과의 대화를 그럭저럭 무리 없이 이끌어갈 수 있었다. 미국에 도착한 3월부터 인근 대학 부설 어학코스에 등록했고, 원래 기본이 있었던 만큼 이제 중상급 정도의 대화는 가능한 수준이었다. 지나는 그녀에게도 기쁜 소식을 공유할까 하다가, 가게 전화가 울리는 바람에 방해될까 싶어 서둘러 계산을 마쳤다. 초콜릿 하나를 계산하고 싹싹한 중년 부인과 수인사를 나눈 그녀는 도보 5분 정도 거리의 3층짜리 콘도 아파트를 향해 바지런히 걸었다.

모처럼 일이 없는 금요일인가? 웬일로 이렇게 빨리 퇴근했지? 그리고 감자탕은 왜? 자기가 먹고 싶었나? 흥! 돼지 등뼈든 돼지 등골이든 욕조째로 끓여서 혼자 실컷 먹으라지!

지나는 콘도가 길 너머 보일 때쯤, 집에 들어가지 말고 수잔네 북카페에 가서 시간이나 때울까 잠시 고민했다. 그 순간 그녀의 크로스백 포켓에 꽂혀 있는 휴대폰 벨이 울렸다. 장난감이었다. 그녀는 걸음을 계속하면서도 일부러 받지 않았다. 하지만 휴대폰은 줄기차게 울려왔다. 지나는 한 발을 세게 굴리면서 길가에 멈췄다. 후드티에 카프리 팬츠를 입은 차림새가 고등학생이라 해도 믿을 정도로 어려 보였다. 끈질기게 울려대는 휴대폰 벨소리에 지나는 마지못해 전화를 받았다.

"……여보세요."

-어디야, 간지?

"……."

지나는 하, 하고 실소를 흘렸다. 지난 이틀 동안 그녀와 말 한마디도 섞지 않고 유령 취급을 할 때는 언제고, 이제 와서 제 풀에 기분이 풀린 건지 다짜고짜 간지 타령이라니!

내가 어디 있든 무슨 상관이야, 이 장난감 뒤끝 작렬 조증 환자야!

지나는 그렇게 빽 소리치고 싶은 걸 간신히 참고, 일부러 나긋나긋 말을 이었다. 지금은 내키는 대로, 함부로 아무 말이나 내지르면 안 되는 상황이었다. 앞으로는 단어 하나, 표현 하나 각별히 신경 써야 했다.

"누구시죠?"

-지금 수업 끝나고 집에 올 시간이잖아. 오고 있는 중이야?

"……누구신데 반말이세요?"

-지나.

드디어 그쪽도 지나의 비뚤어진 의중을 알아차렸는지, 어조에 심각한 기미가 살짝 묻어나 있었다.

-일단 집에 빨리 와. 와서 얘기하자.

"Oh, my god! My phone is dying……. 어머나, 배터리가 거의 없네? 이런이런-"

지나는 영어와 한국어를 섞어서 잔뜩 연극조로 주절대다 전화를 확 끊어버렸다. 아무래도 장난감의 버릇을 단단히 고쳐줘야 할 것 같았다. 그녀는 평소 잘 가던 수잔의 북카페 쪽으로 발길을 돌렸다. 괘씸한 마음에 좀 애를 태워줘야 할 것 같았다.

하지만 채 1분도 더 걷기 전에, 지나의 팔목은 누군가에 의해 강하게 붙잡히고 말았다. 거칠지는 않았지만 절대 뿌리칠 수 없는 강한 악력이었다. 몸 역시 돌려세워진 순간, 지나의 눈 안에는 익숙한 한 남자의 모습이 담겨왔다. 창밖에서 그녀의 뒷모습을 봤든가, 전화 통화하는 내내 콘도 앞까지 내려와 있었든가 둘 중 하나일 터였다.

"어디 가? 집에 가자. 가서 얘기해."

"……."

그녀가 낯선 이 보듯 차갑게 눈을 번득이자, 현의는 재빨리 한마디 더 덧붙였다.

"미안해. 내가 잘못했어."

"흥. 사과가 엄청 쉽네요. 지난 사흘간 냉랭하기가 엄동설한 같

496

더니- 따뜻한 남쪽 캘리포니아가 아니라 저- 기 알래스카 이글루 안에 들어가 살고 있는 기분이었죠, 아주!"

"미안해. 진심이야. 일단 들어가자. 아까 형수님과 어머니에게서 다 들었어……. 다들 다음 주 주말에 오시겠대."

현의는 건장한 체구의 키를 한층 낮춰서 그녀를 바짝 끌어당겨 안았다. 아직 5시도 안 된 환한 대낮인 데다, 그들이 부둥켜안고 있는 코르도바 스트릿은 쇼핑객들로 항상 북적이는 다운타운이었다. 하지만 지나가는 행인들 중, 커플의 애정행각을 눈여겨보는 사람은 아무도 없었다. 그들은 지금, 남이야 백주대낮에 키스를 하든지 포옹을 하든지 쌍으로 물구나무를 하든지 남의 일에 개의치 않는 미국 땅에 있었다.

지나는 그가 형수님 캐런에게서 이미 전화로 다 들었다는 말에, 조금 누그러진 기색이었다. 어학코스 중 공강 시간에, 그녀는 아무래도 계속되는 어지러움과 메스꺼움 증상이 이상해 캐런의 지인이 여의사로 있는 인근 병원에 들렀다. 거기서 뜻밖에 임신 2개월이란 사실을 알고, 마침 캐런에게 전화 온 참에 그녀에게 먼저 희소식을 알렸던 것이다.

그 뒤 줄줄이 이어지는 시부모님과 열의 언니의 축하 전화들이 있었고, 그들의 축하 연락은 현의에게도 따로 갔던 모양이었다. 그녀는 현의가 그녀를 꼭 끌어안고 정수리를 부드럽게 쓰다듬는 동안 저항하지 않고 가만히 있었다. 물론 지난 이틀간에 대해서는 정식으로 톡톡히 사과를 받아낼 작정이었다.

"드디어 우리 아이라니! 너무 기뻐, 간지. 고마워. ……사랑해."

그의 감동에 젖은 목소리가 지나의 정수리 위에 동굴처럼 울려 퍼지고 있었다. 그는 마지못해 몸을 떼더니 아직도 샐쭉한 표정의 지나의 얼굴을 양손으로 감싸 안고 입술에 짧게 입을 맞췄다. 좀 더 하고 싶었지만, 주변의 행인들과 그 순간을 공유하고 싶지는 않았다. 그는 1초라도 빨리 지나와 단둘이 있기 위해 그녀를 부드럽게 집으로 잡아끌었다.

집 안으로 들어서자마자 강아지 미미가 활기차게 짖으며 주인 커플에게 달려와 착착 감겼다. 둘 다 예전부터 개를 키우고 싶어 했던 마음이 있었기에, 미국에 오자마자 곧바로 맞아들인 미미는 영리하기로 이름난 셔틀랜드 쉽독 종 암컷이었다. 현의는 지나를 거실 소파에 앉히고 온 신경을 그녀의 안색에 쏟았다. 그는 한 손으로 그녀의 이마 위 머리칼을 쓸면서 부드럽게 물었다. 사흘 전과는 달리, 부드럽기가 소프트 아이스크림 같았다.

"지나, 몸은 괜찮아? 어디 아픈 데나 이상은 없어? 다음 주 월요일 정식으로 담당의에게 가서 뭐 이상은 없는지 검사 받아보자!"

"아, 이 냄새!"

그의 말이 떨어지기가 무섭게, 지나는 미간을 잔뜩 찡그리며 숨을 크게 들이쉬었다. 감자탕 특유의 매콤한 냄새가 안쪽 주방에서 거실까지 흘러오고 있었다. 현의는 마치 역한 냄새를 맡는 듯 표정이 심각해진 지나의 안색에 정색하고 나섰다. 그녀의 반응은 의심할 여지없이 입덧의 한 징후였다. 며칠 전, 다투기 전에 그녀가 감자탕이 먹고 싶다고 지나가듯 말해서 일부러 두 시간 일찍 퇴근해 부랴부랴 끓인 것이었다. 하지만 아이가 들어서면 아무리 평소에 좋아하던 음식이라도 비위에 안 맞을 수 있었다.

"왜? 속이 불편해? 조금만 참아, 당장 다 버리고 환기시킬 테니까……."

"뭐요? 아깝게 왜 버려요? 아, 이 냄새……!"

"아까운 건 네 기분이지. 기다려."

"그게 아니라 이 냄새가 너무 좋다고요! 아, 이게 얼마 만에 맡아보는 감자탕 냄새야……. 이거 한 시간 내내 푹 끓였어요? 진짜 맛있겠다, 흐아……!"

그제야 감자탕의 얼큰한 내음이 지나의 식욕을 강렬하게 자극하고 있음을 알고, 현의는 빛의 속도로 식탁을 차렸다. 한 시간 내내 푹 끓인 돼지뼈와 시래기, 큰 감자덩어리가 지나의 시각에 들어오는 동시에 식욕을 더욱 자극해댔다.

현의는 본업인 변호사나 특기인 셰프보다는, 배우 쪽에 훨씬 더 가까운 얼굴로 지나가 감자탕 한 그릇을 뚝딱 비워낼 때까지 앞에 앉아 열심히 시중을 들었다. 돼지 등뼈에서 살점을 발라내어 접시에 따로 덜어주느라 두 손이 바삐 움직이고 있었다. 그의 입가에는 흐뭇한 웃음이 시종일관 떠날 줄을 몰랐다. 흡사 제 새끼가 세상에서 가장 맛있는 걸 먹을 때처럼 행복에 겨워하는 얼굴이었다. 현의는 후식으로 모과차까지 끓여서 지나의 앞에 놓아준 뒤 짐짓 정색하고 말했다.

"앞으로는 절대 집안일도 하지 말고 아무것도 들지 말고 무조건 몸 아끼고 조심해, 알았지?"

"……흠. 이틀 전과는 완전히 다른 말이네요. 명령하는 어투는 비슷한데. 그때는 분명히, 앞으로는 일절 내 일에 상관 안 할 테니까 알아서 혼자 잘 살아보라 뭐 그러지 않았었어요?"

"……그때는 나도 당연히 화가 났으니까 마음에도 없는 말을 한 거잖아."

이틀 전 수요일, 현의는 마침 지인 교수님을 만날 일이 있어서 점심때쯤 캘리포니아 공과대학 캠퍼스에 들른 적이 있었다. 지나가 그 공대 부설 어학코스 프로그램에 등록해 영어공부 중이기도 했다. 교수와의 볼일이 끝났을 때 마침 공강 시간일 것 같아서, 현의는 지나에게 전화해보기 위해 휴대폰을 꺼내들었다. 하지만 캠퍼스 푸른 잔디, 저만치 보이는 지나의 모습에 현의는 휴대폰을 도로 주머니에 넣었다. 그리고 여럿과 어울려 어디론가 걸어가는 그녀를 따라잡기 위해 걸음을 빨리했다. 온화하기 그지없던 현의의 눈이 험악해진 것은 바로 그때였다. 누군가 큰 키의 남자가 그녀의 뒤로 다가서더니, 한쪽 어깨에 척하니 손을 올리고 뭐라고 친근하게 말을 걸고 있었다. 현의의 입에서는 자동적으로 욕설이 튀어나왔다.

"What the……. 뭐야, 저 새끼는."

체격이나 분위기로 보아 동양인은 아닌 게 분명했다. 동양인이든 백인이든 화성인이든 지금은 그게 중요한 사실이 아니었다. 중요한 것은 그의 여자 신체 한 부분에, 다른 수컷이 감히 손을 올려놓고 있다는 사실이었다. 현의는 살기등등한 표정으로 빠르게 다가가 지나의 어깨 위에 올려진 남자의 손을 잡았다. 남자의 손은 금세 뒤로 꺾듯 돌려졌다. 남자가 놀라서 뒤돌아서는 순간, 현의는 교묘히 움직여 그와 악수하는 자세를 취했다. 먼저 운을 뗀 것은 지나였다.

"남간 씨!"

"볼일이 있어서 잠시 들렀어. ……이 친구는? 반갑습니다. 람칸 장입니다. 지나의 남편 됩니다."

현의는 자기소개 부분에서는, 원어민 못잖게 유창한 영어를 구사하며 싱긋 웃었다. 히스패닉계로 추정되는 키 크고 잘생긴 남자는 조금 당황해하면서도 금세 넉살좋게 화답했다. 영어에 스페인어 억양이 물씬 배어 있었다.

"아, 지나의 변호사 남편분? 와우, 반갑습니다! 난 앙헬이에요. 스페인 마드리드에서 왔죠! 와…… 그런데 듣던 대로 키가 엄청 크네요, 체격도 끝내주고! 운동합니까? 혹시 농구 좋아하면 언제 한번 같이?"

"전 격투기와 복싱을 합니다. 관심 있으시면 언제 한번 같이 하죠."

"오, 그렇군요! 어쩐지 손힘이……."

현의가 손을 놓자마자 만만찮은 체격의 앙헬은 조금 미간을 좁히며 손을 허공중에 탈탈 털었다. 아무리 운동을 해도 그렇지 손힘이 이렇게나 셀 수 있나 싶은 표정이었다.

"남간 씨, 지금 강당에서 무슨 발표회가 있다고 해서 다들 거기 가는 길이에요. 이따 집에서 봐요!"

지나는 손을 흔들어 보이고 한참 앞서 걷고 있는 친구들 그룹에 합류했다. 다행히 이번에는 양옆으로 여자들만 끼어 있었다. 현의는 잠시 그녀의 뒷모습을 바라보다 캠퍼스 밖으로 발길을 돌렸다.

문제의 발단은 그날, 수요일 저녁에 있었다. 지나는 발표회가 끝나고 학교 앞에 새로 생긴 스페인 그릴바에, 같은 어학코스 친구들과 저녁까지 먹고 집에 들어왔다. 현의 역시 저녁에 클라이언트와 미팅이 있어서 막 귀가한 참인 모양이었다. 하지만 그의 분위기는 평소 때 귀가할 때와는 전혀 달랐다. 지나가 먼저 집에 있든 좀 더 늦게 들어오든, 그는 하루가 끝나고 지나를 보는 순간, 매번 이산가족 상봉하듯 그녀를 얼싸안고 열렬한 키스를 퍼붓곤 했다. 오죽하면 강아지 미미가 자기도 좀 끼워달라는 듯 집이 떠나가라 앙칼지게 짖고 난리를 칠 정도였다. 하지만 지금 그는 심각한 표정으로 지나 쪽을 보고 있었다.

"왜 그래요? 무슨 일 있어요?"

"……여기 와서 앉아봐."

지나의 머릿속에 기묘한 기시감이 울렸다. 예전에도 그의 이런 모습을 본 기억이 있었다. 그의 서울 오피스에서 함께 일하고 있었을 때, 지나가 민태조와 카페에서 만나고 있었는데 그걸 숨겼다는 이유로 현의는 엄청나게 화를 낸 적이 있었다. 당시, 하도 매섭게 범인 취조하듯 지나를 몰아붙여서 그녀가 억울한 마음에 눈물까지 보인 적이 있었다. 지나는 조금 경직된 얼굴로 현의의 맞은편에 앉았다. 그때만큼은 아니었지만 긴장되긴 매한가지였다.

"왜…… 그래요? 오늘 뭐…… 안 좋은 일 있었어요?"

"남자동기들과 너무 허물없이 지내는 거 아냐? 적당히 잘 지내는 건 어쩔 수 없지만 그런 스킨십은 지나치잖아? 선을 넘지 못하게 네 쪽에서 컨트롤해야지."

"설마 아까, 그 앙헬 말예요? 신경 쓸 거 없어요. 원래 라틴 쪽은 스킨십이 일상 인사 같은 거잖아요. 원래 뺨에 키스도 하는데 그건 좀 아닌 것 같아서 내가 못하게 해요. 그리고 앙헬도 동거하는 여자친구 있어요."

지나는 별일도 아닌 걸 신경 쓴다는 얼굴로 어깨를 으쓱했다. 하지만 현의의 굳은 표정엔 좀처럼 풀릴 기미가 보이지 않았다. 그는 그 어느 때보다 정색하고 있었지만 음성은 조곤조곤 낮은 채였다. 그래서 더 한기가 느껴지는 특유의 목소리였다.

"그럼 앞으로도 막 만지게 내버려두겠다는 말이야?"

"그게 아니라……. 그럼 문화차이인데 어떡해요. 각 문화와 정서는 존중해줘야죠. 거기다 공연히 나만 정색하면 얼마나 껄끄럽고 어색해지겠어요."

"그쪽 문화와 정서만 중요하고 내 정서는 중요하지 않아? 앞으로는 절대 스킨십 허용하지 마. 그게 한국문화라고 정중히 양해를 구하면 돼."

"……내가 알아서 할게요. 내 학교생활인데 너무 과하게 신경 쓰는 것 같아요. 입장 바꿔서, 내가 만약 남간 씨 로펌 여변호사들이랑 적정선을 제대로 지키는지 항시 신경 쓰고 닦달해대면 어떻겠어요? 서로 믿으면서 각자의 영역은 존중해줘야죠."

"내 경우는, 네가 신경 쓸 여지가 먼지만큼도 없어. 난 여자들과는 악수도 손가락 끝으로만 해."

"알았어요. 그렇다고 나도 학교에서 남자동기나 교수님과 손가락 끝으로 악수할 수는 없어요. 각자의 스타일이 있으니까 각자 재량에 맡기자고요. 오케이?"

"……앞으로도 그럼, 지금까지처럼 다른 놈들 스킨십을 허용하겠다는 얘기야?"

"허용하는 게 아니라 아예 거기에 의미를 두지 않는다고요! 실제로 아무 의미도 없고!"

"……좋아."

현의는 얼굴의 한기를 전혀 거두지 않고 자리에서 일어났다.

"그럼 앞으로는 일절 상관 안 할 테니까 간지나 씨 재량껏 살아. 나도 신경 안 쓸 테니까."

"뭐라구요?"

그 뒤로 수요일 밤, 목요일, 오늘 오전에 이르기까지 그들은 한마디 말도 나누지 않았다. 잠은 같은 침대에서 잤지만 중간에 미미를 끼워놓고 서로 등 돌린 채 불편한 잠을 이룬 게 어느덧 이틀이 지나 있었다.

결혼하고 3개월 동안, 그들은 단 한 번도 싸우거나 의견 불일치, 성격 차이 등의 문제에 맞닥뜨린 적이 없었다. 신혼 때 흔히 벌어진다는 주도권 다툼도 그들 부부에겐 전혀 해당사항 없는 이야기였다. 그도 그럴 것이, 현의는 만사에 모두 지나 의견에 전적으로 동의하고 그녀가 원하는 것에 이견이 없기 때문이었다. 그는 지나의 어학과정이나 기타 미국생활에 필요한 모든 것에 대해 물심양면 지원을 아끼지 않았다. 하지만 필요한 정보들을 최대한 알아봐주고 함께 논의하면서도, 언제나 최종 결정은 지나가 스스로 내리게끔 했다. 장현의란 남자만큼, 결혼생활에 있어서 독재성이나 강압성이란 단어와 거리가 먼 남편도 없을 터였다.

하지만 질투심만큼은 동서고금 그 어느 남편보다 더 심할 것 같았다. 지나는 먼저 말을 걸어보려고도 해봤지만 현의의 시베리아 북풍 같은 표정을 볼 때마다 벙어리가 되어버리곤 했다. 남자주인에게도 항시 달려가 애교를 부리던 강아지 미미까지도, 지난 이틀간 낑낑거리며 그의 근처에 가지 못할 정도였다.

예전의 지나였으면 또 위염에 소화불량으로 속병을 앓았겠지만 지금은 그 형세가 역전되어 있었다. 현의가 모닝커피도 거들떠보지 않고 새벽같이 집을 나서는 반면, 지나는 더 보란 듯이 잘 차려 먹겠노라 작정한 것처럼 거하게 한 상 차려서 미미와 꾸역꾸역 잘 챙겨먹곤 했다. 물론 미국 땅에 와서도 요리 고자손인 건 변함이 없었기에, 미국식으로 토스트에 에그스크램블, 오트밀, 각종 냉동식품, 식당에서 사온 수프와 제철과일 정도였지만 적어도 예전처럼 스트레스 위장병은 발발하지 않았다.

그게 이틀간, 그들 부부의 첫 냉전이었다. 그리고 지금 현의는 그게 마지막 냉전이 될 거라 지나에게 간곡히 맹세하고 있었다.

"다시는 안 그럴게. 맹세해."

"예전에 어디서 봤는데. 삐쳐서 몇 날 며칠이고 말 안 하는 남자는 가장, 같이 살기 피곤한 유형이라고……."

"이제는 정말 그런 일 없을 거야. 아이에게 맹세해. 아 참, 태명은 뭐라고 짓지? 아무튼, 이제 절대로 그렇게 몇 날 며칠 말 안 하고 뒤끝 보이는 일 없을 거야. 맹세해!"

"결국은 서로 간의 신뢰 문제잖아요. 난 남간 씨 밖에서 어떤 백인미녀를 만나든, 절대 눈에 담지 않을 거라 믿는단 말예요."

"알아. 다신 안 그럴 테니까 한 번만 용서해줘……."

현의는 어느새 지나 옆으로 옮겨 바짝 다가앉아 있었다. 집 밖에서는 냉랭한 카리스마 그 자체인 그의 감색 눈은, 선처를 바라는 호소와 애정으로 초롱초롱 빛나고 있었다. 강아지 미미와 그, 둘 중 어느 쪽의 애교가 덜한 건지 이제는 구분하기도 어려웠다.

"정말 이젠 안 그럴 거죠?"

지나는 착착 감겨오는 남간의 온기를 뿌리치진 않았다. 하지만 그녀의 눈에 담긴 질책은 아직도 조금 잔존해 있었다. 흡사 엄격한 누나가 말 안 듣는 남동생 꾸중하는 것 같은 모양새였다. 예전에, 시어머니 김혜란 여사가 지나가듯 일러줬던 말이 떠오른 것은 그때였다.

"그럼 용서해줄 테니까 아기 옷 한번 직접 만들어봐요."

"아기 옷?"

"전에 어머니가, 현의 씨 아버님 닮아서 손으로는 못하는 게 없는 금손이라 요리도 잘하고 못 고치는 것도 없으니 아기 옷도 한번 만들게 시켜보라 하신 적이 있어요. 나도 궁금하구."

그녀의 생각에도, 현의는 아기 옷 역시 프로 못잖게 꼼꼼히 잘 만들 것 같았다. 하지만 다음 순간 떠오르는 단상에, 지나는 두 손에 머리를 묻고 너털웃음을 터뜨리고 말았다. 현의가 소파에 앉아 무릎 위에 천과 반짇고리를 올려두고 초집중한 얼굴로 한 땀 한 땀 단추 다는 모습, 그리고 근엄한 얼굴로 재봉틀 앞에 앉아 드르륵드르륵 천을 밀고 당기는 장면이 연상되자 도저히 웃지 않고는 배길 수가 없었다.

그녀는 아까까지 장난감을 좀 더 따끔하게 혼내줘야지 하던 마음도 잊고 그의 어깨에 기대서 몸을 부들부들 떨며 박장대소하기에 여념이 없었다. 현의는 그까짓 것, 하는 표정으로 한쪽 눈썹을 치켜올렸다.

"그래. 만들어볼게. 내일 시내 콜롬비아 St 쇼핑센터 가서 천이랑 가정용 미싱이나 이것저것 필요한 물품 다 사면 되지."

"흑흑……. 흐……. 자신 있어요?"

지나는 우는 것처럼 흐느끼며 웃다가 간신히 물었다. 현의는 지나를 더 바짝 끌어당겨 안으며 그녀의 한쪽 귓불에 입술을 묻었다.

"누구 명령인데. 당연히 자신 있지."

"다음 달부터 여기저기 단기 출장 다니느라 바쁠 텐데 어떻게 만들려고요? 풋……."

"비행기 안에서. 미싱으로 대강 박음질은 다 해놓고 단추나 레이스 같은 수작업만 기내에서 하면 되지."

"레이스? 남자아이면 어떡해요?"

"나도 열의 누나 때문에 세 살까진 여자 옷 입었으니까 상관없잖아."

"풋! 하하……. 으하하……. 승무원들이 엄청 재미난 구경 하겠어요……."

그 후로도, 지나의 박장대소는 잠시 더 이어졌다. 쓰러지듯 웃어대던 그녀는 어느새 현의의 무릎 위에 머리를 기대고 소파에 모로 누워 있었다. 부부싸움은 칼로 물 베기라더니 정말 그런 것 같다. 오늘 오전만 해도, 짐 다 싸서 서울로 돌아가버릴까 생각한 적도 있었다. 물론 그렇게까지 할 수 없고 적어도 그런 척 한번 행세라도 해볼까 싶을 만큼 현의가 밉고 답답했던 건 사실이었다. 그런 그녀의 마음을 다시 헤아린 듯, 현의는 지나의 머리칼을 부드럽게 쓸면서 목 언저리를 간질였다.

"서울 부모님들께도 알려드려야지. 전화 아직 안 드렸지? 시차도 있으니까 좀 더 있다 전화드리자."

"응. 알았어요."

"……사랑해, 간지."

"나도."

현의는 지나의 상체만 일으켜 그녀의 허리에 두 팔을 둘렀다. 옆에서, 미미가 저도 안아달라 두 앞다리를 허우적대기 바빴다.

"넌 진짜 상상도 못 할 거야. 너랑 말 안 하고 똑바로 얼굴 안 보느라 이틀간 얼마나 힘들었는지……."

"정말요? 전혀 아무렇지도 않아 보였는데- 혼자 잘 먹고 잘 입고 잘 자고. 아, 원래 혼자 그렇게 잘 살긴 했으니 그렇겠지만. 아무튼 냉랭하기가 남극 보스토크 기지 안에 천장 열린 집 같았죠."

"내가 속병 같은 거 한 번도 앓아본 적 없는 사람인데…… 스트레스 때문에 진짜 역류성식도염인 줄 알았다고."

말을 마치기가 무섭게, 그의 입술은 다급하게 그녀의 것을 찾아 하나로 녹아들었다. 간질간질하던 느낌은 잠시, 이내 몸 안이 하얗게 불타는 느낌에 지나는 낮은 신음을 흘렸다. 이미 수도 없이 경험했기에 이제는 익숙해질 법도 하련만, 그의 손길과 입술 아래 그녀는 매번 새로운 환희를 맛보곤 했다. 지나는 문득 뭔가가 생각나서 그에게서 입을 떼고 운을 띄웠다.

"난 딸이든 아들이든 상관없을 것 같은데……. 그저 내가 엄마가 된다니 아직 실감도 안 나고 막연히 신기할 뿐이에요. 남간 씨는요?"

"딸도 좋고 아들도 좋지만, 어차피 둘 다 가질 거니까 첫째는 딸이었으면 좋겠어. 널 닮으면 얼마나 이쁠지 상상도 안 돼……. 차라리 쌍둥이면 어떨까? 그것도 좋을 것 같은데."

"윽……. 그럼 두 배로 힘들겠죠! 한 번에 하나가 낫지!"

그녀의 핀잔에, 현의는 낮게 웃으며 그녀의 따스한 목덜미에 다시 한 번 입술을 묻었다. 창 너머로, 캘리포니아 특유의 푸른 하늘이 황혼빛에 젖어들며 평화로운 어둠이 곧 내려앉을 기미를 보이고 있었다. 두 사람은 잘 알고 있었다. 캘리포니아 아니라 지구상 어디에 있든, 이렇게 서로가 있는 한 어디서든 영원히 행복할 수 있다는 사실은 이렇듯 해가 저물고 내일 다시 떠오를 것이란 사실만큼 명명백백했다. 예전에, 언젠가 영화에서 보았던 간지러운 대사가 있었다.

'매일매일 더 사랑해. 어제보다 오늘 더 사랑하고, 내일은 오늘보다 분명 널 더 사랑하고 있을 거야.'

지금은 그 대사에 이보다 더 공감할 수 없었다. 이제 곧 셋이 될 그들 가족은 매일매일 그런 감정을 생생히 느끼며 살아갈 터였다. 물론 이틀 전처럼 소소한 충돌과 다툼은 종종 있을 것이다. 하지만 그 또한, 결국 서로를 향한 사랑을 매번 재확인하기 위한 과정에 불과할 것이다. 지나와 현의는 지금 이 순간, 한 사람의 것처럼 완벽히 일치된 마음으로 서로를 바라보고 있었다.

사랑해, 마이 스윗하트.

I love you more than anything in this planet, my sweetheart.

-마침-

작가 후기

처음 『법정에서 만나요, 스윗하트!』를 생각해내고 몇 주 만에 쉼 없이 써내려간 것은, 와이엠북스 편집장님의 조언 때문이었습니다. 첫 소설 『ALX, ALX』부터 시작해서 항상 다크한 남주와 파격적인 이야기만 선보였기에, 이로 인해 제 이미지가 그렇게 굳어갈까 봐 염려해주신 그 말씀에 저 자신도 조금 걱정이 되었습니다. 저도 누구보다 코믹하고 밝은 이야기 역시 좋아합니다. 그런데 왜 정작 어둡고 무거운 이야기만 쓰게 되는 걸까 하는 생각에, 우연히 간지나와 장난감을 떠올리게 된 것은 편집장님과 전화 통화를 한 바로 다음 날 출근길에서였습니다.

성형천국이라 일컬어질 만큼 외양으로 사람을 평가하고 그래서 외모에 목숨 걸게 된 요즘 대한민국의 천태만상, 요즘 같은 시대에도 항상 아들만 위하고 딸은 천덕꾸러기 취급하는 엄마 때문에 힘들어하는 친구, 제 자식들 서로 비교하고 폄하하는 친척들 때문에 명절이나 가족모임 때면 늘 스트레스 받아 하던 친구, 대가족 틈에서 부대끼며 살면서 가족의 정보다는 혼자만의 공간이 절실한 지인의 이야기와 제 실제 주거 지역과 단골분식집 등, 『법정에서 만나요, 스윗하트!』에서는 저와 제 주변 사람들의 여러 가지 현실에서의 단면들이 조금씩 녹아들어 있습니다.

물론 장난감 같은 남자는 현실에 존재하지 않을 수 있습니다. 제가 연재 시 독자님들께 이번 남주는 알미남(알고 보면 미친 남자)으로 여러 번 말씀드렸듯, 장난감은 모든 면에서 완벽하고도 한 번 수가 뒤틀리면 숨겨뒀던 광기를 기꺼이 내보내는 유형의 남자입니다. 그런 부분이 공감 가지 않으실 수도 있지만, 어쩌다 이런 타입의 인물도 있으려니 생각하고 폭넓게(?) 읽어주시면 정말 감사할 것 같습니다.

사람의 성격과 감정처럼 비논리적이고 타당성에 어긋날 수 있는 것도 없다고 생각합니다. 나름 로맨틱 코미디를 표방하고 선보였지만, 생각만큼 그리 달콤하지도, 공감이 안 되실 수도 있습니다. 저는 그저, 독자님들이 이런 이야기도 있구나 하고 조금은 재미있게, 가볍게 읽어주시면 더 바랄 게 없습니다. 전 세계 73억 명 중 장난감처럼 알고 보면 미친 남자도 분명 있을 것이고 다혈질이지만 은근 외유내강인 우리 지나같은 여자도 어디선가 존재하고 있을 거라 믿어봅니다.

언젠가는 정말 어디 내놓아도 부끄럽지 않을 만큼, 설탕 알갱이가 해변의 모래알처럼 수북하게 쌓여 있는 제대로 달콤한 로맨틱 코미디로 다시 인사드릴 수 있을 날이 오길 진심으로 빌어봅니다. 일단, 지금은 조금 덜 여물었어도, 어딘가 부족해 보여도, 『법정에서 만나요, 스윗하트!』를 평생 시원한 그늘을 드리워줄 나무를 만난 지나의 고된 초년 운에 공감해주시면 읽어주시면 너무나 감사할 것입니다. 『법정에서 만나요, 스윗하트!』의 영감을 주시고, 이번 교정 작업에서도 여러모로 고생해주신 편집장님께 이 자리를 빌려 진심으로 감사드립니다.

그럼 저는 이번엔, 만천하에 드러내놓고 미친 남자 주인공을 쓰기 위해 이만 총총 물러갈게요! 이 후기가 공개될 무렵에는 이미 겨울도 그 위세가 조금 수그러들었을지 모르겠습니다. 부디 모두 감기 조심하시고 2016년 새해 복 많이 받으시고 평온한 한 해가 되시길 기원합니다!

-피오렌티 드림.